MOEWIG
SCIENCE FICTION

Andreas Brandhorst

SCHATTEN DES ICHS

Herausgegeben und mit einem Nachwort
von Hans Joachim Alpers

MOEWIG
Originalausgabe

MOEWIG Band Nr. 3623
Moewig Taschenbuchverlag Rastatt

Für Rosaria, die mir wieder Mut machte.

Umschlagillustration: Rowena Morrill / Schlück
Umschlagentwurf und -gestaltung: Franz Wöllzenmüller, München
Redaktion: Hans Joachim Alpers
Verkaufspreis inkl. gesetzl. Mehrwertsteuer
Auslieferung in Österreich:
Pressegroßvertrieb Salzburg, Niederalm 300, A-5081 Anif
Printed in Germany 1983
Druck und Bindung: Mohndruck Graphische Betriebe GmbH, Gütersloh
ISBN 3-8118-3623-4

Inhalt

Erstes Buch

Die Traumstimme

1

Träumt, meine Kinder. Taucht hinab in den Schlick eures eigenen Denkens. Seht, welche Gedanken am Grunde eures Bewußtseins dahinsickern. Begreift. Denn im Begreifen liegt neue Kraft. Befreit euch von den hier beheimateten Antrieben, die eure Körper steuern. Streift eure Kampfeslust ab. Vergeßt die Antipathie, die ihr gegen einen anderen Traumgänger hegt. Seid nur noch Harmonie und Eintracht und Glück. Denn dies ist die lange Erfahrung: Der Gemeinsame Traum schweißt uns alle zusammen. Er gibt uns die Kraft, die wir brauchen. Er nimmt uns die Melancholie, die uns manchmal befällt. Erst die Träume machen uns zu der Einheit, die wir sind. Sie geben uns Freude und tilgen den Kummer. Träumt, meine Kinder. Träumt gemeinsam. Liebt euch, meine Kinder. Und bedenkt wohl: Liebe ist unteilbar . . .

Traumweisheit

Der Wind war eine leise, singende Stimme, die durch den Dichtwald sickerte. In seinen unsichtbaren Armen trug er den Atem des Kargen Landes: Hitze, vom Dichtwald in duftende Kühle verwandelt; Staub, mit den Pollen neuen Lebens durchsetzt. Blätter und Zweige wiegten sich zu seiner sanften Melodie. Ein stummes Ballett. Eine grüne Hülle, in deren Innern Geborgenheit war.

„Du bist zurück“, sagte Senaide KurKarim leise. Ihre Worte verwoben sich mit der Stimme des Windes. Annym DryMarden nickte. Er legte den Kopf in den Nacken. Die weichen Böen erfaßten seinen langen, silbernen Haarschopf, hoben ihn an wie ein Schleier aus Licht. Durch das hohe Blätterdach über ihnen tropfte der rotgoldene Glanz der Morgendämmerung. Dies war die Zeit der Stille und Besinnung. Die schönste Zeit des Tages. Der Wald schwieg. Und selbst der Wind erhob nur vorsichtig seine Stimme, um die Stille nicht zu entweihen.

„Ja“, sagte Annym DryMarden. „Ich war lange fort. Nun bin ich zurück. Wieder zu Hause.“

Zu Hause, dachte er, das bedeutete Heimat und Geborgenheit. Es bedeutete die Nähe von Freunden. Es bedeutete eine Rückkehr zu sich selbst. War er zu sich selbst zurückgekehrt? Er horchte in sich hinein. Etwas fehlte. Etwas war nicht dort, wo es hätte sein sollen.

Senaide berührte seinen rechten Arm. Ihr langes, weit den Rücken hinabfallendes Haar war wie ein wallender, pechschwarzer Schatten. Ihre dunkelbraunen Augen waren zwei Quellen von Wärme.

„Ich habe dich vermißt", murmelte sie.

Ihre Berührung sprach einen Körperreflex Annyms an; und die Tönung seiner Haut veränderte sich. War sie eben noch dunkel gewesen, so zeigte sich nun ein roter Schimmer. Freude, aber auch ein Hauch von Melancholie. Er spürte Senaides Ausstrahlung. Sie war glücklich. Aber gleichzeitig mischte sich dieses Glück mit einer Spur Skepsis. Und er vernahm ihre unausgesprochene Frage: Wie lange wirst du bei mir bleiben? Nur zu gern hätte er ihr geantwortet: für immer. Aber etwas hinderte ihn daran, diese Worte auszusprechen.

Annym schüttelte die Melancholie ab, so wie er es von den Weisen Damen der Wolkenstadt gelernt hatte. Jetzt war keine Zeit der Traurigkeit. Hier war Senaide. Ein Geschöpf voller Wärme und Anmut. Er strich über ihr schwarzes Haar. Es war so fein wie Seide. So fein wie die Seide der *Weber* von Torgh, erinnerte er sich, und ein bestimmtes Bild entstand in seinen Gedanken: eine öde Welt voller leerer Wüsten, Leben nur in den verborgenen Bodenkavernen; *Weber*, die filigrane Kunstwerke aus feinster Seide schufen, Kunstwerke, die von Amash, Zen, Isyhr und Tranq gleichermaßen begehrt wurden.

„Woran denkst du?"

„An die Astroschule der *Sternreisenden*", entgegnete Annym leise. „An die zwei Kjer-Zyklen, die ich dort verbracht habe. Als ich dein Haar berührte, war es wie ein Katalysator. Es erinnerte mich an etwas. An eine der vielen Mentalautodidaktischen Unterweisungen."

Er lachte. Die Melancholie fiel von ihm ab. „Mein Hirn ist bis zum Bersten mit Wissen gefüllt, Senaide. Wann immer ich will, kann ich mich daran erinnern. Manchmal *werde* ich auch erinnert. Durch einen Auslöser wie dein Haar zum Beispiel."

Er nahm sie an der Hand, und gemeinsam schritten sie weiter, der Morgendämmerung und dem Rand des Dichtwaldes entgegen. Seine Haut nahm eine Blautönung an, Zeichen der Freude und Entspannung. Zeichen des Glücks. Zeichen der Liebe zu Senaide.

In der Ferne ertönte der Ruf eines Kletterers, dumpf und grollend. Und bald darauf fielen andere Stimmen in seinen Schrei mit ein. Die Zeit des Schweigens war nun vorüber. Der neue Tag war geboren.

Sie kamen an einem Hain aus Glattnarzissen vorbei. Die großen, gelbroten Blütenkelche waren weit geöffnet und verströmten einen betörenden Duft. Einige Schillerflügler summten hinein und labten sich an dem Nektar. Das Bodenmoos war ein Teppich aus weichem Grün. Voraus wurden die Säulenbäume allmählich kleiner. Ihre Kronen ragten nicht mehr so weit zum Himmel empor wie tiefer im Innern des Dichtwaldes. Sie sahen die braunschuppigen Leiber einiger Borkenkratzer, Tau, der auf ihren Körperfacetten glitzerte. Das Blätterdach der Obersten Ebene wurde lichter. Und der Wind war nun vom Atem des Kargen Landes erfüllt: warm, staubig, mit feinen Sandpartikeln durchsetzt.

Sie erreichten eine der letzten Lichtungen. Weiter voraus wuchsen nur noch Stachelbüsche und die hohen Stauden von in allen Farben des Spektrums schimmernden Mehrblattlern. Dahinter war Savanne. Und dahinter das Karge Land, das Annym vor wenigen Tagen zum zweitenmal durchquert hatte. Auf seinem Rückweg von der Astroschule der *Sternreisenden*.

Seth und Loth krochen über den Horizont. Zwei strahlende Bälle aus Licht und Wärme, der eine gelb, der andere blauweiß. Sie ließen sich auf das Bodenmoos sinken. Annym sah in die Ferne. Die letzten Sterne verblaßten.

„Ich werde bald zu einer Stammutter werden", sagte Senaide KurKarim.

Annym sah sie an. „Ich weiß. Du wirst eine gute Stammutter sein, eine Freude für alle Traumgänger der Wolkenstadt. Du wirst das Leben mehren." Ihre Hand berührte seine Wange. Es war eine Berührung voller Hitze. Er erschauerte, und rotes Licht flackerte über seine Haut.

„Aber mein Samen", fügte er nachdenklich hinzu, „kann in dir nie neues Leben schaffen." Kaum hatte er die Worte ausgesprochen, als die Melancholie zurückkehrte. Und auch die Ausstrahlung Senaides veränderte sich. Signale von sanfter Trauer erreichten ihn.

„Es ist nicht vorbei", sagte sie. Leise. Weich. „Du hast es nicht überwunden. Du willst nach wie vor *hinaus*."

Will ich das, fragte sich Annym. Will ich das wirklich? Und er antwortete: „Ich weiß es nicht, Senaide. Ich habe viel gelernt in der

Astroschule der *Sternreisenden*. Ich glaubte, es könne den Drang in mir ersticken. Ich weiß nicht, ob das tatsächlich der Fall ist.“ Er sah sich um, lauschte den Stimmen des Waldes. „Dies ist mein Zuhause, Senaide. Hier bin ich aufgewachsen. Es ist meine Heimat. Und doch . . .“

Senaide lachte glockenhell. Es sollte befreiend klingen und seine düsteren Gedanken beiseite wischen, doch Annym kannte die zukünftige Stammutter zu gut, um nicht zu erkennen, daß in ihrem Lachen eine Spur Besorgnis versteckt war. Sie erhob sich geschmeidig und ergriff seine Hand. Die Berührung war von einem weiteren Hitzeschauer begleitet. Senaides Körper war heiß. Immer. Annyms Glieder waren kühl. Und nicht einmal Senaide konnte den Frost, der seine Adern einhüllte, vertreiben.

„Komm“, sagte sie. „Ganz hier in der Nähe befindet sich eine Metamorpher-Kolonie. Komm, Annym.“ Sie lachte. Schelmisch diesmal. Und Annym wurde von ihrer Fröhlichkeit angesteckt. Er wehrte sich nicht dagegen. „Komm, Annym. Schließlich habe ich lange genug darauf gewartet, nicht wahr?“

Er folgte ihr. Zwei Kjer-Zyklen, dachte er. Oder etwa vier Normjahre. Eine lange Zeit.

Purpurne Bestäuber neigten ihnen die Blütenkelche entgegen, sobald sie in ihre Nähe kamen.

„Nun komm schon!“ rief Senaide und winkte. Das Licht des Morgens hüllte sie wie mit einer farbigen Aura ein. Ein Engel, dachte Annym. Sie ist ein Engel mit schwarzen Haaren aus Seide. „Oder sind deine Beine eingeschlafen?“

Wärme entstand dort, wo vorher Kühle gewesen war. Für den Augenblick war es Senaide gelungen, den Frost aus ihm zu vertreiben. Er folgte ihr. Er sprang über kleine Bäche hinweg, über wie flüssiges Silber wirkendes Wasser. Er lauschte dem Stakkato der Baumtrommler irgendwo über ihm, einem schnellen, dahinjagenden Rhythmus. Und während er lief, ließ er seine Hände über die Dreiblätter mehrerer *Empfänger*kuben streichen. Senaide mochte den Pollenstaub, der sich darauf absetzte. Er regte sie an.

Es war keine sehr große Metamorpher-Kolonie. Hier am Rande des Dichtwaldes fand man sie nur selten – selten im Vergleich zu den Innenbereichen und der Untersten Ebene in der Region der Wolkenbäume. Aber sie reichte ganz gewiß aus. Senaide lächelte ihn an und tänzelte dann an die Metamorpher heran. Sie sang das Leise Lied der Veränderung. In den blaugrünen Stauden und violetten Blütenknospen knisterte es. Erste Pollenkapseln öffneten sich und gaben ihren Inhalt frei – einen feinen, grauweißen Nebel, zusammengesetzt aus Myriaden von mikroskopisch kleinen Pollen. Annym trat an Senaide heran und streichelte ihre Wangen. Und wieder erschauerte er unter der Hitze ihrer Haut. Es war, als fieberte sie. Aber sie war nicht krank. Es war die normale Körpertemperatur. Er ließ seine Hände hinabgleiten zu ihren Brüsten. Sie waren klein und fest. Sie warf den Kopf in den Nacken und lachte.

Der Pollenstaub der Metamorpher hüllte sie ein, legte sich wie ein feiner Nebel über sie. Sie glitten zu Boden.

„So lange mußte ich warten“, hauchte Senaide. „So lange.“ Ihre braunen Augen sahen ihn an. „Laß mich nie wieder so lange allein, Annym.“

„Nein“, entgegnete er. Ihre Lippen lockten. Weich und süß. Er schmeckte ihren Atem. Seine Lenden brannten. Keine Spur von Kühle mehr. Nicht nur Senaide hatte lange gewartet. Auch er. Seine Haut glühte nun in einem flammenden Rot. Senaides Hitze drang durch seine Poren und erfüllte sein Innerstes mit einer feurigen Lohe, die nicht verbrannte. Senaide lachte. Ein Lachen voller Freude und Harmonie und Glück. Ein Lachen, das von innerem Einklang kündete, einer tiefen Zufriedenheit, die Annym nicht besaß. Es war eine kostbare Gabe.

Seine Hände strichen über ihre heiße, porenlose Haut. Sie ertasteten jeden Quadratzentimeter dieses Universums. Sie berührten die schwarze Seide und den dunklen Vorhang ihrer Wimpern. Sie strichen über die gewölbten Hügel ihrer Brüste und spürten, wie sich ihre Warzen steil aufrichteten. Sie löste den Kilt, der ihren grazilen, fast zerbrechlich wirkenden Körper bedeckte. Sie *machten bereit*. Ihre Haut war wie dunkel glänzendes Ebenholz. Er atmete ihren Duft, eine verlockende Wolke. Sie sah ihn an. Aus ihren großen, dunklen Augen, mit einem Blick, der tief in ihn hineinreichte. Und ihre weichen Lippen formulierten die Lautlosen Worte der Vereinigung. Der Pollenstaub der Metamorpher-Kolonie legte sich über sie. Und obwohl die Kolonie nicht sonderlich groß war, reichte der Niederschlag aus. Senaides Körperstruktur veränderte sich. Ihr Becken wurde breiter. Ihr Schoß erweiterte sich, um ihn aufzunehmen, ohne dabei Schmerz empfinden zu müssen. Für einen Augenblick kehrte die Melancholie ein zweites Mal in Annym zurück. Dies machte ihm erneut sein Anderssein deutlich, den Status des *Fremden*, den er immer besessen hatte, soweit er sich zurückerinnern konnte. Er war anders als die Traumgänger. Er war nicht in der Lage, mit einer Stammutter neues Leben zu erschaffen. Er war nicht in der Lage, mit einer Traumgängerin zu koitieren, ohne daß sie Schmerz dabei empfand. Nur die Metamorpher machten es möglich. Er war *anders*. Und er bedauerte es. Denn hier waren seine Eltern und Bruderschwestern. Niemals hatten sie es ihm gezeigt. Aber er war wach genug, um es jeden Tag von neuem zu entdecken. Er war anders. Warum?

Senaide streichelte ihn. Ihre Hände waren heiß und geschickt und liebevoll. Ihre Ausstrahlung war lockend und verlangend. Und sie war stark genug, seine Melancholie wieder zu verdrängen. Sie streifte auch seinen Kilt ab. Ihre Finger tasteten über seinen Körper. Wie voneinander unabhängige Wesen krochen sie über seine Haut. Sie berührten seine Lenden, und aus den einzelnen Fingern wurde wieder eine Hand, die seinen harten Schaft umfaßte, streichelte, liebkoste, genoß. Er küßte sie. Hier, dachte er, liegt das Glück. Hier liegen Zufriedenheit und Ausgeglichenheit. Hier liegt die Geborgenheit, die ich suche.

Er drang in sie ein. Wärme empfing ihn. Er begann sich rhythmisch zu bewegen, langsam, weich. Sie waren nicht mehr zwei getrennte Körper. Sie waren eins. Ein einziges Geschöpf, verbunden in Körper und Geist. Senaide war offen. Sie empfand keinen Schmerz. Sie empfand Erfüllung. *Liebe ist unteilbar*, erinnerte sich Annym an eine Traumweisheit der Weisen Damen. Er erweiterte alle seine Sinne und erinnerte sich an die Dinge, die er in den vielen Liebesunterweisungen gelernt hatte. Senaide stöhnte. Er stöhnte. Intensive Wonne, von zwei Körpern multipliziert. Er hatte es vermißt. Lange. Er paßte sich ihren Bewegungen an. Sie paßte sich ihm an. Der Höhepunkt war eine Explosion aus Licht und Freude und Erfüllung.

Eine Weile lagen sie noch nebeneinander und lauschten dem Dichtwald und seinen Stimmen. Sie empfanden Kühle und Hitze zugleich. Seth und Loth stiegen weiter empor. Im Kargen Land, wußte Annym DryMarden, nahm die Hitze jetzt zu. Hier jedoch wurde sie von den Bäumen, Blüten, Stauden und Sträuchern ferngehalten.

„Du hast mir deinen Samen geschenkt“, sprach Senaide KurKarim die rituellen Worte. „Und deine Liebe. Ich danke dir dafür.“

„Ich habe dir meinen Samen geschenkt“, wiederholte Annym leise. „Möge er in dir gedeihen. Möge er neues Leben schaffen. Ich bin mit dir verbunden, Stammutter.“

Er unterdrückte den Reflex einer Farbveränderung seiner Haut. *Möge er in dir gedeihen*. Nein, dachte er. Ich bin *anders* als sie und die anderen Stammütter. Mein Samen kann niemals neues Leben in ihr schaffen.

„Annym?"

„Ja?"

Kurzes Zögern. „Du wirst fortgehen, nicht wahr? Nein, widersprich nicht. Ich weiß es. Ich habe es gespürt. Du besitzt zwar nicht die Ausstrahlung wie ich, aber ich kenne dich. Im Augenblick ist dein Ferndrang nicht sonderlich stark, und du kannst ihn zügeln. Aber bald, so fürchte ich, wird er wieder so stark sein wie damals, als deine Stammutter dich aufforderte, die Astroschule der *Sternreisenden* zu besuchen. Du weißt, warum Ulina dich fortschickte?"

Annym nickte. „Ja, ich weiß es. Sie hatte die gleiche Hoffnung wie ich. Die Hoffnung darauf, ein Besuch der Astroschule könnte meinen Ferndrang stillen. Ich bin Ulina zu Dank verpflichtet. Sie sorgte dafür, daß ich einen Lehrplatz bei den *Sternreisenden* erhielt. Ich habe viel gelernt über die Welt *draußen*."

Sie sah ihn an. Ihre Körperstruktur hatte sich inzwischen erneut verändert. Jetzt war sie wieder eine normale Traumgängerin. „Was geht in dir vor, Annym? Spürst du den Drang noch immer? Ist er noch immer so stark?"

Annym runzelte die Stirn. „Ich weiß es nicht, Senaide. Ich weiß es einfach nicht. Manchmal habe ich den Eindruck, als versuche eine Stimme tief in meinem Innern zu mir zu sprechen. Doch wenn ich ihr lauschen will, wenn ich mich auf die rätselhaften Worte zu konzentrieren versuche, dann verhallt die Stimme. Ich kann sie einfach nicht verstehen. Doch sie ist es, die mich forttreiben will." Er hauchte ihr einen Kuß auf die Lippen. „Ich will dich nicht verlassen, Senaide. Um nichts in der Welt."

In ihren Augen schimmerte es feucht. „Aber du wirst es, Annym, das spüre ich. Und ich glaube, ich könnte es nicht ertragen."

Er antwortete nicht und horchte in sich hinein. Hatte sie recht? Er wußte es einfach nicht . . .

Er sah Senaide an. Und wieder wurde er Zeuge der seltsamen Verwandlung, die er schon vor Jahren einmal erlebt hatte. Das Gesicht Senaide KurKarims veränderte sich. Es war, als lege sich ein Schleier davor. Ein immaterieller Nebelhauch, in dem das Gesicht Senaides sich auflöste und zu neuen Zügen erstarrte: den Zügen einer anderen Frau. Von dieser Frau ging eine eigenartige

Anziehungskraft aus. Sie war wie ein Magnet, der Annym an sich zog und dessen Feldlinien er sich kaum zu widersetzen vermochte. Annym erhob sich ruckartig. Seine Haut hatte sich erneut verfärbt. Er veränderte den Reflex, und die dunkle Tönung, die der Senaides so ähnlich war, kehrte zurück.

„Was ist mit dir?"

Er schüttelte den Kopf. „Nichts. Für einen Augenblick . . . Nein, es war nichts." Sie spürte, es stimmte nicht. Aber sie fragte nicht weiter.

Aus den Innenbereichen des Dichtwaldes drang der ferne Schrei eines Signalrufers. Zwei weitere gesellten sich hinzu und schufen so eine abgestufte Melodie. Senaide schloß die Augen und lauschte.

„Es ist soweit", sagte sie froh. „Die Gebärzeit von Stammutter Vania DarVil bricht an. Alle Traumgänger werden gerufen und zum Fest geladen. Alle Einwohner der Wolkenstadt. Wir dürfen nicht fehlen."

„Nein", sagte Annym, „wir dürfen nicht fehlen." Er hatte gestern schon gesehen, daß Vanias Wehen nicht mehr lange auf sich warten lassen würden. Ein Fest. Und der Höhepunkt der Nachwuchsfeier: der Gemeinsame Traum.

„Komm", winkte Senaide. „Gehen wir."

Als sie sich den Innenbereichen des Dichtwaldes näherten, vernahmen sie schon von weitem die Laute der Melodiensänger, die mit frohen Liedern das unnmittelbar bevorstehende freudige Ereignis ankündigten. Sie schritten schneller aus, denn die Melodien zeigten an, daß die Gebärzeit der Stammutter Vania unmittelbar bevorstand. Und niemand, der sich jetzt noch außerhalb der Wolkenstadt aufhielt, wollte ein solches Ereignis verpassen.

Es wurde dunkler, als sie die Unterste Ebene in der Region der Wolkenbäume erreichten. Laub und Zweige, die von den gewaltigen Baumriesen und den mit ihnen verbundenen Schmarotzerpflanzen herabregneten, bildeten hier unten eine Moderschicht. Hier herrschten ewige Dämmerung und Kühle. Und nur der intensive Duft der Metamorpher-Kolonien vertrieb die Aura aus Zersetzung und Auflösung. Der Ruf der Melodiensänger wurde lauter und drängender. Annym und Senaide gelangten schließlich zu einem Lianenaufstieg und kletterten daran empor, hinauf zu den Zonen aus Licht. Bald darauf hatten sie die Erste Ebene erreicht. Hier trafen sie zwei weitere Bewohner der Wolkenstadt, zwei Sammler, die von ihrem mehrere Tage andauernden Waldgang mit prall gefüllten Vorratssäcken zurückkehrten.

„Ho!" grüßten die beiden Männer, deren Statur fast ebenso zerbrechlich wirkte wie die Senaides. „Ein freudiges Ereignis. Glück dir, Annym. Hast du Zufriedenheit gefunden in der Schule der *Sternreisenden*?"

„Zufriedenheit und viel Wissen", gab Annym DryMarden zurück. Letzteres stimmte, ersteres nicht. Aber jetzt war nicht die Zeit, seine Probleme zu diskutieren. Ein Nachwuchsfest stand bevor. Freude – nicht Trauer und Melancholie.

Senaide berührte kurz seinen Arm, nickte ihm verstehend zu und kletterte dann weiter. Die ersten drei Ebenen waren voller verborgener Gefahren. Dies war das dämmrige Reich der Glitscher und Blattverberger, der Baumraupen und Spinner, der Purpurkriecher und Nebeldünster. Die Kletterer sahen sich aufmerksam um. Feiner Blütenstaub regnete aus den oberen Regionen der Wolkenbäume herab. Staub, der einen seltsamen Duft verströmte und Gefahrenbringer auf Distanz halten sollte. Wegbereiter warteten an den Ebenengrenzen und bliesen in geschwungene, hölzerne Rohre. Der Infraschall war ein dumpfer Druck. Die Gefahrenbringer jedoch waren in der Lage, die für Menschen unhörbaren Töne wahrzunehmen. Und sie reagierten darauf mit Abscheu. Nein, an einem solchen Tag durften die Unteren Ebenen kein Opfer verlangen.

Auf der Sechsten Ebene warteten einige Tragkletterer auf sie. Die Schar der hinaufsteigenden Traumgänger – es waren inzwischen mehr als zehn – ließ sich auf den flachen Geschöpfen nieder, die daraufhin sofort hautlappenähnliche Gebilde über die Körper stülpten, ihre dicken Lauf- und Saugbeine aus den Hautfalten fuhren und an den breiten, wuchtigen Stämmen der Wolkenbäume hinaufzuklettern begannen. Von hier an war es einfach. Hier drohten keine Gefahren mehr.

Die Dämmerung wich goldfarbenem Licht.

Sie kamen an Taukelchen vorbei, in denen sich die Feuchtigkeit der Nacht sammelte. Sie sahen dem Vereinigungstanz der Schillerflügler zu. Und die Freudelieder der Melodiensänger ertönten nun von allen Seiten.

„Hoffentlich kommen wir noch rechtzeitig, um dabeisein zu können!" rief Senaide und lachte. Annym mochte dieses Lachen. Es war so rein und klar und süß wie der Nektar der Glattnarzissen.

„Bestimmt", entgegnete er.

Irgendwann erreichten sie die Wolkengrenze und wurden bei ihrem weiteren Aufstieg eingehüllt von weißer, nebliger Watte. Hier oben war es recht kühl. Aber kurz darauf lag die heute tief hängende Wolkenzone unter ihnen, und sie badeten im Glanz der beiden Sonnen von Yloisis. Seth und Loth – zwei strahlende Bälle über einem Meer aus Wolken, auf das sie nun hinunterblicken konnten. Es wirkte wie eingefrorener Gischt, der von gewaltigen Gezeiten emporgeschäumt worden war.

Die Stämme der Wolkenbäume verjüngten sich. Sie maßen noch immer mehr als vierzig Meter im Durchmesser, aber im Vergleich zu den zweihundert Metern, die manche dieser Riesen am Grund der Welt erreichten, war das nichts. Und sie verzweigten sich zu unzähligen Nebenstämmen, zu mannsdicken Ästen, die auseinanderstrebten und ein Dach aus ineinander verwobenen Zweigen, Blättern und Früchten bildeten. Ein Dach, das fest genug war, um das Gewicht von Hunderten von Menschen tragen zu können.

Die Tragkletterer hielten an und gaben ihre Last frei. Annym streckte sich und genoß den Anblick. Dies hier . . . das war etwas anderes als das Karge Land, in dem die Astroschule der *Sternreisenden* lag.

„Kommt!“ rief ein Verkünder, der noch weit über ihnen im Ästegeflecht hockte. „Kommt und beeilt euch. Die Wehen haben längst eingesetzt. Es ist soweit!“

Senaide deutete voraus, in die Wolkenstadt hinein. Ein paar hundert Meter voraus hatte sich eine große Menschenmenge versammelt. Ein leiser Gesang drang an ihre Ohren. Respektvolle Laute. Und voller Freude.

„Dort ist es.“ Sie nahm Annym bei der Hand, und gemeinsam liefen sie hinüber. Nur am Rand nahm Annym zur Kenntnis, daß die Ernter bereits die Konstruktion der Sammelvorrichtungen an der Peripherie der Wolkenstadt beendet hatten. In ein paar Tagen begann ein neuer Kjer-Zyklus – gewaltige Schwärme aus nahrhaftem Krill, die alle zwei Normjahre, ihren evolutionären Gesetzen gehorchend, durch diese Region schwebten und dabei auch die Wolkenstadt berührten. Damit begann eine Zeit des Überflusses für die Traumgänger. Daß Stammutter Vania DarVil gerade jetzt gebar, war ein gutes Omen.

Alle Hütten, an denen sie vorbeikamen – sie waren aus abgestorbenem pflanzlichem Material errichtet, zusammengebacken mit dem Drüsensekret der Jungspinner – waren verlassen. Alle Traumgänger hatten sich im Gebärhaus und darum herum versammelt.

Sie traten an die Menschenmenge heran, und Senaide bat um Durchlaß. Man machte ihnen sofort Platz. Senaide war schließlich eine zukünftige Stammutter, und es stand ihr zu, einen Platz nahe der Gebärenden einzunehmen. Sie ließen auch Annym durch. Er war zwei Kjer-Zyklen nicht bei ihnen gewesen. Er hatte die Gemeinschaft der Wolkenstadt lange entbehrt. Er hatte damit das Recht des Erstsehers – das Recht, unmittelbarer Zeuge der Geburt neuen Lebens zu sein.

Im Innern des Gebärhauses duftete es nach verschiedenen Aromakräutern. Auf der breiten Liege lag mit aufgedunsenem Körper und weit vorgewölbtem Bauch die Stammutter. Ihre Körperstruktur hatte sich zur Erleichterung der Geburt verändert. Aber dennoch hatte sie nichts von ihrer Attraktivität eingebüßt. Ein zufriedener Ausdruck lag auf ihrem verschwitzten Gesicht. Sie hatte den Schmerz der Wehen aus sich verbannt und nur der Empfängnisfreude Platz eingeräumt. Senaide und Annym ließen sich inmitten des Kreises aus Stammüttern und Weisen Damen zu Boden sinken. Köpfe nickten ihnen zu. Die Hebammen – ausschließlich Weise Herren, die über das Zeugungsalter längst hinaus waren – sprachen der Gebärenden ruhig zu.

Senaide und Annym waren gerade noch rechtzeitig gekommen. Ein paar Minuten später verstärkten sich die Wehen, und aus dem Schoß der Stammutter Vania DarVil glitten die Körper von Drillingen. Die Hebammen verstanden ihre Arbeit. Sie empfingen die Neugeborenen und nabelten sie erst dann ab, als es unbedingt erforderlich war. Nicht einer der Drillinge schrie. Ihr erster Eindruck von der Welt war der von Wärme und angenehmer Dämmerung. Einer der Männer flüsterte der Stammutter etwas zu. Sie lächelte.

„Verkündet die Nachricht überall“, sagte Vania DarVil. „Verkündet dies: Wir haben drei neue Traumgänger unter uns. Zwei Jungen. Und ein Mädchen!“

Die anderen Stammütter stimmten sofort eine Lobeshymne an. Die Nachricht wurde flüsternd nach draußen weitergegeben. Jubelstimmen wurden laut, gleich darauf aber wieder gedämpft. Schließlich wollte man die drei Neugeborenen nicht erschrecken. Ein Mädchen, hieß es. Welch ein Glück! Eine zukünftige Stammmutter war geboren worden. Unmittelbar vor Beginn eines neuen Kjer-Zyklus.

„Verkündet dies: Das Fest soll vier Tage und vier Nächte dauern. Einen Tag und eine Nacht für jeden Jungen. Aber zwei

Tage und zwei Nächte für das Mädchen, das in dreizehn Kjer-Zyklen beginnen wird, uns neues Leben zu schenken. Welch ein Glück. Welch ein Glück!“

Die anderen Stammütter im Innern des Gebärhauses erhoben sich. Senaide stand ebenfalls auf und beugte sich zu Annym. „Ich muß dich jetzt für eine Weile verlassen. Viele Vorbereitungen sind zu treffen. Freue dich.“ Sie sah ihm tief in die Augen. „Freue dich, Annym. Nur das.“

Er nickte. Und lächelte. „Ich freue mich, Senaide.“ Und ich versuche, fügte er in Gedanken hinzu, das *Andere* in mir solange zu verdrängen.

2

Träumt, meine Kinder, denn im Traum liegt die Wahrheit. Im Traum liegt das Wissen. Niemand ist in der Lage, im Traum etwas zu verbergen. Denkt daran, meine Kinder, wenn Probleme euch plagen: Der Gemeinsame Traum mit euren Eltern und Bruderschwestern kann euch die Probleme zeigen und sie euch bewußt machen. Ihr werdet lernen, mit ihnen umzugehen, und wir zeigen euch Wege, sie zu lösen. Versucht nicht, vor den Antrieben eures Unbewußten davonzulaufen. Stellt euch. Der Gemeinsame Traum wird euch zur Erkenntnis führen . . .

Traumweisheit

Annym DryMarden sah Senaide nur selten während des Neulebenfestes. Es oblag den Stammüttern der Wolkenstadt, die Feiern zu organisieren, für den Nachschub an Speisen und Getränken und Süßen Wurzeln zu sorgen. Während eine Gruppe von Stammüttern Vania DarVil und ihre drei Neugeborenen pflegte, war die andere mit Vorbereitungen für die Fortsetzung der Feiern beschäftigt. Es trafen Abordnungen von anderen Wolkenstädten ein, und allseits war man voll des Lobes für Vania und beschwor das gute Omen: die Geburt einer neuen Stammutter im Zeichen des bevorstehenden neuen Kjer-Zyklus. Annym sah viele alte Freunde wieder, lauschte ihren Gesprächen, den Berichten von Wandertouren durch die weiten Zonen des Dichtwaldes, von Werbungen in anderen Wolkenstädten, von gefährlichen Begegnungen mit Gefahrenbringern auf den Unteren Ebenen. Und er erzählte auch selbst: von der Zeit bei den *Sternreisenden*, vom Kargen Land, das sich an den Dichtwald anschloß, von der Hitze und der Einöde *draußen*. Er rief damit unterschiedliche Reaktionen hervor. Einige seiner Zuhörer zeigten offenen Abscheu, als er sie fragte, ob sie nicht auch einmal *hinaus*gehen wollten. Andere waren nur neugierig und offenbarten Überraschung und Unglauben bei Schilderungen, die das Karge Land und die Leblosigkeit des Sandstaubes betrafen. Wieder andere interessierten sich besonders für die Kohlendioxidsenken in der Nähe der Astroschule. Aber niemand zeigte Interesse, den Dichtwald zu einer eigenen Entdeckungsreise zu verlassen. Annym beneidete sie darum. Vielleicht war es dieser Punkt, der seine Andersartigkeit besonders deutlich machte. Vielleicht hatte Senaide recht. Vielleicht war es ihm tatsächlich bestimmt, irgendwann die Wolkenstadt auf Dauer zu verlassen. Er verdrängte diesen Gedanken.

Er hatte es ihr versprochen.

Er unterhielt sich lange mit den Weisen Damen. Es waren ehemalige Stammütter, die der Wolkenstadt viele Male neues Leben geschenkt hatten, nun aber über das Alter hinaus waren, in dem sie gebären konnten. Ihnen galt besonderer Respekt, waren sie es doch, die die Gemeinsamen Träume steuerten, da nur sie endgültige Erfüllung im vergangenen Leben gefunden hatten. Annym erinnerte sich gut an die Zeit, als er sechs, sieben und acht Kjer-Zyklen alt gewesen war. Die Weisen Damen hatten ihn in der Liebe unterwiesen, ihm gezeigt, wie man körperliche und geistige Erfüllung schenken und erringen konnte. Er hatte in ihren Armen geweint, und er hatte gelernt, mit den Irrungen und Wirrungen seiner pubertären Phase zurechtzukommen. Sie hatten ihn gelehrt, seinen Körper besser kennenzulernen, seinen Bedürfnissen auf entsprechende Weise zu antworten. Und sie waren immer dagewesen, wenn sich sexuelles Verlangen in ihm angestaut hatte. Sie hatten ihm viel gegeben. Er hatte viel genommen.

Dann aber kam der Höhepunkt des Neulebenfestes näher. Drei Nächte und vier Tage dauerte es nun schon an, und als die vierte Nacht sich mit den dunklen Streifen am Horizont ankündigte, bereiteten die Weisen Damen alles für den Gemeinsamen Traum vor. Während dieser Vorbereitungen hatte Annym Gelegenheit, kurz mit Senaide zu sprechen. Sie war erschöpft. Aber es war eine Erschöpfung, die Zufriedenheit und Ausfüllung mit sich brachte.

„Es geht ihr gut“, sagte sie und meinte damit Stammutter Vania. „Ihr und ihren drei Kindern. Die Jungen sind gesund und ebenso das Mädchen. Es wird in dreizehn Kjer-Zyklen eine prächtige Stammutter sein."

Er sah sie an. Ihre dunklen Augen glänzten.

„So wie du, Senaide." Es klang traurig, aber es war nicht traurig gemeint. „Du bist jetzt zwölf Kjer-Zyklen alt. Mit dem Auftauchen des nächsten Kjer-Schwarms wirst du zur Stammutter." Er vollführte eine umfassende Geste. „Die Wolkenstadt wird erneut feiern, und diesmal bist du der Grund."

Sie lächelte. Aber gleich darauf fiel ein Schatten über ihre Züge.

„So ist es", sagte sie. „Ich habe alles gelernt, was ich wissen muß. Ich kann meinen Körper kontrollieren. Ich kann *empfangen*, und ich kann viel Freude schenken. Wie du selbst weißt, Annym. Wenn es nach mir ginge, möchte ich viel öfter mit dir allein sein. Aber es geht nicht nur nach mir. Ich habe eine Pflicht zu erfüllen, Annym. In jedem Kjer-Zyklus wird neues Leben geschaffen, aber unter den Neugeborenen sind nur wenige Mädchen und damit nur wenige Stammütter. Uns obliegt die Aufgabe, die Wolkengemeinschaft zu erhalten und zu mehren. Ich weiß nicht, wie lange wir diese Aufgabe schon erfüllen. Jahrhunderte sicher. Vielleicht viele Jahrtausende, seit wir Yloisis erreichten. Ich bin nicht unwissend. Ich weiß um den Anpassungsdruck, den unsere Umwelt – der Dichtwald – damals auf uns ausübte und heute noch ausübt. Ich weiß auch um die Rolle, die ich in diesem evolutionären Schema spielen muß. Ich könnte mich dieser Aufgabe gegenüber sträuben, aber ich *bin* eine Stammutter. Nicht nur ich weiß das, die Information ist auch in meinen Genen gespeichert. Wenn mein dreizehnter Kjer-Zyklus beginnt – dein vierzehnter –, dann werden sich meine Gene fortpflanzen wollen. Und ich muß diesem Ruf gehorchen. Ob ich will oder nicht. Ich werde die Samen aller Männer der Wolkenstadt in mich aufnehmen. Ich werde gebären. Viele Male. Und irgendwann werde ich zur Weisen Dame."

Sie hielt inne und legte den Kopf auf die Seite. „Etwas betrübt dich, nicht wahr? Ist es die Vorstellung, mich mit vielen anderen teilen zu müssen?"

Er widersprach. Nein, das war es ganz gewiß nicht. Senaide war in der körperlichen Liebe eingehend unterwiesen worden, von wechselnden Lehrmeistern. Genau wie er. Nein, das war es nicht. Es war nur eine Notwendigkeit, die er leicht akzeptieren konnte.

„Das also ist es nicht. Was dann?" Sie wußte es. Sie wußte aber auch, daß die Dinge leichter zu ertragen und besser zu verstehen waren, wenn man sie aussprach.

„Niemals“, sagte Annym leise, „kann ich zusammen mit dir neues Leben schaffen. Wir können gegenseitig Freude in der Vereinigung finden, mehr nicht. Außer ...“

„Es ist soweit!“ tönten die Rufe durch die Wolkenstadt. „Es ist soweit. Der Gemeinsame Traum beginnt ...“

Senaide sah Annym fragend an, doch jetzt war es zu spät, den begonnenen Satz zu vollenden. Annym fragte sich, ob es nicht überhaupt besser gewesen wäre, wenn er auch das letzte, eine Alternative ankündigende Wort nicht ausgesprochen hätte.

Die Traumgänger bezogen Aufstellung. Alle nahmen daran teil. Alle, auch Kinder. Eine Lücke in dem bereits entstandenen Kreis öffnete sich, um Annym und Senaide mit aufzunehmen. Im Zentrum des Kreises standen fünf Weise Damen, in ihren Händen die Beutel mit konzentrierten Traumpollen. Sie waren in langer Sammelarbeit aus den Halluzinationsblüten gewonnen worden, jenen Blüten, die für Nicht-Traumgänger so gefährlich und sogar tödlich waren, wenn sie sich ihnen zu lange aussetzten. Das, fand Annym, war eine weitere Merkwürdigkeit. Sein Körper machte deutlich, daß er nicht zu den Wolkenstädtern gehörte. Er war kein Traumgänger. Er hatte die Fähigkeit zum Bewußttraum im Gegensatz zu seinen hier geborenen Altersgenossen erst mühsam erlernen müssen. Und dennoch: Die Halluzinationsblüten und so auch die Traumpollen vermochten ihm nicht gefährlich zu werden. Eine in langen Kindheitsjahren erworbene Immunisierung? Vielleicht.

Die Weisen Damen stimmten den Schlafgesang an, und alle im Kreis Stehenden wiederholten den Refrain. Entspannung entstand in Annym, noch gefördert von der Ausstrahlung Senaides. Ein wohliges Gefühl der Geborgenheit. Das Gefühl, nach dem er sich in der Astroschule und im Kargen Land so gesehnt hatte. Die Farbtönung seines Körpers verfärbte sich zu einem hellen Gelb. Er unterdrückte den Reflex nicht. Neben sich spürte er die Wärme Senaides.

„Neues Leben ist geboren!“ erhoben die Weisen Damen ihre Stimmen. „Darunter auch eine neue Stammutter. Ein vielversprechendes Omen. Wir wollen träumen und aus dem Gemeinsamen Traum neue Kraft schöpfen. Wir wollen eins sein. Wir wollen unsere Eltern und Bruderschwestern ehren. Und wir wollen das dreifache Neuleben willkommen heißen.“

„So sei es“, lautete die gemurmelte Antwort.

Die Weisen Damen öffneten die Beutel. Weißer Staub schwebte heraus, vom Wind zu feinem Nebel verteilt.

Sie ließen sich zu Boden sinken. Die Weisen Damen stimmten erneut einen Gesang an. Die Worte waren von hypnotischer Eindringlichkeit.

Wie alle anderen auch atmete Annym DryMarden tief ein. Den Traumpollen war ein seltsamer Duft zu eigen. Tief einatmen ...

Die Äußere Wirklichkeit löste sich auf und machte der Inneren Realität Platz.

„Werdet eins!" riefen die Lautlosen Stimmen der Weisen Damen. Und die Traumgänger wurden eins. Sie öffneten ihre Geister, ließen hinaus, was drinnen rumorte, ließen hinein, was draußen flüsterte. Es war ein allgemeiner und umfassender mentaler Austausch. Jeder nahm. Und jeder gab. Annym sah sich um. Es war, als hüllten kalte Elmsfeuer die Körper der Traumgänger ein. Lohen aus sprühenden Funken, die nicht verbrennen konnten, aber Wärme schenkten. Kronen aus verschiedenfarbenem Licht. Die Wolkenstadt war plötzlich fern, deshalb aber nicht weniger real. Die Hütten und Wohnkuben aus Holz und sekretstabilisierten Breitblättern waren *warm*. Das Licht der beiden untergehenden Sonnen verwob sich zu einem rotblauen Glanz. Eine Wunde im Himmel, aus der sich Lichtblut auf Yloisis ergoß.

„Werdet eins!" wiederholten die Weisen Damen die Lautlosen Worte. Ja, sie wurden eins. Annym entspannte sich und gesellte sich hinzu, wurde zu einer Masche unter vielen im weitgespannten Ichnetz. Gedankenschatten segelten vorbei. Bilder aus fremden Erinnerungen. Er vernahm andere Lautlose Stimmen, und diesmal stammten sie von den Traumgängern der entstandenen Egogemeinschaft.

„Schönes Fest ..."

„... gespannt, wann der Kjer-Schwarm auftaucht ..."

„... zwei Jungen und eine neue Stammutter. Ein gutes Omen. Wahrhaftig, ein gutes Omen ..."

Positive Rückkopplung. Die Glück- und Euphoriesignale der Traumgänger verstärkten sich gegenseitig, unterstützt von der lenkenden und steuernden Kraft der Weisen Damen. Annym DryMarden ließ sich fortreißen von dem mentalen Strom. Gedankensignale umschmeichelten sein Ich.

„Senaide?"

„Ja, hier bin ich", entgegnete ihre Lautlose Stimme. „Ich bin bei dir."

Ihr Ich war offen. Annym konnte hinabblicken bis zu den Tiefen ihres Unbewußten. Er tauchte in ein Meer aus Freude und Zuneigung und Glück. Er sah durch ihre Augen, fühlte mit ihrer Haut, schmeckte mit ihrer Zunge. Er fühlte die Hitze in ihr, die sich mit der Wärme der anderen Traumgänger verbunden hatte.

„Schöpft Kraft, Kinder und Bruderschwestern!" riefen die Weisen Damen. „Verdrängt alles, was die Freude zu stören vermag. Genießt. Seid glücklich."

Das Ichnetz erweiterte sich. Es schwebte durch die Wolkenstadt, eingehüllt von dem Dämmerungsrot Seths und Loths. Es tastete sich vorsichtig zu den drei Neugeborenen, deren rudimentäre Mentalsignale wie träge dahinsickerndes, klares Wasser waren. Es erweiterte sich und nahm sie mit auf.

Und weiter. Die Egogemeinschaft verwob sich mit der Wolkenstadt selbst, den am Stamm wartenden Tragkletterern, den Ästen, Zweigen und Blättern, sogar mit den Gefahrenbringern der unteren Ebenen. Es gab keine Grenze mehr. Alles war eine in sich geschlossene und gleichzeitig weit geöffnete Multisingularität. Der Tag wich der Finsternis der Nacht. Am Himmel glühten die Tausend Lichter auf, flackernde Botschaften ferner Welten.

Annym fühlte sich seltsam leicht. Er hatte das Gefühl, jederzeit emporschweben zu können, hinauf in jene Regionen, in denen die Nacht ewig währte und die Kälte nur dort wich, wo sich die Sonnen in Jahrmillionen andauerndem Feuer selbst verzehrten. Es war, als seien ihm keine Grenzen mehr gesetzt, wenn sein Wille nur stark genug war. Er betrachtete die Sterne, und der flackernde Schein erweiterte sich für ihn. Das Licht zerfaserte, und die Photonen schienen zu rufen: *Komm. Warte nicht länger. Komm zu uns.* Es war ein magischer Ruf, getränkt von hypnotischer Anziehungskraft.

Das Licht verblaßte, die Finsternis kehrte zurück. Annym ließ sich zurücksinken in das Ichnetz. Und er sah das Gesicht, das Gesicht der Frau, die ihn manchmal aus Senaides Zügen anblickte.

Das feuerrote, hüftlange Haar wurde von einem fremden Wind bewegt, ein Schleier aus Feuer und Blut. Die Züge waren aus braungetöntem Marmor gemeißelt, ebenmäßig, weich. Die Augen waren zwei glitzernde Juwele.

Komm! rief das Gesicht. *Warte nicht länger. Komm zu mir.*

Wehmut entstand in Annym DryMarden. Er schwebte wieder empor, hinauf, dem fremden Gesicht entgegen. Doch es löste sich auf. So plötzlich, wie es aus dem Nichts entstanden war. Seine Trauer verstärkte sich. Und tief in ihm begann wieder das kalte

Feuer zu brennen, die Flamme, die nicht erstickt werden konnte. Seine Verbindung zur Egogemeinschaft der Traumgänger wurde brüchiger.

Der Gedankengang der Weisen Damen verklang.

„Nicht alle spüren Glück und Freude“, ertönten die Lautlosen Stimmen. „Jemand ist unter uns, Kinder und Bruderschwestern, dessen Geist nicht ruhig und ausgeglichen ist. Jemand ist unter uns, dessen Glück nur von zeitweiliger Dauer sein kann. Wer ist es?“

„Ja“, kam das Echo der Frage, besorgt, mitfühlend, „wer ist es?“

„Du bist es, nicht wahr?“ fragte die Lautlose Stimme Senaide KurKarims.

„Es tut mir leid“, entgegnete Annym. Es war ehrlich gemeint. Senaides Ego lag offen vor ihm. Sie empfand Trauer.

„Ich weiß, wer es ist“, meldete sich eine andere Stimme. Sie war erfüllt von tiefem Ernst. Keine Spur mehr von umfassender Freude und Euphorie. „Es ist Annym DryMarden.“

„Ja“, entgegnete Annym. Er wußte, daß er es nicht länger verbergen konnte. „Ich bin es.“

Die Egogemeinschaft veränderte sich. Die Aufmerksamkeit aller richtete sich nun auf ihn.

„Es tut mir leid, daß ich den Gemeinsamen Traum auf diese Weise störe“, sagte er.

„Du mußt es nicht bedauern.“ Wieder die Stimme. Annym erinnerte sich an die Traumunterweisungen und öffnete seine Sinne. Ja, er kannte die Stimme. Nur zu gut. Sie gehörte Ulina DryDarah, der Stammutter, die ihn aufgezogen hatte. „Wir alle gehören zusammen. Die Probleme des einzelnen sind die Probleme der Gemeinschaft.“ Die Mentalsignale der Traumgänger streichelten ihn. Sie vermittelten Zuneigung und Mitgefühl, Sympathie und das Gefühl, nicht allein zu sein.

„Du warst lange fort“, sagte Ulina DryDarah mit der Lautlosen Stimme. „Zwei Kjer-Zyklen. Es war ein Teil von uns selbst, den wir fortschickten zur Astroschule der *Sternreisenden*. Du weißt, warum wir dich fortschickten.“

„Ja“, entgegnete Annym, „ich weiß es.“

Die Aufmerksamkeit der Egogemeinschaft hatte sich jetzt voll auf ihn konzentriert. Er fühlte sich schuldig. Schuldig, Freude zerstört zu haben.

Widerspruch. „Nein, es ist nicht Schuld, Annym“, sagte Ulina weich. Er sah das Gesicht seiner Stammutter: schmal wie das Senaides, volle Lippen, große, dunkle Augen, schwarze Haare, in denen ein leichter Grauschimmer verborgen lag. Nicht mehr lange, und sie würde zu einer Weisen Dame werden. Sie hatte es verdient. Sie hatte der Gemeinschaft oft neues Leben geschenkt.

„Wir schickten dich zur Astroschule“, vernahm Annym die Gemeinsame Lautlosigkeit der Wolkengemeinschaft, „weil wir hofften, den Ferndrang in dir dadurch stillen zu können. Du kehrtest zu uns zurück. Du hast viel gelernt. Aber der Drang in dir ist so stark wie bei deinem Aufbruch. Die Lehrunterweisungen konnten ihn ebenso wenig ersticken wie die zurückliegenden Gemeinsamen Träume.“

Zustimmung. Widerstrebend. Voller Bedauern. Annym fühlte sich wie ein Verräter. Ganz in seiner Nähe waren die Ausstrahlungen Senaides. Er spürte die Anspannung in ihr, und sie konnte der Egogemeinschaft sicher auch nicht entgehen. Sein Schuldgefühl verstärkte sich. Senaide war eine zukünftige Stammutter. Mit dem Auftauchen des nächsten Kjer-Schwarms – und der konnte nicht mehr lange auf sich warten lassen – würden die Weisen Damen sie in ihre Aufgabe einweisen. Senaide jedoch war für eine Stammutter viel zu sehr auf einen einzelnen fixiert – auf ihn.

„Öffne dich für uns, Annym“, bat Ulina DryDarah. „Öffne deinen Geist, auf daß wir in dich hineinschauen können. Verwende alle Kraft darauf, den Drang in dir verstehen zu wollen. Wir helfen dir. Vielleicht gelingt es uns gemeinsam, dich von diesem Ichschatten zu befreien.“

Zweifel, Skepsis. Aber auch Respekt genug, um der Bitte der Stammutter zu entsprechen.

„Ja“, vernahm er die Lautlose Stimme Senaides. „Öffne dich. Öffne dich für uns.“

Er spürte die Hoffnung in ihren Gedanken. Die Hoffnung darauf, den Ferndrang in ihm gemeinsam mit der Egogemeinschaft tilgen zu können. Die Hoffnung, dann mit ihm zusammenbleiben zu können.

Annym versuchte sich zu entspannen. Es fiel ihm schwer. Aber seine Bruderschwestern unterstützten ihn dabei. Warm und weich und zärtlich. Sie bauten mentale Brücken zu seinem Unbewußten und sickerten hinab in die unauslotbaren Tiefen seines Geistes. Annym sah in sich hinein und folgte den Wegen und Straßen, die von den Traumgängern errichtet worden waren. Und er sah den Schatten tief in seinem Innern, die Zone der Dunkelheit, die alles verbarg, was sich darin und dahinter befinden mochte. Lag hier die Ursache für seinen unstillbaren Hunger nach der Ferne?

„Entspanne dich, Annym", sagte Ulina. Ihr Gesicht war nahe. Er blickte in ihre Augen – zwei Quellen der Geborgenheit.

Ihr Ich tropfte ebenfalls in ihn hinein. Ein warmer Hauch in seinen Gedanken. Sie leitete und lenkte. Und sie berührte seinen Ichschatten.

Schmerz brandete in Annym empor. Schmerz, der ihn zusammenkrümmen und aufschreien ließ. Schmerz, der der Traumstase ein abruptes Ende bereitete und seine Gedanken zersplittern ließ. Er kam wieder zu sich, neben vielen anderen Körpern, inmitten der von der Dunkelheit der Nacht eingehüllten Wolkenstadt. Seine Haut brannte in einem grellen Violett. Zeichen der Pein und Qual, Zeichen des Schmerzes. Er unterdrückte den Tönungsreflex. Seine Lippen zitterten. Nein, nichts konnte seinen Ferndrang tilgen. Nichts konnte den Schatten in ihm auflösen, den Schatten seines Ichs. Dicht neben ihm lag Senaide. Ihr Körper bewegte sich unruhig, dann öffnete sie die Augen und sah ihn an. Tränen schimmerten wie Juwelen aus flüssigem Silber. Er verstand. Nein, es gab keine Hoffnung.

Damit war das Neulebensfest beendet. Es hatte keinen guten Abschluß gefunden. Annyms Schmerz war auch der Schmerz der Traumgänger gewesen. Sie hatten sich zurückgezogen in ihre Hütten und Wohnkuben. Stille senkte sich über die Wolkenstadt. Annym sah Stammutter Ulina DryDarah an. Traurig und niedergeschlagen.

„Es war umsonst", sagte er leise. Der Wind sang sanft in den Blättern und Zweigen. Und am Himmel glühten die Tausend Lichter. Senaide berührte seine Hand. Sie war heiß und feucht.

Ulina nickte langsam. „Ja, Annym, es war umsonst. Wir konnten deinen Ferndrang nicht tilgen. Er wohnt weiter in dir. Und er wird stärker werden. Immer stärker."

Senaide sagte kein Wort. Aber Annym konnte deutlich spüren, wie sich ihre Ausstrahlung änderte. Sie wußte, was nun kommen mußte.

Die Weisen Damen kamen hinzu und ließen sich ebenfalls nieder. Stammutter Ulina nickte ihnen kurz zu.

„Warum", sagte Annym langsam und blickte dabei zu Boden, „bin ich anders als ihr?"

„Ich wußte, daß du mir eines Tages diese Frage stellen würdest." Sie sah Senaide an, dann wieder Annym. Ihre Züge waren voller Wissen und Verstehen. „Nun, ich glaube, jetzt ist der geeignete

Zeitpunkt, es dir zu sagen." Sie atmete tief durch. Es klang wie ein Seufzen.

„Du bist kein Traumgänger wie wir, das weißt du selbst. Du unterscheidest dich von uns sowohl körperlich als auch im Geiste. Du bist ein Halbmensch wie wir. Aber du hast *andere* Genmale. Wir sind an unsere Umgebung, an unsere Ökoinsel angepaßt. Du nicht."

Er nickte. „Ich weiß, ich komme nicht von hier. Du bist nicht meine wirkliche Mutter, Ulina. Und die Traumgänger sind nicht meine wirklichen Bruderschwestern."

„Richtig." Sie suchte nach Worten. „Nun, ich will dir die ganze Geschichte erzählen. Wir fanden dich vor fast vierzehn Kjer-Zyklen. Eine Sammlergruppe, deren Weg bis zu den Savannen am Rand des Dichtwaldes führte. Sie vernahm eine ferne, dünne Stimme, und als sie dem Ruf folgte, fand sie einen Säugling, abgezehrt, hungrig und durstig. Sie nahm ihn mit zur Wolkenstadt, und ich nahm den Sohn an Kindes Statt. Ich zog ihn auf. Ich nährte ihn mit meiner Milch, denn das Glück wollte es, daß ich zu dieser Zeit gerade neues Leben geboren hatte. Das Kind wuchs heran, aber schon bald wurde deutlich, daß es *anders* war. Es war größer und kräftiger als seine Altersgenossen. Und es reagierte anders auf die Traumpollen." Sie sah ihn an. „Du weißt, Annym, welche Gefahren für Nicht-Traumgänger von der Berührung mit Halluzinationsblüten und Traumpollen ausgehen. Ganz offensichtlich aber war dieses Kind ein Nicht-Traumgänger. Wir erschraken. Wir fürchteten um das Leben unseres Neuen Sohnes, denn unsere Gemeinschaft erfordert Gemeinsame Träume, wie du weißt. Nun, es stellte sich aber heraus, daß das Kind außergewöhnlich lernfähig war, und nach einer Weile, als es drei oder vier Kjer-Zyklen alt war, konnte es sogar an unseren Gemeinsamen Träumen teilnehmen, ohne Schaden dabei zu nehmen. Und in diesem ersten Gemeinsamen Traum, an dem der Neue Sohn teilnahm, gaben wir ihm einen Namen. Wir nannten ihn Annym – nach der ersten Stammutter, die eine Gemeinschaft in den Wolkenbäumen von Yloisis begründete, nach Helene VanAnnym. Wir nannten ihn Dry – nach der Stammutter, die ihn aufnahm, an ihrer Brust nährte und ihn großzog, nach mir, Ulina DryDarah. Und wir nannten ihn Marden. Es ist ein Wort der Weisen Damen, und es bedeutet: Aus der Ferne kommst du, in die Ferne gehst du. Das also war dann der vollständige Name: Annym DryMarden." Sie beugte sich ein wenig vor. „Deinen wirklichen Namen haben wir nie erfahren."

„Und meine Eltern?“

„Wir kennen sie nicht. Alle unsere dementsprechenden Nachforschungen waren ergebnislos. Auch wissen wir nicht, warum man dich am Rande unseres Dichtwaldes aussetzte. Es war gefährlich. Es war nur ein Zufall, daß du von einer Sammlergruppe gefunden wurdest. Ein paar Stunden später wäre der Säugling gestorben. So aber lebte er.“

„Aus der Ferne kommst du, in die Ferne gehst du“, wiederholte Annym leise. „Ein Name, der mein Wesen trifft. Vielleicht war es mehr als ein Zufall.“

„Vielleicht“, entgegnete Ulina DryDarah.

„Dies ist meine Heimat“, sagte Annym leise. „Dies ist mein Zuhause. Hier bin ich aufgewachsen. Hier lebe ich. Hier habe ich Freunde.“ Er blickte Senaide kurz an.

Ulina schüttelte langsam den Kopf.

„Nein, Annym. Du bist hier aufgewachsen, ja, aber es ist nicht deine Wahre Heimat. Vielleicht ist das die Ursache für den Schatten in deinem Ich, der dich forttreiben will. Nein, Annym, hier wirst du nie Innere Ruhe finden. Der Drang in dir wird stärker werden, zu einem Krebsgeschwür, das dich innerlich verzehrt, wenn du ihm nicht nachgibst.“

„Vielleicht“, sagte Annym und benutzte die gleiche Analogie, „kann man das Geschwür aus mir herausoperieren.“

„Wir haben versucht, es zu *verstehen*, und selbst das hat zu Pein und Qual geführt. Nein, es wird nicht gelingen. Du mußt dem fernen Ruf gehorchen, ob du willst oder nicht.“

Er sah auf.

„Du schickst mich fort, Stammutter?“

Sie zögerte. Und berührte ihn an der Wange. „Du bist mein Sohn, Annym, auch wenn du nicht von meinem Fleisch und Blut bist. Ich liebe dich, wie ich alle meine Kinder liebe, denn Liebe ist unteilbar, wie eine unserer Traumweisheiten lautet. Aber Liebe bedeutet auch, nicht festzuhalten. Du mußt gehen, Annym. Du mußt zu dir selbst finden, denn das ist die erste Stufe der Erkenntnis.“

„Nein“, sagte Senaide. Leise. Aber entschlossen und fest. „Du darfst nicht gehen, Annym. Du mußt hierbleiben. Bei mir.“

Ulina DryDarah runzelte die Stirn, und die Weisen Damen unterhielten sich flüsternd.

„Liebe heißt, das Beste für den anderen zu wollen“, sagte sie ruhig.

„Ist es das Beste für Annym, wenn er bei uns bleibt und dadurch nicht zur Inneren Ruhe finden kann?“

„Ich werde ihm helfen“, beharrte Senaide KurKarim. Ihre Finger kletterten an Annyms rechtem Arm hinauf und hinunter. Nervös und unsicher. „Ich werde immer bei ihm sein, wenn er mich braucht.“

„Diese Absicht ehrt dich, Senaide“, sagte eine der Weisen Damen. „Aber du bist noch jung. Du hast eine Aufgabe. Du bist eine von wenigen Stammüttern, die der Gemeinschaft neues Leben schenken können. Annym ist unser Kind und Bruder. Wir lieben ihn. Aber sein Samen wird in dir nie Früchte tragen können.“

Annym blickte beschämt zu Boden. Es war, als umklammere etwas Kaltes sein Herz. Es benahm ihm den Atem. Er erhob sich mit ungelenken Bewegungen.

„Ich werde gehen“, sagte er und sah Senaide an. „Ulina hat recht.“

Sie sprang auf und hielt ihn an beiden Armen fest. Ihr Zugriff war hart.

„Nein, bitte Annym. Du mußt hierbleiben.“

„Er kann hier nicht glücklich werden“, sagte die Weise Dame, und Ulina nickte und fügte hinzu: „Du darfst deine Wünsche niemals vor die des anderen stellen, Senaide. Du willst Glück und Zufriedenheit, aber du bringst damit nur Zerstörung.“

In Senaides Augen schimmerte es feucht.

„Ulina hat recht“, wiederholte Annym. „Ich muß wirklich gehen, Senaide. Es gibt keinen anderen Weg für mich. Verstehst du das nicht?“ Es war seltsam: Schmerz und freudige Erwartung waren zugleich in ihm. Jetzt, da er lange darüber nachgedacht und darüber gesprochen hatte, war es ihm selbst klar. Wenn er hierblieb . . . wie lange vermochte er dann seinem Verlangen nach der Ferne noch standzuhalten? Einen Kjer-Zyklus? Oder vielleicht sogar zwei? Irgendwann mußte der Drang so stark werden, daß er die Wolkenstadt verließ. Der Schmerz Senaides würde dann um so größer sein. Nein, er mußte gehen. Jetzt.

„Aber nicht heute nacht“, sagte Ulina, als hätte sie seine Gedanken erraten. Annym ließ sich wieder auf dem Boden nieder. Senaide ebenfalls. Sie wich seinem Blick aus. Ihre Ausstrahlung aber konnte sie nicht verbergen. Sie war voller emotionaler Qual, und sie machte deutlich, wie sehr Senaide nach einem möglichen Ausweg suchte.

„Du bist ein Halbmensch", fuhr Ulina leise fort. „Vielleicht hängt der Schatten in dir mit deinem Genstatus zusammen. Wenn du gehst, dann lenke deine Schritte zunächst zu einer Mehrlebensoase. Dort zeichnet man die Daten jeder einzelnen Verkoppelung auf. Frage dort nach deinen Eltern. Vielleicht erhältst du einen Hinweis. Und vielleicht findest du Antwort auf die Frage nach der Ursache deines Drangs in die Ferne."

„Das werde ich tun", entgegnete Annym. Eine Mehrlebensoase, dachte er. Und ihm fielen wieder die Worte ein, die er Senaide hatte sagen wollen, als der Schrei der Signalrufer ertönt war. Senaide erzitterte und blickte ihn an. Sein Gedanke mußte so intensiv gewesen sein, daß sie einen Bruchteil aufgefangen hatte.

„Wenn du gehst", sagte sie, „dann begleite ich dich. Ich komme mit dir!"

„Das ist unmöglich!" platzte es aus Stammutter Ulina heraus. Senaide schüttelte den Kopf. Ihr schwarzes, seidenes Haar wogte hin und her, wie der emporgewirbelte Gischt eines Dunklen Ozeans. „Es *ist* möglich. Und ich werde es tun!"

„Mit dem Auftauchen des nächsten Kjer-Schwarms", wandte eine Weise Dame sanft ein, „wirst du zu einer Stammutter werden. Gleichzeitig damit wird dein Bedürfnis, neues Leben zu empfangen und zu gebären, so stark, daß du dich ihm nicht widersetzen kannst, Senaide. Das ist die Last, die eine Stammutter zu tragen hat. Es ist das Schema der Evolution, das dir in diesem Punkt keine Entscheidungsfreiheit einräumt. Du *mußt* dich fortpflanzen. Deine Gene wissen es. Und dieser Zwang hat bisher den Fortbestand unserer Wolkengemeinschaft gesichert. Du kannst da keine Ausnahme bilden, Senaide. Der Zwang wird deinen Willen unterwerfen." Sie lächelte. Es sollte Trost spenden und Einsicht induzieren. „Von Annym kannst du kein neues Leben empfangen. Und du wirst dich nicht einmal mit ihm vereinigen können, wenn ihr den Dichtwald verlaßt. Im *Draußen* gibt es keine Metamorpher-Kolonien und damit auch keine Veränderungspollen. Du wirst großen Schmerz empfinden, wenn Annym in dich eindringt. Du bist nicht in der Lage, deine Körperstruktur der seinen anzupassen. Und du wirst von allen deinen Bruderschwestern getrennt sein. Es gibt keinen Gemeinsamen Traum mehr, aus dem du neue Kraft schöpfen könntest. Du wirst *allein* sein. Einsamkeit aber ist ein Fluch."

Annym wollte etwas sagen, doch Senaide wischte seine möglichen Einwände mit einer Handbewegung zur Seite.

„Ich *kann* Annym begleiten, und ich *werde* ihn begleiten. Wir können einen Vorrat Traumpollen mitnehmen. Und ebenso einen Vorrat an Metamorpher-Blütenstaub. Und ich bin *nicht* allein. Annym wird bei mir sein. Immer. Und ich bei Annym."

„Du bist zu sehr auf eine einzelne Person fixiert", tadelte eine andere Weise Dame.

„Ich habe mich mit vielen Jungen Herren vereinigt", widersprach Senaide. „Ich habe viel gelernt. Und ich lehne meine Aufgabe als Stammutter auch nicht ab. Ich würde sie mit Freuden annehmen, wenn Annym hier bei uns bleiben könnte. Aber wenn Annym uns verläßt, geht auch ein Teil von mir. Ich wäre nicht mehr das, was ich jetzt bin."

Bitte, dachte Annym. *Laßt sie mit mir gehen. Oh bitte.* Doch ein anderer Teil seines Denkens fügte hinzu: *Ulina und die Weisen Damen haben recht. Sie darf nicht mit mir kommen. Sie muß hierbleiben. Nur hier ist sie glücklich.*

„Du magst recht haben", sagte Ulina DryDarah. „Du kannst Pollenvorräte mitnehmen. Doch sie reichen nur für eine begrenzte Zeit. Und außerdem ist da noch ein Fortpflanzungstrieb. Du wirst *terii* sein: eine Stammutter, die nicht gebären kann. Und für eine Stammutter gibt es nichts Schlimmeres, Senaide. Bedenke dies wohl."

Senaide schüttelte erneut den Kopf. „Nein", sagte sie, „ich *kann* gebären." Sie lächelte Annym an. „Wir können uns verkoppeln und die Genfrucht in meinen Bauch pflanzen, auf daß ich sie austrage."

Das war es. Das war es, was Annym ihr hatte vorschlagen wollen. Ein Ausweg. Möglicherweise.

Stammutter Ulina studierte ihre Gesichter, analysierte, verstand und begriff. Die Weisen Damen nickten langsam.

„Deine Ausstrahlung", sagte Ulina, „spricht schneller als dein Mund." Sie sah auch Annym an. Dann wieder Senaide. „Liebe ist unteilbar, so lautet eine unserer bedeutendsten Traumweisheiten. Und Liebe ist auch das kostbarste Gut, das wir kennen." Sie lächelte plötzlich. „Noch niemals hat eine Stammutter die Gemeinschaft verlassen. Nun, einmal ist immer das erstemal. Ich kann dich nicht an der Verwirklichung deiner Absicht hindern, Senaide KurKarim. Ich will es auch nicht mehr. Du gehörst zur Gemeinschaft, und doch muß jeder einzelne wissen, wo er sein Glück und seine Innere Ruhe finden kann. Du bist davon überzeugt, sie an der Seite Annym DryMardens zu finden. So sei es denn. Geht gemeinsam hinaus. Ich werde morgen einige Sammelgruppen ausschicken, damit ihr einen Vorrat an Traum- und Metamorpher-pollen mit euch nehmen könnt. Und ich gebe euch dies."

Sie griff in eine Tasche ihres Kilts und holte zwei glänzende Schwarzsaphire hervor.

„Zwei *Perlen der Nacht*", sagte sie. „Ihr Wert müßte ausreichen, um die Genverschmelzung und die Einpflanzung der Genfrucht zu bezahlen." Sie nahm Senaide in die Arme. „Ich hoffe, du hast eine gute Gebärzeit. Zwillinge vielleicht. Oder gar Drillinge." Sie küßte Annym. „Du bist nicht mein Fleisch. Aber du bist doch mein Sohn. Und eine Mutter schmerzt es, einen Sohn zu verlieren."

Annym wurde sich erst jetzt bewußt, was geschehen war und was in den nächsten Tagen geschehen würde. Er weinte in den Armen seiner Stammutter, so wie damals, als er noch ein Knabe gewesen war. Es war ein befreiendes Weinen, ein Ventil für die Anspannung, die sich in ihm angesammelt hatte.

3

Vor langer Zeit kamen wir, um Einsamkeit zu suchen. Wir fanden Harmonie. Vor langer Zeit kamen wir, um dem Elend zu entfliehen. Wir fanden Glück. Vor langer Zeit kamen wir, um Unterdrückung abzustreifen. Wir fanden Gemeinsamkeit. Vor langer Zeit kamen wir, um Veränderung zu erfahren. Wir fanden Anpassung.

Viel verdanken wir Stammutter Helene VanAnnym. Viel verdanken wir dem Dichtwald im Hohen Norden von Yloisis. Aber noch mehr verdanken wir uns selbst, denn wir sind es, die im Gemeinsamen Traum den Sinn der Gemeinschaft weiterentwickeln und aufrechterhalten. Doch dies alles, meine Kinder und Bruderschwestern, darf uns nicht darüber hinwegtäuschen, daß dort draußen alles anders ist. Dort draußen befindet sich ein Heer aus unzähligen Welten mit unzähligen Menschen und unzähligen Kulturen. Die Wolkenstädte von Yloisis sind nichts als ein fernes Ufer an den Gestaden eines endlosen Ozeans.

Traumweisheit

Auch eine Rose stinkt, wenn Schlamm sie einhüllt.

Sprichwort in Offenes Tor

Endlos breitete sich das Karge Land vor ihnen aus. Ödnis aus gelbbraunem Staubsand, in den der Wind bizarre Muster zeichnete. Annym sah zurück. Das Grün des Dichtwaldes schmeichelte den Augen. Er hatte noch die Laute des Abschiedsgesangs in den Ohren. Er seufzte. Senaide hauchte ihm einen Kuß auf die Wange.

„Ich hoffe“, sagte Annym langsam, „du wirst deinen Entschluß, mich zu begleiten, niemals bereuen.“

„Nein“, entgegnete sie. „Ich bin ganz sicher.“ Sie deutete hinaus ins Karge Land. Er hatte ihr bereits viel davon erzählt, von der Hitze des Tages und der Kälte der Nacht. Aber es war etwas anderes, nur Erzählungen davon zu lauschen, oder selbst hinauszuziehen und es zu spüren.

„Wie weit ist es bis nach Offenes Tor?“

Annym zuckte die Achseln. „Sehr weit, Senaide. Wir werden viele Tage und Nächte unterwegs sein. Offenes Tor liegt weit im Süden, noch jenseits des *Walls*.“ Er hatte ihr auch vom *Wall* erzählt, jenem gewaltigen Gebirgsmassiv, das sich wie eine trennende Wand Hunderte von Kilometern von Westen nach Osten erstreckte und die beiden Hemisphärem von Yloisis unterteilte. „Aber in Offenes Tor befindet sich eine Mehrlebensoase. Und ein Raumhafen. Es ist das Sprungbett zum wirklichen Draußen.“

Die Zweizunge des Sandwarans tanzte unruhig umher. Es war ein riesiges Geschöpf, fast zehn Meter lang und zwei Manneslängen breit. Wenn es sich bewegte, knisterten die Panzerschuppen seiner Außenhaut, und wenn das Licht in einem bestimmten Winkel auf sie traf, glitzerten sie wie Samtsmaragde. Eine Rufgruppe aus der Wolkenstadt hatte drei Tage benötigt, um den Sandwaran aufzutreiben. Normalerweise kamen sie nicht besonders nahe an die Savanne oder gar den Dichtwald heran. Damals, als Annym das erstemal das Karge Land durchquerte, hatte es fast zwei Wochen gedauert, bis ein *Rufer* einen geeigneten Sandwaran herbeizitierte.

Senaide spitzte die Lippen und stieß einen grellen Pfiff aus. Der Sandwaran erzitterte und grub dann seine acht Laufbeine in den Sand. Sein mächtiger Schädel neigte sich einmal nach rechts, dann wieder nach links. Seine Zweizunge zuckte hierhin und dorthin, fischte winzige Insekten aus der Luft. Es war Kjer-Zeit. Wenn sie zurückblickten, konnten sie weit oben die mächtigen roten Wolken des Krills erkennen. Und ein Teil des hoch oben schwebenden Luftplanktons geriet in Fallwinde und damit hinunter bis zum Kargen Land. Es waren nicht nur Leckerbissen für die Traumgänger, sondern auch für das verborgene Leben der Wüste und die Sandwarane. Senaides dreizehnter Kjer-Zyklus, Annyms vierzehnter. Seine Begleiterin war nun Stammutter. Und obwohl sie die Wolkenstadt längst hinter sich gelassen hatten, war die Körperausstrahlung Senaides voller Stolz über ihren neuen Status. Ihr Fortpflanzungstrieb war noch recht schwach. Aber bald schon mußte er stärker werden, in einigen Wochen, vielleicht auch erst in einigen Monaten. Er würde zwar nicht ihr Denken, aber doch ihre Gefühle beherrschen. Und die Frustration, von Annym kein Kind empfangen zu können, mußte immer weiter zunehmen, wenn sie bis dahin keine Mehrlebensoase aufgesucht und sich verkoppelt hatten.

Aber so lange, sagte sich Annym, waren sie bis nach Offenes Tor nicht unterwegs. Und dort befand sich eine Mehrlebensoase.

Nach einigen Stunden war um sie herum nur noch das Gelbbraun des Kargen Landes. Eine weite, heiße Ebene, die sich bis zum Horizont und darüber hinaus erstreckte. Kein Punkt, an dem das Auge ruhend verweilen konnte. Unermüdlich bewegten sich die Beine des Sandwarans. Wie die Kolben eines Motors, den seine Lehrer ihm in der Astroschule gezeigt hatten. Der Waran hechelte und fraß, lief und fraß, knurrte und fraß.

Seth und Loth kletterten über den Himmel, ein Paar aus grellem Licht und lodernder Hitze. Manchmal flimmerte weit voraus die Luft über der Staubsandwüste und gaukelte ihnen kühle Seen und waldige Hügel vor. Senaide deutete dann aufgeregt nach vorn, ein wenig verwirrt ob der Tatsache, daß ihr Begleiter ihr nichts davon erzählt hatte. Der Waran jedoch ließ sich davon nicht beirren. Er lief weiter und schaufelte mit seiner Zweizunge niedersinkendes Luftplankton in sich hinein. In einigen Wochen, dann, wenn die Kjer-Schwärme weitergezogen waren und die Magere Zeit erneut anbrach, hatte er sich sicher ein dickes Fettpolster unter dem Facettenpanzer geschaffen. Ein Polster, von dem er in den darauffolgenden Monaten zehren konnte.

Abends, wenn sich Dunkelheit und Kühle über das Karge Land senkten, hielten sie inne und errichteten ihr Nachtlager: weiche Decken aus den Häuten von Glitschern, dick gegen die Kälte gepolsterte Schlafsäcke aus widerstandsfähigen Spinnerfellen. Der Sandwaran grub sich dann einige Dutzend Meter von ihnen entfernt in den Staubsand, bis nur noch sein Breitschädel aus dem Boden ragte. Auf diese Weise fiel er nicht jede Nacht von neuem in die Starre und konnte auch während der Kühle der Nacht zumindest Halbaktivität aufrechterhalten. Denn in der Dunkelzeit krochen andere Wüstenbewohner aus ihren verborgenen Schlupfwinkeln: Stachler, die von jeder Wärmequelle wie magisch angezogen wurden; Staubgleiter, die sich nahezu lautlos ihrem Opfer näherten und dann ihre Giftdornen in die Haut bohrten; Gelblibellen auf der Suche nach geeigneten Warmblutwirten, in die sie ihre Eier ablegen konnten. Der Sandwaran wachte über sie. So lange, wie Senaide die emotiomentale Verbindung zu ihm aufrechterhielt. Der Waran war nicht intelligent. Nicht einmal halbintelligent. Aber sein Hirn vermochte zwischen Freund und Feind zu unterscheiden. Und Senaide wies sich durch ihre Gedankenstimme als *Freund* aus, was den Beschützerinstinkt des Wüstenriesen weckte.

Die Nächte waren voller Stille und Sinnlichkeit. Annym und Senaide liebkosten sich. Sie wurden eins, in Körper und Geist. Schon während der Zeit, die sie gemeinsam in der Wolkenstadt verbracht hatten, hatte nichts Trennendes zwischen ihnen existiert. Hier aber, im Kargen Land, fernab von der Heimat, schweißte das Fremde der Umgebung sie noch enger zusammen. Sie übten sich in der synchronen Bewußt-Schizophrenie, einer kontrollierten Teilung des Ichs, die den Stoffwechsel des Körpers verlangsamte und die Gedanken schärfte. Sie lauschten den Gedanken des anderen, und sie nahmen Anteil an den individuellen Erinnerungen. Und so anstrengend die Bewußt-Schizophrenie auch war, sie fanden Entspannung in der Zweieinheit, Entspannung und Freude und Zufriedenheit. Nein, Senaide bereute es nicht, die Wolkenheimat zusammen mit Annym verlassen zu haben.

Am fünften Tag konnten sie den *Wall* am Horizont bereits als dünne, graue Linie erkennen. Am sechsten und siebten Tag ihrer Reise wuchs die graue Linie in die Höhe und verdunkelte sich dabei. Es war, als erreichten sie bald den Rand der Welt, als kröchen sie in einer gewaltigen, emporgewölbten Schüssel hinauf. Das obere Drittel des *Walls* war von glitzerndem Weiß bedeckt.

„Dort oben", erklärte Annym, „ist es so kalt, daß Wasser rasch gefriert und erstarrt und selbst Niederschläge als gefrorene, weiße Kristalle niedergehen. Es ist die Zone des Ewigen Eises."

„Müssen wir dort hinauf?" fragte Senaide unsicher. Der Sandwaran hechelte.

„Nein. Zum Glück nicht. Es würde Tage, wenn nicht Wochen dauern. Nein, ich kenne einen Paß. Wir müssen nur wenige hundert Meter Höhenunterschied überwinden, dann gelangen wir in den Paß hinein. Und der Paß wiederum führt zu einem Kavernenwald, einem System von vielen Höhlen. Dort müssen wir hindurch, dann haben wir den *Wall* hinter uns."

Wolkenberge türmten sich über den Gipfeln des *Walls* auf. Düstere, grauschwarze Türme aus übereinandergeschichtetem Dunst. In der Ferne grollte etwas wie die Stimme eines Titanen. Annym schnupperte und blickte sich forschend um.

„Ich glaube", sagte er dann, „in ein paar Stunden werden wir es mit einem Sandsturm zu tun bekommen. Wir sollten irgendwo Schutz suchen."

Der Sandwaran stürmte weiter dem Gebirge entgegen. Nach einigen Stunden – Annym schätzte die Entfernung zum *Wall* auf höchstens noch zwanzig Kilometer – wurde das Terrain felsiger und unebener. Annym deutete auf eine Anhöhe, auf der mehrere Granitblöcke bizarre Muster bildeten.

„Dort hinauf, Senaide. Die Felsen bieten uns Schutz."

Der Waran wurde jetzt zunehmend unruhiger. Sein Breitschädel wackelte, zitterte manchmal, und die Zunge fuhr nervös hin und her. Als er seine beiden Passagiere auf der Anhöhe abgesetzt hatte, stürmte er wieder hinunter und grub sich sofort ein.

Eine Viertelstunde später verdunkelten sich die beiden Sonnen, und das ferne Grollen verwandelte sich in ein intensives Heulen. Staubsand schabte knisternd und knirschend über die Granitblökke, und Annym und Senaide schlüpften in die Schlafsäcke und schlossen sie über den Köpfen.

Der Sandsturm tobte drei oder vier Stunden, dann ließ er abrupt nach. Blitze zuckten über den bleigrauen Himmel. Es regnete. Aber der Regen verdunstete viele hundert Meter über dem Kargen Land. Nicht ein Tropfen benetzte den Sand. Annym und Senaide krochen aus ihren Schlafsäcken heraus. Der Sandwaran wartete bereits, hechelnd und knurrend. Der Sturm war jetzt nur noch eine dunkelbraune Wand, die weiter gen Norden zog.

„Wird er wohl den Dichtwald erreichen?" fragte Senaide.

„Ich glaube nicht, nein. Wahrscheinlich wird er viele Kilometer vorher seine Kraft verausgabt haben und bei Erreichen der Savanne, die dem Dichtwald vorgelagert ist, nur noch ein böiger, heißer Wind sein, mehr nicht."

Sie packten Decken, Schlafsäcke und Vorräte zusammen und brachen wieder auf.

Zwei weitere Tage benötigten sie, um den *Wall* emporzuklettern, den Paß und durch ihn schließlich auch den Kavernenwald zu finden. Dies war die zweite andere Welt, die Senaide kennenlernte. Eine Welt der immerwährenden Düsternis, nur erhellt von den Leuchtpilzen an den Höhlenwänden und den mit Phosphorschimmel überzogenen Stalagmiten. Sie wateten durch glitzernde Kaltwasserteiche, lauschten dem Echo der seit Jahrmillionen fallenden Tropfen, aus denen die Tropfsteinmonumente wuchsen. Sie schritten unter hauchdünnen Vorhängen hindurch, die leise klirrten, wenn man sie berührte. Es war eine Welt von eigenartigem Zauber, die auch auf Annym ihren Reiz ausübte, obwohl er sie schon zweimal durchschritten hatte. Am elften Tag lag der *Wall* hinter ihnen, und Annym zeigte Senaide jenen Punkt, an dem er vor mehr als vier Normjahren nach Osten marschiert war. Es war eine weiße, mit silbernen Adern durchzogene Felsnadel am Fuß des *Walls*. Und er deutete auf die vor ihnen liegenden Hügel, die teilweise mit dichtem Buschwerk bewachsen waren.

„Nur noch zwei Tage", sagte er, „und wir sind in Offenes Tor. Morgen bereits werden wir auf einige Farmen stoßen, auf denen Amash und Isyhr Getreide anbauen. Den größten Teil der Reise haben wir jetzt hinter uns."

Den Sandwaran hatten sie bereits im Paß zurückgelassen. Er hatte sie aus seinen Facettenaugen angesehen, geknurrt und war dann zurückgestürmt in seine heiße Heimat, hinein in den Staubsand und die niedersinkenden Reste der Kjer-Schwärme. Es war ein zweiter Abschied gewesen. Aber einer, der nicht so schwergefallen war.

Sie schulterten ihr Gepäck und marschierten los. Die Luft war hier ungewöhnlich sauerstoffreich. Annym zeigte Senaide die Ursache: eine gewaltige Senke, ein Loch in der Welt, in der sich das Kohlendioxid, das schwerer war als Luft, sammelte und konzentrierte. Niemand wußte, wie diese Kohlendioxidsenken entstanden waren, nicht einmal die *Sternreisenden*. Sie hatten bereits existiert, als sie in ihren Lichtschiffen Yloisis erreichten, lange bevor das erste Hrhan-Schiff diesen Planeten angeflogen hatte.

„Vielleicht", überlegte Annym laut, als sie am Rand der Senke standen und hinunterblickten in die Tiefe – in halber Höhe zum Grund der Senke schwebten Wolkenfetzen wie Watte –, „vielleicht ist es das Werk der *Ersten*. Vielleicht haben sie hier, vor Jahrmillionen oder Jahrmilliarden, nach wertvollen Mineralien gegraben."

„Die *Ersten*?" wiederholte Senaide fragend. Ihr langes, schwarzes Haar war wie ein wehendes Banner. „Oh, ich verstehe. Das

Gerücht, die Legende. Die *Ersten* waren angeblich jene, die als erste interstellare Abgründe überwanden."

Annym nickte und blickte noch immer hinab. Es war, als könne man hier ins Herz des Planeten sehen. „Genau. Und noch genauer: Die *Ersten* sollen jene Intelligenzen gewesen sein, die als erste wirklich überlichtschnelle Raumfahrt entwickelten, noch vor den Hrhan. Auf vielen Welten ist man auf seltsame und unverständliche Monumente von ihnen gestoßen. Jedenfalls", fügte er einschränkend hinzu, „werden sie alle den *Ersten* zugeschrieben." Er sah die Bilder, die seine Lehrer ihm in den Mentalautodidaktischen Unterweisungen gezeigt hatten: öde, lebenslose Himmelskörper, an einigen Stellen aber kolossale Bauwerke oder Statuen, die nicht gedeutet werden konnten. „Die Hrhan sind Milliarden Jahre alt. Manche glauben, sie seien ebenso alt wie das Universum selbst. Aber die *Ersten* waren noch vor ihnen da."

„Und die *Sternreisenden*?" fragte Senaide.

Annym seufzte, wandte den Blick von der Kohlendioxidsenke ab und trat zurück. „Die *Sternreisenden*? Nun, ihre Raumfahrt ist nichts weiter als eine Pseudoraumfahrt, Senaide. Zwar haben sie als drittes Volk aus eigener Kraft interstellare Abgründe überquert, aber nur mit Flugkörpern, die nicht einmal fünfzig Prozent der Lichtgeschwindigkeit erreichten. Ihre Lichtschiffe sind Eierschalen im Vergleich zu den Dimensionsschwimmern der Hrhan."

Sie marschierten weiter.

Und durchquerten am nächsten Tag die Plantagen und Farmen außerhalb von Offenes Tor. Hier wurden neben Getreide auch Bitterorangen angebaut, besondere Delikatessen für Tranq und Zen. Ein Teil der Ernte, wußte Annym, wurde an die Händler in der Stadt ausgeliefert, der Großteil jedoch konserviert und mit den Dimensionsschwimmern zu anderen Welten verschifft.

Am späten Nachmittag dieses Tages erreichten sie die Stadt.

Der Wind trug ihnen den Gestank aus Zerfall und Zersetzung entgegen. Es war, als sei der anorganische Organismus im Tal zu ihren Füßen – die Stadt aus ineinander verschachtelten Gebäuden – längst gestorben und nun in Verwesung übergegangen. Sie schritten den Hügel hinunter, den Ausläufern von Offenes Tor entgegen. In der Ferne, jenseits des südlichen Stadtrands, war die weite Ebene des Raumhafens zu erkennen: das offene Tor zum Raum und damit zu anderen Welten.

Leichter Wind war aufgekommen und wehte ihnen wie ein

fremder Odem entgegen. In seinen unsichtbaren Armen trug er den süßen Geruch von Moder. Im Osten zogen dunkle Wolken rasch am Firmament empor. Die Schwüle nahm zu. Es begann zu regnen, ein Vorhang aus trüber, warmer Feuchtigkeit, vom Boden gierig aufgesaugt. Doch aus dem Nieseln wurde rasch ein regelrechter Wolkenbruch, als sie an den ersten Häusern vorbeikamen. Sie hielten sich dicht an den dicken Mauern, von denen der Putz abbröckelte. Der Gestank wurde stärker. Senaide schmiegte sich eng an Annym.

„Es ist keine schöne Stadt", sagte sie leise. Annym nahm ihre Ausstrahlung wahr, schmeckte den Gefühlsschatten. Er spürte einen Hauch von Wehmut, ein leises Bedauern, das sich mit dem Bild von bis hinauf in die Wolken reichenden Bäumen verband. Und noch etwas anderes: Die Berührung ihrer Haut vermittelte ihm wieder die Hitze ihrer hohen Körpertemperatur. Jetzt ging es einher mit einem sanften Frösteln. Der intensive Wunsch, sich fortzupflanzen und eine Leibesfrucht zu empfangen, wurde stärker in ihr.

Er hauchte ihr einen Kuß auf die Wange.

„Wir werden hier nicht bleiben", sagte er. „Wir werden weiterziehen. Doch vorher werden wir uns verkoppeln."

Sie sah ihn aus ihren dunklen Augen an. Und sie lächelte. „Ich freue mich darauf", murmelte sie. „Ich freue mich darauf, deinen Koppelungssamen auszutragen." Die Tropfen waren glitzernde Perlen auf ihrer sonnengebräunten Haut, und sie rannen wie Silber an ihren Haaren entlang. Annym lachte, nahm sie in die Arme und marschierte mit ihr weiter. Senaide summte leise. Ein Lied der Stammutter.

Müll türmte sich an manchen Hauswänden empor. Essensreste, von Schimmel überzogen, vom Regen durchtränkt. Der auflebende Wind griff nach einigen Fragmenten, wirbelte sie hoch und davon. Der Gestank aber ging in erster Linie von den Klärbrunnen aus – tiefen Schächten in dunklen Seitengassen, zu denen unterirdische Tunnel führten, die die Fäkalien der Stadtbewohner transportierten. In den Klärbrunnen wurden sie von einer bestimmten Bakterienart zersetzt. Der Gestank jedoch wurde nicht aufgelöst. Manchmal sahen sie schattenhafte Bewegungen zwischen dem Müll und Abfall: Stadtratten, große, braune, pelzige Geschöpfe, die nur kurz innehielten, um sie aus ihren schwarzen Knopfaugen zu betrachten, und dann weiter im Müll umherwühlten. Die Straßen und Wege, die tiefer in Offenes Tor hineinführten, verwandelten sich durch den Regen rasch in morastige Schlammbahnen. Tian-Gespanne kämpften sich mühsam durch den schmatzenden Schlick. Der Atem der Zugtiere war eine zerfaserte, weiße Fahne. Es war kühl geworden. Die Gestalten auf den breiten, hölzernen Wagen waren in dunkle Schutzkutten gehüllt, die Feuchtigkeit und Regenkälte fernhielten. Es wurde rasch dunkler. Die finsteren Wolken über ihnen rissen nicht mehr auf. Sie schufen einen vorzeitigen Übergang zur Nacht, und diesmal verbarg die Nacht sogar die Tausend Lichter am Himmel. Manchmal vernahmen sie ferne Stimmen. Das Schreien von Kindern hinter irgendeiner dicken Mauer; das leise Wimmern einer Frau; das betrunkene Grölen von Männern. Musik plärrte irgendwo. Und der Wind – eine in dunklen Seitengassen geheimnisvoll flüsternde Stimme, deren unverständliche Worte von langsamen Zerfall kündeten.

Weitere Gespanne zogen vorüber. Vielleicht die Knechte von Händlern, ausgeschickt zu den Plantagen, um eine neue Obstlieferung abzuholen. Vielleicht auch nur Hoffnungslose, die in Offenes Tor keinen Platz mehr hatten.

Die Tian schnauften laut. Ihr langes, braunes, zotteliges Fell war von Dreck und Schlamm verklebt, die geschwungenen Hörner waren gebleicht, die in tiefen Höhlen liegenden Augen trüb und ohne jeden Glanz. Manchmal blieben sie störrisch stehen, wenn die Böen den Regen fast waagerecht über den Schlamm der Straßen und Wege jagten. Dann zuckten die Kontaktschnüre von Elektropeitschen nieder, und wenn sie die Körper der müden Zugtiere berührten, flackerten schmerzende Elmsfeuer in der Dunkelheit.

„Komm“, sagte Annym. Leise. Unruhig. „Wir sollten uns beeilen. Die Mehrlebensoase kann nicht mehr fern sein. Und wir sollten uns in der Dunkelheit nicht zu lange im Freien aufhalten.“

Senaide nickte. Verstehend. Und ebenfalls unruhig.

In manchen finsteren Hauseingängen hockten ebenso finstere Gestalten. Sie hatten die Schutzkutten geschlossen und die Kapuzen tief ins Gesicht gezogen. Nur die Augen funkelten hinter den Sichtschlitzen. Annym konnte nicht erkennen, ob es Halbmenschen, Isyhr, Amash oder andere waren. Die Dunkelheit machte sie alle gleich. Sie kamen an Fenstern vorbei, aus denen mattes, gelbes Licht sickerte. Sie vernahmen die Lockrufe und das Stöhnen von Erotikfreundinnen.

Der niederstürzende Regen wusch den Gestank der Klärbrunnen und des sich zersetzenden Mülls aus der Luft. Sie konnten wieder freier atmen.

„Ist es noch weit?“

Annym blieb stehen und versuchte, die von den glitzernden Fäden des Regens durchtränkte Dunkelheit mit seinen Blicken zu durchdringen. Er hatte Offenes Tor noch nie besucht, aber die Mentalautodidaktischen Unterweisungen in der Astroschule hatten auch dieses Kapitel nicht ausgelassen. Das Abbild des Grundrisses der Stadt haftete in seinem Gedächtnis. Er schüttelte den Kopf. „Nein, nicht mehr weit.“ Auch ihm setzte die Kälte inzwischen arg zu. Wenn es im Dichtwald regnete, dann ging damit nicht ein solcher Temperatursturz einher wie hier im Süden.

„Du frierst, nicht wahr?“

Sie schmiegte sich an. „Es geht mir gut, Annym.“

An der nächsten Straßenecke tauchte vor ihnen ein Schatten auf. Annym hielt abrupt inne und legte den Arm um Senaide.

„Bitte“, sagte eine helle Stimme aus der Kapuze, an der der Regen entlangtropfte. „Nur eine Münze. Nur eine kleine Münze.“

„Ein Kind“, brachte Senaide erstaunt hervor. „Wie kann man ein Kind bei diesem Wetter hinausschicken . . .“

„Nur eine einzige Münze, bitte . . .“

“Tut mir leid“, sagte Annym dumpf. „Aber wir haben selber nichts.“ Nur zwei Schwarzsaphire, dachte er. Aber die sind für einen anderen Zweck vorgesehen.

Die Gestalt hob den Kopf und zog die Kapuze ein wenig zurück, so daß sie das Gesicht darunter erblicken konnten. Es war das eines zehn- oder elfjährigen Ganzmenschen. Die Genmale waren offensichtlich. Die Miene des Jungen war so kalt wie die Nacht.

„Ihr gehört nicht hierher“, sagte er, und jetzt klang seine Stimme schon nicht mehr so bittend. „Ihr *müßt* Münzen haben.“

„Nein“, sagte Annym rasch, bevor Senaide die beiden *Perlen der Nacht* erwähnen konnte. „Wir haben nichts, Ganzmensch. Wir können dir nichts geben.“

Er setzte sich wieder in Bewegung und wollte sich an dem Jungen vorbeischieben. Der jedoch wich nicht einen Schritt zur Seite. Er griff unter seine fleckige Schutzkutte und hatte plötzlich ein Langmesser in der Hand. Der Stahl funkelte hell. Er holte blitzartig aus und zielte auf die Nierengegend Annyms.

Annym stieß Senaide mit dem rechten Arm aus der Gefahrenzone. Sie gab einen leisen, spitzen Schrei von sich, als sie gegen die poröse Mauer eines niedrigen Gebäudes prallte. Annyms Linke traf das Handgelenk des Jungen. Der Stahl glitt an seiner Hüfte vorbei und traf ins Leere. Er packte die Hand Senaides und stürzte davon. Die Traumgängerin keuchte, als sie von Annym fortgerissen wurde. Hinter ihnen stieß der Junge einen langen Pfiff aus.

Und in den Nischen, Seitengassen und Hauseingängen bewegten sich weitere Schatten. Sie glitten auf die Straße hinaus, riefen sich mit flüsternden Stimmen Kommandos zu.

Annym nahm die Beine in die Hand. Hinein in den Regen. Zwischen Müllbergen hindurch, an finsteren Gassen vorbei, in denen leise Stimmen ertönten. Hinter ihnen waren andere Schritte im gluckernden Schlamm.

„Eine Kinderbande", brachte Annym zwischen zwei Atemzügen hervor.

Weiter. Und immer weiter.

Die Unterweisungen durch die *Sternreisenden* waren schon düster genug gewesen, was Offenes Tor betraf. Die Wirklichkeit jedoch übertraf die Mentalautodidaktischen Bilder noch bei weitem.

Weit vor ihnen glühte ein Licht in der Nacht. Unwillkürlich wandte sich Annym in die entsprechende Richtung. Das Licht ging von einem niedrigen, verzweigten Bauwerk aus, dem eine große Grünfläche vorgelagert war, ein Park mit violetten Blütenstauden, Fluoreszenzblumen und Duftgras. Das Gebäude war mit Schiefermarmor verkleidet, der das Licht der Parklampen farbensprühend zurückwarf. Es war eine Augenweide inmitten des Zerfalls der Stadtperipherie. Annym und Senaide hielten darauf zu, doch als sie die Grünfläche fast erreicht hatten, traten ihnen zwei Gestalten in hellen Schutzkutten entgegen. Beide waren beinah drei Meter groß. Tranq also.

„Hier können Sie nicht weiter", sagte einer der beiden mit dunkler, kehliger Stimme. Nur die Augenpaare schimmerten hinter den Sichtschlitzen der Kapuze. Körper und Genmale waren unter der Kutte verborgen.

Annym drehte sich um. Die Angehörigen der Kinderbande kamen nicht näher. Sie waren nur zu ahnen – als Schatten, die sich außerhalb des Lichtkreises der Parklampen hielten. Aber sie waren da. Und warteten.

„Wir *müssen* hier durch", verlangte er und deutete mit einem Kopfnicken zurück. „Wir können nicht zurück."

„Das", sagte einer der Tranq gleichgültig, „ist Ihr Problem." Er würdigte Senaide nicht eines Blickes. Weiblichkeit – erst recht die

Weiblichkeit anderer Gene – galt bei Tranq nichts. Außer während der Brutphasen.

Annym begriff. Sie hatten es hier nicht nur einfach mit zwei Tranq zu tun. Es waren Privatsöldner. Der Besitz, den sie bewachten, gehörte einem der Reichen von Offenes Tor, vielleicht einem Händler. Oder einem *Makler*. Nein, es war sinnlos. Gegen Privatsöldner hatten sie keine Chance. Sie waren ausgebildete Kämpfer, zwielichtige Gestalten, irgendwann irgendwo aufgelesen und nun persönliche Leibgarde. Ihre Gleichgültigkeit war nicht gespielt. Und unter den Kutten mochten sich gefährlichere Waffen als Messer verbergen.

Annym sah sich um. „Dort, die Seitengasse", sagte er. Und Senaide nickte. Ernst. Sie wandten sich von den beiden Tranq ab und stürmten in die entsprechende Richtung. Weit hinter ihnen ertönten helle Rufe. Die Verfolger waren wieder hinter ihnen her.

Die Gasse nahm sie auf wie ein dunkler, tiefer Schlund. Sie stolperten über halbverfaulten Müll. Ratten huschten vor ihnen davon. „Wenn dies eine Sackgasse ist . . .", begann Annym, sprach dann aber nicht weiter. Senaide sprang wie eine geschmeidige Katze über Schutt und andere Hindernisse hinweg.

„Kinder", entgegnete sie nur, und ihr Tonfall machte deutlich, daß ihr Stammutterinstinkt bereits voll erwacht war. Sollte es tatsächlich zum Kampf kommen, dann war Senaide nicht in der Lage, gegen die einzelnen Mitglieder der Nachtbande vorzugehen. Sie war nicht in der Lage, gegen *Kinder* zu kämpfen.

Annyms Haut leuchtete rot, Zeichen seiner Erregung. Sie stürzten tiefer in die Dunkelheit hinein, und hinter ihnen erklang das Lärmen der Nachtbande. Sie machten sich nicht die Mühe, geräuschlos vorzugehen. Sie wähnten sich überlegen und sicher. Der Gestank nahm nun wieder zu. Annym begriff erst im letzten Augenblick und hatte Mühe, sein Gleichgewicht zu wahren. Er hielt Senaide fest.

„Was . . .", begann sie.

Er deutete voraus. „Ein Klärbrunnen", murmelte er und lauschte kurz den Stimmen ihrer Verfolger. „Darum fühlen sie sich so sicher."

Er verfluchte die Dunkelheit, als er vorsichtig an den Rand des tiefen Schachtes trat. Der Gestank war wie der Atem des Todes. Er keuchte, und ihm schwindelte.

„Wir müssen irgendwie auf die andere Seite." Senaide nickte. Ein Schatten unter Schatten. Behutsam trat Annym zur Seite.

Wenn er sich nicht täuschte, dann war zwischen Hauswand und Klärbrunnen gerade genug Platz, um hinüberzugelangen. Es fragte sich nur, ob die Festigkeit des Bodens dort groß genug war.

Die Verfolger kamen näher. Stahl klirrte auf Stahl.

„Also gut", murmelte Annym und setzte sich in Bewegung. Senaide wollte ihn zurückhalten.

„Laß es mich zuerst versuchen", meinte sie. „Ich bin viel leichter als du."

Er schüttelte den Kopf. Entschieden und unnachgiebig. Und ohne ein weiteres Wort zu verlieren, schob er sich an der Hauswand entlang. Der Boden war durchnäßt und glitschig. Aber in der Wand existierten genügend viele Spalten und Ritzen, um Halt zu finden. Dünne Nebelschwaden aus Schwefel und Kohlenwasserstoffen schwebten aus dem Klärbrunnen empor. Sie nahmen ihm den Atem und erschütterten sein Gleichgewicht. Er atmete flach und schloß die Augen, tastete sich weiter an der Wand entlang. Manchmal knirschte es unter ihm. Doch der Boden hielt. Dann war er drüben. Er winkte.

„Er hält", sagte er. „Komm."

Senaide folgte ihm. Langsam und vorsichtig. Mit behutsamen Bewegungen und wehendem Haar. Sie hatte ihn fast erreicht, als sie ausglitt und den Halt an der Wand verlor. Annym beugte sich vor, packte ihre Hand und zerrte den stürzenden Körper zu sich heran. Senaides Atem ging schwer, und die Verfolger waren jetzt bedenklich nahe.

„Weiter." Die Gasse erweiterte sich kurz darauf und mündete in eine breite Straße, die mit behauenen Steinen gepflastert war. Keine aufgeweichte Erde mehr, kein Morast und kein Schlamm. Nur die schimmernden Flächen von großen Pfützen. Hinter ihnen gaben ihre Verfolger ihrer Enttäuschung lautstark Ausdruck.

„Ich glaube", sagte Annym, „das Problem ist damit erledigt."

„Du glaubst nicht, daß sie uns weiter verfolgen?"

Er schüttelte den Kopf. „Nein. Sie scheuen das Risiko. Wir waren eine sichere Beute für sie. Jetzt nicht mehr."

Über ihnen rissen die Wolkenberge auf. Glanzpunkte flackerten ihnen entgegen – die Tausend Lichter. Er berührte Senaides seidenes Haar. Sie lächelte. Aber es war kein frohes Lächeln. Es wirkte gezwungen. Dies war nicht ihre Welt.

Komme ich von einem solchen Ort? fragte sich Annym, während sie die Straße entlangschritten. Vielleicht haben mich meine Eltern ausgesetzt, weil sie nicht für mich sorgen konnten. Nein, das war unwahrscheinlich. Warum auch hätten seine Eltern den weiten Weg bis zum Dichtwald auf sich nehmen sollen?

Eine halbe Stunde später hörte es auf zu regnen. Und kurz darauf erreichten sie ihr Ziel. Ein eher unscheinbares Gebäude, neben dessen Eingang ein schlichtes Schild verkündete: INSTITUT FÜR HYBRIDISIERUNG.

Ein warmer Hauch schlug ihnen entgegen, als sie die knarrende Tür öffneten und eintraten. Irgendwo bimmelte eine Glocke.

„Merkwürdig", sagte Senaide und blickte sich um. „Irgendwie habe ich mir eine Mehrlebensoase immer anders vorgestellt."

Ich auch, dachte Annym, sagte aber nichts. Die Einrichtung bestand aus Kunststoffstühlen und -sesseln, von einer dicken grauen Staubschicht bedeckt. Der Teppich war fleckig und an manchen Stellen aufgerissen. Die Wandvorhänge waren schon vor langer Zeit vergilbt. Die Leuchtröhren an der Decke glühten matt. Senaide KurKarim schritt unsicher umher, blätterte ohne Interesse in einer Zeitschrift auf dem Tisch, zuckte dann die Achseln und ließ sich in einem der Sessel nieder. Ihre Kleidung war durchnäßt. Ebenso wie die Annyms. Er setzte sich ebenfalls. Staub schwebte davon.

„Es ist wenigstens warm hier", sagte Senaide und zuckte erneut mit den Achseln.

„Ja", entgegnete Annym. „Wenigstens warm." Aber die Körperausstrahlung der Stammutter war deutlicher: Annym vernahm ihre wachsende Enttäuschung. Eine Mehrlebensoase – sie hatte sich einen solchen Ort immer als einen Platz der Geborgenheit und des Neuen Lebens vorgestellt. Hier jedoch war alles verkommen.

Eine Tür in der gegenüberliegenden Wand öffnete sich, und ein Hybride trat in den Raum. Er war auf den ersten Blick als Halbmensch zu erkennen, wahrscheinlich mit rezessiven Tranqgenen, denn seine Statur war hager und sehnig, und die Pupillen waren von einem intensiven Gelb. Seine Haut war faltig, der Schädel haarlos und runzlig. Vielleicht war er hundert Normjahre alt, vielleicht auch älter.

Er war bereits halb an ihnen vorbeimarschiert, als er ihre Anwesenheit bemerkte.

„Oh", machte er zerstreut und ließ den Aktenstapel, den er in Händen hielt, auf den Tisch sinken. „Kunden noch zu so später Stunde?"

Annym erhob sich. „Wir bitten um Verzeihung", sagte er. Am

liebsten hätte er das Gebäude auf der Stelle wieder verlassen. Doch in Senaides dunklen Augen lag ein Schimmer von Hoffnung.

„Wie?“ machte der Halbmensch. Zwar konnte er Tranqgene nicht verleugnen, aber er war nicht annähernd so groß. Er reichte Annym kaum bis zum Kinn. „Oh, das macht nichts. Nein, wirklich. Das macht *überhaupt* nichts.“ Er nahm den Aktenstapel wieder auf und schritt damit zu einer anderen Tür. Dort überlegte er es sich noch einmal anders, legte die Akten auf den fleckigen Teppich und kehrte zu ihnen zurück.

„Sie sind doch Kunden, oder?“

„Ja“, entgegnete Annym.

Der Halbmensch rieb sich seine faltigen Hände, und irgend etwas in seinen gelben Augen leuchtete auf.

„Sie wünschen eine Verkoppelung? Ja?“

Nicken. Senaide erhob sich ebenfalls.

„Hm, ja“, machte der Halbmensch. Er drehte sich um und ging mit eiligen Schritten zu der Tür, durch die er eben gekommen war. Er drehte sich um. „Äh, kommen Sie bitte mit, verehrte Dame, verehrter Herr.“

Annym und Senaide warfen sich einen kurzen Blick zu und folgten dem Mann dann. In dem Raum, in den sie nun traten, befanden sich eine Reihe von Pulten und elektronischen Terminals. Die Polster der Sessel waren durchgesessen, und der Teppich war mindestens ebenso fleckig wie im ersten Raum. Der Halbmensch eilte hierhin und dorthin, betätigte hier einen Sensorpunkt und dort eine Taste, bis er schließlich ein „Ach, *verdammt!*“ von sich gab und sich ihnen wieder zuwandte.

„Entschuldigen Sie bitte“, sagte er mit dunkler Stimme. „Aber ich hab' ja ganz vergessen, daß wir hier keine Verkoppelungen mehr durchführen. Dieses Institut ist bereits geschlossen.“

„Geschlossen?“ wiederholte Annym langsam. Er unterdrückte einen enttäuschten Tönungsreflex seiner Haut. „Was heißt das?“

„Was das heißt? Nun, es bedeutet, daß es geschlossen ist. Ist doch ganz einfach zu verstehen, oder?“ Er vollführte einige fahrige Gesten. „Wir führen keine Verkoppelungen mehr durch. Jedenfalls nicht hier auf Yloisis.“ Er kicherte und zwinkerte ihnen zu. „Wissen Sie, das Geschäft hat sich einfach nicht gelohnt. Auf diesem verdammten Hinterwäldlerplaneten bestand kaum Interesse an Genverschmelzungen. Jaja, so ist das Leben. Erst investiert man viel Geld, dann stellt sich heraus, daß es für nichts und wieder nichts war.“ Er hob die Augenbrauen. „Nun ja, ich kann nichts für

Sie tun. Wissen Sie, ich bin sehr beschäftigt. Ich habe den Auftrag, dieses Institut aufzulösen und für den Versand der Anlagen und Einrichtung nach Melbahrn zu sorgen. Dort besteht hohe Nachfrage nach Verkoppelungen. Aber hier ..." Er stieß einen Fluch hervor, den sie nicht verstanden. Dann sah er Senaide an. In ihren Augen schimmerte es feucht. „Oh, Sie sind traurig, nicht wahr? Das tut mir leid. Ich hätte Ihnen gern geholfen, verehrte Dame, aber leider bin ich nicht dazu imstande, Sie werden sicher verstehen." Er kam wieder näher.

„Sagen Sie, Sie sind doch eine Traumgängerin aus dem Dichtwald im Hohen Norden, nicht wahr? Was hat Sie denn ausgerechnet *hierher* getrieben?" Er blickte Annym an und nickte. „Ah ja, ich verstehe schon. Dieser junge Mann hier. Sie ..." Er unterbrach sich und musterte Annym genauer. „Hm", machte er dann. Es klang ein wenig verwirrt. „Ich habe in meinem ganzen Leben noch keinen Halbmenschen gesehen, der solche Genmale wie Sie aufweist. Das ist wirklich merkwürdig." Er grinste schelmisch. „Sie können auf normalem Wege mit der jungen Dame keinen Nachwuchs zeugen, nicht wahr? Nein, sagen Sie nichts. Diskretion wird bei uns groß geschrieben." Er lachte und wurde übergangslos wieder ernst. „Sagen Sie, aus welcher Verbindung sind Sie hervorgegangen? Das würde mich wirklich interessieren."

Annym hatte plötzlich einen Kloß im Hals.

„Ich weiß es nicht", sagte er. Ein Hinweis? „Ich bin ausgesetzt worden, als ich noch ein Kind war. Die Traumgänger haben mich aufgenommen und großgezogen. Können Sie mir sagen, wer meine Eltern waren? Oder welchen Genstatus sie besaßen? Sie speichern doch alle Daten jeder einzelnen Verkoppelung?"

„Wie?" Er zwinkerte einige Male. „Oh, natürlich. Wir zeichnen alles auf. Man kann schließlich nie wissen, ob die Daten irgendeines fernen Tages noch einmal wichtig werden. Jaja, bei uns werden Sie zufriedengestellt. Auf uns können Sie sich verlassen. Wir erfüllen alle Ihre Wünsche zu Ihrer vollsten Zufriedenheit." Er räusperte sich. „Äh, worüber sprachen wir doch noch gleich?"

„Es hat keinen Zweck", flüsterte Senaide weich und berührte seinen Arm. „Er kann dir nichts sagen. Und wenn er dir etwas sagt, kannst du ihm nicht trauen. Sein Geist ist verwirrt."

Annym hörte die Worte zwar. Aber er verdrängte sie sofort wieder. Sein Inneres wurde ausgefüllt von jenem seltsamen Gefühl, das ihn vor Jahren zu den Astroschulen der *Sternreisenden* getrieben hatte, von jenem Feuer, das sein Denken versengte, wenn er sich zu lange an einem Ort aufhielt, der nicht der *richtige* Ort war.

„Von meinem Genstatus“, sagte er rasch. „Und von meiner Abstammung.“

„Tatsächlich? Ach ja, jetzt erinnere ich mich wieder.“ Er betrachtete Annym. „Ja, es ist wirklich merkwürdig.“ Er winkte. „Kommen Sie, kommen Sie. Nur keine falsche Scheu. Bei mir sind Sie in besten Händen.“

Sie traten an ein Datenterminal. Der Halbmensch ließ seine faltigen Hände rasch über Sensorpunkte und Tasten huschen, und der flache Bildschirm erhellte sich.

„Ihr Name?“

„Annym DryMarden“, antwortete er sofort, und der Mann neben ihm tippte die Buchstaben in die Eingabe. „Halt, halt“, sagte Annym. „Dieser Name ist wohl kaum bei Ihnen gespeichert. Ich erhielt ihn von einer Stammutter bei den Traumgängern.“

Der Halbmensch betätigte die Löschtaste. „Hm“, machte er erneut, dachte einen Augenblick nach und sagte dann: „Nun, dann müssen wir es auf einem anderen Weg versuchen. Legen Sie doch einmal den Mantel ab, damit ich alle Ihre Genmale sehen kann. Wenn ich etwas auslasse, weisen Sie mich bitte darauf hin.“

Seine Blicke ruhten auf Annym. „Also, was hätten wir denn da? Aha, silberfarbene Haare und ebensolche Augenbrauen. Ohrläppchen festgewachsen. Na ja, das kann vorkommen, braucht kein spezielles Genmal zu sein. Und weiter?“ Er sprach wie ein Wasserfall. „Blausilberne Augen, Vollpupillen also. Hm, feingliedrige Hände. Und was haben wir noch? Ah, Ihre Hauttönung ist emotiogesteuert, nicht wahr?“ Er warf Senaide einen kurzen Blick zu. „Kann sehr reizvoll sein, was? So“, er hatte alles ins Terminal eingegeben, „habe ich alles? Nichts übersehen?“

„Verletzungen heilen bei mir besonders schnell. Ich bin mir nicht ganz sicher, aber ich glaube, ich besitze eine zumindest rudimentäre Regenerativfähigkeit.“

„Aha, aha. Nun gut.“ Er tippte auch dies ein. „Sonst noch etwas? Gut.“

Annym überlegte kurz, ob er dem Halbmenschen etwas von seinem Ferndrang erzählen sollte, entschied sich dann aber dagegen. Senaides Ausstrahlung war noch immer voller Trauer darüber, hier keine Verkoppelung durchführen zu können. Annym nahm es nur am Rande zur Kenntnis. Er starrte auf den Schirm.

„So“, meinte der Tranq-Halbmensch. „Jetzt wollen wir doch

mal sehen, was unser schlaues Elektronenköpfchen dazu zu sagen hat." Er berührte einen Sensorpunkt, der daraufhin aufleuchtete. Irgendwo summte etwas. „Sagte ich eigentlich schon, daß wir hier keine Verkoppelungen mehr durchführen? Ja, es ist wirklich schade. Ein so nettes Pärchen wie Sie hatte ich hier schon lange nicht mehr. Aber es lohnt sich einfach nicht, wissen Sie. Yloisis liegt zu weit abseits der anderen Welten. Wer hierher kommt, ist entweder ein Verlierer, der nach einem Schlupfwinkel sucht, oder ein Verrückter. Verlierer und Verrückte haben im allgemeinen nicht viel Geld und auch nicht das Bedürfnis, sich mit einem Fremdpartner zu verkoppeln. Ja, so ist das eben. Leider, leider."

Annym hörte die Worte. Und hörte sie doch nicht. Sein Blick klebte am Bildschirm.

DATEN KÖNNEN NICHT AUSGEWERTET WERDEN, leuchtete es dort auf. GENMAL-ANALYSE UNMÖGLICH. DATEN NICHT AUSREICHEND. ANGABE DER ELTERN ERFORDERLICH.

Der Halbmensch trat wütend gegen die Konsole. „Verdammtes Mistding!" rief er schrill. „Da sind einmal Kunden hier, und ich kann nicht einmal Auskunft geben. So ein *Mist*!"

Annym trat langsam von dem Terminal zurück. Die Wut des Halbmenschen steigerte sich rasch zur Raserei.

„Sei nicht traurig", sagte Senaide leise. Annyms Haut glühte in einem violetten Grün. Er war enttäuscht. Und er hatte Mühe, sich zu sammeln. Das Feuer in seinem Innern brannte noch immer, heiß und versengend. „Du wirst erfahren, wer du bist." Ihre Stimme wurde zu einem Flüstern. „Dieser Halbmensch ist doch verrückt. Vielleicht hat er einen Eingabefehler gemacht. Vielleicht ist der Datenspeicher auch nicht komplett. Wir versuchen es in einer anderen Mehrlebensoase. Auf einer anderen Welt. Komm, laß uns gehen. Er ist mir unheimlich."

Doch der Mann hatte sich inzwischen wieder beruhigt.

„Nun", sagte er, „schließen Sie bitte von diesem Mißerfolg nicht auf die Unfähigkeit der anderen Hybridisierungsinstitute, geehrter Herr. Auf Melbahrn zum Beispiel, da existiert ein großer Komplex. Dort sind viel mehr Daten gespeichert. Und dort steht einer Verkoppelung mit Ihrer netten und liebreizenden Partnerin auch nichts im Wege."

Senaide KurKarim erzitterte sanft bei seinen letzten Worten. Annym registrierte, daß ihr Fortpflanzungs- und Gebärtrieb in den letzten Stunden deutlich gewachsen war. Er erinnerte sich an die Worte der Weisen Damen, an Ulina DryDarahs Mahnungen. Und er fürchtete sich davor, Senaide durch ein Zerbrechen ihres emotionalen Gleichgewichts zu verlieren.

„Gut“, sagte er rasch, „dann werden wir ebenfalls nach Melbahrn fliegen.“

„Ja? Oh, das freut mich aber.“ Er deutete in die Runde. „Tja, ich habe noch eine Menge Arbeit. Das hier will alles verpackt und zum Raumhafen gebracht werden. Und das Hrhan-Schiff startet schon in drei Tagen. Nicht mehr viel Zeit. Tja, ich muß mich beeilen.“

„Wir wollen Sie nicht länger aufhalten“, sagte Senaide und warf Annym einen Blick zu.

„Wie? Oh, es war mir ein Vergnügen, verehrte Dame. Beehren Sie mich bald wieder. Ach nein. Wir verkoppeln ja nicht mehr.“

Er sprach noch weiter, aber Annym und Senaide hatten bereits den Raum verlassen und traten auf die Straße. Kühle empfing sie. Und der heulende und pfeifende und singende Wind. Annym nahm sie in die Arme. Es war ein nur geringer Trost, den er ihr geben konnte.

„Und jetzt?“

„Wir suchen uns eine Unterkunft“, sagte er. „Und morgen gehen wir zum Raumhafen. Wir werden ein Kind haben, Senaide. Das verspreche ich dir.“

„Ja“, entgegnete sie. Sanft und weich. Aber er spürte ihre Melancholie. Und sie machte ihn traurig.

4

Die Hrhan sind die einzigen, die die überlichtschnelle Raumfahrt beherrschen. Vor ihnen gab es noch die Ersten, aber von ihnen existieren nurmehr Relikte und seltsame, unverständliche Hinterlassenschaften auf verschiedenen Welten. Es gibt viele Gerüchte, und niemand weiß, was Legende und was Wahrheit ist. Vielleicht sind die Hrhan ebenso mysteriös, aber eins ist gewiß: Sie existieren. Und ohne sie wäre der weitaus größte Teil dieser Galaxis öde und leer, denn sie stellen ihre Raumschiffe zur Verfügung, um anderen Völkern den Weg zu den Sternen zu öffnen. Warum sie dies tun, ist unklar. Ihre Dimensionsschwimmer sind auf der Ewigen Reise, die von einer Welt zur anderen führt. Große Bereiche im Innern ihrer Schiffe stehen den Passagieren zur Verfügung, andere Bereiche jedoch sind ihnen verwehrt, die Regionen, in denen die Hrhan, die Navigatoren und Piloten, zu Hause sind. Einige haben versucht, in diese Bereiche vorzudringen und Kontakt zu den Hrhan aufzunehmen. Nicht einer von ihnen ist mit dem Leben davongekommen. Weitaus die meisten sind noch in den Hrhan-Schiffen getötet worden, anderen gelang für eine Weile die Flucht. Doch auch sie traf die Strafe, denn nach den Ungeschriebenen Gesetzen der Hrhan gilt es als eines der größten Verbrechen, in die Bereiche der Multigeometrie der Dimensionsschwimmer vorzudringen und gar zu versuchen, einen Hrhan zu sehen und zu sprechen. Die Khyj wachen über diese Ungeschriebenen Gesetze. Sie sind die Vollstrecker, die Assassinen der Hrhan.

Mentalautodidaktische Unterweisungen

Eine schlechte Welt verfügt über einen sich selbst verstärkenden Faktor: Sie fördert schlechte Charaktere.

Zen-Sprichwort

Nachdem der Regen nachgelassen hatte, kam Nebel auf. Er legte sich wie ein grauweißes Tuch über Offenes Tor, glitt durch die Straßen und kroch in jede Gasse hinein. Er war kalt und feucht, und Annym und Senaide waren froh, als sie endlich eine Herberge fanden. Der Herbergsvater war ein Halbisyhr, ein müder, alter Mann, dessen roter Körperflaum längst seinen Glanz verloren hatte. Wenn er sich ruckartig bewegte – was selten genug vorkam –, knirschten seine Flexibelknochen. Als Annym den Halbisyhr sah, wunderte er sich nicht mehr, daß die Herberge in einer der breiteren Seitengassen fast versteckt lag. Die Isyhr lehnten Verkoppelungen mit Fremdpartnern ab. Hybriden mit ihren Genen waren Ausgestoßene, für die entsprechenden Familien sogar Gesetzlose, die, wenn man ihrer habhaft werden konnte, ohne Umschweife liquidiert wurden.

„Liebe ist unteilbar“, murmelte Senaide leise, als sie die ausgetretenen Treppen hinaufstiegen und der Halbisyhr ihnen ihr Zimmer zeigte.

Es war ein dunkles Zimmer ohne elektrischen Anschluß. Das matte Licht kam von einer Öllampe, die auf einem der beiden niedrigen Schränke stand. Es war ein Zimmer für nur eine Nacht.

„Sie können doch bezahlen?“ fragte der Halbisyhr zweifelnd und sah sie aus seinen tiefschwarzen Augen an. Senaide warf Annym einen Blick zu. Dem Herbergsvater entging das nicht.

„Sie sind doch eine Traumgängerin, nicht wahr?“ fragte er

Senaide. Sie nickte. Er kam näher. Sein Atem stank nach Moder, so wie der Müll neben dem Herbergseingang. „Haben Sie Traumpollen dabei?“ fragte er lauernd. Sie nickte erneut. Und der Halbisyhr knurrte zufrieden und gierig zugleich. „Gut. Sehr gut.“ Sein roter Körperflaum sträubte sich. „Geben Sie mir einige Gramm, und Ihre Rechnung ist beglichen.“

„Der Genuß von Traumpollen ist für Nicht-Traumgänger gefährlich“, warnte Annym und legte ihr Gepäck ab.

„Sie sind auch ein Nicht-Traumgänger, nicht wahr?“ Er lächelte. „Ich kenne die Bräuche der Wolkenstädte, Fremder. Sie können einen Gemeinsamen Traum ertragen. Nein, widersprechen Sie nicht.“ Er trat an Annyms Seite. Fauliger Geruch drang an Annyms Nase. „Ich habe es schon einmal probiert“, sagte er vertraulich. „Es gibt immer ein paar beherzte Männer und Frauen, die das Wagnis auf sich nehmen und in den Hohen Norden ziehen, um Traumpollen zu sammeln. Sie sind hier heiß begehrt. In geringen Dosen genossen, schenken sie Freude des Geistes.“ Er streckte einen Biegarm aus. „Einige Gramm nur.“

Annym nickte und tastete nach dem Beutel. Er dachte an die Schwarzsaphire, die nicht eher angerührt werden durften, bis sie eine Mehrlebensoase gefunden hatten. Der Halbisyhr war süchtig. Der faulige Gestank entströmte seinen absterbenden Hautzellen.

Annym öffnete den Beutel. Der Halbisyhr legte seine Bieghände aneinander und sah schweratmend zu, wie der Staub der getrockneten Traumpollen zwischen seine Finger rieselte.

„So“, sagte Annym, verschnürte den Beutel und verstaute ihn dann wieder, „das sollte reichen.“

„Ich danke Ihnen, Herr“, versicherte der Herbergsvater und eilte davon. Annym schloß die Tür und verriegelte sie dann. Vielleicht verspürte der Halbisyhr später in der Nacht erneut Verlangen nach den süßen Träumen. Er hatte ihren Vorrat gesehen.

Senaide KurKarim weinte. Fast lautlos. Tränen rannen an ihren Wangen herab, feucht und salzig. Annym ließ sich neben ihr auf das knarrende Bett nieder. „Ich weiß, wie dir zumute ist.“ Es war keine leere Redensart. Sie konnte ihren Gefühlsschatten, ihre Ausstrahlung nicht vor ihm verbergen. „Du hast das Paradies freiwillig verlassen. Und ich war die Schlange, die dich dazu verleitete.“ Sie verstand die Analogie nicht. Sie empfand nur Trauer. Er nahm sie in den Arm, streichelte ihre Wangen, ihr schwarzes Seidenhaar, ihre Brüste. Sie weinte noch immer. Lautlos. Es war ein Ventil, den Kummer aus ihrem Innern herauszulösen. Aber es funktionierte nur unvollkommen.

Er erhob sich wieder, holte die Vorratsbeutel erneut hervor und entnahm ihnen jeweils eine Dosis an Traum- und Veränderungspollen. Jetzt war der geeignete Zeitpunkt. Senaide sah ihm zu. Und weinte. Sie hatte gelernt, daß es falsch war, die Tränen zurückzuhalten. Sie hatte gelernt, den Kummer auszuleben. In der Wolkenstadt war das richtig. Doch dies hier war eine andere Welt, in der Gefühle viel zu kostbar waren, um sie offen zu zeigen. Annym ließ sich wieder neben ihr nieder, und gemeinsam atmeteten sie den Pollenstaub. Trauer und Melancholie und Wehmut sprangen wie grelle Funken zu Annym über, als ihre Geister sich im Gemeinsamen Traum verwoben. Sie weinten zusammen. Sie trauerten zusammen um den Verlust der anderen Welt. Und sie kosteten zusammen den wunderbaren Geschmack zurückkehrender Freude.

„Nein", sagte Senaides Lautlose Stimme. „Ich bedaure es nicht, die Wolkenstadt mit dir verlassen zu haben. Aber dies hier . . . es ist alles so *anders*. Ich muß verstehen lernen. Und begreifen. Ich muß lernen, zu akzeptieren. Ich muß lernen, meine Gefühle davon fernzuhalten."

„Ich helfe dir dabei", entgegnete Annym. Ihre Augen waren wieder klar, nicht länger von Tränen verschleiert. Es waren zwei Murmeln inmitten einer Inkarnation von Anmut. Er küßte sie. Er liebkoste sie. Er schälte ihren Körper aus den klammen Kleidern. Sie hatte sich längst verändert. Sie hatte ihre Körperstruktur längst der seinen angepaßt. Sie war bereit.

„Morgen", sagte seine Lautlose Stimme, „belegen wir einen Platz an Bord des Dimensionsschwimmers. Und zwei Tage darauf sind wir bereits auf dem Weg nach Melbahrn. Zur Mehrlebensoase." Seine Lippen wanderten an ihrem Körper entlang, streichelten und regten an. So wie er es von den Weisen Damen gelernt hatte. Er berührte ihren Schoß und schmeckte ihre Wärme. Er drang in sie ein.

Sie fanden Erfüllung und Zufriedenheit. Mit dem Höhepunkt kam die Mattigkeit. Die Lautlosen Stimmen verklangen, als die Wirkung der Traumpollen nachließ. Eng umschlungen schliefen sie ein.

Doch Annym DryMarden fand keine Ruhe.

Denn mit dem Schlaf kamen die Träume. Die *anderen* Träume.

Die Welt ist öde. Voller Staub vergangener Jahrhunderte. Und nur der Wind erhebt seine flüsternde Stimme und singt und murmelt zwischen den Ruinen einstmals stolzer Gebäude.

Ich setze langsam ein Bein vor das andere. Ich schmecke den Geruch des Zerfalls und der Auflösung. Ich weiche den Wehen aus aufgeschichteten chemischen Rückständen aus. Ich erblicke mein Spiegelbild in Pfützen aus pechschwarzem brackigem Wasser. Der Himmel leuchtet in einem kalten roten Feuer, und eine ausgebrannte Sonne zieht langsam ihre Bahn.

Es ist Zeit, sagt die Traumstimme. *Zeit zu lernen. Zeit zu begreifen. Zeit, die Suche zu beginnen.*

Ich bleibe stehen, zwischen zwei Schuttbergen, die vor vielen Jahren vielleicht einmal zwei hoch aufragende Mauern gewesen sind. Die Stimme flüstert direkt hinter meiner Stirn. Sie mischt sich in meine Gedanken. Und mit der Stimme kommt das kalte Brennen, jene Unruhe, die mich ständig von einem Ort zum anderen treibt, mich nirgends länger verweilen läßt.

Wer bist du? Und: *Was soll ich lernen und begreifen? Was soll ich suchen? Bitte, sag es mir.*

Die Stimme flüstert weiter. Aber jetzt sind ihre Worte unverständlich, zu leise, als daß ich sie verstehen kann. Ich gehe weiter. Sand knirscht unter meinen Schritten. Und der Wind spielt mit meinem silbernen Haarschopf. Ich bin anders als alle Ganz- und Halbmenschen, die ich bisher sah. Etwas unterscheidet mich von ihnen, das über meine Genmale hinausgeht.

Aus der Ferne kommst du, in die Ferne gehst du . . .

Ich erinnere mich nur undeutlich an diese Worte. Und ich sehe schattenhafte Bilder von Säulenbäumen und Unteren Ebenen. Ich bleibe erneut stehen. Im Westen türmen sich dunkle Wolkenberge empor. Etwas in mir weiß, daß ich zurückkehren muß. Doch ich kann und will mich nicht bewegen. Außerdem ist der Säureregen noch fern. Ich horche. Ich lausche. Ich versuche, zu verstehen und zu begreifen. Aber es fällt mir schwer. So schrecklich schwer.

Leises Singen ertönt, und ich drehe mich langsam um. Nicht weit hinter mir schreitet eine Frau aus den Schatten der Ruinen. Ihr hüftlanges, rotes Haar ist wie ein Schweif aus Feuer. Ihr Gesicht wie anmutig gemeißelter Marmor. Mir wird heiß.

Warte nicht länger, sagt die Traumstimme in mir. *Zögere nicht länger. Geh zu ihr. Zusammen seid ihr stark.*

Und meine Beine setzen sich ganz von selbst in Bewegung. Schneller und immer schneller. Ich laufe ihr entgegen, streife die

Umarmung des Windes ab. Ich komme ihr näher. Ich will sie berühren, doch meine Hände tasten durch ihren Körper hindurch. Sie sieht mich an aus ihren großen, grünen Augen, und ihr Blick elektrisiert mich. Sie schreitet davon. Ich will ihr folgen und sie festhalten, doch ich kann sie nicht berühren.

Du mußt ihr folgen. Du mußt sie festhalten! ruft die Traumstimme. *Zuviel hängt davon ab. Du hast eine Aufgabe, Annym DryMarden. Du darfst dich dem fernen Ruf nicht widersetzen.*

Aber... aber ich kann *nicht...*

Du kannst, entgegnet die Traumstimme. *Aber du willst nicht. Du wehrst dich gegen den Ruf. Du versuchst ihn zu verdrängen. Das ist ein Fehler. Denn irgendwann wirst du ihm folgen müssen. Bis dahin aber wird Schmerz in dir sein. Und Qual. Du wirst nie zur Ruhe kommen. Ziehe hinaus. Suche. Und begreife.*

Meine Beine zittern. Ich sinke zu Boden, hinein in den Staub aus vergangenen Sünden. Diese Welt stirbt. Oder sie ist schon vor langer Zeit gestorben.

Aber ich kann *nicht, Traumstimme. Senaide...*

Sie ist unwichtig. Ein Geschöpf unter vielen anderen. Deine Aufgabe ist weitaus bedeutsamer. Du mußt dem Ruf folgen. Wehre dich nicht länger. Gib ihm nach. Folge ihm.

Ich erhebe mich wieder. Es kostet viel Kraft. *Senaide ist nicht unwichtig. Ich kann sie nicht einfach im Stich lassen. Sie hat mich begleitet, um bei mir zu sein und mir beizustehen. Sie muß empfangen und gebären. Sie* braucht *mich.*

Lachen? Ich kann es nicht sagen. Die Dunkle Zone am Firmament hat sich ausgedehnt. Sie kriecht weiter den Himmel empor, und ihre schwarzen Arme verdrängen das düstere Rot über meinem Kopf. Der Wind erhebt seine heulende Stimme. Die Böen werden stärker. Nicht mehr lange bis zu den Säureschauern. Ich muß zurück zur Landungsgruppe. Zurück in den Schutz der Baracken, die das Veränderungswasser fernhalten. Mein Körper zittert noch immer.

Ich *brauche dich*, sagt die Traumstimme zurechtweisend. *Und alles andere, Annym, ist unwichtig. Für dich und für mich. Gehorche dem Ruf.*

Nein! Aber das Brennen in mir nimmt zu, versengt mein Herz und meine Gedanken, brennt und kocht und schmerzt. Ich schreie. Ich schreie die Qual aus mir heraus. Aber sie wird nicht geringer. Die Frau ist plötzlich wieder da, ein ebenmäßiges Gesicht, umhüllt von rotem Glanz. Ihre Hände berühren mich, und ich *fühle* es. Sie streichelt mich. Sie singt, leise und melodisch. Und meine Schmerzen lassen nach. Ich finde Erfüllung.

Nein! rufe ich. *Senaide, Senaide!*

„Ich bin da“, sagte Senaide langsam, und ihre zarten Hände berührten Annyms heiße Wangen. Das Bild der anderen Frau löste sich auf, verschwamm. Und aus den zerfließenden Konturen schälten sich die Züge der Traumgängerin. Ihr Haar glänzte schwarz.

Annym fand nur langsam wieder zu sich selbst. Zu intensiv waren die Bilder und Gedanken und Gefühle gewesen. Zu drängend und zwingend die Worte der Traumstimme.

„Ich hab' sie deutlich gehört“, brachte er stöhnend hervor. Sein Körper war schweißüberströmt. Er lag wie im Fieber; seine Stirn glänzte. Senaide hatte die Öllampe angezündet. Sie warf einen flackernden Schein an die hölzernen Wände. „Und ich konnte sie zum erstenmal deutlich verstehen.“ Er keuchte. Es war, als sei die Luft plötzlich heiß und stickig. Er hatte das Gefühl, ersticken zu müssen. Senaide streichelte ihn.

„Du hast sie wieder gesehen, nicht wahr?“

„Wen?“

„Die Frau. Diese andere Frau mit dem feuerroten Haar.“

Ganz deutlich sah Annym die Szene wieder vor sich. Wie er sie hatte festhalten wollen, einen immateriellen Schatten. Das Feuer brannte in ihm. Hell und lodernd.

Er sah Senaide an. Ihre großen dunklen Augen blickten ihn sorgenvoll und tröstend an.

„Du kennst sie?“ fragte er. Sie nickte.

„Ja, ich habe sie ebenfalls gesehen.“ Sie lachte leise. Aber es war ein Lachen voller düsterer Vorahnungen. „In den Gemeinsamen Träumen in der Wolkenstadt. Deine Gedanken lagen ebenso offen vor mir wie die meiner Eltern und Bruderschwestern. Ich habe ihr Abbild in dir gesehen. Sie ist schön.“

Annym brachte seinen Oberkörper in die Höhe. „Nicht so schön wie du“, sagte er und berührte mit dem Zeigefinger ihre vollen Lippen. „Ich lasse dich nicht allein, Senaide. Niemals.“

Sie nickte erneut. Langsam. „Aber von ihr geht eine eigenartige Anziehungskraft für dich aus.“

Er sank wieder zurück. Und dachte nach. „Die Traumstimme forderte mich auf, sie zu suchen. Sie sprach von einer Aufgabe.“ Er stöhnte. „Und ich weiß nicht einmal, wer ich bin.“

„Du mußt fort von hier“, sagte Senaide bestimmt und betupfte mit einem seidenen Tuch seine Stirn und seine Wangen. Der Schweiß trocknete. Er fröstelte. „Sonst wird es dich verbrennen. Du mußt fort, zu anderen Welten, zum Glanz anderer Sonnen.“

„Ich weiß“, entgegnete er müde. Nein, er konnte sich dem fernen Ruf nicht widersetzen. Er hatte den Schmerz gespürt, einen Vorgeschmack vielleicht nur. Auf das, was ihn wirklich erwartete, wenn er dagegen anzukämpfen versuchte. Nein, er konnte sich ihm nicht widersetzen. Aber Senaide würde mit ihm gehen. „Ja“, sagte er, „ich werde Yloisis verlassen. Mit dir zusammen, Senaide. Wir fliegen nach Melbahrn, wo du unsere gemeinsame Genfrucht empfangen und gebären wirst.“

Ihr Gefühlsschatten veränderte sich abrupt. Hatte er eben noch Sorge und Mitgefühl ausgedrückt, so lag jetzt ein Hauch von Angst und Nervosität in ihm. Er strich ihr das Haar aus der Stirn. „Die Reise wird einige Wochen dauern“, fügte er leise hinzu. „Kannst du es noch so lange ertragen?“

Sie nickte wieder. Zuversichtlich. Mutig. „Ich glaube, ja. Ja, ich bin sicher.“ Sie lächelte und hauchte ihm einen Kuß auf die Lippen. Durch die schmutzigen Fenster sickerte der erste Lichtschein des neuen Tages.

Hinter der Tür bewegte sich etwas. Annym legte den Kopf auf die Seite und lauschte. Er vernahm ein undeutliches Kratzen jenseits der schweren Holzbohlen. Die Verriegelung knirschte leise. Dann ertönte ein unterdrückter Fluch. Kurz darauf schlurften Schritte, die sich entfernten.

„Der Halbisyhr“, sagte Annym. „Wie ich vermutet hatte. Unser Vorrat an Traumpollen ist zu verlockend für ihn.“

Er nahm Senaide in die Arme. Sie schliefen wieder ein. Und diesmal war es ein traumloser Schlaf, der Entspannung brachte.

Bedauernd blickte Eschtran das unscheinbare Schild mit der Aufschrift INSTITUT FÜR HYBRIDISIERUNG an.

„Meine erste Filiale“, murmelte er, dann zuckte er mit den Achseln und schraubte das Schild ab.

Im Osten kündigten Seth und Loth mit einem gleißenden, langsam emporkriechenden Lichtschimmer ihr Kommen an. Mit der Wärme kam auch wieder der Gestank. Eschtrans Gepäck war inzwischen auf dem Gravoträger, den man ihm vom Raumhafen geschickt hatte, verstaut. Die Anlagen, Einrichtungen und Gerätschaften des Instituts würden im Laufe dieses Tages abgeholt werden. Er schob das Schild unter die Behälter und kletterte in den Führungssitz.

Eschtran begegnete nur wenigen Räumwagen. Die meisten hatten ihre planmäßigen Einsätze bereits erledigt und waren in ihre Standorte zurückgekehrt. Die Leichen der Erfrorenen und Erstochenen waren aus den Rinnsteinen verschwunden, und nur noch wenige Müllhaufen verunzierten die Straßenecken. Eigentlich war Eschtran froh, abgerufen worden zu sein und Yloisis damit verlassen zu müssen. Dieser Planet, fand er, war ein einziges erbärmliches und stinkendes Loch. Aber mit dem Abruf war auch sein Versagen dokumentiert. Er fragte sich, ob er auf Melbahrn die Aufgabe erhalten würde, eine neue Filiale zu gründen. Seine Qualitäten als Leiter eines Hybridisierungsinstituts waren sicher unzweifelhaft, das mußte anerkannt werden. Nun ja, er hatte Fehler gemacht. Es war eben seine erste Filiale gewesen. Aber aus Fehlern konnte man nur lernen.

Einige Gruppen aus Amash und Halbmenschen waren damit beschäftigt, Fähnchen an Hauswänden anzubringen. Eschtran überlegte angestrengt, dann fiel es ihm ein. Natürlich, heute war ja Auktionstag, ein großes Ereignis. Vielleicht konnte er noch daran teilnehmen. Wenn er sich beeilte. Aber er hatte ja noch so viel zu tun...

Er wich den Tian-Gespannen von Händlerknechten aus, die zu dieser frühen Stunde bereits wieder auf dem Weg zu den Plantagen und Farmen im Norden waren. Er fluchte über den Staub, den sie aufwirbelten. Kurz darauf, als er bereits den südlichen Rand der Stadt erreicht hatte und vor sich die ausgedehnten Anlagen des Raumhafens sah, fielen ihm die beiden Kunden vom Vorabend wieder ein. Und das klägliche Versagen des Datenterminals. Er fluchte. Aber der Mann, sagte er sich dann, war wirklich sonderbar gewesen. Er hatte solche Genmale bei noch keinem Halbmenschen gesehen. Und auch die umfangreiche Datenspeicherung über die Kennzeichen vieler Hybridisierungen war dadurch überfordert worden.

Nun, sagte er sich in Gedanken und steuerte den Gravoträger dem gewaltigen Leib des Hrhan-Schiffes entgegen, das wie ein dunkler Berg aus der Ebene ragte, seine Daten sind nun ebenfalls gespeichert. Das Institut auf Melbahrn ist wesentlich komplexer. Ebenso die Datensammlung. Sicher wird sich dort ein Hinweis finden lassen.

„Herbei, herbei!" rief er, als er den Gravoträger unterhalb der

Ladeluken abbremste. „Oder soll ich vielleicht alles allein hineinschaffen?“

Die Ladearbeiter sahen sich vielsagend an. Einer der Halbmenschen tippte sich an die Stirn. Sie ignorierten den schimpfenden Eschtran und verstauten sein Gepäck im Bauch des Dimensionsschwimmers. Darunter waren auch die Datenspeicher des Aufzeichnungsterminals. Und darin wiederum die Informationen über Annym DryMardens Genmale.

Das Frühstück bestand aus Brot, Tian-Wurst und einem Getränk, das wie eine Mischung aus Kaffee, Tee und Bier schmeckte. Es war aromatisch. Und es hatte einen hohen Alkoholgehalt. Der Herbergsvater sah Annym und Senaide gleichzeitig mißmutig, gierig und freundlich an. Es war ein eigenartiges Konglomerat aus widerstrebenden Empfindungen, und im Gesicht eines Halbisyhr wirkte es noch seltsamer.

„Wir sollten hier so schnell wie möglich verschwinden“, flüsterte Annym Senaide zu. „Ich traue dem Kerl nicht. Er ist noch immer scharf auf unsere Traumpollen. Und um sie in die Hand zu kriegen, würde er eine ganze Menge auf sich nehmen.“

Sie beeilten sich mit dem Frühstück, erhoben sich dann und schickten sich an, die Herberge zu verlassen. Der Halbisyhr sprang hinter seinem Tresen hervor und war sofort zur Stelle.

„Ihr wollt aufbrechen, werte Gäste?“ erkundigte er sich. Seine tiefschwarzen Augen waren trüb. Offenbar stand er noch immer unter der Restwirkung der Traumpollen, die sie ihm gestern als Bezahlung gegeben hatten. Sein Atem war noch fauliger als am Vortag. „Nun, es hat euch sicher gefallen in meinem Haus. Kommt wieder.“

„Danke“, sagte Annym ruhig. „Aber wir bleiben nur noch heute in Offenes Tor.“

„Nur noch heute?“ fragte der Halbisyhr verwundert. „Aber der Dimensionsschwimmer startet doch erst in zwei Tagen.“

„Nur noch heute“, bekräftigte Annym und öffnete die Tür. Der Halbisyhr stellte sich ihm in den Weg. Annym sah sich rasch um. Es befanden sich mehrere Gäste im Raum. Der Herbergsvater konnte es unter diesen Umständen nicht wagen, handgreiflich zu werden.

„Nur noch ein Gramm“, sagte er, und Annym roch den Moder seiner Haut. „Ein einziges Gramm.“

„Nicht ein Körnchen“, sagte Annym fest. „Sie haben Ihre Bezahlung erhalten.“

Der Halbisyhr knurrte etwas Unverständliches. Seine schmalen Hände zitterten. Senaide schlüpfte unter seinen Armen hindurch ins Freie und winkte. Annym schob den Herbergsvater zur Seite und trat ebenfalls hinaus. Der Halbisyhr schickte ihnen eine Reihe von gemurmelten Flüchen hinterher.

„Für heute abend“, sagte Annym, als sie die Straße entlangschritten, „suchen wir uns eine andere Unterkunft. Dorthin können wir nicht zurück.“

Sie nickte.

Es war bereits sehr warm. Die Schlammbahnen der Nacht waren wieder zu staubigen Wegen geworden. Rufe, Schreie und das auf und ab schwellende Raunen von Unterhaltungen drangen an ihre Ohren. An diesem Morgen schienen alle Bewohner der Stadt unterwegs zu sein. Fähnchen flatterten von Mauern und Hauswänden. Bettler kauerten an Straßenecken und flehten mit jammernden Stimmen um Gaben. Andere spielten auf seltsam anmutenden Instrumenten noch seltsamere Melodien. Einige Passanten blieben hier stehen und lauschten ihrer bizarren Musik, spendeten dann einige Münzen und schritten weiter. Kinder sprangen vor Tian-Gespannen her und ärgerten die Zugtiere. Die Händlerknechte schwangen ihre Elektropeitschen, doch die Störenfriede rannten davon, nur um einen Augenblick später wieder zurückzukehren. Der Gestank war fast so stark wie am Vortag, aber er war eigenartigerweise nicht mehr so störend. Wandernde Verkäufer priesen die Waren ihrer Bauchläden und verkündeten gleichzeitig die neuesten Nachrichten von Ereignissen aus Offenes Tor. Es waren größtenteils Amash, deren Dreiaugen unruhig hierhin und dann dorthin blickten, auf der Suche nach potentiellen Kunden. Es waren aber auch Halbmenschen mit den unterschiedlichsten Genmalen. Annym und Senaide erblickten einige Pilger-Zen, deren lange Meditationsreise sie auch nach Yloisis geführt hatte. Fußgänger und Tian-Züge wichen ihnen respektvoll aus, denn man sagte, Zen hätten die Heilgabe und die Fähigkeit, die Zukunft zu weissagen. Die Gerüchte stimmten nur zur Hälfte, wie Annym während der Mentalautodidaktischen Unterweisungen erfahren hatte. Die Zen waren teilweise PSI-begabt. Aber diese Begabung war in der Regel nur schwach ausgeprägt und reichte gerade dazu, die natürlichen Heilkräfte eines Körpers zu verstärken, so daß Wunden und Verletzungen schneller heilten. Sie sahen die Nebelkörper von einigen Aymya, schlanke, zerbrechlich und empfindlich wirkende Gestalten in fußlangen, glitzernden Gewändern.

Aymya waren außerordentlich selten, zumal wenn es sich um Ganzaymya ohne fremde Genmale handelte. Man sprach davon, daß es nur einige Zehntausend von ihnen in diesem Teil der Galaxis gab. Annym fragte sich, aus welchen Gründen sie sich ausgerechnet nach Yloisis verirrt hatten. Aber vielleicht waren sie nur mit dem Dimensionsschwimmer der Hrhan gekommen, der hier Zwischenstation machte. Vielleicht lag ihr Ziel weiter draußen im *Rand*.

Als sie sich weiter dem Zentrum von Offenes Tor näherten, stießen sie auf Gesangs- und Tanzgruppen, die auf Straßen und Plätzen akrobatische Kunststücke vollführten. Umringt waren sie von Trauben aus Fußgängern, die rhythmisch in die Hände klatschten.

„Ein Fest?“ fragte Senaide.

Annym zuckte mit den Achseln. „Vielleicht. Ich weiß es auch nicht.“

Es waren zwei verschiedene Welten, die in dieser Stadt vereinigt waren – die Welt der Nacht und die des Tages. Das Elend und der Jammer der Dunkelheit und der Frohsinn des Lichts. Es war schwer zu verstehen. Es herrschte Aufbruchsstimmung und frohe Erwartung.

„Gepriesen sei Roghan der *Makler*!“ riefen die Straßensänger. „Heute ist Auktionstag, Bürgerinnen und Bürger. Kommt! Und betrachtet die erlesene Ware, die euch Roghan anzubieten hat. Ihr werdet nicht enttäuscht sein. Roghan verkauft keine minderwertige Ware. Kommt zur Auktion. Kommt zur Auktion!“

Senaide sah Annym fragend an. „Auktion? Eine Versteigerung?“

„Ja.“

„Wollen wir zusehen? Wir haben doch Zeit, oder?“

„Ja“, sagte Annym, „wir haben Zeit. Aber es wird dich nicht erfreuen, wenn du siehst, *was* versteigert wird.“

Er erzählte es ihr. Und ihre Miene verdüsterte sich.

„Ja“, sagte sie. „Ich habe davon gehört. Einmal erzählte eine Weise Dame eine Geschichte darüber. Sie klang so unglaublich, daß ich sie für ein Alptraummärchen hielt.“

„Nein.“ Annym schüttelte den Kopf, während er sich und Senaide einen Weg durch die Massen der Fußgänger bahnte, die nun alle dem Auktionsort entgegenströmten. „Kein Märchen. Es ist die Wahrheit.“

Sie gelangten schließlich auf einen großen Platz nahe dem

Zentrum der Stadt. Gesäumt wurde er von den prächtigen Villen der Wohlhabenden und Reichen. Ihre Privatsöldner hatten sich für diesen besonderen Tag bis unmittelbar an die Mauern der Gebäude zurückgezogen. Mißtrauisch beobachteten sie die Umgebung. Wenn es zu Übergriffen kam, wurden sie von ihren Herren dafür verantwortlich gemacht und je nach Schwere und Bedeutung des Vorfalls bestraft.

In der Mitte des Platzes war ein hölzernes Podest errichtet worden. Es war groß, und es trug ein Zelt aus bunten Fahnen und schillernden Planen. Eine Lautsprecherstimme verkündete dröhnend:

„Freut euch, daß ihr gekommen seid. Roghan der *Makler* entbietet euch seinen Gruß. Dieser Tag soll ein Festtag für Offenes Tor sein." Ein fast drei Meter großer Tranq trat aus dem Zelt. Seine Arme geboten Ruhe. Die Melodien der Straßensänger verklangen. „Roghan kann leider nicht selber zugegen sein und euch begrüßen, Bürger und Bürgerinnen. Ich vertrete ihn hier. Aber seid gewiß, Bürger und Bürgerinnen, daß seine Ware deshalb nicht weniger erlesen ist. Roghan hat einen Ruf zu verteidigen."

Applaus brandete auf, wie eine Woge, die sich über den Platz ergoß. Der Tranq verneigte sich dankend. „Mein Name ist Hotrax. Damit unsere Kunden wissen, an wen sie sich wenden können."

Die Straßensänger spielten einen lärmenden Tusch. Die Zuschauer klatschten. Alles war wohlorganisiert.

„Und nun, Bürger und Bürgerinnen", dröhnte die Stimme des Tranq über den Platz, „bitte ich um Ihre Aufmerksamkeit." Stille senkte sich herab. Hotrax verschwand im Zelt und kehrte kurz darauf mit einer bildschönen jungen Frau zurück. Ihr Blick war starr geradeaus gerichtet.

„Unser erstes Angebot. Eine Gedankentänzerin von Naraji. Schaut sie euch an. Es ist ein Geschöpft ohne Makel, von einer Schönheit, wie man sie nur selten sieht. Und sie ist jung, für diejenigen unter Ihnen, Bürger und Bürgerinnen, die nicht wissen sollten, was eine Gedankentänzerin ist: Sie vermag Gefühle zu verstärken und zu reprojizieren. Sie ist eine luxuriöse Erotikfreundin und nur für einen Kunden mit erlesenem Geschmack zu haben."

„Zehntausend!" erscholl es aus der Menge der Zuschauer.

Der Tranq schüttelte den Kopf. Eine eher menschliche Geste. „Zehntausend, mein Herr! Sie belieben zu scherzen. Eine Gedankentänzerin vermag *alles* zu projizieren. Sie genügt höchsten

Ansprüchen. Ja, sehen Sie sie an. Ist sie nicht ein kostbares Juwel?"

„Dreißigtausend!" erklang ein anderer Ruf.

„Komm", sagte Senaide mit rauher Stimme. „Laß uns gehen. Ich habe genug gesehen."

„Sie ist eine *Di*", sagte Annym gedankenverloren. „Die *Di*-Male sind auf diese Entfernung nicht zu erkennen, aber ich bin sicher, sie trägt sie. Und wenn sie verkauft ist, wird ein Tätowierungsmal hinzukommen: Name und Identität ihres Besitzers."

Er wandte sich ab. Zusammen mit Senaide bahnte er sich einen Weg durch die den Worten des Auktionators lauschenden Zuschauer. Der Gefühlsschatten Senaides drückte Ekel aus.

Der Raumhafen war eine weite Fläche aus Hartbeton und vereinzelten Kontrollgebäuden. Das Hrhan-Schiff war ein buckliger Gigant, ein dunkler Riese, der aus der Ebene ragte, mindestens ein halbes Dutzend Normkilometer lang und etwa halb so breit und hoch. Die obersten Bereiche des Dimensionsschwimmers tauchten ein in die Wolken. Es war kaum vorstellbar, daß ein solcher Titan leicht wie ein Blatt dem Himmel entgegenschweben konnte. Er wirkte wie ein gewaltiger Wal aus Stahl und anderen Metallen, dazu geschaffen, die Ewige Nacht und Kälte zwischen den Sternen zu durchpflügen. Es nahm ihnen den Atem.

„Wie kann das Schiff dort auf der Fläche stehen!" rief Senaide erstaunt aus, als sie dem Raumhafen entgegenschritten. „Es muß doch unglaublich *schwer* sein. Warum sinkt es nicht in den Boden ein?"

Annym zuckte nur mit den Achseln. „Antischwerkraft vielleicht", sagte er und erklärte es ihr. „Aber was wissen wir schon von den Hrhan? So gut wie gar nichts. Sie stellen uns ihre Raumschiffe zur Verfügung und fliegen andere Planeten an, in einer Immerwährenden Reise. Warum, vermag niemand zu sagen."

Erst als sie den Kontrollgebäuden nahe waren, konnten sie erkennen, daß sie bereits vor langer Zeit verfallen waren. Sie schritten an ihnen vorbei, über das Landefeld, dem dunklen Berg entgegen. Sie begegneten Halbamash, Ganzisyhr, Tranq und Thryh, die aus der Richtung des Dimensionsschwimmers kamen, Gepäckwagen schoben oder ihre Last mit Gravoträgern transportierten. Sie marschierten an langsamen Gruppen von Halbmenschen und Ganzamash vorbei. Und ihre Blicke klebten an den

Wölbungen des Hrhan-Schiffes. Einmal begegneten sie zwei Khyj. Die Hrhan-Assassinen waren in bodenlange, pechschwarze Gewänder gekleidet, und die Gesichter waren hinter ebenfalls tiefschwarzen Masken verborgen. Gespräche verstummten, Gravoträger wichen aus, Passanten blieben schweigend stehen. Annym erzählte Senaide, was er über die Khyj wußte.

„Es sind Diener der Hrhan. Sie wachen über die Einhaltung ihrer Ungeschriebenen Gesetze." Nachdenklich starrte er den beiden Khyj nach. „Ich möchte wissen, warum sie hier sind. Vielleicht sind sie auf der Spur eines Frevlers. Wenn es so ist, dann hat er keine Chance. Sie beherrschen den *Sihr*-Kampf. Niemand weiß ganz genau, *was* das ist, aber es macht sie zu weit überlegenen Gegnern."

Senaide schauderte. Sie marschierten weiter. Die Rampen waren heruntergelassen. Sie schritten hinauf, in den hell erleuchteten Bauch des Dimensionsschwimmers hinein. Und kaum waren sie drinnen, als sich ein Ganzmensch ihnen in den Weg stellte.

„Sie wollen einen Platz belegen?" fragte er.

Annym nickte. „Zwei Plätze."

„Ah ja. Bitte", eine einladende Handbewegung. „Kommen Sie, verehrte Dame, geehrter Herr, damit wir Ihre Personendaten eintragen können." Annym runzelte die Stirn. Diese Bitte widersprach den Informationen, die er während seiner Lernzeit in der Astroschule erhalten hatte. Er betrachtete den Mann genauer. Er war in ein farbenprächtiges Gewand gekleidet. Seine Haut war dunkel wie Schiefer, und in seiner Stirn glänzten sieben Glimmdiamanten. Sie waren fest mit dem Schädelknochen verbunden. Allein die dafür notwendige Operation war teuer, von den Edelsteinen ganz zu schweigen. Auf dem kleinen, leuchtenden Identifikationsplättchen an seiner Wange war zu lesen: *Frannan Gil.*

Dicht neben dem Eingang zum eigentlichen Passagierbereich des Dimensionsschwimmers warteten einige andere Ganz- und Halbmenschen hinter einem aufgebauten Pult mit Papieren und Akten. Zwei Dutzend Meter entfernt hockten einige Isyhr und Tranq auf dem Boden. Ihre Augen folgten jeder Bewegung. Annym hatte plötzlich ein ungutes Gefühl.

„Hier", sagte Frannan, „tragen Sie sich hier ein."

Es war eine Liste, auf der bereits viele Namen in mehr oder minder ungelenken Handschriften zu lesen waren. Annym setzte seinen Namen und den Senaides hinzu. Der Ganzmensch nahm die Liste wieder entgegen.

„Hm“, machte er. „Annym DryMarden und Senaide KurKarim.“ Er warf ihnen einen kurzen Blick zu und gab die Liste dann an die Männer hinter dem Pult weiter. „Zweihundert.“

„Zweihundert *was*?“ fragte Annym konsterniert.

„Die Beförderungsgebühr. Zweihundert.“

„Aber . . .“, begann Annym. Er schüttelte verwirrt den Kopf. „Wieso soll ich für einen Flug mit einem Hrhan-Schiff bezahlen? Die Hrhan haben niemals Geld dafür verlangt. Sie befördern kostenlos.“

Frannan lächelte. „Die Hrhan schon. Aber wir nicht.“ Und er deutete in die Runde.

Annym erinnerte sich deutlich an die entsprechende Unterweisung bei den *Sternreisenden*. Er wußte, daß auf einigen Welten Ganzmenschen, Amash, Isyhr und sogar *Sternreisende* selbst das Beförderungsmonopol an sich gerissen hatten und von potentiellen Passagieren Geld für eine Passage verlangten. Dies verstieß offenbar nicht gegen die Ungeschriebenen Gesetze der Hrhan, denn die Khyj – von ihnen wurde übrigens kein Geld verlangt – hatten nie eingegriffen. Aber auf Yloisis, so die Unterweisung, existierte ein solches Monopol nicht. Jedenfalls bisher nicht. Offenbar aber hatte sich das geändert.

Er zuckte mit den Achseln. „Wir haben kein Geld.“ Frannan zwinkerte den am Boden hockenden Isyhr und Tranq zu. Einige von ihnen erhoben sich drohend.

„Dann haben Sie Pech“, sagte Frannan, nahm die Liste und strich ihre Namen. „Ohne Entgelt können Sie nicht an Bord.“

Wieder fielen Annym die beiden Schwarzsaphire ein. Und wieder entschloß er sich dagegen. Nein, es mußte einen anderen Weg geben.

„Wir *müssen* von Yloisis fort“, sagte Senaide fest.

„Tut mir leid“, entgegnete Frannan kühl. „Zweihundert. Das ist der Preis. Nicht eine Einheit weniger.“

Annym holte den Beutel mit Traumpollen hervor. „Vielleicht“, sagte er und erinnerte sich dabei an den Halbisyhr in der Herberge, „können wir damit bezahlen.“

„Was ist das?“ Frannan Gil schnupperte neugierig an dem grauweißen Pulver. Dann verzerrte sich sein Gesicht.

„Konzentrierte Traumpollen“, stieß er wütend hervor und sah Annym finster an. „Sie wissen ganz genau, daß so etwas für Nicht-Traumgänger höchst gefährlich, wenn nicht tödlich ist. Wollen Sie mich vergiften?“

„Nein", versicherte Annym rasch. „Ich wollte nur . . ."

„Verschwinden Sie, Halbmensch. Verduften Sie." Tranq und Isyhr näherten sich langsam. „Und seien Sie froh, wenn ich Sie nicht der Rauschgiftpolizei melde. Sie wissen ganz genau, daß der Genuß von Traumpollen in Offenes Tor verboten ist."

Annym verstaute den Beutel rasch wieder. Zusammen mit Senaide schritt er die lange Rampe hinunter.

„Zweihundert!" rief ihnen Frannan nach. „Bis spätestens morgen mittag. Dann dampfen wir nämlich ab."

5

Der Reine Mensch ist das unverfälschte Abbild des Einzigen Schöpfers. Er schuf den Menschen nach seinem Ebenbilde, auf daß er ihn ehrte und seine Botschaft in die Welt des Kurzen Lebens trug. Welch ein Frevel ist es doch, sich mit Fremdpartnern zu vereinigen und Veränderte Menschen oder gar Geschöpfe zu zeugen, in denen menschliche Gene rezessiv sind! Welcher Frevel ist es angesichts der Herrlichkeit des Einzigen Gottes, welche Schande, sein Abbild auf so jämmerliche Weise zu verändern!

Wir müssen diese Botschaft hinaustragen in alle Welten, auf denen Menschen leben. Wir müssen ihnen die Sünde solcher Vereinigungen und Verkoppelungen deutlich machen. Die Reinheit des Menschen muß gewahrt werden. Denn nur er ist das Abbild des Allmächtigen. Denn nur er ist das Ausgewählte Geschöpf. Und wenn dieses Abbild verändert wird, dann entfernt man sich damit vom Einzigen Gott.

Lasset uns beten, Brüder und Schwestern. Und lasset uns die Genveränderung überall dort bekämpfen, wo wir auf sie treffen.

Apokrpyhen der Universalen Kirche

Frannan Gil sah den beiden Gestalten nach, die über den Hartbeton des Landefeldes Offenes Tor entgegen schritten. Die Stadt war wie ein dunkelbrauner Schatten, schmutzig und trüb.

Verrückt, dachte er. Die beiden müssen total verrückt sein. Laufen mit einem Vermögen herum und tragen nicht einmal eine Waffe. Der reinste Wahnsinn.

Einer der Isyhr trat an ihn heran und deutete mit seiner Bieghand hinaus.

„Haben Sie schon einmal ein solches Pärchen gesehen? Sie eine Traumgängerin aus den Dichtwäldern im Hohen Norden. Und er ein Halbmensch mit Genmalen, die ich nie zuvor sah. Wirklich seltsam."

Irgend etwas in Frannans Bewußtsein machte leise ‚Klick!' Langsam drehte er sich um.

„Ich glaube", sagte er, und es klang fast gelangweilt, „Sie kommen eine Weile allein klar, oder? Die meisten Passagiere werden erst in einigen Stunden kommen, wenn in Offenes Tor die Auktion zu Ende geht."

Der Isyhr verneigte sich und verschränkte dabei die Arme. Sein roter Körperflaum glühte düster. Seine tiefschwarzen Augen glänzten hell. „Natürlich, Herr. Sie können sich auf uns verlassen."

Ja, dachte Frannan. Und wie. Ich werde die Einnahmen und Eintragungen genau prüfen müssen, wenn ich auch nur eine halbe Stunde fort gewesen bin.

Er verließ das Schiff, besorgte sich einen Gravoträger und schwebte damit der Stadt entgegen. Annym und Senaide wich er sorgfältig aus. Es war nicht nötig, daß sie ihn sahen. Eine halbe Stunde später erreichte er den Stadtrand. Er wählte Straßen und Gassen, die weitab des Auktionsplatzes lagen. Hier kam er schneller vorwärts. Hier konnte er keinen Bekannten begegnen, die von seiner Anwesenheit in der Stadt auf mögliche Geschäfte schließen konnten.

Schließlich bremste er den Gravoträger vor einem schäbigen, schiefen Haus ab. Im Innern erwarteten ihn Kühle und Gestank von Fäkalien. Er störte sich nicht daran und stieg die Treppe empor.

„Ich bin es!" rief er, als er den zweiten Treppenabsatz erreicht hatte. „Frannan Gil."

Oben klickte etwas.

„Verdammt unvorsichtig von dir, mich um diese Stunde zu besuchen", ertönte eine dunkle, knarrende Stimme. Der Halbzen steckte die Projektilwaffe in eine verborgene Tasche seines Gewandes. Frannan zweifelte nicht daran, daß er sie blitzartig wieder hervorziehen konnte. Er stieg weiter empor. „Hallo, Ciceron." Silberne Augen mit kleinen schwarzen Punkten musterten ihn mißtrauisch. Der kahle, runzlige Schädel glänzte feucht. Ciceron war unglaublich dürr. Frannan vermied es, länger als unbedingt nötig in die Mehrfachpupillen zu blicken. Ein seltsamer Schimmer lag in ihnen – und eine ebenso seltsame Ausstrahlungskraft.

„Ich habe eine Aufgabe für dich, Ciceron", sagte Frannan leise.
„Um diese Zeit?"
„Um diese Zeit. Es geht um einige Zehntausend Einheiten für dich."
Der Halbzen strich sich mit seiner dunklen Hand über den schimmernden Schädel. Er nickte in Richtung der offenstehenden Wohnungstür. „Gut, komm rein."
Er berichtete ihm von Annym DryMarden und Senaide KurKarim von dem Beutel mit den Traumpollen. Und Cicerons gespieltes Desinteresse ließ mehr und mehr nach.
„Du mußt sie suchen", sagte Frannan. „Ich weiß nicht, wo sie sich im Augenblick aufhalten."
Der Halbzen nickte. „Ich werde sie finden, hab keine Sorge. Die üblichen Bedingungen?"
„Ja. Zwanzig Prozent für dich. Achtzig für mich. Es wird ein gutes Geschäft."
„Ich habe das Risiko zu tragen."
„Und von mir erhältst du alle Informationen. Denk auch an deine letzte Begegnung mit der Lokalpolizei vor fast zwei Jahren. Wahrscheinlich würdest du jetzt in irgendeinem stinkenden Loch dahinsiechen, wenn ich nicht gewesen wäre. Du stehst noch immer in meiner Schuld." Er erwähnte nicht, daß seiner Meinung nach diese Wohnung ebenfalls ein stinkendes Loch war. Ciceron war in mancher Hinsicht ein wenig sensibel.
Wieder das Nicken des Halbzen. „Gut, ich bin einverstanden."
Frannan Gil verließ das Haus wieder. Er kehrte nicht sofort zum Raumhafen zurück. Er steuerte den Auktionsplatz an und wartete im Hintergrund das Ende der Versteigerungen ab. Eine Traumgängerin aus dem Dichtwald. Einfach phantastisch. Mit den entsprechenden Stimulanzien vermochte sie wunderbare Träume und erotische Ekstasen zu schenken. Und ein Halbmensch mit sonderbaren, wenn nicht einmaligen Genmalen. Ein Liebespaar wahrscheinlich, denn so ohne weiteres verließen die Traumgänger ihre Wolkenstädte und ihren Dichtwald nicht.
Hotrax, Roghans Vertreter auf Yloisis, würde sicherlich Interesse zeigen.
Heute, dachte Frannan Gil, ist mein Glückstag.

Von außen hatte die Taverne einen kleinen und schäbigen Eindruck gemacht. Sie war tatsächlich schäbig. Aber in ihrem Innern bot sie weitaus mehr Raum für Gäste, als der äußere Eindruck erwarten ließ. Das ihnen entgegenströmende und sie einhüllende Stimmengewirr war sprühender Gischt aus einer Vielzahl von Leibern. Schwebdämpfe hingen wie Gewitterwolken über den Tavernenbesuchern.

Es roch nach schwachen Halluzinogenen, Alkohol und anderen Anregern. Annym und Senaide bahnten sich einen Weg und fanden im rückwärtigen Teil der Taverne schließlich einen freien Tisch in einer dunklen Nische. Die Fenster waren so verschmutzt, daß sie wie Filter wirkten, die das Sonnenlicht fernhielten. Von der Decke der unteren Ebene hingen Lampen herab, manche elektrisch und hell, andere, die Öl und verschiedene Chemikalien verbrannten, trüb und düster.

Annym zitterte. Auf seiner Stirn glänzte Schweiß, und seine silberfarbenen Haare waren verklebt. Senaide rückte eng an ihn heran. Sie betrachtete ihn besorgt, und sein Zustand lenkte sie von ihren eigenen Problemen ab.

„Ich komme schon wieder in Ordnung", sagte Annym und versuchte, das Zittern seiner Glieder unter Kontrolle zu bekommen. „Nur ein paar Minuten."

Sie sah ihn an. Sein Gesicht war ein Fixpunkt inmitten der grauen Nebel, die von den nahen Räucherstäbchen ausgingen. Sie schüttelte den Kopf.

„Nein. Ich kann es fühlen, Annym. Wir müssen Yloisis so schnell wie möglich verlassen."

Er preßte die Lippen aufeinander, und in seinen blausilbernen Vollpupillen schimmerte ein *anderer* Glanz. Von Yloisis fort. Ja. Aber wie?

Der Tönungsreflex seiner Haut zeichnete bizarre Farbmuster. Mal ein Rot, Zeichen seiner Erregung. Dann violettes Grün, Zeichen seiner Enttäuschung. Dann ein stumpfes Grau, was auf seinen Schmerz hindeutete.

„Ich hab' es nicht gewußt", murmelte er. „Ich konnte nicht ahnen, daß sie Geld für eine Passage auf einem Hrhan-Schiff verlangen."

Sie berührte seine Wange. „Ich mache dir keinen Vorwurf." Ihr Gefühlsschatten drückte tiefe Sorge aus. Zwar befanden sie sich gegenwärtig nicht in der Zweieinheit, aber sie konnte seine Qual dennoch spüren. Eine helle Flamme in seinem Innern, die seine Gedanken versengte, geschürt von dem Erinnerungsbild des Dimensionsschwimmers. Der Drang zur Ferne in Annym hatte sich dadurch gewaltig gesteigert.

Der Wirt der Taverne schob sich an ihren Tisch. Es war ein Ganzthryh, und sein Hartleib schimmerte matt und seiden. Sein blauer Augenring emittierte einen phosphoreszierenden Schein.

„Verehrte Gäste?“

Senaide gab ihre Bestellung auf. Der Thryh nickte einige Male in typisch menschlicher Manier, dann betrachtete er Annym.

„Ist er krank?“ Er beugte sich vor. Annyms Blick war nach innen gekehrt. Seine Stirn war fiebrig heiß und feucht. „Es ist doch keine ansteckende Krankheit, oder?“ fragte der Thryh mißtrauisch.

„Nein“, versicherte Senaide schnell. „Es ist *ter*, eine Allergie. Es ist gleich wieder vorüber.“

Das Mißtrauen des Wirts blieb. Er starrte einmal Annym an, dann wieder Senaide, und zog sich schließlich zurück.

Von der ersten Ebene ertönten zornige Rufe. Drei Amash und ein Isyhr schrien durcheinander und gestikulierten wild. Ein Halbmensch stolperte die Treppe hinunter.

„Da ist der Kerl!“ rief der Amash, sprang über den hölzernen Tisch und stürzte dem Halbmenschen hinterher. Einige andere Gäste, die in der Nähe standen, wichen vorsichtshalber zur Seite aus. Der Halbmensch taumelte, als er die untere Ebene erreichte. Er schien nicht ganz sicher zu sein, wohin er sich wenden sollte. Der Amash packte den dunklen Kilt und zerrte heftig daran.

„Begleiche deine Schulden, Hybride!“ keifte er in nasalem Tonfall. „Du kannst dich nicht einfach so aus dem Staub machen, *Bastard*.“

Der Kilt riß. Und offenbarte einen von Deformierungen und eiternden Geschwüren bedeckten Körper. Der Amash riß seine Dreiaugen auf und wich sofort zurück.

„Er hat es.“ Leise. Dann noch einmal, lauter: „Er hat es. Das Schleichende Gift.“

Die Gespräche verstummten; der Halbmensch schwankte. Annym drehte langsam den Kopf zur Seite. Der Halbmensch besaß rezessive Amashgene, aber die Genmale wurden von den Deformierungen weitgehend verborgen.

„Ganzkörperkrebs“, murmelte er. „Im letzten Stadium. Er ist dem Tode geweiht.“

Es war nicht ansteckend, dennoch erzeugte sein Anblick Angst. Bei denen, die es sich nicht hatten leisten können, medizinische Versorgung zu kontrakten. Bei denen, die nicht wußten, wie sie am nächsten Tag ihren Magen füllen sollten. Bei denen, die niemals in ihrem Leben einen Arzt gesehen hatten. Das Schleichende Gift war heilbar – wenn man es in den ersten Stadien behandelte. Das aber kostete Geld, viel Geld.

Fäuste erhoben sich und stießen den Halbmenschen zur Seite. Er stürzte, wurde wieder hochgezerrt und in Richtung Ausgang bugsiert.

„He!“ rief der Wirt. „Er hat noch nicht bezahlt . . .“

Annym wandte sich von dem elenden Anblick ab. Der Schmerz in ihm hatte inzwischen ein wenig nachgelassen.

Traumstimme? fragte er in sich hinein. Keine Antwort. Nur Gedankenschweigen.

„Wir *werden* Yloisis verlassen“, sagte Senaide fest. „Morgen. Mit dem Hrhan-Schiff. Wir haben Geld genug.“

Annym wußte, was sie meinte. Er schüttelte den Kopf. Seine rechte Hand tastete unwillkürlich nach dem kleinen Beutel in einer Tasche seines Umhangs.

„Nein“, entgegnete er leise. „Die Schwarzsaphire sind für einen bestimmten Zweck vorgesehen, Senaide. Sie sind für unsere Verkoppelung.“ Ihr Gebärtrieb war im Augenblick nur ein sanfter Hauch in ihrem Gefühlsschatten. Vielleicht war es die Sorge um ihn, die sie ablenkte.

Sie küßte ihn unvermittelt. Weich und zart. „Vielleicht“, sagte sie dann, „ist der Wert der beiden *Nachtperlen* groß genug, um damit beides bezahlen zu können – Passage und Verkoppelung.“

Das, fand Annym, war ein ganz neuer Aspekt. Er holte den Beutel hervor und öffnete ihn. Die beiden Schwarzsaphire schienen in seiner Hand zu erglühen. Es waren zwei kristallene Kohlen, und in ihnen glomm die Schönheit der Dämmerung über den Dichtwäldern im Hohen Norden.

Fluchend und schimpfend bahnte sich der Thryhwirt einen Weg durch die Masse seiner grölenden und keifenden Gäste, gelangte dann an sein Ziel und stellte zwei hölzerne Krüge auf den fleckigen Tisch. Er hatte etwas sagen wollen, doch er verschluckte die Worte, als er die beiden Schwarzsaphire erblickte. Annym ließ sie rasch wieder im Beutel verschwinden.

„Oh!“ machte der Thryh, beugte sich dann vor und flüsterte ihnen vertraulich zu: „Wenn ihr Vergnügen und Amüsement sucht, verehrte Gäste . . .“

„Wir suchen nichts dergleichen“, erwiderte Annym schnell und sah sich unauffällig um. Zu viele Gäste, zu dichtes Gedränge. Eine schnelle Flucht mußte hier schwerfallen. Er fragte sich, wie groß die Gier des Thryh nach den beiden *Nachtperlen* war.

Einige betrunkene und halluzinierende Halbmenschen stolperten an ihren Tisch. Einer von ihnen stieß einen Pfiff aus.

„Oh", machte ein anderer, erstaunt und lüstern, „eine Traumgängerin. Oh, hübsche Dame, schenk uns einen schönen Traum." Er ließ sich neben Senaide nieder, die daraufhin noch enger an Annym heranrückte. Dessen Tönungsreflex zeichnete einen Blauschimmer auf die Haut: emporkeimende Wut. Ärger. Der Wirt rührte sich nicht von der Stelle. Er schien zu überlegen, wie er sich am besten in den Besitz der beiden Schwarzsaphire bringen konnte. Die Situation hatte sich plötzlich zugespitzt. Vom Innern der Taverne ging jetzt eine Aura der Gefahr und der Bedrohung aus. Annym erhob sich.

„Komm", sagte er zu Senaide. „Gehen wir." Sie wollte ebenfalls aufstehen, doch der Halbmensch neben ihr zog sie auf ihren Platz zurück.

„Aber nicht doch", lallte er, und in seinen trüben Augen flackerte Gier. „Du bist schön, Mädchen. Und *du* verschwendest dich an eine fehlgeschlagene Verkoppelung?" Er meinte damit die seltsamen Genmale Annyms.

Zwei Erotikfreundinnen traten an den Tisch. Anmutige Ganzmenschen mit schlanken, grazilen Körpern, die vom Kilt mehr enthüllt als bedeckt wurden. Sie waren jung, aber in ihren Augen zeichneten sich die bitteren Erfahrungen vieler Jahre ab. Jeder schlug sich auf seine Weise durch, und einem Mädchen standen nicht viele Wege offen.

„Habt ihr uns vergessen?" sagte eine der Erotikfreundinnen weich und mit betörender Stimme. Sie gehörten also offenbar zu der Gruppe von berauschten Halbmenschen. Sie warfen Senaide einen abschätzenden Blick zu.

„Ver... schwindet...", lautete die lallende Antwort. Der Halbmensch neben Senaide berührte ihr seidenes Haar. Annym konnte aus ihrem Gefühlsschatten Abscheu und Ekel herauslesen. Und der Halbmensch offenbar ebenfalls. Er schüttelte tadelnd den Kopf.

„Aber nicht doch. Ich hatte um einen *schönen* Traum gebeten." Blitzartig schob er seine Hand in ihren Kilt und umfaßte ihre Brüste. Annyms Gesicht wurde zu einem blauen Schatten. Er hieb dem Halbmenschen seine Faust ins Gesicht, und der Mann sank stöhnend zur Seite. Einer der anderen Halbmenschen hielt plötzlich den funkelnden Stahl eines Messers in der Hand.

„Das hättest du nicht tun sollen", sagte er dumpf. Die beiden

Erotikfreundinnen lächelten. Nur unbewußt registrierte Annym die Narben auf ihren Wangen. Senaide umfaßte seinen Arm.

„Nicht, Annym“, flüsterte sie. „Sie bringen dich um.“

Der Wirt stand noch immer in der Nähe und beobachtete. Er machte keine Anstalten, zugunsten Annyms einzugreifen. Vielleicht spekulierte er auf die zwei Schwarzsaphire.

Der Halbmensch stieß zu. Annym sah die Bewegung und wich sofort zur Seite aus. Er überließ sich jetzt nur der Reflexsteuerung, die er bei den *Sternreisenden* erlernt hatte. Und der Stahl glitt mehrere Zentimeter an ihm vorbei ins Leere. Der Halbmensch fluchte und setzte zu einem neuen Stoß an. Eine Hand packte seine Schulter und riß ihn zurück. Er stolperte und fiel zu Boden. Mit einem Fluch versuchte er, wieder auf die Beine zu kommen, und wandte sich dann demjenigen zu, der von hinten an ihn herangetreten war.

Es war ein Halbzen. Die Wangenknochen standen hart und spitz hervor; der Schädel war kahl und runzlig. Und die silberfarbenen Augen mit den kleinen schwarzen Punkten blickten ihn unbewegt an. Ein zweiter Fluch des Halbmenschen erstarb auf seinen Lippen. Von dem Halbzen ging eine eigenartige Ausstrahlung aus.

„Verschwindet.“ Er sagte nur dieses eine Wort, aber es genügte. Die beiden Erotikfreundinnen nahmen die Halbmenschen am Arm und zogen sich mit ihnen in die dunkleren Bereiche der Taverne zurück. Der Halbzen steckte das zu Boden gefallene Messer ein und ließ sich am Tisch nieder. Er blickte den Wirt an.

„Ist noch etwas?“

Der Thryh verneigte sich kurz. „Eine Rechnung steht noch offen, verehrter Gast.“ Eine seiner Scharfklauen deutete auf die beiden Krüge, in denen eine aromatische Flüssigkeit schäumte. Der Halbzen legte eine Münze auf den Tisch. „Das sollte reichen“, meinte er. Der Thryh nahm die Münze, verneigte sich erneut und verschwand in Richtung Tresen. Er drehte sich mehrmals um und warf Senaide und Annym undefinierbare Blicke zu.

„Danke“, sagte Annym und starrte den Halbzen neugierig an. „Warum haben Sie uns geholfen?“

„Warum nicht?“ lautete die lakonische Gegenfrage. „Sie waren in Schwierigkeiten. Und ich kann es nicht ausstehen, wenn man friedliebende Gäste belästigt. Besonders dann nicht, wenn es sich um eine wunderhübsche junge Dame handelt. Zudem noch um eine Traumgängerin.“ Er warf Senaide ein freundliches Lächeln zu, das sie zögernd erwiderte. Der Halbzen besaß einen Gefühlsschatten, der fast so intensiv war wie der Senaides. Annym las Freundlichkeit in seiner Ausstrahlung. Der Halbzen wandte sich Senaide zu. „Wie kommen Sie ausgerechnet hierher, nach Offenes Tor? Ich hörte, Traumgänger verlassen so gut wie gar nicht ihre Wolkenstädte in den Dichtwäldern des Hohen Nordens."

Senaide nickte. In den Mehrfachpupillen des Halbzen war keine Falschheit. Und eine Traumgängerin war für die Ausstrahlungen eines Gefühlsschattens besonders empfänglich. Sie sah keinen Grund, nicht auf die Frage zu antworten.

„Sie haben also gewissermaßen alle Bindungen hinter sich abgebrochen?" fragte der Halbzen, als Senaide mit ihrer Erzählung endete.

„Ich bin mit Erlaubnis und den guten Wünschen der Weisen Damen und Stammütter gegangen", antwortete Senaide KurKarim. Für einen Augenblick flackerte Heimweh in ihrem Blick. „Ich habe die Gemeinschaft nicht gegen ihren Willen verlassen. Aber solange ich von meinen Eltern und Bruderschwestern getrennt bin, bin ich *haj* – auf mich allein gestellt und ohne Verpflichtung der Gemeinschaft gegenüber."

Annym nickte langsam. Es war gut, jemandem *vertrauen* zu können. Der Halbzen war *freundlich*. Er erzählte von ihren Problemen, von Senaides Gebärtrieb, der sich bald nicht mehr zügeln lassen würde und – wenn er unbefriedigt blieb – zu einer ernsten Störung ihres Hormon- und Emotionshaushalts führen mußte. Er erzählte von seinem Ferndrang, der ihn von Yloisis forttrieb. Und er berichtete von der Begegnung mit Frannan Gil.

„Ich verstehe", sagte der Halbzen nachdenklich. „Sie können die Passage nicht bezahlen. Und andererseits müssen Sie Yloisis so schnell wie möglich verlassen, wenn Sie nicht in ernste Schwierigkeiten geraten wollen."

Senaide wandte sich Annym zu. „Zeig ihm die *Nachtperlen*", forderte sie ihn auf. Annym verstand und holte den Beutel hervor. Der Gefühlsschatten des Halbzen veränderte sich für einen Sekundenbruchteil, als Annym die beiden Schwarzsaphire zeigte. Doch der Eindruck war so schnell verschwunden, daß weder Senaide noch Annym ihn zu fassen vermochte.

„Wieviel sind sie wert?" fragte Senaide. „Ich meine: Können wir damit sowohl Passage als auch Verkoppelung bezahlen?"

Der Halbzen nahm die beiden Edelsteine in die Hand und begutachtete sie von allen Seiten. Sie waren makellos.

„Sie sind zweifellos von hohem Wert", sagte er langsam. „Aber eine Verkoppelung ist teuer. Zumal bei Ihnen. Ihre Genmale", er deutete auf Annym, „sind eigenartig. Ich habe nie zuvor einen Halbmenschen wie Sie gesehen. Sie sind also selten. Und ein Hybridisierungsinstitut wird viele Tests und Untersuchungen durchführen müssen, um Sie beide zu verkoppeln." Er betrachtete die *Perlen der Nacht*. „Von hohem Wert, ja. Aber leider kann ich Ihnen nicht genau sagen, wieviel Sie für eine Verkoppelung aufwenden müssen. Es scheint mir ratsam, sie ausschließlich für diesen Zweck in Reserve zu halten."

Annym atmete tief durch. „Dann sitzen wir auf Yloisis fest." Seufzen. „Nun, ich habe eine Ausbildung in einer Astroschule der *Sternreisenden* genossen", sagte er. „Vielleicht kann ich hier irgendwo Arbeit finden."

„Arbeit?" Der Halbzen lachte kurz und deutete auf die durcheinander wogenden Gäste in der Taverne. „Was glauben Sie, was die hier alle machen? Sie wären glücklich, Arbeit auch nur für ein paar *Tage* zu finden. Sie alle sitzen auf Yloisis fest, seit Frannan Gil und seine Leibgarde das Beförderungsmonopol an sich gerissen haben. Nein, Sie werden vergeblich nach Arbeit suchen."

Der Schmerz entstand erneut in Annym. Das Wissen, diesen Planeten auf absehbare Zeit nicht verlassen zu können, schürte das Feuer in ihm. Und auch der Gefühlsschatten Senaides verdüsterte sich.

„Aber es gib eine andere Möglichkeit", sagte der Halbzen und sah sich rasch um. „Einen Weg, ins Hrhan-Schiff zu gelangen, ohne bei Gil für eine Passage zahlen zu müssen."

Annym beugte sich vor.

„Was für eine Möglichkeit? Wovon sprechen Sie?"

Der lippenlose Mund des Halbzen lächelte. Die Haut über den spitzen Wangenknochen spannte sich dadurch noch weiter. Es war eine eigenartige Mimik.

„Ich könnte Sie hineinschmuggeln, an Frannan Gil vorbei." Er lachte. „Keine Angst, ich kenne mich damit aus. Ich habe wie Sie die Absicht, morgen Yloisis zu verlassen. Und ich habe einige Erfahrung, glauben Sie mir. Auf vielen Welten werden mehr oder minder hohe Gebühren für eine Passage verlangt. Und das, obgleich die Hrhan normalerweise kostenlos befördern. Ich jedenfalls habe noch nie viel Geld für eine Reise zu einer anderen Welt bezahlt, und ich habe auch nicht die Absicht, meine Meinung und mein Verhalten in dieser Hinsicht zu ändern."

„Aber wie?" fragte Senaide.

Der Halbzen sah sich erneut um. „Das läßt sich hier nicht besonders gut besprechen. Zu viele Ohren, zu viele Neugierige. Wir gehen lieber am besten in eines der Hinterzimmer."

Sie erhoben sich und verließen die Nische. In einigen dunklen Ecken der Taverne kopulierten Erotikfreundinnen mit ihren jeweiligen Partnern. Manchmal stöhnte eine von ihnen. Es erhöhte den Preis. Sie kamen an Halbmenschen und Isyhr vorbei, die um niedrige Tische saßen und ihre Köpfe über tönerne Schalen gebeugt hatten, aus denen gelbrote Nebel aufstiegen. Sie induzierten Wohlgefallen und Freude, wo sonst nur Elend und Jammer wohnten. Es waren ausgeliehene Träume von illusionärer Pracht. Träume, die bald darauf der Wirklichkeit wieder weichen mußten, einer Wirklichkeit, die dann noch schäbiger war als vorher. Es war Vergessen. Aber es war nur eine zeitweise Amnesie. Und die zurückkehrenden Erinnerungen waren um so schmerzhafter.

Verlorene, dachte Annym DryMarden. Sie alle suchen nach einem Ausweg, der nicht existiert. Sie alle sind auf der Suche nach ihrem wirklichen Ich. Wie ich auch. Mit ihnen verbindet mich mehr als mit den Traumgängern im Norden.

Der Halbzen steuerte auf eine Tür zu, die hinter einem verschmutzten Wandvorhang verborgen war. Als er ihn beiseite schob und die Tür entriegelte, fragte Senaide: „Sie helfen uns, und wir sind dankbar dafür. Aber wir kennen nicht einmal ihren Namen."

Der Halbzen lächelte mit seinem lippenlosen Mund.

„Ciceron", sagte er. „Ich heiße Ciceron."

Hinter der Tür erwartete sie eine Treppe, die steil in die Tiefe führte. Die roh bearbeiteten Steinwände waren feucht und kalt und an einigen Stellen mit weißem Schimmelflaum bedeckt. Die Stufen waren ausgetreten, feucht und glitschig. Sie stiegen vorsichtig hinab, nachdem Ciceron die Tür wieder geschlossen hatte.

„Dies hier", sagte er, „wird auch als Fluchtweg benutzt. Bei Razzien der Lokalpolizei. Allerdings", fügte er leise hinzu, „nur von denen, die davon wissen. Die anderen haben Pech."

Die Treppe führte zu einem Gewölbe hinab. Öllampen brannten an den Wänden. Leise Stimmen ertönten, von den Wänden als diffuse Echos zurückgeworfen. Irgendwo tauchte ein Gesicht in der feuchten Dämmerung auf, die Züge einer Erotikfreundin, ausdruckslos, verschwommen, von den Jahren gezeichnet. Annym sah das Geschwür auf der Wange, dann waren sie schon vorbei. In einer kalten Ecke saß ein Halbisyhr auf dem Boden, eine traurige

Gestalt, zusammengekauert. Er hielt ein seltsam geformtes Musikinstrument in den Händen und spielte eine leise, melancholische Melodie. Aus einer Duftschale neben ihm stiegen violette Nebelwogen. Es war ein penetranter, süßlicher Geruch, aber der Halbzen beugte sich immer wieder zur Seite und atmete die Schwaden tief ein.

Das Gewölbe zog sich scheinbar endlos dahin, mal etwas heller beleuchtet, dann wieder nur diffuse Halbschatten, in denen die Konturen der Umgebung ineinander verflossen. Säulen aus behauenem Stein ragten empor und vereinigten sich mit der Decke. Jemand hatte sie mit schillernden Zeichen versehen, mit Buchstaben einer fremden Sprache, die Annym nicht verstand. Und dennoch glaubte er die emotionale Botschaft des Unbekannten zu vernehmen: Trauer und das tiefe Gefühl von Ausweglosigkeit.

Seitengänge führten zu verborgenen Räumen, schwarze Eingänge zum Land der Träume und des Vergessens. Wege, die nur einmal beschritten und dann nie wieder verlassen werden konnten. Einmal sah Annym einen Ganzmenschen, eingehüllt von tiefem Schatten. Die Augen waren weit geöffnet und blickten in eine andere, vielleicht bessere Welt. Über den nackten Körper glitten die Taster einer Springliane, die aus der Staude neben ihm wuchs. Ihre Dornen hatten sich in die Haut des Träumenden gebohrt. Blut sickerte aus den vielen Wunden. Offenbar waren die Giftkapseln an den Stechdornen der Liane entfernt worden, denn sonst wäre der Ganzmensch längst an ihren Stichen zugrunde gegangen. So aber vermittelten sie ihm nur Illusionen eines anderen Seins, durchsetzt mit dem Geschmack eines besseren Lebens.

„Das meiste Geld“, sagte Ciceron leise, „verdient der Thryhwirt hier unten.“ Er zuckte mit den Achseln. „Jeder sieht zu, wie er am besten zurechtkommt. Die Lokalpolizei erhält eine monatliche Zuwendung. Dennoch kommt es ab und zu zu unvorhergesehenen Razzien.“

Senaide schmiegte sich an Annym. Sie fühlte sich nicht wohl hier unten. Annym konnte es ihr nicht verdenken. Sie war aufgewachsen in Harmonie und der Wärme, die ihr die Wolkengemeinschaft vermittelt hatte. Dies hier war anders.

Der Halbzen führte sie schließlich in einen kahlen Raum. Wasser tropfte von den Wänden. In einer Ecke lag eine schmutzige Matratze.

„Warten Sie hier“, sagte Ciceron und wandte sich um. „Ich habe eben einen alten Bekannten gesehen, dem ich noch etwas mitzuteilen haben. Ich bin gleich wieder da." Er zwinkerte ihnen zu und wurde von der Dämmerung des Gewölbes verschluckt. Annym ließ sich auf der Matratze nieder. In ihm war ein seltsames Gefühl von Zuneigung Ciceron gegenüber. Er nahm Senaide in die Arme. Und kurz darauf schien es noch finsterer zu werden. Vielleicht hatte irgend jemand irgendwo das Feuer in einer der wenigen Öllampen erstickt. Annym genoß es, den Körper Senaides zu berühren, ihn in seiner Nähe zu wissen. Schläfrigkeit breitete sich in ihm aus. Und das Gefühl, alles sei nicht mehr wichtig.

„Annym?" Eine Stimme, fern und doch nah. Laute, die aneinandergereiht eine Bedeutung ergaben. Ein Wort, in dem Wärme und Liebe wohnte.

„Ja?" Seine Lippen waren taub.

„Mir ist so . . . merkwürdig . . ."

Er lachte. Es war wie in Zeitlupe. Es war, als hole ihn eine andere Wirklichkeit ein, die mit dem Kellergewölbe nichts gemeinsam hatte. Annym kam auf die Beine. Etwas sickerte von oben auf ihn herab. Er legte den Kopf in den Nacken. Und wieder hatte er den Eindruck, gegen einen zähen Widerstand ankämpfen zu müssen.

Es war ein karmesinroter Lufthauch, ein tropfender Vorhang aus düsterem Licht. Begreifen. Langsam. Seine Beine knickten unter ihm ein. Er sank wieder zu Boden, hinab auf die klamme, schimmelige Matratze.

„Das ist . . . *Glückseligkeit*." Laute, die keinen Sinn ergaben. Worte ohne jede Bedeutung. Das war alles nicht wichtig. Der rote Nebel betäubte seine Gedanken, erstickte seine Sorgen, schläferte sogar den Ferndrang in ihm ein. Senaide stöhnte leise. Zufrieden. Glücklich.

Langsam dämmerten sie in den Schlaf der Wonne hinüber.

Ciceron erstickte das *Glückseligkeits*feuer und betrachtete die beiden Träumenden kalt. Es hatte funktioniert. So wie es schon viele Male vorher funktioniert hatte. Er hatte Freundlichkeit induziert und Vertrauen geerntet. Er wartete noch eine Weile, bis sich die Nebel verzogen hatten, und trat dann in die Kammer. Der Halbmensch und die Traumgängerin lagen auf der Matratze, eng aneinander geschmiegt. Ihre Augen waren weit geöffnet, aber sie konnten ihn dennoch nicht sehen. Höchstens als konturlosen Schatten. Ihr Zeitempfinden hatte sich drastisch verlangsamt. Gut so. Ciceron verlor keine Zeit. Rasch untersuchte er das Gepäck, und kurz darauf hatte er gefunden, was er wollte: die Vorratsbeutel. Er schnupperte. Ja, Traumpollen. Ein Vermögen auf dem Schwarzen Markt. Mehr als ein Vermögen. Die Garantie für ein sorgenfreies Leben. Und ein weiterer Beutel, ebenfalls mit konzentriertem Pollenstaub gefüllt, der aber geruchslos war. Veränderungsstaub, erkannte er. Er steckte den Beutel ebenfalls ein und untersuchte dann die Taschen von Annyms Kilt. Seine Hand ertastete die beiden Schwarzsaphire, und Triumph entstand in Ciceron. Er betrachtete die beiden Edelsteine kurz und steckte sie ebenfalls ein. Davon ahnte Frannan Gil nichts. Und er hatte nicht die Absicht, diese Wissenslücke aufzufüllen.

Dann verließ er die Kammer, eilte durch das Gewölbe und war einige Minuten später durch einen verborgenen Ausgang draußen in Offenes Wasser. Das Licht der beiden Sonnen schmerzte nach der langen Phase der Dämmerung und der Finsternis.

Ciceron lenkte seine Schritte einem bestimmten Ziel entgegen. Die Lokalpolizei mußte eine Razzia durchführen. Jetzt. Bevor die beiden Betäubten erwachten. Und damit waren dann alle Aufträge Frannan Gils erledigt. So wie immer. Alles weitere lag nicht mehr in seiner Hand und ging ihn auch nichts mehr an.

Dunkelheit. Schwarze Finsternis. Ein Ozean aus Nacht, ohne Gischt und Gezeiten. Ruhig. Unbewegt. Unvergänglich.

Und ein Gesicht tauchte aus diesem schwarzen Meer hervor, weiß wie Marmor, rote Haare wie flüssiges Feuer.

Etwas trieb Annym DryMarden vorwärts. Er glitt dahin, direkt über den dunklen, mitten in allen Bewegungen erstarrten Wogen, auf das Gesicht zu. Volle Lippen formulierten lautlose Worte.

„Kannst du mich hören?“ rief er.

Keine Antwort.

Die Frau blickte ihn an aus ihren graugrünen Augen, lockend. Und er rief: „Wer bist du?“

Sie ist die, die du finden mußt, sang die Traumstimme in seinem Innern.

„Aber warum?“ rief Annym fragend, während er an dem ebenmäßigen Gesicht vorbeischwebte und seine Hände danach ausstreckte. Sie glitten durch die Haare hindurch, ohne sie zu berühren.

Suche sie. Finde sie.

„Aber warum? Antworte mir, Traumstimme ...“

Du hast eine Aufgabe zu erfüllen ...

An einigen Stellen verdichtete sich die Finsternis, an anderen löste sie sich auf und machte Lichtfunken Platz. Es wurde hell.

„Was für eine Aufgabe?"

Ihr seid dieser Aufgabe nur zusammen gewachsen, entgegnete die Traumstimme. *Deshalb mußt du sie finden*, Dann: Laute, die Annym nicht verstehen konnte, einer Melodie in seinen Gedanken gleich, Töne, die jenseits der Hörschwelle waren. *Aber sei auf der Hut*, warnte die Traumstimme. *Die Aufgabe ist nicht ungefährlich. Hüte dich vor den Ahrjaii.*

„Ahrjaii?" wiederholte Annym laut. Das Wort klang eigenartig. Er hatte es noch nie zuvor vernommen, dessen war er sich ganz sicher. „Wer sind sie? Oder *was* sind sie?"

Doch die Traumstimme verklang.

Zurück blieb Gedankenschweigen.

„Annym?"

Gedämpft klang die Stimme an seine Ohren. Er schlug die Augen auf. Und blickte auf eine niedrige, scheinbar aus rohem Fels bestehende Decke. Er bewegte sich, und unter seinem Körper ächzte eine mitgenommene Liege.

„Endlich!" seufzte Senaide KurKarim. „Ich dachte schon . . ." Sie blickte ihn voll an. Aus einem winzigen in die Wand eingelassenen Fenster sickerte trüber Lichtschein, der blauschimmernde Reflexe auf ihr schwarzes Haar warf. „Du hast wieder geträumt, nicht wahr?"

Er setzte sich langsam auf. Die Erinnerung kehrte nur zögernd zurück. Das Gewölbe, die sanfte, traurige Melodie des Halbisyhr. Der tropfende Vorhang aus rotem Nebel. *Glückseligkeit.* Eines der intensivsten Rauschgifte.

„Was . . .", begann er.

Senaide zuckte nur mit den Achseln und vollführte eine umfassende Geste. Sie deutete auf die kahlen Wände, auf die geschlossene metallene Tür, auf das vergitterte Fenster über ihr. Irgendwo waren leise Stimmen, fern und doch nah.

Annym begriff. Und tastete in seinen Kilttaschen nach den Vorratsbeuteln. Senaide sah zur Seite.

„Sie sind weg", kam es leise von ihren Lippen. „Ciceron hat sie gestohlen. Die Beutel mit den Traum- und Veränderungspollen. Und auch die beiden *Perlen der Nacht*."

Annym stöhnte auf und ließ sich gegen die Wand sinken. Für einen Moment schloß er die Augen. Die Konsequenzen des

Verlustes zeichneten sich als düstere Bilder in seinen Gedanken ab.

„Er hat die Polizei benachrichtigt. Ich glaube es zumindest. Jedenfalls veranstalteten sie eine Razzia in der Taverne und drangen auch in die Kellergewölbe ein. Und hier sind wir nun." Ihre Stimme klang fast gleichgültig, so, als beträfe sie das alles nicht. Es war ihre Art der Verdrängung. „In einer Zelle."

Daumengroße Schaben kletterten über die rauhen Wände. In den Ecken waren die Gespinste der Silberweber.

Annym nickte langsam. „Der Halbzen muß ebenso PSI-begabt sein wie ein Ganzzen. Er hat uns Freundschaft und Sympathie induziert. Er hat uns hereingelegt."

Er sprang auf, stürzte zur Tür und hämmerte gegen das Metall.

„He, hört ihr mich?" Er hämmerte. Das Metall dröhnte laut. Er dachte an seinen Ferndrang. Im Augenblick verspürte er ihn nur als bohrendes Gefühl irgendwo in seinem Innern. Offenbar hatte er sich in seinem Traum erschöpft – für die nächsten Stunden. Und er dachte an Senaide. Keine Gemeinsamen Träume mehr, keine Möglichkeit, Kraft im Bewußttraum zu schöpfen, Ruhe und Entspannung zu finden. Kein Metamorpher-Blütenstaub – also auch keine Vereinigung mehr. „Verdammt, kommt her!" brüllte Annym. Seine Haut schimmerte in einem grellen Blau. Wut.

Schritte näherten sich. Und ein seltsames Schaben und Kratzen. Metall rasselte auf Metall. Die Tür wurde entriegelt und von außen geöffnet. Annym trat zwei Schritte zurück.

Es waren ein hochgewachsener Tranq und ein nur halb so großer Halbmensch, beide in die gelbbraunen Uniformen der Lokalpolizei gekleidet. An der Seite des Tranq hockte ein Tausendstachler. Die Luftkammern der Stachelkatapulte des Krötengeschöpfes waren prall gefüllt. Annym konnte die Toxinstachel deutlich erkennen. Der Halbmensch trug auf dem linken Handrücken einen hautlappenähnlichen Quasisymbionten, der ihn mit dem Tausendstachler verband. Fühlte sich der Halbmensch bedroht, dann auch der Tausendstachler. Und wenn ein Tausendstachler sich in Gefahr wähnte, öffnete er seine Luftkammern, und das katapultierte die Toxinstachel auf den vermeintlichen Gegner.

Annym wich sicherheitshalber noch zwei weitere Schritte zurück. Senaides Gefühlsschatten drückte steigende Nervosität aus.

Der Tranq starrte Annym finster an.

„Unsere Verhaftung beruht auf einem Mißverständnis", sagte Annym hastig. „Wir sind keine Kiffer. Man hat uns in die

Kellergewölbe hineingelockt und mit *Glückseligkeit* betäubt. Gegen unseren Willen. Wir sind bestohlen worden."

„Was ist Ihnen denn abhanden gekommen?" fragte der Tranq mit grollender, dunkler Stimme. Der Tausendstachler hechelte unruhig. Er spürte die unterschwelligen Aggressionen, und er war auf der Hut.

Traumpollen, wollte Annym sagen, verschluckte das Wort jedoch noch rechtzeitig, da er sich an die Warnung Frannan Gils erinnerte. Besitz und Genuß von Traumpollen waren in Offenes Tor streng verboten.

„Zwei Schwarzsaphire, die wir von den Dichtwäldern im Hohen Norden hierher brachten. Wir kennen den Dieb. Er heißt Ciceron. Er ist ein Halbzen."

Der Halbmensch kicherte und stieß dem Tranq den Ellenbogen in die Seite. „Sieht so aus", gluckste er, „als hätten wir mal wieder zwei Unschuldige eingebuchtet."

„Seltsam", erwiderte der Tranq unbewegt. „Alle, die wir verhaften, wollen uns ihre Unschuld beteuern."

„Glauben Sie mir, es ist wirklich die Wahrheit."

„Sie schwören es beim Leben Ihrer Mutter?" fragte der Halbmensch ernst.

Annym nickte. „Ja, das schwöre ich."

Der Halbmensch lachte laut los, und auch der Tranq kicherte dumpf.

„Wahrscheinlich", meinte er, „kennt er seine Mutter nicht mal. Ein Bastard von der Straße."

Der Blauschimmer auf Annyms Haut verstärkte sich. Er hatte den Tönungsreflex nicht mehr unter Kontrolle. Der Tausendstachler knurrte warnend. Die vielen Luftkammern der Stachelkatapulte pulsierten. Annym schluckte und zwang sich zur Ruhe.

„Bevor Sie weiterhin auf so grandiose Weise versuchen, sich lächerlich zu machen", grollte der Tranq lachend, „sollte ich Sie darauf hinweisen, daß Sie jemand zu sprechen wünscht." Er sprach betont gestelzt und zwinkerte ihnen dann zu. Für einen Tranq eine sehr komplizierte Geste. „Offenbar haben Sie ja wirklich einflußreiche Freunde." Er winkte in den an die Zelle angrenzenden Korridor, und ein in ein Schillergewand gekleideter zweiter Tranq trat in die geöffnete Tür. Er war etwas kleiner als der, der die Polizeiuniform trug. Sein Auftreten zeugte von Souveränität. Annym erkannte ihn sofort wieder: Es war Hotrax, der Stellvertreter Roghans.

„Lassen Sie uns bitte allein“, sagte er, an die beiden Polizisten gerichtet. Der Halbmensch kicherte noch einmal und schnalzte dann mit der Zunge, woraufhin sich der Tausendstachler knurrend umwandte und mit einem Satz davonsprang. Hotrax schloß die Zellentür. Das Schloß rastete nicht ein, aber an Flucht war in Anbetracht des Tausendstachlers ohnehin nicht zu denken. Ob die Tür offen oder verriegelt war – sie waren in jedem Fall gefangen.

„Sie sind in keiner besonders beneidenswerten Lage“, sagte Hotrax und schritt in der Zelle umher.

„Wir sind unschuldig“, sagte Senaide langsam und fest. „Man hat uns hereingelegt.“

Hotrax verneigte sich kurz. „Ich habe Ihre Erklärung eben gehört. Ciceron, sagten Sie, nicht wahr? Ciceron, ein Halbzen. Nun, vielleicht haben Sie recht. Vielleicht sind Sie wirklich unschuldig. Aber Sie können es nicht beweisen. Es gibt nur eine Möglichkeit für Sie, hier wieder herauszukommen: Sie müssen sich von der Polizei und der Verhandlung freikaufen.“

Annym ließ sich auf der Liege nieder. Der Tranq war groß. In der kleinen Zelle wirkte er wie ein Riese.

„Wir haben kein Geld“, sagte er düster. „Ciceron hat uns alles gestohlen, was wir hatten.“

„Darum bin ich hier“, nickte der Tranq. „Ich kaufe Sie frei.“ Er holte ein Papier aus einer Tasche seines Schillergewandes. „Sie brauchen nur zu unterzeichnen.“

Annym runzelte die Stirn. „Welches Interesse haben Sie an uns? Und woher wissen Sie überhaupt von uns und unserer Verhaftung?“

Grollendes Lachen. „Ich wäre kein guter Stellvertreter Roghan des *Maklers*, wenn ich nicht über alles informiert wäre.“

Mißtrauisch betrachtete Annym das Papier. „Und was wollen Sie von uns?“

Hotrax lachte. „Für jemanden, dessen Lage ziemlich hoffnungslos ist, stellen Sie eine Menge Fragen, Halbmensch.“ Er reichte Annym das Papier. „Ich möchte, daß Sie in meine Dienste treten.“ Er deutete auf Senaide. „Die junge Dame ist eine Traumgängerin. Sie verlassen die Dichtwälder nur sehr selten, und deshalb freut es mich um so mehr, Sie kennenzulernen.“ Er verbeugte sich galant. „Sie sind exotisch, junge Dame, und ich umgebe mich gern mit Exotik. Außerdem besitzen Sie eine recht intensive Emotionsausstrahlung. *Gefühlsschatten* wird es in Ihrer Terminologie genannt, nicht wahr? Nun, ich kann sagen, daß sich in meinem Besitz ein

Vorrat an Traumpollen befindet, unter großen Gefahen und Opfern gesammelt."

Gefahren und Opfer für wen? dachte Annym.

Senaides Gefühlsschatten drückte plötzlich Hoffnung aus. Annym konnte sie gut verstehen. Was war eine Traumgängerin ohne die Möglichkeit zum Bewußttraum?

„Damit", fuhr Hotrax fort und schloß an seine vorhergegangenen Worte an, „läßt sich die Ausstrahlung noch intensivieren. Sie vermögen Träume zu schenken, Traumgängerin. Eine sehr kostbare Eigenschaft." Er blickte Annym an. „Sie sind ebenso exotisch, wenn auch auf andere Art und Weise. Ihre Genmale sind einmalig."

Annym deutete auf das Papier. „Hier steht, wir verpflichten uns mit der Unterzeichnung zu Diensten *verschiedener* Art." Er sah auf. „Was bedeutet das?"

„Es bedeutet, daß Sie alle Dienste für mich ausführen, die ich Ihnen auferlege."

Annym lachte humorlos. „Wir vertauschen also eine Gefangenschaft mit der anderen."

„Es tut mir leid, wenn Sie das so sehen. Offenbar wissen Sie nicht, was Sie hier erwartet. Eine Pseudoverhandlung mit abschließender Verurteilung. Dann Verpflichtungsarbeit. Vielleicht haben Sie Glück und werden in die Klärgruben geschickt. Sehr wahrscheinlich aber erwartet Sie sehr viel Schlimmeres." Hotrax' Tonfall war ernst. „Rauschgiftdelikte werden hier auf Yloisis und besonders hier in Offenes Tor selten mit weniger als lebenslänglich geahndet."

„Annym", flüsterte Senaide. „Er hat Traumpollen..."

Ja, dachte Annym. Und er kann uns von Yloisis fortbringen.

„Gut", brachte er hervor. „Wir haben wohl kaum eine Wahl."

„Nein", sagte Hotrax. „Die haben Sie wirklich nicht."

Sie unterzeichneten.

Die Formalitäten waren rasch erledigt. Offenbar hatte Hotrax schon alles vorbereitet und abgesprochen. Sie verließen das Gefängnis und traten hinaus in die Straßen der Stadt, wo ein Gravoträger bereits auf sie wartete. Seth und Lith neigten sich dem westlichen Horizont entgegen. Bald brach die Nacht an. Und damit die Zeit der finsteren Elemente, der Kinderbanden, Hehler und all der anderen, die das Licht des Tages scheuten und nun ihre Posten in dunklen Seitengassen bezogen.

Hotrax brachte sie zum Schiff. Frannan Gil lächelte ihnen

mehrdeutig hinterher, als sie in die Passagierbereiche des Dimensionsschwimmers geführt wurden. Dort wartete eine Gruppe von Halbamash auf sie.

„Ihr habt bereits alles vorbereitet?“ erkundigte sich Hotrax kühl und herablassend. Die Halbamash nickten diensteifrig. „Ja, Herr. Wir können sofort beginnen.“ Zwei von ihnen ergriffen Senaide am Arm und zerrten sie mit sich. Die drei anderen hielten Annym fest.

„Was soll das?“ fragte er.

„Erinnern Sie sich nicht?“ entgegnete Hotrax scheinbar erstaunt. „Sie haben sich zu Diensten verschiedener Art verpflichtet. Zu Diensten, die ich bestimme.“ Er deutete auf die Amash. „Dies sind Tätowierer, Spezialisten auf ihrem Gebiet. Sie sind für eine ordnungsgemäße und gleichzeitig künstlerisch wertvolle Auszeichnung meiner Ware verantwortlich.“

„Ihrer *Ware*?“ Verstehen dämmerte in Annyms Gedanken.

„Natürlich. Sie und Ihre Partnerin sind ab heute meine *Di*, meine Leibeigenen. Und ich bin sicher, Sie werden mir einen hohen Verkaufserlös einbringen.“

Mit diesen Worten drehte er sich um und schritt davon.

6

Sie lieben einen Fremdpartner? Kommen Sie zu uns. Wir sind diskret und arbeiten korrekt und zuverlässig. Wir kennen alle Ihre Probleme. Greifen Sie auf unsere Erfahrung zurück, die viele Jahrhunderte alt ist. Wir erledigen das, was Ihnen auf natürlichem Wege verwehrt ist: Wir schaffen neues Leben. Vergessen Sie Ihre Sorgen und Probleme, ganz gleich, für welchen Fremdpartner Sie sich entschieden haben. Wir verschmelzen alle Gene, solange der Stoffwechsel auf Kohlenstoffbasis funktioniert. Und wir machen keine Fehler.

Kommen Sie zu uns, verehrte Koppelpartner. Wir sind das größte Hybridisierungsinstitut in der ganzen Vingi-Gruppe. Kommen Sie nach Melbahrn.

Verkoppelungs-Werbetexte

Liebe niemals deinen Nächsten. Denn er könnte dich hassen.

Isyhr-Weisheit

Der Dimensionsschwimmer war in eine Umlaufbahn eingeschwenkt. Durch die breiten Aussichtsfenster in den Passagierbereichen des Hrhan-Schiffes war der Planet gut zu erkennen: eine wolkenverhangene Murmel, marmoriert, eingehüllt vom Nichts und der Kälte und der Leere. Melbahrn.

Die Einschiffung der Passagiere in die Zubringerboote verlief zügig, und knapp zwei Stunden später gebar der Schiffsriese eine Reihe von metallenen Glanzpunkten, die sich von ihm lösten und auf hellen Triebwerksflammen dem marmorierten Planeten entgegenritten. Wolkenfetzen huschten an den transparenten Sichtkuppeln vorbei. Fernes Heulen entstand, als sie tiefer in die Atmosphäre eindrangen.

„Warum landen die Hrhan hier nicht?" fragte Eschtran einen der vier Isyhr-Piloten. Der vollführte eine unbestimmte Geste.

„Das weiß niemand. Vielleicht aufgrund der hohen tektonischen Aktivität Melbahrns. Vielleicht auch nur, weil in den Senkländern nicht genug Platz für ihre Sternenriesen ist."

Die Wolkendecke riß auf und enthüllte die karge, zerfurchte Oberfläche Melbahrns. Eine Welt der Öde und der schroffen Felsen, der Kälte und Hitze zugleich. Das Zubringerboot schwankte einige Male, als es langsam tiefer glitt. Einige Halbamash-Mädchen kicherten und warfen einer Gruppe von männlichen Ganzmenschen in ihrer Nähe auffällig unauffällige Blicke zu.

Vielleicht neue Kunden, dachte Eschtran und sah dann wieder hinaus.

Die Isyhr-Piloten verstanden ihr Handwerk. Sie steuerten das Zubringerboot exakt in die vom Computer aufgrund der Wetterverhältnisse ermittelte Anflugschneise. Eine gewaltige Spalte klaffte in der felsigen Oberfläche Melbahrns, viele Kilometer tief und fast ebenso breit. Ein Schlund im Planeten selbst, in dessen Innern Dämmerung herrschte und die Sonne nur einige wenige Stunden am schmalen Himmel stand. Tiefer hinab, sorgfältig zwischen den von den Heißzonen ausgehenden Hitzeböen hindurch. Eschtran konnte die anderen Zubringerboote als an einer unsichtbaren Kette aufgereihte, silberne Perlen erkennen. Er betrachtete den Ewigen Fels Melbahrns, die Granitmonumente, die von Jahrmillionen geformt worden waren. Er sah die Kletterer an der Arbeit, seltene Genkreuzungen von Halbamash und Halbmenschen, besonders dafür geeignet, die Kalte Zone am Grund der Schlucht zu verlassen und hinaufzugelangen in die Heißzonen, wo die nahrhaften Dampfmoose und Heißflechten wuchsen. Und weiter hinab. Immer tiefer. Hinein in das Reich der Dämmerung. Die Gespräche der Passagiere verstummten. Sie blickten nun ebenfalls hinaus, gebannt vom Anblick der Senkenwelt im zernarbten Innern Melbahrns. Der Himmel war nur noch ein schmaler Fleck Helligkeit weit oben. Und wenn man lange genug hinaufblickte, konnte man das Flimmern der Luft erkennen, das von der nun über ihnen liegenden Heißzone ausging. Hier unten sank die Temperatur jetzt drastisch. So weit hinunter reichten die im granitenen Fels verborgenen Magmakerne nicht. Sie durchstießen die Tiefenwolken, bizarr geformte Strukturen, wie aus weißer und grauer Watte. Die Isyhr-Piloten verlangsamten die Geschwindigkeit. Das Senkland lag unmittelbar unter ihnen.

Und die Wabenstadt Weiter Weg, erster Ansteuerungspunkt von Außenweltbesuchern. Sie schmiegte sich an die grauschwarzen Wände der gewaltigen Schlucht. Die Gebäude waren ineinander verschachtelt, in den Fels hineingemeißelt, Kästen und Kuben, übereinander, nebeneinander, ineinander. Ein einziges großes Konglomerat aus Bauwerken, die menschliches und extramenschliches Leben beherbergten. Nur hier unten war der atmosphärische Druck Melbahrns hoch genug, um Leben ohne besondere Schutzvorrichtungen zu ermöglichen. Die Senkländer bildeten eine Enklave inmitten der Leere und Leblosigkeit.

Die Passagiere packten bereits ihr Gepäck zusammen, und Eschtran folgte ihrem Beispiel. Er wurde immer nervöser und fragte sich, welche neue Arbeitsstelle man ihm in der Zentrale hier zuweisen mochte.

Vielleicht, dachte er, greift man auf meine große Erfahrung zurück und legt mir nahe, stellvertretender Leiter des Melbahrner Hybridisierungsinstituts zu werden. Vielleicht sogar Stellenleiter ...?

Mit einem sanften Ruck setzte das Zubringerboot auf der Landefläche außerhalb der Wabenstadt auf. Das Summen der Triebwerke verklang.

„Hinaus, hinaus, hinaus!“ riefen die Isyhr-Piloten. Eschtran fluchte, als sich die Halbamash-Mädchen auf freche Weise vordrängelten und hinaussprangen auf den rissigen Hartbeton. Kälte empfing sie. Am Rande des Landefelsens glitzerte grauweißer Schnee. Der Atem war eine weiße Fahne vor dem Gesicht. Die Luft hatte einen eigenartigen Beigeschmack. Sie roch ein wenig nach Schwefel, vielleicht aufgrund der vielen winzigen Porenöffnungen im Fels, aus denen die Gase Melbahrns emporkrochen.

Eschtran sah sich vergeblich nach jemandem um, der gekommen war, um ihn abzuholen. Er wandte sich enttäuscht einem der Isyhr zu.

„Haben Sie mein Kommen dem Institut nicht avisiert?"

Der rote Körperflaum des Isyhr hatte sich gesträubt. Ihm mißbehagte die schneidende Kälte.

„Das habe ich getan. Wie Sie es wünschten."

„Und warum, bitte schön, ist dann niemand hier, um mich abzuholen?"

Aber der Isyhr hatte sich schon wieder dem Zubringerboot zugewandt, um einige Sicherheitskontrollen durchzuführen. Eschtran fluchte leise und machte sich dann mit seinen Koffern auf den Weg. Die Gerätschaften und Anlagen des aufgelösten Hybridisierungsinstitus von Yloisis lagerten noch im Bauch des Zubringers. Eschtran hatte vor, sich zunächst einmal im hiesigen Institut zu melden und dort eine Transportmöglichkeit zu besorgen.

Die Mehrlebensoase lag am Stadtrand von Weiter Weg, ein flaches, exakt symmetrisches Gebäude, an das sich einige Nebengebäude wie Schutz suchende Kinder schmiegten. Eine deutliche architektonische Symbolik. Die Außenwände waren mit künstlerischen Farbmalereien verziert und vermittelten Wärme inmitten von Kälte. Umgeben war das Areal von einer Parkfläche, in der sich Bodenkiefern, Ganzjahreskrokusse und multigenetischer Rasen ein Stelldichein gaben. Eschtran stapfte auf dem Kiesweg dahin und stöhnte unter der Last der Koffer. Er hielt auf das Hauptgebäude zu, dessen Eingang aus einer breiten Glasfront bestand, aus der helles Licht nach draußen fiel, ein unerhörter Luxus inmitten einer Welt der Ewigen Dämmerung.

Im weiten, hellen Empfangsraum saß eine junge Thryh hinter einem Terminal aus Trommelbaumholz. Ihr blauer Augenring erstrahlte sanft, als sie sich ihm zuwandte. Er schnaufte und ließ seine Koffer zu Boden sinken.

„Guten Tag, verehrter Kunde", sagte die Thryh in melodischem Singsang. Ihr Hartleib schimmerte seiden. Die Zangenhände waren wohlgeformt, die Nährdrüsen sanft gewölbt.

Schön, dachte Eschtran mit einer Spur von Bedauern. Er war über das Vereinigungsalter leider hinaus.

„Sie können sich glücklich schätzen, daß Sie sich für uns entschieden haben. Sie wollen sich verkoppeln, nicht wahr? Nun, wer ist Ihre Partnerin? Haben Sie sie nicht mitgebracht?"

„Ich bin *kein* Kunde", schnaufte Eschtran. Seine Enttäuschung nahm zu. Er hatte sich alles ganz anders vorgestellt. „Und ich möchte mich *nicht* verkoppeln." Er trat näher an das Terminal heran. Es tat gut, wieder Wärme zu spüren. „Mein Name ist Eschtran. Ich bin . . . äh . . . war Filialleiter auf Yloisis."

„Ach", meinte die Thryh bedauernd. „Schade. Ich glaube, Sie hätten einen idealen Koppelpartner abgegeben." Ihr blauer Augenring schimmerte für einen Augenblick etwas heller. „Sie würden mir gefallen, Halbmensch."

Eschtran blickte verlegen zu Boden. Es war lange her, daß er solche Worte vernommen hatte. Sein Ärger verrauchte.

„Nun ja", sang die Insektoidin. „Sie möchten sicher zu Stellenleiter Deshdriag."

Eschtran nickte. Die Thryh kam hinter dem Terminal hervor, winkte ihm auffordernd zu und führte ihn einen langen Korridor entlang. Im Warmluftstrom vor den Fenstern waren Leuchtrosen aufgestellt worden. Ihr Duft hatte ein betörendes Aroma. Eschtran verglich dieses Institut unwillkürlich mit dem, das er auf Yloisis geleitet hatte. Und er fluchte in Gedanken.

Deshdriag war ein Khandia. Er saß hinter einem breiten, aber niedrigen Schreibtisch. Er war nicht größer als hundertfünfzig Normzentimeter.

„Sie sind Eschtran?" Nicken. „Setzen Sie sich."

Eschtran ließ sich in einen Sessel sinken. Deshdriag hob den Kopf. Aufgrund seiner Transparenthaut konnte man einige Zentimeter tief in ihn hineinblicken. Eschtran sah pulsierende Adern und andere Dinge, die er lieber nicht gesehen hätte. Die purpurnen Großaugen musterten ihn eingehend. Und die transparenten Langfinger der zarten, schlanken Hände trommelten einen leisen Rhythmus auf der Tischoberfläche. Schließlich erhob sich Deshdriag.

„Sie haben die Filiale auf Yloisis wie gewünscht aufgelöst?"

„Ja, Stellenleiter", sagte Eschtran. „Und ich bin sofort hierher gekommen."

Deshdriag umrundete den Schreibtisch und trat an Eschtran heran. Erst jetzt erkannte der, daß der Khandia auch ein *Duo* war, ein Körperzwitter. Der größte Teil des Körpers wurde zwar von einem weiten Gewand aus Weichseide verborgen, doch die Wölbungen der Empfangsorgane waren deutlich zu erkennen. Deshdriag war also kein reiner Khandia, sondern das Ergebnis einer Verkoppelung. Und es mußte eine sehr teure Verkoppelung gewesen sein, denn aus zwei monogamen Genstämmen einen

Körperzwitter zu erschaffen war extrem schwierig und kompliziert und erforderte genaueste Verkoppelungsüberwachung.

„Nun“, begann Deshdriag, „Sie wissen so gut wie ich, daß unser Institut auf Yloisis nicht sonderlich erfolgreich war.“

„Die Nachfrage war zu gering“, wandte Eschtran sofort ein. „Yloisis ist zu abgelegen. Wer sich dorthin verirrt, hat kaum Interesse an Hybridisierungen.“

Der Khandia brummte zustimmend.

„Sie haben recht. Der Kostenfaktor spielt eine große Rolle. Die letzten von Ihnen übermittelten Daten gaben in dieser Hinsicht nicht gerade Anlaß zu großen Hoffnungen. Deshalb haben wir Sie hierher gerufen. Wir haben eine neue Aufgabe für Sie.“

Eschtran nickte selbstgefällig. „Ja, meine Erfahrung ist groß. Ich kann Ihnen hier von großem Nutzen sein. Wissen Sie, mein Spezialgebiet ist die Verschmelzung von ...“

„Akten“, sagte Deshdriag. „Ganze Stapel von Akten, die dringend aufgearbeitet werden müssen.“

„Äh ... ich verstehe nicht ganz ...“

„Akten“, wiederholte der *Duo*. „Sie kennen sich doch mit Verwaltungsarbeit aus?“

„Ja, natürlich, aber ... Warum soll ausgerechnet ich Akten aufarbeiten? Dafür gibt es doch Computer.“

„Es sind keine besonders wichtigen Akten“, erläuterte Deshdriag. „Und Computerzeit ist teuer. Dennoch können wir sie nicht einfach liegenlassen.“ Er sah auf. „Sind Ausrüstung und Gerätschaften der Filiale von Yloisis bereits hierher gebracht worden?“

Eschtran blickte ihn verwundert an. „Nein, natürlich *nicht*.“

Der Khandia seufzte. „Dann kümmern Sie sich schleunigst darum. Das Zubringerboot startet nämlich bald wieder.“

Mit diesen Worten nahm Deshdriag wieder hinter seinem Schreibtisch Platz und blätterte in einigen Papieren. Eschtran erhob sich und verließ das Büro des Stellenleiters. In ihm mischte sich Verzweiflung mit mildem Zorn. Akten bearbeiten! Er! Der Khandia ignorierte einfach seine große Erfahrung. Es war wirklich unerhört.

Die Thryh hinter dem Empfangsterminal warf ihm einen liebevollen Blick zu. Er schnaufte.

Das Periphere Archiv der Mehrlebensoase war eine dunkle Kellerflucht. Eschtran stöhnte auf, als er das Hauptlager betrat. Die Aktenstapel, von denen Deshdriag gesprochen hatte, türmten sich in langen Reihen bis zur Decke empor. Es mußten Tausende von Einzelakten sein. Wenn nicht sogar Hunderttausende. Allein Ordnung in dieses Chaos zu bringen, mußte Monate dauern. Von der Bearbeitung der einzelnen Materialien ganz zu schweigen.

„Natürlich", preßte er wütend hervor. „Sie wollen mich verschwinden lassen. Sie fürchten meine langjährige Erfahrung. Sie fürchten, ich könnte ihnen Konkurrenz machen und eines Tages ihre leitenden Posten beanspruchen. Oh, ich werde es euch zeigen."

Und er begann mit seiner Arbeit.

Manchmal schaute die junge Thryh vom Empfang zu ihm herein. Dann verdüsterte sich der helle Glanz ihres blauen Augenringes, und einmal sagte sie:

„Es ist einfach ungerecht, was man mit Ihnen gemacht hat."

„Wenigstens", erwiderte Eschtran bissig, „besitzt hier einer Verstand genug, um zu erkennen, daß man meine wahren Fähigkeiten einfach ignoriert."

Ihre Zangenhände streichelten ihn. Er wehrte sie ab.

„Nein, junge Dame, halten Sie mich nicht auf. Ich habe zu tun. Wenn es auch nicht wichtig ist, so will die Arbeit doch erledigt werden. Ja, ich werde es ihnen allen zeigen."

Die Thryh kicherte und sagte: „Sie müßten irgend etwas Ungewöhnliches entdecken. Etwas, das die Leitenden übersehen haben."

„Genau, genau", erwiderte Eschtran voller Eifer und überlegte angestrengt. Leider mußte er sich eingestehen, daß Deshdriag recht gehabt hatte. Diese Akten waren in der Tat unwichtig und keine Zuteilung von Computerzeit wert.

Dann jedoch, eines Tages, fiel ihm das seltsame Paar ein, das ihn noch auf Yloisis besucht hatte. Und er mußte an die seltsamen Genmale des Halbmenschen denken, vor denen sogar der Datenspeicher kapituliert hatte. Er hatte die entsprechenden Unterlagen rasch gefunden und schickte sie durch den elektronischen Analyser.

Das Ergebnis war ebenso überraschend wie verwirrend, und er leitete es sofort an den Khandia weiter.

„Gute Arbeit", sagte der. „Ich wußte doch sofort, daß Sie die besten Fähigkeiten für eine Bearbeitung der Akten mitbringen. Machen Sie weiter so, Eschtran. Sie haben mein ungeteiltes Wohlwollen."

„Aber ... das dauert doch noch Jahre."

„Wie? Oh, übereilen Sie nichts. Wir legen Wert auf zufriedene Mitarbeiter. Kein Streß, keine Hast. Lassen Sie sich nur Zeit mit dem Bearbeiten der Akten. Es eilt nicht."

Sofort nachdem Deshdriag die entsprechenden Daten erhalten hatte, informierte er seinen Stellvertreter. Es war ein Halbzen mit semilatenter psionischer Begabung. Er spürte die Aufregung des Khandia-*Duo*, und Deshdriag reichte ihm die entsprechenden Unterlagen.

Djirahdon setzte sich. Die Haut über seinen spitzen Wangenknochen spannte sich.

„Das eröffnet ganz neue Perspektiven", sagte er leise und strich über seinen kahlen, runzligen Schädel. Djirahdon war mindestens hundertzwanzig Normjahre alt. Seine Gene wiesen die Langlebigkeit eines *Sternreisenden* auf.

„Ja", entgegnete Deshdriag. Der Khandia schritt unruhig auf und ab. Durch seine Adern pulsierte rotbraunes Blut. Er war in höchstem Maße erregt. „Das Kind ist damals also entkommen."

„Annym DryMarden", sagte der Halbzen. Er dehnte die Worte. „Aufgewachsen bei den Traumgängern von Yloisis. Ob er etwas ahnt?"

„Eben das läßt sich nicht mit Bestimmtheit sagen", entgegnete Deshdriag und setzte sich wieder. Seine Großaugen schimmerten. Der Blick war nach innen gerichtet. Jenseits des Fensters fiel feiner, grauweißer Schnee. „Und genau das beunruhigt mich. Die Szenarios sind in dieser Beziehung mit einem gewissen Unsicherheitsfaktor behaftet. Aber wenn diese Daten korrekt sind, kann er zumindest nicht *alles* wissen."

„Ich frage mich, wie er damals entkommen konnte. Ich frage mich, was damals *wirklich* geschah." Mit gerunzelter Stirn sah Djirahdon den Khandia an.

„Sie wissen ebenso gut wie ich, daß der Abtrünnige seine Aufgabe nach unseren Wünschen erledigte. Wir haben seine Erinnerung untersucht. Es gab keine Manipulationen. Dario Marchal, Shuriea Vanel und ihr gemeinsamer Sohn sind eliminiert worden. Damit war die mögliche Gefahr beseitigt."

„Diese Daten", meinte Djirahdon, „behaupten etwas ganz anderes."

„Ich weiß." Leise. Und ein wenig verwirrt. „Die Genmale Annym DryMardens sind eindeutig. Und seine Herkunft von Yloisis kann kein Zufall sein." Die Schläfenadern des Khandia traten deutlich hervor. „Nun, es gibt einen Weg, um Erkenntnisse zu gewinnen und Sicherheit zu erlangen."

„Ein zweiter Einsatz?"

Zustimmung. „Ja. Wir senden den Mahr auf dem schnellsten Wege nach Yloisis."

„Wir brauchen einen Steuerer für ihn."

Erneute Zustimmung. „Ich weiß. Der Abtrünnige wird ihn lenken und die Spur Annym DryMardens aufnehmen lassen. Vielleicht ist der Abtrünnige getäuscht worden, wenn ich das auch für sehr unwahrscheinlich halte. Aber wir dürfen jetzt keine Risiken mehr eingehen. Ein Mahr jedenfalls ist nicht zu täuschen. Wenn er einmal eine Spur gefunden hat, wird er sie so lange verfolgen, bis er sein Ziel erreicht hat. Es gibt kein Entkommen vor einem Mahr."

„Es kommt darauf an", wandte Djirahdon ein, „wie rasch Annym DryMarden versteht und begreift. Wir haben den Katalysator bisher nicht lokalisieren können. Annym darf keinen Kontakt mit ihm aufnehmen."

Deshdriag erhob sich wieder. „Darum ist Eile geboten. Leiten Sie alles in die Wege, Djirahdon. Verlieren Sie keine Zeit."

Djirahdon verneigte sich kurz, wandte sich dann um und verließ das Büro. Er war ein Halbzen. Aber er war gleichzeitig ein *Ahrjaii*. Wie Deshdriag.

Zweites Buch

Gharn

7

Weite Bereiche der Dimensionsschwimmer stehen den Passagieren zur Verfügung: Unterkünfte, die verschiedenen körperlichen und geistigen Bedürfnissen anzupassen sind; die ökologischen Stasisbereiche, die Kommunikations- und Sympathiezentren, die Schlaf- und Entspannungskuben. Die anderen Regionen der Dimensionsschwimmer jedoch sind für alle Passagiere tabu. Es sind dies die Bereiche der Multi- und Absurdgeometrie. Es sind dies die Bereiche der Hrhan. Niemand darf sie ungestraft betreten. Und auch wenn keine Khyj in der Nähe sind – der Frevler wird nicht entkommen.

Formulierung eines Ungeschriebenen Gesetzes

Wir sind Diener. Wir sind Vollstrecker. Wir sind ausführende Werkzeuge. Und wir versagen niemals.

Khyj-Axiom

Das leise Murmeln der Stimmen blieb langsam hinter ihnen zurück. Der Korridor verjüngte sich und wurde von den Hellzellen der Decke nur noch trüb beleuchtet. Hotrax war ein knapp drei Meter großer Schatten, der von blauschillernden Panzerfacetten eingehüllt wurde. Annym DryMarden sah sich um. Allein. Zum erstenmal seit zwei Monaten war er mit dem Tranq und *Di*-Besitzer allein. Zum erstenmal, seit Senaide und er an Bord des Hrhan-Schiffes gebracht worden waren. Er achtete darauf, daß sich die Tönung seiner Haut nicht verfärbte und seine Empfindungen entlarvte. Der Tranq schritt zwei Meter vor ihm. Eine eindrucksvolle Gestalt, umgeben von einem herben Duft, der seinen Weitporen entströmte.

„Du hast viel gelernt“, sagte Hotrax väterlich. Einige Dutzend Meter voraus lag ein grauweißer Schemen im Gang, der ihnen den Blick auf die dahinter liegenden Bereiche verwehrte.

„Ja, Herr“, entgegnete Annym leise. Er hatte auch gelernt, vorsichtig zu sein und seine Chancen zu analysieren. Und er hatte gelernt, seinen Schmerz in sich zu verstecken und ihn nur dann zu zeigen, wenn er allein und unbeobachtet war. Den Schmerz über den Verlust Senaides, die er seit damals nicht gesehen hatte.

Manchmal, nachts, wenn die Stille kam, hatte er sie *gespürt*. An der Peripherie seines Wahrnehmungsvermögens. Er hatte schwache Schatten der Bilder gesehen, die ihr Gefühlsschatten unbewußt projizierte, Bilder der inneren Qual und der Verzweiflung. Aber gelegentlich auch Bilder der Lust, wenn sich einer von Hotrax' Männern mit ihr vereinigte. Ihr Gebärtrieb war inzwischen stark geworden. Sehr stark.

„Du fragst dich sicher", sagte Hotrax, während sie weiter auf den Nebelvorhang zuschritten, „warum ich dich in dem Gebrauch verschiedener Waffen unterwies."

„Ja, Herr, das frage ich mich."

„Nun, du bist ein Hybride mit sonderbaren Genmalen. Und du verfügst über gut ausgeprägte Reflexe. Vielleicht verkaufe ich dich als Privatsöldner. Es kann nie schaden, wenn ein *Di* über gute Fähigkeiten verfügt. Roghan der *Makler* hat einen Ruf zu verteidigen. Auf vielen Welten gilt seine Ware als besonders erlesen und wertvoll." Es war, als verstärke sich die herbe Duftaura des Tranq noch weiter. Annym sah sich erneut um. Niemand in der Nähe. Gut. „Ja", fuhrt Hotrax wie im Selbstgespräch fort, „du hast viel gelernt. Aber ich weiß nicht, *wieviel* du gelernt hast. Das werden wir heute herausfinden. Und vielleicht", ein kurzer Blick zu Annym, „stoßen wir dabei auf etwas, das mich dich besser verstehen läßt."

Vielleicht, dachte Annym, vielleicht auch nicht. Dies hier war eine Chance, die er sich nicht entgehen lassen durfte. Die einzige, die er in zwei Monaten erhalten hatte. Der Nebelvorhang kam näher. Annym wußte nicht, was dahinter lag. Unnötige Risiken mußten umgangen werden. Also jetzt.

Unauffällig beschleunigte er seinen Schritt.

Dann warf er sich nach vorn. Lautlos. Alle Muskeln angespannt.

Und Hotrax sah ihn an. Und wich wie im Zeitraffertempo zur Seite aus. Annym hatte das Gefühl, gegen einen zähen, immateriellen Widerstand ankämpfen zu müssen. Er schwamm in der Luft, und seine Hände waren zwei schwerfällige Werkzeuge, die vergeblich nach einem Ziel griffen.

Er prallte auf den Boden auf. Und er verstand. Hotrax hatte vorgesorgt. Der Tranq war alles andere als dumm. Er griff Annyms Arme und half ihm wieder in die Höhe. Er wirkte nicht im mindesten überrascht.

„Eine weitere Lektion", sagte er nur. „Es freut mich, daß du so gehandelt hast. Es zeigt mir, daß du Mut besitzt und in der Lage bist, Möglichkeiten gegeneinander abzuwägen. Aber merke dir eins, Annym: Laß dich nicht von deinen Gefühlen leiten, wenn du dich zum Kampf entschließest. Sei kühl. Habe dabei nur ein Ziel im Auge! Laß dich von deinem Verstand leiten, nicht von deinen Empfindungen." Der Tranq vollführte eine anerkennende Geste. „Ja, du wirst ein guter Söldner sein. Und du wirst einen guten Preis bringen."

Nichts weiter als ein Test, dachte Annym niedergeschlagen. Hotrax hatte sich gut abgesichert.

„Eine Droge, Herr, nicht wahr?" Er haßte diesen Tranq. Er haßte alles an ihm: den Gleichmut, die Überlegenheit, die Väterlichkeit. Die herrische Freundlichkeit, mit der ein Herr seinen Hund behandelte. Er hätte seinem Tönungsreflex ruhig freien Lauf lassen können. Die Sensibilisierer des Tranq – mehrere Facettenkonglomerate, die sich in ihrer Farbe von anderen Panzerfacetten unterschieden – hatten seine Absichten infolge seiner veränderten Körperausdünstung erkannt.

„Ja, Annym. *Verlangsamer*." Hotrax wirkte überaus zufrieden. „Ich weiß, du haßt mich. Aber ich weiß auch, daß du mich nicht aus diesem Grund angegriffen hast. Du hast den Haß zurückgestellt. Du wolltest mich als Geisel benutzen, um Senaide zu befreien. Wie töricht, Annym. Lerne, deine Empfindungen zu kontrollieren."

Nur ein Test, dachte Annym. Ein jämmerlicher Test.

Das Grauweiß war ein Dämmervorhang aus Kühle und Feuchtigkeit. Jenseits davon wartete eine Gruppe von Isyhr, bewaffnet, wachsam. Hotrax hatte sich also nicht nur auf die Droge verlassen. Er hatte sich nach allen Seiten abgesichert.

„Werde ich Senaide wiedersehen?" fragte Annym leise. Hotrax gab den Isyhr ein Zeichen. Sie zogen sich daraufhin zurück.

„Noch immer die Traumgängerin?" Ein knarrendes, amüsiertes Lachen. „Vielleicht siehst du sie wieder, Hybride. Aber sie ist *Di* wie du auch. Das verbindet euch, trennt euch aber gleichzeitig mehr als große Entfernung. Vielleicht hast du Glück, und ihr werdet zusammen gekauft. Aber selbst wenn das der Fall ist, so sind eure zukünftigen Aufgaben doch zu verschieden. Vielleicht wirst du ein Kämpfer sein. Die Anlagen dazu besitzt du zweifellos. Vielleicht ergibt sich für dich auch etwas anderes. Ich bin mir in diesem Punkt noch nicht ganz klar. Aber selbst wenn ihr zusammenbleiben könnt: Senaide ist eine Traumgängerin. Ihr zukünftiger Herr – oder ihre zukünftige Herrin – wird es sich nicht nehmen lassen, die von ihr induzierten Träume zu genießen und sie gleichzeitig mit erotischen Freuden zu verbinden. Was bleibt dir dann noch, Annym DryMarden? Vergiß sie."

Kühle, dachte Annym. Ja, Kühle ist notwendig. Hotrax' Antwort war eindeutig. Es blieb ihm also tatsächlich keine andere Wahl, als Senaide zu befreien und gemeinsam mit ihr zu fliehen. Wie er es schon vermutet hatte. Bei jedem anderen wäre der wohlgemeinte Rat des Tranq sinnvoll gewesen. Er aber war in den Wolkenstädten der Traumgänger aufgewachsen, wenn er auch andere Gene besaß. Er verstand sich in diesem Punkt ebenso als Traumgänger wie Senaide KurKarim. Und das verband mehr, als alle Entfernungen zu trennen vermochten. Senaide war Stammutter, und als Stammutter hatte sie geschworen, ihm in allen Gefahren beizustehen. Dieser Schwur band sie an ihn. Aber noch mehr band er ihn an sie. Es war einer der grundsätzlichen Ehrbegriffe der Traumgänger überhaupt, geboren von der Gefahr, die ihre Wolkenhorte umgab. Annym verriet sich selbst, wenn er dem Rat des Tranq folgte.

Sie waren wieder allein. Aber Annym wußte nun, daß dies nicht die Chance war, die er erhofft hatte. Sie schritten durch einige weitere Korridore und gelangten schließlich in einen Raum, in dem verschiedene elektronische Gerätschaften installiert waren. Hotrax deutete auf eine Liege im Zentrum des Raumes.

„Leg dich dort nieder", sagte er.

Das Polster war weich und schmiegte sich an Annyms Körper. Die Schimmerbänder der energetischen Fesseln legten sich um Arme, Beine und Stirn. Sensorpunkte auf den Konsolen der Geräte glühten matt. Die Tür öffnete sich erneut. Ein kleiner Amash trat ein, nickte dem Tranq ehrerbietig zu und trat dann an die Kontrollen. Er klebte eine Reihe von Sensoren auf Annyms Haut. Sein Tönungsreflex reagierte nicht.

Dem Amash folgte ein Trägerhybride. Der Körper war deformiert und erinnerte nur wenig an den eines Menschen. Er war nicht größer als einhundertdreißig Normzentimeter, und die Arme waren aufgedunsen und fast ebenso dick wie die Oberschenkel. Der Kopf saß unmittelbar auf dem Rumpf. Die Augen waren groß und von einem intensiven Grün. Die Nase war nur eine Andeutung, der Mund eine unsymmetrische Körperöffnung. Auf der Brust des Bioträgers hatte sich der quallenähnliche Körper eines *Wahrsagers* festgesaugt.

Hotrax trat an die Liege heran.

„Wir werden dich jetzt einer Reihe von Tests unterziehen,

Annym." Die Stimme war väterlich und gutmütig. „Hab keine Angst. Ich möchte nur Gewißheit darüber, für welche Aufgabe und Funktion du dich am besten einsetzen läßt. Der Kunde verlangt schließlich eine exakte Spezifizierung." Summen. Annym spürte Kühle dort, wo die Sensoren seine Haut berührten. Kühle und ein feines elektrisches Prickeln. Schläfrigkeit senkte sich über ihn. Neben ihm, gerade am Rande seines Gesichtsfeldes, leuchtete ein holografisches Projektionsfeld auf.

Ein Composer, dachte Annym. Und im gleichen Augenblick veränderte sich die Struktur der abgebildeten Farbbilder.

„Er weiß, um was es sich handelt", sagte der *Wahrsager* monoton.

Annym war beunruhigt. Vor einem *Wahrsager* war nichts geheimzuhalten. Er würde Lüge und Wahrheit instinktiv zu unterscheiden wissen.

Du darfst dich nicht verraten, sagte eine flüsternde Stimme in ihm. Die Traumstimme?

Was soll ich nicht verraten? fragte er in sich hinein, doch er erhielt keine Antwort. Nur Stille und Leere. Aber seine Unruhe nahm zu. Welche Entdeckung fürchtete seine Traumstimme, die er seit zwei Monaten nicht mehr vernommen hatte? Seit sie im Dimensionsschwimmer der Hrhan den Kosmos durcheilten, war auch sein Ferndrang nur noch eine Quelle von Wärme, nicht mehr die lodernde Flamme, die ihn innerlich zu versengen drohte.

Die Farbbilder wallten und wogten durcheinander.

„Er wird unruhig", sagte der *Wahrsager*.

Hotrax sah Annym an. Der Blick aus seinen unergründlichen Augen war wie die kalte Analyse eines raffinierten Sondierungsmechanismus.

„Warum fürchtest du dich?"

„Ich fürchte mich nicht."

„Falsch", stellte der *Wahrsager* fest. „Er ist nervös."

„Was versuchst du vor mir zu verbergen?" fragte Hotrax weiter.

„Nichts." Die Schläfrigkeit vermochte seine Unruhe nicht zu lindern. Sie nahm weiter zu.

„*Wahrsager?*"

„Falsch. Etwas in ihm wehrt sich der Analyse gegenüber."

„Hm", machte der Tranq und gab dem wartenden Amash an den Geräten dann ein Zeichen. Er berührte eine Reihe von Sensoren. Und die Wirklichkeit veränderte sich auf einen Schlag.

Der Magmasee erstreckte sich bis zum Horizont. Der Himmel war eine düstere, graubraune Glocke, die sich über das Land gestülpt hatte.

Hitze.

Und schweflige Dämpfe.

Annym DryMarden atmete flach. Die Hitze schien seine Lungen zu verbrennen. Sein Körper war schweißgebadet. Der Boden knirschte bedrohlich. Er sah hinunter.

Die Kaltscholle, auf der er sich befand, schwamm auf dem kochenden und blubbernden Gestein. Manchmal konnte Annym in all den Hitzeschlieren weitere Kaltschollen erkennen, dunkle Punkte auf dem hellen Rot des Magmas. Es knirschte und knisterte bedrohlich. Die Temperatur stieg weiter. Und die Kaltscholle, die ihm bisher Sicherheit geboten hatte, löste sich allmählich in den kochenden Fluten auf. Von den Rändern abbröckelnde Fragmente stürzten in die Glut, zischten und lösten sich auf. Annym bewegte sich vorsichtig und trat behutsam ins Zentrum der Kaltscholle. Fern am Horizont zeigte sich jetzt eine dunkle Linie. Festland vielleicht? Die Scholle trieb langsam darauf zu. Annym schätzte rasch die Entfernung ab und dann die Zeit, die der Kaltscholle wahrscheinlich bis zur endgültigen Auflösung blieb. Es wurde knapp.

Das Knirschen intensivierte sich. Feine Risse zogen sich durch den Boden. Vor Annyms Augen entstand ein krauses Muster aus Linien und Nebenlinien, die sich vereinigten und in allen möglichen Winkeln aufeinandertrafen. Dem Muster schien eine bestimmte mathematische Eigenart zugrunde zu liegen. Annym wägte ab und trat dann zur Seite. Nur einen Augenblick später zerbrach die Kaltscholle in eine Vielzahl von Einzelstücken. Er befand sich nun auf dem größten Teilfragment. Glut leckte hungrig über die Ränder und kochte über heißen Fels.

Seine Entscheidung erwies sich als richtig. Die anderen Bruchstücke der Kaltscholle zerbrachen weiter in unzählige Einzelstücke und wurden vom Magma gierig verschlungen. Nach einer Weile war nur noch das Fragment übrig, auf dem sich Annym nun befand.

Wieder knirschte es. Und wieder zogen sich Risse durch den Boden. Das Bild veränderte sich. Im Zeitraffer sah er, wie sich die Risse fortsetzten und wie sich neue Bruchstücke bildeten. Die Bildfolge dauerte nur einen Sekundenbruchteil, aber Annyms Beine bewegten sich ganz von selbst. Er trat wieder zur Seite und wartete geduldig ab, bis sich die vielen Risse getroffen hatten und das Knirschen zu einem Knacken wurde, mit dem die gekalbte Kaltscholle ebenfalls zerbrach.

Verrate nichts, flüsterte eine Stimme hinter seiner Stirn. Und diese Stimme übermittelte ihm ein anderes Bild: ein Raum mit technischen Geräten, eine hochgewachsene Gestalt, die ihn aufmerksam betrachtete und von Zeit zu Zeit einen Blick auf die Anzeigen der Instrumente warf.

Nur das *ist wirklich,* flüsterte die Stimme. *Alles andere nur Real-Illusion. Verrate nichts. Entscheide dich.*

Kann ich das? fragte Annym DryMarden sich selbst. Habe ich tatsächlich die Möglichkeit, mich frei zu entscheiden? Für diese oder jene Alternative?

Auch die Scholle, auf der er nun stand, brach langsam auseinander. Die Hitze war ein versengender Atem, der auf seiner nackten Haut brannte. Sein Tönungsreflex reagierte nicht. Seine Haut blieb dunkel, so wie die Sonnen von Yloisis sie gebräunt hatten. Wieder sah er die Bruchlinien kurz bevor sie entstanden. Aber diesmal reagierte er nicht. Diesmal blieb er an Ort und Stelle stehen. Es kostete ihn viel Kraft, denn die Illusion war beeindrukkend real.

Verrate nichts!

Der Boden neigte sich. Annym hatte Mühe, das Gleichgewicht zu wahren. *Keine Gefahr,* flüsterte die Stimme. *Der Schock wird groß sein – als würdest du wirklich dein Leben verlieren. Ich werde dir helfen. Vertraue mir.*

Wie kann ich dir vertrauen, wenn ich nicht einmal weiß, wer du bist?

Du wirst alles erfahren. Wenn es an der Zeit ist.

Magmafinger krochen in Richtung seiner Stiefel, heiß, verbrennend, kochend. Dies alles ist nicht wirklich, sagte sich Annym. Nur ein Test.

Und er ließ sich fallen, hinein in die Glut und die Hitze und den illusionären Tod. Seine Haut verdampfte, seine Augen verkochten, sein Haar flammte auf und war dann nur noch graue Asche. Der Schmerz war rasend. Er starb. Er erwachte.

„Er hat die Illusion als das erkannt, was sie wirklich ist: als Semirealität", sagte der *Wahrsager* monoton. Der Amash an den Kontrollen zeigte mit einer vagen Geste seine Verwirrung.

„Er hatte keine Möglichkeit, die Illusion von der realen Wirklichkeit zu unterscheiden“, sagte er schwach. „Die Sensoren stimulieren die Hirnzentren auf direktem Wege. Es ist unmöglich.“

„Und doch“, sagte Hotrax leise und gedehnt, „war er dazu in der Lage.“

Annym atmete schwer. Noch immer glaubte er, die Hitze deutlich zu spüren. Sein Hirn fühlte sich betrogen und versuchte den Eindruck festzuhalten. Er löste sich nur langsam auf.

„Du bist nicht kooperativ“, sagte Hotrax und blickte Annym an. „Du widersetzt dich mir.“

„Nein, Herr“, erwiderte Annym rasch. Nicht das! „Ich weiß nicht, wie das geschehen konnte. Es war nur ein Reflex.“

„Falsch“, stellte der *Wahrsager* nüchtern fest. „Es war mehr als ein Reflex. Es war eine bewußte Handlung infolge eines rezessiven Auslösers.“

„Durch welchen rezessiven Auslöser?“ Die Stimme des Tranq klang gleichmütig, als er sich zu Annym niederbeugte, der noch immer von den energetischen Fesseln an die Liege gebunden war. Er wollte antworten, er wollte die Wahrheit aussprechen und von seiner Traumstimme berichten, doch seine Lippen bewegten sich nicht. Stumm sah er den Tranq an.

„Du bist nicht kooperativ“, wiederholte der. Die Stimme eines Vaters, der seinen Sohn tadelt und zu einer Bestrafung ansetzt.

Die Farbschlieren des Composers waren in ständiger Veränderung begriffen. Ein Auge des Bioträgers beobachtete die Modifikationen, die auf Annyms Hirnaktivität zurückgingen, das andere Auge war wie ein starres Kameraobjektiv auf ihn gerichtet.

„Ein weiterer Fehler, *Di*“, fuhr Hotrax fort. Seine Stimme klang noch immer gleichgültig, als bedaure er zwar, was er nun zu tun gezwungen war, habe andererseits aber auch keine Wahl. Er öffnete einen unscheinbaren Kasten, der an dem Gürtel hing, der um seine Zweithüfte gebunden war. Er holte ein hautlappenähnliches Gebilde hervor, vorsichtig, es nur mit einer Kurzzange berührend. „Du kennst die Bestrafung inzwischen. Es ist Dummheit, sich unnötigen Schmerzen auszusetzen, denn Schmerzen beeinträchtigen das logische Denken. Und die Logik muß dir sagen, daß du mir zu gehorchen hast. Offenbar aber bist du dir dessen immer noch nicht völlig bewußt, *Di*.“

Das letzte Wort war betont abfällig gemeint.

Der Langarm des Tranq bewegte die Zange und den darin befindlichen Quasisymbionten auf Annyms Gesicht zu. Annym wußte, was nun kam. Er hatte es schon einige Male zuvor erlebt. *Verzeih mir,* dachte er, wußte aber, daß es sinnlos war. *Bitte verzeih mir, Senaide. Du hättest mich nie begleiten dürfen . . .*

Der Quasisymbiont saugte sich sofort an Annyms Gesichtshaut fest. Und nur einen Augenblick später drängten fremde Gedankenstimmen sein Ich zur Seite. *Annym?*

Ja. Traurig. *Ich bin es. Es tut mir leid, Senaide. Bereite dich darauf vor.*

Eine andere Gedankenstimme. Verwirrt. Schwankend. Annym sah ein Bild: eine von trübem Licht erfüllte Kammer. Staub von Traumpollen, die wie zarte Schleier dahintrieben. Zwei nackte Körper auf einer breiten Liege – Senaide und ein Halbmensch, der ebenfalls die *Di*-Male besaß, Tätowierungspunkte auf der Brust, zu einem kunstvollen Muster angeordnet. Punkte und Muster gaben Auskunft über Besitzer und *Di*-Status. Senaide träumte, aber der Halbmensch nahm nur unvollständig an ihrem Traum teil. Er war nicht wie Annym mit den Gemeinsamen Träumen aufgewachsen. Für ihn war es ein Rausch, nichts weiter. Er bewegte sich rhythmisch zwischen den Schenkeln Senaides. Senaide genoß den Koitus. Sie konnte nicht anders. Es war der in ihr wohnende Gebärtrieb. Sie konnte sich ihm nicht widersetzen. Es war der evolutionäre Fluch, mit dem sie leben mußte, ob sie wollte oder nicht. Und sie wußte, daß auch diese Vereinigung keine Leibesfrucht ergeben konnte. Sie hatte sich in den vergangenen zwei Monaten verändert. Hormone hatten ihren Körper überschwemmt, um ihn auf das vorzubereiten, was er nicht empfangen konnte. Und ihr emotionaler Haushalt, ihr Gleichgewicht, war gestört.

Ich werde sterben, sagte ihre Gedankenstimme.

Nein! rief Annym. *Du wirst leben. Mit mir.* Schmerz entstand in seinem Körper. Die elektrischen Schocks krochen an seinen Nerven entlang und badeten ihn in Pein. Senaide krümmte sich zusammen. Der Quasisymbiont übertrug Annyms Schmerzen auch auf sie. Das war Hotrax' Strafe. Senaide mußte für Annym leiden. Die erste Schmerzwelle verebbte allmählich. Der Halbmensch über der Traumgängerin löste sich mit einem Ruck von Senaide. Er hatte an ihrem Bewußttraum teilgenommen und so auch einen Schatten ihres Schmerzes verinnerlicht. Er fluchte und stöhnte. Und taumelnd verließ er die Kammer. Senaides Körper war in Erwartung der zweiten Schmerzwelle angespannt.

Nein, sagte ihre Gedankenstimme. *Ich werde sterben. Ich habe es schon damals gewußt, als wir die Wolkenstadt verließen. Ich bin Stammutter. Ich muß empfangen und gebären. Die Weisen Damen hatten recht, Annym. Ich hätte auf sie hören sollen.*

Wieder flutete der Schmerz durch Annyms Körper, und wieder mußte Senaide leiden. Er haßte Hotrax.

Nein, Annym, es ist zwecklos. Es sind die Hormone in mir, die mich umbringen werden. Ich habe es Hotrax gesagt. Ich kann von keinem anderen Halbmenschen empfangen, ganz zu schweigen von einem Fremdpartner. Nur ein Traumgänger wie ich kann mir eine Leibesfrucht schenken. Nein, es ist aussichtslos, Annym. Ich habe Hotrax um eine Verkoppelung gebeten. Er hat es durchrechnen lassen, wie er mir sagte. Und er meinte, es sei zu teuer und überstiege den zu erwartenden Verkaufserlös bei weitem. Er zwingt mich zu träumen. Und er läßt alle meine Träume aufzeichnen. Annym, er hat bereits eine Genkopie von mir geschaffen. Eine Kopie, die sich nur in einem Punkt von mir unterscheidet: Sie ist frei vom Gebärtrieb. Sie kann auch nicht selbständig träumen, aber das ist nicht wichtig, denn Hotrax läßt meine Traumaufzeichnungen in der Kopie verankern. Sie wird einen guten Preis bringen, wie er mir versicherte. Weniger zwar als eine echte Traumgängerin, mehr jedoch als jeder andere Di, *du vielleicht ausgenommen.*

Er spürte es. Sie war stark. Aber längst nicht mehr so stark wie noch vor zwei Monaten. Hotrax zwang sie jede Nacht zu einem neuen Traum.

Schmerz. Senaide krümmte sich erneut zusammen. Sie preßte die Lippen aufeinander. Ein dünner Blutfaden sickerte aus ihrem linken Mundwinkel. Senaide. Arme Senaide.

Du wirst nicht sterben! beharrte Annym. Wut war in ihm. Und Haß. Haß auf Hotrax. Er bekämpfte diese Empfindungen. Sie konnten ihm nicht helfen. Später aber, wenn die Gelegenheit dazu bestand, würde er sich an sie erinnern.

Langsam lösten sich Bild und Gedankenstimme Senaides auf. Helligkeit kehrte dorthin zurück, wo lange Dunkelheit gewesen war. Hotrax beförderte den Quasisymbionten in den Behälter an seinem Gürtel zurück.

„Er haßt Sie, Herr“, sagte der *Wahrsager*.

Hotrax lächelte sein bizarres Tranq-Lächeln. „Das ist nicht wichtig“, entgegnete er. „Wichtig ist nur, daß er kooperiert.“

Er beugte sich zu Annym nieder. „Wirst du nun kooperieren, *Di*?“

„Ja.“

„Falsch." Der *Wahrsager* war nicht zu täuschen. Annym haßte auch das quallenartige Geschöpf. Und den Bioträger. Er haßte sich selbst, weil er es Senaide nicht ausgeredet hatte, ihn ins *Draußen* zu begleiten. Er haßte alles. Außer Senaide.

„Hm", machte Hotrax. Kühl. Ruhig. Überlegen. „Das habe ich mir bereits gedacht. Nun, es gibt eine andere Möglichkeit, deinen wahren Wert zu bemessen. Du wirst kämpfen. Gegen einen Gegner, den ich auswähle. Und es wird ein *realer* Kampf sein, *Di.* Ein Kampf, in dem du entweder gewinnst oder dein Leben verlierst."

„Ich bin Ihnen zu wertvoll, als daß Sie mich sterben lassen würden, ohne einen Preis dafür zu erzielen."

„Oh", machte der Tranq und lachte knarrend. „Ich glaube, du überschätzt deinen eigenen Wert, *Di.* Es ist wahr, du bist ein einzigartiger Halbmensch, und du würdest sicher einen guten Preis erzielen. Aber du bist auch nur einer unter vielen. Und ein *Di* muß unter allen Umständen eins: gehorchen. Das hast du noch zu lernen." Er lachte erneut. Amüsiert. „Nein, Annym, bisher habe ich dich geschont. Aber du verweigerst dich mir, und das kann und darf ich nicht zulassen. Du wirst kämpfen. Real, nicht illusionär. Und du wirst gezwungen sein, deine wahren Eigenschaften und Fähigkeiten zu benutzen. Du wirst dich offenbaren müssen. Die Alternative ist dir bekannt."

Hotrax betrachtete das sanfte Farbenspiel, das Annyms Haut zeigte. Er hatte den Halbmenschen gelehrt, den Reflex bewußt zu kontrollieren, um seine Empfindungen nicht zu offenbaren. Starke Gefühlsschwankungen jedoch machten seinen Reflex erneut selbständig.

Er haßt mich, dachte Hotrax, als einige Isyhr den Raum betraten, Annyms energetische Fesseln lösten und ihn fortführten. Er haßt mich. Und das ist gut so. Denn Haß ist eine starke, antreibende Kraft. Er muß noch viel lernen. Und er *wird* viel lernen.

Der Amash schaltete die Geräte ab und folgte den Isyhr. Hotrax wartete noch eine Weile und verließ den Raum dann ebenfalls, zusammen mit dem *Wahrsager* und seinem Bioträger. Auf dem Korridor wandten sie sich nach links und gelangten bald in eine stabile Ökozone, die mit einem Entspannungszentrum verbunden war. Es war eine gewaltige Kugel mit Nullschwerkraft. Die Luft war elektrisch angeregt; die einzelnen Moleküle schimmerten sanft und weich. Hotrax spürte das Prickeln auf der Haut, als er sich am Eingang der Ökozone abstieß und langsam durch die Nullzone schwebte. Halbmenschen wichen ihm aus, Tranq und Isyhr und Zen grüßten ihn respektvoll. Er berührte die Blätter von Weichorchideen und trieb unter zwei Khandia hinweg, die im Koitus zu einem Knäuel von Armen und Beinen geworden waren. Er hörte Lachen, Stimmen, die *Standard* sprachen und auch andere, lokale Dialekte. Hotrax genoß diese kurzen Ausflüge. Diesmal aber war er nachdenklich.

„*Wahrsager*?"

„Ja?"

„Du hast eine Analyse der Composerbilder durchgeführt. Zu welchem Ergebnis bist du gekommen?" Nein, niemand lauschte seinen Worten. Alle machten ihm respektvoll Platz. Ihm, dem *Di*-Herren. Ihm, dem Stellvertreter Roghans.

Der *Wahrsager* zögerte kurz.

„Ich bin mir nicht ganz sicher, Herr." Die Stimme war nach wie vor monoton. Es war die Stimme des Bioträgers. Eine Spezialzüchtung mit nur rudimentärem Großhirn, das gerade ausreichte, um die Signale des quallenartigen *Wahrsagers* aufzunehmen und als seine eigenen zu betrachten. Ohne den Bioträger wäre der *Wahrsager* überhaupt nicht in der Lage gewesen, sich anderen Geschöpfen mitzuteilen.

„Nun", entgegnete Hotrax, „wenn du nicht ganz sicher bist, dann nenne deine Vermutung."

„Annym DryMarden ist mehr, als er zuzugeben bereit ist", lautete die monotone, gleichförmige Antwort. „Aber ich kann nicht verifizieren, *was* er ist. Es hat für mich den Anschein, als sei sich der *Di* in diesem Punkt selbst nicht ganz klar. Ich habe versucht, mittels der farbadäquaten Wiedergabe über den Composer in ihn hineinzublicken. Ich bin auf eine Barriere gestoßen, die tief in seinem Innern existiert. Sie ist wie ein . . . Ichschatten."

Hotrax wandte den Kopf. Seine Sensibilisierer nahmen den strengen Geruch des Bioträgers wahr. Er fragte sich, ob der veränderte Geruch eine Entsprechung in den mentalen Prozessen des *Wahrsagers* fand. „Ein Ichschatten, sagst du. Hm. Kannst du es genauer bestimmen?"

„Nein, Herr. Aber ich bin mir sicher, daß in Annym mehr Fähigkeiten verborgen sind, als er selbst ahnt."

„Hm", machte der Tranq erneut. „Aber während des Tests hat er bewußt versucht, die Ergebnisse zu verfälschen."

„Das ist richtig, Herr. Und ich hatte dabei für einen Augenblick den Eindruck, als ginge der Antrieb dazu von eben diesem Ichschatten aus, den ich rezessiven Auslöser nannte."

Es gab keine Möglichkeit, einen *Wahrsager* zu täuschen. Sie waren dazu in der Lage, intuitiv Wahrheit von Lüge zu trennen. Was mochte das für ein seltsamer Faktor sein, den selbst ein solches Geschöpf nicht erfassen konnte?

„*Wahrsager*, bist du in der Lage, selbst bei einem Transmenschen zu erkennen, ob er die Wahrheit spricht oder nicht?"

„Ja." Der Geruch veränderte sich erneut und wurde noch strenger. Hotrax' Sensibilisierungsfacetten schillerten hell.

„Gut." Ihm war eine Idee gekommen. Nun, vielleicht war es eine Möglichkeit.

„Wir werden ihn kämpfen lassen. Und wenn alles so abläuft, wie ich es mir vorstelle . . ."

Der Bioträger des *Wahrsagers* erzitterte.

„Entschuldige mich, Herr", sagte der Wahrsager. „Aber mein Wirtskörper verspürt den Drang, seinen Darm zu entleeren."

Er stieß sich von der Wandung ab und schwebte dem Ausgang der Nullzone zu. Hotrax blieb noch einen Augenblick, nachdenklich, aber auch zuversichtlich, dann verließ er die stabile Ökozone ebenfalls. Durch breite, hell erleuchtete Korridore schritt er zu den *Di*-Bereichen zurück. Die Tranq- und Isyhr-Wächter an den Grenzen der *Di*-Enklave verneigten sich, als er an ihnen vorbeischritt.

Ein Halbmensch erwartete ihn bereits. Er war kaum einhundertfünfzig Normzentimeter groß und von außergewöhnlich zierlicher Statur für einen Menschen mit rezessiven Isyhrgenen.

„Ist alles vorbereitet?" erkundigte sich Hotrax.

„Ja, Herr." Der Halbmensch zeigte die beiden Beutel.

„Gut. Dann komm." Sie betraten eine Kammer, die nur matt beleuchtet war. Aus verborgenen Lautsprechern klangen sanfte, einschmeichelnde Melodien. Inmitten der verschiedenfarbigen Bodenpolster lag der Körper einer Frau. Sie bewegte sich bei ihrem Eintreten und sah sie aus großen, dunklen Augen an. Ein seltsamer Glanz lag in ihnen. Glitzernd und doch gleichzeitig trüb. Hotrax trat an Senaide KurKarim heran und löste den Kilt von ihrem Körper. Ihre Brüste waren zwei sanfte Wölbungen, das Vlies zwischen den Schenkeln war eine Verlockung. Unterhalb ihrer linken Brust waren die *Di*-Male zu erkennen.

„Hab keine Angst", sagte Hotrax leise. Seine Stimme knarrte.

Dies war das einzige Vergnügen, das er sich leisten konnte. Ein Vergnügen aus zweiter Hand. Die Tür öffnete sich erneut, und das helle Licht, das vom Korridor hereinsickerte, spiegelte sich in den Augen der Traumgängerin. Ferner Schmerz lag darin. Er sah zur Seite. Die genetische Kopie Senaides unterschied sich äußerlich in keinem Detail von ihr. Ihr Körper war ebenso makellos, das lange schwarze Haar ebenso seiden und ebenso weich. Aber sie war nur eine leere Hülle, ein Schwamm, der die Träume Senaide KurKarims aufsaugte und auf Anforderung wieder freigeben konnte. Auf dem linken Handrücken der Genkopie hatte sich ein Quasisymbiont festgesaugt. Das hautlappenähnliche Geschöpf stellte die semitelepathische Verbindung zu Senaide her, empfing die Traumbilder und gab sie zur Speicherung an das Großhirn weiter.

Der Halbmensch öffnete die beiden Beutel und entnahm ihnen jeweils eine Prise von dem grauweißen Staub. Ein Verteiler machte ihn zu feinem Nebel, der durch den Raum trieb.

Hotrax ließ sich auf den Boden sinken und atmete tief durch. Die Wirklichkeit versank irgendwo. Für einen Augenblick empfand er Schmerz, dann veränderten die Traumpollen das Denken der Traumgängerin und schufen Freude und Glück und Euphorie. Der Halbmensch löste auch seinen Kilt, kroch neben Senaide und begann ihren Körper zu liebkosen. Die Metamorpherpollen veränderten ihre Körperstruktur. Sie begann bereits nicht mehr vollständig darauf zu reagieren, aber da der Halbmensch von ähnlich zierlicher Statur war wie sie selbst, gab es keine Probleme. Sie öffnete sich für ihn, angetrieben von dem Hormonschub, der vom Kontakt mit den Veränderungspollen ausgelöst worden war. Der Halbmensch drang in sie ein, weich und hart, sanft und schnell. Die Genkopie wartete ruhig. Sie nahm alles in sich auf, die Freude, das sexuelle Verlangen, die Gier, die Träume. Hotrax ließ sich zurücksinken und genoß. Er selbst war ein Kastrat, ein Neutrum. Das war der Preis, den er dafür hatte zahlen müssen, Roghans Stellvertreter zu werden. Ein nur geringer Preis für Macht und Einfluß, die er dadurch hatte erringen können.

Der Halbmensch würde in wenigen Stunden sterben. Er war nicht in der Lage, die Intensität der Träume Senaides zu ertragen. Die Traumpollen waren für ihn Gift, das seinen Körper zersetzte. Der Tranq aber hatte seine Weitporen geschlossen. Nur seine Sensibilisierer reagierten auf den Staub, der Träume schenkte.

Senaide stöhnte.

Und Hotrax genoß.

„Wer ist mein Gegner?“ fragte Annym DryMarden. Hotrax lächelte.

„Laß dich überraschen, Annym.“

Nach einem zehnminütigen Marsch durch Gänge und Korridore gelangten sie in einen weiten Raum, dessen Mittelpunkt der Ring war. Der Ring war ein von Seilen eingefaßtes Oval, etwa sechs Meter lang und viereinhalb Meter breit. Die bizarr geformten metallenen Körper von Servomechanismen hockten bereits in unmittelbarer Nähe des Rings am Boden. Das überzeugte Annym davon, daß Hotrax es wirklich ernst meinte. Wer immer auch sein Gegner war, es würde ein *echter* Kampf sein, ein Kampf um Leben und Tod.

Traumstimme? fragte Annym in sich hinein. Doch sein Ichschatten meldete sich nicht. Er blieb stumm, nur ein Hauch von Wärme nahe seinem Herzen. Annym war beunruhigt, aber er zeigte es nicht.

„Du hattest die Wahl“, sagte Hotrax noch einmal. „Die Wahl zwischen Kooperation und Widerstand. Du hast Widerstand gewählt.“ Annym antwortete nicht. Er sah sich um. Die Ränge der Arena waren leer. Nur auf den untersten Bänken saßen vereinzelte Zuschauer. Es waren Kriegertranq aus Hotrax’ persönlicher Leibgarde, Spezialisten des Kampfes. Und Annym sah auch den deformierten Körper des Bioträgers, auf dessen Brust der *Wahrsager* hockte.

„Kampfbeobachter“, erklärte Hotrax knapp. „Sie werden beurteilen und analysieren. So, und jetzt entkleide dich.“

Sein Gegner war nirgends zu erkennen. Offenbar war er noch nicht in die Arena geführt worden. Annym legte seinen Kilt ab. Ein Halbamash eilte herbei und rieb seinen Körper mit einer öligen, herb duftenden Flüssigkeit ein. Es war warm. Er fror nicht. Tief aus dem Leib des Dimensionsschwimmers drang das Summen unbekannter Maschinen. Es war nun dumpf, wie das Grollen eines nahen Gewitters. Aus den Mentalautodidaktischen Unterweisungen wußte Annym, was das bedeutete: Die Geschwindigkeit des Hrhan-Schiffes verlangsamte sich, das angesteuerte Ziel war nahezu erreicht. Vielleicht noch zwei Tage, vielleicht auch drei.

Die Tür in der gegenüberliegenden Wand öffnete sich, und zwei Isyhr führten eine massige Gestalt in die Arena.

„Das“, verkündete Hotrax stolz, „ist dein Gegner, Annym.“

Es war ein Hybride, wie erwartet. Aber es war auch ein *Streiter*, und damit hatte Annym nicht gerechnet. Er war gut zwei Normmeter groß und wog bestimmt dreihundert Pfund. Der ganze Körper bestand aus trainierten Muskeln, und über der Haut lag eine dicke Hornschicht, die ihn vor Verletzungen schützte.

Annyms Unruhe nahm rapide zu.

„Das ist aussichtslos", wandte er sich zu Hotrax. „Gegen einen *Streiter* bin ich ohne jede Chance."

„Er spricht die Wahrheit", meldete sich der *Wahrsager*. „Er glaubt wirklich, gegen ihn verlieren zu müssen."

„Nun", wandte sich Hotrax an seinen *Di*, „ich habe den Eindruck, du unterschätzt dich. Du besitzt ausgezeichnete Reflexe, das hast du mehrmals unter Beweis gestellt. Du erkennst intuitiv, wie du dich in einer bestimmten Gefahrensituation verhalten mußt. Denk nur an die Realillusion des Magmasees."

Zwei Amash entkleideten den *Streiter* unterdessen, rieben ihn ebenfalls mit dem Duftöl ein. Manchmal ertönte die Stimme des Muskelriesen, drohend, siegesgewiß. Annym schluckte. Trotz der gegenteiligen Behauptung des Tranq war er bisher der Überzeugung gewesen, Hotrax würde sein Leben nicht wirklich aufs Spiel setzen. Er hatte sich geirrt. So wie es aussah, war es sogar mehr eine Opferung denn ein chancengleicher Kampf. *Streiter* oder *Soldaten* waren spezielle Verkoppelungsprodukte, manipulierte Genverschmelzungen, um viele Muskeln und wenig Hirn hervorzubringen. Selbst ein Kriegertranq vermochte es nicht so ohne weiteres mit einem solchen Geschöpf aufzunehmen. Trotz ihrer Masse und ihres Gewichts waren sie wendig und ungeheuer schnell. Sie waren selten, da ihre Produktion nicht eben billig war. Soweit Annym wußte, bestand vor allem auf Zhiljan Bedarf für diese Geschöpfe. Die Fehden der einzelnen Familienclans wurden auf diese Weise ausgetragen – bis eine der Familien pleite war, keine *Streiter* mehr erwerben und daher von der Gegenpartei mühelos ausgerottet werden konnte. Auf einigen der Welten mit besonders archaischen Kulturen wurden sogar Feldzüge und ganze Kriege mit Hilfe dieser verkoppelten *Soldaten* ausgetragen.

Annym wandte sich an seinen *Di*-Herren, doch Hotrax wischte seinen Einwand mit einer barschen Handbewegung zur Seite.

„Wie ich bereits sagte, Annym: Du hattest die Wahl. Und du hast dich für diese Möglichkeit entschieden. Jetzt gibt es kein Zurück mehr. Du mußt kämpfen."

Einer der Kriegertranq umfaßte seinen rechten Arm und führte ihn in den Ring. Das Oval kam ihm plötzlich winzig vor. Der Hybride sah ihn an und grollte.

Ein Amash trat ebenfalls in den Ring, hob die Arme und sagte in nasalem Tonfall: „Annym DryMarden, ein Halbmensch. Und Jarmardh, ein *Streiter*. Möge der Kampf fair und ehrlich sein." Er öffnete eine lange Kiste aus Kunststoff, die am Rand des Rings abgestellt worden war. „So wählt nun eure Waffen."

Jarmardh überlegte nicht lange, griff mit seiner Pranke in die Kiste hinein und packte einen Morgenstern. Eine gefährliche Waffe. Ein einziger Hieb mit der stachelbewehrten Kugel an der langen Kette vermochte einen Gegner zu töten, zumindest aber außer Gefecht zu setzen. Annym wählte nach kurzer Bedenkzeit einen Stab. Er war gut einen Meter lang, endete mit einem Hiebdorn und bestand aus geschmiedetem Eisen.

Der Amash schloß die Waffenkiste und verließ den Ring. Annym betrachtete seinen Gegner und versuchte ihn einzuschätzen. Nur unbewußt nahm er zur Kenntnis, daß Jarmardh ein Neutrum ohne erkennbare Geschlechtsmerkmale war. Aber *Streiter* sollten auch nur kämpfen und sich nicht fortpflanzen. Das Muskelspiel war unter der dicken, den ganzen Körper bedeckenden Hornhaut nur schwer zu erkennen. Aber die Bewegungen wirkten geschmeidig und geübt. Jarmardh hatte offenbar große Kampferfahrung. Annym nicht die geringste. Er hatte nur seine Reflexe, die von Hotrax geschult worden waren. Er wog seine Waffe in der Hand. Gegen einen Morgenstern war damit nicht viel auszurichten.

Die Servomechanismen am Rande des Rings begannen leise zu summen. Annym hatte erhebliche Zweifel, ob ihre medizinische Hilfe ausreichte, um sein Leben zu retten, wenn der Riese die Stachelkugel gegen seinen Körper schmetterte.

Hotrax gab ein Zeichen, und der zwischen den Ringseilen hindurchgeschlüpfte Amash ließ eine Glocke ertönen.

Jarmardh grollte und verließ das ihm zugeteilte Rund des Ovals. Er vollführte kreisende Bewegungen mit seinem Morgenstern. Annym wich zur Seite aus und hielt den Stab einsatzbereit.

Wie von einer Kanone abgefeuert, raste der *Streiter* auf ihn zu. Annym sprang zur Seite, und der Morgenstern sauste dicht an seinem Kopf vorbei. So dicht, daß er den Lufthauch spürte. Er zielte mit dem Stab und schlug zu. Der Hiebdorn an der Spitze kratzte über die Hornhaut Jarmardhs. Der Riese gab ein überraschtes Grunzen von sich, tänzelte leicht wie eine Feder zur Seite und schwang den rechten Arm mit dem Morgenstern in Annyms Richtung. Wieder verfehlte ihn die stachelbewehrte Kugel nur um

Haaresbreite. Und wieder konnte er mit einem Hieb des Stabs nicht das geringste gegen seinen Gegner ausrichten. Er sprang zurück, und der Morgenstern traf erneut ins Leere.

Eine Zeitlang umrundeten sie sich. Annym sah in Jarmardhs Augen, um rechtzeitig einen neuen Angriff vorauszuahnen. Der *Streiter* war alles andere als dumm, das hatte er jetzt mehrmals bewiesen. Es war nicht nur die Erfahrung vieler Kämpfe, es war Verstand. Und das war seltsam genug. Denn die Hybriden dieser Art hatten normalerweise nur den Intellekt eines Kindes. Er konnte keine *Di*-Male erkennen, aber Annym zweifelte nicht, daß auch Jarmardh ein Unfreier, ein Leibeigener Roghans war.

„He", flüsterte Annym, ohne dabei die Lippen zu bewegen. „Warum sollen wir uns gegenseitig umbringen? Ich habe nichts gegen dich und du auch sicher nichts gegen mich."

In den Augen Jarmardhs blitzte es auf. Aber bei diesem einen Zeichen des Verstehens blieb es. Ohne Vorankündigung sprang er vor und holte mit dem Morgenstern aus. Annym duckte sich unter der schwirrenden Kugel hinweg und zielte mit dem Stab nach dem linken Kniegelenk des Riesen. Er legte alle Kraft in diesen Schlag, und es knirschte leise. Jarmardh taumelte einen Sekundenbruchteil, zog sich zwei Meter zurück und wich zur Seite aus, als Annym nachsetzen wollte. Der *Streiter* war nicht ernsthaft verletzt, er war nur überrascht.

Annym schwitzte. Der Schweiß verband sich mit dem Öl zu einer glitschigen Masse. Er hatte Mühe, den Stab sicher zu führen. Er hoffte, Jarmardh erging es ebenso. Er beobachtete das undeutliche Muskelspiel des Riesen. Und plötzlich war ihm, als erkenne er bestimmte Zusammenhänge. Hier ein Zucken, dort eine Anspannung ... Er warf sich nach rechts. Jarmardh brüllte und hieb mit dem Morgenstern. Die stachelbewehrte Kugel raste an Annyms Kopf vorbei und schrammte über seine Hüfte. Blut sickerte aus der Wunde, Schmerz kroch durch seine Brust. Dieser Schmerz verdrängte sein bewußtes Denken. Er bewegte sich, und er registrierte diese Bewegungen wie ein unbeteiligter Zuschauer in seinem eigenen Körper. Nach links, dann wieder nach rechts, immer den Stab schwingend. Jarmardh setzte zu einem neuen Angriff an, gab aber plötzlich einen überraschten und verwirrten Laut von sich, als sich Annyms Hauttönung in einem Augenblick vollständig der Umgebung anpaßte und ihn damit nahezu unsichtbar machte. Der Stab traf Jarmardhs Stirn dicht über den Augen. Es krachte. Und der Morgenstern zielte nach dem unsichtbaren Gegner. Annym tänzelte zur Seite. Wieder veränderte sich die Färbung seiner Haut. Jetzt ein grelles Rot, dann Indigo, dann ein giftiges Grün, dann helles Gelb. Und dann wieder der Chamäleoneffekt.

Der Stab berührte den *Streiter* an der Hüfte, durchschlug am Halsansatz die Hornschicht und ließ die linke Augenbraue anschwellen.

Du darfst dich nicht verraten! warnte die Stimme in Annym. Doch er konnte jetzt nichts mehr tun. Er selbst war nicht mehr Herr seines Körpers. Etwas anderes hatte die Steuerung von Muskeln und Gliedern übernommen. Er war nurmehr ein Beobachter. Seine Haut brannte wie im Fieber. Er bewegte sich jetzt so schnell, wie er es selbst nicht für möglich gehalten hätte. Eine flinke Eidechse, im Schutz des Chamäleoneffekts, der sie immer wieder unsichtbar werden ließ. Jarmardh war still geworden. Er beschränkte sich inzwischen auf die Verteidigung. Noch immer sickerte Blut aus der Hüftwunde Annyms, doch das war nicht wichtig. Wichtig war nur eins: den Gegner auszuschalten.

Es ist kein wirklicher Gegner! rief Annym. *Er ist ein* Di *wie ich.*

Doch der Faktor, der nun seinen Körper steuerte, reagierte nicht auf ihn. Er genoß den Kampf, und er wußte um seine eigene Überlegenheit. Annym hatte plötzlich Angst um sich selbst. Er versuchte, das Fremde in ihm zurückzudrängen, aber er versagte. Es war eine mentale Stimme, die ihn zurückdrängte und deren Kraft er nichts entgegenzusetzen hatte.

Wieder veränderte sich Annyms Hautfärbung. Wieder holte der rechte Arm mit dem Stab aus. Der *Streiter* hatte zwei empfindliche Punkte – einen im Schritt, wo er außergewöhnlich schmerzempfindlich war. Der andere lag dicht über den Augen, was die geschwollene Braue bewies. Nur dort war er verletzbar.

Der Stab traf sicher ins Ziel. Jarmardh mußte den Eindruck haben, der Schlag käme aus dem Nichts. Er ging in die Knie und schlug mit dem Morgenstern zu. Doch er konnte seinen Gegner nicht erkennen. Außerdem betäubte der Schmerz seine Sinne.

Annym empfand die Pein seines Gegners wie eine heiße Woge, die sich über ihn ergoß. Und plötzlich war er nicht länger Beobachter, sondern Steuerer. Die Schmerzwelle hatte den fremden Faktor in ihm für eine Weile verwirrt. Er war wieder er selbst. Und er wußte, daß er nur eine Chance hatte, den Kampf zu beenden, ohne seinen Gegner zu töten oder selbst getötet zu werden. Seine Sinne waren wach. Er spürte die beobachtenden und analysierenden Blicke der Kriegtranq und des *Wahrsagers* auf sich ruhen. Für sie mußte es den Anschein haben, als sei Annym nun der Überlegene. Er mußte den Kampf auf eine Weise beenden, die nicht ihr Mißtrauen erweckte.

Er duckte sich unter einem Hieb Jarmardhs hinweg, analysierte die Muskelbewegungen des Riesen und hieb den Stab mit aller Kraft gegen die bereits angeschwollene Augenbraue. Sie platzte auf. Blut strömte über das breite Gesicht des *Streiters*. Blut, das seinen Blick trübte und seine Sinne weiter verwirrte. Muskeln kontrahierten und vibrierten. Jarmardh holte zum Gegenschlag aus.

Das war der geeignete Zeitpunkt. Annym hatte Angst vor dem, was nun kam. Aber er wußte, daß sie beide nur diese eine Chance hatten. Er sah den Morgenstern auf sich zusausen. Und er gab sich den Anschein, als hätte er zwar mit dieser Bewegung gerechnet, nicht aber mit ihrer Plötzlichkeit. Er hob den Stab, um den Morgenstern abzuwehren. Metall prallte auf Metall. Der Stab entglitt seiner Hand, aber die Bewegung des Morgensterns war noch nicht ganz abgebremst. Er traf Annyms Oberarm. Fleisch zerriß. Knochen splitterten. Der Schmerz war rasend. Annym taumelte zurück und stürzte zu Boden. Die Schlagader war zerfetzt. Blut sickerte in einem kräftigen Strom aus ihm heraus. Die Servomechanismen schwebten in den Ring hinein. Jarmardh war ebenfalls zu Boden gesunken. Er war betäubt und schien nicht mehr vollständig zu begreifen, was um ihn herum geschah.

Die Medizinischen Einheiten banden Annyms zerschmetterten Arm ab, unterbrachen so die Blutung und brachten ihn dann fort.

8

Ein Di *hat zu gehorchen. Widersetzt er sich seinem Herrn, muß er bestraft werden. Die Bestimmung der Strafe bleibt dem* Di-*Herrn überlassen, denn nur er formuliert die Gesetze, denen seine Leibeigenen unterliegen. Versucht ein* Di *aber zu fliehen, dann erwartet ihn der Tod.*

Eigengesetzt der *Di*-Herren

Gepriesen sei Roghan. Denn er ernährt uns. Gelobt sei sein Mörder. Denn er befreit uns.

Verlorene *Di*-Hoffnung

Annym sah in ein Gesicht. Es war schmal und faltig, aber das Alter war unmöglich abzuschätzen. Die Augen waren klar wie Wasser, und die Erfahrungen vieler Jahre zeichneten sich darin ab. Die Haut war grellrot und wirkte fiebrig.

„Ruhig", sagte die Multimental mit weicher Stimme. „Ganz ruhig." Sie berührte ihn, und ihre Finger krochen über ihn hinweg. Der Schmerz in seinem rechten Arm war nur noch ein dumpfes Pochen.

„Du hast gut gekämpft", sagte Hotrax anerkennend. „Wirklich gut. Ich wußte, du hattest eine Chance gegen den *Streiter.*"

„Ich hatte . . . nur Glück", brachte Annym hervor. Er fühlte sich schwach und wandte den Kopf zur Seite. Er hatte nicht gewußt, daß eine Multimental in Diensten Roghans stand.

Sie lächelte. „Ein Transmensch", sagte die Multimental, „dient niemandem. Ich bin keine *Di*. Und Roghan besitzt nicht annähernd genug Macht, um mich zu einer *Di* zu machen."

Annym nickte langsam. Ein Transmensch war selbst für die finstersten unter den finsteren Elementen tabu. Sie besaßen sonderbare Heilkräfte. Sie konnten stärker noch als die PSI-begabten Zen in fremde Gedanken und Geister schauen. Aber sie mißbrauchten ihre Begabung nicht. Sie halfen, wo Hilfe erforderlich war.

„Die Servos konnten nicht viel ausrichten", erklärte Hotrax. „Aber Lyra unterstützt deine eigenen Regenerativkräfte. Du wirst bald wieder gesund sein. Die Knochen sind bereits wieder zusammengewachsen. Es wird eine Weile dauern, bis du den Arm wieder so benutzen kannst wie zuvor, aber es werden keine Schäden zurückbleiben."

„Der Kampf endete mit einem Patt, nicht wahr?"

Zustimmung. „Ja. Zum Schluß hast du einen Fehler gemacht."

Annym sah auch den *Wahrsager*. Hoffentlich stellt er mir keine diesbezüglichen Fragen, dachte Annym.

„Öffne dich für mich", sagte die Multimental weich.

Seltsam, dachte Annym. Die meisten Transmenschen sind weiblich. Warum eigentlich?

Ihre Gedanken tropften in sein Innerstes. Sie vermittelten ihm neue Kraft, Ruhe und Entspannung. Er fühlte sich behaglich in ihrer Wärme. Das Teilich der Multimental sank tiefer in ihn hinein, verließ die Schichten seiner bewußten Gedanken und überwand die Grenzen zu seinem Unbewußten. Und fast im gleichen Augenblick zog sie sich wieder zurück und atmete heftig ein.

Hotrax beugte sich vor. „Alles in Ordnung?"
Sie nicke. „Ja, alles in Ordnung. Es ist nur . . . nein, es ist nichts." Sie betrachtete den nun schlafenden Halbmenschen. Annyms Atem war ruhig und gleichmäßig. „Lassen Sie ihn fortbringen. Hotrax. Ich kann nichts mehr für ihn tun. Er wird genesen. Und er wird Ihnen hohen Profit bringen." Die letzten Worte sprach Lyra mit eigenartiger Betonung. Milder Tadel lag darin.
Hotrax gab den wartenden Isyhr einen Wink, und die *Di* trugen Annym vorsichtig aus der Unterkunft der Multimental hinaus. Hotrax erhob sich und trat auf die Tür zu. Der *Wahrsager* folgte ihm. Der Tranq war schon auf dem angrenzenden Korridor, als er sich noch einmal umwandte und fragte. „Was haben Sie in ihm gesehen, Transmensch?"
Sie lächelte. Kühl und ruhig. „Nichts, was für Sie von Interesse wäre."
„Er hat sonderbare Genmale."
„Ich weiß."
„Ich könnte Sie dazu zwingen, mir Auskunft zu geben."
Es war die Andeutung einer Möglichkeit, mehr nicht. Lyra lächelte noch immer.
„Nein, das könnten Sie nicht, *Di*-Herr. Hier stoßen Sie an die Grenze Ihrer Macht. Versuchen Sie es, und Sie werden sehen, daß ich recht habe." Ihre linke Hand bewegte sich kurz, und eine unsichtbare Fessel legte sich um Hotrax' Hals und nahm ihm die Luft. Die Hand sank wieder hinunter, und die Fessel löste sich auf.
„Und jetzt entschuldigen Sie mich, Hotrax. Ich möchte meditieren. Ich habe über vieles nachzudenken." Sie drehte sich um und wandte dem Tranq den Rücken zu. Hotrax blieb noch einen Augenblick stehen, dann schloß er die Tür und schritt der *Di*-Region innerhalb des Passagierbereiches entgegen.

Hotrax war wütend. Der *Wahrsager* spürte seine Wut, und sein Bioträger reagierte darauf mit einer Veränderung der Körperausdünstung. Das wiederum nahm Hotrax wahr, und es steigerte seine Wut noch weiter.
„Was hat die Multimental in Annym gesehen?" fragte er, als sie seine Unterkunft erreicht hatten: luxuriös eingerichtete Gemächer mit handgewebten Wandteppichen, mit einem Bodenvlies aus den Weichhäuten der Springteufel von Suthinan, mit exotischen, betörend duftenden Blütenstauden.
„Es tut mir leid", entgegnete der *Wahrsager*. „Ich kann zwar

Lüge von Wahrheit trennen, aber ich vermag keine Gedanken zu lesen, Herr. Hätte der Transmensch geantwortet, dann wäre ich in der Lage gewesen, eine Antwort auf diese Frage zu geben."

„Er hätte den Kampf gewinnen können", sagte Hotrax nachdenklich und ließ sich auf dem Bodenvlies nieder.

„Die Kampfbeobachter sind gegenteiliger Meinung", wandte der *Wahrsager* ein. „Sie sind der Überzeugung, Annym habe alle seine Fähigkeiten eingesetzt. Aber ein *Streiter* ist eben kaum zu übertreffen."

„Er hätte den Kampf gewinnen können", beharrte der Tranq. „Erst im letzten Augenblick hat er sich anders entschieden. Er hat die Verletzung bewußt in Kauf genommen. Habe ich recht?"

Zögern. „Ich bin mir nicht sicher. Herr."

„Ich werde ihn fragen", sagte Hotrax. „Ich hätte ihn schon eben fragen sollen. Er kann die Wahrheit vor dir nicht verbergen." Er lächelte. „Aber ich bin mir auch so sicher. Er hat das Leben des *Streiters* geschont. Warum?"

Die Körperausdünstung des Bioträgers veränderte sich erneut. Es entging den Sensibilisierern des Tranq nicht.

„Du willst mir noch etwas sagen?"

„Ja, Herr. Eine Vermutung nur." Wieder das Zögern. „Ich hatte für einen Augenblick den Eindruck . . . aber es scheint mir unwahrscheinlich, um nicht zu sagen unmöglich."

„Sprich!"

„Ist es möglich. daß Annym DryMarden Kenntnisse über den *Sihr*-Kampf besitzt?"

Stille. „Nein, ausgeschlossen. Nur die Khyj beherrschen den *Sihr*-Kampf. Das macht sie uns allen ja gerade so überlegen. Niemand teilt ihre Kenntnisse. Auch DryMarden nicht."

„Nun, meine Überlegungen haben zum gleichen Ergebnis geführt, Herr. Es ist unmöglich . . ."

„Aber?"

„Nun, nur ein *Sihr*-Kämpfer wäre in der Lage, einen *Streiter* auf so elegante Weise zu erledigen."

„Aber ein *Sihr*-Kämpfer hätte den Gegner getötet. Das hat Annym DryMarden nicht getan. Außerdem – wenn er ein verkappter Khyj wäre, dann hätten wir ihn kaum zu einem *Di* machen können."

„Wir wissen nicht, wer die Khyj sind. Wir wissen auch nicht, was sie sind. Und ich habe ohnehin den Eindruck gewonnen, als sei dieser seltsame Faktor Annym DryMarden selbst ein Rätsel."

Hotrax dachte nach. Dann: „Geh jetzt, *Wahrsager*. Laß mich allein." Der Bioträger bewegte sich in Richtung Tür. Der Tranq fügte noch leise hinzu: „Wir werden Annym nicht versteigern. Auf Gharn treffen wir mit Roghan zusammen. Mir scheint, der Halbmensch ist viel zu wertvoll, um verkauft zu werden . . ."

Unruhig schritt Annym DryMarden durch Gänge, Korridore, Hallen und Erholungskuben. Scheinnacht. Die Fluoreszenzplatten in Decken und Wänden emittierten nur noch einen matten Schein. Stille. Der Schmerz in seinem rechten Arm war nur noch ein stetiges Prickeln, Anzeichen für die Heilung und Regenerierung. Der Knochen war bereits wieder fest und belastbar, und das sich erneuernde Fleisch war von einem Rosarot. Einige Wochen noch, dann war die schwere Verletzung nur noch eine Erinnerung. Das ferne Summen der Hrhan-Maschinerie hatte sich erneut verändert. Es war jetzt kaum mehr als ein Flüstern. Wie der Wind im Hohen Norden von Yloisis, wenn er durch die Oberste Ebene des Dichtwaldes strich.

Senaide, dachte Annym. Dies war ein anderer Schmerz.

„Halt!" sagte eine knarrende Stimme, und Annym blieb abrupt stehen. Der vor ihm liegende Gang war voller Schatten, und aus einer der finsteren Nischen löste sich die hochgewachsene Gestalt eines Kriegertranq. Die Sensibilisierer schimmerten hell inmitten der dunkleren Panzerfacetten. Der Krieger trug ein metallisches Kettenhemd, das weich knirschte und knisterte. Die Abstrahlmündung der Energieschleuder richtete sich drohend auf ihn.

„Wohin bist du unterwegs. *Di?*" fragte der Tranq.

„Wohin mich meine Beine tragen", entgegnete Annym. „Erkennst du mich nicht, Krieger? Ich bin Annym DryMarden. Ich kämpfte gegen Jarmardh, den *Streiter*. Ich habe die ausdrückliche Genehmigung meines *Di*-Herren Hotrax, mich innerhalb des *Di*-Bereiches frei bewegen zu dürfen."

Der fast drei Meter große Tranq trat näher an ihn heran. Annym nahm den herben Duft wahr, der seinen Weitporen entströmte.

„Ja." Knarrend. Aber immer noch mißtrauisch. „Du bist der Halbmensch. Weißt du nicht, daß du hier an den Grenzen der dir erlaubten Freizone angelangt bist? Kehre um!"

Eine Stimme, die keinen Widerspruch duldete. Nein, gegen einen Kriegertranq hatte er keine Chance. Nicht, wenn er seinen rechten Arm nicht einzusetzen vermochte. Und außerdem war der Tranq bewaffnet.

Annym verneigte sich kurz, drehte sich dann um und kehrte den Weg zurück, den er gekommen war. Ja, er war wertvoll. So wertvoll, daß ihm Hotrax Vergünstigungen im Vergleich mit den anderen *Di* gewährte. Die Vergünstigung etwa, jederzeit seine Unterkunft verlassen zu dürfen. Hotrax ging damit kein Risiko ein. Die Grenzen der *Di*-Zone wurden von Kriegertranq bewacht, ebenso wie seine Gemächer und die Senaides. Er dachte an den Kampf gegen den *Streiter* und an die Idee, die dabei in ihm entstanden war. Es gab nur diese eine Möglichkeit für ihn. Und er mußte rasch handeln. Wenn er die veränderte Geräuschkulisse hier im Dimensionsschwimmer nicht falsch interpretierte, dann war das Hrhan-Schiff nicht mehr weit von jenem Planeten entfernt, den es ansteuerte. Er wußte nicht, was es für eine Welt war. Aber es war ein möglicher Ausweg.

Er durchquerte einige Nullschwerkraft-Kuben. Nachtaktive Hybriden trieben dahin, knabberten an Wurzeln und waren mit Spielen beschäftigt, deren Regeln Annym nicht begriff. Die *Di*-Zone war groß und über mehrere Ebenen verteilt. Aber er hatte mit einem Amash gesprochen, der ebenso wie er Leibeigener war, Hotrax aber schon länger begleitete und daher die einzelnen Kuben, Räume und Ebenen gut kannte. Er hielt den Tönungsreflex seiner Haut unter Kontrolle. Und er zwang seine Gedanken in eine andere Richtung, um sich nicht durch seine Körperausdünstung zu verraten, sollte er noch einmal auf einen Tranq stoßen.

Dann endlich hatte er sein Ziel erreicht. Eine breite Tür zu einer Unterkunft, vom Schatten der Scheinnacht verborgen. Ein Schimmersymbol glühte in der Dunkelheit: ein stilisiertes Schwert, gekreuzt vom Sühnezeichen eines Kriegers – einer roten Träne. Annym sah sich um. Niemand in der Nähe. Gut.

Er legte die Hand auf den Öffner. Mit einem leisen Zischen verschwand die Tür in der Wand. Der Raum, in den Annym nun trat, roch nach Schweiß und war noch finsterer als der Korridor. Die Tür schloß sich wieder.

„Jarmardh?“ fragte Annym leise. Er blieb an Ort und Stelle stehen. Unsichtbare Hindernisse mochten ihn stolpern lassen, wenn er sich bewegte, und die Reflexe eines *Streiters* waren manchmal unberechenbar.

Stöhnen.

„Jarmardh?“

„Wer ist da?“

Licht flackerte auf. Ein warmer, milchiger Schein, der von

einem Phosphorkegel ausging und wie in Zeitlupe durch das Zimmer kroch.

Jarmardh saß am Boden, die Beine überkreuzt, die Arme auf die massigen Oberschenkel gestützt, das flache Kinn auf der Brust.

„Warum störst du mich, Halbmensch?" Die linke Augenbraue war noch immer geschwollen und blau angelaufen. Der *Streiter* konnte nurmehr mit einem Auge sehen. Annym ließ sich neben ihm nieder.

„Warum hat Hotrax dich nicht zu Multimental gebracht?" fragte er leise und erstaunt. „Sie hätte deine Verletzung schnell heilen können."

„Hotrax?" Humorloses Lachen. „Warum sollte Hotrax so etwas tun?" Er sah Annym aus seinem unverletzten Auge an. „Du hast deinen *Di*-Herren enttäuscht, Halbmensch. Du hättest mich umbringen sollen."

„Warum sollte Hotrax ein Interesse an deinem Tod haben? Du bist *Di* wie ich. Und ein *Di-Streiter* ist wertvoll. Deine Versteigerung kann dem Tranq hohen Profit bringen."

„Er wird mich nicht verkaufen. Niemals wird er das tun."

Es klang bitter. Annym betrachtete den Kämpfer. Aber das breite Gesicht war ausdruckslos. Keine Regungen waren darin zu lesen. „Ein *Streiter*", sagte Jarmardh langsam, und es klang wie ein Zitat, „hat zu kämpfen und zu siegen. Er darf nicht denken. Ich aber habe gedacht. Ich habe mir Gedanken über meinen Status und meine Unfreiheit gemacht. Kein anderes Geschöpf ist gleich durch Geburt ein Unfreier. Nur wir *Soldaten* sind es."

„Ich habe es gesehen", sagte Annym. „Als du in den Ring tratest. In deinen Augen. Du bist intelligent. Du besitzt einen wachen Verstand."

„Ein Hybridisierungsfehler", erwiderte Jarmardh kühl. „Ein Fehler, der mir vieles schwerer machte und macht."

„Wie bist du zu Hotrax gestoßen? Wie kamst du in seine Dienste?"

„Denk nach, Halbmensch. Bin ich tatsächlich in seinen Diensten? Nein. Derjenige, der mich beim Hybridisierungsinstitut bestellte, war unzufrieden mit mir. Er sagte, er habe einen Kämpfer in Auftrag gegeben, keinen Philosophen. Er verkaufte mich an Roghan, und Hotrax erwarb mich an seiner Stelle. Dann beging ich den Fehler, mich aufzulehnen. Ich unternahm den Versuch, Hotrax umzubringen." Wieder das Lachen. „Nein, Hotrax würde mich niemals verkaufen. Er läßt mich kämpfen, wie es meine Bestimmung ist. Gegen sorgfältig dafür ausgewählte *Di*. Und er hofft, daß ich eines Tages bei einem solchen Kampf umkomme. Mit Schande. Er behandelt meine Verletzungen nicht. Er tötet mich. Langsam. Stück für Stück." Er sah Annym an. „Du hättest mich umbringen können. Du bist ein seltsamer Kämpfer, Halbmensch. Niemals hatte ich einen Gegner wie dich. Du hättest mich besiegen können, aber du hast dich dagegen entschieden. Du bist dem Hieb mit dem Morgenstern nicht ausgewichen. Du wolltest unseren Kampf absichtlich mit einem Patt beenden."

Annym nickte langsam. „So ist es, Jarmardh. Du bist *Di* wie ich. Wir sollten uns nicht töten, sondern gegenseitig helfen. Schließlich sind wir Brüder des Schicksals." Er zögerte kurz, dann aber entschloß er sich dazu, Jarmardh auch alles über sich zu erzählen. Er berichtete von den Dichtwäldern, in denen er aufgewachsen war, von Senaide und Hotrax' Bestrafungen, die nicht ihn, sondern die Traumgängerin trafen. Er berichtete auch von seinem Ferndrang, der schlief, seit er den Dimensionsschwimmer betreten hatte. Und er erzählte Jarmardh von dem *anderen* Faktor, der seinen Körper während des Kampfes gesteuert hatte.

„Diese Stimme, die in deinem Kopf zu dir spricht", sagte Jarmardh nachdenklich. „Was sagt sie?"

„Sie sagt, ich solle zu einem Ziel aufbrechen. Manchmal sehe ich das Bild einer fremden Frau, wenn ich diese Worte vernehme. Und sie sagt, ich solle mich nicht verraten. Wenn ich nur wüßte, *was* ich nicht verraten soll." Er schüttelte den Kopf. „Aber etwas anderes ist im Augenblick wichtiger: Senaide. Sie wird sterben, wenn ich ihr nicht helfen kann."

Jarmardh blickte ihn an. „Du liebst sie." Eine Feststellung, mehr nicht.

Annym nickte. „Ja, ich liebe sie. Aber uns verbindet noch mehr als das. Sie hat geschworen, mir beizustehen und mir zu helfen. Sie ist Stammutter, und ein solcher Schwur bindet nicht nur sie an mich, sondern stärker noch mich an sie." Er blickte zu Boden. „Sie ist das einzige, was ich habe." Warum aber sah er dann so oft das Bild der anderen Frau, wenn er an sie dachte?

„Ich verstehe", sagte Jarmardh leise. „Aber ich glaube, du kannst nicht viel für sie tun, Halbmensch. Du könntest dich selbst freikaufen, wenn du die Mittel dazu hättest. Aber du könntest niemals eine Traumgängerin auslösen. Sie ist viel zu wertvoll für Hotrax."

„Ich weiß. Aber es gibt eine andere Möglichkeit: Flucht."

„Flucht? Wohin denn? Hotrax' Schergen finden uns überall an Bord. In die Passagierbereiche? Wir würden den Reisenden damit nur einen Gefallen erweisen. Wir sind *Di*, Halbmensch. Alle würden Jagd auf uns machen, um Hotrax damit einen Gefallen zu erweisen und sich gleichzeitig eine Belohnung zu verdienen."

„Nein", sagte Annym bestimmt. „Nicht in die Passagierregionen. Das wäre aussichtslos. Wir fliehen in die Bereiche der Absurdgeometrie. Dorthin wird uns Hotrax wohl kaum folgen. Auch ein *Di*-Herr wie er muß eine Bestrafung durch die Khyj fürchten. Der Dimensionsschwimmer erreicht wahrscheinlich in einigen Stunden ein Etappenziel. Dort werden wir die Verbotenen Bereiche wieder verlassen und untertauchen. Hotrax wird uns nicht finden. Aber wir müssen schnell handeln."

„Fürchtest du keine Bestrafung durch Khyj?"

„Es ist die einzige Chance, die wir haben, *Streiter*. Du sagtest selbst, du wirst sterben, wenn du Hotrax nicht entkommen kannst. Senaide ebenso. Und was aus mir wird ..." Er dachte an die Flamme in seinem Innern, an den Ferndrang, der sich schon so lange nicht mehr gemeldet hatte. Wenn er verkauft wurde und gezwungen war, auf einem Planeten zu bleiben, der nicht der *richtige* Planet war, dann würde die Flamme wieder auflodern und seine Gedanken versengen. Nein, auch er hatte keine Wahl.

„Ich allein",sagte Annym, „kann die Kriegertranq an den Grenzen der *Di*-Zone nicht überwältigen. Aber mit dir zusammen sollte es gelingen. Darum habe ich dein Leben geschont, Jarmardh."

Eine Zeitlang antwortete der *Streiter* nicht. Dann nickte er. „Ich stehe in deiner Schuld, Halbmensch." Er lachte grollend. „Es gibt ein Wort in unserer Sprache, das diesen Aspekt vollkommen beschreibt. Es lautet *horan*. Wir sind Brüder im Kampfe und im Leid." Er verschränkte die Arme und deutete eine Verneigung an. Dann umfaßte er Annyms linken Oberarm. „Möge unser Vorhaben gelingen. Möge das Glück auf unserer Seite sein. Möge jeder Leid und Glück des anderen teilen."

Annym lächelte. „So sei es."

Er hatte einen Freund gefunden, auf den er sich verlassen konnte.

Zwei Kriegertranq standen vor dem Zugang zu Senaides Unterkunft Wache. Sie unterhielten sich mit leisen knarrenden Stimmen. Annym zog seinen Kopf zurück und unterrichtete Jarmardh.

„Wir müssen nur nahe genug an sie herankommen", flüsterte der *Streiter*. „Ich kenne die empfindlichen Nervenpunkte aller Hybriden und Ganzfremden. Es ist eine genetische Erinnerung in mir. Wenn wir nahe genug an die Tranq herankommen, gibt es keine Probleme."

„Sie dürfen keine Gelegenheit erhalten, Hotrax oder ihre Kameraden zu alarmieren. Es muß schnell und lautlos gehen."

Jarmardh berührte Annym an der Schulter. Sanft, fast zärtlich. „Du kannst dich auf mich verlassen, *horan*."

„Sie rechnen sicher nicht damit, daß jemand versucht, in Senaides Unterkunft vorzudringen. Schon gar nicht mit einem *Streiter*. Sie könnten höchstens vermuten, daß *ich* es versuche. Wenn sie von meiner Verbindung zu ihr wissen. Darauf müssen wir bauen. Gut. Wir gehen vor wie abgesprochen." Und Annym huschte in die Dunkelheit der Scheinnacht davon. Jarmardh wartete, an die Wand in seinem Rücken gelehnt, die Sinne geschärft.

Wie ein Schatten inmitten von Schatten eilte Annym lautlos durch einige Korridore, wechselte dann nach links und schlich sich an die Abzweigung heran, die wieder auf den Korridor mit Senaides Unterkunft führte. Er näherte sich jetzt aus der entgegengesetzten Richtung. Seine Haut glühte rot, und er unterdrückte den Tönungsreflex, der seine Erregung anzeigte.

Er atmete tief durch, gab sich einen Ruck und setzte sich in Bewegung. Um die Abzweigung herum, auf den Gang. Das Gespräch der beiden Kriegertranq verstummte sofort. Sie lösten sich von der Tür und hoben ihre Energieschleudern.

„Du hast hier nichts zu suchen, Halbmensch", zischte einer.

„Ich bin Annym DryMarden. Hotrax hat mir das Recht zugestanden, mich frei bewegen zu können."

Der andere Kriegertranq lachte knarrend. „Aber nicht hier, *Di*. Du willst zu deiner Erotikfreundin, nicht wahr? Ich muß dich enttäuschen, Halbmensch. Sie ist für dich tabu. Ihre Träume und Freuden gehören nur Hotrax."

Annym zögerte einen Augenblick. „Laßt mich zu ihr!" flehte er mit weinerlicher Stimme. „Bitte. Nur heute nacht. Ich muß sie sehen." Er fiel dem einen Tranq in die Arme, sank halb auf die Knie. Sie fürchteten keine Gefahr. „Bitte, laßt mich zu ihr." Am anderen Gangende bewegte sich ein massiger Schatten. Jarmardh. Nur noch ein paar Sekunden.

Der andere Kriegertranq hob die Energieschleuder. „Verschwinde, *Di!*"

Annym stieß sich ab, hieb dem Tranq mit aller Kraft die linke Faust in die Zweithüfte und trat ihm gegen das Kniegelenk. Es knirschte. Jarmardh war heran, als sich der andere Tranq umwandte. Vielleicht hatte er etwas geahnt. Aber er kam nicht mehr dazu, seine Waffe einsetzen zu können. Jarmardh grollte leise und hieb seine rechte Faust auf eine bestimmte Stelle dicht oberhalb der Ersthüfte. Ohne einen Laut von sich zu geben, sank der Tranq in sich zusammen. Wie ein Schatten ohne Trägheitsmoment wirbelte der *Streiter* dann herum und setzte auch den anderen Tranq außer Gefecht. Annym stöhnte leise. Sein rechter Arm schmerzte wieder stärker.

Sie nahmen die Energieschleudern an sich und zerrten die beiden bewußtlosen Körper zu der Tür, die in Senaides Unterkunft hineinführte. Sie war nicht verriegelt, und ein paar Augenblicke später waren sie drinnen und deponierten die beiden Kriegertranq in einer Ecke. Während Jarmardh sie fesselte, eilte Annym an die Liege. Senaide atmete schwer. Das Licht eines Phosphorkegels lag wie ein blasser Schleier auf ihrem eingefallenen Gesicht.

„Senaide", flüsterte Annym und streichelte sie. „Arme Senaide . . ." Er nahm ihren Gefühlsschatten wahr. Qual lag in ihm. Qual und Pein und Schmerz. Und Auflösung und Zerfall. Sie war am Ende ihrer Kraft. Hotrax zwang sie zu permanenten Träumen.

Links von Annym bewegte sich etwas. Er sprang sofort auf die Beine.

Es war die Genkopie Senaides. Klein und zierlich, schön und *leer*. Ihr schwarzes Haar schimmerte wie dunkle Seide, und die dunklen Augen waren wie Juwelen, wie glänzende Schwarzsaphire. Plötzlich haßte Annym dieses Geschöpf, das Senaide, der *richtigen* Senaide, die Kraft stahl. Und die Träume. Er riß die Energieschleuder empor und betätigte den Auslöser. Ein greller Funke sprang zu Senaides Schatten, kochte sich knisternd durch die Stirn. Die Genkopie starb ohne einen Laut. Am Boden lag nur noch eine leere Hülle.

Jarmardh trat an Annyms Seite. „Das war dumm von dir", tadelte er leise. Er deutete auf den Quasisymbionten, der auf dem Handrücken der Genkopie klebte. „Siehst du das? Hotrax ist mit ihr und damit mit Senaides Träumen verbunden. Er wird jetzt wissen, daß etwas geschehen ist. Wir müssen uns beeilen."

Senaide stöhnte und bewegte unruhig den Kopf. Sie öffnete die Augen. Annym beugte sich über sie.

„Senaide? Ich bin es, Annym."

Sie erkannte ihn nicht. Sie wußte nicht, was um sie herum geschah. Sie war gefangen in schrecklichen Traumbildern, gefangen in ihrer eigenen Schwäche. Und dort, wo Annym sie vor wenigen Augenblicken berührt und gestreichelt hatte, war die Haut gerötet. Pusteln hatten sich gebildet, winzigen Geschwüren gleich. Annym erschrak.

„Hier", sagte Jarmardh und zeigte ihm zwei Beutel mit grauweißem Staub. Es waren nur noch Reste.

„Es wird nicht lange reichen." Wie oft hatte Hotrax Senaide gezwungen, Traum- und Veränderungspollen einzuatmen?

„Wir haben nicht die Zeit, nach weiteren Vorräten zu suchen, Annym. Hotrax reagiert schnell. Er wird bald hier sein."

Annym schob seine Arme unter Senaides Oberkörper und hob ihre zierliche Gestalt vorsichtig an. Sie stöhnte lauter. Ihre Augenlider zitterten. Und wo er sie berührte, entstanden neue Pusteln.

„Nicht." Jarmardh schob Annym zurück. „Du kannst sie damit umbringen." Er nahm eine Decke und hüllte Senaides zitternden Körper ein.

„Aber was . . .", begann Annym.

„Sie ist geschwächt", erklärte Jarmardh. „Ich kenne mich mit Traumgängern nicht so gut aus, aber es scheint, sie ist ernsthaft erkrankt."

Annym schüttelte den Kopf. „Nein, es sind ihre Hormone. Sie verlangen eine Leibesfrucht. Ihr Körper erkennt, daß ich ihr kein neues Leben schenken kann. Unsere Gene sind zu unterschiedlich. Und ihr Körper lehnt mich daher ab."

Jarmardh hob Senaide an. Sie stöhnte immer noch. „Nein", sagte Annym. Kälte war in ihm. „Ich trage sie."

Der *Streiter* überlegte einen Augenblick und nickte dann.

Ihr Körper war leicht. Leichter noch, als Annym ihn in Erinnerung hatte. Jarmardh öffnete die Tür, sah hinaus und winkte dann. Sie eilten den Korridor entlang. Noch war alles ruhig. Vielleicht hatte Jarmardh unrecht, und Hotrax wußte nicht, was geschehen war. Annym hoffte es. Senaide hatte nur dann eine Chance, wenn sie nicht erneut in die Hände des *Di*-Herren fiel.

Als sie die Grenze des *Di*-Bereiches fast erreicht hatten, machte die Dunkelheit hellem Licht Platz. Die Scheinnacht war zu Ende. Tagperiode.

„Das", sagte Jarmardh grollend, „erschwert die Sache." Wut entstand in Annym. Wut auf Hotrax. Wut auf sich selbst. Wut auf alles. Jetzt gab es kein Zurück mehr.

Es waren zwei Kriegertranq und ein Isyhr, die sie am Ende des Korridors erwarteten. Hinter ihnen verwehrte ein weißer Nebelvorhang aus Kühle und Feuchtigkeit den Blick auf die Passagierbereiche.

„Wir haben den Auftrag, diese *Di* fortzuschaffen", meinte Annym kühl, bevor einer der Wächter etwas zu sagen vermochte. „Sie hat das Schleichende Gift." Mit der rechten Hand zog er die Decke etwas zurück, die Senaides Körper einhüllte. Ihr Gesicht glänzte fiebrig. Und auf ihren Wangen klebten rote Pusteln.

Der Isyhr wich unwillkürlich zurück. Die beiden Kriegertranq waren unruhig, zeigten aber nicht so viel Furcht wie ihr Kollege. Sie betrachteten Senaides Gesicht eingehend.

„Es sieht nicht wie Schleichendes Gift aus", sagte einer von ihnen knarrend.

„Es ist eine Abart", erklärte Annym glatt. „Eine ansteckende Abart."

„Hm", machte der Tranq. „Wir werden zurückfragen."

„Sie sieht wie die Traumgängerin aus", bemerkte der andere.

Jarmardh hieb ihm die Faust ins Gesicht, trat dem anderen Tranq in den Leib und hob dann die Energieschleuder. Der Isyhr hatte überraschend schnell reagiert. Der *Streiter* duckte sich unter dem Feuerfunken hinweg und setzte dann selbst die Waffe ein. Der Isyhr sank sterbend in sich zusammen.

„Du hättest ihn nicht töten sollen", sagte Annym. „Er war *Di* wie wir."

„Du irrst dich", widersprach Jarmardh, als sie den Nebelvorhang durchquerten. „Hotrax' Wächter sind Privatsöldner, keine *Di*. Leibeigenen vertraut er grundsätzlich nicht."

Die Wandelhallen der Passagierbereiche waren um diese frühe Stunde noch leer und verlassen. Ihre Schritte hallten laut von den Wänden wider. In manchen Nischen hockten Betrunkene. Sie sahen ihnen aus trüben Augen hinterher. Sie durchquerten eine weite Ökozone, die in einzelne Abschnitte unterteilt war. Mal blendende Helligkeit von Dutzenden Sonnen am Pseudohimmel, dann Kühle und finsterste Nacht. Dann wieder Hitze, die den Schweiß aus den Poren trieb. Khandia und Amash blickten ihnen hinterher. Schwebmantas sirrten mit drohend ausgefahrenen Giftdornen an ihnen vorbei. Jarmardh schaute immer wieder zurück, um mögliche Gefahren rechtzeitig genug erkennen zu können. Sie hatten Glück. Sie hatten mehr Glück, als sie erwartet hatten. Sie blieben unbehelligt.

Dann endlich hatten sie die Grenze des Passagierbereiches erreicht: ein breites Schott, das mit grellem, phosphoreszierendem Rot vor dem Betreten der dahinter liegenden Bereiche warnte. Ohne zu zögern berührte Annyms rechte Hand den Öffnungsmechanismus. Das Metall glitt zur Seite.

„Ich frage mich", sagte Jarmardh leise, „warum diese Schotts nicht verriegelt sind. Dann könnte niemand auf den Gedanken kommen, die Verbotenen Bezirke zu betreten."

„Komm", entgegnete Annym nur. Sie traten in den Gang, und hinter ihnen schloß sich das Schott wieder. Auch hier war es still. Doch es war eine Stille, die auf eigentümliche Weise intensiver wirkte als im Passagierbereich. Eine Stille, die gleichzeitig laut war und in den Ohren dröhnte.

Der Gang unterschied sich drastisch von den Gängen, die sie bisher gesehen hatten. Die Wände waren nicht glatt, sondern bestanden aus einzelnen Segmenten, die zueinander alle möglichen Winkel und Neigungen aufwiesen. Er wirkte eher wie eine sich bis in die Ferne streckende, unregelmäßige Spirale. Und auch der Boden war nicht eben. Er war gewölbt und wies Vorsprünge, schmale Spalten und Stufen auf.

Vorsichtig marschierten sie weiter. Manche der Metallsegmente schimmerten hell, andere waren dunkel wie die Nacht. Einmal glaubte Annym ein bestimmtes Muster in der Anordnung zu erkennen, doch der Eindruck verblaßte sofort wieder. Dies war die Absurdgeometrie der Hrhan. Sie wirkte wie das Werk eines Wahnsinnigen. Oder wie die komplizierte Struktur eines Multidimensionskünstlers. Vielleicht traf beides zu.

„Es heißt", sagte Jarmardh, „die Hrhan könnten es spüren, wenn Unbefugte ihr Reich betreten."

„Wahrscheinlich nur eine Legende", erwiderte Annym. Senaide stöhnte leise. Noch immer. Oder schon wieder. „Die, die einen Hrhan gesehen haben, konnten ihr Wissen nicht weitergeben, weil sie von den Khyj für ihren Frevel mit dem Tode bestraft wurden. Und die, die behaupten, in der Zentrale eines Dimensionsschwimmers gewesen zu sein, lügen. Also erübrigen sich alle Vermutungen und Legenden über die Hrhan. Vielleicht beobachten sie uns in diesem Augenblick. Vielleicht auch nicht. Dies hier ist und bleibt unsere einzige Chance."

„Ja", sagte Jarmardh, „ich weiß. Du hast recht. Dunkle Ahnungen erübrigen sich."

Sie wechselten in einen anderen Gang, der sie noch tiefer in die

Regionen der Absurdgeometrie hineinführte. Manchmal kamen sie an schottähnlichen Gebilden vorbei. Das Metall trug seltsame Zeichen. Vielleicht die Schrift der Hrhan. Oder der Khyj. Annym konnte sich kaum noch auf den Beinen halten. Senaide war zwar leicht, aber ihr Gewicht belastete ihn doch. Außerdem machte ihm seine Verletzung wieder zu schaffen. In einem kleinen, unregelmäßig geformten Raum ließ er Senaide vorsichtig zu Boden sinken und lehnte sich dann an die bucklige Wand. Er atmete schwer.

„Eine kleine Pause“, brachte er hervor. „Ich glaube, wir sind hier ohnehin vor Hotrax und seinen Kriegstranq sicher.“

„Wenn er uns nicht folgt . . .“, orakelte Jarmardh düster.

„Hierher? Das glaube ich kaum. Er kennt die Gefahr.“

„Er ist stur und unberechenbar, Annym. Ihm ist alles zuzutrauen.“

„Ich glaube nicht, daß er wegen zwei entflohener *Di* sein Leben aufs Spiel setzt.“

Der *Streiter* seufzte. „Sein Leben vielleicht nicht. Aber das seiner Kriegertranq oder *Di*. Vergiß nicht, er ist nur der Stellvertreter Roghans. Und Roghan der *Makler* wird ihn für den Verlust zweier so wertvoller *Di* verantwortlich machen.“

Leises Zischen ertönte. Annym und Jarmardh wandten sich um. Ein verborgenes Schott war zur Seite geglitten, und aus dem dahinterliegenden, dunklen Gang traten zwei schattenhafte Geschöpfe. Zwei Khyj.

Sie glichen sich wie eineiige Zwillinge: gleiche Größe, lange, schwarze, bis zum Boden reichende Gewänder; Kapuzen, die tief in die Stirn gezogen waren; schwarze Masken, die ihre Gesichter verbargen.

Jarmardh sprang auf und packte die Energieschleuder. Annym erhob sich ebenfalls. Er sah in Senaides erschöpftes Gesicht, dann auf die beiden Hrhan-Assassinen.

„Das Betreten dieser Bereiche des Dimensionsschwimmers ist euch verboten“, sagte einer der Khyj. Seine Stimme klang dumpf und beinah gleichmütig. „Ihr wißt dies. Der Frevel verlangt nach Sühne. Wir bringen Strafe.“

Jarmardh spannte seine Muskeln. Annym warf ihm einen warnenden Blick zu. Gegen einen Khyj hatte der *Streiter* keine Chance. Gegen einen Khyj hatte *niemand* eine Chance.

Annym trat vor und ein paar Schritte den Khyj entgegen.

„Verzeiht, hohe Herren“, sagte er. „Wir wissen um dieses

Ungeschriebene Gesetz. Aber wir waren gezwungen, hierher zu kommen." Er schilderte ihre Lage und machte deutlich, daß ihnen keine andere Wahl geblieben war.

„Persönliche Dinge", antwortete einer der Khyj, „sind ohne Belang. Das Gesetzt ist wichtiger. Ihr habt es gebrochen. Dafür müßt ihr bestraft werden."

Wie Roboter, dachte Annym. Sie sprechen wie Roboter. Organische Maschinen vielleicht, nur für einen einzigen Zweck vorgesehen. Er tastete nach seiner eigenen Energieschleuder. Aber er war skeptisch, was den Ausgang einer Auseinandersetzung mit den Khyj anbelangte.

Jarmardh wartete nicht länger. Aus dem Stand hechtete er sich einem der Hrhan-Assassinen entgegen. Annym sah es wie in Zeitlupe: die massige Gestalt des *Streiters*, der Khyj, der ohne sich zu bewegen ruhig abwartete, bis Jarmardh ihn beinah erreicht hatte, dann mit einem Schritt zu Seite glitt und mit der ausgestreckten Hand Jarmardhs Nacken berührte. Der *Streiter* gab einen dumpfen Laut von sich, stürzte zu Boden und rührte sich nicht mehr. Annym fürchtete, er sei tot, doch dann stöhnte Jarmardh.

„Er griff einen Khyj an." Tonlos. Monoton. „Ein weiteres Vergehen, das nach Strafe verlangt."

Annym betätigte seine Energieschleuder. Ein greller Funke knisterte und zuckte in Richtung der beiden Khyj. Doch dicht vor ihnen wurde er von einem unsichtbaren Hindernis abgelenkt und flammte wie ein Elmsfeuer über die bucklige Wand. Annym ließ die Energieschleuder fallen. Es war sinnlos. Einer der Hrhan-Assassinnen beugte sich über Jarmardh, der andere näherte sich Annym und hob die Hand.

Und in dem Augenblick, als er die Hand hob, meldete sich die *andere* Stimme in Annym. Sie drängte sein Denken mühelos beiseite und machte ihn zu einem Zuschauer in seinem eigenen Körper. Ein stiller Beobachter nur, weiter nichts. Wie während des Kampfes gegen den *Streiter*. Seine Lippen formulierten seltsame Laute, die zu Wörtern wurden. Die Wörter reihten sich aneinander und bildeten Sätze, deren Bedeutung Annym nicht verstand.

Der Khyj ließ die Hand sinken und wich zurück. Er antwortete in der gleichen Sprache, und wenn der Tonfall nicht täuschte, dann war er überrascht, verwirrt – und voller Respekt. Daraufhin drehten sich die beiden Khyj um und schritten in den dunklen Gang hinein, aus dem sie vor wenigen Minuten gekommen waren. Das Schott schloß sich wieder, und fast im gleichen Augenblick war

Annym wieder Herr seines Körpers. Er schwankte. Seine Knie waren weich.

Traumstimme? Melde dich, Traumstimme!

Doch wieder erhielt er keine Antwort. Jarmardh kam langsam auf die Beine und blickte seinen *horan* mit seltsamem Gesichtsausdruck an.

„Was hast du ihnen gesagt?" fragte er. „Und was war das für eine Sprache?"

Annym zuckte hilflos mit den Achseln. „Ich weiß es nicht. Ich weiß es einfach nicht." Er legte die Finger an die Schläfen. „Es war diese Stimme. Diese *verdammte* Stimme. Und sie will mir nicht antworten..."

„Wir sollten ihr einen Altar bauen", brummte Jarmardh. „Sie hat uns gerettet."

Senaide stöhnte und warf unruhig den Kopf von einer Seite zur anderen. Annym kniete neben ihr nieder. Ihr Gefühlsschatten war voller Aufruhr. Sie war noch immer in einem Alptraum gefangen. In diesem Stadium konnte ihr selbst keine Dosis Traumpollen helfen. Es hätte den Schrecken in ihr nur noch intensiviert.

Er erhob sich wieder und drehte sich um. Aus der Gangöffnung, durch die sie diesen Raum betreten hatten, schwebte eine Kolonie Nebelfäden, dünne, etwa zwanzig Normzentimeter lange Gebilde, die sich mit Hilfe winziger Nesselfäden fortbewegten. Sie witterten die Nähe ihrer Zielobjekte und huschten näher. Jarmardh hatte sie fast im gleichen Augenblick wie Annym gesehen. Er wollte die Energieschleuder vom Boden reißen, aber dazu war es bereits zu spät. Die Nebelfäden berührten die Haut, saugten sich innerhalb eines Sekundenbruchteils daran fest und bohrten die *Übermittler* hinein – mikroskopisch kleine Dornen, die eine Flüssigkeit absonderten, kamen sie mit dem Blutkreislauf eines Warmblüters in Berührung. Die Flüssigkeit enthielt verschiedene Derivate und Ataraktika. Ruhe breitete sich in Annym und Jarmardh aus. Und auch Senaide stöhnte nun nicht mehr. Ganz von selbst setzten sich die Körper in Bewegung. Selbst Senaide erhob sich, streifte die Decke ab und folgte den beiden Männern in den Gang hinein.

Zehn Minuten später betraten sie wieder den Passagierbereich des Dimensionsschwimmers. Hotrax und einige Kriegertranq erwarteten sie bereits. Er kochte vor Wut.

„Bringt sie zurück!" herrschte er die Kriegertranq an. „Und bewacht ihre Unterkünfte." Er trat an den *Steiter* heran. „Dafür wirst du bezahlen. Jarmardh."

9

Gharn, Perle aus Licht und Wärme. O freue dich, wenn du auf Gharn geboren wurdest, der schönsten aller Welten. Freue dich darauf, die Weiten Sümpfe zu durchqueren und den Duft der Fastmorastseen zu atmen. Freue dich darauf, deine Haut von den Aufwinden am Rande des Monuments streicheln zu lassen. Freue dich, ein Bodengefesselter zu sein und nicht in den Ringstädten zum erstenmal das Licht von Goldschein erblickt zu haben. Denn in den Ringstädten herrschen Chaos und Elend und Duftarmut. Dort wohnt Gestank und nicht das köstliche Aroma Gharns. Fürchte dich aber, wenn du im Zeichen der Schattensonne geboren wurdest. Denn der Schatten ist das Zeichen Roghans und der Jagd.

Hymne der Bodengefesselten.

Roghan wählte immer das gleiche Domizil, wenn er auf Gharn weilte: die Rosengärten auf den Dachterrassen der größten Ringstadt. Die Zugänge zum Innern der Ringstadt wurden von Zen bewacht. Es waren keine Kämpfer. Es waren Gedankenspione, die jede aggressive Absicht erkannten und mit ihren Gedankenstimmen die Kriegertranq und *Soldaten* benachrichtigten, die zu Roghans persönlicher Leibgarde gehörten und niemals von seiner Seite wichen. Hotrax wurde von einem Zen und einem Kriegertranq begleitet, als er zu den Rosengärten hinaufstieg, um dort mit Roghan zusammenzutreffen. Seine Taschen waren untersucht, sein Hirn abgetastet und seine Panzerfacetten gereinigt worden, um Roghans empfindliche Nase nicht durch aufdringlichen Geruch zu beleidigen. Hotrax mochte den Duft der Rosengärten nicht. Er fand ihn widerlich und abstoßend, viel zu süß und viel zu intensiv. Aber wie immer lobte er im Vorübergehen die Amashgärtner, die die Blüten pflegten, und wie immer schenkten sie ihm dafür ein dankbares Lächeln.

Roghan erwartete seinen Stellvertreter bereits. Er stand am Ufer eines Glimmerteichs. Goldschein warf glitzernde Lichtreflexe auf das Wasser. Hotrax sah die silbernen Leiber von Singfischen. Ihre vom Wasser gedämpfte Melodie hatte einen melancholischen, fast traurigen Klang.

„Herr?“ Der Kriegertranq verneigte sich. Roghan drehte sich

um und winkte. Kriegertranq und Zen zogen sich daraufhin zurück.

„Entschuldige, Hotrax. Aber wir leben in einer gefährlichen Welt, und man kann nicht vorsichtig genug sein." Er umfaßte seinen Arm und führte ihn zu den Sesseln, die von hohen Blütenstauden umgeben waren. Roghan war ein Ganzaymya. Sein Schillergewand glitzerte so hell wie das Licht Goldscheins. Die Struktur des Körpers war nicht genau zu erkennen. Nebelschleier hüllten ihn ein, hervorgerufen von den Tausenden von Dunstdrüsen in seiner dunklen Haut. Nur seine Züge zeichneten sich deutlich ab. Sie waren weich, fast mädchenhaft zart. In den großen Vollpupillen jedoch lagen Härte und Kälte.

„Es ist gut, wieder auf Gharn zu sein", sagte Roghan, nachdem sie sich gesetzt hatten. Warum mag er diesen Planeten so sehr? fragte sich Hotrax. Es gibt keinen einleuchtenden Grund dafür. Roghan hob die Hand und deutete auf die Goldschein. „Bald wird sich die Schattensonne davor schieben. Meine Kunden werden von allen Welten hierher kommen, nach Gharn, zum Ort der größten und festlichsten *Di*-Versteigerung. Meine Kunden erwarten viel von mir. Einige kommen auch nur wegen der Jagd." Er lächelte. Zufrieden und gleichzeitig abfällig. „Nun, ich werde sie auch diesmal nicht enttäuschen." Er wandte sich Hotrax zu. „Ich hörte, du hattest Schwierigkeiten, Stellvertreter."

Hotrax verneigte sich formell.

„Ja, Herr." Und er berichtete von Annym DryMarden, Senaide KurKarim und auch von Jarmardh. Er ließ nichts aus und beschönigte nichts. Die Zen überwachten ihn noch immer. Und der Quasisymbiont am Halsansatz Roghans war gut zu erkennen. Wenn er log, mußte es Roghan wenige Sekunden später wissen.

„Eine Traumgängerin", wiederholte der *Makler* leise. „Bedauerlich. Bisher konnte ich nicht viele von ihnen anbieten. Und die Nachfrage nach angenehmem Zeitvertreib ist groß und steigt weiter. Die Genkopie und damit die Traumaufzeichnungen sind zerstört, sagst du?"

Zustimmung. „Der Halbmensch ist dafür verantwortlich", entgegnete Hotrax. Der Blick Roghans ruhte auf ihm. „Und mit Hilfe Jarmardhs des *Streiters* unternahmen sie einen Fluchtversuch."

„Ich hörte davon", entgegnete Roghan leise. „Ich hörte auch davon, daß Jarmardh dich vor Monaten angriff und du nur knapp entkommen konntest. Du kennst mein Gesetz, Hotrax. Du hättest ihn töten müssen. Warum hast du dich anders entschieden?"

Die Wendung, die das Gespräch plötzlich genommen hatte, behagte dem Tranq ganz und gar nicht. Er war in die Defensive gedrängt.

„Ein *Streiter* ist wertvoll“, entgegnete er und versuchte so nahe wie möglich an der Wahrheit zu bleiben. „Ich setzte ihn für Testkämpfe ein.“

Roghan lächelte. „Nein, Hotrax, du wolltest dich auf deine spezielle Art und Weise an ihm rächen. Du wolltest ihn nicht sofort töten, sondern langsam, nach und nach.“

Wieder verneigte sich Hotrax. Es hatte keinen Zweck zu leugnen. „Ja, Herr.“ Roghan beugte sich vor, riß mit einer blitzartigen Bewegung das Gewand des Tranq von der Ersthüfte und deutete dann auf die *Di*-Male, die auf den Panzerfacetten nur undeutlich auszumachen waren. „Vergiß dies hier nie“, sagte er. Es war eindeutig. „Du hast dich meinen Entscheidungen zu unterwerfen. Auch wenn du mein Stellvertreter bist. Vergiß niemals, daß auch du nur ein einfacher *Di* bist und ich dir jederzeit alle Macht nehmen kann, die ich dir gegeben habe.“

„Ja, Herr.“ Seinen Weitporen entströmte ein herber Duft, was auf seine Unruhe zurückzuführen war. Roghan gab sich den Anschein, als bemerke er es nicht.

„Der Halbmensch DryMarden ist ein guter Kämpfer?“ fragte er.

„Ja, Herr. Besser noch als der *Streiter* Jarmardh. Ich habe Ihnen bereits von seinen sonderbaren Genmalen berichtet, Herr. Er ist kein einfacher Halbmensch. Er ist etwas Einmaliges. Mein *Wahrsager* vermutete gar, er könne Kenntnisse im *Sihr*-Kampf der Khyj besitzen.“

Roghan hob die silberfarbenen Augenbrauen. „Oh“, machte er nur. „*So* gut also.“ Er räusperte sich. „Nun, er hat einen Fluchtversuch unternommen. Du kennst mein Gesetz, was einen solchen Fall betrifft.“

„Tod“, sagte Hotrax leise. Er zögerte einen Augenblick und sagte dann: „Herr, ich bitte, eins zu bedenken. Es handelt sich hier um sehr wertvolle Ware, die hohen Profit verspricht.“

„Es handelt sich hier um Ware, die niemand kaufen wird, weil jeder Kunde Auflehnung, Widerstand und Flucht seines *Di* befürchten muß“, widersprach Roghan kalt. „Ich habe einen Ruf zu verteidigen, wie du weißt, Tranq. Den Ruf, nur absolut vertrauenswürdige und qualitativ hochstehende Ware zu verkaufen. Und ich kann den Verlust zweier solcher Wertobjekte verschmerzen. Nun, da du die Kampfqualitäten des Halbmenschen so lobst . . . Ich werde eine einzige Ausnahme machen und mein Gesetz in diesem Fall abwandeln."

„Herr?"

„Wir werden sie als Jagdobjekte einsetzen. Zur Freude und zum Vergnügen meiner Kunden. Niemand soll sagen, Roghan geize. Welchem Versteigerungskunden ist schon einmal die Jagd auf einen *Streiter* und einen Halbmenschen, der einem *Streiter* zumindest ebenbürtig ist, angeboten worden?" Er lachte. „Die Jagd dieser Saison wird *das* Ereignis werden. Meine Kunden werden mich loben. Mich und meine vorzügliche Ware."

„Herr . . .", setzte Hotrax an.

„Ja?"

„Jarmardh der *Streiter*. Könnte ich . . . Nun, könnten Sie ihn mir überlassen?"

„Für deine Rachegelüste? O nein, Hotrax. Du hast recht, ein *Streiter ist* ein wertvolles Geschöpf. Besonders, wenn es von mir als Jagdobjekt gestellt wird." Er erhob sich. Es war, als habe sich der seinen Körper einhüllende Nebelschleier verdichtet. „Du hast meine Worte gehört. Bereite alles vor, Hotrax. Das ist alles." Roghan wandte sich ab.

Der Tranq verneigte sich und verließ die Rosengärten.

Der Kerker war ein dunkles Verlies, in den Bauch der Ringstadt hineingemeißelt, dunkel, stickig und erfüllt von einem widerwärtigen Gestank, der vom trockenen Kot einiger Gefangener ausging, die vor ihnen hier gehockt hatten. Jarmardh ging unruhig auf und ab. Er mußte den Kopf einziehen, um nicht an die Decke zu stoßen. Senaide lag auf den fleckigen und an manchen Stellen schimmeligen Polstern der Liege. Dann und wann stöhnte sie leise.

Annym blickte sie an. Und sah das Gesicht der anderen Frau mit den hüftlangen, feuerroten Haaren. Sie öffnete die Lippen, aber er verstand ihre Worte nicht. Annym schüttelte den Kopf und drängte das Bild zurück. Die fremden Züge in Senaides Gesicht lösten sich auf.

„Annym . . .?"

„Ja", sagte er. „Ich bin es." Jarmardh unberbrach seine nervöse Wanderung und blieb stehen. Annym hatte sich zwei Fetzen von der Decke um die Hände gewickelt. So konnte er die Traumgängerin gefahrlos berühren. Er streichelte ihre Wangen, tupfte den Schweiß von der Stirn. Sie war aus ihrem Alptraum erwacht. Endlich.

„Ich mußte träumen", kam es leise von ihren Lippen. Ihr Blick war noch immer verschleiert. „Hotrax zwang mich dazu. Es war ..." Sie erzitterte.

„Ich weiß", sagte Annym leise. Etwas Kaltes breitete sich in ihm aus. Damals, in den Dichtwäldern war alles anders gewesen. Wenn er dies alles geahnt hätte ... „Aber das ist jetzt vorbei."

„Annym?"

„Ja?"

„Annym, ich muß ... ich muß empfangen und gebären." Ihr Gefühlsschatten war noch immer voller Aufruhr. Und da war eine Spur Verzweiflung. „Erinnerst du dich an die Weisen Damen?" Ein Lächeln, das plötzlich ihre Lippen zierte. „Sie hatten recht. Sie hatten so recht. Ich werde nicht mehr ich selbst sein, wenn ich nicht bald eine Leibesfrucht empfange. Ich werde mich *verändern*. Und ich werde krank sein, sehr krank."

Sie hob ihren Kopf und hauchte Annym einen Kuß auf die Lippen. Im gleichen Augenblick huschte ein schmerzerfüllter Schatten über ihre Züge, und sie sank mit einem leisen Stöhnen wieder zurück. Annym wollte sie umfassen und an sich drücken, aber er rührte sich nicht. Nur seine Hände waren geschützt. Senaides Lippen platzten auf. Blutstropfen rannen wie kleine rote Perlen an ihrem Kinn herab. Sie weinte leise und lautlos. Sie hatte nicht mehr die Kraft zur Lauten Klage, die Kummer aus ihr tilgen konnte. Hotrax hatte sie verausgabt.

„Es ist nicht schlimm", sagte Annym sanft. „Es sind deine Hormone. Du bist Stammutter, Leben, das Leben schenkt. Deine Hormone bereiten deinen Körper darauf vor." Die roten Pusteln hatten sich inzwischen zurückgebildet. Nur noch wie entzündet wirkende Flecken auf ihrer Haut zeugten von seinen unvorsichtigen Berührungen. Er wollte sie liebkosen, sie in die Arme nehmen, alles das nachholen, was er in den vergangenen Monaten entbehrt hatte. Es war unmöglich.

Sie sah ihn an. Salzige Juwelen glitzerten in ihren Augenwinkeln. „Bringst du mich zurück, Annym?" fragte sie. Ihre Stimme kam wie aus weiter Ferne, war gedämpft von Schmerz und Kummer. „Zurück in die Dichtwälder von Yloisis. Zurück zu meinen Bruderschwestern und Eltern." Ihre Stimme wurde immer leiser und verklang dann ganz. Sie war wieder eingeschlafen. Annym erhob sich langsam.

„Ja", sagte er. „Ich bringe dich zurück. Ich hätte dich niemals mitnehmen dürfen. Ich wußte von den Unterweisungen in der

Astroschule, was uns im Draußen erwartet. Du nicht." Nicken. „Ja, ich bringe dich zurück. Ich verspreche es dir."

Er trat an das vergitterte Fenster, durch das ein nur trüber Lichtschein hereindämmerte. Weit unten, am Grund der Welt, schwebten die Gebäude der Bodengefesselten inmitten von graubraunen Nebelschleiern und dem gewaltigen Schatten der Ringstadt. Jarmardh legte ihm die hornige Pranke auf die Schulter.

„Sie wird wieder gesund", grollte er dumpf. Annym nickte. Er verstand.

„Er wird uns töten, nicht wahr?"

Die Schwellung von Jarmardhs Augenbraue hatte sich inzwischen wieder zurückgebildet. Er blickte ihn aus beiden Augen an. „Ja", sagte er ehrlich. „So war es immer. Es ist das Gesetz Roghans." Er deutete auf Senaide. „Vielleicht ist es sogar besser für sie." Annym weinte. Er weinte leise, still und schweigend, um Senaide nicht aufzuwecken. Aber der Kummer wollte nicht aus ihm weichen. Er fühlte sich verantwortlich für Senaide, und er konnte doch nichts mehr für sie tun. Sie nicht einmal berühren, um ihr ein wenig Zärtlichkeit zu schenken.

Leises Zirpen ertönte. Sie waren nicht allein. Ein anderes Geschöpf teilte ihr Schicksal. Es war ein Raupenspinner von *Silberglanz*. Die Konturen seines Körpers waren Schatten inmitten einer dunklen Umklammerung. Zwei seiner vier Dutzend Beinpaare waren mit dem Steinmetall des Bodens fest verbunden. Ein Haftkleber. Kaltschweißverfahren. Annym fragte sich, wie Roghan den Raupenspinner aus dem Kerker herausholen wollte . . . Das Zirpen ertönte erneut. Auch der Raupenspinner suchte nach einem Koituspartner. Er befand sich in der Verpuppungsstase; die seinen Körper einhüllende Nebelseide war als matter Glanz inmitten dunkler Nach zu erkennen.

„Er ist besser dran als wir", sagte Annym jetzt wieder ruhig.

„Er wird ebenfalls sterben", widersprach Jarmardh düster. „Es ist ein *Di* wie wir. Und da er hier eingekerkert ist, zusammen mit uns, wird ihm auch Strafe drohen. Vielleicht hat er ebenfalls zu fliehen versucht."

Annym trat nahe an den Verpuppungskörper des Raupenspinners heran. Er war lang, mehr als drei Normmeter. Und etwa halb so breit. Die Nebelseide war weich und hart zugleich.

„Ja", sagte Annym. „Aber er wird nichts davon spüren. Die Verpuppungsstase schützt ihn vor Außenempfindungen. Er lebt jetzt in seinem eigenen Kosmos, in einer Welt, zu der nur er Zutritt hat. Sein Geist nimmt nicht mehr teil an der wirklichen Realität. Darum versteht er uns auch nicht und kann nicht zu uns sprechen. Das Zirpen ist sein Eigendialekt, sein Ruf nach einem Vereinigungspartner.“ Annym betrachtete den Raupenspinner genauer. Es war ein Ganzfremder ohne jede anderen Genmale. „Wenn seine Viertelverpuppung beendet ist“, fuhr Annym nachdenklich fort, „entwickelt er eine Ätzzunge. Vielleicht hat ihn Roghan darum an den Boden fesseln lassen. Vielleicht steht das Ende der Viertelverpuppung unmittelbar bevor. Es wäre eine Chance für uns gewesen.“

Der Leib des Raupenspinners zitterte sanft. Es war, als drängte er sich den Berührungen Annyms entgegen.

„Nein“, widersprach Jarmardh. „Die Kaltschweißfesseln haben einen anderen Grund: Ein Raupenspinner verspürt in der Verpuppung einen großen Bewegungsdrang. Und er folgt den Geschöpfen, die während seiner Verpuppung in unmittelbarer Nähe sind. Ich weiß nichts von den ökologischen und evolutionären Bedingungen auf *Silberglanz*. Vielleicht hat ein solches Verhalten dort seine Berechtigung. Hier wäre es eher schädlich.“ Und er deutete auf die beiden Tausendstachler, die jenseits des schmiedeeisernen Gitters hockten und mit glitzernden Augen jede ihrer Bewegungen aufmerksam beobachteten. Ihre Luftkammern waren prall gefüllt, und die Toxinstachel vibrierten leicht. Die Stachelkatapulte waren eine deutliche Drohung; es gab keine besseren Wächter als Tausendstachler. Hotrax hatte diesmal jedes Risiko ausgeschaltet.

Die Tausendstachler bewegten sich unruhig. Ihre langen, ebenfalls mit Giftdornen besetzten Zungen tanzten nervös vor ihren Breitmäulern. Stimmen ertönten. Und Schritte, die sich ihnen näherten. Leise Musik, als sich auf dem Korridor eine Tür öffnete. Sie verklang wieder, als die Tür geschlossen wurde. Die Schritte kamen näher. Zwei Kriegertranq beugten sich zu den Tausendstachlern nieder. Ihre Weitporen verströmten einen süßlichen Duft, der die beiden Geschöpfe offensichtlich beruhigte. Leises Zischen, als die Luft aus den Stachelkatapulten strömte. Die Tausendstachler knurrten und zogen sich etwas zurück. Die Kriegertranq blieben bei ihnen. Hotrax trat an das Gitter, das *hinaus* führte. Ihm folgte ein Ganzaymya in einem teuren, selbst in der trüben Dämmerung farbenprächtig schillernden Gewand. Dunstnebel hüllten den Körper ein.

Jarmardh schlich wie ein zum Sprung bereites Raubtier ans Gitter und zischte „Hotrax, du bist *jer*. Ein erbärmlicher, jämmerlicher Versager und *Fremd*freund. Und du bist *lis*. Ein Kastrat, kein Mann und keine Frau. Weiß deine Wabe davon, Zehnteltranq? Du bist nichts weiter als ein Speichellecker, ein Diener für einen Ganzfremden."

Der Hotrax' Weitporen entströmende Geruch veränderte sich abrupt. Der Tranq kochte vor Wut, doch der Aymya an seiner Seite warf ihm nur einen Blick zu. Hotrax verneigte sich und trat zur Seite. Jarmardh hatte ihm einige der schlimmsten Tranqbeleidigungen an den Kopf geworfen. Der Aymya trat vor.

„Ich bin Roghan", sagte er. „Roghan der *Makler*." Er betrachtete seine *Di*. Annym stellte überrascht fest, daß die Augen des Ganzaymya ebensolche blausilbernen Vollpupillen waren wie seine eignenen.

„Ihr habt euch mehrerer *Di*-Vergehen schuldig gemacht", fuhr Roghan ruhig fort. „Ihr habt zu fliehen versucht. Und ihr kennt meine Strafe dafür: Tod."

Jarmardh spuckte aus und sagte: „Jeder muß einmal sterben. Der eine etwas früher, der andere etwas später. Was soll's."

„Fällt es dir auch so leicht, Halbmensch?" fragte Roghan leichthin. Annym antwortete nicht. Aber die Tönung seiner Haut veränderte sich für einen Augenblick und machte deutlich, was in ihm vorging. Er preßte die Lippen aufeinander.

„Nun", sagte der *Makler* amüsiert, „offenbar nicht." Er lächelte. Es wirkte kalt und überlegen. „Ihr wißt inzwischen wahrscheinlich, wo ihr seid: auf Gharn. Auf Gharn findet in einem Abstand von sechs Normjahren meine größte und festlichste *Di*-Versteigerung statt, jeweils zur Zeit der Schattensonne. Es ist ein sternenweit bekanntes Ereignis, und meine Kunden werden von vielen Welten hierherkommen. Nun, ich habe einen Ruf. Meine Kunden erwarten von mir, daß ich ihnen beste Ware anbiete und gleichzeitig für großartige Unterhaltung sorge. Hotrax berichtete mir von euren hervorragenden Kampfqualitäten. Insbesondere lobte er dich, Halbmensch." Er zögerte einen Augenblick und fuhr dann fort: „Aus diesem Grund habe ich mein Gesetz etwas abgewandelt. Ihr werdet nicht getötet."

„Was für eine Schweinerei hast du dir dann für uns ausgedacht?" fragte Jarmardh abfällig. Er hatte nichts mehr zu verlieren.

„Zum Schattensonnenfest habe ich bisher auch immer eine Jagd veranstaltet. Manchmal auf einige speziell ausgesuchte Bodengefesselte, manchmal auf *Di*, die ich dafür kostenlos zur Verfügung stellte. Diesmal werdet ihr die Jagdobjekte sein. Und wenn Hotrax recht hat, was eure Kampfqualitäten betrifft, dann erwarte ich eine großartige Jagd für meine Kunden – ein *Streiter*, ein Halbmensch, der ihm zumindest ebenbürtig ist", wieder das kurze Zögern. „Ein Raupenspinner und eine Traumgängerin." Er breitete die Arme aus und wirkte in diesem Augenblick wie ein böses Omen. „Ihr seht also, ich gebe euch noch eine Chance."

„Was für eine Chance?" fragte Jarmardh zischend.

„Die Chance, mit dem Leben davonzukommen. Die Jagd beginnt mit der Verdunkelung durch die Schattensonne und endet, wenn Goldschein Gharn wieder in helles Licht taucht. Seid ihr dann noch am Leben, droht euch keine Strafe mehr. Ihr seid dann *Di* mit besonderem Status."

„Wir bleiben also Leibeigene?" fragte Annym.

„Ist dir dein Leben nicht mehr wert als deine Freiheit, Halbmensch?"

Annym antwortete nicht. Es war eine Chance. Wenn auch nur eine geringe. „Solltet ihr allerdings am Leben bleiben und zu fliehen versuchen ..." Der Ganzaymya lächelte. „Nun, ihr kennt die Strafe. Und solltet ihr gar entkommen, dann wird euch jeder Ganzfremde und Hybride jagen, weil ihr *Di* seid. Meine Belohnung für das Aufgreifen von entflohenen *Di* – es kommt nur selten vor – ist in der Regel sehr hoch."

Hotrax zischte leise.

„Was?" machte Jarmardh erstaunt. „Du reißt dein Stinkmaul auf, obwohl dein Herr in der Nähe ist?"

„Die Verdunklung beginnt in wenigen Tagen", fuhr Roghan ungerührt fort. „Bis dahin werden alle eure Wünsche erfüllt." Lächeln. „Natürlich nur, soweit sie im Bereich des Möglichen liegen. Ihr erhaltet gute Speisen, damit ihr bei Kräften seid, wenn die Jagd beginnt. Ich will es meinen verehrten Kunden schließlich nicht zu leicht machen. Nun, nennt eure Wünsche."

Jarmardh grollte etwas Unverständliches. Annym überlegte und blickte auf Senaide. Sie schlief noch immer. Unruhig und nervös.

„Sie wollen uns eine faire Chance geben, die Jagd zu überleben?

Zustimmung. „Natürlich. Darin liegt ja der Reiz der Sache."

„Die Traumgängerin ist krank", sagte Annym und überlegte jedes einzelne Wort. „Sie ist Stammutter, und ihre Hormone verlangen nach einer Leibesfrucht, die ich ihr nicht geben kann. Sie kann nicht aus eigenen Kräften gehen, geschweige denn, sich einem Jäger zum Kampf stellen. Sie würde uns in ihrem jetzigen Zustand behindern und unsere Chance erheblich schmälern."

„Ich verstehe. Nun, dann werden wir für die Traumgängerin eine andere Verwendung finden."

„Nein, Herr", widersprach Annym. „Trennen Sie sie nicht von mir. Denn dann würde ich nicht kämpfen und mich dem ersten Jäger ergeben, auf den ich treffe. Es gibt eine andere Möglichkeit."

„Ich höre."

„Eine Verkoppelung. Eine Verschmelzung ihrer und meiner Gene und eine Einpflanzung der daraus entstehenden Frucht in ihre Gebärmutter. Das würde ihren Hormonhaushalt stabilisieren und sie genesen lassen." Hoffentlich, fügte er in Gedanken hinzu.

„Ich schließe mich seinen Worten an", sagte Jarmardh grollend. „Auch ich würde nicht kämpfen, wenn Senaide nicht bei uns ist." Annym warf ihm einen dankbaren Blick zu.

Roghan der *Makler* überlegte einen Augenblick. Die Tausendstachler knurrten. Die beiden Kriegertranq berührten ihre Flachnasen, um sie zu beruhigen.

„Eine Verkoppelung?"

„Sie wird teuer sein, Herr", mischte sich Hotrax ein. „Die Genmale des Halbmenschen sind sonderbar. Viele Untersuchungen sind notwendig, Unverträglichkeiten müssen eliminiert werden..."

„Du müßtest ebenfalls eliminiert werden, *lis*!" grollte der *Streiter*. Hotrax gab ein knarrendes Geräusch von sich. Annym haßte ihn. Und seltsamerweise gab ihm dieser Haß neue Kraft.

„Für meine Kunden", sagte Roghan, „scheue ich keine Kosten. Schließlich kommt alles wieder herein." Er vollführte eine zustimmende Geste. „Gut, ich bin einverstanden." Er drehte sich zu Hotrax um und rümpfte die Nase. „Laß deine Panzerfacetten reinigen, Stellvertreter. Dieser Geruch ist unerträglich."

„*Stinker*!" zischte Jarmardh.

„Du wirst dich darum kümmern, Hotrax. Die Traumgängerin soll ihre Leibesfrucht erhalten, so wie es der Halbmensch wünscht."

Hotrax verneigte sich. „So sei es, Herr." Und als er sich umwandte, um Roghan nach draußen zu folgen, warf er dem *Streiter* noch einen drohenden, finsteren Blick zu.

Jarmardh lachte nur.

Die Mehrlebensoase lag inmitten eines Blütenmeeres auf den Dachterrassen der Ringstadt. Annym DryMarden blinzelte, als er aus der Düsternis des Kerkers hinaufgeführt wurde. Hotrax schritt voraus. Begleitet wurde er von zwei Kriegertranq in schimmernden Kettenhemden. Dann folgte Annym, und hinter ihm zog ein Halbamash den Gravoträger, auf dem Senaide lag. Die Traumgängerin hatte die Augen geöffnet, aber sie nahm nichts von ihrer Umgebung wahr. Wieder schien sie in ihren eigenen Gedanken gefangen zu sein.

Hier oben wirkte das Steinmetall, aus dem die Ringstadt bestand, wie poliert. Es warf das Licht Goldscheins zurück und tauchte die Dachterrassen in eine warme, glänzende Aureole. Der Blütenduft war ein aromatischer Kontrast zu dem Gestank des Kerkers.

„Wenn du zu fliehen versuchst", sagte Hotrax knarrend und deutete auf die Energieschleudern der beiden Kriegertranq, „dann wirst du erschossen." Annym antwortete nicht. Er dachte nicht daran, Hotrax diesen Gefallen zu erweisen.

Es war dunstig. Die gegenüberliegenden Bereiche der Ringstadt waren nur undeutlich zu erkennen. Dieses gewaltige Bauwerk mochte Millionen von Tonnen wiegen, und dennoch schwebte es leicht wie ein Blatt durch die hohen Lüfte Gharns. Es folgte einer bestimmten Schwebspur. In der Ferne waren die dunklen Punkte weiterer Ringstädte zu erkennen. Der Dimensionsschwimmer der Hrhan war ein kolossales, aus Einzelsegmenten bestehendes Metallei, das an die Ergbunker der Stadt angelegt hatte. Genau sechs Normtage, von der Ankunft an gerechnet, würde das Hrhan-Schiff warten und neue Passagiere für die Ewige Reise aufnehmen. Dann würde es ablegen und wieder eintauchen in sein wahres Element: die kalten Regionen des Alls, in die Strahlenstürme und immerwährende Nacht zwischen den Sternen. Beim Anblick des Schiffes meldete sich wieder der Ferndrang in Annym. Doch die Flamme in seinem Innern war nicht heiß und verbrannte nicht. Noch nicht.

Über Kieswege schritten sie dem purpurnen Gebäudekomplex der Mehrlebensoase entgegen. Überall waren Podeste aufgebaut, einzelne Versteigerungsorte für die anspruchsvollen Kunden Roghans. Blicke von Isyhr, Halb- und Ganzmenschen, Khandia, Tranq, Amash, Zen und Thryh folgten ihnen.

Im Innern des Hybridisierungsinstituts war es kühl. Hotrax sah sich finster um. Pflanzenstauden neigten ihnen ihre Porenblätter entgegen, als sie daran vorbeischritten. Hinter dem Empfang saß eine junge Halbkhandia. Ihre purpurnen Großaugen harmonierten mit dem satten Rosa des Begrüßungsterminals. Sie spreizte ihre Langfinger zum Gruß.

„Willkommen, verehrte Kunden." Senaide stöhnte. „Welche Dienste können wir Ihnen anbieten?"

„Eine Verkoppelung", knarrte Hotrax' Stimme. „Dieser Halbmensch und die Traumgängerin dort."

„Oh", machte die Halbkhandia. „Sie ist krank?"

Annym erklärte ihr die Ursachen ihres Zustandes. Die Empfangsdame nickte mitfühlend. „Das tut mir leid. Aber wenn die Einpflanzung einer Leibesfrucht ihr zu helfen vermag, dann sind Sie hier am richtigen Ort." Sie berührte einen Sensorpunkt auf dem Terminal vor ihr. Eine Tür zu ihrer Rechten öffnete sich. Zwei in grünviolette Gewänder gekleidete Halbmenschen traten zu ihnen.

„Kommen Sie, verehrte Kunden", sagte einer von ihnen. Annym setzte sich in Bewegung. Hotrax schickte sich an, ihm zu folgen.

„Nein", sagte die Halbkhandia weich. „Dort haben nur die Verkoppelungspartner Zutritt."

„Es sind *Di*", knarrte der Tranq. „Ich darf sie nicht aus den Augen lassen."

„Dieser Platz ist ein Ort der Harmonie und der Liebe", erklärte die Empfangsdame. „Kein Ort der Überwachung und des Mißtrauens. Die *Di* werden nicht fliehen. Sie werden Erfüllung finden. Und diese Erfüllung wird niemand stören. Auch Sie nicht."

Die beiden Kriegertranq hantierten unruhig an ihren Energieschleudern.

„Sie übernehmen die Verantwortung!" knarrte Hotrax.

Die Halbkhandia vollführte eine zustimmende Geste.

Der Amash trat zur Seite. Annym umfaßte den Haltegriff des Gravoträgers und zog die Liege in den Raum hinein. Die beiden Halbmenschen folgten ihm und schlossen die Tür wieder. Aus verborgenen Lautsprechern sickerte leise, einschmeichelnde Musik. Dicke Teppiche dämpften die Schritte. Aus einem Zimmerbrunnen sprudelte goldenes Wasser.

„Nehmen Sie bitte hier Platz, verehrter Kunde", sagte einer der Halbmenschen freundlich und führte Annym zu einem bestimmten Sessel. Das weiche Polster schmiegte sich an ihn wie eine zweite Haut. Auf seinen Händen prickelte es, als verborgene Sondierer seinen Körper untersuchten. Es war völlig schmerzlos und nicht einmal unangenehm. Der andere Halbmensch steuerte die Liege mit Senaide zu einem Wandvorsprung und ließ sie darauf niedersinken.

„Sie reagiert sehr empfindlich auf Berührungen", warnte Annym besorgt.

„Oh", machte der Halbmensch an seiner Seite. „Machen Sie sich darüber keine Gedanken. Wir sind auf alles vorbereitet. Sie können uns vertrauen."

Irisierende Elmsfeuer krochen über Senaides Körper, und ihr Stöhnen verklang. Sie entspannte sich und öffnete die Augen. „Annym?"

„Ja", gab er zurück, und sie wandte den Kopf zur Seite. „Ich bin hier. Du wirst eine Leibesfrucht empfangen, Stammutter."

Sie lächelte weich. Dann schloß sie die Augen und war sofort wieder eingeschlafen.

Der Halbmensch an Annyms Seite setzte ein schmales Gerät an seinen Arm. „Sie werden jetzt einen kurzen Stich verspüren", sagte er. Es war eine Verstärkung des Prickelns, weiter nichts. „Eine winzige Gewebeprobe, in der alle Ihre Gene enthalten sind." Auch von Senaide wurde eine solche Probe entnommen. Einer der beiden Halbmenschen verschwand durch eine weitere Tür, um die Zellen zu untersuchen und die Art der günstigsten Verkoppelung zu bestimmen. Der andere ließ sich Annym gegenüber in einen Sessel fallen.

„Ihre Genmale sind sonderbar", sagte er. „Während meiner langen Praxis als Hybridisierer habe ich niemals einen Halbmenschen wie Sie gesehen."

„Ich kenne meine Eltern nicht", entgegnete Annym. „Ich weiß nicht, wer und was sie waren."

„Sie kennen also Ihren Ursprung nicht?" vergewisserte sich der Hybridisierer. Annym nickte. „Verzeihen Sie meine Neugier, verehrter Kunde", fuhr der Halbmensch zögernd fort, „aber vielleicht ist in unserer Datenspeicherung ein Hinweis auf Ihre Genmale enthalten. Soll ich einmal nachsehen?"

Annym erinnerte sich an die Mehrlebensoase in Offenes Tor auf Yloisis und nickte rasch. „Ich bin selbst neugierig. Und ich wäre Ihnen dankbar, wenn Sie diese Mühe auf sich nehmen würden."

Der Hybridisierer lächelte freundlich, erhob sich und trat an ein Datenterminal, das erst sichtbar wurde, als er eine Dunkelholzvertäfelung löste. Er sah Annym an und tippte seine Genmale in die Tastatur.

„Blausilberne Vollpupillen, feingliedrige Hände, silberfarbene Wimpern und ebenfalls silberfarbene Haare. Ah ja . . . und tönungsreflexive Haut."

„Ich besitze noch eine rudimentär ausgebildete Regenerativfähigkeit", fügte Annym hoffnungsvoll hinzu. Diese Mehrlebensoase war weitaus größer als die auf Yloisis. Vielleicht ließ sich hier tatsächlich ein Hinweis auf seine Abstammung finden. Die Tür öffnete sich, und der zweite Hybridisierer trat ein. Er bedachte Annym mit einem rätselhaften Blick. „Der Verkoppelung steht nichts im Wege. Es gibt ein paar Unverträglichkeitsfaktoren, aber die lassen sich vergleichsweise einfach ausmerzen". Er zögerte kurz, als er den Haltegriff der Gravoliege umfaßte. „Ist es möglich, verehrter Kunde, daß Sie Gene eines Aymya oder Transmenschen besitzen?"

Ein Erinnerungsbild: die blausilbernen Vollpupillen Roghans. Roghan war ein Aymya. Aber die Gene eines Transmenschen? Lyra war ein Transmensch, die Multimental an Bord des Dimensionsschwimmers. Sie hatte seine Verletzungen geheilt.

Er zuckte mit den Achseln. „Ich weiß es nicht."

„Hm", machte der Hybridisierer und bewegte die Gravoliege. „Verkoppelung und Verpflanzung dauern nicht allzu lange. Sie können warten und sich entspannen. Genießen Sie die Vorzüge, die wir Ihnen hier zu bieten haben. Mein Kollege wird Sie gleich zu den Entspannungszentren führen." Und damit schloß er die Tür. Sein Kollege schaltete das Datenterminal ab. „Keine Aufzeichnungen", sagte er enttäuscht. „Nur ein vager Hinweis auf mögliche Aymyagene. Ihre Vollpupillen, wissen Sie."

Annym ließ sich seine Enttäuschung nicht anmerken. Er entspannte sich in warmen Bädern, genoß einen Sensitivfilm und ließ seinen Körper von zwei Thryh mit einem warmen Duftöl einreiben. Draußen aber wartete Hotrax. Und die Jagd.

Gut zwei Normstunden später wurde er von den beiden Hybridisierern wieder abgeholt. Senaide schlief. In warme, weiche Dekken gehüllt. Ihr Gesicht wirkte entspannt und ruhig. Und ihr Gefühlsschatten war nicht mehr ganz so düster wie noch kurz zuvor.

„Ist es gelungen?" fragte Annym.

Die Hybridisierer lächelten. „Ohne Komplikationen. Die Traumgängerin hat empfangen und wird gebären. In nur dreieinhalb Monaten. Der Fötus entwickelt sich schnell, und es ist nicht nötig, die Schwangerschaft über die vollen, bei den Traumgängern üblichen elf Monate andauern zu lassen. Schonen Sie sie die nächsten Tage. Sie braucht etwas Ruhe und Entspannung. Ihr Hormonhaushalt wird sich stabilisieren."

Sie verließen das Innere Zentrum der Mehrlebensoase. In der Empfangshalle wurden sie bereits von Hotrax, dem Amash und den beiden Kriegertranq erwartet.

„Es hat lange gedauert", knarrte Hotrax.

„Nicht länger als notwendig", entgegnete einer der Hybridisierer."

Die Halbkhandia hinter dem Begrüßungsterminal lächelte ihnen nach, als sie die Mehrlebensoase verließen. Die Daten über die erfolgreiche Verkoppelung wurden von den Speichern aufgezeichnet. Eine Kopie dieser Aufzeichnung wurde als Datenbotschaft den Speichereinheiten des Dimensionsschwimmers übermittelt. Das Hrhan-Schiff würde diese Botschaft neben vielen anderen auf seiner weiten Reise mit sich führen und den anderen Hybridisierungsinstituten übermitteln. Auch dem Institut auf Melbahrn.

10

Seid euch immer eurer Aufgabe bewußt, Diener der Hrhan. Seid Bewahrer und Beschützer. Seid Vollstrecker. Und seht euch vor. Wendet euch nicht ab. Denn es würde den Endgültigen Tod für euch bedeuten, ohne die Hoffnung auf Wiedergeburt in den Geheimen Kammern. Seid loyal, und ihr werdet die Ewigkeit selbst schmekken. Seid loyal, und der Tod wird nur eine kurzzeitige Unterbrechung des Seins sein. Seid loyal, und der Schutz durch die Hrhan und die anderen Khyj wird euch gewiß sein. Wendet euch nicht ab. Denn dann werden eure Freunde zu Feinden . . .

Khyj-Axiom

Wenn ein Khyj dich verfolgt, so versuche nicht zu fliehen. Wähle den freiwilligen Tod. Denn du hast keine Chance.

Sprichwort in Offenes Tor, Yloisis

Und tausend Jahre sind wie ein Tag . . .

Der Abtrünnige

„Wir sind da", sagte der Abtrünnige leise und blickte dabei auf die glühenden Bildschirme. Seine schmalen Hände ruhten auf den Kontrollen des Schiffes. Offenes Tor wuchs unten in die Breite: ein ineinander verschachteltes Konglomerat aus Gebäuden, stinkendem Abfall, Zerfall und Auflösung. Der Mahr gab ein undefinierbares Geräusch von sich, während das Schiff langsam tiefer sank.

Der Abtrünnige horchte nach dem Wispern der Gedankenstimmen von Khyj. Nichts. Gut. Er war allein auf Yloisis.

Noch.

Und er lenkte sein Schiff über die Stadt hinweg dem Raumhafen entgegen. Ein gewaltiger Berg aus dunklem Metall reckte sich dort dem Himmel entgegen: der Leib eines Dimensionsschwimmers. Der Abtrünnige analysierte kalt, während ein Teil seines Geistes umherschweifte. Er berührte die Psychen anderer Identitäten. Und noch immer nichts. Er spürte keine Beruhigung. Nur Zufriedenheit. Das Schiff landete. Das Summen und Raunen der Kontrollen erstarb. Der Abtrünnige erhob sich.

„Komm", sagte er. „Verlieren wir keine Zeit. Eine Aufgabe wartet auf uns."

Der Mahr glitt aus seiner Nährnische und verwandelte sich. Er wurde schlanker, und zwei Beinpaare wuchsen aus dem unteren Teil seines Leibes, mehrgelenkige Säulen von dunkler, chamäleonhafter Färbung. Etwas knirschte. Greifextremitäten bildeten sich.

Der Abtrünnige wartete ruhig ab, bis der Mahr seine Nahrungsmetamorphose beendet hatte. Er war nun von entfernt humanoidem Äußeren. Ein großer Kopf saß auf einem breiten Hals. Und es war gerade dieser Kopf, der die Fremdartigkeit deutlich machte: Ein Gesicht war nicht erkennbar. Keine Sinnesorgane. Nur blasses Fleisch, in dem sich dünn die Adern abzeichneten.

Bereitschaft.

„Gut", sagte der Abtrünnige. „Gehen wir."

Sie verließen das Schiff, verbunden durch eine dünne, aber sehr stabile mentale Brücke, die *Lenkeinheit.* Für eine Weile ließ sich der Abtrünnige vom lauen Wind streicheln. Sein langer, schwarzer Umhang war wie ein düsteres Banner. Seine schwarze Gesichtsmaske, die seine Züge verbarg, reflektierte schwach das Licht der beiden Sonnen.

Über die mentale Brücke strahlte der Mahr Stärke, Energie und uneingeschränkte Bereitschaft aus.

Wieder analysierte der Abtrünnige. Und wieder empfing er kein Mentalecho eines Khyj. Das war in Ordnung. Es erleichterte seine Aufgabe. Es verminderte die Wahrscheinlichkeit von zeitraubenden Zwischenfällen.

Der Abtrünnige wandte sich um und verriegelte das Schiff: Eine Blase aus Licht, in allen Farben des Spektrums schillernd, ein

Juwel aus purem Glanz. Es war von den Hrhan geschaffen worden, vor langer Zeit. Und es würde noch einmal die gleiche Zeitspanne überdauern.

Dann setzte sich der Abtrünnige in Bewegung. Ruhige, langsame und zielstrebige Schritte führten ihn und den Mahr dem Dimensionsschwimmer entgegen. Passagiere wichen ihnen aus, als sie ihrer ansichtig wurden: Tranq und Isyhr, Halb- und Ganzmenschen, einige Zen und Amash, eine Multimental. In ihren Blicken flackerten für einen Augenblick Furcht und Unsicherheit auf, als sie versuchten, die schwarze Gestalt nicht anzublicken. Der Abtrünnige kümmerte sich nicht darum. Und der Mahr folgte nur seinen mentalen Signalen. Seine Witterungssinne suchten, fanden aber noch nicht. Er benötigte einen konkreten Hinweis, um die Spur finden und ihr folgen zu können. Einen Hinweis, den ihnen ein Mann geben konnte, der hier auf Yloisis weilte, wenn die Informationen, die sie zusammen mit ihrem Auftrag erhalten hatten, zutrafen.

Der Abtrünnige erinnerte sich an das Gesicht und die entsprechenden Genmale des Informanten. Ein Name: Frannan Gil. Die Konturen des Gesichts verdichteten sich vor seinen inneren Augen. Doch das Echo, das einen mentalen Kontakt begleitete, blieb aus.

Sie betraten die große Zugangshalle des Hrhan-Schiffes. Gespräche verstummten. Blicke wurden zur Seite gewendet. Füße scharrten unruhig. Nur wenige Passagiere hielten sich hier auf. Dafür um so mehr Mitglieder von Frannan Gils persönlicher Leibgarde. Auf einem Tisch waren Papiere gestapelt. Ein Isyhr war mit verschiedenen Eintragungen beschäftigt. Ein Halbmensch zählte das von den Passagieren für eine Passage zu anderen Welten vereinnahmte Geld. Kriegertranq beobachteten wachsam.

Er ist nicht hier, übermittelte der Abtrünnige dem Mahr an seiner Seite. *Aber wir werden ihn finden. Und durch ihn eine Konkretspur des Zielobjekts.*

Langsam setzte er sich wieder in Bewegung. Auf den Tisch zu, hinter dem sowohl der Ishyr als auch der Halbmensch nunmehr in ihren Tätigkeiten innehielten. Für Sekunden sah der Abtrünnige Angst und Furcht in ihren Augen aufblitzen. Er registrierte es nur als ein Faktum. Er hatte es in seinem langen Leben bereits zu oft gesehen, als daß es ihn noch berührte.

Stille breitete sich aus wie ein kalter Nebel, der die Kleider klamm werden und die Körper frösteln ließ.

„Was ist dein Wunsch, Hoher Herr?“ fragte der Isyhr. Die tiefschwarzen Augen glänzten. Der rote Körperflaum hatte sich ein wenig aufgerichtet.

„Ich suche einen Mann“, erwiderte der Abtrünnige. Seine Stimme war ebenso unbewegt wie seine Gestalt. Und sie klang finster, nicht drohend, düster. „Sein Name ist Frannan Gil.“

„Hat er gegen die Ungeschriebenen Gesetze der Hrhan verstoßen?“ fragte ein Ganzmensch. Der Abtrünnige wandte sich ihm zu, und der Ganzmensch nagte unruhig an seinen Lippen. Man richtete keine Frage an einen Khyj. Nur die Khyj fragten.

„Ich bringe keine Strafe“, sagte der Abtrünnige knapp, nachdem er sich wieder dem Isyhr zugewandt hatte. „Ich bin auf der Suche nach jemand anderem. Frannan Gil kann mir vielleicht einen Gefallen erweisen und die Suche abkürzen.“

Etwas anderes glitzerte für einen Augenblick in den dunklen Augen des Isyhr. Das Verlangen, einen Gegendienst für einen Hinweis zu verlangen. Der Abtrünnige sandte ein kurzes Signal über die mentale Brücke. Der Mahr bewegte sich. Er war wie ein mehr als zwei Meter großer Schatten. Das Glitzern löste sich abrupt auf.

„Leider kann ich dir nicht helfen, Hoher Herr“, bedauerte der Isyhr. „Ich habe Frannan Gil heute noch nicht gesehen.“

Eine kurze psionische Analyse. Der Isyhr sprach die Wahrheit.

„Darf ich eine Frage an dich richten, Hoher Herr?“

Die Gesichtsmaske des Abtrünnigen hob sich ein wenig. „Ja. Frage.“

„Worin besteht dein Primärziel, Vollstrecker? Wem bringst du Strafe?“

„Ich suche einen Halbmenschen“, entgegnete der Abtrünnige, der nicht die Absicht hatte, die verzeihliche Fehleinschätzung seines wirklichen Status zu korrigieren. „Sein Name ist Annym DryMarden.“ Für den Bruchteil einer Sekunde entstand ein anderes Bild in ihm: ein Mann und eine Frau, die er vor knapp drei Jahrzehnten im Auftrag der *Ahrjaii* verfolgt, gestellt und eliminiert hatte. Sein Auftrag hatte auch die Ausschaltung des Kindes beinhaltet. Er hatte diesen Auftrag ausgeführt. Und doch schien es jetzt, nach so vielen Jahren, zu Komplikationen gekommen zu sein, die auf einen Fehler während der Ausführung des alten Auftrags zurückzuführen waren.

„Der Name ist mir unbekannt, Herr“, gab der Isyhr nachdenklich zurück.

„Es ist bereits einige Standardmonate her", sagte der Abtrünnige. Noch immer ruhig. Fast unbewegt. „Annym DryMarden ist ein Halbmensch mit außergewöhnlichen Genmalen: Augen mit blausilbernen Vollpupillen, angewachsene Ohrläppchen, feingliedrige Hände, silberne Augenwimpern, lange, silberne Haare, ein Tönungsreflex der Haut." Der Abtrünnige verstärkte die mentale Brücke zum Mahr und verbreiterte sie gleichzeitig. Einen Atemzug lang schmeckte der Isyhr die gewaltige Macht, die in den beiden Geschöpfen vor ihm schlummerte. Er erzitterte unmerklich. In seinen Gedanken entstand ein plastisches Abbild des Gesuchten. Er begriff. Er erinnerte sich. Er konnte die Information nicht zurückhalten.

„Ja, du hast recht, Hoher Herr. Er war hier. Vor einigen Monaten. Er wollte eine Passage nach Melbahrn buchen, aber er konnte nicht bezahlen. Er hatte eine Begleiterin bei sich, eine Traumgängerin aus dem Hohen Norden, wenn mich meine Erinnerung nicht täuscht."

Der Katalysator, überlegte der Abtrünnige. Nein, das war unmöglich. Die *Ahrjaii* hätten ihn von dieser Gefahr rechtzeitig unterrichtet. Er fokussierte eine Gedankensonde und senkte sie tief in die Gedanken des Isyhr. Umherwirbelnde Gedanken- und Erinnerungsfragmente, Leuchtfeuer in der Dunkelheit eines verzerrten Geistes, heiße Lichter, die ihn nicht verbrennen konnten. Fackeln, die Bilder formten: Gier nach materiellem Wohlstand, Passagiere, die nicht bezahlen konnten oder wollten und deren sich Frannan Gil angenommen hatte. Der Abtrünnige blieb kühl. Ihn kümmerte dies alles nicht. Nur der Auftrag war wichtig, alles andere war nebensächlich. Er sah Verbindungen zu Identitäten in Offenes Tor, er sah Manipulationen, er erkannte die Gesichter von Halb- und Ganzmenschen, von Zen und Amash und Thryh. Ein Antlitz war kontrastreicher als alle anderen: silberne Augen mit kleinen schwarzen Pupillen, ein kahler, runzliger Schädel, eine dürre, fragil wirkende Statur. Ein Name: Ciceron.

Der Mahr wurde unruhig. Er witterte. Der Kopf wandte sich einmal hierhin, dann dorthin.

Entdeckung.

Was hast du entdeckt? fragte der Abtrünnige.

Die Antwort sickerte in Form verdrehter Signale und Symbole in seinen Geist. Ein dünner Schatten, der durch die Luft schwebte und sich seit Monaten auflöste. Eine Dunkelspur Annym DryMardens. Doch der konkrete Hinweis, den der Mahr zur Witterung benötigte, war noch immer nicht greifbar. Eine wichtige Information fehlte – die Information über den derzeitigen Aufenthalt des Zielobjekts. Zumindest aber ein Hinweis darauf, was mit ihm geschehen war, nachdem er von Frannan Gil abgewiesen worden war. Ciceron.

Wortlos wandte sich der Abtrünnige um und verließ die Zugangshalle des Dimensionsschwimmers. Draußen lebte der Wind auf. Es war eine geisterhaft wispernde Stimme, die mit unsichtbaren Armen nach dem schwarzen Umhang des Abtrünnigen tastete.

In der Zugangshalle des Dimensionsschwimmers atmeten die Mitglieder der Leibgarde Frannan Gils auf. Der Kelch war an ihnen vorbeigegangen.

Es hatte leicht zu regnen begonnen. Die Nässe war ein trüber, grauer Vorhang aus Kälte. Der Abtrünnige schritt über schmieriges Kopfsteinpflaster. Tian-Gespanne wichen ihm aus, und die Fuhrleute blickten ihm aus den Augenwinkeln nach. Die Fäkalienschächte verbreiteten einen beißenden, Übelkeit erregenden Gestank. Manche Hauswände waren mit Parolen beschmiert. Der Abtrünnige schritt weiter, ruhig, gleichmäßig, zielstrebig. Der Mahr folgte ihm, eine tödliche Waffe, die erst noch auf ihr Ziel ausgerichtet werden mußte. Je näher sie dem Zentrum von Offenes Tor kamen, desto dichter wurde der Verkehr. Die Passanten formten eine Gasse, sobald sie die große, schwarze Gestalt und ihren Begleiter erblickten. In den Nischen, dicht an die kalten Mauern gedrängt, spielten Straßenmusikanten auf ihren selbstgebauten Instrumenten. Es waren traurige, melancholische Klänge, und nur dann und wann wanderte eine Münze aus der Geldbörse eines Passanten in die bereitstehenden Becher. Händler priesen hinter ihren Ständen ihre Waren an. Ihre Stimmen dröhnten laut, wurden jedoch leiser, wenn sich der Abtrünnige näherte, lebten erst wieder auf, nachdem er an den Ständen vorbeimarschiert war. Der Vorhang aus Kälte und Nässe verdichtete sich. Bettler husteten. Erotikfreundinnen verließen ihre Plätze an den Straßen und zogen sich in die fragwürdige Geborgenheit ihre Quartiere zurück: manche allein, andere mit Freiern in den dünnen Armen. In Seitengassen lagen Betrunkene im stinkenden Schlamm. Schattenhafte Gestalten untersuchten ihre Taschen nach einer Münze und huschten davon, wenn sich neugierige Augen auf sie richteten. Junkees taumelten mit blassen Gesichtern und geröteten Augen dahin, in Träumen gefangen, die kurzzeitiges Vergessen schenkten. Der Abtrünnige marschierte weiter. Die Dunkelspur Annym DryMardens war nun allgegenwärtig, verdichtete sich aber nicht. Der Mahr wurde zunehmend unruhig. Er suchte die Fährte und wollte mit seiner Aufgabe beginnen.

Bald, übermittelte der Abtrünnige. *Es dauert nicht mehr lange.*

Zufriedenheit. Und Hoffnung.

Seitengassen verschluckten die beiden Gestalten. Ihre Schritte hallten dumpf wider von dem feuchten Boden. Eine andere Präsenz begann sich zu manifestieren.

Übergangslos verhielt der Abtrünnige im Schritt, blickte sich um und horchte in den mentalen Äther – vorsichtig und behutsam. Der Mahr justierte alle Körperprozesse aus einem unbewußten Reflex heraus auf Verteidigungsbereitschaft. Also hatte auch er es gespürt. Warten. Dann langsam weiter. Immer noch vorsichtig, die eigene Abschirmung aufrechterhaltend. Die Seitengasse fand ein abruptes Ende und mündete in eine Straße, die sich durch den Regen in eine Schlammbahn verwandelt hatte. Die Häuser waren niedrig; Putz bröckelte in großen Fladen von den Mauern. Einige Tian-Gespanne kämpften sich durch den Morast. Die Tian schnauften und knurrten und keuchten. Weiße Fahnen schwebten vor ihren Mäulern: heißer Atem, vom Wind zerfasert, vom Regen getränkt. Der Abtrünnige hielt Ausschau. Passanten eilten an ihm vorbei, die Kapuzen der wärmenden Schutzkutten tief in die Gesichter gezogen, die Köpfe zwischen den Schultern verborgen. Der Regen überzog alles mit einem Film aus kalter Feuchtigkeit. Nur der Abtrünnige und der Mahr blieben davon verschont. Die Hand eines Geistes schien sich über sie gestülpt zu haben und den Regen fernzuhalten. Nicht ein einziger Tropfen benetzte den schwarzen Umhang des Abtrünnigen, nicht ein Spritzer berührte die Haut des nackten Mahrs.

Die *andere* Präsenz blieb.

Sie war nicht Teil der Dunkelspur DryMardens. Aber wie ihr haftete der Präsenz etwas Vertrautes an. Etwas, das sich aber gleichzeitig einer tieferen Analyse widersetzte.

Nicht mehr weit, beruhigte der Abtrünnige den Mahr, während er gleichzeitig weiter horchte. *Wir haben Cicerons Aufenthaltsort fast erreicht*. Das Gesicht des Halbzen formte sich vor seinem inneren Auge. Er hätte ihn mit seiner Gedankenstimme rufen können, doch ein Teil seiner Aufmerksamkeit wurde nun von der anderen Präsenz beansprucht. Er versuchte, seine geistigen Arme weiter auszustrecken, doch bald darauf stieß er gegen eine Barriere, die sich um so mehr zu verdichten schien, je mehr er gegen sie ankämpfte. Das war erstaunlich genug. Was – oder wer – war stark genug, um den mentalen Kräften eines Khyj widerstehen zu können?

Komm, übermittelte der Abtrünnige. *Weiter*.

Über die Schlammbahn hinweg, an den keuchenden Tian vorbei, durch eine weitere Seitengasse, dann auf eine breite, gepflasterte Straße, deren nasse Kopfsteine das Licht der trüben Lampen am Straßenrand matt reflektierten.

Nein, ich weiß noch immer nicht, was es ist, gab der Abtrünnige zu. *Wir nähern uns der Präsenz. Sei wachsam, Mahr*.

Eine Falle vielleicht? Ahnte Annym DryMarden, daß er verfolgt wurde? Wenn er und der Katalysator bereits zusammengetroffen waren, war Vorsicht geboten. Das jedoch schien so gut wie unmöglich. Nicht einmal die *Ahrjaii* wußten, wo sich der Katalysator befand. Annym DryMarden konnte ihn innerhalb so kurzer Zeit unmöglich gefunden haben, zumal die vorliegenden Informationen besagten, daß er nicht einmal wußte, wer er war. Oder *was* er war.

Weiter.

Die Präsenz verdichtete sich plötzlich, breitete sich aus und wurde zu einer umfassenden mentalen Aura.

Du!

Das eine, Abscheu ausdrückende Wort erklang im Geist des Abtrünnigen, und sein Gehirn erschauerte unter dem widerhallenden Echo. Rasch blickte sich der Abtrünnige um. Er ignorierte die vorbeieilenden Passanten. Von den Ganzfremden und Verkoppelungsprodukten drohte ihm keine Gefahr. Eigentlich drohte ihm überhaupt keine Gefahr. Aber das Wort hatte Macht und Kraft beinhaltet. Seine Beine setzten sich in Bewegung. Zusammen mit dem Mahr wechselte er in eine Seitengasse. Voraus ragten zwei dunkle Schatten aus den Schlieren des niederprasselnden Regens. Zwei Khyj. Zwei Hrhan-Assassinen. Das *war* Gefahr.

Und für einen Augenblick verspürte der Abtrünnige wieder das Bedauern, die Melancholie, die sein Status verursachte. Doch das Düstere in ihm wurde rasch wieder von der Freude verdrängt, den *Ahrjaii* dienen zu dürfen. Er hatte volle Macht. Er hatte sich über die Ungeschriebenen Gesetze – jene, die für die Khyj galten – hinweggesetzt. Er hatte Macht gewonnen und Freunde verloren. Er war ein Gejagter. Und er war selbst ein Jäger.

Die beiden Khyj waren wie Statuen aus nachtschwarzem Marmor. Hinter den Sehschlitzen in den dunklen Masken glitzerten Augen. Der Abtrünnige spürte die Blicke voller Ekel und Widerwillem. Und den Triumph der beiden Assassinen, ihn endlich gestellt zu haben – wenn auch nur durch Zufall.

Die Statuen bewegten sich, schritten langsam auf ihn zu. Der Mahr gab ein knirschendes Geräusch von sich und sandte einen Frageimpuls an seinen Herrn.

Warte, gab der Abtrünnige zurück. *Warte noch einen Augenblick. Ich gebe dir das Zeichen, wenn es soweit ist. Ich bin neugierig.*

Es war die Wahrheit. Er hatte keine Angst. Nicht mehr. Er war nur noch eiserne Disziplin. Er war ein Khyj – und doch längst mehr als ein Khyj.

„Ein Zufall hat uns zusammentreffen lassen“, sagte der Abtrünnige kühl. „Gebt den Weg frei. Ich habe eine Aufgabe, der ich mich widmen muß.“

„Wie wir.“ Abfällig und beleidigend. „Ja, es stimmt, nur ein Zufall ließ uns zusammentreffen.“

Der Abtrünnige sondierte innerhalb einer Nanosekunde, bevor sich die Mentalbarrieren der beiden Khyj seiner gesteigerten psionischen Aktivität anzupassen vermochten. Was er vermutet hatte, traf zu: Die beiden Assassinnen jagten einen Hrhan-Frevler, einen starken Zen-Psioniker. Darum hatte er sie während seiner Landung nicht wahrnehmen können. Sie hatten sich abgeschirmt, um sich dem Gejagten nicht vorzeitig zu offenbaren.

Die Khyj blieben wieder stehen. Ihre Augen richteten sich einmal auf den Mahr, dann wieder auf den Abtrünnigen. Einer der beiden murmelte Worte in der alten Sprache. Ein Fluch, der all das ausdrückte, was die Khyj und die Hrhan gegenüber einem Abtrünnigen empfanden.

„Möge der Tod dich ereilen, Abtrünniger. Mögest du tausend Qualen erleiden. Möge die Hoffnung auf Wiedergeburt dich verlassen.“ Ein zischender Laut. „Du hast alles verletzt, was verletzbar ist, Abtrünniger. Du hast die Gilde verraten. Du hast die Hrhan verraten, unsere Herren.“

Der Abtrünnige lachte. „Ich habe neue Herren. Die *Ahrjaii*.“

Allein das Wort selbst war ein Fluch. Hundertmal stärker als der, den der eine Khyj formuliert hatte.

„Du bist nicht Herr deiner selbst, Ehemalsbruder. Du hast deine Chance vertan, nach deinem Endgültigen Ende in die Gemeinschaft der Geheimkammern aufzugehen. Du kannst niemals mehr wiedergeboren werden, sollte dich der Tod ereilen – was wir alle wünschen. Du besitzt Macht. Aber Macht ist vergänglich. Die Geheimkammern sind ewig."

Die beiden Khyj setzten sich erneut in Bewegung.

Achtung! übermittelte der Abtrünnige dem wartenden Mahr.

„Geht mir aus dem Weg", zischte der Abtrünnige. „Macht mir Platz, Hrhan-Schergen!"

Die beiden Khyj verwandelten sich. Aus nachtschwarzen Statuen wurden zwei wirbelnde Schatten, die sich dem Abtrünnigen entgegenwarfen. Gleichzeitig damit flutete ihre mentale Energie gegen seinen Geist. Der Angriff war stark, stärker noch als der Abtrünnige erwartet hatte. Wie lange war es her, seit er mit dem letzten Khyj-Jäger zusammengetroffen war, den ihm die Hrhan hinterhergeschickt hatten? Hundert Jahre? Oder tausend? Er hatte sie alle getötet. Aber ihr Tod war kein endgültiger gewesen. Damals, als er selbst noch in loyalen Diensten der Hrhan gestanden hatte, hatte er es selbst einmal erlebt: den Tod – und die Wiedergeburt in den Geheimkammern. Er hatte getötet. Aber er konnte nicht vernichten. Wenn er selbst aber starb . . .

Die Kraft seiner Muskeln entlud sich. Er sprang zur Seite, hob beide Hände und wurde übergangslos zu einem *Sihr*-Kämpfer. Die Handkanten zielten nach den empfindlichen Nervenpunkten der beiden Hrhan-Assassinen. Doch dort, wo sie sich noch vor einem Sekundenbruchteil befunden hatten, war nichts als kalte Luft und klamme Nässe.

Jetzt, übermittelte er dem Mahr. *Hilf deinem Herrn und Steuerer*.

Der Mahr gab ein leises Knirschen von sich und verformte seinen Körper.

Der Abtrünnige sprang hoch, drehte sich um seine eigene Achse und zielte mit dem ausgestreckten rechten Arm auf einen der beiden Khyj. Ein blasser Funke löste sich von seinen Fingerspitzen und glitt wie ein tanzendes Elmsfeuer über die Gesichtsmaske des Assassinen. Der Khyj gab ein Knurren von sich und zog sich blitzartig zurück. Das Glühen verblaßte. In seine rechte Hand schmiegte sich das finstere Metall einer kurzläufigen Waffe. Er feuerte. Doch die tödliche Energie löste sich unmittelbar vor dem schwarzen Umhang des Abtrünnigen einfach auf.

„Du kannst mich nicht umbringen", höhnte der Abtrünnige. „Ebenso wenig wie deine Vorgänger. Fliehe. Bevor ich dich in die Geheimkammern zurückschicke und Schande über dich bringe."

Der Khyj antwortete nicht. Er war jetzt nur noch eine organische Tötungsmaschine, gesteuert von den Signalen eines verengten

Bewußtseins, das auf ein einziges Ziel ausgerichtet war: den Abtrünnigen umzubringen. Der Khyj warf sich nach vorn und breitete die Arme aus, die Hände zum *leyh*-Schlag abgewinkelt. Der Abtrünnige wich aus und vollführte seinerseits einen Hieb, der jedoch nur wieder ins Leere traf. Er versuchte, die Mentalbarriere des Assassinen mit einem starken psionischen Schlag zu zerschmettern, doch sie schleuderte ihn zurück.

Alles geschah mit rasender Geschwindigkeit. Reflexe steuerten die Körper der *Sihr*-Kämpfer. Wieder wurde eine Waffe abgefeuert, und wieder berührte die emittierte Energie nicht einmal den Umhang des Abtrünnigen. Er lachte. Es klang kehlig. Und er stürzte vor, berührte die Kehle des Khyj, ertastete einen bestimmten Punkt und ließ die Geistesenergie durch seinen Körper sickern und aus der Fingerkuppe tropfen.

Der Khyj erstarrte. Das Glitzern der Augen hinter den Sehschlitzen in der Maske erlosch. Einen Atemzug später flatterte ein leerer Umhang zu Boden. Der Khyj war heimgekehrt zu den Geheimkammern der Gilde.

Der Abtrünnige wandte sich um.

Der zweite Assassine kämpfte mit dem Mahr. Der Mahr hatte sich erneut verwandelt und seinen Körper in viele Einzelglieder zerlegt. Fladen krochen auf Stummelbeinen über den Boden, Luftwurzeln tasteten sich immer wieder zu den Nervenpunkten des Assassinen. Eine Pattsituation. Keiner konnte den anderen besiegen. Sie waren sich ebenbürtig. So lange jedenfalls, wie der Mahr nicht *alle* seine Vernichtungspotentiale zur Ausmerzung des Gegners einsetzte. Das aber war erst für die Auseinandersetzung mit Annym DryMarden vorgesehen, da die Gefahr endgültiger körperlicher Auflösung dabei nicht ausgeschlossen werden konnte.

Der Abtrünnige trat langsam an die beiden Kämpfenden heran. Er spürte die Gier des Mahrs, zu zerstören und zu töten.

Nicht jetzt, wies er ihn an. *Nicht hier. Nicht ihn.*

Er spürte die Erschöpfung des Khyj. Eine Erschöpfung, die mit wilder Entschlossenheit, Pflichtbewußtsein und Wut über die existenzielle Fortdauer des Abtrünnigen gepaart war. Er holte aus. Aber der Assassine wich dem Schlag aus, stürzte zur Seite, ließ den Mahr unbeachtet und wandte sich statt dessen dem Abtrünnigen zu.

„Beende den Kampf“, warnte der. „Kehre zur Gilde zurück. Warne deine Brüder. Ich töte jeden, den ihr an meine Fersen heftet. Ich bin stärker als ihr.“

Mit ausgestreckten Armen jagte ihm der Khyj entgegen. Etwas berührte den Abtrünnigen an der linken Hüfte. Heißer Schmerz breitete sich von dort durch seinen ganzen Körper aus. Seine Reflexe reagierten. Zwei rasch aufeinanderfolgende Schläge. Einer wurde abgewehrt, der andere traf ins Ziel. Knochen brachen, Venen wurden zerfetzt. Tod. Ein Körper, der sich auflöste, um weit, weit entfernt wieder zu neuem Leben zu erwachen.

Der Abtrünnige taumelte, während sich der Mahr wieder zusammensetzte und in Wartestellung ging.

Ich muß vorsichtiger sein, schalt sich der Abtrünnige und erinnerte sich an die Belehrenden Worte seiner alten Khyj-Lehrer: *Siegesgewißheit führt zu Unachtsamkeit, Unachtsamkeit zu Schwäche und Schwäche zu Fehlern.* Ich bin nicht unverletzlich. Und seitdem ich ein Abtrünniger bin, hat meine Regenerativfähigkeit nachgelassen. Die Khyj haben recht. Sterbe ich, so wird es ein endgültiger Tod sein, ohne die Hoffnung auf Wiedergeburt.

Er wandte sich um. Der Regen prasselte noch immer auf das Pflaster und rann mit silbernen Fäden an den Hauswänden entlang. Zwei am Boden liegende schwarze Mäntel saugten die Feuchtigkeit auf.

„Komm", sagte der Abtrünnige und setzte sich in Bewegung. Er verbannte den Schmerz aus seinem Innern. Er war nicht ernsthaft verletzt. „Komm, Mahr. Besuchen wir Ciceron."

Das Haus war schäbig, die Wände waren schief. Der Wind summte in den rostenden Dachrinnen. Dünne Wasserrinnsale tropften aus den Löchern: *plop, plop, plop*. Der Abtrünnige sah sich um. Wolkenberge deckten das Licht der Sterne zu. Nur die wenigen Lampen zu beiden Seiten der schmalen Straße verbreiteten einen vom Regen gedämpften Schein. Niemand war zu sehen.

Der Mahr gab ein knirschendes Geräusch von sich.

Ja, übermittelte der Abtrünnige. *Bald wirst du den Hinweis erhalten. Es dauert nicht mehr lange.*

Im Haus wurden sie von stickiger Luft, Dunkelheit und dem Gestank sich zersetzender Fäkalien erwartet. Der Mahr marschierte durch einen aufgestapelten Müllhaufen. Ratten huschten davon. Die Treppe knarrte leise, als sie emporstiegen. Der Abtrünnige horchte. Der Identitätsschatten Cicerons war ganz in der Nähe. Oben bewegte sich etwas. Eine Tür wurde leise und vorsichtig geöffnet, ein Augenpaar versuchte, die Finsternis mit seinen Blicken zu durchdringen. Der Abtrünnige registrierte die entsicherte Projektilwaffe in der rechten Hand Cicerons. Er lächelte. Der Halbzen war psionisch begabt und hatte eine sich nähernde Präsenz geespert. Mehr nicht. Und er war mißtrauisch.

Die Treppe knirschte.

Mündungsfeuer loderte auf. Ein peitschender Knall ertönte. Das abgefeuerte Projektil verschwand wenige Normzentimeter vor dem Umhang des Abtrünnigen, wurde einfach nichtexistent. Ruhig schritten der Abtrünnige und der Mahr die Treppe hinauf.

Ciceron zog sich langsam zurück. Er konnte noch immer nicht genau erkennen, mit wem er es zu tun hatte. Er sah nur zwei schattenhafte, dunkle Gestalten, und mit seinen eher rudimentären PSI-Sinnen esperte er die Aura einer diffusen Gefahr, die er auf sich selbst bezog.

„Wer . . .“

Der Abtrünnige trat in den Lichtkreis einer Ölkerze: hochgewachsen, schlank, schwarzer Umhang, schwarze Gesichtsmaske. Und neben ihm: ein merkwürdiges, nur entfernt humanoides Geschöpf, ein Kopf, aber kein Gesicht, nur leere Blässe.

Ruhig schritt der Abtrünnige an dem wie erstarrt stehenden Halbzen vorbei. In der Wohnung schien sich der Gestank noch zu intensivieren. Er spürte die durcheinanderwirbelnden Gedanken Cicerons, der sich mit wachsender Furcht fragte, was ein Khyj von ihm wollte.

Schließ die Tür! befahl der Abtrünnige. Knarren, und die Tür fiel ins Schloß. Er drehte sich um. Der kahle Schädel des Halbzen glänzte, in den Mehrfachpupillen glomm Angst.

„Du hast nichts zu befürchten“, sagte der Abtrünnige ruhig. „Ich habe nur einige Fragen an dich. Vielleicht kannst du mir helfen.“ Der Mahr war ein leise knirschender Berg aus Fleisch, eine stumme Drohung. Ciceron schluckte, lenkte seine psionische Kraft auf sich selbst und zwang so die Ruhe zurück. Er schritt an dem Abtrünnigen vorbei und ließ sich in einen fleckigen Sessel fallen. Dort zündete er sich eine Zigarette an. Der Abtrünnige analysierte den Duft, registrierte die berauschende Wirkung des Halluzinogens und streckte die Hand aus. Ein Windhauch fuhr durchs Zimmer, und die Glut erlosch.

„Du brauchst einen klaren Kopf, um mir helfen zu können“, sagte er. Gleichmütig fast.

„Hoher Herr?“

Der Halbzen hatte seinen Geist in eine abwartende Verteidigungsstellung zurückgezogen. Ganz tief in seinem Innern glomm noch immer die Angst, eine glühende Kohle, eingekapselt, aber nicht gelöscht.

„Ich bin auf der Suche nach jemandem“, sagte der Abtrünnige. „Sein Name ist Annym DryMarden.“

Verstehen blitzte in den Augen des Halbzen auf.

„Annym ... DryMarden ...?“ Erinnerungsbilder: eine Taverne, eine hinabführende Treppe, *Glückseligkeits*-Nebel, zwei betäubte Gestalten, weißgrauer Staub und Edelsteine. Dann ... nichts mehr. Nur noch ein anderes Gesicht: Juwelen, die in die Stirn einoperiert und unlösbar mit dem Schädelknochen verbunden waren.

„Ja.“ Kurz und knapp. „Kannst du mir einen Hinweis auf seinen Aufenthaltsort geben?“

Zwei schlanke, feingliedrige Hände, die die Innenflächen zeigten. „Es tut mir leid, Hoher Herr. Nein, das kann ich nicht. Zum letztenmal sah ich ihn in einer Taverne ...“ Er sprach noch weiter, aber der Abtrünnige hörte nicht mehr zu. Er wußte, daß der Halbzen die Wahrheit sprach, aber nicht die *ganze* Wahrheit.

„Dann sag mir, wo ich Frannan Gil finden kann.“

Besorgnis legte sich wie ein Schatten auf die Züge Cicerons. Der Halbzen öffnete seinen Geist und versuchte eine hastige Abtastung der Identität des Abtrünnigen. Natürlich versagte er. Er war lächerlich schwach. Und der Abtrünnige war kein normaler Khyj.

Der Mahr schnaufte, als er eine Verdichtung der Dunkelspur Annym DryMardens fühlte.

Der Abtrünnige hob die Hand und knebelte das Denken des Halbzen. Er kerkerte es im Hirn ein und versiegelte alle psionischen Ausgänge. Er kümmerte sich nicht um die im Sessel zusammensinkende und stöhnende Gestalt. Er wischte den ihm entgegensickernden mentalen Widerstand mühelos beiseite und begann, die Erinnerungskanäle Cicerons methodisch zu untersuchen. Kurz darauf stieß er wieder auf das mentale Abbild Frannan Gils. Diesmal konzentrierte er sich ganz darauf, ließ es wachsen und sich verdichten und erhob dann seinen Gedankenruf. Der Kontakt erfolgte fast zur selben Zeit. Der Abtrünnige rührte sich nicht. Er wartete. Und er mußte nicht allzu lange warten.

Gezwungen von seiner mächtigen Gedankenstimme, eilte Frannan Gil herbei. Der Ganzmensch zitterte am ganzen Körper, nicht in erster Linie infolge des Anblicks des vermeintlichen Khyj, sondern aus Furcht vor dem, was in seinen Gedanken wohnte.

Der Abtrünnige entzog dem Halbzen die mentalen Fesseln.

Ciceron gab einen spitzen Schrei von sich, erhob sich halb und sank dann mit verbranntem Hirn zurück. Sein Blick brach. Frannan Gil blickte auf den Halbzen, dann auf den Khyj.

„Er hat sich mir zu widersetzen versucht", sagte der Abtrünnige gelassen. „Er hat eine Waffe gegen mich eingesetzt. So etwas bleibt nicht ungestraft." Auch wenn ich kein Hrhan-Assassine mehr bin, fügte er in Gedanken hinzu.

„Wie kann ich dir helfen, Hoher Herr?" fragte Frannan Gil. Sein farbenprächtiges Gewand war ein Anachronismus in der düsteren Wohnung.

„Ich bin auf der Suche nach jemandem, mit dem du zu tun hattest", sprach der Abtrünnige. „Annym DryMarden. Ich benötige einen Hinweis auf seinen Aufenthaltsort."

Wieder blickte Frannan Gil auf Ciceron, dann entschied er sich rasch zur Kooperation.

„Ich hatte mit ihm zu tun, ja. Es ist einige Monate her." Wachsende Unruhe. „Aber wo er sich heute aufhält, weiß ich leider nicht, Hoher Herr. Er ist nun ein *Di*, und Roghan der Makler ist sein *Di*-Herr. Hotrax, der Stellvertreter Roghans, hat ihn mit sich genommen, als er mit einem Dimensionsschwimmer Yloisis verließ. Über den Zielplaneten ist mir nichts bekannt."

Der Abtrünnige sondierte rasch. Und wieder stellte er fest, daß es zwar die Wahrheit, nicht aber die ganze Wahrheit war. Er stieß tiefer vor, und Frannan Gil krümmte sich in beißendem Schmerz zusammen. Schaum trat vor seinen Mund, als er unverständliche Worte zu murmeln begann.

Der Abtrünnige fand, was er zu finden hoffte: einen Hinweis auf den möglichen Zielplaneten.

„Für Roghan den Makler", überlegte er laut, während er gleichmütig auf den zitternden Ganzmenschen hinabblickte, „stellt Annym DryMarden aufgrund seiner sonderbaren Genmale eine Ware mit besonderem Wert dar. Ebenso die Traumgängerin, die ihn begleitet. Er wird die beiden nur zu einem sehr hohen Preis verkaufen. Er kann es sich leisten. Und wo kann er den höchsten Preis erzielen?" Er forschte weiter. Frannan Gil kannte Hotrax. Und so kannte er auch die Gewohnheiten Roghans. Das *Schattensonnenfest* auf Gharn. Ein grandioses Schauspiel, das Roghan dort seinen Kunden bot, die von vielen Welten eigens zu den Festlichkeiten und der berühmten Versteigerung kamen. Das war der geeignete Ort, besondere Ware anzubieten.

Der Abtrünnige beendete die Sondierung und übermittelte dem

Mahr eine Kurzzusammenfassung der erhaltenen Informationen. Augenblicklich verdichtete sich die Dunkelspur Annym DryMardens erneut, Hinweis darauf, daß die Wahrscheinlichkeit, mit dieser Vermutung ins Schwarze getroffen zu haben, außerordentlich groß war.

Du hast deinen Hinweis. Auf Gharn wirst du Witterung aufnehmen. Und bisher ist es noch niemandem gelungen, einen Mahr irrezuführen.

Sie verließen die Wohnung Cicerons. Zurück blieben ein Toter und ein Schaum speiender geistiger Krüppel.

Auf dem Weg zurück zum Raumhafen versuchten die Mitglieder von Nachtbanden, die beiden vermeintlich leichten Opfer zu überfallen. Doch jedesmal flohen sie in die Dunkelheit zurück, als sie bemerkten, mit wem sie es zu tun hatten. Der Abtrünnige beachtete sie überhaupt nicht. Er dachte nach, prüfte, überlegte neu und kam immer wieder zu einem Schluß: Gharn mußte das Ziel sein.

Der Dimensionsschwimmer war inzwischen gestartet. Leer erstreckte sich das Landefeld in die Nacht hinein. Leer bis auf das Schiff des Abtrünnigen.

Zwei Leichen lagen vor der Farblichtbarriere, die das eigentliche Schiff umgab und nur auf ihn reagierte. Ein Halbmensch und ein Ganzamash, die versucht hatten, ins Innere seiner Fähre zu gelangen. Sie hatten ihre aussichtslosen Bemühungen mit dem Leben bezahlt.

Neugier ist die Essenz allen Lebens, erinnerte sich der Abtrünnige an die Belehrenden Worte seiner Khyj-Lehrer.

Leichtsinnige Neugier jedoch ist töricht.

Zusammen mit dem Mahr bestieg er das Schiff, das sich kurz darauf dem dunklen Himmel von Yloisis entgegenwarf.

11

Freuet euch, denn ihr seid Auserwählte: Ihr seid auf Gharn geboren, der schönsten aller Welten. Freuet euch, denn ihr könnt die Aromen der Weiten Sümpfe und Fastmorastseen genießen. Freuet euch über das warme Licht Goldscheins.

Aber seht euch auch vor. Denn wenn sich das Licht Goldscheins verdunkelt, dann beginnt Roghans Jagd. Dann kommen die Anderen *zu uns hinab, und in ihren Händen halten sie Qualen und Tod für uns bereit. Wenn sich das Licht verdunkelt... dann fliehet in eure geheimen Schlupfwinkel. Zittert um euer Leben. Und wagt euch erst wieder hervor, wenn Goldschein euch wiedererschienen ist.*

Hymne der Bodengefesselten

Es ist eigenartig, wie viele Menschen und Halb- und Ganzfremde das Herumwaten im Schlamm von Gharn lieben. Ich für meinen Teil ziehe die Rosengärten der Ringstädte vor.

Roghan der Makler

Ruinen.

Sanfter Wind, der hindurchstreicht und in Mauerritzen das Lied des Zerfalls singt: leise, eintönig, aber ständig. Der Himmel ist düster: eine bleigraue Glocke, die sich über die Landschaft gestülpt hat. Fern im Westen lodern Blitze auf – Fackeln voller tödlicher Kraft, die sich knisternd und rumorend einen Weg hinunter zur Welt bahnen. Sonderbare Geschöpfe durchziehen mit ruhigem Flügelschlag die hohen Lüfte und stoßen ab und zu ein heiseres Krächzen aus. Manchmal, wenn sie abdrehen und so für einen Sekundenbruchteil die Silhouette erkannt werden kann, sieht man die undeutlichen Umrisse von menschenähnlichen Gestalten, die dicht hinter den Köpfen der Flugwesen hocken. Im Westen nimmt die Zahl der Blitze zu. Das flackernde Leuchten wirft seltsame Schatten. Zwischen den Mauern der Ruinen huschen Tiere mit kleinen, dunklen Knopfaugen davon. Ab und zu blitzen ihre spitzen Zähne.

Eine junge, hochgewachsene Frau dreht sich um. Der Wind ergreift ihr langes, feuerrotes Haar, wirft es zurück, macht es zu einer Woge ohne Gischt. Das Gesicht ist ebenmäßig und wie aus Marmor gemeißelt. Die Augen blicken in die Ferne: groß und grün und unauslotbar.

„Du bist wieder da", sagte sie, und ihre Stimme ist weich und dunkel und wie ein Versprechen.

Annym DryMarden setzt sich in Bewegung, schreitet an sie heran und berührt die sonnengebräunten Arme. Etwas richtet seine Nackenhaare auf – etwas wie statische Elektrizität. Es ist nicht unangenehm. Es ist seltsam.

„Warum suchst du mich heim?" fragte Annym leise. Gierig

nimmt er alle Eindrücke in sich auf: das Gesicht der jungen Frau. Ein Gesicht, das er schon so oft gesehen hat, an das er sich aber immer nur undeutlich erinnern kann. Er spürt, wie sich das Band zischen ihnen beiden wieder verfestigt. Etwas fesselt ihn an sie.

„Ich suche dich nicht heim." Sie wendet sich ihm zu, und ihre Blicke durchbohren sein Innerstes. „Wir gehören zusammen, Annym DryMarden. Noch weißt du nicht alles."

Richtig, meldet sich die Traumstimme. Hatte er sich den ironischen Klang nur eingebildet?

Was weiß ich noch nicht? fragt Annym zurück. Doch er hört nur verhallendes Lachen. *Melde dich, Traumstimme. Antworte mir. Warum bin ich anders? Warum treibt mich der Ferndrang fort? Und... wohin?*

„Du mußt diese Welt finden", sagt die Frau mit den roten Haaren verträumt. „Präge dir die Bilder gut ein, Annym DryMarden. Eines Tages wirst du kommen – und nicht nur ein Schatten deines Ichs. Eines Tages wirst du wirklich hier sein. Ich weiß es. Ich bin mir sicher."

„Warum?"

Er versucht sie festzuhalten, doch sie entzieht sich seinem Griff, leicht, mühelos, ohne Anstrengung. Und sie schreitet davon. Es ist fast wie ein Schweben. Über Pfützen aus brackiger Säure hinweg, durch enge Spalten in den Ruinen einer einstmals – vor Jahrtausenden? – stolzen Stadt auf einer namenlosen Welt.

„Warte!" ruft Annym, und seine Verzweiflung wächst wieder. „Sprich nicht immer in Rätseln, wer du auch sein magst. Sag mir, wo ich dich finden kann."

Und das Feuer ist wieder in ihm. Das sanfte Brennen, das sich nun wieder rasch intensiviert. Der Schmerz, der durch seine Adern rinnt, sich in seinem ganzen Körper ausbreitet und sein Herz umklammert. Er spürt, daß er etwas verliert, das er nicht verlieren darf.

Die Frau dreht sich um.

„Du wirst kommen", sagt sie, und ihre Stimme verwebt sich mit dem leisen Singen und Flüstern und Raunen des auflebenden Windes. Dunkle Wolkenberge ziehen rasch dahin und verdichten sich. Es grollt über den Ruinen. Der Säureregen muß bald einsetzen. Wie beim letztenmal. Er muß zurück zum Schiff. Zum Schiff? Welchem Schiff?

Annym dreht sich um. Es ist eine schlanke Silhouette am Horizont. Kein Dimensionsschwimmer der Hrhan. Nicht einmal eine der bekannten Landefähren. Es ist ein unbekanntes Schiff. Wem gehört es? Und wie kann es sich dort befinden, wo es sich befindet, da doch die Hrhan die einzigen sind, die das Geheimnis des überlichtschnellen Raumfluges kennen? Fragen. Immer nur Fragen. Und keine Antworten. Nicht eine.

Die Frau winkt.

„Bleib!“ ruft Annym. Er will ihr folgen, doch da ist wieder der zähe Widerstand, der sich plötzlich seinen Bewegungen entgegenstemmt und dem er nicht ausweichen kann. „Warte. Ich möchte mit dir sprechen. Wir müssen noch über so vieles sprechen. Warte. Sag mir deinen Namen. Sag ihn mir, damit ich weiß, wen ich suchen muß.“

Sie bleibt noch einmal stehen, ein Schatten unter Schatten nun. Eine wehende Fahne mit feuerrotem Haar. Sie scheint einen Augenblick zu überlegen, und Kälte verdrängt die Hitze in Annyms Herz.

„Nun gut, du sollst meinen Namen erfahren“, gibt die Frau zurück. Ihre Stimme ist nun so zart wie das Blütenblatt einer Rose. „Ich bin Aleta. Wenn du kommst, dann suche Aleta.“ Sie lacht. „Ich bin sicher, du wirst kommen. Eines Tages.“ Besorgnis. „Aber laß dir nicht mehr zuviel Zeit, Annym Dry Marden. Denn wir haben nicht mehr viel Zeit ...“

Richtig, stimmt die Traumstimme zu. Annym beachtet sie nicht. Er weiß, daß sie nicht antwortet.

Aleta dreht sich erneut um und verschwindet.

In Annym entsteht Trauer. Die Niedergeschlagenheit über einen Verlust, den er noch nicht genau beschreiben kann.

Er kehrt zum Schiff zurück.

Er erreicht es nicht.

Die Landschaft um ihn herum löst sich auf und macht der Unwirklichkeit Platz. Als er erwacht, zittert er am ganzen Körper.

„Hörst du mich? Annym, hörst du mich?“

Die Stimme war drängend und besorgt. Sie gehörte einer Frau.

„Aleta?“ murmelte Annym langsam. Er fand nur schwer in die Wirklichkeit zurück. Er schlug die Augen auf. Das Gesicht, das dicht über ihm schwebte, war eingerahmt von langen, schwarzen Haaren, die wie dunkle Seide wirkten. Große, ebenfalls dunkle Augen musterten ihn. Die Aura eines intensiven Gefühlsschattens hüllte ihn ein und ließ etwas in ihm vibrieren.

„Senaide ...“

„Du hast sie wieder gesehen, nicht wahr? Und nun kennst du auch ihren Namen. Aleta." Traurig. Ein wenig niedergeschlagen. Die Furcht, ihn zu verlieren.

„Nein", sagte er und richtete sich langsam auf. Ruhig summten die Systeme des automatischen Transporters, der sie von der Ringstadt zur Oberfläche von Gharn hinabtrug. Zum Jagdgebiet. Er streckte seine Hände aus. „*Wir* gehören zusammen, Senaide, meine Stammutter."

„*Nicht*."

Es war schon zu spät. Es war nur ein Reflex, mehr nicht. Annym hatte für einen Augenblick vergessen, daß er *fremd* war für den Metabolismus der Traumgängerin. Noch immer. Einige rote Flekken zeigten sich auf ihrer dunklen Haut. Dort, wo seine Fingerkuppen sie berührt hatten. Schmerz zeigte sich als Echo in Senaides Gefühlsschatten. Sie wandte sich ab, damit er ihre Tränen nicht sehen konnte. Annym murmelte einen lautlosen Fluch.

„Wir sind gleich da", meldete sich Jarmardh der *Streiter*. Er stand am Aussichtsfenster und deutete hinaus. „Sieht wenig einladend aus, wenn ihr mich fragt."

Danke, dachte Annym. Jarmardhs Bemerkung war genau zum richtigen Zeitpunkt erfolgt. Annym erhob sich und trat an die Seite seines Freundes und Kampfesbruders. Der Raupenspinner hockte einige Meter entfernt am Boden und zirpte leise. Er hatte die Viertelverpuppung noch immer nicht ganz abgeschlossen. Der matte Glanz der seinen ganzen Körper einhüllenden Nebelseide hatte sich verdichtet.

Sumpf. Gelbbraun. Dünne, zerfaserte, milchigweiße Nebel, die aus blubbernden Blasen stiegen. In der Ferne einige Fastmorastseen. Dahinter ein breiter Vegetationsgürtel. Und dahinter ... das Monument, die Wände des gewaltigen Talkessels, auf den sich der Großteil des Lebens von Gharn beschränkte. „Das Jagdgebiet", sagte Senaide KurKarim. Leise war sie ebenfalls ans Fenster getreten. Annym achtete sorgfältig darauf, sie nicht zu berühren. Für eine Sekunde trafen sich ihre Blicke. Und der Gefühlsschatten der Traumgängerin sprach mehr als ihre Lippen.

Habe Geduld, Liebster, sagte dieser Gefühlsschatten in Symbolen, die nur jemand verstehen konnte, der lange Zeit bei den Traumgängern verbracht hatte. *Vielleicht legt sich die Xenoallergie. Ich hoffe es. Mir geht es schon viel besser. Vielleicht ... bald ...*

Aber, fügte Annym in Gedanken hinzu und gab sich Mühe, Senaide seine dumpfe Niedergeschlagenheit nicht zu zeigen, aber wir haben keine Traumpollen und keinen Blütenstaub von Metamorphern. Wir können nicht mehr eins werden. Er sah sie an. Und wieder blickten ihm aus den Zügen Senaides die Augen Aletas entgegen. Rasch blickte er zur Seite und dann wieder hinaus. Das, was sie dort draußen erwartete, war zunächst wichtiger.

Der Transporter schwebte mit leisem Summen über den blubbernden Schlick hinweg, neigte sich ein wenig zur Seite und steuerte dann einen Gebäudetrakt an, der aus einer der Festinseln inmitten des Morastes wuchs. Ein sanfter Stoß, und sie waren gelandet. Jarmardh drehte sich wieder um.

Die Einstiegsluke öffnete sich.

Widerwärtiger Gestank schlug ihnen entgegen. Im Lautsprecher knackte es.

„Verlaßt nun den Transporter. Das Innere wird in wenigen Augenblicken mit Giftgas geflutet.“ Es war die Stimme von Hotrax. „Jarmardh, wenn du bleiben möchtest . . .“

Der *Streiter* knurrte nur und sprang hinaus. Der Boden der Festinsel gab federnd unter seinen Schritten nach. Senaide, Annym und der Raupenspinner folgten. Hinter ihnen schloß sich die Luke, und der Transporter stieg wieder empor, den von hier unten aus nur undeutlich zu erkennenden Schatten der Ringstädte entgegen.

Annym blickte empor. Der Rand der Schattensonne hatte Goldschein bereits berührt. Bis zur Verdunkelung konnte es nicht mehr lange dauern. Dann . . . die Jagd . . . Er erschauerte.

Licht flammte auf, als sie den Gebäudetrakt betraten. Ein Servomechanismus rollte ihnen leise knisternd entgegen.

„Guten Tag“, sagte die monotone Stimme. „Dies ist eure Herberge bis zum Jagdbeginn. Äußert eure Wünsche. Wählt eure Waffen.“

„Wieviel Zeit haben wir noch?“ fragte Senaide. Die Maschine antwortete nicht. Annym horchte in sich hinein. Er erinnerte sich an die Mentalautodidaktischen Unterweisungen in der Astroschule der *Sternreisenden*. „Noch zwei Tage bis zur vollständigen Verdunkelung. Die Verdunkelung selbst wird vier Normtage andauern. Die Jäger haben viel Zeit.“

„Wir schaffen es“, knurrte der *Streiter* zornig.

„Ja“, sagte Annym. „Natürlich. Wir schaffen es.“

Der Servomech führte sie tiefer in den Trakt hinein. Er zeigte ihnen Ruhenischen, Eßplätze und das Waffenlager, das bei Jarmardh besonders Interesse fand. Sie nahmen eine Mahlzeit zu sich und schwiegen. Nur der Raupenspinner zirpte leise. Er suchte noch immer nach einem Koituspartner. Er begriff die Lage wahrscheinlich gar nicht. Und dabei wären sie gerade auf die Hilfe dieses exotischen Geschöpfes angewiesen. Im Augenblick stellte der Spinner nur eine Belastung für sie da. Als Annym dies dachte, blickte er ganz automatisch zur Seite und betrachtete Senaide. Sie hatte sich in den letzten Tagen wirklich gut erholt. Die in ihrem Leib wachsende Genfrucht hatte ihren Hormonhaushalt stabilisiert. Aber die Jagd... die Strapazen... und die ausweglose Lage...

Als sie die Mahlzeit beendet hatten, begann direkt neben dem flachen Tisch die Luft zu flimmern und zu knistern. Das holografische Abbild Roghans schälte sich aus den Schlieren. Der Aymya lächelte.

„Ihr seid also gut angekommen, *Di*“, sagte er ruhig. „Nun, die Jagd beginnt in zwei Tagen – wie du bereits richtig vermutet hast, Halbmensch. Das Waffenlager, das ihr schon besucht habt, steht euch zur Verfügung. Wählt aus, was euch gefällt. Ihr könnt so viele Waffen mitnehmen, wie ihr wollt.“

„Wie werden wir gejagt?“ erkundigte sich Jarmardh.

„Das steht meinen Kunden frei.“ Das Lächeln vertiefte sich. „Die meisten ziehen es erfahrungsgemäß vor, den Gejagten zumindest eine geringe Chance einzuräumen. Nervenkitzel.“

Eine Auskunft also, die keine war. Sie mußten auf alles gefaßt sein.

„Wenn ihr die Jagd überlebt – ich hoffe es, schließlich seid ihr wertvolle *Di* –, ist alle *Di*-Schuld getilgt.“

„Aber wir sind weiter Leibeigene“, murmelte Senaide KurKarim leise. In ihren großen, dunklen Augen schimmerten die Dichtwälder des Hohen Nordens von Yloisis.

„Natürlich“, gab Roghan der Makler zurück. „Wie ich bereits sagte.“ Seine Miene verdüsterte sich für einen Augenblick. „Versucht ihr aber zu fliehen, dann wißt ihr, was euch erwartet. Ein Entkommen ist unmöglich. Sollte dieses Unmögliche aber dennoch eintreten, so seid ihr vogelfrei: entflohene *Di*. Ihr kennt die Gesetze. Und ihr kennt die Belohnung, die ich für ein Ergreifen entflohener *Di* aussetze. Sie ermöglicht für den Betreffenden ein Leben in Luxus. Ihr werdet wieder Gejagte sein, für den Rest eures Lebens. Und das wird nicht sehr lang sein.“ Er lächelte wieder. Väterlich fast und sogar mit einer Spur Sorge. „Sorgt für eine gute Jagd, meine *Di*. Ich hoffe, ihr überlebt.“

Damit verblaßte die holografische Darstellung.

Stille.

Bis Jarmardh einen Fluch in der *Streiter*-Sprache knurrte. „Dieser aufgeblasene . . .“ Er knirschte mit den Zähnen.

Annym blickte sich um und deutete auf Wände und Decke. „Hier können wir nicht sprechen. Roghan hört mit. Oder Hotrax. Ich schlage vor, wir legen uns nieder, schlafen einige Stunden und brechen dann auf. Es scheint mir angebracht, zum Beginn der Jagd eine möglichst große Entfernung zu unserem Absetzpunkt zurückgelegt zu haben.“

Jarmardh nickte. „Weise gesprochen, Kampfesbruder. Je größer die Entfernung, desto größer der Zeitvorteil.“

Sie suchten die Ruhebereiche auf. Senaides Gefühlsschatten drückte wachsende Besorgnis aus. Und Angst um die in ihrem Leib wachsende und gedeihende Frucht. Dreieinhalb Monate Wachstumszeit, hatten die Hybridisierer in der Mehrlebensoase behauptet . . . Wenn sie noch so lange lebte.

Annym kam nur schwer zur Ruhe. Er kämpfte mit widerstrebenden Empfindungen. Er sah Senaide auf der anderen Liege, und der Wunsch, sie zu berühren, wurde beinah übermächtig. Aber er sah in ihren im Schlaf entspannten Zügen auch das Gesicht Aletas. Und er fühlte das wieder aufflackernde Feuer in seinem Innern. Die Traumstimme meldete sich nicht. Aber der Ferndrang erwachte wieder und drängte ihn, diese Welt zu verlassen. Er trieb ihn fort, hin zu einem Zielpunkt, über den er nichts wußte.

Irgendwann schlief er ein.

„Wir haben nur eine einzige Chance“, sagte Annym DryMarden bestimmt, als sie ihre erste Rast einlegten. Der Gebäudetrakt, in dem sie gespeist und geruht hatten, war längst außer Sicht: verschluckt von den blubbernden und stinkenden und schmatzenden Gasblasen, die aus den Tiefen des Sumpfes emporquollen, verdeckt von den Festinseln und der dort wachsenden niedrigen Vegetation.

„Und die wäre?“ fragte Jarmardh, während er auf einem Riegel Trockenfleisch kaute. An dem breiten Gürtel des *Streiters* baumelten mehrere Waffen: ein Morgenstern, ein Kurzschwert, eine Reihe von Wurfmessern, ein Giftnetz. Strahl- und über längere Distanz tragende Projektilwaffen hatte das Lager nicht bereitgehalten. Sie konnten nur hoffen, daß solche Dinge von den Jägern nicht gegen sie eingesetzt wurden.

„Das Monument“, gab Annym zurück und deutete zum Horizont, wo sich das Monument als diffuse, bleigraue Fläche abzeichnete. Man hätte es für eine sich bis weit hinauf auftürmende Wolkenwand halten können, hätten sie es nicht besser gewußt. „Wir müssen zum Monument und dort einen Weg aus diesem Talkessel suchen.“

Jarmardh legte den Kopf auf die Seite. Senaide blickte Annym interessiert an. Der Raupenspinner zirpte und betrachtete sie aus seinen Augenpunkten. Seine Viertelverpuppung näherte sich nun allmählich dem Ende.

„Roghan wird es erfahren“, wandte der *Streiter* ein. „Er wird uns von seinen Schergen verfolgen lassen. Und gegen eine solche Übermacht haben wir keine Chance.“

„Irrtum“, stellte Annym richtig. „Hinter dem Monument schließen sich Hochebenen an. Der Luftdruck reicht dort gerade noch für uns aus. Was aber wichtiger ist: Diese Hochebenen schließen auch die Rotwüsten der *Kii'hm* mit ein. Habt ihr jemals von den *Kii'hm* gehört?“

Der Sumpf gluckerte. Der *Streiter* schüttelte den Kopf. Ebenso die Traumgängerin. Der Raupenspinner zirpte nur.

„Man weiß nicht, ob es sich bei den *Kii'hm* um ein intelligentes Volk handelt, das hier auf Gharn entstanden ist. Tatsache ist jedoch, daß sie wesentlich länger hier sind als alle anderen Intelligenzen. Menschen und Halb- und Ganzfremde haben die *Kii'hm* immer gemieden. Sie stehen in dem Ruf, Magier mit düsteren Fähigkeiten und noch düstereren Absichten zu sein. Es geht die Rede, ihre besondere Vorliebe sei es, andere Intelligenzen in Geschöpfe niederer Art zu verwandeln – Ratten, Mäuse, Ameisen.“ Er lächelte hintergründig. „Kein Jäger wird es wagen, uns über das Monument hinaus zu folgen. Und ich glaube, auch kein Scherge Roghans.“ Er hatte diese Worte kaum ausgesprochen, als er etwas Seltsames spürte: eine Art magnetische Anziehungskraft, die vom Monument und den dahinter liegenden Regionen Gharns ausging und sich um ihn schloß. Es war nicht vergleichbar mit dem heißen und doch nicht verbrennenden Feuer seines Ferndrangs oder den ironischen und sarkastischen Signalen seiner Traumstimme. Es war ein ... Hoffnungsschimmer. Und noch etwas mehr. Etwas, das er im Augenblick noch nicht verstehen konnte.

Eine Hand berührte ihn, eingehüllt von einem dünnen, leinenen Tuch. Senaide. Sie streichelte seine Wange, lächelte. Sie wußte, was in ihm vorging.

„Woher weißt du das alles?“ fragte Jarmardh.

„Oh“, machte Annym, „die *Sternreisenden* besitzen ein umfangreiches Wissen. Und ich war ein gelehriger Schüler.“

Mehr nicht. Es reichte aus.

Der *Streiter* kniff die Augen zusammen. „Wie weit mag es entfernt sein?“

„Das Monument? Mindestens noch sechzig oder siebzig Normkilometer bis zu seinen Ausläufern. Und es ist hoch. Sehr hoch. Wir müssen einen Paß finden. Die Gipfel reichen bis fast über die Atmosphäre Gharns hinaus.“

„Und wenn die Dinge, die man sich hier auf Gharn über die *Kii'hm* erzählt . . . ich meine, wenn sie der Wahrheit entsprechen?“ fragte Jarmardh unruhig. „Als Ratte würde ich mich, glaube ich, nicht sonderlich wohl fühlen.“

„Ich auch nicht“, gab Annym leicht amüsiert zurück. „Die *Sternreisenden* nahmen keine Beurteilung dieser Bewertung vor. Wir müssen darauf vertrauen, daß es eine Legende ist und nicht mehr.“ Das Lächeln verschwand aus seinen Zügen. Er blickte in die Ferne. „Aber viel zu verlieren haben wir ja nicht mehr, oder . . .?“

„Nein“, sagte Senaide kaum hörbar. „Nicht mehr viel . . .“ Sie erhob sich. Auf ihrem Bauch zeichnete sich eine flache Wölbung ab. Die Genfrucht gedieh prächtig, so schnell, wie es die Hybridisierer vorausgesagt hatten. Und der Appetit, den sie zeigte, sprach Bände. „Laßt uns keine Zeit verlieren. Wir müssen weiter.“

Sie blickte hinauf. Bereits ein gutes Viertel von Goldschein wurde nun bereits von der Schattensonne verdeckt. Nicht mehr lange bis zur Verdunkelung. Und der Jagd.

Sie packten ihre Ausrüstung zusammen: Nahrungsmittelkonzentrate aus der Herberge, Faltzelte, Wärmfäden für die kühlen Nächte, Trinkwasser, Waffen. Annym hatte sich für eine Projektilschleuder mit einer Reichweite von bis zu fünfzehn Metern, mehrere Klebhaken und einen Stab entschieden. Senaide trug einen Säbel mit gebogener Klinge. Der Raupenspinner war unbewaffnet. Er nahm die Realität noch immer nicht ganz wahr. Aber wenn seine Viertelverpuppungsphase erst einmal beendet war, dann war er selbst Waffe genug.

Sie brachen auf und verließen die Festinsel, die ihnen für die kurze Rast sicheren Untergrund gewährt hatte. Der Sumpf nahm sie auf – gluckernd und schmatzend und gurgelnd. Sie wateten durch den Schlamm, mit einem Seil untereinander verbunden.

Eine unabdingbare Sicherheitsmaßnahme für den Fall, daß jemand in eine der verborgenen Saugflächen geriet und abzusinken drohte in die unauslotbaren Tiefen des gelbbraunen Morastes. Sie erblickten nur wenige Bodengefesselte während ihres Marsches. Annym wußte aus den Mentalautodidaktischen Unterweisungen, daß sie die Verdunkelung durch die Schattensonne fürchteten und für diese Zeit geheime Verstecke aufsuchten. Nicht nur, daß während der Verdunkelungsphase die Jagd Roghans stattfand – seit Jahrzehnten nun bereits schon. In den vier Tagen, in denen sich die Finsternis über Gharn legte, erwachten *andere* Geschöpfe. Dunkelvampire, die sich vom Blut der jungen Bodengefesselten ernährten und andere, ebenso düstere Aktivitäten entfalteten. Annym besaß nicht viele Informationen über die *Verdunkelungsschatten*. Er hoffte nur, daß sie keine Regionen berührten, in denen sich Nester dieser Geschöpfe befanden. Einmal, während des späten Nachmittags des ersten Tages, kamen sie an einer der Städte der Bodengefesselten vorbei. Die wenigen Bewohner, die sie zu Gesicht bekamen, flüchteten sofort, als sie sie erblickten. Die Gebäude waren aus in der Sonne gehärtetem Lehm errichtet und duckten sich eng an die Festinseln. Untereinander waren sie mit schmalen Stegen verbunden, die gefährlich schaukelten und sich weit zur Seite neigten, wenn einer der Hausbewohner sie betrat und hinübereilte. Die Bodengefesselten waren Ganzfremde von verschiedenartigem Äußeren. Manche von ihnen erinnerten Annym an die Magmatänzer von Desian – einer seiner Schüler in der Astroschule war ein Dreitänzer gewesen –, andere eher an einige Gefahrenbringer der unteren Ebenen in den Dichtwäldern von Yloisis.

Weiter. Und immer weiter. Senaide gab keinen Laut der Klage von sich, obgleich Annym die wachsende Erschöpfung in der zierlichen Traumgängerin spürte. Sie hielt aus. Und sie mußte aushalten. Schließlich blieb die Sumpfzone gegen Abend des ersten Tages hinter ihnen, und sie erreichten die Region der Fastmorastseen. Wolkenberge zogen von Süden heran und verbargen die weit über ihnen schwebenden Ringstädte vor ihren Blikken. Goldschein und die sie zuzudecken beginnende Schattensonne waren längst hinter dem Monument versunken. Es wurde rasch dunkler.

Der Schlamm gluckerte zu ihren Füßen. Wenn Gasblasen in ihrer Nähe emporstiegen und zerplatzten, benetzten Schlickspritzer ihre Kombinationen. Der Raupenspinner zirpte nur. Annym konnte einen Teil seiner Ausstrahlung analysieren. Er fühlte sich offenbar alles andere als wohl.

Jarmardh war vorausmarschiert und kehrte nun wieder zurück. „Da können wir nicht ohne weiteres rüber“, brummte der Hybride. „Zu viele Saugstrudel. Wir müssen ein Floß bauen.“

Senaide ließ sich auf einer nahen Festinsel nieder. Ihre Lautlose Stimme formulierte die Stumme Klage, die den Kummer aus ihr vertrieb. Sie entspannte sich. Ihr Gefühlsschatten begann wieder Harmonie auszusenden. Eine Harmonie aber, die mit der in den Dichtwäldern ihrer Heimat nichts gemein hatte. Es war eine erzwungene Ausgeglichenheit. Tief unter der Oberfläche der Selbstkontrolle brodelte es.

Annym und Jarmardh machten sich auf die Suche nach geeignetem Baumaterial. Sie fanden bambusähnliche Hölzer, die sie mit dem Kurzschwert Jarmardhs fällten und mit abgeschälten Fasersträngen zusammenbanden. Der laue Wind wehte das melodische Summen Senaides zu ihnen herüber. Manchmal ertönte auch das Zirpen des Raupenspinners. Annym blickte hinüber und wandte sich dann wieder dem *Streiter* zu.

„Wie schätzt du unsere Chancen ein?“

„Willst du meine ehrliche Meinung hören?“

Nicken. „Ja. Solange uns Senaide nicht hören kann.“

Der *Streiter* gab ein verstehendes Knurren von sich. „So gut wie gar keine. Wir wissen nicht, wie Roghans Kunden uns jagen werden. Vielleicht von Gleitern aus. Und mit Hochenergiegewehren.“ Er klopfte auf die Waffen an seinem Gürtel. „Und das hier? Was ist das schon? Prähistorisch. Wenn du das Weiße in den Augen deines Gegners erkennen kannst, ja, dann haben wir damit eine Chance. Die Frage ist nur, ob sie auch so nahe an uns herankommen. Und das Monument? Was, wenn wir keinen Paß finden?“ Er schüttelte seinen breiten Kopf, knetete die Faserstränge, band zusammen, prüfte die Festigkeit und knurrte. „Es existieren zu viele Unsicherheitspunkte, Kampfesbruder. Und selbst wenn wir alles überstehen, dann bleiben wir doch *Di*.“

„Nicht, wenn die Flucht gelingt.“

„Du bist sehr optimistisch, Halbmensch und Freund.“

„Es ist das einzige, was mir geblieben ist.“

Sie schwiegen eine Weile und arbeiteten stumm weiter. Andere Geräusche mischten sich nun in das Gluckern und Gurgeln des Sumpfes: ein dumpfes Grollen in der Ferne, Krächzen, nicht ganz so weit, Wasser, das von breiten Flossen zerteilt wurde.

„Eine zweite Gefahr“, kommentierte Jarmardh und deutete in die sich verdichtende Dunkelheit hinaus. „Eine, die wir ebenfalls nicht genau abschätzen können.“ Knurren. „Ich wünsche mir nur eines ...“

„Was?“

„Daß ich Hotrax noch den Hals umdrehen kann, bevor es mit mir selbst zu Ende geht. Nicht mehr. Nur das.“

„Es ist nicht viel.“

„Es reicht, mein *horan*.“

Das Floß war nahezu fertiggestellt. Jarmardh befestigte das Ruder, prüfte es noch einmal und nickte dann zufrieden. „Es müßte uns zumindest über die Fastmorast-Seenplatte hinwegbringen. Wenn wir den Vegetationsgürtel noch vor Beginn der Jagd erreichen, sieht es etwas besser für uns aus. Dort haben wir wenigstens die Möglichkeit, uns zu verstecken.“

Und wenn sie Infrarotorter haben ... dachte Annym.

Sie kehrten zu Senaide zurück. Und wieder schmerzte es Annym, sie dort sitzen zu sehen: ein Juwel, eine Kostbarkeit – aber unberührbar. Für einige Sekunden zwang er seinen Geist in die Halbspaltung. Sie besaßen keine Traumpollen, deren Wirkung ihre Egos zusammenschweißen konnte, aber Annym hatte bei den Traumgängern viel über die Kontrolle des eigenen Ichs gelernt.

Annym?

Ja?

Werden wir es schaffen?

Natürlich, Senaide. Wir werden es schaffen. Er verdrängte alle Zweifel aus den Symbolen.

Unser Kind muß leben, Annym. Ihre linke Hand streichelte die Wölbung ihres Bauches.

Es wird leben, Senaide. Wir alle werden leben. Erinnerst du dich an das Versprechen, das ich dir gab? Ich werde dich nach Yloisis zurückbringen. Zu den Weisen Damen und den anderen Stammüttern. In deine Heimat. Du wirst so glücklich sein, wie du es warst.

Ja, gab sie zurück. Die Verbindung wurde schwächer. Es kostete viel Kraft, die Ganzkommunikation ohne Hilfe von Traumpollen aufrechtzuerhalten. *Ich werde zurückkehren. Mit dir, Annym.*

Kalter Schmerz erfaßte Annyms Herz. Er zog sich zurück und atmete schwer. Allein der Gedanke, nach Yloisis zurückzukehren, ohne das Ziel – was auch immer es war – gefunden zu haben, weckte den Ferndrang in ihm. Er hoffte, daß Senaide nichts davon bemerkt hatte. Aber er wagte auch nicht, ihren Gefühlsschatten daraufhin abzutasten. Er unterdrückte den Tönungsreflex seiner Haut, so wie Hotrax es ihn gelehrt hatte. Die Verzweiflung in Senaide wartete nur darauf, ein Ventil für einen neuen Ausbruch zu finden.

Jarmardh schob das Floß in das brackige Wasser des Fastmorastsees hinein, sprang hinauf und reichte Senaide den Arm. „Komm." Der Raupenspinner kletterte eilig hinterher. Er hatte eine besondere Affinität zur Traumgängerin entwickelt. Annym DryMarden folgte als letzter. Der *Streiter* nahm die Manövrierstange zur Hand und stieß ihr Gefährt vom Ufer ab. Dann nahm er hinter dem Ruder Platz, schob es nach rechts und wieder nach links. Dickes, zähes Wasser gurgelte an den Bambushölzern vorbei. Das Ufer verschwand in der Dunkelheit.

„Legt euch zum Schlafen nieder", riet Jarmardh. „Es ist noch ein weiter Weg. Und wer weiß, wann ihr wieder zur Ruhe kommt. Ich halte noch eine Weile aus." Und, an Annym gerichtet: „Ich wecke dich, wenn es für eine Ablösung Zeit ist."

Er nickte, streckte sich aus und war fast im gleichen Augenblick eingeschlafen.

Etwas riß Annym aus dem Schlaf. Zunächst wußte er nicht, was es gewesen war. Finstere Nacht. Wolken, die die Sterne verdeckten, ihr weniges Licht schluckten. Jarmardh war ein konturloser Schatten vor dem Hintergrund des Fastmorastsees. Senaide schlief. Dann und wann stöhnte sie leise. Annym räusperte sich und wollte gerade eine Frage an den *Streiter* richten, als es sich wiederholte.

Ein schabendes Gurgeln direkt unter dem Floß, gefolgt von einem Stoß, einer Erschütterung, die die Festigkeit der zusammengebundenen Bambushölzer stark beanspruchte.

„Was . . .", machte Senaide und kam halb in die Höhe.

„Psst!" Jarmardh legte den Kopf auf die Seite. „Irgend etwas ist unter uns. *Direkt* unter uns."

Annym kam lautlos auf die Beine und tastete unwillkürlich nach seinen Waffen. Nicht lange, und seine Augen hatten sich an die Dunkelheit gewöhnt. Er trat an die Seite des *Streiters*. Und horchte. Wasser schäumte.

„Ich habe kein gutes Gefühl . . .", gab Jarmardh zu. Metall klirrte, als er den Morgenstern aus seinem Gürtel zog. Es schien eine seiner bevorzugten Waffen zu sein. Annym erinnerte sich unwillkürlich an den Kampf im Ring. Wer auch immer dem *Streiter* entgegentrat, er hatte keinen leichten Gegner.

Aufmerksam suchten sie die unmittelbare Umgebung des Floßes mit ihren Augen ab. Hier und da stiegen Gasblasen empor und zerplatzten. Fauliger Geruch drang an ihre Nasen. Dann ... Jarmardh deutete auf eine bestimmte Stelle und hatte einen Sekundenbruchteil später eines seiner Wurfmesser in der linken Hand. Die rechte umklammerte den Griff des Morgensterns.

„Irgend etwas taucht auf ..."

Annym nickte nur und hob die Projektilschleuder, eine Waffe, die entfernt an eine Armbrust erinnerte, aber bei weitem nicht so leistungsfähig war. Er drehte sich um und flüsterte Senaide zu: „Bleib, wo du bist. Halte dich an den Strängen fest. Ja, dort. Und achte auf unseren Freund." Er deutete auf den Raupenspinner.

„Achtung!" rief Jarmardh. Ein formloses Fleischkonglomerat durchbrach die trübe und brackige Oberfläche des Sees. Ein Augenring richtete sich auf sie. Spalten und Risse bildeten sich in dem unförmigen Geschöpf. Silbern glitzernde Leiber schoben sich daraus hervor und glitten flink über das zähe Wasser auf das Floß zu.

Annym *erinnerte* sich.

„Flossenläufer", sagte er rasch und zielte mit der Projektilschleuder. „Sie gehören zu den Verdunkelungsschatten. Wir haben Pech, daß sie einige Stunden zu früh aktiv werden."

Sirren, und ein Bolzen zerfetzte einen der Flossenläufer. Andere nahmen seine Stelle ein. Ein weiterer Bolzen. Und noch einer.

„Sie sehen nicht sonderlich gefährlich aus ...", machte Jarmardh. Es klang fast enttäuscht.

„Sie *sind* gefährlich", bekräftigte Annym. „Es sind Eierträger, weiter nichts. Sie bohren Hohldorne in die Körper von georteten Warmblütern und injizieren die Eier in die Wirtskörper." Er warf Senaide einen raschen Blick zu. „Die Eibrut ernährt sich von dem Organismus des Wirtskörpers. Wer davon befallen ist, wird bei lebendigem Leibe verspeist. Langsam. Stück für Stück."

Die ersten Flossenläufer hatten das Floß jetzt nahezu erreicht. Jarmardh schwang seinen Morgenstern. Die Stahlkugel mit den Zacken zerschmetterte und zerfetzte. Aber es kamen immer weitere Läufer.

Annym hob die Projektilschleuder. Die Stille um sie herum hatte dem zähen Gurgeln des Sees und dem Rasseln und Knistern von Schuppen und Gleitflossen Platz gemacht.

„Das Muttertier!" rief Annym und zielte. „Wenn wir das Muttertier erledigen, ist der Nachschub abgeschnitten."

Er betätigte den Abzug. Ein Bolzen raste davon, doch das Fleischkonglomerat befand sich gerade außerhalb der Reichweite. Der Bolzen verfehlte den Augenring, hinter dem sich das Steuerhirn verbarg, prallte gegen die borkige Außenhaut und verschwand im See.

Der Strom der ausgespienen Flossenläufer nahm kein Ende. Jarmardh hieb nun mit dem Morgenstern und dem Kurzschwert immer wieder auf die Armee aus silbernen Leibern ein. Eier quollen aus den zerfetzten Fischen; das Wasser schäumte und färbte sich rot. In der Ferne ertönte ein heiseres Grollen.

„Das Blut!" rief der *Streiter*. „Es lockt andere Geschöpfe an. Wir müssen hier verschwinden. So schnell wie möglich."

Annym legte einen Bolzen nach dem anderen ein, doch das Muttertier war zu weit entfernt. Senaide schrie auf, und Annym drehte sich auf den Absätzen um.

Zwei Flossenläufer krochen über den von der einteiligen Kombination geschützten Körper der Traumgängerin. Sie versuchte, die Fischleiber abzustreifen, doch kaum berührte sie sie, saugten sich die Flossenläufer sofort fest und versuchten, die Hohldorne durch das extrem zähe Material der Kombination zu bohren.

„Das Muttertier, Jarmardh!" rief Annym, dann stürzte er zu Senaide. Sie kam nicht an den Säbel heran, ohne die – ungeschützte – Hand in gefährliche Nähe eines der Flossenläufer zu bringen.

„Annym, die Kombination. Ich spüre den Dorn schon. Ich . . ." Ihr Gesicht wurde blaß. Annym legte rasch einen neuen Bolzen in die Kammer der Projektilschleuder, beugte sich nieder und legte an. „Nicht bewegen!" zischte er. Dann riß er den Abzug durch. Der Bolzen schabte über das Material der Kombination, zerfetzte den Flossenläufer, der sich festgesaugt hatte. Der zweite saß dicht an Senaides Hals. Zu gefährlich.

„Jarmardh!"

„Ja?" Der Streiter drehte sich nicht um. Wie ein Berserker hieb er auf die herangleitende tödliche Flut ein.

„Ein Messer. Rasch."

Für einen Augenblick hielt Jarmardh inne, riß eines seiner Wurfmesser aus dem Gürtel und warf es Annym zu. Der fing es geschickt auf, kam mit einer fließenden Bewegung herum und hieb es dem zweiten Flossenläufer tief in den Leib. Die Saugnäpfe lösten sich schmatzend, während ein zähnebewehrtes Maul nach Annyms Hand schnappte. Er zog das Messer wieder heraus und wischte den sterbenden Eierträger davon. Senaide atmete einmal tief durch. Annym warf ihr noch einen kurzen Blick zu, der soviel besagte wie: „Paß auf!“, und eilte dann zurück an Jarmardhs Seite.

„Wie gut bist du im Messerwerfen?“

„Ich bin ein *Streiter*“, gab Jarmardh stolz zurück.

„Dann versuche, ob du den Augenring des Muttertieres treffen kannst.“ Wieder grollte die heisere Stimme in der Dunkelheit, und diesmal war sie schon nicht mehr ganz so fern. „Ich werde sehen, ob ich die Biester solange von dir fernhalten kann.“

Annym hieb und trat und stach, während Jarmardh ein zweites Messer zur Hand nahm, kurz das Gewicht prüfte, die Augen zusammenkniff und die Entfernung maß. Dann . . . eine blitzschnelle Bewegung, und das Messer sirrte durch die Dunkelheit. Die helle Klinge durchschnitt den Augenring des Muttertieres, drang durch die weiche, darunterliegende Haut und bahnte sich einen Weg durch Muskeln und Venen. Hinein ins Hirn.

Das Brackwasser schäumte, als sich das Fleischkonglomerat aufbäumte. Der nicht enden wollende Strom von Flossenläufern aus den Spalten und Ritzen versiegte endlich. Annym klopfte dem *Streiter* auf die Schulter, der wieder seinen Morgenstern packte und zusammen mit Annym die Reste der Eierträger erledigte.

Sie gönnten sich nur eine kurze Ruhepause, dann nahm Jarmardh wieder hinter dem Ruder Platz und setzte das Floß in Bewegung. Das sterbende Muttertier blieb rasch hinter ihnen zurück.

Der heisere Schrei des anderen Geschöpfes ertönte nicht noch einmal. Doch nach etwa fünf Minuten Fahrt drang aus der Richtung, in der sie das Fleischkonglomerat zurückgelassen hatten, ein knarrendes Geräusch, dem heftiges Wasserrauschen folgte, wie von einer Flutwelle, die jedoch ausblieb.

„Da hatte offenbar jemand großen Appetit“, kommentierte Jarmardh sarkastisch.

In dieser Nacht fand niemand von ihnen mehr Schlaf.

Und als am nächsten Morgen Goldschein über den hohen Horizont des Monuments kletterte, war sie bereits fast vollständig von der Schattensonne verdunkelt. Gegen Mittag krochen weite Schatten über das Land und die Fastmorastseen. Es war eine sonderbare Erscheinung: War es eben noch hell gewesen, so kam nun, unerwartet scheinbar, plötzliche Dunkelheit, die ein Gefühl der Desorientierung erzeugte.

Die Zeit der Verdunkelung hatte begonnen.

Und damit die Jagd.

12

Wenn Sie einzigartige Di-*Ware suchen, werte Damen und Herren, dann kommen Sie zu mir, zu Roghan dem Makler. Meine Ware ist sternenweit bekannt für ihre besondere Qualität. Wenn Sie einen* Di *bei mir kaufen, verehrte Kunden, dann können Sie sicher sein, das Beste erstanden zu haben, was auf dem Markt zu finden ist.*

Sie wollen große Auswahl? Sie wollen das Beste sehen, was ich anzubieten habe? Kommen Sie nach Gharn. Kommen Sie zum Schattensonnenfest. Denn hier, verehrte Kunden, findet meine größte Auktion statt. Sie finden Zerstreuung und jede Art von Amüsement. Nehmen Sie teil an der Jagd, die ich für Sie veranstalte. Erleben Sie das prickelnde Gefühl, von mir für diesen Zweck ausgesuchte Di *zu jagen. Erleben Sie den Triumph, den ein Jäger empfindet, der seine Beute stellt. Genießen Sie. Prüfen Sie meine Ware. Sie werden zufrieden sein.*

Roghans Werbetexte

Der Anfang der Welt war Dunkelheit. Das Ende der Welt wird ebenfalls Dunkelheit sein. Dazwischen liegt eine Phase aus Licht. Doch ein Narr ist, wer sich von dem trügerischen Glanz der Helligkeit blenden läßt.

14. Tranq-Sure

Das Floß schaukelte sanft auf den trägen Wellen des Fastmorastsees. Sie nahmen ihre spärliche Ausrüstung auf, sprangen ans Ufer und schritten auf den Vegetationsgürtel zu: eine Mauer aus Grün und Blau und Braun, ein dicker Teppich, der sich hier über den Sumpf und Schlick und Schlamm gestülpt zu haben schien. Dämmerung hüllte sie ein. Die Ringstädte waren Schatten, die weit über ihnen schwebten.

Die Verdunkelung.

Die Jagd hatte begonnen.

Sie marschierten einen schmalen Pfad entlang, der sich wie ein Tunnel in den Vegetationsbereich hinein erstreckte. Hartgras knirschte sanft unter ihren zielstrebigen Schritten. Jarmardh murmelte Worte, die Annym und Senaide nicht verstanden: monoton und gleichförmig, immer wieder. Vielleicht war es eine Beschwörung, die Kraft wecken sollte, vielleicht auch ganz etwas anderes. Tiefer hinein in den Wald, der kein Wald war. Die Dunkelheit verdichtete sich hier. Selbst dann, wenn Goldschein nicht von der Schattensonne bedeckt war, herrschte hier ewige Dämmerung. Vegetationsschicht um Vegetationsschicht stülpte sich übereinander, und nur in den oberen Ebenen war Licht. Morastiger Gestank umwehte sie, nicht ganz so unangenehm wie die Aromen der Sümpfe: der Geruch des Zerfalls organischen Materials, das von weit oben herniederregnete und hier unten den Grundstein für neues Leben bildete. Sie marschierten wie Maschinen: stumm, manchmal leise fluchend, wenn ein Dorn über eine Hand ritzte. Geräusche waren um sie herum, die sie nicht zu definieren vermochten: mal ein Zirpen, dann ein Summen wie von einem nahen Insekt, dann ein fernes Röcheln. Mal ein Knistern und Schaben und Knacken, als bahne sich ein großer Körper einen Weg durch das Dickicht des Unterholzes. Manchmal blieben sie stehen und lauschten, sich ihrer unzureichenden Bewaffnung bewußt. Doch dann trieb sie der Zeitdruck weiter. Die Jagd hatte begonnen. Und das Monument war noch fern, viele Kilometer. Zu viele Kilometer. An diesem Tag konnten sie es nicht mehr erreichen. Vielleicht morgen – wenn der Marsch durch den Vegetationsgürtel sie nicht zuviel Zeit kostete.

Gegen Mittag legten sie eine kurze Rast ein. Sie fanden eine Lichtung, die fast wie ein Schacht war. Aus unerfindlichen Gründen war hier die Wand aus Pflanzen nicht ganz so dicht. Sie wagten es nicht, ein Feuer anzuzünden. Der Lichtschein konnte zwar nicht weit reichen, aber möglicherweise waren wenige hundert Meter schon weit genug, um einen Jäger auf ihre Fährte zu locken.

Jarmardh kaute lustlos auf einem Streifen Trockenfleisch und deutete auf den leise knurrenden Raupenspinner. Die seinen drei Meter langen Körper einhüllende Nebelseide – Zeichen seiner Verpuppungsstasis – glühte matt in der dämmrigen Finsternis. Senaide steichelte ihn sanft.

„Er behindert uns nicht nur“, sagte der *Streiter* leise, „er kann uns sogar verraten. Dieses Leuchten . . .“

„Willst du ihn vielleicht zurücklassen?“ fragte die Traumgängerin erschrocken. Der Hybride schüttelte den breiten Kopf.

„Nein, natürlich nicht. Wir gehören zusammen. Aber es ist ein Faktum.“ Irgendwo in der Nähe ertönte ein röchelnder Schrei. Für ein paar Sekunden folgte eine beinah unheimliche Stille, dann setzte das vielstimmige Zirpen und Knistern und Knacken wieder ein. Annym betrachtete den Raupenspinner, der die Liebkosungen der Traumgängerin zu genießen schien. Ihn kannst du berühren, dachte er niedergeschlagen. Mich aber ... Unnütze Gedanken, schalt er sich sofort darauf. Es ist Jagdzeit.

„Ich frage mich, wie lange es noch dauern mag, bis er seine Viertelverpuppung beendet hat ..."

„Nicht mehr lange", entgegnete Senaide leise. „Die Nebelseide ist bereits ganz hart, wie ein Panzer. Bald wird sie aufbrechen, und dann beginnt die Halbverpuppung des Raupenspinners. Dann kann er uns helfen."

„Wir können froh sein", überlegte Jarmardh laut, „daß wir diesen Vegetationsgürtel erreicht haben. Die Jäger werden Schwierigkeiten haben, uns hier zu lokalisieren."

Vier Tage, dachte Annym DryMarden. Vier lange Tage. Und Nächte.

Der Raupenspinner zirpte etwas lauter. Sein Schädel neigte sich zur Seite. Hinter der Nebelseide verborgene Augen schienen sie aufmerksam zu betrachten. Das Zirpen intensivierte sich weiter. Annym sprang auf die Beine.

„Senaide, du mußt ihn beruhigen. Irgendwie. Wenn die Jäger Akustikorter einsetzen ..." Die Traumgängerin streichelte den Körper, schneller jetzt, ein wenig hektisch und zugleich doch sanft. Doch der Raupenspinner beruhigte sich nicht. Er stemmte seinen Körper auf die vier Dutzend Beinpaare. Der Leib zitterte deutlich. Senaide schloß die Augen.

„Er spürt etwas", kam es undeutlich über ihre Lippen. „Etwas ... nähert sich ..."

Sie horchten. In der Ferne war ein leises, vom Wind davongewehtes Summen. Mal war es lauter, dann wieder so leise, daß es in dem Rascheln der Blätter über ihnen unterging. Ein Schweber. Kein Zweifel.

Jarmardh schob sich den Rest seines Trockenfleischriegels in den Mund und erhob sich ebenfalls. Rasch schob er die Waffen hinter den Gürtel und warf sich die Ausrüstung über die Schulter. „Kommt", sagte er. „Verschwinden wir von hier. Wenn es ein Jäger ist, dann sind wir tiefer im Vegetationsbereich sicherer."

Sie nickten, packten ebenfalls alles zusammen und brachen wieder auf. Das verfilzte Unterholz verschluckte sie alsbald. Die Geräusche ihrer Schritte, selbst ihr Atem, waren lauter als das ferne Summen des Schwebers. Doch der Raupenspinner beruhigte sich nicht. Senaide versuchte immer wieder, einen quasiempathischen Kontakt mit ihm aufzunehmen, doch der größte Teil seines Geistes war noch immer in den illusionären Welten der Viertelverpuppung eingekerkert.

Dann, irgendwann, nach Stunden, wurde das Summen plötzlich lauter. Jarmardh hatte bereits begonnen, sich nach einem geeigneten Nachtlager umzusehen. Er erstarrte zu einer bewegungslosen Säule, legte den Kopf in den Nacken und lauschte.

„Sie kommen“, sagte er dann. Das nervöse Zittern des Raupenspinners verstärkte sich. Vielleicht spürte er die sich nähernde Gefahr, eine Bedrohung seiner Verpuppungsstase. Das Summen schwoll an, wurde wieder ein wenig leiser und blieb dann stabil. Irgendwo hinter ihnen durchbrach ein Körper das verfilzte Dikkicht. Es knackte und knirschte, dann war wieder Ruhe. Das Summen des nahen Schwebers versickerte irgendwo. Annym runzelte die Stirn.

„Was hat das zu bedeuten?“ fragte Senaide unruhig.

„Jemand ist abgesetzt worden“, knurrte Jarmardh. „Ein Jäger.“

Mehr zu sagen war unnötig. An den Aufbau eines Nachtlagers war nicht mehr zu denken. Sie marschierten weiter und bemühten sich, so wenige Geräusche wie möglich zu verursachen. Hinter ihnen blieb es still. Aber selbst dieser Stille schien nun eine sich verdichtende Aura aus Gefahr anzuhaften.

Sie wußten nicht, ob Jarmardh recht hatte. Sie wußten nicht, ob ihnen tatsächlich einer der Jäger folgte. Aber niemand hatte die Absicht, dies herausfinden zu wollen. Die Minuten tropften dahin und wurden zu Stunden. Müdigkeit und Erschöpfung ließen die Glieder schwer werden. Und weiter. Immer weiter. Auf das Monument zu, das innerhalb des Vegetationsgürtels nicht zu erkennen war. Die Nacht wich und machte dem zweiten Tag der Jagd Platz. Der Unterschied war nur unwesentlich. Zwei Arten von Dunkelheit: die eine dicht und vom Schein der flackernden Sterne durchsetzt, die andere nicht ganz so dicht und von der irisierenden Korona Goldscheins durchtränkt.

Jarmardh war wie eine unermüdliche Maschine. Er bahnte ihnen mit seinem Kurzschwert den Weg. Er hatte seit zwei Tagen nicht mehr geschlafen, und doch zeigte er keine Anzeichen von Erschöpfung. Der Kampf war sein Leben, und bisher hatte er nichts anderes kennengelernt. Der Verfolger blieb unsichtbar. Sie wußten nicht einmal, ob sich die Distanz zu ihm verringert oder vergrößert hatte.

„Erschöpfungstaktik“, erklärte Jarmardh einmal. „Ich bin sicher, er ist da. Und ich bin ebenso sicher, er könnte uns leicht einholen. Doch er wartet ab. Es erhöht seinen Nervenkitzel.“

Annym beobachtete besorgt die Traumgängerin. Senaide ließ sich natürlich nichts anmerken, doch eine eigenartige Blässe zeigte sich in ihrem Gesicht.

Doch es war nicht Senaide, der der entscheidende Fehler unterlief. Es war Annym selbst. Einen Augenblick lang hatte er der Umgebung nicht die Aufmerksamkeit geschenkt, die nötig war. Jarmardh marschierte einige Meter voraus und bearbeitete mit seinem Schwert eine Barriere aus ineinander verwobenen, lianenähnlichen Gewächsen. Annym und Senaide folgten dem Pfad weiter, etwas langsamer nun. Und während die Traumgängerin genau der Spur des *Streiters* folgte, wich Annym ein wenig davon ab.

Der Boden knirschte. Annym hatte nicht mehr die Zeit, zur Seite zu springen und sich in Sicherheit zu bringen. Er stürzte in den unter ihm entstehenden Schacht. Seine Hände kratzten über lehmige Erde und suchten verzweifelt nach einem Halt. Einen Meter, zwei, drei, vier . . .dann der Aufprall, der ihm die Luft aus den Lungen preßte. Erde prasselte auf sein Gesicht. Ruhe. Vorsichtig bewegte er sich. Glück gehabt. Nichts gebrochen. Nur Prellungen.

„Annym?“ Besorgt. Furcht. „Annym?“

Er kam auf die Beine. Über ihm schwebte ein grauschwarzer Fleck in der Finsternis. Zwei Schatten bewegten sich. „Mir ist nichts passiert.“ Ganz in seiner Nähe stank es nach Kot.

Jemand seufzte. Senaide. „Jarmardh holt einen Pflanzenstrang. Wie tief bist du?“

Annym zuckte mit den Achseln. Die Bewegung schmerzte.

„Ich weiß es nicht genau. Nicht sehr tief. Vielleicht drei oder vier Meter.“ Etwas knisterte. Er schluckte. „Sag Jarmardh, er soll sich beeilen. Ich glaube . . . ich bekomme gleich Besuch.“

„Was meinst du?“

Annym horchte in die Dunkelheit hinein. Das Knistern verstärkte sich. Erde bröckelte.

„Ich meine, daß diese Grube eine Falle ist.“ Horchen. Etwas berührte ihn an der Wade. Er sog scharf die Luft ein und trat zur Seite.

„Jarmardh?“ Etwas lauter. Etwas drängender. Wieder die Berührung, diesmal von der anderen Seite. Rasch zog Annym den

Stab aus dem Gürtel und hieb um sich. Er wußte nicht, ob er außer lehmigem Boden etwas getroffen hatte. Doch nur eine Sekunde später spürte er Berührungen an beiden Beinen. Er versuchte auszuweichen und stellte fest, wie sich Taubheit von seinen Waden her ausbreitete.

„Schnell!" rief er. „Etwas beginnt mich zu lähmen."

Der zweite Schatten kehrte zurück. „Hier, fang auf."

Es war Jarmardh. Ein dünner, harter Pflanzenstrang fiel herunter. Annym packte ihn mit beiden Händen. „In Ordnung", stieß er hervor. „Jetzt kannst du mich hochziehen."

Er kam nicht weit. Ein Meter nur, dann glaubte er, sein Körper würde auseinandergerissen. Jarmardh zog von oben und ein *Etwas* von unten, an seinen Beinen, die er nun kaum noch spürte.

„Stärker." Seine Überraschung wich allmählich zunehmender Angst. Wenn er nur etwas hätte sehen können! „Das Ding hier hält mich fest." Eine andere Berührung: Etwas kroch seinen Rücken empor. Jarmardh zog. Und zog. Und zog. Der Pflanzenstrang gab ein helles Sirren von sich und zerriß. Annym stürzte mit einem dumpfen Keuchen in die Grube zurück.

Der Untergrund war von unheimlichem Leben erfüllt: Alles bewegte sich, schlängelte, kroch über seinen Körper. Etwas Kaltes berührte seine Kehle, drückte zu. Annym schrie unwillkürlich auf.

„Warte!" rief der *Streiter*. „Ich komme runter."

Bleib wo du bist, wollte Annym rufen, doch es wurde nur ein Krächzen daraus. Nacht legte sich nun auch vor seine inneren Augen. Die Betäubung breitete sich in seinem Körper aus, und mit der Betäubung kam ein wohliges Gefühl illusionärer Behaglichkeit und Geborgenheit.

Es ist doch alles gar nicht so schlimm, flüsterte eine schmeichelnde Stimme irgenwo in seinem Innern. Warum wehrst du dich überhaupt? Ruhe einfach eine Weile aus. Danach ist alles besser.

Neben ihm rumorte etwas. Annym vernahm das Klirren von Metall. Es kam aus weiter Ferne und betraf ihn nicht. Nicht wirklich. Er gab sich der ausbreitenden Mattigkeit hin, genoß. Die Gedanken rannen träger. Wirre Erinnerungsbilder schwammen an ihm vorbei. Auch unwichtig.

Nicht! rief die Traumstimme plötzlich. *Wehre dich!*

Die alarmierenden Symbole weckten Annym DryMarden aus der tödlichen Lethargie. Seine Lungen dehnten sich aus, und sofort nahm der Druck auf seiner Kehle zu. Jarmardh stand neben ihm und hieb mit dem Morgenstern um sich. Die Betäubung war noch immer in Annym. Er versuchte, sie zu verdrängen. Erfolglos. Sie breitete sich weiter aus, erfaßte seinen Brustkorb, griff nach seinem Herzen. Annym begann zu begreifen, daß er keine Chance mehr hatte. Selbst Jarmardhs Hilfe kam viel zu spät.

Dieser Gedanke war kaum in ihm entstanden, als sich alles veränderte. Eine heiße Woge flutete durch seinen Körper, drängte sein Ich in einen verborgenen Winkel zurück und machte es zu einem stillen Beobachter. Sein Geist erweiterte sich, aber es war nicht mehr wirklich *sein* Geist. Er vernahm eine Stimme, die unverständliche Worte murmelte. Die Traumstimme.

Die Dunkelheit verschwand. Geräusche versiegten. Er sah Jarmardh, den Morgenstern, der auf die tentakelähnlichen Tastarme niedersauste und Fleisch zerfetzte. Er sah die Öffnungen in den Wänden der Grube, Dutzende von Poren, dunkle Kanäle zu einem nahen Verdauungstrakt. Eine zweite heiße Woge, die ihn überspülte. Die Lähmung wich aus seinen Nerven. Muskeln kontrahierten und dehnten sich wieder. Er kam auf die Beine. Erschöpfung gehörte der Vergangenheit an. Seine Arme streckten sich aus und berührten einen der Tastarme. Er war etwas dicker als die anderen. Die Berührung vermittelte Kälte. Pure Kraft tropfte aus seinen Fingerkuppen und zerstörte fremde Nerven, wurde weitergeleitet, verließ die Grube, sickerte durch dünne und schmale Gänge, erreichte ein Hirn, erweiterte sich, intensivierte sich, nahm zu, verbrannte, zerstörte, löste auf, zersetzte. Andere Tastarme fielen von Annyms Körper ab, zuckten, blieben dann still liegen. Annyms Ich – der stille Beobachter in seinem Körper – registrierte den erstaunten und verblüfften Blick Jarmardhs. Es vernahm seine Stimme. Es konnte nicht antworten.

Die Traumstimme . . . sie lenkte und steuerte, sie nahm wahr und verarbeitete, sie fühlte und dachte. Annyms Ich klebte an ihr und driftete mit ihr hinaus. Die Szene veränderte sich.

Ein Ganzthryh, niedergebeugt, Spuren im Hartgras untersuchend: der Verfolger, der Jäger. Zwei Tausendstachler hechelten mit ihren Zweizungen. Die Luftkammern der Katapulte waren prall gefüllt. Sie warteten ungeduldig auf einen Befehl ihres Herrn.

Die Traumstimme – *etwas* – amüsierte sich. Ein Teil von ihr tropfte in den Verstand des insektoiden Ganzfremden, säte Angst und Schrecken. Der Ganzthryh erhob sich ruckartig. Sein blauer Augenring glänzte. Die Scharfklauen öffneten und schlossen sich wieder. Die Zangenhände vollführten eine Reihe von abgezirkelten Bewegungen.

Die Traumstimme zog sich wieder zurück, glitt durch das Dickicht, kehrte zu dem Körper eines Halbmenschen zurück.

Du darfst nicht sterben, sagte sie. *Du hast noch eine Aufgabe zu erfüllen*.

Sie verstummte.

Im gleichen Augenblick spürte Annym wieder seinen Körper: die zitternden Knie, die Erschöpfung, die an seinem Geist nagte, die Angst vor dem Tod, dem er nur knapp entronnen war. Jemand stützte ihn. Jarmardh.

„Wer bist du?" fragte der *Streiter* langsam.

„Ich weiß es nicht . . ."

Die Dunkelheit war wieder da: undurchdringlich, Gefahren verbergend. Annym kletterte auf die Schulter des *Streiters*, suchte nach einem Halt und hangelte sich aus der Grube heraus. Senaide berührte kurz seine Wange, zog ihre Hand aber sofort wieder zurück und stöhnte leise. Annym suchte einen weiteren Pflanzenstrang, band ihn am Stamm eines Baumriesen fest und warf das andere Ende zu Jarmardh hinab. Ein paar Sekunden später hatte auch der *Streiter* die Grube verlassen.

„Wir brauchen Ruhe", sagte Annym. Er war sehr nachdenklich. Zum erstenmal hatte er das tatsächliche Ausmaß der Macht der in ihm wohnenden Traumstimme gespürt. Es erschreckte ihn, auch wenn es sein Leben gerettet hatte. Das *Andere* in ihm hatte sein Ich einfach beiseite gedrängt, ohne Anstrengung. Und was einmal geschehen war, konnte sich auch wiederholen. „Ein paar Stunden Schlaf."

„Unmöglich", knurrte Jarmardh. „Der Jäger . . ."

„Er ist weit hinter uns, einen halben Tag etwa. Wir haben es mit einem Ganzthryh zu tun. Und zwei Tausendstachlern."

„Woher . . .", begann Senaide, verstummte aber sofort wieder.

Jarmardh klopfte ihm auf die Schulter. „Wenn diese seltsame Traumstimme nicht gewesen wäre . . . sei froh, daß du sie hast."

Jarmardhs Gesicht war ein konturloser Schatten. „Froh?" wiederholte Annym in Gedanken, während er sich einfach an Ort und Stelle zu Boden sinken ließ. „Nein. Es ist ein Fluch."

Das Summen von Triebwerken verfolgte Annym DryMarden auch in den Schlaf hinein. Er wälzte sich herum, von einer Seite auf die andere. Das Summen blieb. Es verstärkte sich, bis sein ganzer Kopf davon widerhallte.

Er schlug die Augen auf.

Und das Summen verschwand noch immer nicht. Es zog über ihn hinweg, wurde leiser, kehrte dann wieder zruück. Ein greller Blitz durchschnitt die Finsternis, verbrannte Äste und Zweige und Blätter, kochte einen Tunnel in den Vegetationsgürtel. Annym sprang auf die Beine, wandte sich Senaide zu und unterdrückte gerade noch rechtzeitig genug den Reflex, sie zu berühren. Ihre großen, dunklen Augen sahen ihn an, als sie sich erhob und nach dem Säbel tastete. Angst spiegelte sich darin. Ihr Gefühlsschatten war instabil.

„Eine andere Jagdgruppe“, knurrte Jarmardh, der sich wieder ihre Ausrüstung über die Schulter warf. Er machte einen frischen, ausgeruhten Eindruck, während Annym in seinen Knochen noch immer einen Schatten der Lähmung spürte. Er fragte sich, ob der *Streiter* geschlafen oder wieder für sie gewacht hatte. „Eine, die keine Rücksicht nimmt. Sie setzen Brenner ein, um sich einen Weg zu uns herab zu bahnen.“

Ein weiterer feuriger Blitz, jetzt schon näher. Stimmen, die Anweisungen brüllten.

„Sie wissen genau, wo wir sind.“ Jarmardh fluchte im unverständlichen *Streiter*-Dialekt. Der Raupenspinner zirpte aufgeregt. „Wahrscheinlich Wärmetaster. Also nichts wie weg von hier.“

Sie mußten eine Richtung einschlagen, die sie vom Monument fortführte. Nach einigen hundert Metern verklangen die Stimmen hinter ihnen. Dann und wann zuckten die Blitze aus den Brennern der Jäger hernieder. Ihr Licht machte eine kurzzeitige Orientierung möglich. Jarmardh hieb mit Kurzschwert und Morgenstern auf die dichte Vegetation ein. Hier gab es keine Pfade mehr. Hier existierten nur noch beinah undurchdringliche Pflanzenmauern. Senaide stolperte und gab einen überraschen Laut von sich. Ihre rechte Hand umklammerte ein metallen schimmerndes Ei. Jarmardh betrachtete es kurz und warf es dann in hohem Bogen davon.

„Ein Elektrikspäher“, brummte er. „Wahrscheinlich haben sie noch mehr davon hier überall verteilt.“ Ein neuer Fluch, während er Senaide, Annym und dem Raupenspinner eine Gasse bahnte. Dornen von Blaßblüten kratzten und schabten über seinen Körper. Sie konnten ihn nicht verletzen, nicht einmal dort, wo sein Körper nicht von der Kombination geschützt war. Die Stachel ritzten nur über seine dicke Hornschicht hinweg. Ab und zu kniff er die Augen zusammen und warf sich nach vorn, wenn er mit den Waffen nicht weiterkam. Oftmals reichten seine dreihundert

Pfund Gewicht aus, das zu vollenden, an dem die scharfe Klinge des Schwertes scheiterte.

Hinter ihnen wurden die Stimmen wieder lauter. Ein Brenner zischte, und die lodernde Feuerfackel knisterte nur ein Dutzend Meter an ihnen vorbei.

„Sie müssen dort vorn sein!“ hörte Annym. „Ja, das Infrarotecho ist eindeutig. Los! Beeilt euch! Laßt sie nicht entwischen.“

„Sie werden nicht entwischen!“ entgegnete eine andere Stimme, die Annym förmlich elektrisierte. Selbst Jarmardh hielt einen Augenblick inne.

„Hotrax!“ Ein Wort, das wie ein Bannspruch klang. „Wir hätten damit rechnen sollen. Wahrscheinlich dient er der Jagdgruppe als Führer.“ Er hieb mit neuer Energie auf die ineinander verfilzten Pflanzen ein. Der Raupenspinner zirpte heller. Die Nebelseide schimmerte phosphoreszierend. Wenn die Jäger noch näher kamen, waren die Infrarotechos der Elektrikspäher gar nicht mehr notwendig. Doch das Leuchten des Verpuppten hatte auch einen Vorteil: Sie kamen nun etwas schneller voran, da sie nach Lücken im Dickicht Ausschau halten konnten.

„Ja, dorthin!“ ertönte ein Ruf hinter ihnen. „Mehr nach links.“ Erneut zischte ein Brenner. „Gut so.“

„Mit Hotrax als Führer“, flüsterte Jarmardh Annym so leise zu, daß nur er die Worte verstehen konnte, „haben wir keine Chance. Er ist ein Fanatiker. Er will *mich.*“ Er grinste böse, und das fahle Leuchten der Nebelseide gab ihm für einen Sekundenbruchteil das Aussehen eines Dämonen. „Ich freue mich schon darauf. Er wird es nicht leicht haben. Nein, ganz bestimmt nicht ...“

Er hieb wütend auf die Pflanzen ein. „Macht Platz“, knurrte er. „Verdammt, macht mir Platz ...!“

„Nein“, ertönte eine andere Stimme. Ein Tranq? Vielleicht.

„Nicht *dorthin*. Etwas mehr nach rechts.“

„Mach's doch selbst, du *Fehlei!*“

„Schneller“, keuchte Senaide. „Schneller. Ich kann sie schon *spüren*. Sie kommen so rasch näher ...“

Annym packte seine Projektilschleuder fester und legte einen Bolzen in die Geschoßkammer. „Sollen sie ruhig“, sagte er kalt. „Sollen sie ruhig ...“ Eine seltsame Teilnahmslosigkeit breitete sich in ihm aus – so, als beträfe ihn das alles nicht.

„He!“ rief Jarmardh dumpf. „Hier geht es leichter vorwärts. Eine größere Lichtung. Nun kommt schon.“

Sie folgten ihm. Aus den Augenwinkeln sah Annym das metallene Funkeln eines weiteren Elektrikspürers. Ja, es war eine *faire* Jagd! Er kickte ihn davon und stürzte hinter dem *Streiter* her.

Zwei Halbmenschen in silberfarbenen Einteilern schälten sich zu seiner Linken aus den Schatten der Verdunkelungsnacht.

„Jarmardh!" rief Annym, drehte sich herum und zog den Stecher durch. Der Bolzen schwirrte davon und schlug in die Brust des einen Mannes. Der andere warf sich blitzartig zur Seite und riß noch im Fallen einen Miniaturbrenner hervor. Die Flammenzunge leckte dicht über Annyms Kopf hinweg. Die Hitze versengte seine Haut und seine silberfarbenen Haare. Dann war Jarmardh heran, ein Koloß von einem Mann. Eine fließende Bewegung, mit der er eins der Wurfmesser hervorholte und es fortschleuderte. Die Klinge bohrte sich in den Hals des zweiten Jägers. Blut quoll aus den Mundwinkeln. Der Mann starb, während sie weiter flüchteten, in die Dunkelheit hinein.

Annym ließ sich an Senaides Seite zurückfallen. Der *Streiter* kämpfte sich wie ein Berserker durchs Dickicht.

„Wie viele sind es?" keuchte Annym. „Kannst du sie wahrnehmen?"

„Vielleicht vier oder fünf. Möglicherweise aber auch mehr. Es ist zu undeutlich. Und ich bin zu ..." Sie preßte die Lippen aufeinander. Annym verstand. Sie war müde. Sie war an der Grenze ihres Leistungsvermögens angelangt. Aber sie war auch eine Stammutter mit einer Genfrucht im Leib. Ihre Gene wollten, daß sie kämpfte. Für das ungeborene Kind. Annym hatte einmal eine schwangere Stammutter kämpfen sehen, vor Jahren, in den Dichtwäldern von Yloisis, gegen einen Gefahrenbringer der unteren Ebenen. Er hatte Respekt gelernt. Der Zwang, das ungeborene Leben zu schützen, war mindestens ebenso stark wie der Fortpflanzungstrieb. Wenn nicht stärker.

Sie stürmten weiter durch die vom Phosphorleuchten des Raupenspinners matt erhellte Finsternis.

„Aber ...", machte Senaide. „Es ... es ist seltsam. Einige der Jäger gleichen sich. Sie sind ... identisch." Der alte Glanz kehrte in ihre Augen zurück, als sie sich aus der Halbtrance löste. Einige Meter vor ihnen fluchte Jarmardh. Er war wie ein Pflug.

„Vielleicht schaffen wir es zusammen", hoffte Annym und verlangsamte sein Tempo. Ein Teil seines Ichs tastete nach dem Gefühlsschatten der Traumgängerin: eine bunte Sphäre aus durcheinander wogenden Empfindungen. Es gelang ihnen nicht, sich vollständig mental miteinander zu verbinden. Es mußte ausreichen. Gemeinsam tasteten sie sich erneut hinaus, zurück, hin zu den Verfolgern. Annym sah Gesichter: entschlossen, voller Hoffnung und Gier. Einige der Gesichter ähnelten sich. Er versuchte, Angst und Schrecken zu säen, aber selbst zusammen waren sie nicht stark genug. Mit Hilfe von Traumpollen wäre es ihnen wahrscheinlich gelungen, so aber...

Erkenntnis.

Annym atmete schwer. Voraus wütete der *Streiter*.

„Genkopien", brachte er hervor. „Komm, wir sind noch immer zu langsam." Wieder wurde ein Brenner abgefeuert. Die Feuerlohen verbrannten und bereiteten den Jägern den Weg. „Die Kunden Roghans wagen sich nicht selbst ins Jagdgebiet. Sie haben Genkopien von sich anfertigen lassen, einer gleich zwei, und sind durch Quasisymbionten mit ihnen verbunden." Was bedeutete, daß ihre Verfolger gnadenlos kämpfen würden, denn einen – wirklichen – eigenen Tod hatten sie nicht zu befürchten.

Sie vernahmen die kehlige Stimme Hotrax'. Sie schien diesmal etwas weiter entfernt zu sein. Vielleicht lag der Bereich, der mit Eletrikspähern durchsetzt war, inzwischen hinter ihnen. Voraus ragte etwas Düsteres weit empor.

„Das Monument", knurrte Jarmardh und hieb mit seinem Kurzschwert um sich. Senaide unterstützte ihn mit ihrem Säbel. Annym hatte nur einen Stab, und mit dem war nicht sonderlich viel auszurichten. „Der Vegetationsbereich wird bereits lichter."

Der Raupenspinner zirpte hell und wandte sich ruckartig nach rechts. Senaide ließ automatisch ihren Säbel sinken und folgte ihm. Annym sah eine Bewegung.

„Fallen lassen!" rief er, stürzte zu Boden und riß die Projektilschleuder hervor. Ein Giftnetz huschte über ihn dahin und verfing sich im Gestrüpp. Im vom Raupenspinner emittierten Licht war zu erkennen, wie sich Blätter und Dornen gelb verfärbten.

Es war ein Tranq.

Die Panzerfacetten waren dunkel getönt, so daß er vor dem ebenfalls dunklen Hintergrund kaum auszumachen war. Jarmardh wirbelte herum und versuchte, den Gegner zu lokalisieren. Doch der Tranq verschmolz mit der Finsternis. Ein weiteres Klebnetz segelte heran. Annym wich erneut aus und feuerte einen Bolzen in die Richtung ab, in der er den Jäger vermutete. Etwas knarrte. Ein Wurfmesser prallte an der dicken Hornschicht Jarmardhs ab. Annym rollte sich herum und ließ dem Tönungsreflex seiner Haut freien Lauf. Eine halbe Sekunde später war sein Gesicht schwarz wie die Verdunkelungsnacht. Er erhob sich halb, hoffte, daß seine dunkelblaue Kombination ihn nahezu unsichtbar machte, und hastete lautlos dem Gegner entgegen.

Es machte „Plop!", und Senaide gab einen fast ebenso dumpfen Laut von sich. Annym kümmerte sich nicht darum. Er legte stumm einen weiteren Bolzen in die Geschoßkammer seiner Projektilschleuder, duckte sich und wartete. Links von ihm, nur einige Meter entfernt, knackte ein Zweig. Annym warf sich blitzartig zur Seite und betätigte den Abzug. Die Sehne vibrierte, der Bolzen schwirrte davon. Ein Schmerzenslaut ertönte, gefolgt von einem erstickten Gurgeln. Noch bevor Annym wieder auf die Beine kam, stürzte Jarmardh an ihm vorbei und schwang den Morgenstern. Zwei Schläge, dicht aufeinander folgend . . . dann Stille.

Annym trat an die Seite des *Streiters*. Das Gesicht des Jägers war nur noch eine blutige Masse. Aus einer klaffenden Wunde in der Brust sickerte trübe Flüssigkeit. An der Hüfte klebte ein Quasisymbiont, der sich nun im Tode verfärbte.

Hinter ihnen war leises Stöhnen. Annym drehte sich um. Das fahle Leuchten des Raupenspinners fiel auf einen weiteren am Boden liegenden Körper.

Senaide war von einem Wurfpfeil getroffen worden. Warmes Blut quoll im dicken Strahl aus der zerfetzten Vene. Etwas Kaltes griff nach Annyms Herz. Rasch sah er sich um, entdeckte einen geeigneten Pflanzenstrang und band das verletzte Bein dicht oberhalb der gefährlichen Wunde ab. Das Stöhnen der Traumgängerin verstärkte sich, als seine Hände ihren Körper berührten. Aber darauf konnte er jetzt keine Rücksicht nehmen. Langsam erhob er sich wieder, nachdem aus dem dicken Strahl ein dünnes Rinnsal geworden war, das schließlich auch versiegte.

„Sie hat viel Blut verloren", stellte Jarmardh düster fest, nachdem er sich ihre Wunde betrachtet hatte. Senaide hatte die Augen geschlossen und murmelte unverständliche Worte im Fieberwahn. Annym antwortete nicht. Er konnte nur auf die Traumgängerin hinabstarren: innerlich plötzlich leer, mit starrem Blick. Eine Hand legte sich auf seine Schulter. „Wir dürfen keine Zeit verlieren. Laß uns eine Trage für sie bauen, Annym. Rasch. Wir müssen fort von hier."

Er nickte. Seine Beine setzten sich ganz von selbst in Bewegung. Irgendwie war jetzt alles unwichtig.

Sie brauchten etwa zehn Minuten. Dann betteten sie die stöhnende Senaide vorsichtig auf die improvisierte Liege, umfaßten die

Tragbalken und hoben sie an. Das Stöhnen intensivierte sich kurz, sank dann wieder zu einem kaum hörbaren Murmeln ab.

„Wird sie . . .“, begann Annym.

„Ich weiß es nicht“, gab Jarmardh ehrlich zurück. „Kommt ganz darauf an, wieviel Blut sie verloren hat.“

„Ich verstehe.“

Normalerweise war Senaide wie er selbst dazu in der Lage, die Heilung von Verletzungen mit Regenerativfähigkeiten zu beschleunigen. Doch sie war erschöpft durch den langen Marsch.

Mit der Tragbahre bahnten sie sich weiter einen Weg durchs finstere Dickicht. Die Stimmen der Verfolger blieben zurück. Annym bemerkte erst nach einer guten Stunde, daß er sie nicht mehr wahrnehmen konnte. Voraus wurde es etwas heller. Nach einer weiteren Viertelstunde durchbrachen sie die Pflanzenmauer. Der Vegetationsbereich lag hinter ihnen. Das Monument war ein gewaltiges, kolossales Massiv, das unmittelbar vor ihnen in die Höhe ragte.

„Wir haben die Jäger abgeschüttelt“, stellte Jarmardh zufrieden fest. Sie ließen die Trage sinken. „Aber sie werden nicht aufgeben. Hotrax ist ihr Führer.“

Annym sah auf Senaide hinab.

Es ging ihr schlechter.

13

Ein Thryh-Jäger ist ein Einzelgänger. Er entstammt einem Separatei, das an Kindes Statt von einer Einsamen Brüterin zerbrochen wird. Sein Leben besteht aus aneinandergereihten Entbehrungen. Ein Thryh-Jäger sieht während seiner Kindzeit nur das Trockene Land Mergaths. Wenn sich sein Außenpanzer stabilisiert, kommen die Schweren Prüfungen: die Verfolgung von Wanderkorallen im Hügelland, die Umgehung der Grenzen von Thryh-Enklaven, die Überquerung der Duftfeuchtigkeit. Prüfungen, die ein in der Gemeinschaft aufgewachsener Thryh niemals bestehen könnte. Ein Thryh-Jäger unterscheidet sich von allen anderen Thryh. Er hat vorzeitig gelernt, sich nur auf sich selbst zu verlassen. Es ist ein Einzelgänger. Ein gefährlicher Einzelgänger, der Spuren zu lesen vermag, die für andere unsichtbar sind . . .

Mentalautodidaktische Unterweisungen

„Ganz ruhig, meine Freunde. Noch ist es nicht soweit.“ Eine Zangenhand streichelte die breiten Mäuler der beiden Tausendstachler, die sich dicht an den Boden preßten und erwartungsvoll mit den Zweizungen hechelten. Zissla legte den Rundschädel auf die Seite und horchte. Der Wind trug Kampfgeräusche heran: das ferne Klirren von Metall, Stimmen, das Brechen und Knistern von Ästen und Zweigen. Eine andere Jagdgruppe, dachte der Thryh.

Die Unruhe der beiden Tausendstachler verstärkte sich. Sie witterten Blut.

Zissla packte rasch seine Ausrüstung zusammen und brach wieder auf. Die Verdunkelung störte ihn nicht. Sein blauer Augenring emittierte einen schwachen Schein, der, reflektiert von der unmittelbaren Umgebung, zu einer Orientierung ausreichte. Er folgte den Spuren, die von den Zielobjekten zurückgelassen worden waren. Es war nicht sehr schwierig. Die von Roghan für die Jagd ausgesetzten *Di* hatten sich keine Mühe gegeben, ihre Spuren zu verwischen.

Die Minuten zogen sich dahin.

Stunden vergingen. Die Sterne am Himmel begannen zu verblassen. Bald waren nur noch die hellsten sichtbar, und über das nahe Monument kroch die Korona der verdunkelten Sonne. Zissla blieb stehen, horchte, witterte. Der Blutgeruch hatte sich verstärkt, aber die Kampfgeräusche waren versiegt. Gut so. Er orientierte sich. Der Vegetationsbereich war bereits lichter geworden. Über das Ziel der Gejagten konnte kein Zweifel bestehen. Sie wollten zum Monument, vielleicht sogar darüber hinaus, ins *Kii'hm*-Land hinein. Für einen Augenblick entstand in dem Thryh Unruhe bei diesem Gedanken. Viel war über die Rotlandbewohner erzählt worden, und viel entsprach sicher nicht der Wahrheit. Gehorchte man gesunder Skepsis und eliminierte Übertreibungen aus den vielen Erzählungen, dann blieb jedoch noch genug übrig, um von der Absicht, den Talkessel zu verlassen und das Monument zu überqueren, rasch Abstand zu nehmen. Die Unruhe verschwand ebenso schnell aus dem Thryh, wie sie entstanden war. Er setzte sich wieder in Bewegung.

Kurz darauf stieß er auf die ersten Toten. Er betrachtete die beiden Männer mitleidslos. Jäger. Einer war mit einem Morgenstern getötet worden, der andere durch ein von einer Projektilschleuder abgefeuertes Geschoß. Zwei *Erfolglose*. Zissla nahm das Bild in sich auf und marschierte weiter. Der dritte Tote, den er nicht lange darauf fand, war ein Tranq. Die beiden Tausendstachler krochen unruhig und nervös hin und her, schnüffelten mit sanft pulsierenden Katapultkammern, konnten es nicht abwarten, den Einsatzbefehl zu erhalten. Zissla sah sich skeptisch um. Hier hatte sich mehr ereignet, als auf den ersten Blick zu erkennen war. Er untersuchte den Boden. Er berührte das kalte Tranq-Blut. Und er entdeckte den roten Fleck, der von *anderem* Blut stammte. Eine Zangenhand wischte die Insekten fort, die sich an der geronnenen Masse labten.

„Also hatte der Tranq mehr Erfolg als die beiden anderen Jäger", murmelte Zissla und richtete sich wieder auf. Das nahe Monument war ein gewaltiger Schatten, der sich bis weit hinauf erstreckte. Eine Mauer, die die Welt unterteilte. Eine kolossale Barriere, die selbst Gharns Atmosphäre zerschnitt. „Einer der *Di* ist verletzt. Die Frage ist, wer."

Und wieder ging es weiter, die Bresche entlang, die die Gejagten im verfilzten Dickicht des Vegetationsgürtels hinterlassen hatten. Zissla berührte hier einen Zweig, dessen Bruchstelle klebrig und von einem Tropfen geronnenen Blutes getränkt war, dort einen Stein, dessen bemooste Seite nach unten lag. Er betrachtete das Hartgras, das sich bereits wieder aufzurichten begann, und verglich seine Beobachtungen mit denen, die er schon vor Stunden gemacht hatte. Manche Druckstellen auf dem Boden lagen eng beieinander: der Raupenspinner. Die beiden anderen . . .

Zissla zischte etwas in der Bergsprache der Thryh. Die Tausendstachler richteten sofort ihre Akustiktaster auf. „Die Frau ist verletzt", flüsterte sich Zissla selbst zu. „Die Traumgängerin. Das bedeutet eine Behinderung für den *Streiter* und den Halbmenschen."

Dunkle Augen betrachteten ihn. Die Tausendstachler hatten den Sinn seiner Worte natürlich nicht verstanden, aber sie vermochten seinen Tonfall zu interpretieren.

„Sie sind verzweifelt." Der Tunnel, den die *Di* durch das Dickicht gerissen hatten, war deutlich genug. Zissla blickte hinauf. Vierter Tag. Letzter Tag der Jagd. Er hatte nicht mehr viel Zeit. Also weiter.

„Kommt", zischte er. „Ihr Vorsprung ist nicht mehr sonderlich groß. Drei Stunden vielleicht." Er betrachtete einen anderen, zerbrochenen Ast. „Oder vier. Gegen Mittag müßten wir sie eingeholt haben." Die Vibration in ihm nahm zu: hoffnungsvolle Erwartung, die sich mit dem kalten Fieber der Jagd paarte.

Bald darauf hatten sie den Rand des Vegetationsbereiches

erreicht. Unmittelbar vor ihnen erhob sich das Monument in der Stille: ein gewaltiger Schatten, der fast bis zu den Sternen und der Korona Goldscheins zu reichen schien. Zissla ließ sich einen Augenblick nieder und untersuchte das Geröll: hier ein Stein, an dem ein dunkler Erdbrocken klebte, dort ein anderer, der einen undeutlichen Kratzer aufwies. Der Thryh-Jäger blickte an dem Monument empor. Es war zu dunkel, als daß er auf diese Entfernung etwas hätte erkennen können.

„Sie kommen nicht schnell voran", murmelte er nachdenklich. „Sie verlieren Zeit." In der Ferne waren andere Geräusche: mal ein heiseres Fluchen, dann das Prasseln von Steinen. Eine Jagdgruppe. Vielleicht die, die die Gejagten gestellt und dann wieder verloren hatte. Vielleicht auch eine andere. Die Miene Zisslas verzog sich zu einem humorlosen Lächeln. Die große Mehrheit der Jäger zog es vor, Bodengefesselten nachzustellen, die sich während der Verdunkelung versteckten. Es war ungefährlicher. Gegen einen *Streiter* antreten zu müssen, war nicht jedermanns Sache. Und wenn der Raupenspinner seine Viertelverpuppung abgeschlossen hatte – was im Augenblick noch nicht der Fall zu sein schien –, nahm die Gefahr, bei einem Kampf selbst verletzt zu werden, sogar noch weiter zu. Nur die Abenteuerhungrigsten hatten sich an die Verfolgung der *Di* gemacht. Zissla war sich ziemlich sicher, daß die anderen Jäger keinen Erfolg haben würden. Das, dem sie bisher nachgestellt hatten, war verängstigt und unerfahren gewesen. Diesmal war es anders. Ein *Streiter*, kampferfahren und flink. Ein Halbmensch mit sonderbaren Genmalen und unbekannten Fähigkeiten. Ein Raupenspinner, der allein schon gefährlich genug war, und eine schwangere Traumgängerin, die nun aber verletzt war.

Er streichelte die beiden Tausendstachler und erhob sich wieder. „Ja, ich weiß, ihr könnt es nicht mehr erwarten. Es dauert nicht mehr lange. Höchstens noch zwei oder drei Stunden. Wir werden die Jagd beenden. Noch bevor die Verdunkelung vorbei ist."

Weiter.

Eine andere Identität lauschte gierig den ätherischen Signalen, die von Zissla ausgingen und von seinen Empfindungen durchtränkt waren.

„Ich kann nichts feststellen", sagte Jarmardh, als er zurückkehrte. „Vielleicht haben wir Hotrax tatsächlich abgeschüttelt. Vielleicht auch nicht." Ein leiser Fluch. „Es ist einfach zu dunkel."

Senaide stöhnte. Annym wollte ihre Wangen berühren, ihr die feuchten, dunklen Haarsträhnen aus der Stirn streichen, zog die ausgestreckte Hand aber rasch wieder zurück. Sie zitterte.

„Wir brauchen Medikamente“, sagte er und sah auf. Die Miene des *Streiters* war nur undeutlich zu erkennen, aber Annym konnte dennoch den Schatten darin sehen. Er räusperte sich. „Wann hast du das letztemal geschlafen, mein *horan?*“

„Kümmere dich nicht um mich“, grinste Jarmardh. „Mir geht es gut.“ Er deutete auf Senaide. „Wir müssen etwas unternehmen.“

„Ja.“ Mehr nicht. Annym fühlte sich leer und ausgebrannt. Vielleicht war es auf die tiefe Erschöpfung zurückzuführen. Irgendwo zirpte leise der Raupenspinner. Annym nahm es nur am Rande zur Kenntnis. Jarmardh beugte sich nieder und untersuchte die Wunde. Das Stöhnen Senaides verstärkte sich für einen Augenblick, aber seltsamerweise reagierte sie auf Berührungen Jarmardhs nicht annähernd so allergisch wie auf die Annyms.

„Der Wurfpfeil war vergiftet“, sagte der *Streiter* leise. Er deutete auf die zerfetzte Vene, aus der nun kein Blut mehr quoll. In der unmittelbaren Umgebung der Wunde zeigten sich gelbgrüne Flekken. „Mit der *Trockenen Fäule.*“ Er lockerte den Riemen, mit dem sie Senaides Bein abgebunden hatten. Sofort quoll wieder Blut aus der Wunde. „Sonst verliert sie das Bein“, erklärte Jarmardh grollend. „Es ist ohnehin schon viel zu lange abgebunden.“

Die *Trockene Fäule*, dachte Annym. Sie brauchten Medikamente. Sonst würde die Fäulnis sich im ganzen Körper Senaides ausbreiten, die Organe zersetzen und langsamen, qualvollen Tod bringen. Medikamente aber gab es nur bei Roghan dem Makler.

Er legte den Kopf in den Nacken. Das Monument ragte empor: gewaltig und ewig und unbezwingbar. Bisher hatten sie nicht einmal die Spur eines Passes entdecken können. Und ob die Jäger noch immer hinter ihnen her waren, konnten sie nicht sagen. Als ob Jarmardh seine Gedanken erraten hätte, sagte er:

„Kannst du . . .?“

„Was?“

„Kannst du . . . *horchen?* Ich meine, du hast lange bei den Traumgängern gelebt. Senaide konnte in beschränktem Maße die Nähe der Jäger ertasten.“

„Ich habe es nie versucht“, sagte Annym matt. Er schloß die Augen und rief die Konzentration herbei. Es fiel ihm schwer. Schließlich jedoch hatte er das Gefühl, sein Körper verlöre an Gewicht. Er murmelte die Worte, die die Teilung erleichterten, und spürte, wie sich die Bewußt-Schizophrenie einem samtenen Tuch gleich über seine Gedanken legte. Es war nicht vollständig. Er war zu müde. Aber es mußte genügen. Die Nähe Senaides lenkte ihn ab. Er nahm ihren Gefühlsschatten wahr, eine flackernde Blase aus Empfindungen, erfüllt von Schwäche und Pein. Er wandte sich davon ab. Er konnte es nicht ertragen. Während ein Teil seines Ichs im Körper verblieb, sickerte der andere hinaus, glitt über Felsen hinweg, verharrte, driftete weiter.

Nichts.

Etwas bewegte sich in ihm. Etwas rührte sich.

Traumstimme?

Keine Antwort. Wieder das Gedankenschweigen. Wieder die Stille, die auf seine nach innen gerichteten Gedankenfragen folgte. Aber die Bewegung hielt an. Es war wie ein nervöses Zittern nahe seinem Herzen, wie eine nachträgliche Bewußtwerdung eines innigen Wunsches. Plötzlich vertiefte und intensivierte sich die Zweiteilung seines Geistes. Die Bewußt-Schizophrenie nahm zu. Annyms Körpertemperatur fiel drastisch ab. Der Teil seines Ichs, der den Weg zurückgeglitten war und zwischen Felsen und kaltem Staub nach den Identitätsschatten der Verfolger suchte, kehrte unvermittelt zurück und kroch zu Senaide.

Es war wie während des Kampfes gegen die Jäger, und es war doch völlig anders. Es war wie das Feuer seines Ferndrangs, jene kalte und heiße Flamme, die noch immer in ihm brannte, wenn auch nicht mehr annähernd so stark wie auf Yloisis. Sein bewußtes Denken wurde zur Seite gedrängt, von einer Kraft die ungleich stärker und ihm fremd war, obgleich sie ein Teil seines Seins darstellte. Es war . . . beängstigend. Annym wehrte sich dagegen. Er ließ sein Bewußtsein gegen die Barriere prallen, die in seinem Kopf entstanden war, irgendwo. Es war sinnlos. Die Zweiteilung seines Geistes verstärkte sich in einem Maße, das er bisher noch nicht kennengelernt hatte. Es erschreckte ihn. Aber es weckte auch Hoffnung in ihm, als er erkannte, wohin sich der Teil seines Ichs wandte, den er nun nicht mehr bewußt zu kontrollieren vermochte. Er vernahm die Stimme Jarmardhs: besorgt, in der Ferne, zu undeutlich, nur Geraune. Unwichtig.

Er berührte den schlanken, zerbrechlich wirkenden Körper der Traumgängerin. Er konnte ihn unter seinen Händen fühlen, obwohl er einige Meter entfernt am Boden hockte, erstarrt und kalt wie eine Leiche. Er wurde Teil ihres Gefühlsschattens. Er glitt durch ihre Poren ins Körperinnere, schmeckte ihre Wärme, das

Fieber, das sie peinigte. Er sah die dunklen Punkte der beginnenden Zersetzung. *Trockene Fäule*. Dies erschreckte ihn mehr als die so weitgehende Teilung seines Verstandes.

Er wußte, was zu tun war.

Die Kraft in ihm nahm weiter zu. Seine immateriellen Arme und Hände berührten bestimmte Nervenpunkte. Elmsfeuer flackerten in der Finsternis der Verdunkelung. Er trieb durch eine Vene, zwischen roten und weißen Blutkörperchen. Er gelangte an einen Riß, der vom Dunkel der *Trockenen Fäule* umgeben war. Er berührte, und wo er berührte, wurde das Dunkel zurückgedrängt, bildete sich in Sekundenschnelle neues Fleisch, vom Blut mit Nährstoffen und Sauerstoff versorgt. Die Wunde schloß sich. Geronnenes Blut löste sich auf.

Senaides Atem beruhigte sich. Ihre Lippen zitterten nicht mehr. Ihre Züge entspannten sich, das Stöhnen verklang. Aus dem Koma wurde ein tiefer Schlaf.

Jarmardh war stummer Zeuge der seltsamen Ereignisse. Er beobachtete die Veränderung, die mit der Traumgängerin vor sich ging. Mit Sorge und Überraschung betrachtete er Annym DryMarden. Einmal hatte er den Halbmenschen berührt: Seine Haut war so hart und spröde wie Glas. Wenn er kippte, wenn er gegen einen Felsen prallte ... Jarmardh hielt ihn fest, und auf seinen Händen zeigte sich Rauhreif, der von der Kälte unter seinen Fingern erzeugt wurde ...

Die *Kraft* teilte sich. Irgendwo war beginnende Schwäche. Annym war noch immer nur ein Beobachter, der nicht verstand und nur Fakten sah. Die Kraft seines geteilten Ichs suchte nach der knospenden *Trockenen Fäule*. Nach den Zellen der Zersetzung, die vom Blutstrom durch den Körper Senaides transportiert worden waren. Wenn eine gefunden war, dann flackerte erneut das Elmsfeuer, und das Dunkle verschwand.

Die Schwäche nahm zu.

Annym wurde sich seiner eigenen Kälte bewußt. Sein Körper begann sich daraufhin wieder zu erwärmen. Er atmete in heftigen, kurzen Zügen. Und er war wieder er selbst. Arme und Beine schmerzten. Einen Augenblick lang glaubte er, wieder Herr seines Verstandes zu sein, dann glitt sein Teilich erneut davon, hinab, über Felsen und Staub und Einöde.

Der Thryh-Jäger hielt immer wieder inne, um nach Spuren zu suchen. Seinem schwach leuchtenden, blauen Augenring entging nicht der kleinste Hinweis. Die beiden Tausendstachler hechelten und schnüffelten. Manchmal erzitterten ihre breiten, muskulösen Körper – wenn sie eine Duftspur der *Di* witterten und ihre Nähe spürten. Der Thryh richtete sich wieder auf. Seine Zangenhände vollführten eine bestimmte Bewegung, und die Tausendstachler stoben davon, den Hang hinauf, zwischen großen Felsbrocken hindurch.

Annym keuchte. Er spürte den harten Griff Jarmardhs.

„Alles in Ordnung?“ fragte der *Streiter* besorgt. Annym hatte Schwierigkeiten, in die Wirklichkeit zurückzufinden. Seine Nakkenhaare richteten sich auf.

„Er folgt uns noch immer“, brachte er rauh hervor. „Der Thryh-Jäger mit seinen beiden Tausendstachlern. Er ist näher gekommen. Viel näher. Wir müssen fort.“ Er blickte Jarmardh an. „Er ist keine Genkopie. Er ist wirklich. Aber er täuscht sich. Er weiß eigentlich gar nicht, wer er ist. Er ist eine Marionette von Hotrax, konditioniert und manipuliert. Und Hotrax ist durch einen Quasisymbionten mit ihm verbunden. Ich habe einen Schatten gesehen: das Verlangen nach Rache und Vergeltung, den Willen, zu töten.“

Jarmardh murmelte einen Fluch. „So umgeht er also die Anordnung seines *Di*-Herren. Nicht er selbst jagt uns, sondern ein Thryh. Aber der Unterschied ist nur unwesentlich. Er hat sich abgesichert.“ Der *Streiter* schulterte erneut die Ausrüstung. „Also weiter.“ Er blickte auf Senaide hinab, prüfte und lockerte dann den Riemen. Neues Fleisch hatte sich gebildet. Die Wunde war nur noch ein rosafarbener Fleck. Es ging Senaide besser. Viel besser.

„Annym?“ Leise. Nachdenklich. Zögernd.

„Ja?“

„Hast du dich jemals einer Psi-Lokalisierung unterzogen?“

Annym DryMarden schüttelte den Kopf und preßte die Lippen aufeinander.

„Du hast ihr geholfen, nicht wahr?“

„Ja.“

„Aber *wie?*“

„Ich weiß es nicht, *horan*.“ Das Gefühl, von sich selbst getrennt zu sein. Annym suchte nach Worten, während er seine Waffen hinter den Gürtel schob. Kälte wehte von oben herab. Die Zone des Weichschnees war nicht mehr fern. Ein Feuer anzuzünden, um sich zu wärmen, durften sie nicht wagen. Der Lichtschein wäre in der Verdunkelung kilometerweit zu sehen gewesen. „Vielleicht hat es irgend etwas mit meinem Ferndrang zu tun. Ich wußte nicht, was ich tat. Es geschah einfach.“ Sein Blick richtete sich nach innen. Jarmardh trat an seine Seite und legte ihm die Hand auf die Schulter. Annym fuhr leise und mehr an sich selbst gerichtet fort:

„Es ist erschreckend. Es drängt mich fort. Es fesselt mich."

„Es hat Senaide gerettet."

Annym blickte auf sie hinab. „Ja", sagte er. Er konnte sich kaum noch auf den Beinen halten. Und die Müdigkeit in ihm nahm weiter zu. Vielleicht war es die Heilung, die seine letzten Kraftreserven angegriffen hatte. Er bemühte sich, es Jarmardh nicht zu zeigen. „Komm. Wir müssen weiter. Weiter hinauf. Der Thryh ist nahe."

Sie nahmen die Trage und kletterten höher. Der Raupenspinner zirpte leise.

Jarmardh deutete aufgeregt hinauf. „Dort ist er. Der Paß, nach dem wir so lange gesucht haben." Der Raupenspinner hatte Mühe, noch vorwärts zu kommen. Die Viertelverpuppung war nahezu zu Ende, die Nebelseide nun wie ein Panzer, der seinen ganzen Körper einhüllte. Er blieb immer wieder zurück, und mehrmals schon hatten sie eine Zwangspause einlegen müssen, um ihn aufschließen zu lassen. Senaide schlief noch immer.

Der Paß war wie eine gewaltige Kerbe im Massiv des Monuments. Sie waren jetzt etwa zweitausend Meter hoch, inmitten der Weichschneezone: braungelbe Kristalle zu ihren Füßen, wie Watte nachgebend, kalt und klamm. Der Frost war hier oben zu einem ständigen Begleiter geworden. Ihre Spuren waren im Weichschnee deutlich zu sehen. Aber sie hatten keine Zeit, sie zu verwischen.

Sie warteten erneut, bis der Raupenspinner wieder heran war, ergriffen dann die Trage und marschierten weiter, mit jedem Schritt vorsichtig nach Halt suchend auf dem glatten und trügerischen Untergrund. Der Paßeingang war ein Spalt im granitenen Fels, von Eis überkrustet. Der Wind sang ein pfeifendes Lied, packte ihre Haare und spie Kälte in ihre Gesichter. Sie stemmten sich ihm entgegen und schoben sich durch den Spalt hindurch. Die Kerbe im Monument verbreiterte sich daraufhin. Nach einigen Dutzend Metern jedoch verjüngte sich der Paß wieder. Ein steiler Felskamin versperrte ihnen den Weg. Knapp zwanzig Meter höher führte der Kamin auf ein Felsplateau, das sich so weit erstreckte, wie ihre Blicke in der finsteren Dämmerung der Verdunkelung reichten. Ein Weg. Vielleicht. Wenn das Plateau nicht einige hundert Meter weiter vor einer steilen Wand endete. Annym blickte empor.

„Es kann nicht mehr lange dauern. Es scheint mir schon etwas heller geworden zu sein. Dies ist der vierte und letzte Tag. Einige Stunden noch, dann haben wir es überstanden."

„Die Jagd, ja", brummte Jarmardh. Seine Bewegungen waren nun nicht mehr so sicher und kraftvoll. Die Erschöpfung war ihm immer deutlicher anzusehen. „Aber mit dem Ende der Jagd wird Roghan schwebende Elektrikspäher aussenden, um uns zurückzuholen. Wenn Hotrax' Thryh uns bis dahin nicht erwischt hat, dann wird der Tranq seinen *Di*-Herren ganz bestimmt über unseren Aufenthaltsort unterrichten, mein *horan*. Was, meinst du, wird Roghan dann wohl unternehmen?"

Annym nickte. „Er wird alles versuchen, um uns von einer Überquerung des Monuments abzuhalten. Dann wird *er* uns jagen. Und er wird uns bekommen, wenn wir dann nicht schon auf der anderen Seite sind."

„Richtig. Ich weiß nicht, was besser für uns wäre. Ein rasches Ende der Verdunkelungsjagd – oder ihre Fortdauer für einen weiteren Tag."

Er schob sich in den Kamin hinein und prüfte die Beschaffenheit der Wände. Oben lockte das Felsplateau.

„Es gibt keinen anderen Weg. Wir müssen hier hoch."

Annym nickte müde.

„Ich klettere hinauf", sagte Jarmardh und suchte auf dem glatten, vom Eis überzogenen Fels nach Halt. Dann stemmte er seine dreihundert Pfund hinauf. Den Rücken an der einen und die Füße an der anderen Felswand, schob er sich langsam empor. Sein Atem klang dumpf. Annym warf dem Raupenspinner einen raschen Blick zu. Er fragte sich, wie sie ihn hinaufschaffen sollten. Er ließ sich zu Boden sinken, dicht neben der träumenden Senaide, und beobachtete den *Streiter*. Einige Male hatte es den Anschein, als drohe Jarmardh an den glatten Wänden abzugleiten, doch jedesmal fand er wieder rechtzeitig Halt und schob sich weiter hinauf. Als er fast den Ausgang des Kamins erreicht hatte, bewegte sich oben etwas. Annym richtete sich ruckartig auf.

Die Bewegung wiederholte sich. Annym konnte den Körper nicht deutlich erkennen: nur ein Schatten vor der Dunkelheit des Finstertages. Aber die Silhouette war ihm vertraut. Ein Tausendstachler.

„Jarmardh!" rief er. „Achtung ...!"

Es zischte, als sich einige der Luftkammern des Tausendstachlers abrupt öffneten und die Giftstacheln davonkatapultierten.

Jarmardh zog Arme und Beine an und stürzte in die Tiefe. Einige Meter weiter unten versuchte er, seinen Sturz wieder zu bremsen, doch er glitt an den von Eis überzogenen Wänden ab. Die Giftdorne prallten klackend gegen Fels.

Annym riß die Projektilschleuder aus dem Gürtel, legte an und betätigte den Abzug. Die Sehne schlug gegen die Halterung, das Geschoß raste hinauf. Ein schmerzerfülltes Heulen ertönte oben. Der Schatten blieb. Annym lud nach, noch während Jarmardh dem Kamingrund entgegenstürzte und schwer auf den steinigen Boden prallte, visierte das Ziel an und feuerte erneut. Er fragte sich nicht, ob er getroffen hatte, er *wußte* es in dem Augenblick, in dem der Bolzen von der Sehne davongeschleudert wurde. Mit zwei, drei raschen Schritten war er an Jarmardhs Seite, packte die Arme und zerrte ihn mit sich. Ein zweiter Körper prallte Sekunden später dort auf den Boden, wo der *Streiter* gelegen hatte. Ein Tausendstachler mit schlaffen Katapultkammern, trüben Augen und zwei klaffenden Wunden dicht unterhalb des Breitschädels.

Jarmardh stöhnte.

„Der . . . andere. Wo ist der . . . andere?"

„Hier", sagte eine Stimme hinter ihnen. Langsam drehte sich Annym um.

Es war der Thryh-Jäger. An seiner Seite hockte der zweite Tausendstachler, den Annym während der Sondierung erblickt hatte. Die Sprungbeine zitterten, die Augen waren starr auf die *Di* gerichtet. Die Luftkammern der Katapulte waren prall gefüllt. Jarmardh erhob sich stöhnend. Die dicke Hornschicht über seiner Haut hatte ihn vor ernsten Verletzungen bewahrt. Er hatte sich nur einige Prellungen und Abschürfungen geholt. Finster blickte er den Thryh an.

„Vorsicht", sagte Zissla. „Mein Freund hier ist sehr empfindlich." Eine Zangenhand streichelte das Breitmaul des Tausendstachlers. Ein tiefes, kehliges Knurren ertönte. Jarmardh spannte die Muskeln.

Hilf mir, Traumstimme! rief Annym DryMarden in sich hinein. *Sonst sind wir verloren!*

Aber alles blieb still. Sie antwortete nicht. Und das *Fremde*, das schon zweimal sein Ich geteilt und ihn in seinem Schädel gefesselt hatte, rührte sich ebenfalls nicht.

„Ein wahrhaft fairer Kampf", höhnte der *Streiter* und ballte die Hände. „Hotrax wird stolz auf dich sein."

„Hotrax?" wiederholte Zissla.

„Du bist nicht frei", sagte Annym bestimmt. „Es ist Hotrax, der dich lenkt. Du bist *Di* wie wir."

Der Thryh lachte. „Das ist das Verrückteste, was ich jemals gehört habe."

Annym warf Jarmardh einen raschen Blick zu. Er weiß es nicht, sagten seine Augen. Es macht ihn um so gefährlicher.

Der Thryh legte sein Gepäck ab und zog ein Kurzschwert hervor. Er trat zwei Schritte auf Jarmardh zu, nachdem er dem Tausendstachler einen scharfen, zischenden Befehl erteilt hatte. „Dies *ist* ein fairer Kampf. Ein Thryh-Jäger gegen einen *Streiter*. Die Chancen sind ausgeglichen." Der Tausendstachler verharrte an Ort und Stelle. Er bewegte sich nicht. Nur die glitzernden Augen und die nach wie vor prall gefüllten Luftkammern bewiesen seine Wachsamkeit. Jarmardh knurrte, ließ Morgenstern, Wurfmesser und Giftnetz zu Boden sinken und zog ebenfalls das Kurzschwert hervor.

„Ich bin bereit, Thryh. Ich werde dich besiegen."

Zissla lachte zischend, stürzte nach vorn und vollführte einen Hieb, der nach der Kehle des *Streiters* zielte. Jarmardh wich aus, aber die Müdigkeit machte ihn langsam. Die Spitze des Schwertes schabte über seine Hornhaut. Das eigene Schwert kam in die Höhe und blockte den zweiten Hieb des Thryh ab. Funken stoben in die Dunkelheit davon. Weichschnee knisterte. Jarmardh ging sofort zum Angriff über, doch Zissla war unglaublich flink und wich aus, während er gleichzeitig mit einem kraftvollen Schlag auf den Schritt des *Streiters* zielte.

Annym tastete langsam nach seiner Projektilschleuder. Der Tausendstachler kam einige Zentimeter in die Höhe und gab ein drohendes Knurren von sich.

„Von einem *Streiter*", lachte Zissla, „hätte ich mir eigentlich mehr versprochen. Man sagt, ihr Hybriden seid unbesiegbar. Nun, ich werde das Gegenteil beweisen." Es war Hotrax, der aus ihm sprach, auch wenn die Laute nicht die eines Tranq waren.

Jarmardh hatte keine Chance. Er war zu müde, zu erschöpft. Die vier Tage waren nicht spurlos an ihm vorübergegangen. Der Thryh aber war ausgeruht. Und Annym hatte keinen Zweifel daran, daß der Tausendstachler aktiv werden würde, sollte sein Herr tatsächlich in eine wirklich ernste Situation geraten.

Annym suchte mit wachsender Verzweiflung nach einer Möglichkeit, Jarmardh zu Hilfe eilen zu können, ohne den Tausendstachler auf den Plan zu rufen.

„Du hast dir viel vorgenommen, Sohn einer Wüstenschlampe", grollte der *Streiter*. „Du mußt deine Stärke und dein Können erst noch beweisen. Worte bedeuten nicht viel." Der Thryh zischte wütend einen Fluch. Annym erkannte die Absicht Jarmardhs. Er wollte Wut und Zorn in dem Jäger induzieren und ihn damit zu einem Fehler verleiten.

Zissla stürzte wieder vor. Jarmardh hatte damit gerechnet und tänzelte leicht wie eine Feder zur Seite. Zisslas Schwerthieb traf ins Leere. Blitzschnell holte der *Streiter* aus. Funkelndes Metall zuckte dicht an einem blauen Augenring vorbei und traf eine Zangenhand. Mit einem schmerzerfüllten Laut ließ sich der Thryh zur Seite fallen und rollte sich herum, um einem zweiten Hieb Jarmardhs auszuweichen. Metall schlug auf Fels. Zisslas Schwert zielte sofort nach dem linken Knie Jarmardhs. Und der *Streiter* war erneut um einen Sekundenbruchteil zu langsam. Die Klinge durchschlug seine Hornschicht. Blut sickerte aus der Wunde. Ein Schritt zurück, das andere Bein rasch nach vorn. Die Fußspitze traf den Hartleib des Thryh, hob den Körper ein wenig an und schleuderte ihn einen halben Meter zurück.

Der Tausendstachler knurrte.

Annym warf ihm einen besorgten Blick zu. Eine Möglichkeit zum Eingreifen . . . aber es gab keine.

Der Thryh-Jäger war unglaublich zäh. Jeder andere Insektoide hätte sich längst zurückgezogen und seine Verletzungen gepflegt. Zissla jedoch kümmerte sich überhaupt nicht um das Blut, das aus seiner Zangenhand tropfte, nicht um die Bruchstelle in seinem Außenskelett. Er kämpfte weiter. Hotrax zwang ihn dazu.

Jarmardh atmete schwer.

„Müde, *Streiter?*" höhnte der Thryh. Er deutete einen Schwerthieb an, und Jarmardh reagierte auch darauf. Einen Sekundenbruchteil später aber kam die Klinge herum. Ein Reflex rettete Jarmardh. Er warf gerade noch rechtzeitig den Kopf in den Nacken und bog seinen Oberkörper zurück. Dabei verlor er das Gleichgewicht, taumelte und stürzte zu Boden. Zissla setzte sofort nach. Ein Hieb, und Jarmardhs Schwert flog in hohem Bogen davon. Schweratmend blieb der *Streiter* liegen. Zissla stand über ihm; die Spitze seines Schwerts berührte Jarmardhs Kehle.

„Nun, *Streiter?* Genügt dir das als Beweis?"

Annym beobachtete das Muskelspiel des Thryh. Es war unter dem Außenskelett nur undeutlich zu erkennen. Hier ein Schaben, dort ein Kratzen, eine zuckende Bewegung. Der von Hotrax kontrollierte Jäger machte sich zum tödlichen Zustoßen bereit. Annym bewegte sich, ohne nachzudenken. Er stürzte zur Seite und riß dabei die Projektilschleuder aus dem Gürtel. Hinter ihm knurrte der Tausendstachler. Neben ihm kam Senaides Oberkörper in die Höhe. Sie schrie auf, als sie begriff, was vor sich ging. Es ging um Sekundenbruchteile. Wer war schneller: der Tausendstachler mit seinen Giftkatapulten, oder Annym und seine Projektilschleuder?

Der Bolzen schmiegte sich in seine Hand. Annym hatte den Eindruck, als sei die Zeit zum Stillstand gekommen, als hielte ein unbekannter Faktor alles fest – außer ihn. Seine Muskeln schmerzten, seine Haut brannte in hellem Rot. Die Sehne der Schleuder sirrte. Der Bolzen jagte dem Thryh entgegen, durchschlug mit einem lauten Krachen sein Außenskelett. Die Wucht des Aufpralls reichte aus, ihn einige Meter fortzuschleudern.

Annym wirbelte herum. Der Tausendstachler war ein düsterer Schatten, der direkt vor ihm aufragte. Er sah die zitternden und vibrierenden Luftkammern, er sah die Dorne der Giftstachel. Er blickte dem Tod selbst ins Auge. Senaide schrie ein zweites Mal. Der rätselhafte Einfluß, der alles zu verlangsamen schien, zog den Laut in die Länge, machte ihn zu einem dumpfen Brummen, wie von einem in der Ferne laufenden Motor. Doch der Einfluß war nicht stark genug. Der Schatten des Tausendstachlers wuchs in die Breite. Annym wollte zur Seite springen, doch er konnte sich nicht mehr bewegen. Seine Beine gaben unter ihm nach, er stürzte zu Boden. Zwei erste Giftstachel rasten über seinen Kopf hinweg, begleitet von dem dumpfen *Plop!* sich entleerender Katapultkammern.

Etwas zirpte.

Und ein zweiter Schatten näherte sich Annym, fast genauso groß wie der des Tausendstachlers. Ein langes und klebriges und mit Widerhaken besetztes Etwas zuckte an ihm vorbei und berührte den Breitschädel des Stachlers. Ein Kokon aus Nebelseide barst mit donnerndem Krachen.

Der Tausendstachler starb innerhalb eines Augenblicks, als sich die Ätzzunge des Raupenspinners blitzartig einen Weg durch die Schädelknochen zum Hirn bahnte. Sprungbeine knickten ein. Annym wartete auf den Reflex, der alle Luftkammern gleichzeitig öffnete. Er blieb aus.

Stille.

Annym erhob sich langsam. Sein ganzer Körper schmerzte.

Über ihnen verblaßte die Korona Goldscheins. Die Schattensonne wanderte weiter, und das zurückkehrende Licht vertrieb die Dämmerungsschatten. Annym sah Jarmardh an. Der *Streiter* taumelte ihm entgegen.

„Du hast mir ein zweitesmal das Leben gerettet", brachte er undeutlich hervor. Sein Hals war geschwollen. Annym drehte sich um. Der Raupenspinner, der nun seine Viertelverpuppung beendet hatte, hockte neben Senaide KurKarim und ließ sich von ihr streicheln. Die Traumgängerin murmelte Vokale, und der Spinner breitete zwei goldfarbene Schwingen aus.

„Es war gerade noch rechtzeitig", krächzte Annym. Er wollte schlafen. Nur das.

Senaide betrachtete die Wunde, die nun keine mehr war. Sie nickte, sah Annym an und lächelte. Sie wußte Bescheid. Und in ihrem Gefühlsschatten zeigten sich Wärme und tiefe Zuneigung.

„Du?"

„Ja." Aber ich weiß nicht, wie, fügte er in Gedanken hinzu. Senaide erhob sich und schritt ihm langsam entgegen. Ihre Hand berührte Annyms Wange. Er wollte zurückweichen, aber die Traumgängerin schüttelte den Kopf und hauchte ihm einen Kuß auf die Lippen. Er wartete auf die Reaktion, die kommen mußte. Sie kam nicht. Senaide lächelte nur.

„Es ist vorbei", sagte sie. „Die Kraft in dir, die meine Verletzung geheilt hat, hat auch die Xenoallergie vertrieben."

Er konnte es nicht glauben. Er nahm sie in die Arme, und für eine Sekunde fühlte er sich zufrieden und ausgeglichen und glücklich.

„Wir müssen weiter", sagte Jarmardh bedauernd. „Roghan wird uns jetzt nach Abschluß der Jagd suchen lassen. Wir müssen über das Monument."

Annym nickte und löste sich aus Senaides Armen. Er konnte es immer noch nicht fassen. Es war wieder so wie vorher. Oder fast so . . .

Der Raupenspinner zirpte. Annym spürte, wie sich der Gefühlsschatten der Traumgängerin ausweitete und sich wie ein Nebelhauch um den Spinner legte. Wieder breitete er die Schwingen aus. „Er wird uns hinauftragen", sagte Senaide. Wieder murmelte sie Vokale, die für Annym keinen Sinn ergaben. Der Raupenspinner jedoch antwortete mit erneutem Zirpen. „Uns drei zusammen kann er nicht tragen. Zuerst Jarmardh, dann dich und mich. Rasch, beeilen wir uns."

„Der geringe Luftdruck ...“, begann der *Streiter*. Er konnte kaum noch die Augen offenhalten. Täuschten sie sich, oder war weit in der Ferne tatsächlich das Summen von Schwebertriebwerken? „Weiter oben wird der Auftrieb für unseren Freund nicht mehr groß genug sein. Wir werden abstürzen.“ Er hustete. „Ich kann es überstehen. Wenn ich mich in die Stasis versetze – eine Art scheintodähnlicher Zustand. Aber ich bin erschöpft. Ich kann die Stasis höchstens zehn Minuten aufrechterhalten.“

„Das reicht“, versicherte Senaide rasch. „Außerdem brauchen wir nicht ganz hinauf. Der Paß genügt. Und dort ist der Luftdruck zumindest für den Spinner noch hoch genug.“

Kaum hatte sich Jarmardh auf dem Rücken des Spinners niedergelassen, da versteifte sich sein Körper. Die Stasis. Die goldenen Schwingen schlugen einmal, und der Spinner stieg mit seiner dreihundert Pfund schweren Last empor und war bald ihren Blicken entschwunden. In der Ferne nahm das Summen zu.

„Sie kommen“, sagte Annym leise.

Sie warteten. Mit steigender Unruhe. Als sie das Rauschen von verdrängter Luft über sich hörten, atmeten sie erleichtert auf und stiegen sofort auf den Rücken des Raupenspinners. Das Land sank unter ihnen weg. Eisverkrustete Felswände zogen vorbei. Durch den Kamin, dann über das Felsplateau, an Graten und Schründen vorbei. Über die Region des Weichschnees, über gewaltige Gletscher hinweg, durch das Monument hindurch. Voraus wartete das Rotland der *Kii'hm* auf sie. Irgendwann schlief Annym ein. In den Armen Senaides.

Weit hinter ihnen glitten vier Schweber an der Wand des Monuments entlang. Hotrax stieß wütende Drohungen hervor, als sich die Piloten weigerten, die gewaltige Felsbarriere zu überfliegen und ins Land der *Kii'hm* vorzustoßen.

14

Wir wissen nicht viel über die Kii'hm. *Und das, was wir wissen, beruht zum großen Teil auf den Erzählungen von Bodengefesselten und Fremdabenteurern, die das Felsenmonument auf Gharn überwanden und ins Rotland vorstießen. Eine Legende der Bodengefesselten verspricht ihnen Schätze jenseits des Monuments, unermeßlichen Reichtum für den, der den* Kii'hm *entgehen kann. Die* Kii'hm *aber erlauben keinem Fremden, ihr Territorium zu betreten. Die Grenzen werden von Patrouillenreitern bewacht, und ihnen entgeht nichts. Sie verfügen über mehr als sonderbare Fähigkeiten, die nicht allein mit PSI zu erklären sind. Vielleicht gibt es noch andere Kräfte, die jenseits der herkömmlichen PSI-Erfahrung ihren Ursprung haben. Vielleicht gibt es andere mentalenergetische Reservoire, die die* Kii'hm *anzuzapfen in der Lage sind und der heutigen PSI-Wissenschaft noch unbekannt sind. Vielleicht gibt es wirklich eine nachweisbare, naturwissenschaftliche Grundlage für Magie. Vielleicht ist aber auch alles, was man sich über die Begabungen und Fähigkeiten der* Kii'hm *erzählt, tatsächlich nur Legende. Sicher ist, daß kein Fremder, der ins Rotland zog, jemals wiedergesehen wurde. Und die Kontakte, aus denen die Bodengefesselten ihr Wissen beziehen, ereignen sich nur in einem zeitlichen Abstand von einigen hundert Jahren. Dann kommen einige* Kii'hm *aus dem Rotland hervor und bringen den Bodengefesselten einen neuen Inneren Gesang. Warum, weiß niemand. Und auch die Funktion dieses Inneren Gesangs bei den Bodengefesselten ist weitgehend ungeklärt.*

Mentalautodidaktische Unterweisungen

Ein gesunder Geist wohnt in einem gesunden Körper. Wird der Körper krank, dann auch der Verstand. Und umgekehrt.

Weisheit der Universalen Kirche

Du kannst dich dem Drang, der in dir wohnt, nicht entziehen, Annym DryMarden. Vielleicht läßt er einmal nach. Aber nur, um dann um so stärker hervorzubrechen. Es zieht dich in die Ferne. So lange, bis du dein Ziel erreicht hast.

Wo liegt dieses Ziel?

Das wirst du wissen, wenn du es erreicht hast.

Traumstimmenkontakt

Die Konzentration verflüchtigte sich ins Irgendwo. Annym versuchte, sie festzuhalten und den Kontakt zu verfestigen, aber es gelang ihm nicht. Er schlug die Augen auf. Seine Fingerkuppen schwebten noch immer einen knappen Zentimeter über den Wunden des *Streiters*.

„Ich schaffe es nicht", sagte er. Er schloß erneut die Augen. In seinem Innern war Dunkelheit dort, wo vorher Kraft gewesen war. „Nein, es ist unmöglich."

Jarmardh atmete einmal tief durch und erhob sich. „Mach dir nichts daraus, mein *horan*. Die Wunden sind nicht so schlimm. Alles, was wir brauchen, ist ein wenig Ruhe. Dann geht es auch mir wieder besser."

„Es . . . es tut mir leid." Warum konnte er dem *Streiter* nicht helfen, so wie er Senaide geholfen hatte? Er vermochte die in ihm wohnende Kraft nicht zu kontrollieren. Er war ihr ausgeliefert.

Die Rotwüste breitete sich bis zum Horizont aus. Irgendwo in der Ferne zog der Raupenspinner seine Bahn: ein Schatten vor dem nun wieder hellen Himmel. Mit der Helligkeit war auch die Wärme wieder zurückgekehrt. Annym wischte sich den Schweiß von der Stirn und kehrte in den Schutz des Kegels zurück, des einzigen Objekts, das im Umkreis von Dutzenden Kilometern einen Schatten warf. Geistesabwesend berührten seine Hände das kühle Material. Es war hart und fest, und in ihm wohnte die Ewigkeit. Es war ein Relikt der *Ersten*. Er sah empor.

Tausende von Jahren – vielleicht Hunderttausende von Jahren, oder noch mehr – mochten vergangen sein, seit unbekannte Architekten dieses Bauwerk errichtet hatten: einen knapp zwanzig Meter hohen und etwa drei Meter durchmessenden Kegel, der aus dem roten Sand der Wüste ragte. Der Zweck, dem er diente oder gedient hatte, war nicht ersichtlich. Er trotzte nur der Zeit selbst und schien so unvergänglich wie der Kosmos. An einigen Stellen wies das Material Vertiefungen und sanfte Wölbungen in der sonst glatten Oberfläche auf: Schriftzeichen vielleicht, die heute niemand mehr lesen konnte. Ganz automatisch berührten Annyms Hände die unverständliche Botschaft. Ein prickelndes Gefühl enstand in seinen Fingerkuppen und pflanzte sich durch seine Unterarme fort. Erschrocken fuhr er zurück. Jarmardh blickte ihn an.

„Für einen Augenblick . . .", begann Annym, verstummte dann aber wieder. Nein, es mußte eine Täuschung seiner überreizten Nerven gewesen sein, weiter nichts. Jarmardh nickte langsam und deutete ins Rotland hinein, das sich vor ihnen erstreckte.

„Es hat den Anschein, als wären wir hier vorerst sicher", brummte er. „Offenbar wagen es selbst Roghans Schergen nicht, das Monument zu überqueren und hierher vorzustoßen." Knurren. „Aber auf Dauer können wir hier natürlich nicht bleiben. Wir haben zwar eine Quelle gefunden, aber nur von Wasser kann man auch nicht leben. Und unsere Vorräte gehen zur Neige." Wie um seine Worte zu bestätigen, rumorte sein Magen.

Annym lauschte in sich hinein. Er konnte die Flamme spüren, die nach wie vor in ihm brannte. Aber die von ihr ausgehende Hitze war nicht versengend. Noch nicht. Sie waren frei und hatten die Jagd überstanden. Vorerst in Sicherheit, wie Jarmardh gesagt hatte. Aber wo war ein Ausweg? Sie saßen auf Gharn fest. Und Gharn, das ahnte Annym, war nicht die *richtige* Welt. Er fürchtete sich vor diesem Gedanken, denn er mochte den Ferndrang wekken. Er verdrängte ihn.

„Laß uns noch einige Stunden ausruhen", sagte er und beschattete mit der rechten Hand seine Augen. Goldschein war ein loderndes Fanal am Himmel. „Die Hitze ist noch zu groß. Wenn der Abend dämmert, brechen wir auf, tiefer ins Rotland hinein."

Er wandte sich um und schritt auf das provisorische Zelt zu. Auf dem Marsch vom Monument hierher hatten sie trockene Gräser, Äste und Zweige gesammelt. Die Mühe hatte sich gelohnt. Schatten war wichtig.

„Ich vertrete mir noch ein wenig die Beine!" rief ihm Jarmardh nach. Annym winkte bestätigend, bückte sich und kroch ins Zelt. Senaide blickte ihm entgegen. Ihre großen Augen glänzten dunkel; ihr Haar war ein luftiger Schleier, der ihr Gesicht umrahmte. Nicht ein Schweißtropfen zeigte sich auf ihrer porenlosen Haut. Traumgänger waren Innenatmer. Sie schwitzten nicht.

„Komm", flüsterte sie. „Komm zu mir, Annym."

Er ließ sich neben ihr auf die leise knisternden Gräser sinken. Seine Hände bewegten sich wie eigenständige Lebewesen: automatisch, ganz von selbst, losgelöst von seinem Denken, nicht aber seinen Empfindungen. Ihre Haut war heiß. Ihre Lippen lockten. Er küßte sie, er spürte, wie sich ihr Gefühlsschatten ausdehnte, wie die innere Ausgeglichenheit sich auch in ihm ausbreitete, wie Traurigkeit versiegte und dem Genuß des Augenblicks Platz machte.

„Wir haben keine Metamorpherpollen", raunte Annym und ertrank in ihrer Wärme. Sie nickte in der schattigen Kühle, die mit ihrer Hitze durchtränkt war. Ihre Hände wanderten weiter über seinen Körper und öffneten seine Kombination. Seine Lenden brannten. Er drängte sich an sie. Er spürte die weiter gewachsene Wölbung ihres Bauches. Er öffnete seinen Geist, und zwei Teilegos verwoben sich miteinander. Irgendwo in der Nähe war das sanfte Flüstern eines dritten Ichs, rudimentär noch, nicht ausgebildet, träumend. Die Genfrucht. Sein Kind. Und das Senaides. Es wuchs und gedieh. Es würde leben.

„Es wird alles gut“, sagte Annym leise und gab sich den Liebkosungen der Traumgängerin hin. „Wir werden nach Yloisis zurückkehren. Mit unserem Kind. Irgendwann.“

„Mhmm“, machte sie und schloß die Augen. Seine Hände krochen über ihre Brüste. Die Warzen richteten sich steil auf. Sie krochen weiter, zehn Finger, die sich unabhängig voneinander bewegten. Sie streichelten ihren Schoß und ertasteten eine noch intensivere Wärme. Sie berührte seine Lenden und bewegte rhythmisch die Hand. Er genoß, auch wenn die Befriedigung nicht vollständig und umfassend war. Es war eine Möglichkeit, eins zu sein. Und das hatten sie beide lange Zeit entbehrt. Irgendein ängstlicher Faktor in Annym wartete auf ihr leises Stöhnen, auf die roten Flecken, die seinen Berührungen folgten, auf ihre Bitte, von ihr abzulassen. Doch die Kraft in ihm, die bei Jarmardh versagt hatte, hatte die Xenoallergie aus ihr getilgt. Nachhaltig.

„Es wird noch ein weiter Weg bis dahin sein“, murmelte Senaide. „Ein weiter Weg zurück nach Yloisis.“

„Ich habe es dir versprochen. Erinnerst du dich?“

„Ja, ich erinnere mich. Es ging mir schlecht damals. Sehr schlecht. Du hast mir geholfen.“

„Ja.“ Intensives Glück, induziert von Senaides Gefühlsschatten. Seine Haut schimmerte abwechselnd in grellem Rot und kräftigem Gelb – Zeichen seiner Erregung, aber auch Zeichen seines Wohlgefühls. Eine gute Mischung.

„Wir werden zurückkehren.“

Sie blickte ihn an. Draußen ertönte feines Summen: Wind, der über den Sand des Rotlandes strich; Wind, der sich in den fremden Schriftzeichen der *Ersten* verfing, seit Ewigkeiten schon. Das Relikt trotzte den Energien der Erosion. Vielleicht bis zum Ende der Zeit selbst. „Und dein Ferndrang, Annym?“ fragte sie. Ihre Stimme war ein sanfter Hauch, der über seine Wangen kitzelte. „Er ist noch immer in dir und treibt dich fort, nicht zurück. Kannst du jemals zu dir selbst finden?“ Er wandte den Kopf, spürte ihren Blick. Ihre dunklen Augen waren zwei Quellen des Trostes. Selten zuvor hatte er das, was ihn mit der Traumgängerin verband, so intensiv erlebt. Sie war eine Inkarnation all dessen, was er liebt. Er blickte sie an, wollte antworten … doch etwas veränderte sich, etwas drängte seine Gedanken beiseite, langsam, aber kraftvoll.

Die Züge Senaide KurKarims verschwammen. Die langen, schwarzen Haare verfärbten sich.

„Aleta …“

Grüne Augen, ebenso tief wie die Senaides. Ein Gesicht, das ihm unbekannt und doch gleichzeitig vertraut war.

Sie ist für dich wichtig, nicht die Traumgängerin, sagte die Traumstimme kühl.

Nein! Ich kenne sie nicht. Ich will sie nicht kennenlernen. Sie bedeutet mir nichts.

Doch Annym wußte im gleichen Augenblick, daß er sich selbst etwas vormachte. Er hatte Aleta schon oft gesehen, und jedesmal wurde der Drang, sie zu berühren und zu streicheln und zu liebkosen, stärker. Es war etwas anderes als mit Senaide. Es war ... beängstigend.

Für einen Augenblick verschwanden die roten Haare und wichen der schwarzen Seide Senaides. Er nahm sich zusammen und versuchte, diesen Eindruck festzuhalten, doch das *Andere* in ihm machte seine Bemühungen wieder zunichte. Er sah die beiden großen Tränen in Senaides Augenwinkeln, dann blickte ihn wieder Aleta an, öffnete die vollen Lippen, murmelte Worte, die ihn nicht erreichten. Es war ein Fluch. Er kämpfte, aber es war aussichtslos. Er war nicht Herr seiner selbst. Es war wie beginnender, nicht mehr zu kontrollierender Wahnsinn. Er stemmte sich dem *Anderen* entgegen, und wieder war es sinnlos.

Wehre dich nicht, warnte die Traumstimme. *Ich brauche dich, und du brauchst mich.*

Nein! widersprach Annym heftig. Sein Körper – er war fern – begann heftig zu zittern. *Ich brauche dich nicht. Ich hasse dich. Gib mich frei!*

Wie, da ich doch ein Teil von dir selbst bin? Nein, Annym DryMarden, du hast eine Aufgabe. Du mußt dem Ruf folgen, der in dir wohnt. Es bleibt dir keine andere Wahl. Suche Aleta. Zusammen mit ihr kannst du einen weiteren Schritt der Erkenntnis entgegenkommen. Suche Aleta ...

Nein!

Aber die Flamme in ihm loderte auf, wurde heißer, kochte durch seine Adern, verbrannte Gedanken und Widerstandswillen.

„Annym. Annym, komm wieder zu dir!“ Er zitterte. Und sein Körper war schweißüberströmt. Er lag in den Armen Senaides. Er gehörte wieder sich selbst. Doch wie lange? Deutlich spürte er die Traurigkeit Senaides. Ihr Gefühlsschatten hüllte ihn noch immer ein. Sie vermochte ihre Empfindungen nicht vor ihm zu verbergen. Sie streichelte ihn, wie eine Mutter ihren Sohn. Langsam beruhigte er sich wieder.

„Du hast sie erneut gesehen, nicht wahr?“ fragte Senaide. „Die *andere* Frau. Welche Bedeutung hat sie für dich?“

„Ich weiß es nicht“, antwortete er so leise, daß sie seine Worte kaum verstehen konnte. „Ich weiß es einfach selbst nicht, Senaide. Ich habe Angst vor mir selbst ...“

Etwas raschelte. Der Schatten im Zelt vertiefte sich. Annym drehte sich um. Unmittelbar vor dem Zelteingang erhob sich die Silhouette eines *Kii'hm*.

Annym kam langsam in die Höhe. Senaide hielt unwillkürlich den Atem an. Der *Kii'hm* bewegte sich nicht. Er wirkte wie eine Statue, in Zeitlosigkeit gemeißelt. Er war größer als Annym, rund zwei Normmeter. Ein langer, schwerer Mantel aus gegerbter Tierhaut verbarg den größten Teil seines Körpers. Er war humanoid, das war auf den ersten Blick zu erkennen: zwei lange Arme, zwei lange Beine, ein überraschend kurzer Rumpf, ein nur rudimentär ausgebildeter Hals, der einen großen, überraschend menschlich wirkenden Kopf trug. Flauschhaar bedeckte den Schädel. Zwei übergroße, purpurne Augen blickten ins Zelt hinein.

Eine starke Ausstrahlung ging von dem *Kii'hm* aus. Sie war wie eine Aura, die ihn einhüllte, ähnlich dem Gefühlsschatten Senaides. Aber eine Aura, in der nicht Empfindungen wohnten, sondern Macht und Kraft.

Jarmardh, dachte Annym. Wo steckt Jarmardh?

„Es tut uns leid, daß wir die Grenzen des Rotlandes verletzen mußten“, sagte Annym rauh. Er hoffte, daß der Ganzfremde *Standard* verstand. „Wir waren auf der Flucht. Und wir sind es noch immer. Wir bitten um Schutz und Hilfe.“

Der *Kii'hm* antwortete nicht. Der Wind bewegte den langen Mantel. Die purpurnen Augen leuchteten.

„Vielleicht kann er dich nicht verstehen“, vermutete Senaide. Sie erhob sich ebenfalls. „Ich werde es anders versuchen.“ Annym merkte, wie sich die von der Traumgängerin ausgehenden Mentalsymbole verstärkten, wie sich ihr Gefühlsschatten ausbreitete und vorsichtig zu dem Ganzfremden tastete. Der *Kii'hm* bewegte sich. Langsam drehte er den Kopf zur Seite und blickte Senaide an.

Die Traumgängerin riß die Augen auf, stöhnte und sank auf ihr Lager zurück. Der purpurne Blick des *Kii'hm* richtete sich auf Annym.

Kälte schlug ihm entgegen, sickerte durch seine Poren und breitete sich in seinem Körper aus. Annym wollte etwas sagen, doch seine Stimmbänder versagten. Es war auch plötzlich unwichtig. Der *Kii'hm* breitete die Arme aus, beugte die Ellenbogen und legte die Hände aneinander. Einen Augenblick darauf krochen zitternde Lichter über seine Finger. Der Glanz seiner purpurnen Augen verstärkte sich.

Annym konnte sich nicht mehr bewegen. Eiseskälte umklammerte seine Muskeln und sog die Wärme aus ihm heraus.

Der *Kii'hm* stimmte einen eigenartigen Gesang an: kehlige Laute, dann wieder melodisches Zirpen, dann rauhes Flüstern und Raunen und Wispern. Manchen der unverständlichen Worte schien eine sonderbare Kraft innezuwohnen. Die den Ganzfremden einhüllende Aura wurde dichter. Das Licht Goldscheins schien sich zu verdunkeln. Letzte Wärme versiegte.

Darum ist nie jemand aus dem Rotland zurückgekehrt, dachte Annym entsetzt. Es sind Mentalgiganten. Und sie dulden keine Fremden in ihrer Nähe, nicht diesseits des Monuments.

Senaide rührte sich nicht mehr. Ihr Gefühlsschatten war nur noch ein undeutlicher Hauch, eine Erinnerung an einstigen Glanz. Durch einen unsichtbaren Kanal sickerte Lebenskraft aus ihrem Körper. Das noch nicht geborene Leben in ihrem Leib war dem Tode nahe. Es besaß nicht die mentale Widerstandskraft einer ausgebildeten und befähigten Traumgängerin.

Nein!

Annym schüttelte die Lethargie ab. Er horchte in sich hinein, während der *Kii'hm* weiter jene unheilvollen, magischen Worte formulierte, die Kraft aus ihm und Senaide heraussaugten. Sie mußten sich *wehren*.

Ein unsicherer Schritt nach vorn. Die Knie gaben nach; Annym stürzte zu Boden. Sein Körper war taub, er spürte den Schmerz des Aufpralls nicht. Purpurnes Leuchten, wohin er auch blickte. Und in seinem Innern nach wie vor Dunkelheit.

Senaide, dachte er. Ich muß ihr helfen. Sie hat nicht mehr die Kraft.

Ich ... sterbe ...

Ein Lichtblitz, irgendwo in seinem Kopf, hervorlodernd aus den Tiefen des Unbewußten, alles andere verdrängend. Und Annyms instinktive Reaktion – Abwehr, Widerstand, bis er begriff, daß die Traumstimme recht gehabt hatte. Er brauchte das *Andere,* das *Fremde.* Er brauchte die Hilfe der *Kraft.*

Annym DryMarden wurde erneut zu einem zum Abwarten gezwungenen, stummen Beobachter in seinem eigenen Körper.

Wärme verdrängte Kühle. Neue Energie durchflutete die Muskeln. Er richtete sich auf und schritt langsam dem *Kii'hm* entgegen. Die Arme bewegten sich, kamen nach vorn. An seinen Fingerkuppen glühten die kalten Flammen.

Fliehe, Kii'hm, dachte Annym entsetzt. *Ich töte dich. Die Kraft in mir. Rasch, fliehe!*

Aber seine Hand berührte bereits den Umhang des Ganzfremden. Es knisterte. Und die *Kraft* schleuderte den *Kii'hm* davon, einige Meter weit, vom Eingang des Zeltes fort. Annym, der nicht mehr Annym war, folgte ihm. Mit langsamen Schritten, entschlossen, von kaltem Zorn erfüllt. Im Zelt stöhnte Senaide.

Nein! rief Annym in seinem mentalen Kerker. *Ich will nicht töten. Ich will mich nur selbst schützen. Und Senaide und Jarmardh.*

Jarmardh . . .

Der *Streiter* war eine zu Fels erstarrte Säule, die sich an den Kegel der *Ersten* schmiegte. Leblos. Tot. Kalt.

Er war . . . verwandelt.

Der *Kii'hm* hatte Mühe, wieder auf die Beine zu kommen. In der farblosen Aura, die ihn wie ein Kokon umgab, klafften Lücken, die sich nur langsam mit neuer Energie auffüllten. Zirpen erfüllte die Luft. Annym legte für einen Augenblick den Kopf in den Nacken. Der Raupenspinner raste mit ausgebreiteten Schwingen herbei, um ihm zu Hilfe zu eilen. Er begab sich damit nur selbst in unnötige Gefahr. Annym streckte die linke Hand aus. Ein fahler Funke löste sich von ihr, jagte dem Geflügelten entgegen und drängte ihn zur Seite.

Der *Kii'hm* breitete die Arme aus. Seine Hände schrieben Zeichen in die Luft, die Annym – der gefesselte Annym – nicht verstehen konnte. Doch der Faktor, der ihn lenkte, begriff. Der Zorn ließ nach. Er antwortete in einer Sprache, die er nie zuvor vernommen hatte: kehlige Laute, vokalreich, mal melodisch, mal nur ein undeutliches Flüstern. Der *Kii'hm* wandte sich daraufhin um und schritt zur Steinsäule. Seine Hände glitten über die erstarrte Gestalt Jarmardhs und beschrieben bestimmte Konfigurationen. Nebel entstand aus dem Nichts. Der Rotsand knisterte und bewegte sich. In plötzlicher Windstille formten sich Millionen von Sandkörnern zu einer mannshohen Düne, die auf den erstarrten Jarmardh zukroch, an ihm emporglitt und ihn zudeckte. Die lenkende Kraft in Annym DryMarden beobachtete aufmerksam. Der Sand kroch bald zurück. Jemand stöhnte, und aus der Steinsäule war wieder Jarmardh der *Streiter* geworden.

Annym sank unwillkürlich auf die Knie, als sich die *Lenk*kraft in ihm zurückzog und die Schwäche erneut Einzug hielt. Der *Kii'hm* trat an ihn heran.

„Ein Fehler", sagte er in kehligem Standard. „Verzeih mir. Ich werde ihn wiedergutmachen. Ihr sucht Hilfe und Schutz. Ihr sollt beides bekommen."

Er stieß einen hellen Pfiff aus. Knapp hundert Meter entfernt schob sich ein Rotleguan aus seinem Sandversteck und eilte seinem Herrn entgegen. Der *Kii'hm* sprang auf den Rücken des fast zehn Meter langen Geschöpfes. „Komm", sagte er. „Ich bringe euch zu meinem Clan."

„Wie?" fragte Senaide KurKarim und berührte Annyms Arm.

„Das *Andere* in mir", gab er zurück. Er betrachtete seine Hände. Fast hätten sie getötet. Mit einer Kraft, die er nicht kannte. „Es schützt mein Leben und euch ebenfalls."

Er war sehr nachdenklich, als er ebenfalls auf den Rücken des Leguans kletterte. Jarmardh warf ihm einen undefinierbaren Blick zu. Annym war sein Freund und *horan*. Aber er begann sich immer mehr zu verändern, und er fragte sich, welche weiteren Überraschungen in dem Halbmenschen schlummerten.

Drittes Buch

Ehrdh

15

Einst gab es eine Zeit, da war Gharn eine leere und öde Welt. Winde tobten über toten Sand und nackte Felsen, Böen, deren Heulen niemand hören konnte, weil niemand da war. Die Schattensonne kam und ging, und mit ihr die Finsternis. Hitze ergoß sich über weite Schlammseen, aber niemand schwitzte.

Dann kamen die Ersten.

Und mit ihnen das Leben. Keime pflanzten sich in Felsspalten und Sandstrudel. Es dauerte nicht lange, und aus einer toten Welt war eine Enklave des Lebens geworden. Die Ersten *hatten uns geschaffen. Nach tausend Jahren verließen sie Gharn wieder. Wir aber blieben zurück, um ihre Schätze zu hüten und uns an der Eleganz und Vergänglichkeit ihrer Relikte zu erfreuen . . .*

Legende der *Kii'hm*

Ein Di *ist ein Unfreier. Sein Herr ist Gesetzgeber und Ausführer. Ein entflohener* Di *hat mit seiner Flucht alle Privilegien verwirkt, die er besessen hat. Er ist nicht nur unfrei, sondern vogelfrei. Ich belohne jeden, der mir einen entflohenen* Di *zurückbringt. Fortan soll derjenige ein Leben in Luxus genießen. Meine Strafe für den* Di-*Flüchtling aber wird fürchterlich sein und allen Abschreckungszwecken genügen.*

Roghan der Makler

In der kalten Umklammerung des Alls schwebte eine marmorierte Kugel: Gharn. Wolken waren wie farbige Kleckse, die Dunkelregionen wie finstere Augen, die vom Licht Goldscheins ausgespart waren. Die Fähre schwebte näher und berührte die ersten Ausläufer der Atmosphäre. Der Abtrünnige beendete seine Innenmeditation und betrachtete ruhig die Anzeigen der Instrumente.

„Wir sind da", sagte er leise, und der Mahr in seiner Nährnische gab ein zufriedenes Brummen von sich.

Der Abtrünnige horchte. Automatisch wich die Fähre dem gewaltigen Leib eines Dimensionsschwimmers aus, der hinaufstieg und sich einem neuen Ziel zuwandte, bald darauf Raum und Zeit aufbrach und verschwand. Die Identitätssphären zweier Khyj verblaßten, als das Hrhan-Schiff auf Überlichtgeschwindigkeit ging. Gut so. Eine neue Konfrontation wäre nur störend gewesen.

Einige Sensoren glühten in hellem Rot. Der Abtrünnige berührte daraufhin einen Kontrollpunkt. Ein flacher Schirm erhellte sich. Buchstaben- und Zahlenkolonnen flammten im Halbdunkel der Steuerkabine auf. Eine Botschaft. Der ErgSpion der Fähre hatte für einen Sekundenbruchteil Kontakt mit dem Nachrichtenspeicher des Dimensionsschwimmers aufnehmen können und das entsprechende Datenkonglomerat angezapft.

„Ein Routinebericht der Mehrlebensoase Gharns an die Melbahrns“, murmelte der Abtrünnige. „Eine Verkoppelung zwischen einer Traumgängerin und einem Halbmenschen mit einzigartigen Genmalen. Die Namen: Senaide KurKarim und Annym DryMaden.“ Er lächelte kalt. „Wir sind richtig, Mahr.“

Der Körper des Witterers erzitterte, als der Mahr die sich verdichtende Duftspur des Zielobjekts erspürte. Das leise Summen der Warmdüsen verklang. Der Mahr erhob sich und schob seinen amorphen Körper aus der Nährnische heraus. Kurz darauf nahm er wieder Festgestalt an. Ein leeres Gesicht wandte sich den Kontrollen und Bildschirmen zu.

Wolkenschlieren huschten an der Fähre vorbei. Weiter unten wuchsen die Schatten der Ringstädte in die Breite. Damit nahm auch das vielstimmige Wispern und Raunen vieler Tausender Identitätsphären zu. Eine Schaltung, und die Datenkolonnen auf der Schirmfläche veränderten sich.

„Rhogan ist noch auf Gharn“, stellte der Abtrünnige fest. „Er wird uns einen Hinweis auf den derzeitigen Aufenthaltsort DryMardens geben können. Wir werden unsere Aufgabe bald erfüllt haben.“ Und damit die Ahrjaii zufriedenstellen, fügte er in Gedanken hinzu.

Die Fähre steuerte der größten Ringstadt entgegen, glitt an einen der vielen Ankerpunkte heran und legte dann selbst ihr energetisches Potential auf Nullbereitschaft. Der Abtrünnige erhob sich und verließ die Steuerkabine, gefolgt vom Mahr, der ab und zu ein verhaltenes Knurren von sich gab. Der Duftschatten DryMardens verstärkte sich. Seine Spur war hier wesentlich dichter als auf Yloisis. Der zeitliche Vorsprung war zusammengeschrumpft.

Sie traten in eine weite Halle, die nun, da der Dimensionsschwimmer abgelegt und Gharn verlassen hatte, nahezu leer war.

Einige Tranq und Halbamash machten dem vermeintlichen Khyj ehrerbietig Platz und blickten zu Boden, als er an ihnen vorbeischritt: eine ganz in Schwarz gekleidete Gestalt, begleitet von einem sonderbaren Geschöpf, das sie nie zuvor gesehen hatten.

Der Abtrünnige schritt an dreidimensionalen Aromahologrammen vorbei, die eine festliche *Di*-Versteigerung anpriesen, an Betrunkenen und Berauschten, die in Nischen hockten und in ihren Träumen zu ersticken drohten. An Erotikfreundinnen, die ihre süßen Dienste anboten und in Gespräche mit potentiellen Kunden versunken waren. Je weiter er sich dem Zentrum der Ringstadt näherte, desto mehr Halb- und Ganzmenschen, Amash, Thryh, Tranq, Zen und Isyhr waren in den Passagen und Wandelhallen unterwegs.

Überall machte man ihm bereitwillig Platz. Der Abtrünnige kümmerte sich nicht um die Schaukämpfe, die hier und dort veranstaltet und zwischen speziellen Genhybriden ausgetragen wurden. Er lauschte den Signalen des mentalen Äthers. Er hatte ein Ziel. Ein Bettler streckte ihm die mit eitrigem Ausschlag bedeckte Hand entgegen und bat mit rauher Stimme um einige Münzen. Seine Augen waren trüb, der Rücken gebeugt. Der Abtrünnige schritt an ihm vorbei, ohne ihn zu beachten. Der Bettler war blind, aber er zog rasch seine Hand zurück, als die Aura von Macht und Kraft wie statische Elektrizität über seine Haut knisterte.

Am Zugang zu den *Di*-Bereichen stellten sich ihm zwei Kriegertranq in den Weg. Sie trugen lange Kettenhemden und Glitzerkappen über den dicken Hornpanzern der Schädel. Unter den Mänteln waren Waffen verborgen. Der Abtrünnige spürte ihre Unruhe darüber, einen Khyj belästigen zu müssen. Die Kriegertranq waren speziell ausgebildete Wächter und Soldaten, aber sie wußten natürlich auch, daß sie es niemals mit einem *Sihr*-Kämpfer aufzunehmen vermochten. Und der Abtrünnige war noch mehr als ein *Sihr*-Kämpfer.

„Es tut uns leid, Herr“, sagte einer der beiden Kriegertranq, „aber wir haben die Aufgabe, nur autorisierte Personen in diesen Sektor der Ringstadt hineinzulassen. Roghan ist ...“

Weiter kam er nicht. Ohne im Schritt innezuhalten, streckte der Abtrünnige die linke Hand aus. Matter Schein löste sich von seinen Fingerkuppen und hüllte die beiden fast drei Meter großen Tranq ein. Ihre Stimmembranen erzeugten ein helles Zischen, als eine unsichtbare Kraft sie zurück an die Wand drängte und dort fesselte. Der Abtrünnige schritt weiter, in die Enklave Roghans hinein. Irgendwo vor ihm war eine wütende Stimme.

„Nein!“ brüllte jemand und fügte einen derben Tranq-Fluch hinzu. „Nicht so. So!“

Waffen klirrten. Eine andere Stimme meldete sich: mit einem kurzen, hellen Schmerzensschrei. Dann das Geräusch eines Körpers, der zu Boden fiel.

„Ich bin von Idioten umgeben“, meldete sich die erste Stimme wieder. „Nur Idioten!“

Der Abtrünnige kam näher. Zwei Amash kümmerten sich um einen Halbmenschen, aus dessen rechten Arm rotes Blut quoll. Das Gesicht des Mannes war blaß, die Stirn schweißbedeckt. Ein in ein helles Gewand gekleideter Tranq warf ein Kurzschwert fort. „Ihr habt noch viel zu lernen, wenn ihr Schaukämpfer werden und euch die damit verbundenen *Di*-Privilegien verdienen wollt. Wenn ihr so in den Ring tretet, überlebt ihr nicht die ersten zehn Sekunden des Kampfes.“

Der Abtrünnige betrat die Arena, gefolgt vom Mahr.

„Vielleicht“, sagte die schwarze Gestalt mit gleichgültiger Stimme, „versuchst du es einmal mit mir, Tranq.“

Der Angesprochene drehte sich langsam um. Der Abtrünnige spürte die Wut des Tranq, den Fluch, den er in Gedanken bereits formulierte, den Zorn, der nun ihm entgegenschlug.

„Was willst du . . .“ Er verschluckte die restlichen Worte, als er bemerkte, mit *wem* er es zu tun hatte.

„Oh“, machte er überrascht. „Verzeih mir, Hoher Herr. Ich wußte nicht . . . Kann ich dir helfen?“

Schlurfende Schritte ertönten im Eingang zur Arena. „Herr“, sagte die knarrende Stimme eines Kriegertranq. „Wir konnten nicht anders, Herr. Er . . .“

Der in das Gewand gekleidete Tranq winkte rasch ab. „Es ist gut. Zurück an deinen Platz.“

„Ich suche Roghan den Makler“, stellte der Abtrünnige fest. Der Mahr knurrte leise. Das leere Gesicht wandte sich dem Tranq zu. Die Spur Annym DryMardens verdichtete sich weiter, sie waren auf dem richtigen Weg. „Du bist sein Stellvertreter, nicht wahr?“ Er sondierte kurz und berührte dabei ein Empfindungskonglomerat aus Haß und Enttäuschung und Wut. Über der Zweithüfte, verborgen unter dem Gewand, klebte ein Quasisymbiont, über den der Tranq die Empfindungen eines weit entfernten Isyhr empfing.

„Darf ich fragen, Hoher Herr, ob Roghan Khyj-Schuld auf sich geladen hat?“ Für einen Augenblick empfand der Tranq Schadenfreude, dann war diese Empfindung wieder verschwunden.

„Nein“, erwiderte der Abtrünnige. „Du darfst nicht fragen. Bringe mich zu Roghan.“

„Natürlich, Herr“, versicherte Hotrax rasch. „Hier entlang, Herr.“

Der Abtrünnige folgte ihm. Aus der Arena heraus, einen langen, hell erleuchteten Korridor entlang, an Kriegertranq-Wächtern vorbei, die rasch zur Seite traten und ihnen nachdenklich hinterherblickten. Vor einer mit Aymyasymbolen verzierten Tür blieb Hotrax stehen. Er betätigte den Melder; ein melodisches Summen erklang. Und eine Modulationsstimme sagte:

„Ich wünsche nicht gestört zu werden.“ Hotrax zögerte einen Augenblick, warf dem vermeintlichen Khyj an seiner Seite einen kurzen Blick zu und betätigte den Melder dann ein zweites Mal. Die Modulationsstimme wiederholte die Botschaft, ein wenig ungehaltener nun. Der Abtrünnige hob die rechte Hand und legte sie auf das elektronische Schloß. Ein zischender, knisternder Laut, und ein Stück so groß wie die Hand löste sich auf. Ein Stoß, und die Tür schwang nach innen.

Nebeldämpfe wehten ihnen entgegen, als sie eintraten.

„Roghan?“ rief Hotrax unsicher. Stimmen ertönten, die er nie zuvor vernommen hatte.

„Er hat einen Metamechaniker in seinen Diensten“, erklärte er der schwarzen Gestalt an seiner Seite rasch. „Wir werden ihn nicht finden. Durch die Mentalkraft des Metamechanikers ist Roghan zu einem festen Bestandteil dieser Semirealität geworden. Vielleicht warten wir eine Weile, bis Roghan den Entspannungszyklus beendet hat.“ Irgend etwas flatterte ihnen entgegen und segelte mit gelben Augen und spitzen Zähnen an ihnen vorbei. Ein Schwebmanta. Der lange Giftdorn zuckte haarscharf an Hotrax' Gesicht vorüber.

„Warten?“ wiederholte der Abtrünnige. „Warum?“ Er hob beide Hände, murmelte ein Wort, das Hotrax nicht verstand, und der Nebel löste sich übergangslos auf. Roghan lag auf einer Liege. Seine rechte Hand, so schmal und zart wie die eines Mädchens, ruhte auf dem flachen Schädel des krötenähnlichen Metamechanikers. Hotrax trat rasch an seine Seite. Die Struktur des Ganzaymyakörpers war nicht genau zu erkennen. Dort, wo er nicht vom Schillergewand verhüllt wurde, drifteten Nebelschleier aus Tausenden von Dunstdrüsen in der dunklen Haut. Der Quasisymbiont am Hals des *Di*-Herren pulsierte.

„Wer ...", begann Roghan ungehalten und brachte den Oberkörper in die Höhe.

„Es tut mir leid", sagte Hotrax rasch. „Ich muß Sie stören. Die Umstände erfordern es."

Der Blick des Ganzaymya klärte sich langsam. Im Gegensatz zu den weichen Gesichtszügen spiegelten sich in seinen Vollpupillen Macht und Kälte. Er erkannte die schwarze Gestalt und nickte langsam. „Ich verstehe", murmelte er und setzte sich aufrecht. Der Metamechaniker grunzte. „Nun, wie kann ich dir helfen, Hoher Herr?"

„Du hast einen *Di* in deinen Diensten, Roghan, den ich suche."

„Nenn mir seinen Namen."

„Es ist ein Halbmensch mit besonderen Genmalen, und sein Name ist Annym DryMarden."

Hotrax atmete heftig ein, was ihm einen verweisenden und tadelnden Blick Roghans eintrug. Der Abtrünnige sondierte rasch. Er registrierte die nahen Identitätssphären einiger PSI-starker Zen, mit denen Roghan durch seinen Quasisymbionten ständig verbunden war. Er begriff plötzlich die durchdringende Intensität von Hotrax' Emotionskonglomerat. Und er bemerkte auch die plötzliche Wachsamkeit Roghans.

„Richtig", bestätigte der *Di*-Herr scheinbar nachdenklich. „Ich erinnere mich an ihn. Ein eigenartiger *Di* und Halbmensch. Aufsässig und ungehorsam. Keine gute Ware." Er warf dem Abtrünnigen einen – wie er meinte – unauffälligen Blick zu. Doch der hochgewachsenen schwarzen Gestalt war keine Regung anzumerken. Und auch die Zen, mit denen er verbunden war, konnten nicht in den Mentalhaushalt des Khyj eindringen. Es war, als sei er ein Geschöpf ohne Bewußtsein. Das jedoch war ganz gewiß nicht so. „Ich habe einen Ruf zu verteidigen. Ich verkaufe keine Ware, die dem Kunden Ärger bereitet. Im Zuge des Schattensonnenfestes hier auf Gharn habe ich ihn zusammen mit anderen *Di* zur Jagd freigegeben." Er seufzte. „Hat er gegen Ungeschriebene Gesetze verstoßen?"

„Das hat dich nicht zu interessieren, Roghan. Wo befindet er sich jetzt?"

Hotrax und Roghan wechselten einen raschen Blick. Der Abtrünnige tastete erneut die Gedanken des Tranq und Ganzaymya ab.

„Wir wissen nicht genau, ob er die Jagd überlebt hat. Er ist nicht zurückgekehrt, und seit dem Schattensonnenfest – also seit rund drei Normmonaten – haben wir nichts mehr über ihn und die anderen *Di* in Erfahrung bringen können. Wahrscheinlich ist er tot."

Lüge. Die Gedanken Roghans widersprechen seinen Worten. Der Abtrünnige registrierte diesen Tatbestand ohne Bedauern oder Wut oder Zorn. Es war ein Faktum, weiter nichts. Der *Di*-Herr wollte Zeit gewinnen. Das Interesse eines Khyj an Annym DryMarden machte den *Di* noch interessanter für ihn. Der Abtrünnige spürte die steigende Aktivität der Zen, mit denen Roghan verbunden war. Ein erneuter Versuch, seine Gedanken zu sondieren. Er öffnete sein Bewußtsein einen Spaltbreit und induzierte in den Hirnen der Zen Furcht und Angst und Ekel. Nur einen Sekundenbruchteil später waren diese Empfindungen auch in Roghan, übertragen von seinem Quasisymbionten. Er atmete zischend ein und unterdrückte das plötzliche Zittern seiner dünnen Arme.

„Bleib bei der Wahrheit, *Di*-Herr", mahnte der Abtrünnige kühl. „Zumindest dein Stellvertreter hier weiß, wo sich Annym DryMarden befindet. Sollte er größere Kenntnisse besitzen als du, Roghan?" Die schwarze Gesichtsmaske wandte sich dem Tranq entgegen. „Du hast erst vor wenigen Tagen eine Suchgruppe ausgeschickt – tatsächlich ohne das Wissen deines Herrn. Eine Gruppe aus Kriegertranq und Isyhr, die speziell in deinen Diensten stehen. Du hast sie gezwungen, denn aus freiem Willen hätten sie es nie gewagt, das Monument zu überqueren und ins Rotland der *Kii'hm* vorzustoßen. Und durch den Quasisymbionten, den du über deiner Zweithüfte trägst, bist du mit einem der Isyhr mentalverbunden. Wenn die Gruppe Annym DryMarden und die anderen *Di* finden sollte, dann wird dieser Isyhr an deiner Stelle töten, den *Di* mit Namen Jarmardh. Dein Haß konzentriert sich in erster Linie auf ihn."

Unter den schneidenden Worten des Abtrünnigen schien der Tranq zu schrumpfen. Hotrax wagte es nicht, Roghan anzublicken.

„Annym DryMarden hat die Jagd überlebt, und er ist ins Rotland entkommen", fuhr der Abtrünnige an Roghan gerichtet fort. „Das ist auch der Grund, warum du noch hier bist, Roghan. Du bist neugierig. Die Traumgängerin und der Halbmensch stellen wertvolle Ware für dich dar. Ganz zu schweigen von dem Raupenspinner und dem *Streiter*. Wage es nicht noch einmal, einen Khyj zu belügen oder dich ihm zu widersetzen." Noch einmal induzierte er Schrecken in die Hirne der Zen, und noch einmal krümmte sich Roghan zusammen, als ihn der Widerhall dieser Empfindungen erreichte.

Der Abtrünnige wandte sich wortlos ab und verließ das Quartier Roghans. Er lenkte seine Schritte wieder der Fähre entgegen. Der Mahr zitterte unruhig. Sie waren dem Zielobjekt nahe, sehr nahe. Und der Abtrünnige kannte keine Furcht vor dem Rotland und den *Kii'hm*.

Als er verschwunden war, sprang Roghan von der Liege und trat langsam an seinen Stellvertreter heran.

„Du hast mich hintergangen", zischte der Ganzaymya kalt. „Das soll nicht ohne Folgen für dich bleiben..."

Hotrax schrie plötzlich auf und taumelte. Der Quasisymbiont über seiner Zweithüfte pulsierte heftig, als er den Gefühlssturm des Isyhr übertrug, mit dem er verbunden war. Roghan stieg achtlos über den zusammensinkenden Tranq hinweg und benachrichtigte seine persönliche Leibgarde.

Drei Monate.

Drei Monate der Unterweisungen, Lernübungen und des langsamen Herantastens an die *Kraft*. Annym hatte den Worten seiner *Kii'hm*-Lehrer gelauscht. Manchmal hatte er nicht verstanden, und wenn er dann die Beschwörungen murmelte, waren sie ohne Wirkung. Seine Fragen blieben unbeantwortet. Er hatte zu lernen, Fragen kamen erst später. Jarmardh und Senaide unternahmen zusammen mit Patrouillenreitern der Kii'hm Ausflüge in die nähere und fernere Umgebung der Clanenklave, die sie aufgenommen hatte. Annym lernte. Und lernte. Und bezähmte seine wachsende Neugier, hielt die Fragen zurück, die sich in seine Gedanken drängten. Noch war es nicht an der Zeit. Aber bald.

Eines Morgens dann kam ein junger Stimmkraftnovize in Annyms Hütte, die ein wenig abseits der Unterkünfte der *Kii'hm* stand. Annym kannte ihn bereits. Der Name des *Kii'hm* lautete Jil'man'mar'ter, was soviel bedeutete wie: *Ein Junger, der noch viel lernen muß*. Jil'man'mar'ter hatte Annym jeden Tag frische Rotlandblumen gebracht und gegen die des Vortages ausgetauscht. An jenem Tag aber kam er mit leeren Händen, und er sagte in kehligem Standard:

„Komm mit mir, Annym. Es ist soweit. Man ist der Ansicht, du hättest genug gelernt. Du darfst einen Stimmächtigen besuchen."

Draußen, nahe den Grenzen der Clanenklave, trafen sie Jarmardh. Er stand wie eine Säule, prächtig erholt, und blickte in die Weite des Rotlandes. Irgendwo jenseits des Horizonts lagen die Inneren Wüsten, eine Region, in die sich selbst die *Kii'hm* nur ungern begaben. Es war eine Zone der Heißstürme und gewaltiger Sandwirbel, die sich kilometerhoch auftürmen mochten und aus dem Nichts heraus entstehen konnten.

„Es ist soweit", sagte Annym ruhig. Senaide war nicht zugegen. Es muß bald soweit sein mit ihr, dachte Annym. Die Hybridisierer in der Mehrlebensoase der Ringstadt sprachen von etwa dreieinhalb Monaten Schwangerschaft, und die waren nahezu verstrichen. „Ich werde zu einem Stimmächtigen gebracht. Vielleicht finde ich dort Antwort auf meine Fragen."

„Ich komme mit", sagte Jarmardh und setzte sich in Bewegung. Der *Streiter* war gelangweilt, auch wenn er es vor Annym nicht zugegeben hätte.

„Nein", sagte Jil'man'mar'ter entschieden. „Das ist nicht möglich. Du hast nicht die Kraft, dich mit einem unserer Stimmächtigen unterhalten zu können, ohne dabei große Schmerzen zu empfinden. Du bist nicht wie Annym."

„Da kann man nichts machen", knurrte Jarmardh. Annym warf seinem *horan* einen bedauernden Blick zu und folgte dann dem Stimmkraftnovizen. Es ging über die Grenzen der Clanenklave hinaus, an den Markierungssteinen vorbei, eine Rotsanddüne hinauf und wieder hinab. Irgendwo in der Weite der Rotwüste schrie ein wilder Leguan.

Der Stimmächtige war ein uralter *Kii'hm*. Das Gesicht war zerfurcht, die Gestalt ungewöhnlich hager, die purpurnen Augen trüb. Der Novize verneigte sich, drehte sich um und war kurz darauf verschwunden.

„Setz dich zu mir, Halbmensch", sagte der *Kii'hm*. „Ich bin neugierig auf dich. Hier, setz dich ans wärmende Feuer." Annym wollte gerade sagen, daß ihm der wärmende Glanz Goldscheins durchaus genügte, als ein kalter Lufthauch sein Gesicht streichelte. Er ließ sich gegenüber dem Stimmächtigen zu Boden sinken. Zwischen ihnen prasselten die Flammen. Stille. Der uralte *Kii'hm* blickte in die züngelnde Glut, die sich in seinen Augen widerspiegelte.

„Du hast gelernt", sagte er langsam. Sein Standard klang gut und akzentfrei. „Und doch weißt du noch so wenig."

„Ich habe viele Fragen", tastete sich Annym langsam vor. In den

Wochen, die sie nun schon bei den *Kii'hm* weilten, hatte er niemals einen Stimmächtigen zu Gesicht bekommen. Und immer, wenn er eine Frage gestellt hatte, war er an einen der *Meister* verwiesen worden.

„Ich weiß."

„Warum", begann Annym, „habt ihr uns so bereitwillig aufgenommen, nachdem der Patrouillenreiter an der Grenze des Rotlandes uns zunächst angriff? Warum lehrt ihr mich die Anwendung der *anderen* Kraft, die ihr so vorzüglich beherrscht? Warum behandelt mich jedermann hier mit besonderem Respekt?" Er hatte noch weitere Fragen, aber etwas riet ihm zu schweigen. Leise prasselte das Holz, das das Feuer nährte. Der Stimmächtige hob die Arme, und die Flammen züngelten höher.

„Viele Fragen", sagte er. „Und es warten noch mehr in dir auf eine Antwort." Die Flammen formten eine Figur: einen Stern, dann ein Rechteck. „Es gibt eine Legende bei uns. Eine Geschichte, deren Wahrheitsgehalt von einigen Clans bereits bezweifelt wird, so alt ist sie. Sie geht bis zu den Anfängen des Seins und der Zeit selbst zurück. Du hast die Relikte gesehen, die das Grenzland säumen. Die *Ersten* haben sie errichtet, vor Äonen. Unsere Legende behauptet, die *Ersten* hätten auch uns erschaffen. Vielleicht bedeutet das, daß wir direkte Nachfahren dieses rätselhaften Volkes sind. Die ganze Legende zu erfahren ist für dich nicht von Bedeutung. Vieles ist selbst uns unklar, einiges durch Überlieferung verwässert. Folgendes aber erscheint mir bedeutsam: In einer Sequenz wird das Erscheinen eines Geschöpfes angekündigt, eines *Veränderers*. Es heißt dort: *Er wird sein wie alle anderen, und er ist doch völlig anders. In ihm wird eine mächtige Kraft wohnen, doch er kann sie nicht anwenden, nicht bevor die Zeit gekommen ist. Es wird ein Unfreier sein, getrieben von einer Stimme in seinen Gedanken. Es wird ein Gehetzter sein. Er wird Hilfe benötigen. Er wird auf der Suche nach seinem eigenen Ich sein.*"

Der Stimmächtige schwieg für einen Augenblick. Die Flammen züngelten empor wie Schlangen aus Licht. Sie umrahmten das Gesicht des Kii'hm und warfen düsterte Schatten.

„In anderen Sequenzen", fuhr der *Meister* fort, „wird von einer großen Hoffnung gesprochen, die sich mit diesem Geschöpf verbindet. Die Legende gebietet allen, dem Fremden zu helfen und ihm Achtung entgegenzubringen."

Annym begriff.

„Ihr haltet mich für dieses ... Geschöpf."

„Die Beschreibung trifft auf dich zu. In dir wohnt etwas, das du nicht verstehst, vielleicht nur im Augenblick noch nicht verstehen kannst. Du bist ein Getriebener. Und du bist auch ein Gehetzter. Du bist ebenfalls ein Unfreier, ein *Di*. Und du kannst auch die Kraft in dir nicht anwenden. Du bist ihr ausgeliefert. Alles trifft zu, Annym. Darum haben wir dich und deine Begleiter aufgenommen. Darum begegnet man dir mit Respekt. Darum haben wir dich in der Anwendung *unserer* Kraft unterwiesen. Denn wir haben das Gebot, dir zu helfen."

Eine Legende, dachte Annym. Nichts weiter. Oder vielleicht doch? Aber was mochte ausgerechnet er mit einer Legende der *Ersten* zu tun haben? Jede Antwort brachte statt Befriedigung nur neue Fragen.

„Und noch etwas", fügte der Stimmächtige nach einer Weile hinzu. „Du erzähltest vor einigen Wochen, du hättest ein Relikt der *Ersten* berührt und einen Augenblick lang ein seltsames Kribbeln in deinen Armen verspürt."

„Ja." Annym erinnerte sich. Die Säule an der Grenze des Rotlandes, in deren Schatten sie geruht hatten.

„Alle Rotlandfremden", sagte der *Kii'hm* leise, „die die hiesigen Hinterlassenschaften der *Ersten* berührt haben, waren auf der Stelle tot."

Stille breitete sich erneut aus. Dunkelheit schien von irgendwo heranzukriechen. Das verbrennende Holz knisterte. Annym dachte nach und sagte dann:

„*Könnt* ihr mit helfen? Ich meine, könnt ihr mir sagen, wer – oder was – ich eigentlich bin? Könnt ihr das Feuer in mir löschen?"

„Die Stimme, die dich in die Ferne treibt und nicht zur Ruhe kommen läßt?" Für ein paar Sekunden glänzten die trüben Augen des Stimmächtigen wieder. Dann: „Nein. Die Kraft in dir ist stärker als die, die uns zur Verfügung steht. Wäre es anders, wärst du vom Patrouillenreiter, der dich angriff, eliminiert worden. Nein, wir können deinen Ferndrang nicht aus dir tilgen. Und ich weiß auch nicht, ob es überhaupt ratsam wäre. Die Legende spricht dir eine große Bedeutung zu. Aber wir können etwas anderes tun, und darum haben wir dich in den vergangenen Wochen unterwiesen. Wir können versuchen, dir dein Innerstes zu zeigen und dir somit auf dem Weg der Erkenntnis weiterhelfen. Vielleicht. Und wenn du wirklich gelernt hast, wie man *unsere* Kraft anwendet, dann bist du deinen Feinden nicht mehr ganz so schutzlos ausgeliefert."

„Die *Kraft* in mir läßt nicht zu, daß ich verletzt oder gar getötet werde."

„Aber sie beherrscht dich, Halbmensch. Willst du nicht Herr deines eigenen Ichs sein?"

Annym nickte stumm. Er wollte nichts lieber als das.

„Dann sieh in die Flamme, Annym. Sprich die Formeln für Ruhe und Ausgeglichenheit. Kehre dein Innerstes nach außen. Ich helfe dir."

Annym sah in die Flammen. Sie schienen sich bald darauf zu verdichten. Er murmelte die Worte, in deren Wirkung man ihn unterwiesen hatte. Er *glaubte* an die Wirkung, und das war ein Auslöser. Das Feuer prasselte; Flammenzungen loderten heller und höher, formten sich, bildeten Figuren. Der Stimmächtige hatte die purpurnen Augen geschlossen. Es war, als sei er eingeschlafen, doch Annym spürte die Nähe eines kraftvollen Bewußtseins. Er murmelte andere Worte, und Ruhe kroch in sein Denken. Langsam tastete er sich weiter vor, überwand vorsichtig die brüchig werdenden Barrieren zu seinem Unbewußtsein und stieß hier auf einen Widerstand. Schmerz flammte in ihm auf. Eine Formel, eine Beschwörung, und der Schmerz versiegte wieder.

Das Feuer kroch auf ihn zu, die Flammen hüllten ihn ein und formten sich neu. Ein Gesicht entstand. Rote Haare, bestehend aus funkenschlagender Glut. Grüne Augen, die ihn aus der Kohle verbrannten Holzes anstarrten. Dicht daneben wurde ein zweites Gesicht sichtbar: lange, silberne Haare, blausilberne Augen, Vollpupillen, eine tönungsreflexive Haut. Er war es selbst. Die beiden Gesichter wandten sich einander zu. Lippen berührten sich.

„Nein!" rief Annym, und die Flammen bildeten sich im gleichen Augenblick zurück.

Schrecke niemals vor der Wahrheit zurück, Annym, meldete sich die Gedankenstimme des *Kii'hm. Nur Wahrheit bringt Wirkliche Erkenntnis.*

Annyms Lippen formulierten lautlos eine neue Beschwörung. Ruhe und Ausgeglichenheit kehrten zurück. Die Flammen des Feuers wuchsen wieder in die Höhe. Etwas Düsteres haftete ihnen jetzt an, der Hauch einer nicht mehr fernen Gefahr. Eine Bedrohung, die sich näherte und nicht vor den Grenzen des Rotlandes haltmachte. Annym versuchte, Einzelheiten zu erfahren, doch das Düstere verschwand wieder. Er lenkte die erlernte Magische Stimme wieder der Barriere entgegen, hinter der sich sein Ferndrang und das *Andere* verbargen. Er ging behutsam und vorsichtig zu Werke, und doch, als der Schmerz mit heißen Fingern durch seine Eingeweide kroch, riß er die Augen auf und sah, wie die Flammen des Magischen Feuers in sich zusammensanken.

„Ich hatte es befürchtet“, murmelte der Stimmächtige. „Die *Kraft* in dir ist stärker als meine Stimme. Es ist mir unmöglich, sie zu offenbaren. Sie wird sich dir erst dann erklären, wenn die Zeit dafür gekommen ist.“

Annym ließ niedergeschlagen den Kopf sinken.

„Aber vielleicht gibt es eine andere Möglichkeit“, fuhr der uralte *Kii'hm* fort. „Ich weiß von einer starken Multimental, die sich hierher zurückgezogen hat. Sie ist eine Einsame und lebt in den Inneren Wüsten des Rotlandes, in einem freiwillig gewählten Exil. Ich bin ihr nicht selbst begegnet, aber ich hörte einmal von einem alten Freund, sie solle ein wirklich mächtiger und gelehrter Transmensch sein. Orakel wird sie genant. Selbst die Stimmächtigen anderer Clanenklaven suchen sie manchmal auf, um ihren Rat einzuholen.“ Kurzes Zögern, während das Feuer aufloderte. „Diese andere Frau ist außerordentlich wichtig für dich, Annym. Aber du weißt nicht, wo du sie suchen sollst, nicht wahr?“

Annym schüttelte stumm den Kopf.

„Nun, vielleicht kann Orakel dir einen Tip geben, zumindest aber einen Rat.“

Annym erhob sich. „Ich werde die Multimental aufsuchen.“

Der Stimmächtige erhob sich ebenfalls. Er nahm einen langen Stock zur Hand. „Bevor du gehst . . . Schau her.“ Er malte mit dem Stock Schriftzeichen in Standard in den Rotsand. „Halt. Lies dieses Wort, aber lies es stumm. Sprich es nicht aus. Es ist eine der stärksten Beschwörungen. Es kann dir helfen, wenn du in großer Not bist und keinen anderen Ausweg mehr siehst. Benutze dieses Wort aber nur dann. Denn wenn du es ausgesprochen hast, wenn die Silben deine Lippen verlassen haben, dann kannst du sie nicht wieder zurückholen.“

Annym nickte. „Ich habe verstanden.“

Eilige Schritte kamen näher. Jarmardh.

„Verzeiht mir, daß ich euch störe.“ Er wandte sich dem *Kii'hm* zu. „Ich weiß, es ist unbotmäßig, einen *Meister* ohne dessen ausdrückliche Genehmigung aufzusuchen. Aber ich *mußte* kommen.“ Er ergriff Annyms Arm. „Rasch. Senaide . . . Die Wehen haben eingesetzt. Die Geburt steht unmittelbar bevor.“

Kaum hatten sie den unmittelbaren Bereich des Magischen Feuers verlassen, als Annym auch wieder die Hitze spürte. An der Seite Jarmardhs eilte er dem Zentrum der Clanenklave entgegen, dem Konglomerat aus Hütten und weitverzweigten Bauten, die dem Gedächtnis verstorbener *Kii'hm* dienten. Die Melodiensänger des Clans stimmten ihre Weisen an: schwer, aber auch sanft, manchmal melancholisch, dann wieder voller Freude.

Ich bin nicht bei ihr, dachte Annym. O Himmel, hoffentlich komme ich noch rechtzeitig.

„Es wird schon alles gutgehen!" rief ihm Jarmardh zu. „Schließlich ist sie in guten Händen."

„Ja", antwortete Annym nur.

Vorbei an den ersten Hütten des Dorfes. Vorbei an meditierenden Alt*kii'hm*, an Jungkindern, die mit Würfeln rätselhafte Muster in den Rotsand legten, vorbei auch an murmelnden Stimmkraftnovizen. Amüsierte Blicke folgten dem Halbmenschen und dem Streiter.

Das Gebärhaus wurde von einigen Mehrgebärern abgeschirmt, die ihnen sofort in den Weg traten.

„Ich bin es doch!" rief Annym mit vor Aufregung zitternder Stimme. „So laßt mich doch durch."

Die Weisen der Melodiensänger verstummten plötzlich. Für einen Augenblick herrschte Stille. Dann ertönte ein dünner Schrei: leise, aber rasch lauter werdend.

„Zu spät", sagte Annym. „Sie hat bereits entbunden."

Die Mehrgebärenden ließen die Arme sinken. Annym und Jarmardh eilten die Gasse zwischen zwei Gebäuden entlang und lenkten ihre Schritte dem dunklen Eingang des Gebärhauses entgegen. Die Silhouetten zweier Vollheiler zeichneten sich neben den schweren Vorhängen ab. In das Schreien des neugeborenen Kindes mischte sich leises Stöhnen.

„Es ist gut, daß du kommst", sagte einer der beiden Heiler. Die purpurnen Augen blickten Annym ernst an. „Vielleicht kannst du helfen. Wir sind machtlos. Hier versagt selbst die *Kraft*."

Etwas Eisiges umklammerte Annyms Herz. Er trat ein, gefolgt von Jarmardh. Eine Gebärhelferin wusch das Neugeborene. Soweit Annym erkennen konnte, war es gesund und ohne Mißbildungen. Er wandte sich der Liege zu, auf der Senaide ruhte. Das Gesicht der Traumgängerin war aschfahl, die Haare waren vom Schweiß verklebt, die Augen trüb. Er kniete neben ihrem Lager nieder und streichelte die heiße Stirn.

„Senaide. Arme Senaide." Sie reagierte nicht. Und ihr Blick ging durch ihn hindurch.

„Wir wissen nicht, was mit ihr geschieht", sagte einer der beiden Vollheiler dumpf. „Sie verfällt rapide. Wir können nichts tun ..."

Annym schloß die Augen und murmelte die Worte der Ruhe und Ausgeglichenheit. Die Eiseskälte in ihm blieb und löste sich nicht auf. Sie glitt durch seine Muskeln und lähmte ihn. Er murmelte eine andere Beschwörung und verwob sie mit den hilfreichen Worten, die ihn die Weisen Damen auf Yloisis gelehrt hatten. Sein Bewußtsein teilte sich, und das sich abspaltende Ego wurde eins mit Senaides Gefühlsschatten, dann mit ihren Nerven.

Die *Trockene Fäule* ...

Annym stöhnte auf.

Er hatte sie damals nicht vollständig geheilt, wie er angenommen hatte. Er hatte die *Fäule*infektion nur zeitweilig gebannt, sie gewissermaßen eingekapselt. Mit der Geburt hatten sich blitzartig Metastasen gebildet. Und nun holte die *Fäule* das nach, was sie die vergangenen Wochen versäumt hatte: Senaides Eingeweide zersetzten sich. Sie war dem Tode geweiht.

Etwas schnürte ihm die Kehle zu und begann, seine Konzentration zu beeinträchtigen.

„Was ...", begann Jarmardh leise, aber Annym schüttelte sofort den Kopf. Er tastete sich wieder in Senaide hinein. *Kii'hm*-Schaltworte kratzten vorsichtig an der Barriere, hinter der seine *Kraft* sich verbarg. Nichts rührte sich.

Du mußt mir helfen, Traumstimme! verlangte Annym mit wachsender Verzweiflung. *Schnell. Sie wird sterben.*

Ja. Nur das. Nicht mehr.

Und Annym begriff. Es war die Traumstimme. Sie hatte dafür gesorgt, daß die ihm innewohnende Kraft die *Fäule*infektion Senaides nicht vollständig getilgt, sondern nur so lange eingekapselt hatte, bis das Kind geboren war. Mit Absicht.

Du bist es gewesen. Auf diese Weise willst du mich endgültig von Senaide trennen. Für immer. Ich soll nur noch die andere *Frau sehen!*

Die Traumstimme antwortete nicht. Gedankenschweigen. Wie immer.

Annym versuchte es erneut. Wieder und immer wieder rief er die Kraft herbei, doch sie verblieb hinter ihrer Barriere. Schließlich war es der Schmerz in seiner linken Schulter, der ihn die Augen öffnen ließ. Jarmardh zog seine Hand zurück.

„Es hat keinen Zweck mehr, Annym", sagte er leise. „Es kann ihr niemand mehr helfen. Keine Macht dieser Welt."

Annym wandte den Kopf und blickte in die erschlafften Züge der Traumgängerin. Schwarzes Haar glänzte wie feine Seide. Er hob die Hand und schloß ihre Augen.

Eine der Mehrgebärenden half ihm hinaus. Er merkte es nicht. Glitzernde Tränen lösten sich aus seinen Augenwinkeln und rannen die Wangen hinab. Annym weinte. Es sollte den Kummer aus ihm herauswaschen, doch er klammerte sich in seinen Gedanken fest. Leere war in ihm, das Gefühl völliger Sinnlosigkeit.

Irgendwann versiegte der Tränenstrom, und Annym stellte fest, daß er an einem Grenzstein der Clanenklave lehnte.

„Du hast sie umgebracht", klagte er den anderen Teil seines Ichs an, jenen, der ihm fremd war und den er nicht kontrollieren konnte. „Und nicht nur sie."

Etwas in ihm war zusammen mit Senaide gestorben und nun unwiederbringlich verloren.

16

Vergiß deine Trauer. Du mußt fort, denn Gefahr nähert sich.

Was für eine Gefahr?

Ich kann sie nicht spezifizieren. Noch nicht.

Hat sich Roghan nun dazu entschlossen, eine Einsatzgruppe über das Monument hinauszuschicken und mich zu suchen?

Ich kann es dir nicht sagen. Aber du mußt aufbrechen. Jetzt. In die Inneren Wüsten des Rotlandes, zu Orakel.

Nein!

Vergiß Senaide. Aber nimm deine Tochter mit. Das Kind einer Di *ist ebenfalls* Di, *und wenn du mit deiner Vermutung recht hast und die Gefahr von Roghan repräsentiert wird ...*

Das Kind ... alles, was mir von Senaide geblieben ist. (Wut und Zorn und Haß auf die Stimme in seinem Innern). *Warum ist das Kind wichtig? Warum war es Senaide nicht? Warum hast du sie sterben lassen?*

Traumstimmenkontakt

Einsamkeit ist Gift. Resignation aber wirkt tödlich.

Amash-Sprichwort

Dicht unter der Fähre glitten Felsen dahin, schroffe Zacken aus uraltem Granit, einst von den tektonischen Gewalten Gharns emporgehoben. Aufmerksam beobachtete der Abtrünnige die Anzeigen der vielen Instrumente, während die Unruhe des Mahr weiter zunahm. Er spürte die Nähe Annym DryMardens. Der Duftschatten des Halbmenschen verdichtete sich hier weiter. Die Farblichtbarriere, die die Fähre gleich einer Blase aus schillerndem Licht einhüllte, glühte einen Augenblick auf, als sie eine Felswand streifte und Eis und Stein pulverisierte. Die Automatik steuerte das Schiff höher. Die Ringstädte des Talkessels lagen bereits weit hinter ihnen.

Die Atmosphäre wurde dünner, der Himmel über ihnen schwärzer. Obgleich Goldschein im Zenit stand, wurden nun erste Sterne sichtbar: flackernde Punkte im samtenen Schwarz.

„Ich frage mich", sagte der Abtrünnige leise, „wie er es geschafft hat, ohne Schutzeinrichtungen diese kolossale Felsbarriere zu überwinden. Es ist erstaunlich."

Der Mahr knurrte und verließ die Nährnische. Er hatte sein letztes Erfrischungsbad genossen. Jetzt war er bereit.

„Ja", sagte der Abtrünnige. „Es dauert nicht mehr lange. Vielleicht noch heute. Oder spätestens morgen. Dann können wir zu den *Ahrjaii* zurückkehren."

Es ging wieder hinab, an der anderen Seite des Monuments in die Tiefe. Vor ihnen erstreckten sich nun die Hochebenen des Rotlandes, Wüsten, so weit das Auge reichte. Die Heimat der *Kii'hm*. Der Mahr keuchte. Aufmerksam lauschte der Abtrünnige dem emotionalen Symbolstrom, der von seinem Begleiter ausging. Dann berührte er einige Kontrollen und steuerte die Fähre tiefer, dem Rotland entgegen. Der Hybride zitterte immer stärker.

„Du hast etwas entdeckt?" murmelte die schwarze Gestalt. „Sehen wir es uns an . . ."

Mit einem sanften Knirschen setzte die Fähre auf dem Rotsand auf. Der Abtrünnige schaltete die Systeme ab. Stille senkte sich wie ein akustischer Schatten über ihn. Er erhob sich und verließ die Steuerkabine in Richtung Außenschott. Der Mahr folgte ihm, knurrend und brummend.

Hitze schlug ihnen entgegen, als sie das Schiff verließen. Sie machte ihnen nichts aus. Der Abtrünnige war unempfindlich gegenüber solchen Außeneinwirkungen. Und der Mahr veränderte einfach seine Körperstruktur. Aus einem Humanoiden wurde eine fast fünf Meter lange Staubmoräne, die sich auf Hunderten von Beinpaaren durch den Sand schlängelte und dem Lastschweber näherte, der einige Dutzend Meter entfernt wie ein metallenes Insekt im Sand hockte.

Der Abtrünnige horchte einen Augenblick und setzte sich dann in Bewegung, als er nichts wahrnehmen konnte. Seltsam ... ein fremder Einfluß blieb nicht ohne Auswirkungen auf seine Sondierungssignale, sobald er seinen Geist öffnete und sich auf die Alten Worte konzentrierte.

Der Lastschweber war energetisch tot. Eine Patina aus rotem Staub bedeckte ihn wie mit einem Leichentuch. Die Einstiegsluke stand offen. Der Wind hatte Rotsand in die Druckschleuse geweht: eine rote Düne, die sich an die geschlossene Innenluke schmiegte. Sie klemmte. Die schwarze Gestalt murmelte einen zischenden Laut, und ein Glutfunken löste sich von seiner rechten Hand und tastete knisternd über das widerspenstige Metall. Die Tür sprang aus der Fassung. Der Abtrünnige trat vor, schritt den schmalen Korridor entlang und erreichte schließlich die Pilotenkanzel. Nachdenklich berührte er die Leiche des Tranq-Piloten. Die Panzerfacetten – matt nun, nicht mehr glänzend – fühlten sich so hart an wie Granit. Und ebenso kalt. Der Borkenkopf der Staubmoräne wandte sich hierhin und dorthin. Die Schnupperhaare suchten nach der Witterungsfährte, fanden aber keine.

„*Kii'hm*", sagte der Abtrünnige leise. Seine Stimme wurde von der schwarzen Gesichtsmaske gedämpft und klang so noch dunkler, als sie ohnehin schon war. „Sie haben die Gefahr unterschätzt."

Die beiden Amash in den Kontursesseln rechts und links neben dem Pilotensitz waren ebenso versteinert wie der Tranq. Granitene Augen blickten auf blinde Bildschirme. Steinerne Hände lagen auf trüben Sensorpunkten. Der Abtrünnige wandte sich um und suchte den Frachtraum auf. Zwei Isyhr, zwei weitere Amash und ein Thryh saßen angeschnallt in provisorisch installierten Sesseln. Die schwarze Gestalt betrachtete die Leichen nacheinander. An dem Körper des einen Isyhr entdeckte er den ebenfalls versteinerten Quasisymbionten, durch den Hotrax mit der von ihm ausgesandten Suchgruppe verbunden gewesen war. Er lächelte kalt. Auch dieser Versuch, der *Di* habhaft zu werden, war kläglich gescheitert. Hotrax hatte das, was man sich über die *Kii'hm* erzählte, nur für Legende gehalten, aber dennoch nicht den Mut gehabt, persönlich an der Jagd auf den Halbmenschen und die anderen *Di* teilzunehmen. Der Abtrünnige wußte, daß die Berichte über die *Kii'hm* der Wahrheit entsprachen. Wer hätte es besser wissen sollen als er? Schließlich war die Verbindung zu den *Ersten* offensichtlich. Zumindest für ihn, da er über einen umfangreichen Teil des *Ahrjaii*-Wissens verfügte.

„Sie sind nicht weit gekommen, Mahr", sagte er kühl. „Wir werden erfolgreicher sein."

Sie kehrten zur Fähre zurück, und das Rotland sank unter ihnen hinweg, als sich das Schiff in den Himmel warf.

Aufmerksam lauschte der Abtrünnige den Witterungs-Rückkoppelungen des Mahr, um nicht von der Schattenspur Annym DryMardens abzuweichen. Eine Weile führte sie am Rand des Rotlandes entlang, dann knickte sie ab und führte direkt in die Wüsten hinein. Der Abtrünnige erweiterte rasch seine Sinne, aber der fremde Einfluß, der sich ihm blockierend entgegenstellte, wurde nun rasch intensiver.

„Die *Kii'hm*", murmelte er. „Ihr Identitätseinfluß wird stärker, je tiefer wir ins Rotland vordringen."

Der Mahr knurrte unsicher.

„Ich verstehe", fügte sein Herr hinzu. Die Ausstrahlungen der *Kii'hm* begannen die Schattenspur DryMardens zu überdecken. Es wurde Zeit, zu landen und die Suche zu Fuß fortzusetzen. Er betätigte die entsprechenden Kontrollen, und die Fähre sank wieder dem Boden entgegen. Wenig später berührte sie zum zweitenmal den warmen Sand des Rotlandes. Der Mahr schnupperte aufgeregt, als sie aus der Schleuse traten und der Abtrünnige sein Schiff versiegelte. Am Horizont zeigte ein steinerner Finger in den Himmel. Der Mahr setzte sich in Bewegung: ein Geschöpf, das nun als Staubmoräne bestens an die hier vorherrschenden Umweltbedingungen angepaßt war.

Der Steinfinger war ein Relikt der *Ersten*, wie der Abtrünnige auf den ersten Blick erkannte. Das der Ewigkeit trotzende Material, aus dem es einst geschaffen worden war, wies ihre Schriftzeichen auf. Für einen Augenblick bedauerte der Abtrünnige, die zeitlose Botschaft nicht verstehen zu können. Er berührte den Stein der Säule, und für einen Sekundenbruchteil wurde sein Körper von einem blaßblauen Funken eingehüllt. Es war nicht schmerzhaft und nicht gefährlich, aber auch nicht angenehm. Ein wenig konsterniert zog sich der Abtrünnige von der Säule zurück und wandte sich statt dessen dem provisorischen Zelt zu. Der Mahr schnüffelte und schnupperte. Der blaßrote Schlangenkörper der Staubmoräne verfärbte sich, als seine Unruhe weiter zunahm.

„Ja“, sagte sein Herr. „Er war hier. Zusammen mit den anderen *Di*. Vor nicht allzulanger Zeit. Wir holen immer weiter auf, Mahr.“

Die Staubmoräne schmiegte sich einen Augenblick an den Abtrünnigen und setzte sich dann wieder in Bewegung. Der Borkenkopf wandte sich nach rechts und deutete damit weiter ins Rotland hinein.

Knurrendes Schnaufen ertönte nicht allzu weit von ihnen entfernt. Der Abtrünnige drehte sich um.

Zwei Rotleguane eilten ihnen entgegen. Auf ihren gepanzerten Rücken hockten die in weite Mäntel gehüllten Gestalten zweier *Kii'hm*-Patrouillenreiter. Der Abtrünnige bereitete sich rasch mit der Inneren Formulierung einiger Alter Worte auf das Unvermeidliche vor. Er hatte keine Angst. Es war nur ein unnötiger Zeitverlust.

Die beiden Rotleguane verlangsamten ihre Geschwindigkeit und gruben ihre Sprungbeine schließlich tief in die unteren, kühleren Sandschichten. Die *Kii'hm* stiegen ab. Langsam und schweigend. Sie wußten, wer ihnen gegenüberstand. Sie waren die einzigen, die keine Angst vor dem vermeintlichen Khyj zeigten. Sie hatten eine Aufgabe.

„Laßt mich durch, und euch droht keine Gefahr“, sagte der Abtrünnige dumpf. „Ich habe eine Aufgabe zu erfüllen wie ihr, aber meine ist von größerer Bedeutung. Stellt ihr euch mir in den Weg, so bin ich gezwungen, dieses Hindernis zu beseitigen. Und ich bin sehr wohl dazu in der Lage.“

Die beiden *Kii'hm* antworteten nicht. Sie schritten näher, die Blicke aus den purpurnen Augen starr auf die ganz in Schwarz gekleidete Gestalt gerichtet.

Der Mahr knurrte böse.

„Nein“, sagte der Abtrünnige zischend. „Du bleibst, wo du bist.“ Er wäre mit den *Kii'hm* nicht fertig geworden. Dazu bedurfte es einer anderen Kraft, die er nicht besaß.

Die beiden *Kii'hm* wandten sich einander zu, streckten die Arme aus und berührten sich mit den Fingerspitzen. Eine goldfarbene Aureole hüllte sie ein und verdichtete sich rasch. Der Abtrünnige vernahm einen melodischen Gesang, der durchsetzt war mit Magischen Worten. Er spürte den wachsenden *Verwandlungseinfluß*, der ihm entgegenschlug. Und er begann sich zu wehren.

Funkenfeuer löste sich von seinen Händen und riß Lücken und Spalten in die Goldaura der beiden *Kii'hm*. Ihr Gesang erstarb für einen Augenblick, intensivierte sich dann aber wieder. Der Abtrünnige gab einen überraschten Laut von sich. Die Patrouillenreiter waren stärker, als er vermutet hatte. Aber nicht stark genug. Nicht für ihn. Nicht für einen Diener der *Ahrjaii*.

Er hob die Arme und schrie die Worte der Macht aus sich heraus. Elmsfeuer bedeckte nun seinen ganzen Körper, klebte an seinen schwarzen Fingerspitzen und schuf ein zuckendes und leuchtendes Netz aus kaltem Glanz. Der Gesang der *Kii'hm* versiegte. Die goldfarbene Aureole verblaßte. Sie begriffen plötzlich, mit wem sie es zu tun hatten, und der Schock war es, der ihrem gemeinsamen Angriff die Wirkung nahm. Sie begriffen, daß der Abtrünnige nicht nur ein Khyj war, sondern auch ein Diener der *Ahrjaii*. Und in ihren Legenden waren die *Ahrjaii* die Inkarnation des Bösen selbst.

Langsam ließ der Abtrünnige die Arme sinken, bis seine Fingerspitzen auf die Patrouillenreiter zeigten. Ein Lichtblitz, der für einen Sekundenbruchteil sogar den Glanz Goldscheins übertraf – und zwei Mäntel fielen zu Boden.

Stille.

Die Körper der *Kii'hm* hatten sich aufgelöst.

„Komm", sagte der Abtrünnige und setzte sich in Bewegung. „Das Hindernis ist beseitigt."

Die Staubmoräne gab ein helles Zischen von sich, als sie dem Abtrünnigen eilig folgte und schließlich vorausglitt. Der Mahr hatte Witterung aufgenommen. Er konnte sie nun nicht mehr verlieren. Nie mehr, solange Annym DryMarden am Leben war.

Der *Kii'hm* ergriff die langen, ledernen Zügel und zog sie vorsichtig zu sich heran. Der Rotleguan gab ein dröhnendes Schnaufen von sich und grub seine Laufbeine in den Sand. Der Reiter wandte sich um und deutete dann auf das vor ihnen liegende Terrain.

„Dort nehmen die Inneren Wüsten des Rotlandes ihren Anfang", sagte er in nur schwer verständlichem Standard. Sein Tonfall drückte Bedauern aus. „Leider kann ich euch nicht weiter begleiten. Ich muß hier umkehren."

„Wir danken dir", sagte Annym DryMarden. Lauer Wind spielte mit seinen Haaren und machte die Hitze etwas erträglicher. In seinen Vollpupillen spiegelte sich Kühle.

Ein zweiter Rotleguan ließ sich neben dem Reittier nieder, auf dessen breiten Rücken sie hockten. Der *Kii'hm* sprang hinunter und streichelte den Schädel des Leguans.

„Er wird euch weitertragen", sagte er kehlig. „Bis ihr das Ziel erreicht habt – Orakel."

„Wir danken dir auch dafür", sagte Annym, schob sich nach vorn und ergriff die Zügel. Er war auch in der Behandlung der Rotleguane unterwiesen worden. Der *Kii'hm* winkte, sprang auf den Rücken des zweiten Tieres, das sich daraufhin auf seine Sprungbeine erhob und in die Richtung davoneilte, aus der sie gekommen waren. Stille senkte sich über sie, nur unterbrochen vom leisen Schnaufen des Rotleguans. Annym wandte sich kurz um.

„Alles in Ordnung", sagte Jarmardh rauh. Er hatte die Kapuze der Schutzkutte tief ins Gesicht gezogen. Die Hitze setzte ihm besonders zu. „Sie schläft. Die Temperatur scheint ihr ebenso wenig auszumachen wie dir, *horan*."

Die kleinen Augen seiner Tochter waren geschlossen. Manchmal bewegten sich ihre Hände, wenn sie besonders intensiv träumte.

„Liszenta", sagte Annym dumpf. „Senaide hat ihr diesen Namen gegeben, kurz bevor sie starb." Es berührte ihn nicht mehr. In seinem Innern hatte Leere die Trauer getilgt. „Es ist ein Wort aus der Sprache der Traumgänger. Weißt du, was es bedeutet?"

Jarmardh schüttelte stumm den Kopf.

„Es bedeutet: *Juwel, das nur im Glanz von Seth und Loth erstrahlen kann.*" Er preßte kurz die Lippen aufeinander. „Seth und Loth sind die beiden Sonnen, die Yloisis Wärme schenken."

„Du wirst zurückkehren", sagte Jarmardh. „Eines Tages. Und deine Tochter wird in den Dichtwäldern zur Stammutter werden."

Annym dachte skeptisch: Ja? Wird sie das? Wird sie dort nicht ebenso fremd sein, wie ich es war?

„Wir haben noch einen weiten Weg vor uns", sagte er anstelle einer Antwort. „Wir reiten lieber los." Er zog die Zügel an. Der Rotleguan erhob sich und setzte sich in Bewegung. Recht bald waren die leuchtenden Grenzsteine, die den Beginn der Inneren Wüste markierten, hinter ihnen verschwunden. Vor ihnen breitete sich ein karges und ödes Land aus: Nur Sand, so weit der Blick reichte, nicht mehr nur von roter Farbe, auch gelb und braun und staubgrau. Der Rotleguan hatte unter seiner dicken Haut genug Wasser gespeichert, um damit Wochen auszukommen. Die Passagiere auf seinem Rücken führten lederne Beutel mit sich, gefüllt mit der hier kostbaren Flüssigkeit. Das Reittier durchpflügte mit seinen kräftigen Beinen das Meer aus

Hitze und Staub und Sand: mit gleichbleibender Geschwindigkeit, eintönig, monoton, einschläfernd. Manchmal ging es eine niedrige Düne hinauf und wieder hinunter. Manchmal kamen sie an Dornbüschen vorbei, deren Blüten ein verlockender Glanz in der gleichförmigen Landschaft anhaftete. Goldschein kroch am Himmel entlang: ein lodernder Ball aus Hitze und grellem Licht, das die Augen schmerzen ließ, war man ihm zu lange ausgesetzt. Annym war bald gezwungen, die Schutzbrille aufzusetzen, die er von den *Kii'hm* erhalten hatte. Mit einem Blick nach hinten vergewisserte er sich, daß Liszenta in ihrem Kokon aus wärmeabsorbierenden Decken vor dem verbrennenden Glanz der Sonne geschützt war.

Als der Abend dämmerte, hielt der Rotleguan inne, und Annym und Jarmardh sprangen von seinem Rücken herunter. Sie schnallten das Gepäck ab und bauten die Zelte aus gegerbten Tierfellen auf, die ihnen von den *Kii'hm* zur Verfügung gestellt worden waren. Sie kochten einen Teil des Wassers auf und schoben getrocknetes Fleisch hinein. Eine der *Kii'hm*-Mehrgebärenden hatte ihnen für Liszenta einen Vorrat spezieller Säuglingsnahrung mitgegeben. Annym fütterte seine Tochter, und ihre großen dunklen Augen, die ihn so sehr an die Senaides erinnerten, schienen ihn aufmerksam zu mustern.

Mit der Nacht kam die Kälte. Es war ein krasser Gegensatz zur Hitze des Tages. Annym und Jarmardh fröstelten selbst unter den dicken Decken. Nur Liszenta schien die Kühle nichts auszumachen. Sie schlief tief und fest in ihrem Wickelkokon. Erst am frühen Morgen meldete sich ihre durchdringende Stimme und verlangte schreiend nach Nahrung.

Ein auf und ab schwellendes Heulen erfüllte die Luft, als sie wieder auf den Rücken des Leguans kletterten. Jarmardh deutete nach Westen.

„Siehst du?"

„Ja." Annym nickte. Ein gewaltiger Sandwirbel. Wie eine dunkle Säule, die den Himmel abstützte. Er kam näher. Und in seinem unmittelbaren Einfluß strudelten Abertonnen Sand empor.

„Lauf, Leguan", zischte Annym in der kehligen Sprache der *Kii'hm*. „Lauf!" Und ihr Reittier setzte sich in Bewegung. Offenbar schien der Leguan sich der Gefahr, die von dem Sandwirbel ausging, bewußt zu sein. Annym konnte die Zügel sinken lassen.

Gegen Mittag lag der Wirbel weit hinter ihnen. Vor ihnen wurde das Gelände nun hügeliger und felsiger. Im Osten färbte sich der Horizont blutrot. Annym wußte dieses Anzeichen zu deuten: einer der von den *Kii'hm* so gefürchteten Heißstürme, die oft tagelang in den Inneren Wüsten des Rotlandes tobten und Temperaturen von mehr als fünfzig Grad mit sich brachten.

„Wir sollten eine Höhle suchen", schlug Jarmardh vor und nickte in Richtung des Höhenzuges, der sich vor ihnen als dünne, graue Linie abzeichnete. „Wenn der Heißsturm die Richtung ändert, sind wir in einer Höhle am besten aufgehoben. Dieser Schutzkokon hält nicht alles von Liszenta fern."

„Du hast recht."

Die Laufbeine des Rotleguans trommelten stärker über den jetzt steiniger werdenden Boden. Unermüdlich lief er dem Höhenzug entgegen. Aus der dünnen, grauen Linie wurden bald die granitenen Wände eines Ausläufers des Monuments. Der Rotleguan wandte sich nach Osten und stürmte an den Felsen entlang. Eine Höhle ließ sich nirgends entdecken. Und die Befürchtung Jarmardhs bestätigte sich: Der Heißsturm änderte tatsächlich die Richtung und näherte sich ihnen. Die Zone des düsteren Rot am Firmament breitete sich rasch aus. Erste heiße Böen strichen über sie hinweg. Liszenta erwachte und begann leise zu wimmern.

„Wir müssen uns eingraben!" rief Jarmardh, um das zunehmende Heulen des Sturms zu übertönen. „Und zwar rasch. Bevor er noch stärker wird." So weit das Auge reichte, war die Felswand glatt und wie abgeschliffen. Nirgends ein Vorsprung, nirgend auch nur die Andeutung einer Aushöhlung.

Die Stürme, dachte Annym. Sie haben den Granit abgeschliffen und alle Unebenheiten beseitigt. Wenn hier irgendwo eine Höhle existiert, dann können wir sie nicht einmal finden, denn sie wäre längst mit Sand gefüllt und somit unsichtbar für uns.

Er gab einen zischenden Laut von sich, und der Rotleguan stemmte seine Sprungbeine in den Sand und hielt an. Rasch sprangen sie von seinem Rücken herunter und begannen, sich hinter einem in der Nähe liegenden, mannshohen Felsblock einzugraben. Böen machten ihre Bemühungen oftmals zunichte, indem sie die entstehende Grube immer wieder mit heißem Sand füllten. Annym erhob sich schließlich, legte die Hände aneinander und konzentrierte sich auf eines der Schaltworte der *Kii'hm*. Ein paar Augenblicke später schien die Gewalt des Heißsturms nachzulassen. Die Böen wurden schwächer und waren bald nur noch laue Brisen, die Kühle und nicht Hitze brachten. Immer und immer wieder murmelte Annym das Magische Wort, während Jarmardh die Grube eilig erweiterte und Liszenta ihren Unmut in die Welt hinausweinte.

Schließlich war das Loch tief genug. Jarmardh trieb Pflöcke in den Boden und befestigte eine schwere Decke daran. Er warf ihre Ausrüstung in die Grube hinein, hob vorsichtig den Deckenkokon an, in den Liszenta eingewickelt war, und rief: „Alles klar, Annym. Komm jetzt."

Als Annym sich umwandte und in die Grube hineinsprang, ließ die Wirkung des Schaltwortes nach, und der Sturm brach mit seiner ganzen Gewalt über sie herein. Jarmardh zog eilig die Decke vor.

„Die Hitze . . .", begann der Streiter, aber Annym winkte ab und beugte sich über seine Tochter. Liszentas kleines Gesicht war gerötet, die Stirn im Zorn gefurcht. Sie schrie, aber ihre dünne Stimme vermochte das Heulen und Toben des Heißsturms kaum zu übertönen. Vorsichtig legte Annym seine Zeigefinger an ihre empfindlichen Schläfen und murmelte ein anderes *Kii'hm*-Wort. Beinah sofort beruhigte sich Liszenta, und ein zaghaftes Lächeln umspielte ihre Lippen. Jarmardh warf die Kapuze seiner Schutzkutte zurück. Von oben rieselte ab und zu heißer Sand herab.

„Die Hitze wird noch weiter zunehmen", prophezeite der *Streiter*. „Und wenn der Sturm länger als ein paar Stunden anhält, kann es hier unten verdammt ungemütlich werden."

Annym murmelte ein weiteres *Kii'hm*-Wort. Seine eigene Kraft schlief in ihm und meldete sich nicht. Aber die Magische Energie der Wüstenbewohner war wirksam, wenn er sie brauchte.

Die Hitze wich. Angenehme Kühle breitete sich in der Grube aus.

Der Sturm wütete zwei Tage und zwei Nächte. Als sie am vierten Tag nach ihrem Aufbruch in der Clanenklave erwachten, herrschte Stille. Sie lösten die Decke, und Sandstaub rieselte herein. Sie kletterten aus der Grube, und Annym stieß einen Pfiff aus. Irgendwo in der Ferne ertönte das schnaubende Knurren des Rotleguans, und ein paar Minuten später war ihr Reittier wieder bei ihnen. Es hatte den Sturm ohne Schaden überstanden. Jarmardh und Annym packten ihre Ausrüstung zusammen. Aber als alles bereit war und sie auf den Rücken des Leguans klettern wollten, schnaubte ihr Reittier unwillig und warf seinen breiten Schädel unruhig hin und her.

„Ruhig", zischte Annym in der *Kii'hm*-Sprache. „Ganz ruhig. Was hast du denn, *arihan*?"

Dann sah er die schlanke, fast dürre Gestalt, die ein knappes Dutzend Meter vor ihnen stand.

„Ich habe dich erwartet, Annym DryMarden. Ich wußte, du würdest kommen. Eines Tages."

„Wer bist du?" fragte Annym.

„Man nennt mich Orakel."

Die Multimental war blind. Ihre grellrote, fiebrige Haut wirkte stumpf, und selbst die Gesichtszüge, die bei Transmenschen fast zeitlos waren, wirkten schlaff und wie abgeschmirgelt. Die violetten Haare fielen ihr bis auf die schmale Schulter. Der Blick aus den trüben, wäßrigen Augen war in die Ferne gerichtet. Sie konnte ihn nicht sehen, aber dennoch vermochte sie sich gut zu orientieren und geleitete sie durch einen Einschnitt in der aufragenden Felswand zu einer Grünoase jenseits des Gebirgszuges. Drei kleine, steinerne Hütten schmiegten sich an das Ufer eines Sees, der von einer unterirdischen Quelle gespeist wurde. Jenseits des Sees fand die Innere Wüste ihre Fortsetzung: öde, staubig, heiß und leblos. Als sie die größere der drei Hütten betraten, entdeckte Annym am gegenüberliegenden Ufer des Sees eine mannshohe Pyramide aus aufgeschichteten Steinen. Sie wirkte wie ein Grabmal.

„Du hast mich erwartet?" fragte Annym. „Aber wie konntest du das? Ich weiß erst seit wenigen Tagen, daß es dich überhaupt gibt." Die Multimental lächelte und wandte ihm ihr Gesicht zu. „Ich wußte es eben", gab sie zur Antwort. Die nächsten zehn Minuten schwieg sie und reagierte auf keine Frage Annyms. Sie bereitete eine Mahlzeit zu, und obwohl Liszenta nicht einen einzigen Laut von sich gegeben hatte, seit sie auf die Multimental gestoßen waren, wußte sie doch um die Anwesenheit des Kindes. In einem besonderen Kessel wartete bereits ein nach Obst duftender Nahrungsbrei.

Als sie gegessen hatten, sagte Orakel: „So, nun stelle deine Fragen, Annym."

Er überlegte eine Zeitlang. Jarmardh schwieg.

Annym berichtete schließlich von seinem Aufbruch von Yloisis, von der Stimme, die ihn ständig antrieb, von seinem Ferndrang, von den Abenteuern, die er bisher erlebt, von den seltsamen Erfahrungen, die er bisher gemacht hatte. Er ließ nichts aus, und er beschönigte nichts.

„Ich weiß nicht, wer ich bin", schloß er. „Noch weiß ich, wo dieses seltsame Ziel liegt, das ich der Stimme in mir zufolge aufsuchen muß. Der Stimmächtige in der *Kii'hm*-Clanenklave verwies mich an dich. Er sagte, du könntest mir vielleicht helfen."

Die Multimental nickte langsam.

„Ja", sagte sie dann. „Du bist es. Zweifellos."

„*Wer* bin ich?" hakte Annym nach und beugte sich gespannt vor.

„Oh", machte die Multimental. „Es ist eine lange Geschichte."

„Wir haben viel Zeit."

Sie schüttelte den Kopf. „Nein", widersprach sie, und ihre Stimme sank dabei zu einem Flüstern ab. „Nicht annähernd so viel, wie du glaubst. Aber die Spanne muß genügen." Sie erhob sich. „Komm, Annym. Ich will dir etwas zeigen."

Sie verließ die Hütte, und Annym folgte ihr. Jarmardh schloß sich ihnen an, nachdem er die schlafende Liszenta in die Wiege gelegt hatte. Sie schritten am Ufer des Sees entlang und hielten erst inne, als sie die Steinpyramide am den Hütten gegenüberliegenden Ufer erreicht hatten. Die Multimental beugte sich vor, nahm einige verwelkte Blumen auf und legte sie beiseite.

„Was ist es?" fragte Annym leise. „Ein Grabmal?"

„Ja", antwortete Orakel. „Ein Grabmal. Das deines Vaters."

Annym atmete tief durch. „Aber wie . . ."

„Warte", mahnte Orakel. „Ich sagte dir ja, es sei eine lange Geschichte." Sie ließ sich ins Gras sinken, und nach kurzem Zögern folgten Annym und Jarmardh ihrem Beispiel. „Dies ist das Grabmal deines Vaters", wiederholte die Multimental. „Und ich bin deine Mutter." Sie hob die Hand, um eine Bemerkung Annyms abzuwehren. „Aber ich will ganz von vorn beginnen." Sie wandte Annym ihr Gesicht zu. Und es war, als reiche der Blick aus ihren blinden Augen bis zu seinem Innersten.

„Ich hörte die Stimme in meinen Gedanken zum erstenmal, als ich etwa fünfzehn Jahre alt war", begann die Multimental. „Es war wie bei dir, Annym. Der Ruf ließ mich nicht zur Ruhe kommen. Er trieb mich vorwärts, von meinen Eltern fort, immer weiter. Lange Zeit wußte ich nicht, was dieser Drang zu bedeuten hatte. Ich war eine Multimental mit starken Geisteskräften. Ich versuchte, mit der Stimme in mir zu kommunizieren. Ich scheiterte. Wann immer ich es versuchte."

„Genau wie bei mir", flüsterte Annym.

„Ja", gab sie zurück. „Genau wie bei dir. Aber unterbrich mich nicht. Schließlich, als ich etwa fünfundzwanzig Normjahre alt war, traf ich auf einen anderen Transmenschen. Und in dem Augenblick des Zusammentreffens wußte ich, daß ich mein Ziel erreicht hatte. Es stellte sich heraus, daß es meinem Partner ebenso erging. Und ergangen war. Auch er hatte eine Stimme in seinen Gedanken vernommen, eine Stimme, die ihn ebenfalls vorwärts getrieben hatte, auf die Suche nach mir. Sein Name war Dario Marchal. Und mein Name – mein wirklicher Name – ist Shuriea Vanel."

Sie zögerte kurz und fuhr dann fort: „Wir liebten uns. Wir liebten uns mit einer Intensität, die ich nicht für möglich gehalten hätte. Die Stimmen meldeten sich lange nicht, und wir glaubten schon, den Fluch verloren zu haben. Unsere Liebe blieb nicht ohne Folgen. Ich wurde schwanger. Es war überraschend für uns beide, denn Transmenschen sind normalerweise steril und können keinen Nachwuchs zeugen. Jedenfalls nicht auf natürlichem Wege. Ich ging schwanger mit dir, Annym. Zu jenem Zeitpunkt hielten wir alles noch für einen glücklichen Zufall.

Aber als du geboren wurdest, Annym, meldeten sich die Stimmen in unseren Gedanken erneut. Sie warnten uns vor einer heranrückenden Gefahr. Sie warnten uns vor jemandem, der uns und besonders dir nach dem Leben trachtete. Sie trieben uns erneut vorwärts, diesmal zur Flucht. Und wir flohen, vor einer Bedrohung, die wir nicht kannten und selbst mit unseren gemeinsamen Fähigkeiten nicht lokalisieren konnten. Wie wir erst viel später erfahren sollten, war der Verfolger, der uns zu töten gedachte, ein Khyj. Es machte die ganze Sache noch seltsamer, denn keiner von uns war sich bewußt, Khyj-Schuld auf sich geladen oder gegen die Ungeschriebenen Gesetze der Hrhan verstoßen zu haben."

Sie hielt erneut inne. Annym lauschte gespannt und drängte die vielen Fragen in sich zurück.

„Auf unserer Flucht vor den Verfolgern erreichten wir schließlich Yloisis . . ."

Annym atmete einmal tief durch. Er glaubte zu wissen, was nun kam.

„Wir begriffen damals, daß wir der Gefahr nicht auf Dauer ausweichen konnten. Unsere Stimmen brachten Schmerz, und sie zwangen uns dazu, das Leben unseres Sohnes unter allen Umständen zu schützen." Die Multimental versah Annym mit einem durchdringenden Blick aus ihren trüben, blinden Augen. „Sie maßen dir eine Bedeutung zu, Sohn, von der wir nichts wissen konnten. Nun . . . Wir entwickelten einen Plan, um die Gefahr, die von den Verfolgern ausging, zu eliminieren. Dich, Annym, setzten wir aus – nahe den Dichtwäldern im Hohen Norden von Yloisis.

Wir riefen eine Gruppe von Traumgängern mit unseren psionischen Sinnen herbei. Du wurdest gefunden. Wir glaubten dich bei den Traumgängern sicher, und das Kind zweier Transmenschen sollte – wie wir meinten – keine Schwierigkeiten haben, in einer von starken Mentalfähigkeiten geprägten Kultur aufzuwachsen. Des weiteren waren wir davon überzeugt, daß dich die Gemeinschaft der Wolkenstädte an Kindes Statt aufnehmen würde. Es schmerzte uns, dich zu verlieren, Annym, das mußt du mir und deinem toten Vater glauben. Aber wir sahen keine andere Möglichkeit."

Ihre Stimme war weich und zärtlich. Aber die Leere wich nicht aus Annym.

„Wir verließen Yloisis daraufhin wieder", fuhr Shuriea Vanel leise fort. „Eins mußte unbedingt gewährleistet sein: Unsere Verfolger durften unter gar keinen Umständen einen Hinweis darauf erhalten, daß wir dich aussetzten. Sie mußten davon überzeugt sein, daß du nach wie vor bei uns warst. Nachdem wir Yloisis verlassen hatten, gingen wir an die Ausführung des wichtigsten Punktes unseres Plans: Wir ließen Genkopien von deinem Vater, mir und auch dir anfertigen. Wir blieben in quasitelepathischer Verbindung mit diesen Genkopien – etwas, das sehr zeitraubend und anstrengend war. Wir selbst zogen uns zurück in ein Versteck. Wir warteten darauf, daß unsere Verfolger die Genkopien ausfindig machten." Sie schöpfte Atem. „Wir brauchten nicht allzu lange zu warten. Durch die Augen und das Empfinden der Genkopien erkannten wir, es mit einem Khyj und einem Isyhr-Helfer zu tun zu haben. Wir intensivierten die quasitelepathische Verbindung zu unseren Genkopien. Durch sie stellten wir uns den Verfolgern scheinbar zum Kampf. Wir unterlagen natürlich. Gegen einen Khyj hatten wir keine Chance. Vielleicht wäre der Kampf anders ausgegangen, wären wir selbst an Ort und Stelle gewesen, aber die Genkopien nahmen nicht unser ganzes mentales Potential in sich auf.

Der Khyj aber bemerkte den Unterschied nicht – so, wie wir gehofft hatten. Er war der Überzeugung, es tatsächlich mit uns zu tun zu haben. Er tötete die Genkopien, alle drei. Wir mußten den Augenblick des mentalen Rückzugs sorgfältig wählen: nicht zu früh, denn dann hätte der Khyj die Täuschung bemerkt, aber auch nicht zu spät, denn sonst wäre der Tod der Genkopien auch unser Tod gewesen – durch mentale Rückkopplung. Mir gelang es, mich rechtzeitig zurückzuziehen. Dein Vater jedoch, Annym, war zu langsam. Er war dem Tode nahe, als sich sein Bewußtsein in seinem wirklichen Körper manifestierte. Ich konnte ihm nicht helfen. Niemand konnte ihm helfen. Er starb langsam."

Die Trauer in ihrer Stimme war unüberhörbar.

„Wir zogen uns schließlich hierher zurück, nach Gharn, in die Inneren Wüsten des Rotlandes. Hier glaubten wir, vor weiteren Nachstellungen sicher zu sein, zumal wir davon überzeugt waren, den Khyj tatsächlich getäuscht und von unserem Tod überzeugt zu haben. Dario Marchal starb hier, ohne daß ich seine Qualen lindern konnte. Ich baute ihm dieses Grabmal. Und ich wartete auf dein Kommen. Achtundzwanzig Normjahre nun. Ich wußte, du würdest kommen."

„Hat es deine ... Traumstimme behauptet?"

Sie schüttelte den Kopf. „Nein. Seit damals habe ich die Stimme nicht mehr vernommen."

Sie schwiegen eine Weile, während Annym nachdenklich die übereinandergeschichteten Steine des Grabmals betrachtete. Das Kind zweier Transmenschen – es erklärte seine Andersartigkeit, vielleicht auch die Stärke der *Kraft* in ihm, die er noch nicht zu kontrollieren gelernt hatte. Es erklärte eine Menge – aber nicht alles. Nicht einmal annähernd.

„Kannst du mir helfen?" fragte er dann in die Stille hinein. „Kannst du mir helfen herauszufinden, wer ich bin und was das alles zu bedeuten hat, Mutter?"

„Es tut mir leid, Annym. Nein, das kann ich nicht. Während ich dir dies alles erzählt habe, habe ich gleichzeitig deinen Gedanken gelauscht und versucht, in dein Wahres Zentrum vorzustoßen. Es ist selbst mir verborgen, und ich las in deiner Erinnerung auch von dem Erschrecken einer anderen Multimental, die einmal dein Unbewußtes zu verstehen versuchte. Nein, ich kann es nicht. Ich habe nicht mehr die Kraft dazu." Sie beugte sich vor und berührte Annyms Gesicht. Ihre Finger waren heiß. „Aber eines weiß ich: Du bist in Gefahr, Annym, in großer Gefahr. Auch du wirst verfolgt, und vieles spricht dafür, daß jener Khyj, der damals unseren Tod wollte, jetzt dich jagt. Er ist bereits hier auf Gharn. Du mußt bald wieder fort."

„Nein", widersprach Annym matt. „Ich will nicht fort. Ich möchte hierbleiben, bei dir."

Sie lächelte schwach. „Das ist nicht möglich, Sohn. Bald schon wird die Flamme in deinem Innern wieder auflodern und dich nicht zur Ruhe kommen lassen. Sie wird dich wieder in die Ferne treiben. Ich sehe das Bild einer Frau in dir, das Gesicht einer anderen Frau als die, die dich lange begleitete und hier starb."

Er preßte die Lippen aufeinander. „Aleta", murmelte er.

„Das ist ihr Name, ja. Vielleicht geht es dir wie einst deinem Vater. Vielleicht aber hat Aleta auch eine ganz andere Bedeutung für dich. Du mußt zu ihr, Annym."

„Aber ich weiß nicht, wo ich sie suchen soll", wandte er müde ein. Ausruhen, dachte er. Stille und Ausgeglichenheit finden. Warum war das nicht möglich?

„Ich kann leider nicht in deine Zukunft sehen, Annym", sagte Shuriea, „sonst könnte ich dir den Ort nennen. Deine Zukunft ist mir verwehrt. Schade. Ich hätte zu gern gesehen, was einmal aus dir wird, Sohn." Sie seufzte. „Aber eines weiß ich. Ich kenne den Ort, an dem ein zweites Kind zweier Transmenschen weilt. Vielleicht ..."

Sie verstummte plötzlich und legte den Kopf in den Nacken.

„Er ... ist ... da ...", kam es tonlos über ihre Lippen.

Annym warf Jarmardh einen raschen Blick zu. Auch er fühlte jetzt das Dunkle, das Bedrohliche, die Gefahr. Wie ein finsterer Schatten, der sich über seine Gedanken legte.

Langsam wandte er sich um.

Am gegenüberliegenden Ufer des Sees stand eine hochgewachsene, ganz in Schwarz gekleidete Gestalt. Ein Khyj. *Der* Khyj.

17

Die Aufgabe eines Khyj ist sein Leben. Sollte ein Khyj versagen, so verliert seine Existenz ihren Sinn. Aber ein Khyj versagt nicht. Fehlschläge lassen ihn nur um so entschlossener seine Aufgabe erfüllen.

Khyj-Axiom

Eine Welt, in der es sich schwer leben läßt, formt Charaktere, die zu überleben verstehen. Auf ihre Weise.

Amash-Sprichwort

Der Khyi war nicht allein. Ein wurmartiges Geschöpf kauerte in seiner Nähe; Hunderte von feinen, fast einen Meter langen Härchen zitterten und wandten sich in ihre Richtung.

„Ja“, murmelte die Multimental. Furcht zeichnete sich in ihren Zügen ab. „Er ist es. Der, der auch uns damals verfolgte.“

Jarmardh knurrte und spannte seine Muskeln. Es wurde plötzlich kalt – ein kühler Wind vertrieb die Hitze und ließ sie frösteln.

„Es ist zu spät“, fügte Shuriea Vanel hinzu. Sie erhob sich. „Zu spät für eine Flucht.“

Das wurmartige Geschöpf gab ein dumpfes Knurren von sich und glitt in den See hinein. Annym sprang auf die Beine. Der Khyj blieb am Ufer des Sees stehen; er bewegte sich nicht. Nur sein langer schwarzer Umhang flatterte in den Kalten Böen.

„Wir müssen etwas tun!“ brachte Jarmardh hervor und machte Anstalten, dem wurmartigen Geschöpf entgegenzutreten, das nun das diesseitige Ufer nahezu erreicht hatte. Annym legte dem *Streiter* die Hand auf den Arm.

„Nein“, sagte er nur. Die Aura der Gefahr verdichtete sich. Seltsamerweise aber blieb in Annym selbst alles ruhig: keine Furcht, nur eine sonderbare Stille.

Seine Lippen bewegten sich. Er murmelte die Magischen Worte, in deren Bedeutung er von den *Kii'hm* unterwiesen worden war. Die Kälte wich zurück, und der Wurmartige zischte, als sich ihm ein unsichtbares Hindernis entgegenstemmte.

Der Khyj am anderen Ufer hob die Arme.

Im gleichen Augenblick fraß sich beißender Schmerz in Annyms Gedanken und fegte die Konzentration fort. Die letzte Silbe des Magischen Wortes verklang wirkungslos.

„Es ist ein Mahr“, murmelte die Multimental. „Ein *Witterungsspürer* ...“

Annym sank auf die Knie. Der Schmerz verzerrte seine Gesichtszüge, verbrannte seine Gedanken, ließ das Blut in seinen Adern schier kochen. Er schrie, aber er hörte seine eigene Stimme nicht. Als sich das Bild vor seinen Augen für wenige Sekunden klärte, sah er den Khyj wie einen Schatten des Todes. Elmsfeuer hüllte seine Gestalt ein. Lichtfäden lösten sich von seinen Händen, glitten über die wie eingefroren wirkende Wasseroberfläche und tasteten sich in Annyms Gedanken.

Er ist stärker als ich, dachte er. Noch immer erfüllt von der eigenartigen Ruhe. Noch immer ohne Furcht. Als sei er ein neutraler, unbeteiligter Beobachter, weiter nichts.

Der Khyj setzte sich in Bewegung. Mit langsamen Schritten kam er auf sie zu. Das Wasser teilte sich nicht. Sonderbare Laute ertönten: mal hell und zischend, dann wieder dumpf und wie das

Rumoren eines sich nähernden Gewitters. Nur unbewußt nahm Annym zur Kenntnis, daß Jarmardh mit dem Mahr kämpfte.

Er hat keine Chance, dachte er. Er wird sterben. So wie ich.

Wehre dich! schrie eine Stimme in seinem Innern. *Ich helfe dir, Sohn. Wehre dich!*

Und als wäre erst dies der Auslöser gewesen, meldete sich die *Kraft* und verdrängte Annyms Gedanken.

Nein! rief er.

Willst du sterben? fragte die Traumstimme. Höhnisch. Und gleichzeitig amüsiert. *Selbst wenn du den Tod suchst, Annym ... ich werde es nicht zulassen.*

Annym ließ sein Ich gegen die Wände des mentalen Kerkers anstürmen, doch er prallte immer wieder zurück. Das *Andere* in ihm war wesentlich stärker. Und es war seine einzige Chance.

Der Khyj hatte inzwischen das diesseitige Ufer erreicht. Ein zischender Laut, und der Mahr zog sich zurück. Jarmardh blutete aus mehreren Wunden. Er hatte nicht mehr die Kraft aufzustehen.

„Warum verfolgst du mich?“ fragte Annyms Teilich.

„Du weißt es“, gab der Khyj zurück. Annym registrierte eine neue Information: Es war nicht nur einfach ein Hrhan-Assassine. Die Macht, die in der schwarzen Gestalt wohnte, ging über die eines normalen Khyj hinaus.

Eine neue Schmerzwoge flutete durch Annyms Körper. Seine Hände gruben sich in den Boden. Der Sand schien glühend heiß.

Und die *Kraft* in ihm, der fremde Teil seines eigenen Bewußtseins, der mit der Traumstimme verwoben war, empfand plötzlich Angst. Annym bäumte sich auf und versuchte, wieder auf die Beine zu kommen.

„Ich bin stärker“, sagte der Khyj. Dunkle Augen funkelten hinter der schwarzen Gesichtsmaske. „Gegen mich kannst du nicht bestehen. Ich bin getäuscht worden. Diesmal jedoch hast du keine Chance mehr, Halbmensch.“ Er streckte die Arme aus. Die schwarzen Fingerkuppen berühren Annyms Wange.

Er schrie. Er schrie die Qual und Pein aus sich heraus, während das, was nun seinen Körper kontrollierte, sich einen Augenblick zurückzog, um neue Energie zu sammeln. Die Haut schillerte in grellem Rot. Wie durch einen Schleier sah Annym, daß die Multimental auf den Khyj zukroch, um ihm zu helfen. Er warf ihr nicht einmal einen Blick zu. Er hob nur die Hand – und Shuriea wurde davongewirbelt wie ein welkes Blatt.

Die *Kraft* dehnte sich erneut in Annym aus, wuchs, nahm weiter zu, verdrängte Schmerz und Pein, eliminierte die Auflösungserscheinungen in den Peripheriebereichen eines menschlichen Körpers. Der Khyj wich einen Schritt zurück. Dann noch einen. Annym erhob sich – es war ein mühsames Unterfangen. Er murmelte Magische Worte, während die Traumstimme in einer anderen Sprache rief. Und während der ganzen Zeit, während dieser wenigen Sekunden, die ihm wie Stunden erschienen, war Annym selbst nur ein Beobachter in seinem eigenen Körper. Er hatte längst alle Versuche aufgegeben, sich aus seinem Mentalgefängnis zu befreien und den Einfluß des Konglomerats aus Traumstimme und *Kraft* zurückzudrängen. Sein Leben hing davon ab, ob das *Andere* den Kampf gegen den Khyj bestand. Wenn nicht...

Der Einfluß der *Kraft* auf den vermeintlichen Hrhan-Assassinen ließ nach. Schmerz kroch erneut an Annyms Nervensträngen entlang und badete ihn in Pein. Aussichtslos. Der Khyj war stärker.

Seine Sinne erweiterten sich, als die *Kraft* verzweifelt nach einem Reservoir von Mentalenergie suchte, aus dem sie eigene Lücken auffüllen konnte.

Nein! schrie Annym. *Nicht sie!*

Doch das *Andere* kannte keine Rücksicht. Es hatte das gefunden, was es suchte, und es bediente sich der Energie der Multimental. Es wehrte den neuerlichen Angriff des Khyj ab. Und es schlug zurück.

Die Bewegungen des Angreifers erstarben. Es war plötzlich, als wäre er anderen Zeitabläufen unterworfen. Seine Stimme war nun dumpf und unverständlich.

Mehr. Und stärker.

Und dann... Annym stürzte zu Boden, als er von einem Augenblick zum anderen wieder Herr über seinen Körper war. Muskeln zitterten, und seine Nerven übermittelten noch einen Schatten des Schmerzes. Er biß die Zähne zusammen und kam wieder in die Höhe.

Mahr und Khyj bewegten sich nicht mehr. Vorsichtig trat Annym näher an sie heran, streckte dann seine Hand aus und berührte den schwarzen Mantel. Er war kalt und so hart wie Stein. Und er ließ sich nicht einen einzigen Millimeter bewegen.

Jarmardh stöhnte.

„Was...“, begann er und schüttelte dann den Kopf, als er in Annyms Gesicht blickte. Es war kalt und leer und ausdruckslos.

Die Multimental lag einige Meter entfernt am Boden. Sie rührte sich nicht. Als Annym sie vorsichtig auf den Rücken drehte, stöhnte sie leise.

Ihre Züge waren die einer Greisin. Sie war um Jahrzehnte gealtert, innerhalb weniger Sekunden. Sie starb.

Annym berührte vorsichtig ihr eingefallenes Gesicht. Die Haut war nicht mehr heiß, sondern eiskalt. Er konzentrierte sich und versuchte, die Heilkraft herbeizurufen, aber er scheiterte. Wie schon einmal zuvor. Bei Senaide. Die Augenlider seiner Mutter flatterten.

„Annym?“ kam es undeutlich über ihre Lippen.

„Ja“, sagte er. „Ich bin hier bei dir.“

„So hat sich mein Schicksal doch noch erfüllt“, murmelte sie. Sie verfiel zusehends. Und Annym konnte nicht das geringste dagegen tun. Seine Traumstimme weigerte sich, ihm zu helfen.

„Nein“, wandte er schwach ein. Stille. Für einen Augenblick. Dann:

„Doch . . . Annym. Ich habe mich auf diesen Tag gefreut. Aber ich fürchtete mich auch.“ Ihr Atem ging rasselnd. „Ich wußte immer, daß ich sterben müßte, kurz nachdem ich meinen Sohn wiedergefunden haben würde. Ich konnte die Zukunft nie klar erkennen . . . es war ein undeutlicher Schatten, den ich sah. Mehr nicht. Aber jetzt . . . jetzt ist es soweit.“

Annym preßte die Lippen aufeinander und antwortete nicht. Wenn er wenigstens ihre Pein hätte lindern können! Aber selbst dazu war er nicht in der Lage.

„Du mußt fliehen, Sohn.“ Ihre Stimme klang nun wieder fest und klar. Der Tod war nahe. „Du hast den Khyj nicht besiegt. Meine Kraft hat ihn nur vorübergehend außer Gefecht gesetzt. Er ist in einer Zeitlosen Zone gefangen, aber die Entropie wird schon bald dafür sorgen, daß sich diese Nullblase auflöst.“

Jarmardh stöhnte. Annym warf einen raschen Blick zur Seite. Der *Streiter* versuchte noch immer, wieder auf die Beine zu kommen. Der Kampf gegen den Mahr hatte ihn sehr geschwächt.

„Sprich nicht so viel“, sagte Annym. „Es kostet deine Kraft . . .“

Sie schüttelte den Kopf. Die Haut spannte sich über ihren Wangenknochen. Der rapide Alterungsprozeß dauerte noch immer an.

„Nein, Annym, unterbrich mich nicht.“ Sie hustete. Ein dünner Blutfaden sickerte aus ihrem Mundwinkel. „Diese Frau, die du schon so oft in deinen Gedanken gesehen hast . . . suche sie. Sie ist von großer Bedeutung für dich. Vielleicht kann sie die Fragen nach deiner Identität beantworten. Ich weiß nicht ... es ist nur eine Vermutung ... vage ... vielleicht das andere Kind zweier Transmenschen, von dem ich vor Jahren einmal gehört habe. Ich weiß auch nicht, ob es männlichen oder weiblichen Geschlechts ist."

„Wo?" fragte Annym.

„Auf Ehrdh. Kennst du die Koordinaten?"

„Ja, ich kenne sie."

Nicken. „Gut. Fliege nach Ehrdh. Vielleicht ist es die Welt, zu der dich deine Traumstimme treibt. Vielleicht wirst du dort Ruhe finden. Ich ..." Sie hustete erneut. „Ich ... sterbe ..." Zitternd kam ihr rechter Arm in die Höhe. Die Hand war schmal; Knochen schimmerten durch die blasse Haut hindurch.

„Siehst du diesen Ring?"

Ein Ring aus *Finstergold*, ungeheuer kostbar. Und in der Fassung befand sich der Splitter eines Violettopals. Eine eigenartige Anziehungskraft ging von dem Schmuckstück aus. Als Annym den Ring berührte, breitete sich Wärme in seinem Innern aus. Es war ein sonderbares Gefühl.

„Ja."

„Ich fand ihn unter sehr rätselhaften Umständen", hauchte die sterbende Multimental. „Und einmal wies mich die Stimme in mir darauf hin, daß er für dich bestimmt sei. Darum muß ich sterben, alles paßt zusammen. Seit ich den Ring damals an mich nahm, konnte ich ihn nicht einmal ablegen. Es ist, als sei er fest mit meiner Hand verbunden. Wenn ich jedoch tot bin ..."

„Nein!" Irgendwo war Kälte, fern, nicht wichtig.

„Doch, Annym. Es ist sinnlos, sich dem Schicksal entgegenstellen zu wollen. Gib es auf, Annym. So wie wir es damals aufgaben, dein Vater und ich. Die Traumstimme ist stärker. Du mußt ihrem Ruf folgen." Sie hatte noch etwas hinzufügen wollen, aber es wurde nichts als ein Krächzen daraus. Für eine Sekunde kehrte der alte Glanz in ihre trüben Augen zurück, dann erzitterte ihr Körper, und ihr Kopf sank nach hinten.

Später vermochte Annym nicht mehr zu sagen, wie lange er den Leichnam seiner Mutter an sich preßte. Er wollte weinen, aber sein Vorrat an Tränen schien schon lange erschöpft zu sein. Ja, es paßte alles zusammen. Nicht der Khyj hatte Shuriea getötet, sondern er selbst war es gewesen, sein anderes Ich. Es hatte sich geweigert zu helfen. Annym fühlte sich schuldig.

Eine breite Hand legte sich auf seine Schulter. Annym sah auf und begegnete dem Blick Jarmardhs. Seine Wunden hatten sich geschlossen.

„Sie muß mir noch im Augenblick des Todes geholfen haben", sagte der *Streiter* dumpf. „Ich fühle mich wie neugeboren."

Der Tod ist das Ende, dachte Annym. Aber auch ein neuer Anfang.

„Komm, Annym. Er beginnt sich bereits wieder zu bewegen."

Jarmardh deutete auf den Khyj. Dessen linker Arm sank wie in Zeitlupe herab. Shuriea Vanel hatte recht behalten. Die Zone der Zeitlosigkeit begann sich aufzulösen.

Vorsichtig berührte Annym den Ring seiner Mutter. Er ließ sich leicht und einfach von ihrer Hand lösen. Er zögerte kurz, dann schob er das Juwel auf seinen Ringfinger. Wärme breitete sich in ihm aus und tilgte Schwäche und Elend. Es war wie damals, als er an der Grenze des Rotlandes das Relikt der *Ersten* berührt hatte, nur nicht ganz so intensiv. Er versuchte, den Ring wieder abzustreifen, doch es war unmöglich. Er saß fest und ließ sich nicht einmal einen einzigen Millimeter bewegen.

Er erhob sich. „Nach Ehrdh also. Aber wie?"

Der Raupenspinner war in der Clanenklave der *Kii'hm* zurückgeblieben, um dort seine Ganzverpuppung zu beenden. Er konnte sie nicht ein weiteres Mal über das Monument tragen und zu den Ringstädten zurückbringen. Nur dort aber legten die Dimensionsschwimmer der Hrhan an.

„Bei den Hütten habe ich eine Sturmfloßkolonie gesehen", brummte Jarmardh. „Wir können es damit versuchen."

Annym nickte. „Gut. Aber zunächst müssen wir meine Mutter begraben."

Es war nicht mehr nötig. Als er sich umwandte und zu Boden blickte, war von der Multimental nur noch grauer Staub übrig, der vom Wind davongetragen wurde.

Stille.

Über den See klang die dünne, weinende Stimme Liszentas.

Es war keine sehr große Sturmfloßkolonie. Die Staude schmiegte sich an eine hoch aufragende Felswand, und nur eine der knapp ein Dutzend Steigfrüchte war reif genug, um sie alle aufnehmen zu können. Liszenta wimmerte leise, als Annym ein Magisches Wort flüsterte und sich daraufhin die Steigfrucht für sie öffnete. Vorsichtig verbreiterte Jarmardh den Spalt in der Außenhülle des ballonartigen Gebildes.

„Ich hoffe", knurrte er, „die Frucht ist wirklich schon stabil genug. Sonst..."

Annym nickte stumm. Er hatte verstanden. Er kletterte ebenfalls ins Innere und berührte dort ein großes, knospenartiges Gebilde. Der Spalt schloß sich wieder. Feines Zischen ertönte, als der Nährstrang zur Staude abknickte und die Steigfrucht langsam in die Höhe trieb. Durch die halbtransparente Außenhülle konnten sie beobachten, wie das Land unter ihnen hinwegsank. Die Felswand war bedenklich nahe. Das Zischen hielt an. Die Steigfrucht verwandelte Sonnenlicht und aufgenommene Nährstoffe in Wasserstoff, der ihre Gaskammern füllte und somit leichter als Luft machte. Liszenta wimmerte noch immer. Annym berührte kurz die Stirn seiner Tochter, und das Wimmern ließ daraufhin fast augenblicklich nach.

Warum hilfst du mir hier? fragte er in sich hinein. Warum hast du nicht den Tod Senaides und den meiner Mutter verhindert?

Er erhielt keine Antwort. Er hatte auch keine erwartet.

Er murmelte Magische Worte, und das Sturmfloß wurde von den von ihm beschworenen Winden beschleunigt. Auf das Monument zu, schließlich darüber hinweg. Annym hatte die Augen geschlossen und murmelte weiter die Schaltworte. Hier oben, an der Grenze der Atmosphäre, war der Luftdruck nicht mehr groß genug, um die Stabilität der Steigfrucht zu gewährleisten. Die Kraft seiner Worte jedoch verfestigte die Außenhülle und trieb das Sturmfloß über schroffe Felsgrate hinweg.

Zwei Tage und zwei Nächte hockten sie in der Enge des Sturmfloßes. Dann endlich lag das Monument hinter ihnen, und vor ihnen waren bereits die Schatten der Ringstädte von Gharn auszumachen. Der gewaltige Leib eines Dimensionsschwimmers war durch einen Transparenttunnel mit der größten Ringstadt verbunden. Schatten bewegten sich darin: Passagiere, die Gharn verlassen wollten und vom Hrhan-Schiff wie winzige Insekten verschluckt wurden.

Annym murmelte andere Worte: mal leise, dann wieder lauter, in der Betonung, wie es ihn die *Kii'hm* gelehrt hatten.

„Wie sollen wir an Bord kommen?" erkundigte sich Jarmardh unsicher. „Man erkennt uns sofort. Und wir sind nach wie vor *Di*..."

Annym schüttelte den Kopf. „Nein", sagte er. „Man wird uns nicht erkennen. Dafür sorge ich."

Die Ringstadt wuchs vor ihnen in die Breite. Sie sahen auf die

Rosengärten der Dachterrassen hinab, auf die unzähligen Springbrunnen und Wandelalleen. Niemand beachtete ihr seltsames Gefährt.

„Ich verstehe", machte Jarmardh. „Sie können uns nicht sehen."

Annym steuerte die Steigfrucht mit seiner Magischen Stimme an einen der Ankerpunkte der Ringstadt heran und schuf dann einen Spalt in der Außenhülle. Sie kletterten hinaus. Der Spalt schloß sich wieder, und das Sturmfloß trieb davon, wurde von einer plötzlichen Bö erfaßt und driftete zurück in Richtung Monument.

Durch die Ringstadt. Durch Gänge und Korridore und Hallen. Durch Amüsierzentren und Entspannungskuben. An Bettlern und Sängern und Betrunkenen vorbei.

Als sie den Transparenttunnel betraten, der in den Bauch des Dimensionsschwimmers hineinführte, verstärkte sich die Unruhe des *Streiters*. Er umfaßte Annyms Arm.

„Weißt du, wer das ist?" preßte er hervor und deutete auf einen in ein Kettenhemd gekleideten Tranq. „Hotrax."

Annyms Gesicht blieb ausdruckslos. Er schritt weiter, als hätte er die Worte seines *horan* gar nicht vernommen. Und seine Lippen formulierten Magische Worte. Das Kind in seinen Armen schlief.

Hotrax warf ihnen einen gleichgültigen Blick zu. Sie marschierten an ihm vorbei, ohne daß er sie erkannte. Der Lademeister war ein hochgewachsener Isyhr, dessen roter Körperflaum bereits zu verblassen begonnen hatte.

„Wir sind bereits registriert und haben bezahlt", sagte Annym. Der Isyhr blickte kurz auf, sah dann auf seine Papiere und vollführte mit seinen Biegarmen eine zustimmende Geste. Die Lippen Annyms bewegte sich kaum merklich. Immer die gleichen Worte, die Beschwörungen der Tarnung und des Nichtsehens. Es funktionierte. Schließlich hatten sie die Eingangshalle des Hrhan-Schiffes hinter sich gelassen. In den Gängen und Korridoren herrschte reger Betrieb: Passagiere, die auf dem Weg zu den ihnen zugewiesenen Kabinen waren; Neugierige, die alles mit staunenden Augen betrachteten; Taschendiebe, die die Börse von allzu Unvorsichtigen erleichterten.

An einer Passagenkreuzung hockte eine in sich zusammengesunkene Gestalt. Unwillkürlich blieb Annym stehen und blickte auf den Halbmenschen hinab. Der hob langsam den Kopf.

Es war ein Sensitiver, ein Profiträumer, dessen Hirn durch oftmaliges Bewußtträumen ausgebrannt und nun leer war. Auf der hohen, zerfurchten Stirn waren die Male eines Zweihundertjährigen zu erkennen, und in den dunklen Augen spiegelten sich vergangene Freuden. Der Sensitive hatte nicht mehr die Kraft, sich von seinen Bewußthalluzinationen zu lösen, und war daher für die Videomechaniker nicht mehr von Bedeutung. Er existierte nur von den Almosen reicher Passagiere. Ein sonderbares Gefühl entstand in Annym DryMarden, als er den Verlorenen betrachtete. Er hatte den Eindruck, als verbinde ihn etwas mit dem unglücklichen Sensitiven – vielleicht der Verlust von Hoffnung. Oder mehr.

„Komm“, sagte Jarmardh ungeduldig. „Ich kann erst aufatmen, wenn wir eine Kabine erreicht haben.“

Der Sensitive sah Annym an.

„Manchmal“, sagte er mit leiser Stimme, „sind die Dinge nicht das, was sie zu sein scheinen . . .“

Liszenta begann erneut leise zu weinen, als sie den Sensitiven hinter sich ließen. Annym war sehr nachdenklich.

Immer wieder besann sich der Abtrünnige auf die Macht der Alten Worte. Er hatte einen Fehler gemacht. Wie damals, als er die Täuschung nicht als das erkannt hatte, was sie gewesen war. Lücken entstanden in der Nullzone; Entropie war ein Verbündeter.

Langsam löste sich die Zeitlosigkeit auf, und die Sinne des Abtrünnigen begannen Informationen zu übermitteln. Der Mahr war wieder zu einem Humanoiden geworden. Der von ihm ausgehende Symbolstrom drückte Zorn und Wut darüber aus, daß das Zielobjekt sich wieder entfernt hatte.

Als der Nullbereich nur noch eine schwache Barriere war, rief der Abtrünnige die Fähre herbei. Fast drei Tage waren vergangen. Sehr viel Zeit. Wahrscheinlich zuviel.

Die Duftspur DryMardens war nach wie vor intensiv. Der Mahr würde die Fährte verfolgen. So lange, bis es zu einem zweiten Zusammentreffen kam. Er konnte die Spur nicht verlieren. Jetzt nicht mehr.

Ruhig schwebten die Ringstädte über dem gewaltigen Talkessel. Ein Dimensionsschwimmer der Hrhan war nirgends zu entdecken.

„Er hat Gharn verlassen können“, stellte der Abtrünnige fest. „Mein Fehler. Aber keiner, der nicht wiedergutzumachen wäre.“

Er berührte einige bestimmte Kontrollen auf dem Pult vor ihm, und Gharn fiel unter ihnen hinweg. Die Fähre tauchte ein in die kalte Umklammerung des Alls. Der Körper des Mahr erzitterte. Ja, der Kurs war richtig. Der Abtrünnige lehnte sich zurück.

„Ich werde dich erneut finden, Annym DryMarden", versprach er gelassen. „Bald. Diesmal bin ich vorbereitet. Diesmal kenne ich deine Kraft. Und diesmal wird keine Multimental bei dir sein, um dir zu helfen."

Der Abtrünnige wußte, daß Annym DryMarden auf dem Weg zum Katalysator war. Es war wichtig, ihn vor einem Zusammentreffen zu stellen.

18

Eine Xanthippe ist ein empfindliches Geschöpf. Domestizierer müssen dies unter allen Umständen beachten. Nicht nur Strenge ist angebracht, sondern im gleichen Maße auch Liebe und Fürsorge. Die richtige Mischung zu finden, erfordert Erfahrung und Feingefühl. Und die Fähigkeit, die Kraft der Zeitlosen Träne *am richtigen Ort zur richtigen Zeit einzusetzen. Ihr habt viel zu lernen, Domestizierungsschüler. Aber der Zirkel vertraut auf euch.*

Schulungslehre für Xanthippen-Bändiger, Ehrdh

Einmal wird alles wieder besser werden. Aber bis dahin wird noch viel Zeit vergehen.

Mayssa, Zirkelherrin

Alles hat einmal ein Ende. Selbst der Kosmos. Warum also sich um einen einzelnen Planeten grämen?

Weltuntergangsapokryphe, Ehrdh

In der Ferne zuckten Blitze über den tintenschwarzen Himmel: ein flackerndes, sich rasch verästelndes Netz aus gleißendem Licht, das für einen Sekundenbruchteil dämonische Schatten warf. Der Dieb duckte sich in den Staubsand und wartete, bis die Finsternis zurückkehrte. Dann erhob er sich wieder und eilte lautlos der Sturmburg entgegen. Der Schein von Öl- und Talgfackeln kam näher. Der Dieb verschmolz mit den Ausläufern des Weiten Landes. Sein Chamäleonmantel machte ihn nahezu unsichtbar, als er die Zone der Ersten Felsen erreichte und das Gelände anzusteigen begann. Über ihm drehten nun die Staubrochen ab. Kehlige Laute verklangen. Der Dieb hob den Arm und winkte einen letzten Gruß. Von nun an war er ganz auf sich allein gestellt.

Lautlos kletterte er empor, der in den Fels des Gebirges gemeißelten Sturmburg entgegen. Immer dann, wenn am Horizont ein neuer Blitz aufloderte, hielt er einen Augenblick inne und duckte sich, auf den Schutz seines Chamäleonmantels vertrauend. Wind kam auf, und die Böen zerrten an seiner gedrungenen Gestalt. Er legte den Kopf in den Nacken. Viel Zeit blieb ihm nicht mehr, um in die Sturmburg einzudringen. Der Wind trug bereits den Geschmack des Säureregens vor sich her. Es konnte nicht mehr lange dauern, bis der Schauer aus den finsteren Wolkenbänken brach. Und wenn er ihm schutzlos ausgeliefert war... Er schob sich vorwärts und orientierte sich. Er lauschte und schmeckte und horchte.

Die Wachxanthippen waren ruhig. Der Dieb lächelte still in sich hinein. Sie waren auch nicht in der Lage, ihn zu wittern. Sein ganzer Körper war mit dem Duftstoff des Sandwühlers eingerieben worden, und das machte ihn für die Schnuppersinne der Drachen nahezu unsichtbar. Er drehte den Kopf und warf einen Blick zurück in die Ebene. Die anderen Dramax, die ihn begleitet hatten, hatten sich inzwischen zurückgezogen und waren in sicherer Entfernung auf die Rücken ihrer Staubrochen geklettert. Sie mußten sich beeilen, um noch rechtzeitig vor Beginn des Säureregens die Staubsandfesten des Weiten Landes zu erreichen.

Aus der Dunkelheit vor ihm ragte die Außenmauer der Sturmburg empor. Er sah hinauf, konnte aber keinen Patrouillengänger erkennen. Die Böen wurden nun rasch stärker. Der Geruch nahen Säureregens intensivierte sich. Der Dieb lächelte erneut. Offenbar hatten sich die Wachmermeth bereits ins Innere der Burg zurückgezogen, wo sie vor dem nahen Unwetter sicher waren. Der Zeitpunkt war günstig.

Perther griff unter seinen Mantel, löste vorsichtig den Schutzkokon und holte das Saugnetz hervor. Mit geübten Bewegungen entrollte er es, holte aus und warf es dann empor. Ein kurzes, kaum hörbares Sirren, dann ein Kratzen, als es den Fels berührte und sich sofort festsaugte. Der Dieb lauschte. Nichts. Nur das kehlige Knurren der nahen Wachdrachen. Gut. Er ergriff die erste Masche, prüfte und zog sich dann daran empor. Das Netz hielt, wie erwartet. Der Dieb suchte an anderen Maschen nach Halt und gewann so rasch an Höhe. Wenige Augenblicke später hatte Perther den äußeren Wachgang erreicht. Er war verlassen. Nur auf dem nahen Eckpfeiler hockte die schattige Silhouette einer Xanthippe. Die Ketten ihrer Sicherheitsfessel klirrten, als sie sich umwandte und den Dieb aus vier gelben Augen musterte. Perther gab einen zischenden Laut von sich. Der Wind stand günstig und trieb den Duft des vermeintlichen Sandwühlers dem Schnuppersinn des Drachens entgegen. Desinteressiert wandte sich die Xanthippe daraufhin wieder ab. Perther ließ das Saugnetz an Ort und Stelle und eilte auf dem Wachgang entlang. Wenige Sekunden nur noch, bis die ersten Tropfen niedergehen mußten. Er war etwas in Verzug. Die Wachdrachen waren durch den Säureregen nicht gefährdet. Zwar wurde ihr Schuppenpanzer verätzt, wenn sie sich bei einem solchen Unwetter im Freien aufhielten, aber er regenerierte sich so rasch, daß die Beeinträchtigung nicht ins Gewicht fiel. Vor ihre Augen schoben sich dicke, transparente Hornlider, die der Säure ebenfalls widerstehen konnten. Xanthippen waren bestens angepaßt, Dramax und Mermeth nicht annähernd im gleichen Maße.

Unnütze Gedanken, schalt sich der Dieb, während er nach dem Einstieg suchte, den der Spion ihm beschrieben hatte. Kurz darauf hatte er ihn gefunden.

Ohne zu zögern betätigte der Dieb den aus der Wand ragenden Hebel. Sand rieselte einen Kanal entlang. Die Steinplatte, die den Wartungsschacht abdeckte, glitt leise knirschend zur Seite. Rasch schob sich Perther in die finstere Öffnung hinein. Der matte Schein der Fackeln blieb hinter ihm zurück, als er die Steinplatte wieder vor dem Schacht verankerte. Er horchte.

Stimmen waren irgendwo in der Nähe. Leises Lachen. Und Musik. Er nickte. Er war jetzt etwa in Höhe des Äußeren Zirkels. Rasch schob er sich vorwärts und achtete darauf, so wenige Geräusche wie möglich zu verursachen. Möglicherweise waren die Mermeth mißtrauisch und vorsichtig genug, um selbst in ihren engen Wartungsgängen *Lauscher* in winzigen Felsritzen untergebracht zu haben.

Fast eine halbe Stunde lang kroch der Dieb durch die Enge der Wartungsschächte, die die ganze Sturmburg durchzogen. Manchmal kam er an Nischen vorbei, an Ventilationsöffnungen im rauhen Fels. Dann konnte er in die darunterliegenden Räume hinabblicken, während sein Chamäleonmantel ihm Sichtschutz gewährte. Einmal sah er sogar in ein Xanthippennest hinab: auf eine große, fette Drachenmutter, die ihre sieben Xanthippenkinder nährte. Es war kein sehr angenehmer Augenblick für Perther, denn eine der Jungxanthippen nahm die von ihm ausgehende Ausdünstung eines Sandwühlers wahr und zeigte mehr Neugier, als ihm lieb sein konnte. Eine Mermeth-Xanthippenpflegerin eilte jedoch noch rechtzeitig genug herbei und führte den Jungdrachen zurück ins Nest.

Schließlich erreichte der Dieb den Inneren Zirkel, das Herz der Sturmburg. Die tobenden Böen des Säureorkans waren hier drinnen nichts weiter als ein laues Flüstern an der Grenze des Hörbaren. Wärme hüllte den Dramax ein, als er eine weitere Steinplatte löste und in den darunterliegenden Korridor hinabglitt. Die Brutzonen mußten ganz nahe sein. Die Augen des Dramax stellten sich rasch auf die veränderten Lichtverhältnisse um. Öl- und Talgfackeln steckten in gußeisernen Haltern an den Wänden.

Welch ein Luxus, dachte der Dieb beeindruckt, und huschte lautlos weiter. Das alles interessierte ihn nicht wirklich, ebenso wenig wie die hier ausgebrüteten Xanthippeneier. Wenn er seine Aufgabe erfolgreich erledigte, dann hatten die Drachen der Mermeth die längste Zeit eine Gefahr für die Dramax des Weiten Landes dargestellt.

Der Korridor verbreiterte sich. Stimmen waren vor Perther und kamen näher. Er sah sich um, entdeckte eine schmale Nische und verschmolz mit deren Schatten. Zwei Wachgängerinnen näherten sich ihm: hochgewachsene Mermeth mit bis weit in den Rücken hinabfallendem, pechschwarzem Haar. Gekleidet waren sie in knielange, enganliegende Kettenröcke. Die Bolzenkatapulte steckten in den Halftern. Sie fürchteten keine Gefahr. Nicht hier. Nicht im Inneren Zirkel. Wer hätte auch schon bis hierher vordringen können?

Perther lächelte. Nur ein Dramax-Dieb mit der Körperausdünstung eines Sandwühlers. Niemand sonst.

Er griff in eine andere Tasche seines Mantels und ergriff zwei der knapp zwanzig Giftdorne, die er mit sich führte. Es waren Früchte eines im Weiten Land speziell gezüchteten Gewächses – Früchte mit einer besonderen Affinität den Mermeth gegenüber. Bereits bei mehreren Kampfeinsätzen hatten sie ihre Wirksamkeit unter Beweis gestellt. Die Bewegung Perthers war fast lautlos, doch die beiden Wachgängerinnen blieben einige Meter vor ihm stehen. Stille. Und ein feines Knistern, als die Schutzkapseln der Giftdorne aufbrachen und die haarfeinen Stachel auf die beiden Mermeth zujagten.

Die Wachgängerinnen hatten keine Chance. Die Giftdorne durchschlugen die Haut und injizierten ihren tödlichen Inhalt in die Halsvenen. Zuckende Bewegungen sterbender Nerven. Zwei

Körper, die zu Boden stürzten. Der Dieb stieg achtlos über die Leichen hinweg. Einige Dutzend Meter weiter stieß er auf die Mosaike der Bannschwelle. Sie sahen nicht sonderlich gefährlich aus, fand Perther, doch die Weitlandpatriarchen hatten ihn vor dieser Gefahr besonders gewarnt. Der Dieb widerstand der Versuchung auszuprobieren, ob seine Auftraggeber in dieser Beziehung tatsächlich recht hatten. Statt dessen holte er die für diesen Zweck mitgenommenen getrockneten Kräuter hervor und legte sie so auf den Boden, daß sie ein Fünfeck bildeten. Rasch trat er ins Zentrum des Fünfecks und legte dicht voraus sofort ein weiteres. Er trat auch in das zweite hinein, schuf mit weiteren Kräutern ein drittes, dann ein viertes und ein fünftes. Der Dieb verspürte ein fast schmerzhaftes Ziehen irgendwo in seinem Nacken, als er die Bannschwellenmosaike passierte.

Und voraus . . .

Die Schatzgewölbe und Geheimkammern. Sein Ziel. Unwillkürlich schlug Perthers Herz schneller. Der erste Raum . . . der Glanz der im Lichte Dutzender Talgfackeln erstrahlenden Juwelen blendete Perthers Augen. Er blieb stehen und sah sich um. Die Gerüchte entsprachen also der Wahrheit. Es mußte den Mermeth gelungen sein, sich Zugang zu einer verborgenen Lagerstätte der Altväter zu verschaffen und die darin enthaltenen Juwelen zu bergen. Die Mermeth waren ebenso wenig wie die Dramax in der Lage, solche Pracht zu fertigen. Die hier in diesem Raum befindlichen Juwelen waren Jahrtausende alt.

Perther rief sich wieder zur Ordnung und eilte weiter. Durch zwei weitere Räume mit Juwelen und Dingen, die er nicht zu identifizieren vermochte, dem Zentrum des Schatzgewölbes entgegen.

Er kam seinem eigentlichen Ziel immer näher. Und kurz darauf verspürte er auch die seltsame Anziehungskraft der *Zeitlosen Träne*. Er war beinah da . . .

Das Geräusch, das irgendwo nicht weit hinter ihm erklang, elektrisierte ihn geradezu. Es war ein Scharren, wie von einem Fuß, der sich unvorsichtig bewegt hatte. Der Dieb überlegte einen Augenblick, dann wandte er sich um und eilte weiter seinem Ziel entgegen. Vor einer schweren, eisernen Tür hielt er kurz inne. Sie war abgeschlossen, aber das bedeutete kein Hindernis für ihn, sondern nur einen geringen Zeitverlust. Er schob eine Ätzblume ins breite Schlüsselloch, trat ein paar Schritte zurück und wartete einige Sekunden. Es zischte und knisterte und knackte. Und als

Perther die Klinke niederdrückte, schwang die Tür knarrend nach innen.

Als Perthers Blick auf die *Zeitlose Träne* fiel, vergaß er die Geräusche hinter ihm. Er schritt näher an den altarähnlichen Steinsockel heran, auf dem die *Träne* ruhte. Dieser Raum war groß, größer als alle anderen des Schatzgewölbes. Und er war leer bis auf den Sockel mit der *Zeitlosen Träne*. Dennoch . . . es war die herrlichste Kammer von allen. Und die *Träne* das schönste Juwel, das Perther jemals erblickt hatte.

Langsam streckte er die Hand aus, um die Kostbarkeit zu berühren und aus der Halterung des Sockels zu reißen.

„Nein!" ertönte eine helle Stimme hinter ihm.

Kälte breitete sich irgendwo in Aleta aus und tastete mit frostigen Fingern nach ihrem Herzen. Unruhig bewegte sie den Kopf. Ein Bild schälte sich aus den diffusen Schlieren eines Nicht-Traums, doch noch bevor Aleta es erkennen konnte, erwachte sie.

Ruckartig richtete sie sich auf. Der Säureorkan war eine in der Ferne heulende und tobende und wütende Stimme. Aleta glaubte die Kühle der Böen zu spüren, die nun an den dicken Mauern der Sturmburg entlangwimmerten. Der Schein der Öllampe an der gegenüberliegenden Wand war ruhig und gleichmäßig. So wie der Atem der Drachenreiterin neben ihr. Aleta sah zur Seite und streichelte liebevoll das schwarze Haar. Mara seufzte im tiefen Schlaf und drehte sich auf die Seite. Die Decke rutschte ein wenig hinunter und entblößte so die vollen Brüste der Drachenreiterin. Für einen Augenblick war Aleta versucht, sie auch hier zu liebkosen, doch dann verdrängte die Kälte in ihr diesen Wunsch.

„Was ist nur mit mir los?" flüsterte sie sich zu. „Wieder diese Träume . . .?"

Nein, das war es nicht. Mit den Träumen und der sonderbaren Stimme, die sich manchmal in ihrem Schlaf meldete, kam der Eindruck großer Ferne. Diesmal jedoch hatte sie das Gefühl von Nähe. Sie kletterte aus dem Bett und streckte sich. Überall war es still. Nur manchmal ertönte draußen das heisere Krächzen eines Wachdrachen.

„Arme *lumii*", murmelte Aleta. „Müßt bei diesem Wetter draußen sein. Ihr tut mir leid."

Noch einmal blickte sie zu Mara, und sie erinnerte sich deutlich an die Stunden voller Sinnlichkeit mit der Drachenreiterin. Wehmut rann wie ein Schauer über Aletas Rücken. Sie sahen sich nur so selten. Mara gehörte dem Inneren Zirkel an. Sie konnte nicht besser mit den Xanthippen umgehen als Aleta, aber im Gegensatz zu ihr war sie eine Vollmermeth. Aleta war längst in dem Alter, in dem man auch ihr Zugang zum Inneren Zirkel hätte gewähren müssen. Doch Aleta wußte auch, daß sie für die meisten Mermeth und insbesondere für Yana eine Fremde war.

Die Kälte in ihr nahm zu.

Für einen Augenblick empfand Aleta Haß. Haß und Wut und Zorn auf sich selbst. Sie blickte in den Spiegel. Langes, feuerrotes Haar, grüne Augen, wie Jade. Aber nicht nur das unterschied sie von den anderen Mermeth. Hauptsächlich war es die Stimme in ihrem Inneren. Einerseits befähigte sie sie dazu, eine Xanthippe zu reiten. Andererseits aber hatte Yana sie schon mehrmals dabei überrascht, wie sie im Schlaf Gespräche mit imaginären Personen führte.

Sie haßt mich, dachte Aleta, während sie sich den dünnen Schutzmantel überstreifte. Wegen Mara.

Sie öffnete die Tür. Die Angeln knarrten leise, und Aleta verzog das Gesicht. Mara bewegte sich unruhig und drehte sich auf die andere Seite.

Schlaf weiter, meine Liebe, dachte Aleta und glitt wie ein Schatten auf den Korridor. Hier war es kühler als in ihrer Schlafkammer, und der dünne Mantel war nur ein unvollkommener Schutz. Vorsichtig schloß sie die Tür wieder. Sie hatte das dringende Gefühl, keine Zeit zu haben, sich vollständig anzukleiden. Etwas drängte sie vorwärts. Wenn nur Yana nicht unvermittelt auftauchte! Wenn sie nur heute nacht keinen ihrer Kontrollgänge unternahm!

Hinter manchen Türen erklang leises Lachen: andere Paare, die Nacht und Stille und Geborgenheit genossen und sich in der Liebe übten. Aleta schritt an Fackeln vorbei und näherte sich langsam dem Inneren Zirkel. Vor der Tür Yanas blieb sie kurz stehen und horchte. Nichts. Nicht einmal leises Schnarchen. Entweder war Yana nicht in ihrem Bett, oder aber sie schlief tief und fest. Aleta hoffte, daß letzteres der Fall war. Sie schritt weiter, und der eigenartige Ruf in ihr wurde dabei immer stärker. Sie versuchte, ihn zu analysieren, und ihr suchender Geist traf dabei auf den Hauch einer Gefahr.

Gefahr? Hier in der Sturmburg? Gefahr für wen?

Aber da war auch noch etwas anderes. Eine andere Stimme, so süß und verlockend wie die Haut Maras. Sie hatte sie schon öfter vernommen, am Rande ihres Wahrnehmungsvermögens. Das war der Äherische Gesang der *Zeitlosen Träne*. Und beides, Gesang wie auch Gefahrenhauch, waren nahe beisammen.

Aleta wäre beinah über die Leichen der beiden Wachgängerinnen gestolpert. Erschrocken blieb sie stehen. Etwas in ihr krampfte sich zusammen, als sie sich niederkniete. Es waren Riana und Zyla, zwei Drachenreiterinnen, die ebenfalls dem Inneren Zirkel angehörten. Tot. Die Körper waren in der Kälte bereits steif geworden. Am Hals waren dunkle, grüne Flecke zu erkennen. Aleta erkannte die Male. Giftdorne. Langsam kam sie wieder in die Höhe und sah sich mißtrauisch um. Giftdorne wurden nur vom Ebenenfeind eingesetzt. Und wenn hier zwei Mermeth am Einsatz von Giftdornen gestorben waren, dann bedeutete das, daß sich ein Dramax im Innern der Sturmburg befand.

Im *Innern* . . .

Das ganze Ausmaß der Gefahr konnte nicht hoch genug eingeschätzt werden. Aleta überlegte, ob sie die Xanthippenwachen dieses Bereiches benachrichtigen sollte, entschied sich dann aber dagegen. Der Drang in ihr nahm nun rapide zu. Er trieb sie vorwärts, an den Nachtalarmpunkten der Wachen vorbei, den Schatzgewölben und Geheimkammern und damit dem Zentrum der Sturmburg entgegen. Aleta versuchte zu schreien, aber ihre Stimme versagte. In diesem Augenblick wünschte sie sich, Yana möge überraschend auftauchen.

Vor dem Zugang zur Äußeren Juwelenkammer, unmittelbar vor dem Bannschwellenmosaik, lagen getrocknete Kräuter auf den steinernen Fliesen: fünf Fünfecke. Wer auch immer hier eingedrungen war, er besaß vorzügliche Kenntnisse über den architektonischen Aufbau der Sturmburg und über den Schutz der Verbotenen Gewölbe.

Aleta zögerte. Es war ihr verboten, das Bannschwellenmosaik zu betreten oder gar zu überqueren. Yana hatte mehr als einmal deutlich gemacht, daß sie ihr nicht traute.

Ihre Beine bewegten sich ganz von selbst. Aleta hielt erschrokken den Atem an, als sie in das erste Fünfeck trat, dann ins zweite, ins nächste. Sie spürte nichts. Nicht einmal den kurzen Schmerz, von dem ihr Mara einmal erzählt hatte. Juwelenpracht glänzte ihr entgegen. Unbeeindruckt schritt Aleta an den Relikten vergangener Zeiten vorbei. Sie bedeuteten ihr nichts, und sie fragte sich, warum einige Xanthippen-Bändiger und auch Domestizierer so viel Mühe auf sich nahmen, um aus den unterirdischen Lagerstätten immer wieder neue Juwelen ans Tageslicht zu befördern. Sie waren wertlos, auch wenn sie das Auge liebkosten. Sie waren die Mühe nicht wert.

Voraus ertönte ein knackendes Geräusch. Aleta blieb sofort stehen, legte den Kopf auf die Seite und lauschte. Der Eindruck naher Gefahr verdichtete sich. Und auch der Ätherische Gesang der *Zeitlosen Träne* intensivierte sich. Sie glaubte, irgendwo vor sich zischenden Atem vernommen zu haben. Der Dramax?

Plötzlich versiegten Angst und Furcht in ihr. Sie spürte, daß die Gefahr sich nicht auf sie bezog, sondern vielmehr auf die *Zeitlose Träne*. Und alle Mermeth.

Sie eilte weiter: ein lautloser Schatten inmitten glänzender Juwelenpracht, mit wehendem, feuerrotem Haar. Die schwere Eisentür stand offen. Aleta wußte von Mara, daß dies der Eingang zur Innersten Kammer war, dem Raum, in dem sich die *Zeitlose Träne* befand.

Sie spähte durch den Spalt zwischen Tür und Rahmen.

Ein in einen Chamäleonmantel gehüllter Dramax beugte sich über den steinernen Sockel, auf dem die *Zeitlose Träne* in einer Fassung aus geschmiedetem Silber ruhte. Die Gestalt bewegte sich nicht. Sie wirkte wie erstarrt. Dann hob der Eindringling den Arm, um die *Träne* zu berühren.

„Nein!“ sagte Aleta entschieden und betrat die Kammer. Sie war die Ruhe selbst. Wieder registrierte sie die seltsame Veränderung in sich, die sie schon während mehrerer Kampfeinsätze erlebt hatte. Der Dramax vor ihr erstarrte erneut und drehte sich dann um. Dunkle Augen musterten sie, und in den Zügen zeigte sich Überraschung.

„Berühre nicht die *Träne*“, fuhr Aleta ruhig fort, während sie langsam näher trat. Einen Augenblick lang schien sich der Dramax nicht mehr bewegen zu können, dann wirbelte er herum, packte die Träne und wollte sie aus der Fassung reißen ...

Es blieb bei dem Versuch.

Als er die Kostbarkeit berührte, leuchtete sein gedrungener Körper von innen heraus auf. Ein Schrei ertönte: langgezogen, voller Qual und Pein und Schmerz. Aleta blieb stehen. Sie war Beobachterin, mehr nicht. Das Leuchten, das die ganze Gestalt des Dramax umfaßte, verstärkte sich weiter. Der Schrei aber verklang, versiegte wie Wasser im durstigen, trockenen Sand des Weiten Landes. Ein oder zwei Sekunden lang hallte er als diffuses Echo von den Wänden der Schatzgewölbe wider, dann war es still.

Als das Leuchten übergangslos nachließ, stürzte der Dramax zu Boden. Tot. Seine Hände waren dort, wo sie die *Zeitlose Träne* berührt hatten, zu einer unkenntlichen schwarzen Masse verkohlt. Und Aleta brauchte den Fremden nicht zu untersuchen, um zu wissen, daß sein Hirn im Schädel verkocht war.

Ruhe erfüllte sie, als sie sich wieder in Bewegung setzte. Der Gefahrenhauch war verschwunden. Nur Stille blieb.

Aleta betrachtete die *Träne*. Sie war schön, wunderschön. Eine eigenartige Verlockung ging von ihr aus und zog Aleta magisch an.

Nein, dachte sie entsetzt. Ich darf es nicht. Nicht noch näher heran. Es wäre auch mein Tod...

Doch ihre Beine bewegten sich weiter, bis sie dicht vor dem steinernen Sockel stand, direkt über der Leiche des Dramax. Ihr Blick klebte an der *Träne*. Die Halterung bestand aus blankpoliertem, glänzendem Silber. Das Juwel selbst aus Dutzenden, wenn nicht Hunderten von winzigen, geschliffenen Violettopalen, die in kaltem Feuer zu glühen schienen. Das tränenförmige Konglomerat aus Violettopalen wiederum war eingefaßt in verziertes *Finstergold*. Aleta vermochte die in die Fassung der *Träne* eingravierten Zeichen und Symbole nicht zu deuten. Aber sie hatte das deutliche Gefühl, daß die ihnen innewohnende Botschaft von großer Bedeutung für sie war.

Sie hob die Arme und streckte die Hände aus, um die *Träne* selbst zu berühren.

Hinter ihr ertönte ein Schrei. Langsam drehte sich Aleta um.

„Wage es nicht!" zischte Yana und kam mit eiligen Schritten und wehendem Kettenmantel näher. Ihre schwarzen Augen funkelten böse. Sie beachtete die am Boden liegende Leiche des Dramax überhaupt nicht. Andere Xanthippen-Bändiger folgten Yana. Die meisten von ihnen waren Aleta bekannt.

„Du weißt, daß dir der Zutritt zu den Schatzgewölben und insbesondere zu dieser Kammer verboten ist", fuhr Yana kalt fort. „Du hast dieses Verbot nicht beachtet, *lima*. Du hast dich über unsere Anordnungen hinweggesetzt. Willst du dich nicht rechtfertigen?"

Stille.

Und die sonderbare Ruhe in Aleta blieb. Ebenso das Verlangen, die *Zeitlose Träne* zu berühren. Fast war sie Yana dankbar. Denn sie fürchtete, daß es ihr ebenso wie dem Dramax ergangen wäre, hätte sie die *Träne* berührt.

„Mich rechtfertigen?" entgegnete Aleta leise und hielt dem

Blick Yanas dabei stand. „Wozu? Du würdest mir ohnehin nicht glauben, Yana."

Yana lachte humorlos und warf ihr langes Haar zurück. Einige der anderen Drachenreiterinnen hatten die Bolzenkatapulte aus den Halftern gelöst. Die Situation, stellte Aleta fest, war nicht ungefährlich.

„Da hast du wahrscheinlich recht", gab Yana zur Antwort. „Wer kann auch schon einer Verräterin glauben . . ."

„Verräterin?" wiederholte Aleta.

Yana schritt langsam näher. Zwei weitere Xanthippen-Bändigerinnen betraten die *Tränen*kammer. Mayssa, die Zirkelherrin, und Mara. Letztere warf Aleta einen besorgten Blick zu.

„Natürlich." Yana blieb wenige Meter vor Aleta stehen. Aleta konnte den Glanz des Triumphes in ihren Augen sehen. Sie begriff. Yana glaubte, endlich die Gelegenheit zu haben, mit ihr abzurechnen.

„Warum bist du hier, Aleta? Warum hast du das strikte Verbot mißachtet?" Yanas Stimme triefte vor Hohn.

„Warum?" wiederholte Aleta in Gedanken. Und dann, leiser: „Es war die Stimme in meinem Kopf. Ich bin aufgewacht, weil ich . . . Gefahr spürte. Etwas hat mich hierhergezogen. Ich stieß auf die Leichen der beiden Wachgängerinnen. Sie waren mit Giftdornen umgebracht worden, und so wußte ich, daß der Gegner ein eingedrungener Dramax war." Sie deutete kurz auf den Toten. „Ich folgte seiner Spur und der Stimme. Schließlich gelangte ich hierher. Der Dramaxdieb starb, als er die *Träne* berührte." Sie zögerte kurz und breitete die Arme aus. „Das ist alles."

Yana nickte langsam und kniff die Augen zusammen. „Ja", wiederholte sie, „das ist alles. Du hast die Leichen der Wachgängerinnen gesehen – und nicht die Alarmpunkte benachrichtigt. Du hattest die Vermutung, ein Dramax sei hier eingedrungen – und schlugst dennoch keinen Alarm. Du hast den Dieb gesehen – und bist nicht davongeeilt, um die anderen Wachmermeth davon zu informieren. Seltsam, nicht wahr, Aleta?" Yana wandte sich zu den anderen Xanthippen-Bändigerinnen um.

„Soll ich euch sagen, was wirklich geschah?" Stille. Aufmerksame, mißtrauische Gesichter. Yana hob den Arm und deutete auf Aleta. „Sie steckt mit dem Dramaxdieb unter einer Decke." Sie hieb der Leiche die Fußspitze in die Seite. „Ohne sie wäre er wahrscheinlich gar nicht unbemerkt bis hierher gelangt. Der Plan war von langer Hand vorbereitet. Ihr habt es selbst gesehen,

Schwestern. Sie selbst wollte die *Träne* berühren, obwohl jeder weiß, daß nur Ausgesuchte dazu in der Lage sind. Aleta neigt nicht zu Selbstmordabsichten." Sie lächelte kalt. „*Leider* nicht." Ein übertriebenes Seufzen. „Zum Glück konnte der Diebstahl der *Träne* noch rechtzeitig vereitelt werden. Ich wage mir nicht vorzustellen, was geschähe, wenn er gelungen wäre. Die *Träne* ist so lange bei uns, wie wir uns zurückerinnern können. Seit Hunderten, wenn nicht gar Tausenden von Generationen. Sie hilft uns, die Drachenbrut aufzuziehen. Sie gibt den Domestizierern die geistige Kraft, die Xanthippen zu erziehen. Sie hat uns geholfen, die von den Xanthippen für uns ausgehende Gefahr zu beseitigen und die Drachen sogar zu unseren Freunden und Helfern zu machen. Wenn der Diebstahl der *Träne* gelungen wäre ... Schwestern, wir wären den immer wieder erfolgenden Angriffen des Ebenenfeindes so gut wie schutzlos ausgeliefert." Ihre Stimme sank zu einem bösartigen Zischen ab. „Und eine von uns kollaboriert mit dem Feind!"

Mara trat vor. Mayssa, die Zirkelherrin, schwieg noch immer. Allein sie hatte die Macht, Sicherheitsherrin Yana in ihre Schranken zu weisen.

„Plötzlich ist Aleta *eine von uns*?" fragte Mara scheinbar erstaunt. Sie lachte. „Mach dich doch nicht lächerlich, Yana. Jeder von uns hier weiß, wie sehr du Aleta haßt und wie gerne du sie beseitigen würdest." Maras Stimme klang jetzt gleichmütig und verfügte über genau die richtige Portion Mitleid. Yana kochte. „Dies ist jedoch nicht der richtige Ort und auch nicht der richtige Augenblick für eine Befriedigung deines grundlosen Hasses", fuhr Mara fort. Sie breitete die Arme aus. „Ich erkläre es hier vor allen, die es hören wollen: Du haßt Aleta nur, weil ich die Nächte mit ihr verbringe."

Yanas Gesicht lief rot an, doch bevor sie etwas zu erwidern vermochte, ergriff Mayssa das Wort. Die Zirkelherrin war eine alte Domestiziererin mit großer Erfahrung.

„Genug, Yana. Der Haß tilgt deine Urteilsfähigkeit. Aleta ist anders als wir, das stimmt. Doch das ist kein Grund für deine Feindschaft zu ihr und deine, wie ich meine, grundlosen Anschuldigungen. Du bist Sicherheitsherrin der Sturmburg. Kümmere dich lieber um die Klärung der Umstände, die es dem Dramax erlaubten, unbemerkt bis hierher vorzustoßen." Ihre Stimme wurde etwas härter. „Und ich hoffe, daß kein Versagen deinerseits dafür verantwortlich ist." Mayssa wandte sich Aleta zu. „Du hast gleich mehrere Fehler gemacht. Ich werde über eine geeignete Strafe nachdenken. Das Betreten der Schatzgewölbe ist dir auch weiterhin strikt untersagt. Ich hoffe, du hältst dich künftig daran."

„Ja, Zirkelherrin." Wenn sich die Stimme nur nicht wieder meldete ...

Vom Gang her ertönte ein Alarmschrei, und gleich darauf stürmte eine junge Xanthippen-Bändigerin in den Raum.

„Zirkelherrin!" rief sie außer Atem. „Der Ebenenfeind. Er greift auf breiter Front an ...!"

Sicherheitsherrin Yana reagierte sofort. „Weckt die Kampfxanthippen!" rief sie, während sie die Schatzgewölbe mit langen, eiligen Schritten verließ. „Alarmiert alle Reiter. Zur Verteidigung! Zur Verteidigung!"

Die anderen Mermeth folgten ihr, ebenso Aleta. Sie war selbst eine Reiterin und hatte nun dem Befehl zu gehorchen. Ein neuer Kampfeinsatz stand bevor. Mara drängte sich an sie und raunte ihr rasch zu:

„Sieh dich vor, Aleta. Yana hat noch längst nicht aufgegeben. Sie wird weiter versuchen, dich auszuschalten. Sei auf alles gefaßt."

Aleta sah Mara an und warf ihr einen Kuß zu. „Ich weiß, Mara. Und ... danke."

Sie winkte noch, dann lief Mara in einen Seitenkorridor. Die Xanthippen warteten und fieberten dem bevorstehenden Kampf entgegen.

Durch die hohe, transparente Kuppel über ihnen fiel das rote Licht eines fremden Himmels. Marzz, dachte Annym DryMarden. Im Augenblick nur rund achtzig Millionen Normkilometer von Ehrdh entfernt. Es war nicht einmal der Rede wert. Und doch saßen sie schon seit fast zwei Monaten auf Marzz fest. Kein Hrhan-Schiff steuerte Ehrdh an. Nur die privaten Fähren der Händler. Und die verlangten horrende Preise für eine Passage. Geld, das sie nicht besaßen. Noch nicht.

Die Menge auf den Rängen der Kampfarena grölte, als Jarmardh der *Streiter* in den Ring stieg. Sie hatten nur selten einen solchen Kämpfer zu Gesicht bekommen, und sie erwarteten einen spannenden Kampf gegen den Hybriden des Kampfveranstalters. Annym sah sich immer wieder aufmerksam um. Er blickte in die erwartungsvollen Gesichter von Isyhr, Amash, Tranq, Thryh, Aymya und Halb- und Ganzmenschen. Sogar einige Zen und

Halbkhandia waren unter den Zuschauern. Von ihnen ging eine besondere Gefahr aus. Annym konzentrierte sich weiter auf die Magischen Worte, und seine Lippen formulierten sie unablässig, als Schutz für Jarmardh, der sich nun im Ring entkleidete. Wenn auch nur ein einziger Zuschauer die *Di*-Male erkannte, dann waren sie erneut Gejagte. Die Magischen Worte verschleierten und verbargen, aber ihre Kraft mochte den Zen und Halbkhandia möglicherweise nicht entgehen. Annym war auf alles gefaßt und bereit, andere Magische Worte zu formulieren, sollte es sich als nötig erweisen.

„Geehrte Gäste!" rief der Veranstalter. Es war ein mehr als zwei Meter großer Halbmensch mit deutlich zu erkennenden Amashmalen. „Heute darf ich Ihnen eine besondere Attraktion ankündigen." Er ergriff den Arm seines Champions. Der Hybride hatte einen stupiden Blick und verfügte über hundert Pfund mehr Muskeln als Jarmardh. Ein selbst für einen *Streiter* nicht ungefährlicher Gegner. „Dies ist Mel. Sie alle kennen ihn bereits. Er ist bisher unbesiegt." Leises Geraune auf den Rängen. Annym ließ nach wie vor seine Blicke umherschweifen, konnte aber nichts Verdächtiges erkennen. Es schien alles glattzugehen. Es *mußte* alles glattgehen. Sie brauchten das Geld der Siegprämie. Sonst saßen sie vielleicht noch zwei weitere Monate hier auf Marzz fest. Und sie waren sicher, daß der Khyj und der Mahr ihnen nach wie vor folgten. Zwar war schon ein knappes Jahr seit dem Zusammentreffen auf Gharn vergangen, aber eine solche Zeitspanne hatte für den Khyj, der mehr war als ein Khyj, keine Bedeutung. Sie durften sich auf keinen Fall zu lange an einem Ort aufhalten. Liszenta in seinen Armen begann leise zu wimmern. Annym beruhigte sie, indem er leise auf seine Tochter einsprach.

„Und das hier", verkündete der Veranstalter mit sichtbarem Stolz, „ist Mels heutiger Tagesgegner. Elgron der *Streiter*." Jubel erklang. Viele der Zuschauer erhoben sich und machten deutlich, wem ihre Sympathie galt. Der Veranstalter lächelte. So war es richtig. „Elgron kämpft für sich selbst um die Siegprämie. Er ist ein freier *Streiter,* eine wirkliche Rarität, geehrte Gäste. Nun, auf jeden Fall dürfte es ein wirklich *interessanter* Kampf werden."

Jarmardh und Mel tauschten wüste Beschimpfungen aus. Die Zuschauer klatschten begeistert. Dann wurde es still. Die beiden Gegner nahmen Aufstellung in den sich gegenüberliegenden Ruhequadraten des Rings und musterten sich düster. Annyms Augen begegneten kurz dem Blick des *Streiters* und wanderten dann wieder über die Ränge. Niemand schenkte ihm und seiner Tochter mehr Aufmerksamkeit als üblich. Keine Gefahr also.

Ein Gong ertönte.

Mel stürmte wie ein Geschoß vorwärts. Jarmardh wich mit einem tänzelnden Schritt zur Seite aus und bewegte den rechten Arm. Es ging so schnell, daß man nur einen Schatten sah. Einen Sekundenbruchteil später ging Mel in die Knie und gab ein überraschtes Grunzen von sich. Jarmardhs Handkante hatte ihn im Genick getroffen, offenbar aber den empfindlichen Nervenpunkt um Haaresbreite verfehlt. Mel erhob sich wieder und bereitete seinen zweiten Angriff diesmal etwas vorsichtiger vor. Die Zuschauer schrien. Offenbar hielten sie nicht viel von dem Hybriden des Veranstalters. Die Sympathien waren eindeutig auf seiten des *Streiters*. Annym ließ nicht in seiner Aufmerksamkeit nach. Einmal hatte er kurz den Eindruck, ein Zen hätte ihn ein wenig länger als unbedingt nötig angesehen. Er murmelte ein anderes Magisches Wort, erhielt jedoch kein Analyseecho. Entweder war der Zen unempfindlich für die Kraft der *Kii'hm*, oder aber er stellte keine Gefahr dar. Annym beschloß, ihn dennoch weiter unauffällig zu beobachten.

„Verehrte Gäste!“ rief der Veranstalter, und seine Lautsprecherstimme übertönte das Grölen der Zuschauer. „Haben Sie schon einmal einen solchen Kampf gesehen?“

Mel griff erneut an, täuschte mit der Linken und trieb seine Rechte dann blitzartig in die Magengrube des *Streiters*. Annym hielt unwillkürlich den Atem an, als Jarmardh stöhnend in die Knie ging. Mel brüllte triumphierend und wollte nachsetzen. Jarmardh kam wie eine Rakete in die Höhe. Sein Kopf traf das Kinn Mels, sein Knie bohrte sich in den Unterleib des Hybriden. Es war nicht fair, aber bei diesem Kampf gab es keine Regeln. Nur das Siegen zählte, weiter nichts. Es hob Mel von den Beinen und schleuderte ihn in die Drahtseile der Ringbegrenzung. Die Zuschauer tobten und sprangen von ihren Sitzen. Jarmardh zögerte nicht, nachzusetzen. Er schmetterte seine Faust dem Hybriden an die Kehle. Etwas knirschte, und der Kopf Mels baumelte zur Seite.

„Oh!“ macht die Menge. Offenbar aber war der Hybride nicht annähernd so schwer verletzt, wie die Zuschauer angenommen hatten. Er versuchte den gleichen Trick wie sein Gegner, ließ sich fallen, um unmittelbar darauf wieder aufzuspringen. Sein breites Gesicht war schmerzverzerrt. Jarmardh wich aus, und der Schlag Mels zerteilte nur den Schatten des *Streiters*.

Währenddessen murmelte Annym unablässig die Magischen Worte und beobachtete die Zuschauer, von denen ihnen möglicherweise Gefahr drohen mochte. Nichts Unvorhergesehenes ereignete sich.

Bis Schmerz das Denken Annyms versengte und ihn aufstöhnen ließ. Sein Kinn fiel ihm auf die Brust, und er sackte in sich zusammen und konnte gerade noch Liszenta festhalten. *Fort!* dachte er konzentriert und murmelte die entsprechende Beschwörung. Der Schmerz aber blieb. Die *Kii'hm*-Kraft konnte ihn nicht ausmerzen. Er nahm zu, wurde intensiver: ein heißes Pochen direkt hinter Annyms Stirn, eine glühende Flamme, die das Naß seiner Augen zu verdunsten drohte. Der Auslöser ... war weit entfernt und befand sich nicht auf dieser Welt. Und dem Schmerz haftete gleichzeitig ein lockender Ruf an.

Komm nach Ehrdh! lautete er. *Komm rasch* ...

„Ehrdh", murmelte Annym. Der Amash neben ihm wurde auf ihn aufmerksam.

„Geht es Ihnen nicht gut, Halbmensch?"

„Doch." Mühevoll beherrscht. Nach einer Ewigkeit ließ der Schmerz wieder nach. „Doch, mir geht es gut, danke."

Er sah zum Ring. Und er hatte keine Schwierigkeit, die *Di*-Male Jarmardhs zu erkennen: die Tätowierungspunkte, die von seinem Status als Unfreier kündeten. Rasch konzentrierte sich Annym wieder auf das Schaltwort des Verbergens. Die *Di*-Male lösten sich übergangslos auf. Scheinbar desinteressiert wandte sich Annym daraufhin wieder der Beobachtung der Zuschauer zu. Der Zen, der ihn vor wenigen Minuten gemustert hatte, unterhielt sich mit seinem Nachbarn – einem Halbisyhr – und deutete wiederholt auf die im Ring Kämpfenden. Dann erhob er sich und steuerte dem Ausgang der Arena entgegen.

Irgendwo in Annym klingelte eine Alarmglocke. Vielleicht war es ein Zufall. Vielleicht aber hatte der Sekundenbruchteil, in dem Jarmardhs Di-Male erkennbar gewesen waren, auch ausgereicht, um dem Zen das Geheimnis des *Streiters* – und damit das seiner Begleiter – zu enthüllen. Sie mußten verschwinden. Und zwar sofort.

Ungeduldig wartete Annym, bis Jarmardh wieder in seine Richtung blickte, und gab dem *Streiter* dann ein unauffälliges Zeichen.

Und aus dem zurückhaltend kämpfenden Jarmardh wurde ein Berserker. Ohne Rücksicht darauf, möglicherweise ernsthaft verletzt zu werden, griff er nun seinen Gegner an. Die Menge hielt den Atem an. Doch Mel war zäh. Er steckte schier mörderische Hiebe des *Streiters* ein, und er hätte sicherlich bis zur Erschöpfung weitergekämpft, hätte der Veranstalter nicht vorher den Kampf abgebrochen. Die Zuschauer jubelten.

„Der Sieger ist Elgron der *Streiter*!" donnerte die Lautsprecherstimme. „Die Siegprämie wird ihm zuerkannt."

Annym fand Jarmardh anschließend in seiner Kabine. Sein *horan* blutete aus mehreren Wunden und schien erschöpft.

„Was ist denn los?" fragte er. Eine Augenbraue war angeschwollen.

„Ein Zen", brachte Annym hastig hervor und berichtete Jarmardh von dem Fernschmerz, der die Tarnung für einen Sekundenbruchteil getilgt hatte. „Möglicherweise hat er deine *Di*-Male gesehen. Wir müssen verschwinden."

„Und die Siegprämie?" Jarmardh kleidete sich bereits an.

„Keine Zeit mehr. Wir müssen uns beeilen."

Die Arena war bereits leer. Der Veranstalter war nirgends zu entdecken. Wahrscheinlich hielt er sich jetzt in seinem Büro auf.

Als sie die Arena verließen, tauchten sie ein in das Gedränge auf den Gehsteigen der Hochdruckkuppel. Hier, dicht am Kuppelrand, lagen die Vergnügungsviertel. Über ihnen dämmerte ein roter Himmel der Marzznacht entgegen. Zwei glänzende Punkte eilten über das Firmament: die beiden kleinen Monde des Planeten.

Während sie sich einen Weg durch das Gedränge bahnten, benutzte Annym erneut die Kraft der *Kii'hm*-Schaltwörter. Vielleicht... Wenn der Zen die Di-Male tatsächlich gesehen und bereits seine Spione und Gewährsleute informiert hatte... Möglicherweise dachte Annym, ist er sogar ein Angestellter Roghans. Lieber mit dem Schlimmsten rechnen, als auch nur eine einzige Sekunde unvorsichtig sein.

Schließlich kamen sie der großen Schleusenkammer näher. Ein Ganzisyhr pries die Vorzüge eines Ausflugs in die Niederdruckwüsten von Marzz an. Annym formulierte ein anderes Schaltwort und suggerierte dem Isyhr damit, daß sie bereits bezahlt hatten. Rasch streiften sie sich die Schutzanzüge über. Drei Minuten später lag die Hochdruckkuppel hinter ihnen. Vor ihnen erstreckte sich rote Einöde bis zum ungewohnt nahen Horizont. Annym gab keine Ruhe. In der Tragtasche seines Schutzanzugs ruhte Liszenta, in einen speziellen, druckstabilen Schutzkokon gehüllt.

„Warum so eilig?“ knurrte der *Streiter*. Er hatte mit Ermüdungserscheinungen zu kämpfen.

„Warum?“ wiederholte Annym. „Der Isyhr wird sehr bald merken, daß seine Kasse einen Fehlbetrag ausweist. Dann wird er die Anzahl seiner Schutzanzüge überprüfen und zu dem Schluß kommen, daß ihn jemand übers Ohr gehauen hat und einen Gratisausflug unternimmt. Der Zen braucht nur eins und eins zusammenzuzählen, um zu wissen, *wer* verschwunden ist.“

„Dazu müßte er über gute Informationsquellen verfügen. Woher soll der Zen überhaupt von unserem Gratisausflug erfahren?“

„Ich weiß es nicht“, gab Annym ehrlich zurück. Er fühlte sich leicht in der geringen Schwere des Marzz. Hier draußen gab es keine Hrhan-Maschinen, die die Gravitation manipulierten. „Aber möglich ist alles.“

„Und wohin jetzt?“ brummte Jarmardh. „Weiter in diese Einöde hinein? Irgendwann geht der Sauerstoff zu Ende.“

„Wir kehren in einem weiten Bogen zur Kuppel zurück“, schlug Annym vor. Er drehte sich kurz um. Schwärze begann den Himmel zu bedecken. Die Marzznacht begann. Die Kuppel war bereits außer Sicht. „Und wieder hinein durch einen anderen Zugang. Durch den Hauptzugang, um genau zu sein. Und von dort aus zum Dimensionsschwimmer. Wenn wir die ganze Strecke innerhalb der Kuppel zurückgelegt hätten, hätte das Stunden gedauert. Eine Zeitspanne, die dem Zen allemal ausgereicht hätte, um uns ausfindig zu machen. Zen sind Psi-begabt, Jarmardh. Ich weiß nicht, ob ich einen Zen – einen *mißtrauischen* Zen – mit den Magischen Worten nachhaltig genug täuschen kann.“

„Zum Dimensionsschwimmer“, tönte die nachdenkliche Stimme Jarmardhs aus dem Lautsprecher der externen Kommunikation. „Also wieder fort. Zu einem anderen Sonnensystem.“

„Wir haben keine andere Wahl“, entgegnete Annym. „Wir sind Ehrdh zwar nahe, aber ich weiche lieber einer Gefahr aus und kehre später hierher zurück.“

Etwa zehn Minuten lang marschierten sie schweigend zwischen rostbraunen Felsbrocken umher, während über ihren Köpfen das Rot vom Schwarz der Nacht verdrängt wurde. Dann plötzlich ertönte nahe Annyms linkem Ohr ein nervöses Zirpen. Mit der Zunge betätigte er einen Sensor, und die flackernden Helmdioden vor seinen Augen meldeten: *Sauerstoffvorrat erschöpft. Neuaufladung wird dringend empfohlen.*

„Annym . . .“ Jarmardh war stehengeblieben.

„Ja. Bei mir auch.“ Er stieß einen langen Fluch aus. „Die Balkenanzeige steht nach wie vor auf Dreiviertelvoll.“ Er fluchte erneut. „Wir haben defekte Schutzanzüge erwischt. Und außerdem scheint der Isyhr auch noch vergessen zu haben, die Sauerstoffpatrone zu erneuern.“

Kurzes Schweigen. Dann: „Wie weit sind wir von der Kuppel entfernt?“

„Sieben oder acht Kilometer. Auf jeden Fall zu weit. Wir können sie nicht mehr rechtzeitig erreichen. Und die Kommunikatoren . . .“ Es stellte sich heraus, daß die Batterien ebenfalls nahezu erschöpft waren.

Sie drehten sich um und eilten in die entgegengesetzte Richtung, zurück zur Kuppel: mit langen, durch die geringe Schwerkraft erleichterten Sprüngen, über Felsbrocken hinweg. Annyms Atem klang wie das Aufeinanderschaben von rostigem Metall. Jarmardh erging es nicht anders. Und Annyms Helmsensoren meldeten, daß auch die Sauerstoffpatrone des Schutzkokons, in dem Liszenta steckte, zur Neige ging.

Irgendwann wurde die Müdigkeit so groß, daß Annym zu Boden sank. Jarmardh zerrte ihn wieder auf die Beine und schleppte sich mit ihm zusammen weiter der Hochdruckkuppel entgegen. Vier Kilometer davon entfernt verließen auch den *Streiter* die Kräfte. Das gleichmäßige, monotone Zischen im Helminnern war wie ein böses Omen. Annym und Jarmardh schliefen. Es war ein vom Kohlendioxid induzierter Schlaf, und mit ihm kam der langsame Tod.

19

Die Domestizierer zähmen die instinktive Aggressivität der Xanthippen. Damit ist ihre Aufgabe erfüllt. Und damit beginnt die Arbeit der Xanthippen-Bändiger. Am Endpunkt der langen Schulung stehen die Reiter und Soldaten. Nur ein wirklich befähigter Mermeth ist dazu in der Lage, wirklich alle Reflexe einer ausgewachsenen Xanthippe zu verstehen und zu beherrschen. Eine Xanthippe in den Kampf gegen den Ebenenfeind zu führen, erfordert ein hohes Maß an Erfahrung und mindestens ebensoviel Feingefühl.

Schulungslehre für Xanthippen-Bändiger, Ehrdh

Soweit wir uns zurückerinnern können, sind die Sturmleute des Weiten Landes schon unsere Feinde. Die Dramax brauchen die Frauen der Mermeth. Und wir Mermethfrauen brauchen manchmal die Männer der Dramax. Der Ewige Krieg muß jedoch nicht unbedingt noch einmal die gleiche Zeitspanne andauern. Vielleicht kann man ihn beenden. Irgendwann. In einer besseren Zukunft.

Mayssa, Zirkelherrin

Summen sickerte langsam und träge in Annyms DryMardens Denken. Eine ganze Weile konnte sein Bewußtsein mit diesen Geräuschen nichts anfangen. Er schlug die Augen auf. Helligkeit. Weiße Wände mit schmutzigen, gelbbraunen Flecken. Plötzlich erinnerte sich Annym an den letzten, vom Kohlendioxid induzierten Schlaf, und aus einem Reflex heraus gierten seine Lungen nach Sauerstoff.

Eine Stimme ganz in der Nähe kicherte amüsiert.

„Keine Angst, Halbmensch. Es ist alles in Ordnung. *Alles*."

Langsam klärte sich das Bild vor seinen Augen. Er lag auf einer Liege. Die beigefarbenen Polster waren ebenso schmutzig und ungepflegt wie die Wände des Raumes. Ein scharrendes Geräusch ertönte, und ein kleiner, fetter Mann trat in sein Blickfeld. Die Augen waren zwischen den dicken, von Schweiß benetzten Fettwülsten beinah verborgen. Der Ganzmensch kicherte erneut. „Willkommen im Reich der Lebenden!"

Annym richtete sich auf. Ein paar Meter entfernt stand eine zweite Liege, auf der Jarmardh jetzt gerade zu sich kam. „Wo ist..."

„Das Kind?" Der Mann kicherte erneut. In den kleinen Augen funkelte es. „Oh, es geht dem Mädchen gut, keine Angst. Und wir werden natürlich peinlich genau darauf achten, daß es auch so bleibt. Versteht sich, na klar."

Die Betonung gefiel Annym nicht. Sein Denken befreite sich allmählich aus dem betäubenden Nebel.

„Du hast uns..."

„Aus den Niederdruckwüsten gefischt." Wieder das Kichern. Annym hatte den Eindruck, daß der Ganzmensch gefährlich war, auch wenn sein Äußeres etwas anderes suggerierte. „Allerdings. Mit anderen Worten: Wir haben dir, dem *Streiter* und dem Kind das Leben gerettet." Der Ganzmensch beugte sich ein wenig vor. „Nett von uns, nicht wahr? Ich hoffe, ihr zeigt euch dafür erkenntlich."

Eine Tür öffnete sich. Ein Halbtranq, ein Thryh und ein schmächtiger Halbmensch traten ein. Thryh und Halbtranq traten an die Seite des Ganzmenschen. Der Halbmensch lehnte sich an die Wand, und seine Finger glitten verträumt über die Saiten eines bogenförmigen Musikinstruments. Töne erklangen: melancholisch, traurig, durchtränkt von deprimierender Hoffnungslosigkeit.

„Wir haben kein Geld", sagte Jarmardh. Er warf Annym einen raschen Blick zu. Der verstand und nickte kaum merklich. Das allgegenwärtige Summen war monoton und gleichförmig.

„Oh", machte der Ganzmensch, „das haben wir bereits festgestellt. Nun, wir hatten natürlich einen ganz erheblichen Aufwand, um euer Leben zu retten." Der Halbtranq lachte kehlig. „Hohe Kosten, viel Arbeit und noch dazu ein unnötiger, um nicht zu sagen höchst unangenehmer Zeitverlust."

„Wir danken dafür."

„Das ist wirklich nett von euch. Aber leider . . . leider genügt das nicht." Der Fette beugte sich vor und öffnete die Tunika, die Annym trug. Er wollte sich dieser Bewegung widersetzen, aber er konnte sich nicht rühren.

„Mhmmm", machte der Ganzmensch besorgt, „diese Tätowierungsmale . . . irgendwie kommen sie mir bekannt vor. Als hätte ich so etwas schon einmal gesehen . . ."

„Es sind *horan*-Male", erklärte Jarmardh ruhig. „Der Halbmensch hat mir einmal das Leben gerettet. Seitdem sind wir Kampfesbrüder. Die Male bestätigen dies."

„Hm", machte der Ganzmensch. Sein Atem ging rasselnd. Sein Gesicht war hochrot, seine Stirn schweißnaß. Ein unangenehm intensiver Geruch ging von ihm aus. „Sieht mir aber nach *Di*-Malen aus." Er lachte, und Halbtranq und Thryh fielen meckernd in das Lachen ein. Nur der Halbmensch an der gegenüberliegenden Wand lachte nicht. Seine Augen waren halb geschlossen, und seine Züge spiegelten die Weisen wider, die er den Saiten seines Instrumentes entlockte. Es klang noch immer traurig.

Annym nickte langsam.

„In Ordnung. Wir sind *Di*." Aus den Augenwinkeln sah er, wie Jarmardh die Muskeln spannte. Zwar waren ihre Gegenspieler offenbar unbewaffnet, aber ein Halbtranq und Ganzthryh waren auch ohne Waffen nicht zu unterschätzende Gegner.

„Na, also." Der Fette klatschte in die Hände. „Warum denn nicht gleich so?"

„Was hast du mit uns vor?“ fragte Jarmardh. „Wer bist du? Und wo sind wir überhaupt?“

„Eine Menge Fragen für einen *Streiter*.“ Der Halbtranq lachte zweideutig. Jarmardh machte ein finsteres Gesicht.

„Ich bin Calinga“, stellte sich der Ganzmensch vor. „Und ihr befindet euch an Bord meines Schiffes.“

„Deines Schiffes?“ wiederholte Annym skeptisch. Sein Verstand beschäftigte sich mit mehreren Dingen zugleich: mit der Hemmung seiner Bewegungen, die er einige Augenblicke zuvor gespürt hatte, mit den drei vor ihm Stehenden, mit dem Musiker an der Wand gegenüber, mit den Einrichtungen des Raumes, die er erkennen konnte.

„Oh“, machte Calinga. „Es hat einmal einem *Sternreisenden* gehört. Einem guten Freund von mir. Leider ... kam es zu Meinungsverschiedenheiten zwischen uns, und der *Sternreisende* schied aus unserem Unternehmen aus. Für immer.“

Annym verstand. Er hatte sich nicht getäuscht. Calinga *war* gefährlich. Sein Auftreten und seine Sprache waren nur Maskerade.

„Nun, bedauerlicherweise waren wir auf Marzz gezwungen, schnellstmöglich zu starten. Auf dem Weg zum Schiff fischten wir euch aus der Niederdruckwüste. Zwei *Di*. Und ein Kind, das ebenfalls zu euch gehört und somit auch *Di* ist. Ein *Streiter* und ein Halbmensch mit sonderbaren Genmalen. Wahrscheinlich erzielt ihr einen hohen Preis.“ Er beugte sich erneut vor. „Wer war euer *Di*-Herr?“

Jarmardh knurrte kaum hörbar und machte Anstalten, von der Liege zu springen und sich auf den Ganzmenschen zu stürzen. Calinga warf nur einen gelangweilten Blick zur Seite. Das Gesicht des Streiters lief plötzlich rot an, dann sank er auf die Liege zurück. Der schwache Schimmer, der seinen Körper eingehüllt hatte, verblaßte.

„Tst-Tst“, machte Calinga. „Habe ich mir doch gedacht. Ihr *Streiter* habt ein Temperament, das nur zu oft mit euch durchgeht.“

„Was hast du mit uns vor, Calinga?“ fragte Annym kühl. Zeit gewinnen, dachte er und konzentrierte sich auf die *Kii'hm*-Kraft. Er murmelte einige bestimmte Magische Worte, doch die erhoffte Wirkung blieb aus. Für einen Augenblick empfand Annym Erschrecken. Dann tastete er tiefer in sich hinein. *Traumstimme?* Nichts. Keine Antwort. Wie immer. Doch die Barriere, hinter der sich seine eigene, ihm nach wie vor fremde Kraft verbarg, hatte sich ein Stück weiter in sein Bewußtsein vorgeschoben. Selbst die Magische Energie der Schaltworte hatte sich nun dahinter versteckt.

„Oh, wie gesagt, unser Aufwand für eure Rettung war nicht unerheblich. Ich bin ein Händler, und als Händler muß ich mich mit Kosten-Nutzen-Kalkulationen befassen." Er schüttelte bedauernd den Kopf. „Es ist schade, wirklich, aber ich glaube, wir müssen euch verkaufen, um damit einem möglichen finanziellen Verlust infolge eurer Rettung vorzubeugen. Wenn wir nach Marzz zurückkehren. Bis dahin existieren aller Wahrscheinlichkeit nach auch die Gründe nicht mehr, die uns bedauerlicherweise zu einem etwas überstürzten Start veranlaßten."

Annym bewegte vorsichtig den Arm. Nach einigen Zentimetern stemmte sich ihm ein unsichtbares Hindernis entgegen: eine starke ErgFessel.

Irgendwo war leises Wimmern zu vernehmen.

Calinga verbeugte sich übertrieben höflich. „Ihr entschuldigt mich bitte. Das kleine Mädchen hat wahrscheinlich Hunger. Und Kleinkinder gehen immer vor."

Annym preßte nur die Lippen aufeinander. Calinga wandte sich um und verließ zusammen mit dem Halbtranq und dem Thryh das Zimmer. Der Halbmensch blieb und ließ seine dürren Finger nach wie vor über die Saiten gleiten. Die Töne wirkten wie ein leiser, zitternder Aufschrei.

„Wohin sind wir unterwegs?" fragte Annym. Ein Diskant, und die Melodie verklang. Der Halbmensch stieß sich von der Wand ab und trat langsam an die Liege.

„Nach Ehrdh", sagte er.

„Du gehörst nicht zu den Kumpanen von Calinga", stellte Annym DryMarden fest. „Warum bist du überhaupt hier?" Er sah den Halbmenschen an. Sie hielten sich in seiner Kabine auf. Ein Deck tiefer bereiteten Calinga und seine aus einem Halbtranq, einem Thryh und einem Ganzamash bestehende Besatzung den Landeanflug vor. Annym war Calinga während der zurückliegenden drei Wochen möglichst aus dem Weg gegangen. Die ErgFessel machte ohnehin noch immer jeden Überwältigungsversuch unmöglich. Offenbar wurde sie von einem Mikroimplantat erzeugt, das seine Energie aus den Verarbeitungsprozessen des entsprechenden Stoffwechselsystems bezog.

Der Halbmensch legte den Kopf auf die Seite. „Warum ich hier bin?“ Seine Stimme kam wie aus weiter Ferne. „Ich bin Mo, ein Namenloser.“

„Und was bedeutet das?“

Wieder zupften die unglaublich dünnen Finger des Musikers an den Saiten. Glockenhelle Töne erklangen, leise von den Wänden reflektiert, ein Netz aus traurigen Melodien. Der Halbmensch war nicht nur begabt, was den Umgang mit seinem Instrument betraf, er war ein wirklicher Künstler. Seine Musik hatte selbst auf Annym eine sonderbare Wirkung. Er fühlte sich traurig, wenn die Weisen des Halbmenschen traurig waren. Und er war voller Hoffnung, wenn sich die Melodie änderte.

„Es bedeutet“, brummte Jarmardh nachdenklich, „daß er ein Ausgestoßener ist. Ein Paria seiner Sippe. Es ist ihm verboten, jemals wieder seinen Wahren Namen auszusprechen oder auf andere Weise kundzutun. Ein Fluch lastet auf ihm.“

Mo nickte.

„Niemand darf mich berühren, niemand mit mir sprechen, niemand mir helfen. Ich bin weniger als nichts. Zumindest für die Familien auf Mran, meinem Heimatplaneten. Ich wäre zugrunde gegangen . . . doch eines Tages landete ein Schiff von außerhalb. Calinga nahm mich auf, ohne sich um den Fluch und meinen Status zu kümmern. Ich habe ihm mein Leben zu verdanken. Seitdem bin ich bei ihm. Meine Musik gefällt ihm. Und manchmal . . .“ – für eine Sekunde verdüsterte sich die Miene Mos, – „und manchmal muß ich ihm auch auf andere Weise zu Diensten sein . . .“

„Aber warum verläßt du ihn nicht? Du haßt ihn, nicht wahr?“

Ihre Blicke begegneten sich kurz.

„Haß?“ Das Echo eines Wortes, verzerrt von Empfindungen. „Haß? Nein, das wäre zu wenig. Viel zu wenig. Nein, ich kann ihn nicht verlassen. Auf einer *Außenwelt* wäre ich allein. Ich kann nur auf Mran leben. Dort aber bin ich ein Paria.“

In seiner Miene spiegelte sich Leid. „Ich werde sterben, ganz langsam. Calinga weiß das.“ Seine Finger schufen eine andere Melodie, nicht mehr ganz so traurig. „Ich habe mich damit abgefunden, Annym. Niemand kann gegen das Schicksal ankämpfen.“

Nein, dachte Annym nachdenklich. Das kann niemand. Auch ich nicht.

Das stetige Summen veränderte sich. Fernes Heulen nahm langsam zu und überlagerte schließlich alle anderen Geräusche der Schiffsmaschinerie.

„Wir sind bald da", sagte Mo. Er brach die Weise ab und sah Annym an. „Wir sind uns ähnlich", fügte er leise und in Gedanken hinzu. Es schien, als spräche er mehr zu sich selbst. „Auch du bist ein Einsamer. Und mir scheint, auch du stirbst den langsamen Gedankentod."

Vielleicht hast du recht, dachte Annym, antwortete aber nicht. Er horchte in sich hinein. Es war ihm noch nicht einmal gelungen, das ErgImplantat zu lokalisieren, geschweige denn, seine Wirkung zu eliminieren. Die *Traumstimme* hatte auch die Kraft der Magischen Worte mit einem Barrierenkokon umhüllt. Vielleicht deshalb, dachte Annym, weil wir ohnehin auf dem richtigen Weg sind. Nach Ehrdh. Zu Aleta.

Für einen Augenblick sah er ihr Gesicht: die feingeschnittenen Züge, das lange, feuerrote Haar, die tiefen, dunklen Augen. Dann aber verschwammen ihre Züge, und er erblickte das Antlitz Senaides. Etwas krampfte sich in ihm zusammen, etwas wurde kalt. Senaide. Arme, kleine Senaide. Wenn sie nur auf die Mahnungen der Weisen Damen von Yloisis gehört hätte!

Er erhob sich abrupt und trat an die Wiege Liszentas. Seine Tochter war wach und sah ihn aus ihren großen Augen an. Sie waren ebenso dunkel wie die Senaides. Mo legte ihm die Hand auf die Schulter.

„Ich habe etwas angesprochen, was besser unberührt geblieben wäre", sagte der Musiker ruhig. „Es ist besser, düstere Erinnerungen aus dem Gedächtnis zu verbannen. Wer immer es auch war . . . sie wird in deiner Tochter weiterleben."

„Ja", sagte Annym nur. Aber er hatte das Gefühl, als schnüre eine Garotte aus Eis seinen Hals zu. Er wandte sich ab.

Ein sanfter Ruck erschütterte das Schiff. Wenige Augenblicke später verklang das Summen und Raunen der Systeme.

„Wir sind gelandet", sagte Mo, ergriff sein Instrument und öffnete die Tür. „Kommt. Calinga braucht meine Dienste."

Sie traten auf den Korridor, erreichten kurz darauf die Schleuse und blickten auf eine öde Landschaft. Dunkle, finstere Wolken hingen tief über einer sich bis zum Horizont erstreckenden Ebene. Nur vereinzelt hatten Krüppelbäume ihre Wurzeln in den Boden graben können. Heulender Wind zerrte an ihren Ästen und trieb trockenen Staub vor sich her. In Pfützen glitzerte Säure. In der Ferne waren die schattigen Silhouetten von Ruinen zu erkennen.

Annym keuchte plötzlich. Etwas elektrisierte ihn. Ein Bild aus seinen Gedanken verschmolz mit dem, was seine Augen wahrnahmen. Dies war der Ort. Der *richtige* Ort. In jenen Ruinen war er mehrmals mit Aleta zusammengekommen. In seinen Träumen auf anderen, fernen Welten.

„Alles in Ordnung?" fragte Jarmardh.

Nicken. „Ja." Gepreßt. Mühevoll. „Alles in Ordnung." Die Kälte der Luft, die mit böigen Armen in die Schleusenkammer kroch, verschmolz mit der, die sein Herz umklammerte. Calinga und seine Mannschaft waren mit Hilfe von mobilen Ladekränen damit beschäftigt, die Ladung aus dem Bauch des Schiffes nach draußen zu befördern. Es waren mannshohe Container.

„Steht nicht so faul herum!" rief der Halbtranq. „Kommt her. Sie können jeden Augenblick auftauchen. Mo?"

Der Mran-Paria nickte ergeben und schritt die Rampe hinunter. Jarmardh und Annym folgten ihm.

„Wer kann jeden Augenblick kommen?" fragte Annym. „Und für wen sind die Kisten bestimmt?"

„Du wirst es gleich sehen", gab Mo traurig zurück. „Es hängt mit dem plötzlichen Aufbruch Calingas von Marzz zusammen. Die Systempolizei war ihm auf den Fersen."

Calinga holte einen Codegeber hervor, als die Laderäume des Schiffes leer waren und sich die Ladung vor der Rampe stapelte, und berührte einen grünen Sensor. Die Sirenen des Schiffes heulten auf: einmal lang, kurz, dann wieder lang.

Dann . . . Stille.

Nur der heulende Wind. Am Horizont war ein Höhenzug erkennbar: als dünne Linie, die noch etwas dunkler war als die tiefhängenden Wolken.

„Da sind sie!" rief der Thryh und deutete mit einer Zangenhand empor. Annym legte den Kopf in den Nacken und erkannte etwa ein halbes Dutzend schwarzer Punkte, die sich ihnen näherten.

„Das sind sie", flüsterte Mo. Seine Hände glitten wieder über die Saiten seines Instrumentes: geschickt, flink, sicher. Eine neue Melodie erklang. Annym lauschte ihr und mußte sich zwingen, nicht dem eigenartigen Zauber der Töne zu erliegen. Jarmardh erging es ebenso. Und Calinga und seine Begleiter schoben sich Mikrokommunikatoren in die Ohren. „Die Dramax auf ihren Staubsandrochen. Die Geschäftspartner Calingas. Die Dramax führen einen generationenlangen, erbitterten Krieg gegen die im Gebirge lebenden Mermeth. Es herrscht ein Gleichgewicht des Schreckens. Niemand ist stark genug, den anderen besiegen zu können. Bis jetzt."

Die Rochen segelten heran: beeindruckende Geschöpfe mit einer Flügelspannweite von nahezu acht Metern. Jeweils zwei gedrungene, humanoide Gestalten hockten dicht hinter den überraschend kleinen Köpfen der Flugwesen. Wie sie die Staubsandrochen steuerten, war nicht ersichtlich. Die langen, in spitzen Stacheln endenden Schwänze der Rochen schwangen hin und her.

Mo spielte lauter.

Die Rochen setzten zur Landung an und gingen weich nieder. Die kleinen Köpfe bewegten sich im Takt der Musik. Und die Dramax, die in weite, bodenlange Mäntel gehüllt waren und die Kapuzen tief in die Gesichter gezogen hatten, schritten ihnen langsam und wie in Trance entgegen.

„Sie sind gefährlich", sagte der Mran-Paria. „Calinga weiß das. Darum braucht er mich und meine Musik."

Der beruhigende Effekt sowohl auf Rochen wie auch auf Dramax war offensichtlich. Calinga trat den Ankömmlingen entgegen. Annym konnte die Worte nicht verstehen. Es war Standard, wie er aus einigen Silben heraushörte. Aber die Musik Mos wurde nun immer lauter, und Annym hatte Mühe genug, seinen Verstand von den Weisen nicht betäuben zu lassen.

Schließlich schritt Calinga mit einem der Dramax zu den Containern. Er holte erneut den Codegeber hervor und entriegelte damit das elektromagnetische Schloß. Der Deckel schwang auf. Annym trat ein paar Schritte zur Seite, um einen Blick auf das Handelsgut zu werfen.

„Waffen", kam es leise über seine Lippen. „Modernes Kriegsgerät. Laserwerfer. Schutzfeldgeneratoren."

Mo nickte bekümmert. „So ist es. Die Systempolizei hat den Waffenhandel mit den kriegführenden Parteien dieser Region Ehrdhs unter den Bann gestellt. Aber was kann die Polizei schon in einer Welt des Schmutzes tun? Calinga hat die Situation genauestens analysiert und ist zu dem Schluß gekommen, hier möglicherweise das Geschäft seines Lebens abschließen zu können. Darum hat er auch den *Sternreisenden*, dem das Schiff gehörte, beiseite geräumt. Er weigerte sich, ihn dabei zu unterstützen."

„Die Mermeth", brummte Jarmardh leise, „haben gegen die Dramax keine Chance mehr, wenn sie mit diesen Waffen angreifen." Mo nickte und spielte. Und spielte. Und spielte. Jarmardhs Gesicht verzerrte sich. Er hatte erhebliche Mühe, klaren Kopf zu bewahren. Niemand von ihnen machte auch nur den Versuch, einzugreifen. Es war unmöglich. Calinga und der Dramax gestikulierten heftig. Offenbar war man sich über den Preis der Ware uneins.

Weit über ihren Köpfen ertönte ein kehliger Schrei, der die betörende Wirkung der Melodie zerstörte. Die Staubsandrochen peitschten mit ihren Giftschwänzen, und die Dramax sahen unruhig empor. Annym legte ebenfalls den Kopf in den Nacken. Aus den Wolken stürzten ihnen andere Flugwesen entgegen. Zuerst glaubte Annym, es seien ebenfalls Rochen, doch dann erkannte er die Verschiedenartigkeit der Körpersilhouetten.

„Mermeth!“ ertönte der kehlige Schrei eines Dramax. „Mermeth-Xanthippen . . .!“

Als die kehligen Alarmschreie der Wachgänger verklungen waren, herrschte in der Sturmburg der Mermeth heller Aufruhr. Domestizierer, Bändiger, Reiter und Soldaten liefen durch Gänge und Korridore ihren jeweiligen Standorten entgegen. Aleta ging in dem allgemeinen Tumult unter. Sie kehrte erst zu ihrer Unterkunft zurück und zog sich dort rasch ihren Kampfanzug über. Dann stürmte sie dem Nest entgegen, in dem Kirak bereits ungeduldig auf sie wartete.

Die Xanthippenpfleger rieben die Schuppenpanzer der Drachen ein und legten ihnen die Geschirre an. Krächzen ertönte aus allen Richtungen. Die Kampfxanthippen wußten instinktiv, daß eine neue Auseinandersetzung bevorstand, und sie fieberten dem Kampf gegen den Ebenenfeind und seinen Staubrochen entgegen. Aleta konnte Yana nirgends entdecken, und sie war dankbar dafür. Sie nahm sich vor, die Worte Maras in Zukunft zu beherzigen und der Sicherheitsherrin des Zirkels so weit wie möglich aus dem Wege zu gehen.

„Ho, Kirak“, krächzte sie in der Xanthippensprache und streichelte die Nervenknospen dicht hinter dem langen Drachenkopf. „Ja, ich bin hier. Ho, es geht hinaus. Hinaus!“

Die Xanthippe krächzte und öffnete ihr Maul. Aleta sah auf zwei Doppelreihen rasiermesserscharfer Zähne. Eine grüne, trockene Zunge berührte zärtlich ihre Wange, und der Kopf preßte sich kurz an ihre Hüfte. Aleta lachte über diesen Liebesbeweis und schwang sich dann auf den Rücken der Xanthippe.

„Ho!“ rief eine andere Stimme, und Aleta sah auf. Es war Lana, die Kampfgruppenleiterin. Die Soldatin saß bereits auf ihrer Xanthippe und hatte die Zügel angezogen. Ihr Drache fauchte aggressiv. „Der Ebenenfeind unternimmt einen neuen Angriff auf unsere Sturmburg. Er hat den Zeitpunkt dieses Angriffs gut gewählt. Offenbar sind die Sturmleute der Ansicht, ihrem Dramaxdieb sei es tatsächlich gelungen, die *Zeitlose Träne* zu stehlen." Blicke trafen Aleta, und sie sah zur Seite. Nein, das Mißtrauen war nicht völlig ausgeräumt. Die Worte Yanas in der Inneren Kammer der Schatzgewölbe hatten ihre Wirkung nicht verfehlt. „Das aber ist nicht der Fall. Die Kampfxanthippen werden uns gehorchen. Wie immer. Sie werden uns im Kampf gegen den Ebenenfeind unterstützen. Sie werden uns helfen, unser Heim zu bewahren." Sie stieß einen hellen Schrei aus und warf die Arme empor. „Für die Mermeth, die Drachen und unsere Sturmburg! Schlagt den Feind zurück!"

„Ahaii!" tönte es zurück, und die Drachen krächzten aufgeregt.

Pfleger und Pflegerinnen ergriffen die dicken Seile und zogen die Schutztore auf. Das Heulen der Sturmböen nahm sofort zu. Kälte glitt ins Drachennest und ließ die Xanthippen schnauben. Schuppenpanzer glänzten hell mit den Resten aromatischer Öle, mit denen die Pflegerinnen sie rituell eingerieben hatten.

Die ersten Xanthippen starteten. Sie schlugen mit ihren Schwingen und warfen sich und ihre Reiter dann durch die sich verbreiternde Öffnung in der Außenwand der Sturmburg ins Freie, wo sie rasch Höhe gewannen und in die Ebene hinaussegelten. Aleta wartete geduldig, bis sie an der Reihe war, dann gab sie die Zügel frei, und Kirak schlug zweimal mit seinen weiten Flügeln. Die Sturmburg fiel hinter ihnen zurück. Vor ihnen war Dunkelheit. Und der Feind. Aleta schob ihre Füße in die Hautfalten dicht hinter dem Kopf der Xanthippe, die nun höherstieg und sich in die Gefechtsformation der anderen Drachen eingliederte. Die Soldatinnen riefen sich Anweisungen zu.

Vor ihnen zerteilten Glutfackeln die Finsternis: der heiße Odem anderer Kampfxanthippen, die den Feind bereits erreicht hatten. Stimmen schrien, manche kehlig, andere hell. Metall klirrte auf Metall. Aleta schwitzte in der Kälte und wurde eins mit den Reflexen und Empfindungen Kiraks. Der Ätherische Gesang der *Zeitlosen Träne* war wie eine feine Vibration, die ihren Körper umschmeichelte. Es war diese Stimme, die sie mit ihrer Kampfxanthippe verband. Aus zwei Körpern wurde so ein einziger. Automatisch tasteten Aletas Hände nach den verschiedenen Waffen in den ledernen Taschen des Geschirrs. Sie entschied sich für eine Bolzenschleuder. Die Projektile waren vergiftet. Ein Streifschuß genügte somit, um einen Gegner auszuschalten.

Die Wolken hingen tief. Fast zu tief, wie Aleta skeptisch meinte. Aber ihre Struktur machte deutlich, daß sie während der nächsten Stunde mit keinem Säureschauer zu rechnen hatten. Inmitten der düsteren Schatten unter ihnen waren Bewegungen zu erkennen: Dramax, die aus den Grabtunneln ihrer vorgeschobenen Staubsandfesten krochen. Unwichtig. Lana gab keine Anweisung, sie anzugreifen. Die Rochen waren gefährlicher. Sie vermochten große Entfernungen innerhalb kurzer Zeit zu überbrücken und stellten somit eine unmittelbare Bedrohung für die Sturmburg dar.

Irgendwo weit über ihnen erklangen zischende und zirpende Laute.

„Abdrehen!" rief Lana. „Sie kommen."

Kirak legte die Schwingen an und stürzte wie ein Stein zusammen mit den anderen Xanthippen in die Tiefe. Sirren. Geschoßbolzen rasten weit an ihnen vorbei. Ein paar Sekunden später breitete Aletas Xanthippe die Schwingen wieder aus, bremste den rasenden Sturz und gewann an Höhe. Aleta zielte und zog den Abzug durch. Eine kurze Erschütterung, und der vergiftete Bolzen jagte seinem Ziel entgegen. Die Peripherieschwinge eines großen Staubsandrochens wurde glatt durchschlagen. Der Rochen drehte ab. Kirak folgte sofort.

„Ahaii!" rief Lana. „Kämpft, Kinder meines Nestes. Macht meiner Einheit Ehre!"

Die Formation der Kampfxanthippen löste sich auf. Die Soldatinnen lenkten ihre Drachen auseinander und gingen unabhängig voneinander zum Angriff über. Kirak stieg rasch auf, höher und immer höher. Aleta ließ ihn gewähren. Sie vertraute den Kampfinstinkten ihres Drachen, und bereits mehr als einmal hatte sie gute Erfahrungen damit gemacht. Düstere rote Lichter glommen am Boden der Ebene: das Ewige Feuer der Magmastrudel. Die Schächte aus Glut sollten – glaubte man den Legenden – bis zum Mittelpunkt der Welt selbst reichen. Aleta beachtete sie nicht, nutzte den matten Schein aber, um sich zu orientieren. Einige hundert Meter unter sich erkannte sie die Silhouetten dreier Staubsandrochen.

„Ahaii, Kirak", murmelte sie dem Drachen ins Ohr. „Also los!"

Kirak legte erneut die Schwingen an. Die Luft begann an ihnen vorbeizuheulen, als sie in die Tiefe stürzten. Einer der Dramax auf den Rücken der Rochen deutete aufgeregt zu ihr hinauf. Aleta zielte. Der Bolzen durchschlug den Hals des Ebenenfeindes. Wie in Zeitlupe kippte der Dramax zur Seite und stürzte in die Tiefe.

Der Rochen drehte ab. Die beiden anderen wichen aus und kehrten in einer weiten Schleife zu ihr zurück.

Aleta krächzte ein anderes Wort der Drachensprache. Kirak erschauerte und vollführte ein kompliziertes Flugmanöver, das ihn nahe an den zweiten Rochen heranbrachte. Der Giftschweif zerteilte die Luft und jagte dicht am Kopf der Kampfxanthippe vorbei. Kirak fauchte mit aufgerissenem Rachen. Eine Glutlohe erfaßte den Rochen und verkohlte ihn im Bruchteil einer Sekunde. Der Dramax war nur noch Asche, die von den Böen der Hohen Winde davongerissen wurde. Aleta schrie ihren Triumph aus sich heraus. Kirak stieg wieder empor. Etwas machte laut und deutlich „Klack!", und der Aufprall des Geschosses riß Aleta beinah aus dem Haltegeschirr der Xanthippe. In ihrem linken Arm breitete sich ein taubes Gefühl aus. Erschrocken blickte sie auf die Wunde. Ihr Kampfanzug war an der betreffenden Stelle aufgerissen, und ein großer, blauer Fleck zeichnete sich auf ihrem linken Oberarm ab. Sie horchte dem leisen Rauschen ihres Blutstroms. Nein, das Projektil war nicht vergiftet gewesen. Glück gehabt. Es hatte ihren Arm glatt durchschlagen, und die Wunde begann sich bereits wieder zu schließen. Einmal mehr wunderte sich Aleta über ihre starke Regenerativfähigkeit. Yana hatte sie aus diesem Grund einmal *Fremdhexe* genannt.

„Nicht schlimm", krächzte sie Kirak zu, dessen Besorgnis sie spürte. Seine Schwingen durchteilten im Steigflug die Luft. Hinauf. Wieder hinauf. Über die Rochen hinweg, denen es nicht gelang, in so kurzer Zeit so viel Höhe zu gewinnen. „Ich bin in Ordnung." Sie streichelte die Sensibelnerven der Xanthippe, und Kirak antwortete darauf mit einem geschmeichelten, heiseren Knurren.

Voraus schwebten zwei Staubsandrochen. Aleta berührte einen Nervenpunkt. Sie sah durch die Augen der Xanthippe, als sie abdrehte und den beiden neuen Gegnern entgegenjagte. Die beiden Rochen jedoch wichen geschickt aus, und Aleta pfiff anerkennend durch die Zähne. Die Dramax mußten erfahrene Rochensteuerer sein.

„Hinterher!" krächzte sie. Die Xanthippe warf ihre Schwingen den Böen des Ebenensturms entgegen, wurde hart abgebremst und gleichzeitig einige Dutzend Meter in die Höhe geworfen. Dort wendete sie und jagte den Rochen hinterher. Weit unter sich erkannte Aleta die Feuerlohen, mit denen andere Kampfdrachen dem Gegner entgegenrasten. Dunst hüllte sie ein und nahm ihr kurz darauf die Sicht. Sie schloß die Augen und wurde eines mit den Schnuppersinnen Kiraks. Die Rochen zogen eine deutliche Spur hinter sich her.

Plötzlich hüllte Hitze sie ein, und Kirak stieß ein schmerzerfülltes Keuchen hervor. Aleta duckte sich, um dem Glühstaub der Hitzewolke zu entgehen. Winzige Lichter glommen an ihrem Kampfanzug auf: Brennpunkte. Es stank nach verschmortem Gewebe.

Kirak ließ sich fallen. Ein paar Sekunden später kehrte die Kühle zurück.

„Schlau, wirklich schlau", pfiff Aleta. „Zwei gewitzte Dramax. Sie haben uns genau in die Hitzewolke hineingelockt." Ihre Sinne waren noch immer ein wenig betäubt, aber das Bild vor ihren Augen klärte sich nun langsam wieder. Die Staubrochen waren zwei dunkle Punkte am etwas helleren Himmel. Morgendämmerung. Es konnte nicht mehr lange dauern, bis sich die Finsternis in die Regionen jenseits des Horizonts zurückzog. Aleta warf einen Blick hinunter und erkannte die dunklen, in den Staubsand gegrabenen Eingangsschächte der Dramaxfesten. Rochen schwebten daraus hervor, und einige Sturmleute waren bereits damit beschäftigt, die Zugänge wieder zu schließen. Die Bodentruppen der Mermeth rückten näher, um die Staubsandfesten zu nehmen. Aleta lachte. Der Angriff der Sturmleute war fehlgeschlagen. Sie waren jetzt bereits in die Defensive gedrängt. Aber sie kämpften noch. Aleta konzentrierte sich wieder auf die Staubsandrochen vor ihr. Kirak krächzte kampfeslüstern.

Aleta bemerkte die Falle erst, als es beinahe schon zu spät war.

Zwischen den beiden Staubsandrochen war ein feinmaschiges Luftnetz gespannt. Die Klebfäden schienen ihnen entgegenzujagen, und die Augen Kiraks waren nicht dazu in der Lage, die Gefahr wahrzunehmen. Nur seine Schnuppersinne witterten den Hauch einer Bedrohung.

Aleta hieb mit aller Kraft auf die Nervenpunkte am Halsansatz der Xanthippe. Kirak stieß ein schmerzerfülltes Geheul aus, aber seine Nervenreflexe reagierten sofort. Die Kiefer öffneten sich, und die Glut einer Feuerlohe erfaßte das Zentrum des Luftnetzes. Einen Sekundenbruchteil später jagte Kirak bereits durch die so geschaffene Öffnung im Luftnetz hindurch. Aleta duckte sich an den Schuppenleib der Xanthippe. Reste von Klebfäden strichen über ihren Kampfanzug – verbrannt und versengt. Dann waren sie hindurch, und Aleta berührte rasch einen anderen Nervenpunkt.

„Verzeih mir, Kirak“, murmelte sie und nahm die Kraft des Ätherischen Gesangs der *Zeitlosen Träne* in sich auf. „Verzeih mir den Schmerz, den ich dir zufügen mußte.“

Der Drache raste dem linken der beiden Rochen entgegen. Eine Wolke aus Giftdornen trieb ihnen entgegen. Kirak wich ihr mühelos aus, und Aleta lachte. Die Rochen waren noch immer mit den Haltesträngen des Luftnetzes verbunden. Es behinderte ihre Manövrierfähigkeit. Aleta legte die Geschoßschleuder an, zielte und drückte ab. Für einen Augenblick konnte sie beinah das Weiße im Auge ihres Gegners sehen, so nahe kam sie dem Rochen, dann fiel er hinter ihnen zurück. Sie hatte getroffen, und der Dramax hing leblos im Haltegeschirr des Rochens. Kirak drehte ab und wandte sich dem anderen Rochen zu. Der Dramax hatte jedoch inzwischen die Haltestränge des Luftnetzes gekappt und steuerte seinen Rochen in die Tiefe. Kirak stürzte hinterher: mit angelegten Schwingen und weit aufgerissenem Rachen. Rochen und Xanthippen waren natürliche Feinde. Seine instinktive Aggressivität dem Ebenenleben gegenüber war nun vollständig erwacht.

Der Boden kam immer näher. Dramax suchten eilig Schutz in Grabgängen, die zu ihren Staubsandfesten führten. Felsen jagten vorbei, und Aleta schmeckte den Odem des Weiten Landes: den kalten Wind, die Niedrigböen, den toten Sand. Kirak schrie, und die Feuerlohe aus seinem Rachen versengte den Giftschwanz des Rochens. Der Dramax auf seinem Rücken wandte sich um und feuerte einen Bolzen auf Aleta ab. Sie duckte sich, und das Geschoß raste nur wenige Zentimeter an ihrem Kopf vorbei.

Dann war vor ihnen plötzlich eine fließende Bewegung im Staubsand. Die Fangschere einer Gottesanbeterin fuhr in die Höhe. Der Dramax hatte keine Zeit mehr, um ein Ausweichmanöver einzuleiten. Die Fangschere packte den Rochen, bremste seinen Flug rapide ab und zerrte ihn dann zusammen mit seinem Reiter in das unterirdische Versteck. Angewidert wandte sich Aleta ab. Kirak gewann wieder an Höhe. Eine zweite Xanthippe schwebte an sie heran. Es war der Kampfdrachen Lanas.

„Ich bin stolz auf dich!“ rief die Mermeth. „Du bist eine gute Soldatin.“

Aleta freute sich über dieses Lob und nickte dankbar. Sie sah, wie sich das Gesicht Lanas verdüsterte.

„Yana verlangt nach dir!“ rief die Kampfgruppenleiterin. „Unsere Späherxanthippen haben ein Außenweltschiff entdeckt. Und eine Dramax-Abordnung, die sich mit den Besuchern unterhält.

Wir müssen befürchten, daß die Dramax moderne Waffen von den Außenweltlern kaufen wollen.“

Aleta erschrak. Das Gerücht war bereits mehrmals aufgetaucht. Wenn die Dramax über die Waffen der Außenweltler verfügten, war ihr nächster Angriff auf die Sturmburg der Mermeth mit Sicherheit erfolgreich. Sie konnten dem nichts entgegensetzen.

„Yana hat bereits eine Einsatzgruppe zusammengestellt“, fügte Lana hinzu. „Sie wünscht, daß auch du zu ihr gehörst. Ich konnte ihr diese Idee nicht ausreden. Schließlich haben alle gesehen, wie gut du zu kämpfen verstehst, Aleta.“

Aleta verstand.

„Sieh dich vor, Schwester. Yana ist noch immer voller Haß.“

„Ich danke dir, Lana.“ Aleta berührte einen Nervenpunkt und lenkte die Xanthippe der wartenden Einsatzgruppe entgegen.

Von oben wirkten die Wolken wie feine, schmutzige Watte. Die Sonne war inzwischen aufgegangen und tauchte sie in hellen Schein. Yana saß aufrecht auf ihrer großen Leitxanthippe und war vollständig mit den Sinnen des Drachen verschmolzen. Durch die dichte Wolkendecke unter ihnen konnten sie das Terrain nicht erkennen. Aber die Schnuppersinne der Xanthippen waren empfindlich genug, um den sonderbaren Geruch der Außenweltler auch in diesen Höhen noch zu registrieren. Aleta beobachtete den erstarrten Körper der Sicherheitsherrin, und sie fragte sich, warum Yana sie hatte dabeihaben wollen. Sie fragte sich, was wirklich Yanas Motiv gewesen war, und sie nahm sich vor, besonders vorsichtig zu sein. Rechts und links von ihr zogen weitere Xanthippen dahin: Insgesamt gehörten dreizehn Soldatinnen der Kampfgruppe an. Aleta dachte noch immer an die Worte Lanas. Wenn es den Dramax tatsächlich gelang, sich in den Besitz moderner Außenweltwaffen zu bringen, dann war höchste Gefahr im Verzuge.

Yana legte den Kopf in den Nacken.

„Wir nähern uns schnell!“ rief sie. „Macht euch bereit, meine Schwestern. Viel hängt jetzt von uns ab. Und wir können nicht mit Verstärkung rechnen. Die anderen Kampfxanthippen müssen in der Sturmburg verbleiben, um unser Heim nicht schutzlos einem zweiten Angriff des Ebenenfeindes zu überlassen.“

Sie wichen einer weiten Säurewolke aus, durchflogen die Peripherie eines Sturmwirbels – und dann hob Yana die Hand.

„Unter uns, Soldatinnen.“ Sie wandte sich um. Ihre Xanthippe krächzte leise. Für einen Augenblick haftete der Blick aus ihren dunklen Augen auf Aleta. „Ahaii, Mermeth-Soldaten. Vereiteln wir den heimtückischen Plan des Ebenenfeindes."

„Ahaii!" tönte es aus dreizehn menschlichen und ebenso vielen Xanthippenkehlen zurück. Die Drachen legten die Schwingen an und stürzten in die Tiefe, dem Graubraun der Wolken entgegen. Dunstschleier hüllten sie ein, als sie dem Grund der Welt entgegenjagten. Aleta wurde eins mit den Empfindungen und Reflexen Kiraks. Sie streichelte ihn und versuchte, jenes seltsame Gefühl aus sich zu verbannen, das seit wenigen Augenblicken in ihr war.

Nicht jetzt, dachte sie und fügte einen Mermeth-Fluch hinzu. Nicht ausgerechnet jetzt!

Der fremde und doch vertraute Hauch in ihr blieb jedoch und löste sich nicht auf. Aleta fürchtete, es sei die Stimme, die in ihren Träumen zu ihr sprach, das, was Yana so haßte.

Letzte Wolkenfetzen zogen vorbei, dann lag das Land direkt unter ihnen, wie von einer Decke enthüllt. Ein künstlicher Berg ragte aus den Ausläufern des Weiten Landes empor, ein Berg aus Metall: das Außenweltschiff. Und dicht daneben bewegten sich dunkle Punkte: Dramax und Außenweltler.

Sie rasten hinab, eingehüllt vom Zischen und Heulen verdrängter Luft. Das Land schien ihnen entgegenzufallen. Und noch immer waren sie unbemerkt. Dann hob einer der Dramax den Kopf. Aleta glaubte, den Schrecken in den Zügen des Sturmmannes zu erkennen.

„Mermeth!" ertönte sein Schrei. „Mermeth-Xanthippen."

Dramax und Außenweltler stoben auseinander, während Aleta die Geschoßschleuder anlegte, ein Ziel anvisierte und feuerte. Ein Sturmmann wurde gerade in dem Augenblick getroffen, als er auf den Rücken eines Staubsandrochens zu klettern versuchte. Der Rochen erzitterte und flatterte davon, ohne die Steuerung durch einen Reiter. Keine Gefahr. Das nächste Ziel, der nächste Gegner.

Das sonderbare Gefühl in Aleta verstärkte sich rapide. Es drohte, die Empfindungs- und Steuerungseinheit mit Kirak zu beeinträchtigen.

Ein lodernder Blitz raste in den Himmel und verkohlte innerhalb eines Sekundenbruchteils eine der Xanthippen.

„Die Außenweltler!" ertönte der erschrockene Ruf einer Soldatin.

„Die Außenweltler!" stimmten die triumphierenden und kehligen Schreie der Dramax zu.

Kirak wandte sich ganz von selbst dem neuen Gegner zu. Drei der Gestalten hatte Aleta noch nie gesehen. Sie waren so fremdartig, daß sie keine beschreibenden Worte für sie fand. Die vierte war etwa so groß wie ein Dramax, aber unglaublich fett. Der Außenweltler hob einen metallisch glänzenden Gegenstand, und kurz darauf jagte ein zweiter Blitz einer anderen Xanthippe entgegen. Drache und Soldatin starben. Der Fremde wandte sich um und lief dem Schiff entgegen.

„Los, Kirak!" rief Aleta in der Drachensprache. „Schnell!"

Die Xanthippe fauchte, aber ihr Glutodem verfehlte den Fetten, brannte nur eine schwarze Spur in den Boden. Die drei anderen Fremden schleuderten nun ebenfalls ihre Blitze den Mermeth-Soldaten entgegen.

Aus den Augenwinkeln nahm Aleta eine Bewegung wahr. Drei weitere Fremde, bisher im Schatten des Schiffes verborgen. Sie hob die Geschoßschleuder, legte an und ... und begegnete dem *Blick*. Die Augen waren fremdartig: groß und von blausilberner Farbe; die Haare waren lang und ebenfalls silberfarben.

Er ist es, dachte sie, und die Erkenntnis lähmte ihren Verstand. Der, den ich in meinen Träumen sah ...

Die Gefühlseinheit mit der Xanthippe zerbrach vollständig. Der Drache vergaß die Absicht Aletas, den flüchtenden, fetten Außenweltler anzugreifen. Er sah die metallene Wand des Raumschiffes näher kommen, und er wich aus und stieg empor. Oben aber wartete Yana.

Aleta schüttelte die Benommenheit ab. Als sie in die blausilbernen Augen des Fremden geblickt hatte, hatte sie dort etwas gesehen, das eine feine Vibration in ihr erzeugte.

„Du hast ihn nicht angegriffen!" fauchte Yana und lenkte ihre Xanthippe näher. Noch immer zuckten Feuerblitze empor. Ihre Streitmacht war bereits auf nur noch drei oder vier Soldatinnen zusammengeschmolzen. „Ich habe es genau gesehen, du *Verräterin*!"

Aleta war von der Begegnung abgelenkt. Sie reagierte viel zu spät auf die Bewegung der Sicherheitsherrin. Der Bolzen aus Yanas Geschoßschleuder traf sie dicht unterhalb des Kinns, und die Aufprallwucht riß sie aus dem Haltegeschirr Kiraks. Aleta war bereits tot, als ihr Körper auf das Metall des Schiffes prallte und dann zu Boden stürzte. Knochen barsten und splitterten. Sie spürte keinen Schmerz mehr. Kirak flatterte unruhig und ohne Führung umher. Einer der Blitze erfaßte ihn und verkohlte seinen Schuppenleib. Yanas Drachen warf sich empor und stürzte dann wieder hinunter. Er riß den Rachen auf, und die hervorzuckende Feuerlohe leckte über die großen Kisten hinweg, in denen sich die Außenweltwaffen für die Sturmleute befanden.

Es knisterte. Es knackte.

Dann glühte eine Sonne auf, die heller erstrahlte als die des Tages über dem Weiten Land. Die Druckwelle der Explosion erfaßte Yanas Drachen und schleuderte ihn fort. Immer weiter. Immer höher. Die Hitze der Detonation ließ irgendwann irgendwo nach.

„Die Waffen", brachte Yana hervor. „Welche Kraft in ihnen wohnte! Aber jetzt sind sie zerstört. Brav, *meli*, brav." Sie dachte an Aleta, und der Haß, der endlich Erfüllung gefunden hatte, war ein warmer Hauch nahe ihrem Herzen. „Es ist vollbracht", murmelte sie. „Die *Fremdhexe* ist tot."

Ein Krater gähnte nahe dem Metallberg des Schiffes im Boden. Das Schiff selbst hatte sich zur Seite geneigt. Yana wußte nicht, ob es so schwer beschädigt war, daß es nicht mehr dorthin zurückkehren konnte, woher es gekommen war. Es war auch unwichtig. Die Gefahr war ausgeschaltet.

Nichts rührte sich mehr. Alles war still. Nur der Wind heulte, und heiße Metallbruchstücke kühlten knisternd ab.

Yana war die einzige Überlebende der Mermeth-Einsatzgruppe. Sie flüsterte dem Drachen ein Wort zu, und die Xanthippe stieg daraufhin wieder auf, um zur Sturmburg zurückzukehren. Yana freute sich auf die Siegesfeier. Sie stand ihr zu.

20

Der Angriff des Ebenenfeindes ist zurückgeschlagen, ihr Mermeth. Die Sturmburg ist unbeschädigt und kann weiterhin den Winden des Weiten Landes trotzen. Freuet euch, ihr Mermeth, denn auch eine noch größere Gefahr ist verhindert worden: die Armierung der Dramax mit Außenweltwaffen.

Doch seid auch traurig, ihr Xanthippen-Bändiger: Viele unserer Schwestern sind gefallen. Sogar einige der Wertvollen Brüder mußten ihr Leben lassen. Was um so betrüblicher ist. Unter den Toten ist auch Aleta, eine der besonders fähigen Soldatinnen.

Mermeth-Siegeshymne

Der Glutblitz der Detonation blendete Annym, und die Hitze verkochte seine Augäpfel. Die Druckwelle hob ihn an und schmetterte ihn mit Urgewalt gegen die Schiffswandung. Knochen brachen. Aber noch war Leben in Annym, wenn auch nur tief in seinem Innern und der flackernden Flamme einer Kerze gleich. Metallsplitter jagten wie Geschosse umher. Sie bohrten sich in Annyms Haut. Manche waren winzig klein, andere so groß wie eine Hand. Ein solches Trümmerstück traf seine Brust und brannte sich einen Weg in seinen Körper.

Annym DryMarden starb.

Stille.

Fast einen ganzen Tag lang. Nur der Wind, der über das Land strich und die Wolken über die Ebene jagte.

Dann, am Ende dieses Tages, wurde Annym wiedergeboren. Im Augenblick seines Todes hatte das Konglomerat aus Traumstimme und *Kraft* den Verstand zurückgedrängt und jede einzelne Zelle des Körpers mit dem Auftrag geimpft, sich zu regenerieren.

Wunden schlossen sich in einem Körper, dessen Temperatur nur noch sieben Grad betrug. Augen bildeten sich neu. Das Herz begann zu schlagen. Unregelmäßig erst, dann wieder gleichmäßig und ruhig und kraftvoll. Blut rann durch kühle Adern, zähflüssig, wie widerwillig. Regenerierte Organe warteten auf Wärme und Nährstoffzufuhr.

In der Nacht schlug Annym DryMarden die Augen auf. Kälte wehte ihm entgegen. Er fröstelte. Und erhob sich.

Der Explosionskrater rauchte noch immer. Annym vermeinte, den Schmerz erneut zu spüren. Den Schmerz, der ihn *getötet* hatte.

„Nein“, kam es leise über seine Lippen. „Ich bin nicht tot. Ich lebe.“ *Traumstimme?* Er fühlte das Brodeln der *Kraft* dicht hinter der Barriere. Und irgendwie hatte er den Eindruck, als sei diese Barriere brüchiger geworden, als warte sie nur auf den Stoß, der sie zusammenbrechen ließ.

Jarmardh lag unterhalb des Schiffes. Das Metall der Außenhülle schwebte nur wenige Zentimeter über seinem Kopf. Die Druckwelle mußte den *Streiter* hierher geschleudert haben. Aber wenn sich das Schiff auch nur um den Bruchteil eines Grads weiter zur Seite geneigt hätte, wäre Jarmardh zerquetscht worden. Annym untersuchte ihn rasch. Jarmardh lebte.

Ein paar Meter entfernt fand Annym ein auseinandergesplittertes Musikinstrument.

„Mo?“ rief er. Keine Antwort. „Mo?“

Die Leiche des Mran-Paria hatte kaum noch Ähnlichkeit mit einem Menschen. Annym wandte sich würgend ab und schritt weiter. Er fand Panzer- und Schuppenreste eines Thryh und stieß kurze Zeit später auf das, was von Calingas Besatzungsmitgliedern übriggeblieben war. Dann aber, als erwache erst jetzt sein Verstand, erinnerte er sich an die eine Sekunde, in der er in tiefe, grüne Augen geblickt hatte. Aleta. Er war sich absolut sicher, daß Aleta es gewesen war, die auf dem drachenähnlichen Geschöpf gehockt hatte.

In der Dunkelheit der Nacht sah er den Körper erst, als er fast über ihn gestolpert wäre. Ein Bein war in einem unmöglichen Winkel geknickt, und im Hals klaffte eine häßliche Wunde. Sie lag in einer Lache aus geronnenem Blut, und als er die erstarrten Züge des Gesichtes berührte, fühlte er Kälte. Seine Finger krochen empor und lösten den Schutzhelm aus geschmiedetem Eisen. Langes, rotes Haar fiel ihm entgegen.

Aus Annyms Augenwinkel rannen zwei große Tränen. Er streichelte die Leiche, und er wußte nicht, was er tat. Er hatte das gefunden, was er suchte, und er hatte es gleich darauf wieder verloren.

Doch irgend etwas in ihm gab sich mit dieser Erkenntnis nicht zufrieden. Irgendein Hoffnungsschimmer glühte in dem Meer aus Verzweiflung und Resignation auf. Annym horchte in sich hinein. Lücken waren in der Barriere entstanden. Vorsichtig tastete er weiter, und diesmal blieb der Einfluß aus, der seinen Verstand wiederholt beiseite gedrängt und ihm die Kontrolle über seinen Körper genommen hatte. Behutsam umfaßte Annym die *Kraft* mit seinen mentalen Armen. Währenddessen glitten seine Hände erneut über Aletas Körper. Sanfter Lichtschein zerteilte die Nacht. Funkentropfen lösten sich von seinen Fingerkuppen und bildeten bald darauf ein Netz aus Licht, das die Leiche wie mit einer zweiten Haut überzog.

Annym schloß die Augen. Er sah auf andere Weise, mit anderen Sinnen. Die Halswunde Aletas begann sich zu schließen. Rosafarbene Haut wuchs aus dem toten Gewebe, nur genährt von der aus Annym herausströmenden Mentalenergie.

Mehr! forderte er. *Ich brauche mehr Kraft. Ich darf jetzt nicht nachlassen*.

Die Hirnzellen Aletas waren längst abgestorben. Annyms Multisinn untersuchte den genetischen Code und entschlüsselte ein komplexes Programm aus Erbinformationen. Neue Zellen begannen sich zu bilden und nährten sich von dem toten Gewebe. Annym heilte Venen und Arterien, verflüssigte geronnenes Blut, reicherte es mit Nährstoffen an und schickte es durch die Adern. Er richtete das gesplitterte Bein, er regte die Organe zu neuer Aktivität an.

Als er das erstemal die Augen öffnete, stand die Sonne hoch am Himmel. Jarmardh stand neben ihm. Seine Lippen bewegten sich, aber Annym vernahm keinen Laut. Er spürte den Wind auf seiner Haut, aber er konnte sein Heulen nicht hören.

Er schloß die Augen wieder und fuhr mit seiner Arbeit fort. Das Leben – ein zweites Leben – kehrte in Aletas Körper zurück. Es war ein gesteuerter Prozeß, in dem Annym nur auf die Reflexe und das Wissen seiner *Kraft* vertraute. Das Hirn Aletas war wiederhergestellt. Informationen aber fehlten. Annym entnahm das Wissen, über das Aleta einst verfügt hatte, den chemischen Verbindungen in ihrem Rückenmark. Jedes Molekül in diesen Verbindungen, jedes einzelne Atom entsprach einem Bit.

Als er das zweite Mal die Augen öffnete, war es wieder finster. Ganz in seiner Nähe brannte ein Feuer, und Jarmardh hatte eine Decke über seine Schultern geworfen.

Weiter. Nicht innehalten. Nicht aufgeben. So viel muß noch getan werden.

Seine Hände tasteten weiter über den Körper, der nun wieder warm war. Noch immer lösten sich von seinen Fingerkuppen die Tropfen aus heilendem Licht. Und noch immer war Aleta in den glühenden Schein gehüllt. Als Annym eine erste Bewegung spürte, verstärkte er seine Bemühungen. Irgendwann – vielleicht Minuten später, vielleicht auch Stunden oder Tage – hielt er inne und öffnete das drittemal seine Augen.

Ein neuer Tag neigte sich dem Ende entgegen.

Und Aleta sah ihn an.

Annym beugte sich vor und küßte ihre Lippen. Dann verdunkelte sich alles um ihn herum. Schwäche füllte ihn aus. Und tiefe Befriedigung. Der Schlaf kam und erstickte seine Gedanken.

Annym schlief einen Tag und eine Nacht. Als er erwachte, fühlte er sich frisch und ausgeruht. Die Sonne war gerade aufgegangen und tauchte die Ebene des Weiten Landes in Wärme. Er richtete seinen Oberkörper auf. Eine Hand legte sich von hinten auf seine Schulter. Er drehte sich um.

„Du hast mir das Leben gerettet“, sagte Aleta. Ihre Stimme glich der, die er in seinen Träumen gehört hatte: auf Yloisis und Gharn. Ihre Haare waren wirklich wie gefrorenes Feuer, und der Blick aus ihren großen, grünen Augen war unauslotbar tief.

„Ja“, sagte Annym. Es hatte keinen Zweck, ihr die Wahrheit zu sagen. Es hätte sie nur verängstigt. Er sah sie weiter an und spürte, wie sich tief in seinem Innern etwas regte.

Traumstimme?

Doch er erhielt noch immer keine Antwort. Nach wie vor hüllte sich sein *Anderes Ich* in Schweigen.

Sie beugte sich näher zu ihm heran, und ihre Finger berührten seine Wangen, dann seine Lippen. „Ich habe auf dich gewartet, aber ich wußte es nicht. Ich habe dein Gesicht gesehen, in vielen meiner Träume. Und doch hielt ich dich nur für eine Vorstellung, nicht für ein lebendiges Wesen.“

Annym nickte langsam. Die Berührung trieb einen Schauer seinen Rücken hinab. Unwillkürlich mußte er an Senaide denken.

Er erzählte Aleta von seinen Träumen, von den Begegnungen mit ihr, die für seine Träume schon Vergangenheit waren. Sie wurde sehr nachdenklich, während ihre Finger weiter über sein Gesicht tasteten.

„Niemand kann sich seinem Schicksal entziehen“, sagte sie leise.

So viele Fragen in Annym warteten auf eine Antwort, doch jetzt, da er Aleta gefunden hatte, da er ihr gegenüber saß, schienen sie plötzlich unwichtig. Er wußte ohnehin nicht, wo er beginnen sollte. Er sah sich unschlüssig um. Jarmardh hatte aus Metallfragmenten und anderen Trümmerstücken einen provisorischen Windschutz vor den aus dem Zentrum des Weiten Landes heranwehenden Böen errichtet. Das Schiff Calingas war mehrere hundert Meter entfernt. Der *Streiter* löste sich aus dem schiefen Schatten und kam zu ihnen herüber.

„Dieser verdammte Idiot hat vor ein paar Stunden versucht, die Triebwerke zu zünden“, knurrte Jarmardh, als er sie erreicht hatte und sich auf dem hier felsigen Boden niederließ. „Hat aber glücklicherweise nicht geklappt. Calinga sitzt fest. Ebenso wie wir. Offenbar hat die Explosion das Schiff stärker beschädigt, als es von außen den Anschein hat.“ Er brummte etwas Unverständliches und sah dann wieder auf. „Wenn man nahe genug herangeht, kann man ein Summen hören. Zumindest also funktioniert *etwas*.“

„Woher weißt du, daß Calinga drinnen ist?“

Jarmardh deutete wortlos auf Aleta.

„Ich habe gesehen, wie ein fetter Mann ins Schiff hineinlief“, sagte Aleta und erzählte ihre Geschichte. Annym hörte aufmerksam zu. Der Zorn in ihrer Stimme war unüberhörbar. Als sie endete, sagte Jarmardh in die Stille hinein:

„Er hat Liszenta, Annym. Und er ist dabei, das Schiff zu reparieren. Ob es überhaupt möglich ist, kann nur er wissen. Ohne Hilfe kommen wir nicht hinein."

Annym sah erst Aleta an, dann wieder Jarmardh. Er dachte an Liszenta, die der Wut Calingas hilflos ausgeliefert war.

„Wir können ihn nicht einfach so abfliegen lassen."

„Nein, das können wir nicht." Der *Streiter* warf Aleta einen kurzen Blick zu.

„Die Xanthippen der Sturmburg könnten uns behilflich sein", schlug Aleta vor. Annym lächelte zaghaft.

„Ihr habt das Problem bereits besprochen?"

„Ja." Sie nickte. Ihr langes Haar bewegte sich wellenförmig. Wie die Flammen eines Feuers. „Yana hat versucht, mich umzubringen. Und das während eines Kampfes gegen den Ebenenfeind. Es gibt kein schändlicheres Verbrechen für die Mermeth. Es darf nicht ungesühnt bleiben. Ich muß zurück und Anklage erheben." Ihre Wangen röteten sich vor Wut, und in ihren grünen Augen blitzte es. Sie erhob sich. „Die Mermeth werden uns helfen. Mit dem Glutodem der Xanthippen sollte es uns gelingen, uns einen Weg ins Schiff hinein zu bahnen."

Sie hat „uns" gesagt, dachte Annym. Sie bezieht sich mit ein. Und ich habe sie noch nicht einmal gefragt, ob sie mit mir kommen will.

„Vielleicht . . .", sagte Annym und horchte in sich hinein. Die Barriere war wieder stark und fest und undurchdringlich.

„Aleta hat es bereits festgestellt", sagte Jarmardh.

Natürlich, dachte Annym weiter. Sie ist das Kind zweier Multimental. Genau wie ich. Sie muß längst gespürt haben, daß sich meine *Kraft* wieder zurückgezogen hat.

Annym blickte zum Schiff. Manchmal, wenn der Wind die Richtung wechselte, vernahm auch er das schwache Summen, das aus dem Innern des Metalleibs drang.

„Gut. Aber wir müssen uns beeilen."

„Ich bleibe hier", erklärte Jarmardh. „Vielleicht kann Calinga uns beobachten. Vielleicht kommt er aus dem Schiff heraus, wenn er der Ansicht ist, wir wären verschwunden. Ich werde mich in den Sand eingraben und warten. Und *wenn* er herauskommt . . ."

Der *Streiter* vollführte eine Geste, die mehr als deutlich war.

Aleta entfernte sich einige Schritte von ihnen, warf die Arme empor und rief einige unverständliche, krächzende Laute. Annym spürte, wie sich Wärme von seiner linken Hand aus im ganzen Körper ausbreitete. Der Ring, den er von seiner Mutter erhalten hatte. Der Violettopal glühte auf. Und Annym vernahm leises Wispern in seinen Gedanken. Es kam aus der Ferne, und es war unverständlich. Noch.

Einige Minuten verstrichen. Der Ring glühte weiter, und der Schimmer verblaßte erst, als Aleta die Arme sinken ließ. Krächzen ertönte weit über ihnen, den Lauten, die Aleta von sich gegeben hatte, nicht unähnlich. Ein dunkler Punkt am Himmel wuchs in die Breite. Schwingen zerteilten die Luft. Annym wich zurück, als der Drachen zur Landung ansetzte und sich auf seinen kurzen Beinen Aleta näherte. Sie sprach ruhig auf ihn ein: krächzend und zischend, und die Xanthippe rieb ihren Kopf an Aletas Schulter.

„Eine Späherxanthippe", erklärte Aleta und schwang sich auf ihren Rücken. „Wir können von Glück sagen, daß eine in der Nähe war und ich auch hier, so weit von der Sturmburg entfernt, den Ätherischen Gesang der *Zeitlosen Träne* wahrnehmen kann. Komm, Annym."

Mit gemischten Gefühlen nahm Annym hinter Aleta auf dem Rücken des Drachen Platz. Jarmardh schwang sich ebenfalls auf den schuppigen Leib.

„Wenn wir außer Sichtweite des Schiffes sind, könnt ihr mich wieder absetzen", sagte er, und er hatte die Worte kaum ausgesprochen, als die Xanthippe ihre Schwingen ausbreitete und aufstieg.

Die Ebene des Weiten Landes glitt unter ihnen dahin: eintönig, graubraun, trostlos. Mit gleichmäßigem Schlag zerteilten die Schwingen der Xanthippe die Luft. Ab und zu stieß das gewaltige Geschöpf einen weithallenden, krächzenden Schrei aus. Aleta hockte unmittelbar hinter dem langen Kopf. Ihr langes Haar wehte wie ein rotes Banner. Manchmal erkannte Annym weit unter ihnen inmitten des Staubsandes undeutliche Bewegungen.

„Es müssen nicht unbedingt Sturmleute sein", erklärte Aleta. „Zwar haben wir inzwischen die Region ihrer Staubsandfesten erreicht, aber um diese Tageszeit halten sie sich überwiegend im Innern der unterirdischen Gänge und Kavernen auf." Sie deutete nach Osten, wo sich der Himmel verfärbte und eine düstere, grauschwarze Tönung annahm. „Es ist die Zeit der Heftigen Böen und Säureschauer. Nachts ist es dagegen ruhiger." Sie beugte sich wieder vor und schob ihre Hände in die Hautfalten am Halsansatz des Drachens. Die Xanthippe krächzte erneut, zog die rechte Schwinge etwas an und drehte nach Westen ab. Am Horizont verdichtete sich eine dunkle Linie: der Höhenzug. Das Gebirge, in dessen Felsen die Sturmburg der Mermeth gemeißelt war.

Annym drehte sich kurz um. Das Schiff Calingas war längst nicht mehr zu sehen. So weit das Auge auch reichte: nur die Einöde des Weiten Landes. Eine Ebene, die die Kraft der Stürme nicht zu brechen vermochte.

„Sie werden es wieder versuchen", sagte Aleta. „Sie versuchen es immer wieder. Und bisher haben wir Mermethsoldaten sie noch immer zurückwerfen können."

„Warum?"

„Warum was?"

„Warum führt ihr Krieg?"

Die Frage schien Aleta zu überraschen. Ein paar Augenblicke lang war sie sprachlos. „Es war schon immer so", sagte sie dann. „Selbst in den ältesten Überlieferungen wird der Krieg gegen die Sturmleute bereits erwähnt. Bei uns herrscht Männermangel, bei den Dramax dagegen Frauenmangel."

„Könnte man sich nicht auf eine andere Lösung dieses Problems besinnen als unbedingt Kampf?"

Wieder herrschte kurzes Schweigen. „Es ist nicht nur das. Die Dramax müssen tief graben, um an Reinwasserquellen zu gelangen. Im Gebirge gibt es viele davon. Im Weiten Land drohen vielfältige Gefahren: Sturmwirbel, Magmastrudel, Säurewolken, Kugelblitze, Gottesanbeterinnen und vieles mehr. Im Gebirge gibt es nur die Drachen. Und die haben wir mit Hilfe der *Zeitlosen Träne* domestizieren können. Gegen die Gewalten der Natur schützt uns die Sturmburg."

Als Aleta die *Träne* erwähnte, kehrte jenes sonderbare Gefühl in Annym zurück. Sein Mund war plötzlich trocken, und sein Herz schlug schneller.

„Sie wollen uns und unser besseres Leben", schloß Aleta, und ihre Stimme klang, als müsse sie sich selbst davon überzeugen. „Aber solange die Xanthippen bei uns sind und wir sie mit Hilfe des Ätherischen Gesangs der *Zeitlosen Träne* domestizieren und kontrollieren können, droht uns keine tatsächliche Gefahr. Anders ist es jedoch, wenn es den Dramax wirklich gelingt, sich mit Außenweltwaffen auszurüsten. Dagegen hätten wir keine Chance."

Unter ihnen zog ein Ruinenkomplex dahin: zerfallene Mauern, von Säureregen zersetzt, von den Winden glattgeschliffen. Gähnende Öffnungen, einstmals vielleicht Fenster und Türen. Annym erblickte sogar einige Türme, die den Stürmen bisher getrotzt hatten.

„Es müssen großartige Baumeister gewesen sein", murmelte er.

„Sie sind seit Jahrzehntausenden tot."

Annym zuckte mit den Achseln. „Niemand ist perfekt."

„Sie haben uns nichts hinterlassen als eine langsam sterbende Welt. Und Schätze aus Gold und Silber und anderen Metallen. Und die Ruinen, die von ihrer einstigen Größe zeugen."

Die Xanthippe flog über zwei Gottesanbeterinnen hinweg, die ihre Fangklauen in ihre Richtung streckten. Das Gelände begann allmählich anzusteigen. Die Ausläufer des Gebirges waren nahe. Weit über ihnen schwebten einige dunkle Punkte.

„Andere Späherxanthippen", erklärte Aleta. Ihr Gesicht war nun eine undurchdringliche Maske. „Sie haben uns bereits gesehen." Sie zischte etwas, das Annym nicht verstand. „Yana soll für ihren Frevel büßen. So wahr ich eine Soldatin bin. Dieses Verbrechen muß gesühnt werden. Ahaii!"

Die Sturmburg war ein beeindruckendes Bauwerk. Wehrgänge, Türme, quaderförmige Gebäudekomplexe, ineinander verschachtelt und durch Felsentunnel miteinander verbunden – alles in jahrzehnte-, wenn nicht gar jahrhundertelanger Arbeit in den Granit des Gebirges gemeißelt. Darüber erhoben sich die nackten Wände des Massivs, für die Böen der Stürme eine unüberwindliche Barriere. Zwei Xanthippen stiegen von den Wehrgängen des Außenzirkels auf und flogen ihnen entgegen.

„Ahaii, Schwester!" ertönte es schon von weitem. „Sag uns, wer du bist, damit wir dich angemessen begrüßen können."

„Ho!" rief Aleta zurück. Die Späherxanthippe schraubte sich in engen Kreisen zur Sturmburg hinunter. „Ich bin eine aus dem Kampf heimkehrende Soldatin. Ich bin voller Zorn. Denn Verrat ist verübt worden."

Die beiden anderen Drachen waren inzwischen so nahe heran, daß Annym DryMarden die Gesichter der Reiter erkennen konnte. Es waren dunkel getönte Züge, umrahmt von pechschwarzem Haar.

So dunkel wie das Senaides, dachte Annym.

„Aleta!"

„Ja, ich bin es."

„Aber wie ist das möglich?“ Die Xanthippen krächzten sich ebenfalls Begrüßungen zu. „Bist du von den Toten auferstanden, Zirkelschwester? Yana erzählte uns . . .“

„Yana!“ zischte Aleta böse. „Sie hat eines der schändlichsten Verbrechen begangen, die wir kennen. Sie hat versucht, mich während des Kampfes heimtückisch zu ermorden.“

Betretenes Schweigen, während die Xanthippen ihren Nestern entgegenfielen. Dann:

„Wir können es kaum glauben, Aleta.“ Und: „Du bist nicht allein. Ein Fremder ist bei dir.“

„Bringt mich zu Mayssa!“ forderte Aleta streng. Der Drache landete im Innenhof des Äußeren Zirkels und trippelte auf seinen kurzen Beinen dem geöffneten Tor seines Nestes entgegen. „Die Geschichte ist lang und die Anklage ebenso.“

Knisterndes Feuer brannte in dem großen Kamin der Stillen Halle. Es konnte die Kühle kaum vertreiben. An den mit Teppichen und Vorhängen bespannten steinernen Wänden flackerten Talg- und Öllampen in gußeisernen Haltern. Die Plätze am langen, hölzernen Tisch waren alle besetzt: die Mitglieder des Inneren Zirkels – Soldatinnen, Domestizierer, Bändiger, Nestbewahrer. Und Mayssa und Yana.

Aleta und Annym traten durch eine breite, aus schweren Holzbohlen gefertigte Tür in die Stille Halle hinein. Gesichter wandten sich ihnen neugierig entgegen. In Yanas dunklen Augen blitzte es.

„Die Fremdhexe hat einen Außenweltler mitgebracht“, stellte sie kühl fest. „Das ist Verrat. Die Tradition verbietet den Besuch von Nichtmermeth in unserer Sturmburg.“ Sie lächelte kalt.

Sie ist gefährlich, dachte Annym. Sehr gefährlich sogar. Und sie ist auch jetzt keine einfache Gegnerin. Das seltsame Wispern in seinem Innern hatte sich verstärkt. Die Quelle mußte nun ganz in der Nähe sein. Annym hatte Mühe, sich zu konzentrieren. Von dem Raunen ging eine starke Anziehungskraft aus. Sein Ring glühte matt.

„Es ist ein Fremder“, gab Aleta ebenso kühl zurück. Sie trug ein langes Kettenhemd, dessen fast schwarze Tönung in einem guten Kontrast zu ihrem feuerroten Haar stand. „Aber er ist auch ein Zeuge. Und die Tradition sagt ebenfalls, daß bei Zirkelanklagen jede Art von Zeuge zugelassen ist.“

Mayssa erhob sich. Und Yana verschluckte die Worte, die ihr

auf der Zunge gelegen hatten. Annym sah für einen Sekundenbruchteil ein siegessicheres Lächeln, das ihre Lippen umspielte. Dann neigte die Sicherheitsherrin vor Mayssa ehrerbietig den Kopf.

„Bringe deine Anklage vor, Xanthippensoldatin." Ihre Stimme war warm und weich und sanft. Aber sie war auch voller Autorität.

Aleta verneigte sich kurz und erzählte dann ihre Geschichte. Sie schilderte den Kampf gegen den Ebenenfeind, dann die Abkommandierung zum Schiff der Außenweltler, den schändlichen Mordversuch Yanas und die Rettung durch Annyms Heilkräfte.

Mayssa nickte langsam, als Aleta endete. Die Zirkelherrin sah zunächst Yana an, die noch immer den Kopf geneigt hatte, dann die anderen Mitglieder des Inneren Zirkels.

„Eine schwere Anklage", sagte sie ruhig. „Wir sind froh, daß du wieder bei uns bist, Xanthippensoldatin. Und wenn deine Geschichte stimmt, dann ist härteste Strafe angebracht." Sie sah sich um. „Die Anklage ist erhoben worden. Hören wir nun die Worte der Angeklagten."

Sie setzte sich wieder. Die Stille kehrte zurück, nur unterbrochen vom Knistern des Kaminfeuers. Es warf zitternde Schatten und gab den Gesichten etwas Dämonisches. Als Yana sich erhob, zeigten ihre Züge nicht eine Spur von Besorgnis oder gar Furcht.

„Ihr habt die Worte der Fremdhexe gehört", sagte Yana. Sie benutzte mit Absicht die beleidigende Beschreibung Aletas. Aleta jedoch ließ sich davon nicht provozieren. „Sie ist eine gute Soldatin, wie einige der hier am Tisch Sitzenden bestätigen können. Als wir während des Kampfes gegen den Ebenenfeind die Nachricht erhielten, ein Schiff der Außenweltler sei gelandet und bringe Außenweltwaffen für die Sturmleute, da dachte ich sofort an Aleta. Wir konnten nur wenige Soldatinnen und Xanthippen aus dem Kampf gegen die Sturmleute abziehen. Also mußte ich Kämpfer wählen, auf die ich mich bedingungslos verlassen konnte. Ich wählte auch Aleta, weil ich von ihren Kampfqualitäten wußte." Sie lächelte, und Kälte schien die Wärme des Feuers zu verdrängen.

„Späherxanthippen hatten uns über die Lage des Außenweltschiffes unterrichtet", fuhr die Sicherheitsherrin fort. „Wir brachen sofort auf und konnten uns unbemerkt nähern. Aus den Wolken stürzten wir hinab und griffen an. Das Überraschungsmoment war auf unserer Seite. Wir konnten einige der Außenweltler töten. Aber nicht alle. Die Überlebenden des ersten Schlages setzten Heißblitzschleudern ein. Viele unserer Schwestern starben." Sie legte die Hände zum Zeichen tiefer Trauer aneinander. Die anderen Mitglieder des Inneren Zirkels neigten die Köpfe.

„Einer der Außenweltler versuchte, ins Schiffsinnere zu fliehen. Aleta griff ihn an." Sie legte eine kurze Pause ein und warf Aleta einen durchdringenden Blick zu. „Bis hierher stimmte ihre Geschichte, Zirkelschwestern. Aber nur bis hierher. Ihr Drache war nur wenige Meter von dem Flüchtenden entfernt, der unsere Schwestern tötete. Und dennoch ließ sie ihn entkommen. Sie griff ihn nicht an. Sie tötete ihn nicht. Im Gegenteil. Ihr Drachen stieg empor, und plötzlich bemerkte ich, daß ihre Bolzenschleuder auf mich gerichtet war. Ich konnte noch rechtzeitig genug reagieren und mich ducken. Sonst wäre ich inzwischen wie unsere Schwestern heimgegangen in das andere Lebensreich, aus dem wir einst alle kamen." Murmelnde Stimmen erklangen und verstummten gleich darauf wieder. „Ich vollführte ein rasches Ausweichmanöver und stellte fest, daß alle Mitglieder meiner Kampfgruppe ihr Leben gelassen hatten – außer Aleta und mir selbst. Mein Drache spie seinen Glutodem in einem letzten verzweifelten Angriff – und die Ladung an Außenweltwaffen zerstörte sich selbst in einem Glutblitz, der heller war als die Sonne des neuen Tages. Ich dachte, Aleta sei durch die Heißflamme umgekommen, denn ich konnte sie nirgends finden. Also kehrte ich heim."

Und wieder Stille.

Blicke, die eine Weile auf Yana ruhten und dann zu Aleta weiterwanderten.

„Ganz offensichtlich ist Aleta jedoch nicht umgekommen", fügte Yana hinzu, und jedes einzelne Wort war wie ein Messerstich. „Sie ist zurückgekehrt, um ihr schändliches Werk fortzusetzen. Erinnert euch, Zirkelschwestern. Wo haben wir die Fremdhexe angetroffen, als der Dramaxdieb die *Zeitlose Träne* zu stehlen versuchte? Im Schatzgewölbe. Vielleicht steckte sie mit ihm unter einer Decke. Und jetzt? Sie ist nicht allein zurückgekommen, sondern mit einem der Außenweltler, die unseren Feinden Waffen zu verkaufen versuchten. Welchen Wert hat die Aussage eines Mannes, der mit den Sturmleuten kooperiert und ihnen die Machtmittel in die Hände zu geben versucht hat, die uns alle vernichten können? Gar keinen. Nicht ich bin die Angeklagte. Aleta ist es."

Yana ließ sich wieder nieder.

Aleta war blaß.

„Das... das ist...“ Sie fand keine Worte. „Lüge!“ stieß sie hervor. „Alles Lüge...“

Mayssa erhob sich wieder.

„Nun“, begann sie, „zwei schwere Beschuldigungen stehen sich gegenüber. Fragen wir den Außenweltler, was er dazu zu sagen hat.“

Annym trat einen Schritt vor. Er hatte noch immer Schwierigkeiten, sich auf das zu konzentrieren, was hier vor sich ging. Es schien ihm ... unwichtig. Nur das Wispern hinter seiner Stirn war von Bedeutung. Mal war es leiser, dann wieder lauter. Er versuchte, es zu verdrängen, aber es gelang ihm nur unvollkommen.

Er erzählte seine Geschichte. Er erzählte, daß er, Jarmardh und seine kleine Tochter Gefangene Calingas gewesen waren, der nun versuchte, das Schiff zu reparieren. Er erzählte, daß er auf die Hilfe der Mermeth gehofft hatte, um wieder ins Schiff hineinzugelangen, Calinga bestrafen und seine Tochter retten zu können. Er bestätigte die Worte Aletas.

Yana sprang auf.

„Nun hört euch diesen Frevler an!“ stieß sie hervor. „Jetzt sollen wir den Außenweltlern sogar dabei helfen, ihr Schiff wieder startklar zu machen. Damit ihr neue Waffen für die Dramax holen könnt, nicht wahr? Diese Unverfrorenheit“, fügte sie noch hinzu, wieder beherrschter, was die Wirkung ihrer Worte sogar noch verstärkte, „ist einfach unglaublich.“

„Es ist so, wie ich sagte“, gab Annym zurück. Sein Tönungsreflex reagierte. Die Farbe seiner Haut veränderte sich. Die Mitglieder des Inneren Zirkels murmelten, dann erhob sich Mayssa erneut.

„Die Wahrheitsfindung ist schwierig“, sagte sie leise. „Und ich bin mir nicht sicher, ob den Worten eines Außenweltlers der nötige Respekt entgegengebracht werden kann. Wenn deine Geschichte stimmt, Fremder, dann sind wir mit dir in Sorge um deine Tochter. Doch das Risiko ist groß. Wenn du lügst...“

„Ich bin die Angeklagte“, stellte Yana ruhig fest und erhob sich ebenfalls. „Als solche habe ich das Recht, eine Wahrheitsprüfung zu verlangen.“

Mayssa nickte. „Das Recht hast du, Sicherheitsherrin. Willst du es in Anspruch nehmen?“

„Ja, das will ich. Die Prüfung wird bestätigen, was ich bereits gesagt habe. Und sie wird euch alle vom wahren Wesen der Fremdhexe überzeugen.“

„Nun gut“, stimmte Mayssa zu. „So sei es denn. Eine Prüfung wird klären, wer der wirkliche Schuldige ist.“

Annym hatte keine Gelegenheit, mit Aleta zu sprechen. Zwei Soldatinnen schritten zwischen ihnen und machten jede Unterhaltung unmöglich. Sie verließen die Stille Halle, marschierten durch kühle und enge Korridore, in denen kaum mehr als drei oder vier Personen nebeneinander gehen konnten, und erreichten schließlich eine schwere, eiserne Tür. Mayssa holte einen Schlüssel hervor. Das Schloß knackte, und zwei Bändigerinnen stemmten sich gegen das Metall. Knirschend schwang die Tür auf. Kalte, modrige Luft schlug ihnen entgegen. Annym fröstelte.

Dann ging es eine Treppe hinab. Die Wände waren feucht und an einigen Stellen mit Schimmel bedeckt. Die Halterungen für Fackeln waren leer. Und der flackernde Schein der Lampen, die die vorausgehenden Lichtträgerinnen trugen, warf zitternde, bizarre Schatten. Es wurde um so kühler, je tiefer sie kamen. Die Kellergewölbe machten einen uralten Eindruck. Der Hauch von Jahrtausenden wehte Annym ins Gesicht. Seine Unruhe nahm allmählich zu. In Aletas Zügen war Furchtlosigkeit zu lesen. Worin auch immer die Prüfung bestehen mochte, Aleta schien sich sicher zu sein, daß sie die Wahrheit – die wirkliche Wahrheit – ans Licht brachte. Annym wandte kurz den Kopf. Auch Yana zeigte keine Furcht. Ein dünnes Lächeln umspielte ihre Lippen, als sie seinen Blick bemerkte. Auch die Sicherheitsherrin war also davon überzeugt, keine Niederlage erleiden zu können.

Annym horchte in sich hinein und versuchte, ein Magisches Wort zu formulieren. Es blieb bei dem Versuch. Etwas lähmte ihn. Etwas ließ nicht zu, daß er seine *Kraft* einsetzte. Noch nicht.

Die Treppe zog sich endlos in die von Finsternis eingehüllte Tiefe. Rattenähnliche Tiere huschten vor ihnen davon in den Schutz der Dunkelheit. Niemand sagte ein Wort. Füße scharrten über feuchten Fels.

Schließlich erreichten sie das Ende der Treppe, und die Lichterträgerinnen schoben Talgfackeln in die Wandhalterungen und zündeten sie an. Das Halbdunkel machte flackerndem Schein Platz.

Sie befanden sich in einem großen Raum mit niedriger Decke, von der glitzernde Feuchtigkeit tropfte. Er war vollkommen leer. Nur die Treppe führte aus ihm heraus – und eine schmale Tür aus verwittertem Holz.

Mayssa trat an diese Tür heran und schob den schweren Riegel beseite. Dann drehte sie sich um.

„Die Prüfung wird zeigen, wer von euch die Wahrheit sagt. Sie wird die Lüge offenbaren. Willst du dich ihr noch immer unterziehen, Yana?“

Die Sicherheitsherrin nickte. „Ja, das will ich. Mißtrauen muß getilgt, Freundschaft wiederhergestellt werden.“

„Nun gut. Dann kommt.“

Yana, Aleta und Annym DryMarden setzten sich in Bewegung. Die anderen Mitglieder des Inneren Zirkels warteten schweigend. Mayssa öffnete die Tür. Ein dunkler Gang lag dahinter. Die Luft trug ein eigenartiges Aroma in ihren unsichtbaren Armen. Hinter ihnen schloß Mayssa die Tür wieder. Dunkelheit. Doch nach ein paar Augenblicken hatten sich ihre Augen daran gewöhnt und ließen sie voraus einen schwachen Lichtschimmer erkennen. Sie setzten sich in Bewegung, schritten durch Lachen glitzernden Sickerwassers und über helle Erzadern im Gestein. Der Gang verbreitete sich schließlich und mündete in einen kavernenähnlichen Raum.

Er war nicht leer.

Eine Alraune wuchs aus dem granitenen Boden, das Zerrbild eines Baumes. Verkrüppelte Luftwurzeln streckten sich dem Fels der Decke entgegen und wiegten sich manchmal zu der Melodie eines Windes, der nicht existierte.

„Bleibt hier stehen“, sagte Mayssa und trat einige Schritte näher an die Alraune heran. Die Zirkelherrin stimmte einen melancholischen Gesang an, und die Alraune begann sich zu seinem Takt zu bewegen. Dann brach Mayssas Gesang abrupt ab.

„Wir sind gekommen, um Wahrheit zu finden“, sagte Mayssa. „Wir sind gekommen, um Lüge zu offenbaren.“

Sie wartete einen Augenblick, dann drehte sie sich um und forderte Aleta und Yana auf, nacheinander ihre Geschichte zu wiederholen. Worte füllten die Kaverne und reflektierten als geisterhafte Stimmen von den nackten Wänden. Äste und Zweige der Alraune bewegten sich, knisternd und knirschend. Es war ein unheimlicher Anblick, und einmal hatte Annym das Gefühl, als streife eine eisige Hand seine geheimsten Gedanken.

Nachdem Aleta und Yana die Schilderung ihrer jeweiligen Versionen der Ereignisse beendet hatten, bewegten sich die Luftwurzeln der Alraune heftiger. Mayssa legte den Kopf auf die Seite und lauschte. Annym warf Yana einen unauffälligen Blick zu. Die

Sicherheitsherrin lächelte. Sie machte den Eindruck, als sei sie sich vollkommen sicher, in diesem Streit nicht unterliegen zu können. Annym *wußte*, daß Yana gelogen hatte. Wenn die Alraune also tatsächlich in der Lage war, Lüge und Wahrheit mit absoluter Gewißheit voneinander zu unterscheiden, Yana aber andererseits sicher war, nicht entlarvt werden zu können, dann ergab das eine wenig erfreuliche Konsequenz: Möglicherweise hatte die Sicherheitsherrin entsprechende Vorkehrungen getroffen. Sie war alles andere als dumm.

Mayssa nickte.

„Und nun du, Fremdmann. Bestätige die Worte Aletas. Oder aber verwerfe sie. Überlege gut, was du sagst."

Annym trat an die Seite der Zirkelherrin. „Was Aleta sagte, entspricht der Wahrheit. Ich habe den Angriff Yanas auf sie mit eigenen Augen gesehen. Ich ..."

Das Knistern und Knacken verstärkte sich, bis es seine Worte übertönte. Annym wandte rasch den Kopf und bemerkte, daß selbst Yana von dieser heftigen Reaktion überrascht war.

Von diesem Mann droht euch Mermeth Gefahr! sagte eine Stimme zu ihren Gedanken. *Hütet euch vor ihm. Er wird das zerstören, was ihr aufgebaut habt.*

Annym schluckte. Und Yana überwand sofort ihre Überraschung und rief aus: „Was ich gesagt habe! Er arbeitet mit den Waffenhändlern von Außenwelt zusammen. Er ist ein *Feind*. Er will unseren Untergang. Und Aleta hat sich mit ihm zusammengetan."

„Aber ...", begann Aleta. „Das ist nicht *wahr*. Ich ..."

Sie versah Annym mit einem merkwürdigen Blick. *Der Alraune bleibt nichts verborgen*, sagten ihre Blicke. *Wenn sie sagt, den Mermeth drohe Gefahr von dir, dann ist das wahr. Warum willst du uns zerstören?*

Mayssa führte sie den Gang zurück zu den anderen Mitgliedern des Inneren Zirkels.

„So hört nun meine Entscheidung!" rief sie, nachdem sie die Tür zur Alraunenkaverne wieder geschlossen hatte. „Es hat sich herausgestellt, daß Aleta die Lügnerin ist und nicht Yana. Es hat sich herausgestellt, daß der Fremdmann unsere Vernichtung plant. Kerkert sie ein, Mermethschwestern. Und fangt noch in dieser Nacht eine Gottesanbeterin des Weiten Landes. Die beiden Frevler sollen ihre gerechte Strafe erhalten. Morgen bei Tagesanbruch."

21

Was wären die Mermeth ohne die Zeitlose Träne? *Nichts, meine Kinder. Die Xanthippen wären unsere Gegner. Wir könnten sie nicht domestizieren und zu unseren Freunden machen. Wir sähen uns einer doppelten Gefahr gegenüber: den Sturmleuten des Weiten Landes und den wilden Drachen der Gebirge. Unsere Sturmburg würde binnen kürzester Zeit den Angriffen erliegen und in wenigen Jahren nur noch eine tote Ruine sein. Seien wir also dankbar. Der Trauergesang der* Träne *gibt uns Mut und Hoffnung.*

Mayssa, Zirkelherrin

Der Kerker war ein finsteres Verlies. Die Wände waren nackt und feucht, der Boden hart und mit halb verfaultem Stroh bedeckt. Kein Lichtschimmer drang von außen herein. Aber an einigen Stellen der Decke hatte sich Leuchtmoos gebildet, und sobald sich ihre Augen an diesen schwachen Schein gewöhnt hatten, konnten sie sich gegenseitig zumindest als dunkle Silhouetten erkennen. Annym und Aleta saßen auf der knarrenden Liege, mit dem Rücken an der kühlen, feuchten Wand.

„Ich verstehe das einfach nicht", sagte Aleta erneut. Ihre Stimme klang dumpf.

„Ich versichere dir, ich plane nichts Böses", gab Annym zurück. „Die Alraune hat gelogen. Ich habe keine verwerflichen Absichten den Mermeth gegenüber. Ich stelle keine Gefahr für sie dar."

Sie streichelte sein Gesicht. Er nahm sie in die Arme.

„Ich weiß", sagte sie matt. „Aber eine Alraune *kann* nicht lügen. Es ist ihr unmöglich."

„Yana war sich ziemlich sicher, nicht unterliegen zu können", erinnerte Annym. „Vielleicht hat sie die Alraune irgendwie manipuliert."

Aleta atmete tief durch. „Sie würde es nicht wagen ..."

„Sie ist auch nicht davor zurückgeschreckt, dich töten zu wollen", sagte Annym. „Warum haßt sie dich eigentlich so?"

„Das hat verschiedene Gründe", antwortete Aleta. Ihre Stimme klang traurig. „Der einfachste ist Mara." Sie erzählte Annym von ihrer Nachtgefährtin. „Aber es gibt noch viele andere. Ich bin anders als die Mermeth. Einst kamen meine Eltern von außerhalb auf diese Welt. Meine Mutter starb, als ich noch sehr jung war. Mein Vater zog mich groß. Hier in der Sturmburg. Einmal erzählte er mir, Dramax hätten ihn überfallen, und im letzten Augenblick wären Mermeth aufgetaucht, die ihn und mich mitnahmen. Wir Mermeth brauchen Männer."

„Ich verstehe", sagte Annym.

„Ich wurde geduldet. Aber bald schon stellte sich heraus, daß ich besonders gut mit der Kraft der *Zeitlosen Träne* umzugehen in der Lage war. Ich wurde zur Xanthippen-Bändigerin ausgebildet, und ich wurde eine der besten Reiterinnen und Soldatinnen des Zirkels." Sie schüttelte den Kopf. „Nein, eigentlich weiß ich nicht, warum mich Yana so haßt. Vielleicht hat sie mir mein Glück geneidet, vielleicht meinen Erfolg im Kampf und in der Liebe."

„Deine Eltern", sagte Annym. „Warum kamen sie nach Ehrdh?"

„Mein Vater erzählte mir einmal, daß er und meine Mutter verfolgt worden sind. Sie waren auf der Flucht, und auf Ehrdh glaubten sie, sicher zu sein."

Annym nickte langsam.

„Wir gehören zusammen", sagte er. „Du und ich. Wir haben uns gesucht und gefunden. Auch ich höre eine Stimme in meinen Träumen." Er erzählte ihr von seinem Leben und dem, was er bisher in Erfahrung bringen konnte. Minuten vergingen und wurden zu Stunden. Als er schließlich endete, lagen sie beide auf der knarrenden Liege. Ihre heißen Körper schmiegten sich aneinander, und die Wärme zwischen ihren Schenkeln vertrieb die Kälte in seinem Innern.

„Der Verfolger ist dir noch immer auf der Spur?" fragte Aleta.

„Noch immer, ja. Seit einem Normjahr bereits habe ich nichts mehr von ihm gehört. Vielleicht hat er meine Spur verloren, vielleicht auch nicht. Ich muß vorsichtig sein. Aber ich muß auch das *Ziel* finden, denn sonst wird mich der Ferndrang eines Tages innerlich verbrennen. Meine Traumstimme hat dich einmal ‚Katalysator' genannt. Ich weiß nicht, was es mit dieser Bezeichnung auf sich hat. Jedenfalls ist mir meine Bestimmung nicht klarer geworden, seit ich dich gefunden habe. Aber die *Kraft* in meinem Innern . . . ich habe sie bewußt kontrollieren können, als ich deine schweren Verletzungen heilte. Vielleicht ist das die Antwort."

Nein, sie war es nicht. Annym spürte es ganz deutlich. Etwas fehlte noch. Etwas, das aber ganz in der Nähe war.

„Aber jetzt", flüsterte Aleta nach einer Weile, „ist dir der Zugang zu ihr wieder verwehrt ..."

„Ja. Aber vielleicht ... morgen bei Tagesanbruch. Die Traumstimme sagte, ich hätte eine Aufgabe zu erfüllen. Sie wird mich nicht sterben lassen. Nicht hier und jetzt."

„Und wenn doch?"

Annym schwieg. Er wollte an diese Möglichkeit nicht denken.

Sie liebten sich intensiv in dieser Nacht. Aber es brachte nicht die Erfüllung, die Annym sich erhoffte. Immer dann, wenn er Aleta im schwachen Licht des Leuchtmooses ansah, blickten ihm die dunklen Augen Senaides entgegen.

Irgendwann schliefen sie ein.

Zwei Schatten glitten durch die von Talgfackeln erhellte Nacht.

Es ist soweit, sagte die Mentalstimme des einen.

Ja, es ist soweit, gab der andere zurück.

Wände waren keine Hindernisse. Die Schatten veränderten die molekulare Struktur ihrer Körper und sickerten durch Materie, die hauptsächlich aus Leere bestand. Niemand sah sie, niemand vermochte sie zu hören. Sie verursachten keine Geräusche, und Licht drang durch sie hindurch. Unaufhaltsam näherten sie sich ihrem Ziel. Die Fackeln beleuchteten scheinbar leere Korridore und Gänge. Hinter manchen Türen, an denen die Schatten vorbeikrochen, ertönten Stimmen: leise und amüsiert, manchmal lachend und manchmal stöhnend. Die Schatten beachteten sie nicht. Sie hatten ein Ziel.

Zwei Wachgängerinnen lehnten an den Mauern eines Kreuzganges. Sie unterhielten sich leise. Die Schatten glitten auch durch die Mermeth hindurch und verursachten nur ein kaum wahrnehmbares Unwohlsein. Eine der Wachgängerinnen runzelte die Stirn, das war alles.

Es ist leicht, sagte der eine Schatten.

Wir haben lange genug auf diesen Augenblick gewartet, entgegnete der andere.

Die Bannschwelle ...

Wir überwinden sie. Gemeinsam sind wir stark.

Sie wurden langsamer, als sich ihnen erneut Stimmen näherten. Kurz darauf wurde eine Tür geöffnet, und zwei Domestiziererinnen traten in den Gang. Sie lachten. Die Arbeit dieses Tages war beendet. Sie kamen den Schatten entgegen.

Eine der Mermeth blieb plötzlich stehen.

„Spürst du das auch?" fragte sie und legte den Kopf auf die Seite, als horche sie nach einem Geräusch, das ihr Mißtrauen geweckt hatte. Ihre Kollegin schüttelte erst den Kopf, horchte dann ebenfalls und nickte zögernd.

„Ja, es ist ... eine Präsenz ..."

Sie haben Verdacht geschöpft, warnte einer der Schatten.

Aber wie? fragte der andere verblüfft. *Es ist unmöglich. Sie können uns nicht sehen, nicht hören und nicht fühlen. Wir existieren für ihre Sinne überhaupt nicht.*

Ja, das stimmt. Der erste Schatten lauschte dem Ätherischen Gesang der *Zeitlosen Träne*. Er hatte sich verändert. Kaum merklich. *Es sind Domestizierer. Sie sind am empfindlichsten der Ausstrahlung der* Träne *gegenüber. Und die* Träne *wiederum kann uns sehr wohl wahrnehmen. Schließlich ist sie der Schlüssel, den wir so lange gesucht und nun endlich gefunden haben.*

Die Schatten setzten sich wieder in Bewegung. Die beiden Domestizierer bewegten sich nicht.

„Ein Eindringling!" keuchte eine der Mermeth. Die Farbe wich aus ihrem Gesicht. „Es muß ein Eindringling sein. Vielleicht wieder ein Dramaxdieb, der es auf die *Träne* abgesehen hat ..."

„Aber ich kann nichts ..."

„Unwichtig." Ihre Kollegin schluckte. „Möglicherweise haben sie eine neue Methode entwickelt, um unentdeckt in die Schatzgewölbe einzudringen. Wir müssen Alarm geben!"

Das können wir nicht zulassen.

Es würde Komplikationen bedeuten, stimmte der zweite Schatten zu. Gemeinsam glitten sie vorwärts, veränderten die Struktur der Molekulareinheit ihrer Körper, die keine Körper waren, und drangen in die Gewebe der beiden Mermeth ein. Den Domestiziererinnen blieb keine Zeit mehr, Alarm zu geben. Sie starben auf der Stelle. Zwei Leichen blieben zurück, als die Schatten ihre Körper verließen und sich der Bannschwelle näherten. Sie konzentrierten sich einen Augenblick lang auf den Ätherischen Gesang, nahmen dessen Kraft auf und überwanden die unsichtbare Schwelle. Sie empfanden nur kurzzeitige Übelkeit, das war alles. Die eiserne Tür, die die Innere Kammer schützte, war für die Schatten ebensowenig ein Hindernis, wie der granitene Fels. Sie durchdrangen das Eisen – und vor ihnen erstrahlten die Violettopale der *Zeitlosen Träne*.

Sie verharrten in Schweigen und Ehrfurcht. Eine Zeitspanne, die nicht von Bedeutung war.

Dann setzten sie sich wieder in Bewegung: zwei Schemen ohne Trägheitsmoment, zwei molekulare Erinnerungen an zwei wirkliche Körper. Etwas Dunkles umklammerte die Fassung, in der die *Zeitlose Träne* ruhte. Metall löste sich auf, und wie von Geisterhänden getragen schwebte das Juwel empor. Die Violettopale strahlten heller, und auch das *Finstergold* erglühte in einem matten Schein.

Und jetzt ... hinaus!

Die beiden Schatten verließen die Innere Kammer und kurz darauf die Schatzgewölbe. Sie wählten den kürzesten Weg: durch die Wehrgänge und dann die dicke, den Winden trotzende Außenmauer der Sturmburg. Die atomare Struktur von Felsen ... umherschwirrende Elektronen ... fest zusammengebackene Protonen und Neutronen. Weiter und immer weiter.

Irgendwann hielten die beiden Schatten inne.

Jetzt? fragte der eine.

Jetzt! bestätigte der andere.

Und aus zwei Schatten wurden zwei Wirkliche Körper.

Annym DryMarden fröstelte, als die Kälte wie mit tausend Nadeln in seine Haut stach. Er duckte sich, um der Gewalt der Sturmböen zu entgehen. Neben ihm keuchte jemand.

„Wie ... wie kommen wir hierher?" fragte Aleta unsicher. Felsen und Eisgrate, so weit das Auge reichte. Eingehüllt von tintenschwarzer Nacht. Ganz in ihrer Nähe jedoch war ein sonderbares Leuchten. Annym blickte zu Boden.

Die *Zeitlose Träne* war wie ein violettes Elmsfeuer im graubraunen Schnee zu ihren Füßen.

Aleta atmete schwer.

„Was haben wir getan!" flüsterte sie. „Was haben wir nur getan ..."

Das Glühen verstärkte sich. Der graubraune Schnee knisterte leise und schmolz. Wasser tropfte an den Felsen entlang und erstarrte einige Meter weiter zu bizarren Kaltfiguren. Annym bückte sich und berührte die *Zeitlose Träne*. Seine Finger ertasteten keine Wärme, doch das Leuchten der Violettopale ließ irgend etwas in ihm vibrieren. Er nahm das Juwel auf; ein Finger aus Licht löste sich von ihm und vereinigte sich mit dem sich ebenfalls intensivierenden Glanz des Rings, den er von seiner Mutter erhalten hatte.

Aleta stöhnte.

„Ohne die *Zeitlose Träne* sind die Mermeth nichts", kam es

langsam über ihre Lippen. Sie war noch immer blaß. „Ohne sie können sie die Xanthippen nicht mehr kontrollieren. Ohne sie sind sie den Angriffen des Ebenenfeindes hilflos ausgeliefert. Wir haben größte Schuld auf uns geladen ..."

Ihre Stimme wurde immer leiser und war bald nur noch ein Flüstern, das Annym nicht verstehen konnte. *Irgend etwas* in ihm begann auf die Präsenz der *Träne* zu reagieren.

So lange gewartet ... endlich ist es soweit ... ein Teil der Aufgabe ist erfüllt ... ein anderer nicht ... müssen uns jetzt beeilen ... dürfen keine Zeit verlieren ...

Annym lauschte der Kommunikation, die einen Teil seines Innersten berührte, aber dennoch völlig unabhängig davon war.

„Wir müssen die *Träne* zurückbringen." Diesmal verstand Annym die Worte Aletas deutlich. Und kaum hatte sie sie ausgesprochen, da zeichnete Schmerz sich in ihren Zügen ab, und sie krümmte sich zusammen.

Das Juwel begann sich zwischen seinen Fingern aufzulösen, während die Kommunikation, von der er nur einen Bruchteil empfing und verstand, weiter anhielt.

„Nein!" rief Aleta.

Annym stand wie erstarrt. Sein Blick klebte an den nun bereits halbtransparenten Violettopalen. Er wartete. Auf etwas, das er selbst nicht kannte. Aber es mußte geschehen. Jetzt.

Die *Zeitlose Träne* war bald nur noch ein in hellem Glanz erstrahlender Schatten. Der Auflösungsprozeß schritt fort und fand kurz darauf sein Ende.

Annym sah Bilder.

Gewaltige Statuen, die in den Himmel ragten. Uralt und unvergänglich. Buchstaben und andere Symbole, die in den Sockel gemeißelt waren und von den Kräften und Energien der Erosion nicht ausgelöscht werden konnten.

Komm! rief die Stimme. *Komm zu uns. Du hast gefunden, was du gesucht hast. Nun beeile dich, unserem Ruf zu folgen, denn nun bist du bereit. Verliere keine Zeit mehr, Annym. Und nimm Aleta mit. Sie wird dir helfen können. Komm. Komm!*

„Wohin?" fragte er, und das Wort war wie ein Hauch, der von den Böen des Windes fortgeweht wurde. Irgendwo war Lärm. Doch er gehörte einer anderen Welt an und war – zunächst – nicht von Bedeutung.

Wohin! Die Stimme in seinen Gedanken stimmte einen traurigen Gesang an.*Ich werde es dir zeigen ...*

Andere Bilder: ein Planet, unberührt, verlassen, aber nur scheinbar leer; eingehüllt von einer unsichtbaren Barriere, die fernhielt und einkerkerte. Auf der Oberfläche, verborgen: *anderes* Leben, nicht perfekt, und doch Gegenstand einer Kunst, die einst Vollkommenheit hatte schaffen wollen.

„Annym? Annym! Wir müssen fort. Sie alarmieren die Kampfxanthippen. Wir müssen fliehen."

Annym aber lauschte anderen Worten und sah andere Bilder.

Komm zu uns. Hilf uns. Und verliere keine Zeit mehr.

„Wobei soll ich euch helfen?" Gehörte die Stimme, die er nun vernahm, wirklich den *Ersten?* War es ihr Ruf, der ihn sein Leben lang gequält hatte?

Du wirst es wissen, sobald du dein letztes Ziel erreicht hast. Aber zögere nicht . . .

Das Bild der fremden Welt verblaßte. Annym sah wieder nackte Felsen und Eisgrate und zu seinen Füßen schmutzigen, graubraunen Schnee. Die Böen zerrten an seiner Gestalt. Er stemmte sich ihnen entgegen.

Einige hundert Meter weiter unten klebte die Sturmburg der Mermeth an den Flanken des Massivs. Fackellichter glommen zitternd auf den Wehrgängen. Geschrei ertönte, vom Wind auseinandergezerrt und seiner Bedeutung beraubt. Annym fröstelte. Aleta legte ihre Hand auf seinen Arm.

„Wir müssen fliehen", sagte sie nahe seinem Ohr. „Sie werden uns jagen. Solange sie dazu in der Lage sind. Wir haben die *Zeitlose Träne* gestohlen und die Mermeth damit ihres Lebens beraubt."

„Nicht wir", widersprach Annym. „Es war das *Andere* in uns . . ."

„Was macht das für einen Unterschied? Sie werden sterben."

Das Krächzen von Xanthippen war zu hören. Annym drehte sich um. Die *Träne* hatte sich aufgelöst, ebenso wie sein Ring. Aber noch immer konnte er ihren Ätherischen Gesang vernehmen, nun in seinem Innern.

„Sie wissen nicht, wo wir sind." Aleta kniff die Augen zusammen. Der Wind wurde immer heftiger. „Aber sie werden es bald herausfinden. Hinunter können wir nicht mehr. Also hinauf."

Sie kletterten über Geröll, das die Kälte auf den nackten Felswänden festgebacken hatte. Sie glitten im Schnee aus und kamen wieder auf die Beine. Ihre klammen Finger suchten in winzigen Spalten und Ritzen nach Halt. Hinauf. Das Krächzen der Kampfxanthippen war mal näher, dann wieder ferner. Annym hatte noch immer das Gefühl, es beträfe ihn nicht. Nicht wirklich. Vielleicht in einer anderen Welt...

Im Osten kroch Helligkeit über den Horizont. Der Sturm warf die dunklen Wolkenberge gegeneinander und schichtete sie zu finsteren Türmen zusammen. Sie waren wie gewaltige Finger die auf sie deuteten und den Mermethsoldaten den Weg wiesen. Aleta und Annym kletterten weiter, über eisverkrustete Grate hinweg, durch steile und enge Kamine. Bald war auch über ihnen Drachenkrächzen zu hören.

„Unsere einzige Chance“, erklärte Aleta müde. In ihrem Gesicht zeigte sich matte Verzweiflung. „Die wilden Drachen des Gebirges. Wir müssen zum Schiff zurück und Ehrdh verlassen. Nur dann sind wir sicher.“

Annym suchte nach Halt und ruhte eine Weile. Sein Atem war eine weiße Fahne vor seinem Gesicht. Aleta schob sich an ihm vorbei, dem Nest der Wildxanthippen entgegen. Er legte den Kopf in den Nacken. Dunkle Punkte klebten an den dahinwirbelnden Wolkenbänken: Späherdrachen der Mermeth.

Das Drachennest schmiegte sich an die Spitze eines Felsvorsprungs. Jungxanthippen fauchten ihnen zornig entgegen, als sie näher krochen.

Aleta rief Worte in der Drachensprache. Sie waren vom Krächzen der Xanthippen so gut wie nicht zu unterscheiden. Langsam beruhigten sich die Jungen, und schließlich ließen sie es sogar zu, daß Aleta sie streichelte. Annym sah besorgt empor. Noch immer schwebten die Späher hoch am Himmel. Es war nur eine Frage der Zeit, wann sie entdeckt wurden.

Rauschen mischte sich in das zornige Heulen des Windes. Ein Schatten fiel über das Nest: die Ziehmutter der Jungdrachen. Aleta murmelte Worte, streichelte, gestikulierte. Und langsam beruhigte sich auch die Drachenmutter.

„Ahaii, du mußt uns helfen, Großxanthippe. Bringe uns fort. Zu einem Ort, den ich dir zeigen werde.“ Der Drache schlug mit seinen Schwingen. Annym wich unwillkürlich zurück.

„Keine Angst“, raunte Aleta ihm zu. „Wenn du Angst zeigst, weckst du damit den Aggressivinstinkt.“ Sie kroch näher an die Drachenmutter heran und rief andere Worte.

„Wir sind keine Feinde, ahaii. Keine Gefahr für deine Kinder. Hilf uns bitte.“

Sie kletterte an den bebenden Flanken der Xanthippe empor und schwang sich auf ihren Rücken. Der Drache warf den Kopf von einer Seite auf die andere und grollte, beruhigte sich aber gleich darauf wieder, als Aleta seine Nervenknospen streichelte.

„Komm jetzt“, forderte sie Annym auf.

Mit gemischten Gefühlen nahm Annym hinter Aleta Platz. Ein krächzender Laut, und die Xanthippe warf sich dem dunklen Himmel entgegen und stieg rasch auf. Dunstfetzen huschten vorbei, Finsternis, als sie die Wolken durchstießen, Helligkeit schließlich, als sie über dem Meer aus schmutziger Watte dahinsegelten. Hier oben waren weit und breit keine Späherxanthippen zu erkennen.

Annym kniff die Augen zusammen.

Fern am Horizont erkannte er einen dünnen Lichtstreifen. Einige Sekunden später vernahm er das dumpfe Grollen von Schiffstriebwerken. Er horchte in sich hinein. Die *Kraft* brodelte hinter der Barriere in seinem Bewußtsein. Annym fand eine Lücke, umklammerte die Energie und lenkte sie nach außen, um zu sondieren. Seine Arme aus Mentalenergie eilten ihnen voraus, ertasteten ein Flugobjekt und glitten hinein.

Im gleichen Augenblick explodierte Schmerz einer Sonne gleich nahe seinen Gedanken, und er zog sich aus einem Reflex heraus zurück.

„Er ist es!“ schrie er. „Es ist der Khyj. Er ist hier auf Ehrdh!“ Er spürte die verwirrten Signale seines Verfolgers. Offenbar war sein Sondierungsversuch nicht unbemerkt geblieben. Annym kapselte seinen Verstand ein und lenkte suchende Gedanken vorsichtig und behutsam zur Seite. Schließlich versiegte die nahe Präsenz des Verfolgers.

„Schnell!“ keuchte Annym. „Wir müssen zum Schiff . . .“

In der Ferne ragte ein Berg aus Metall über die Wolken hinaus. Aleta krächzte ein Drachenwort, und die Xanthippe stürzte dem Land entgegen.

Das Summen, das aus dem metallenen Leib des Raumschiffes drang, hatte sich verändert.

„Er ist bald fertig“, sagte Jarmardh und schnitt eine Grimasse. „Zwei vergebliche Startversuchen hat Calinga jetzt schon hinter sich. Vielleicht hat er beim drittenmal mehr Erfolg . . .“

Scheu betrachtete Aleta das Raumschiff und drehte dann den Kopf zur Seite. Die Drachenmutter verschwand in den tiefhängenden Wolken. Stille. Bis auf das Summen. Und den Wind, der nun in immer heftigeren Böen wehte.

„Er ist also da", fügte Jarmardh noch hinzu, als Annym nicht antwortete. „Er hat unsere Spur nicht verloren."

„Du hast nichts zu befürchten", stellte Annym leise fest und suchte den Horizont mit seinen Blicken ab. „Er hat es auf mich abgesehen. Und wahrscheinlich auch auf Aleta. Ihre Eltern waren ebenfalls Gejagte."

Das Summen intensivierte sich. Ein tiefes Grollen wie von einem sich nähernden Gewitter kam hinzu. Die Triebwerke liefen an.

„Er schafft's." Jarmardh schüttelte den Kopf. „Er schafft's tatsächlich. Scheiße!"

Langsam begann sich das Schiff aufzurichten. Die Flamme in seinem Innern begann wieder aufzulodern und das nicht verbrennende Feuer durch seine Adern zu schicken. Er mußte Ehrdh verlassen. Ob er wollte oder nicht. Und dieses Schiff war das einzige Transportmittel weit und breit.

„Zurück!" rief Jarmardh und zerrte an seinem Arm. „Sonst verwandelt dich der Triebwerksstrahl in Asche."

Annym rührte sich nicht von der Stelle. Sein *Anderes Ich* kommunizierte. Es war ein beständiger Strom von Symbolen und Mitteilungen, an einen Partner gerichtet, den Annym nicht lokalisieren konnte.

Wut entstand in ihm. Wut auf sich selbst, auf Aleta, auf Jarmardh, auf Calinga. Und Sorge um seine Tochter Liszenta. Wenn es dem Ganzmenschen gelang, zu entkommen, dann würde er Liszenta als Kind eines *Di* verkaufen.

Der Zorn nahm zu und schuf eine Bresche in der Geistesbarriere. Annym erschrak angesichts der brodelnden Energie, die er dort berührte. Er erschrak, weil er fürchtete, es könne seinen Verstand wieder zur Seite drängen. Doch das war nicht der Fall. Die Mentalkraft bot sich seinen immateriellen Händen dar. Er formte sie. Er knetete und ballte zusammen. Er zielte und richtete aus. Er spürte eine Berührung auf seinem Arm: Aleta. Sie war an seine Seite getreten, und in ihren Augen lag ein Schimmer, den er dort noch nicht gesehen hatte. Er spürte, wie sich ihr Geist mit dem seinen verband, und auch das erinnerte ihn nur zu deutlich an die Zweieinheit mit Senaide während der Träume, die Ekstase und Euphorie geschenkt hatten.

Eine Flammenzunge aus den Triebwerksschächten des Schiffes leckte über den Boden. Jarmardh stöhnte. Annym streckte seine unsichtbaren Arme aus und berührte das Metall. Es zitterte und vibrierte unter der freigesetzten Gewalt der Aggregate. Annym hatte so gut wie keine Erfahrungen, was den Umgang mit seiner *Kraft* betraf; so ließ er ihr einfach freien Lauf und beschränkte sich darauf, sie zu den Punkten zu lenken, wo sie ihre Wirkung entfalten sollte. Er spürte Freude über die Stärke, die in ihm wohnte, Freude darüber, Herr seiner selbst zu sein. Auch wenn der andere Faktor noch immer in ihm auf der Lauer lag, bereit, die Kontrolle über seinen Körper zu übernehmen, sollte sich Annyms Bewußtsein weigern, das Notwendige zu leisten. Was immer es auch war.

Metall war kein Hindernis.

Ein Arm entfernte sich und manipulierte die Plasmakammern der Triebwerke. Das Dröhnen und Grollen erstarb. Stille senkte sich über die Ebene des Weiten Landes. Aus der Ferne kam Krächzen.

„Sphäherxanthippen", vernahm er Aletas Stimme an seiner Seite. „Es mußte so kommen. Sie wissen jetzt, wo wir sind. Sie werden angreifen. Bald."

„Ja." Mehr nicht. Und weiter ins Schiff hinein. Liszenta weinte. Vor Hunger und vor Wut. Und Calinga ... der Ganzmensch hämmerte mit seinen fetten Händen auf die Sensoren der Kontrollgeräte. Annym unterband den beständigen Fluß der Elektronen. Anzeigen erloschen, Kristallbalken trübten sich.

Etwas störte für einen Augenblick seine Konzentration. Er horchte – und kapselte sich und Aleta sofort ein, als er die Suchgedanken des Khyj bemerkte. Er wußte, daß sie sich auf Ehrdh aufhielten. Aber er wußte nicht, wo. Noch nicht. Der Mahr hatte ihn einmal gewittert, und er würde die Spur nie mehr verlieren.

Calinga verließ die Zentrale und eilte durch verschiedene Korridore. Er näherte sich Liszenta.

Annym hatte erhebliche Mühe, sich vor den Sondierungssignalen des Khyj abzuschirmen und gleichzeitig die Kontrolle über die energetischen Systeme des Schiffes zu behalten. Calinga hatte etwas vor. Er wußte, daß jemand mit Mentalkräften seinen Start verhindert hatte. Seine fetten Hände berührten Liszenta. Worte ...

„Gib das Schiff frei, *Di*. Oder das kleine Mädchen ..."

Haß.

Annyms Denken verfinsterte sich, als der andere Faktor aktiv wurde, alle Bedenken beiseite fegte und einen Schattenspeer in das Bewußtsein Calingas schmetterte. Einen Sekundenbruchteil später spürte sich Annym wieder. Eine geringfügige Manipulation, während er weiterhin unablässig die Suchgedanken des Verfolgers von sich ablenkte: Das Außenschott rumpelte zur Seite. Jarmardh stürmte ins Innere des Schiffes. Aleta und Annym folgten ihm, gedankenkonzentriert, wie in Trance. Hinter ihnen schloß sich das Schott. Eine weitere Manipulation – die Plasmakammern funktionierten wieder, Metall zitterte heftig.

Das Schiff warf sich dem düsteren Himmel entgegen. Der Triebwerksstrahl verbrannte die Vorausabteilung von Kampfxanthippen. Annym spürte kurzes Bedauern, doch die in ihm brodelnde Energie unterdrückte das Gefühl von Schuld. Sie schirmte das Schiff ab, machte es unsichtbar für die Tastsinne des Khyj. Erst als Ehrdh bereits zu einem Lichtpunkt unter vielen geworden war, wagte es Annym, die Abschirmung durchlässiger werden zu lassen. Als er keine fremden Suchgedanken spürte, seufzte er und öffnete die Augen.

Liszenta blickte ihm entgegen.

Neben ihr lag die Leiche Calingas auf dem Boden.

„Wir haben es geschafft", sagte Jarmardh. „Und wohin jetzt?"

Annym sah Aleta an. Verstehen spiegelten sich in ihren Augen.

„Wir haben ein Ziel: Khakiskan." Er zögerte kurz. „Es ist ein Wort aus der Sprache der *Ersten*, und es bedeutet: *Letzter Hort und langsam sterbende Hoffnung*."

Viertes Buch

Khakiskan

22

Di-*Flüchtlinge finden niemals und nirgendwo Ruhe. Sie sind Gejagte auf Lebenszeit. Denn für die Verlorenen der vielen Welten sind sie der einzige Hoffnungsschimmer auf ein besseres Leben.*

Roghan der Makler

Wir leben in einer Welt, die von Bastarden bevölkert ist. Genreinheit hat ihre Bedeutung verloren. Wir aber sind die letzten Reinen. Laßt uns gegen die Verwerflichkeit der Hybridisierung kämpfen. Verfluchen wir die Hrhan und ihre Sternenschiffe. Denn mit ihnen hat alles begonnen.

Apokryphen der Universalen Kirche

Wenn sich die Situation verändert, dann ist Anpassung erforderlich. Vom Ausmaß der Anpassungsfähigkeit hängt der Grad des wahrscheinlichen Erfolges ab.

Ahrjaii-Konzept

Flüsterwind sickerte durch die Tulpenwälder von Mirma. Die Regenbogenkelche wiegten sich sanft zu seiner Melodie; Tau rann an den breiten Blättern entlang und benetzte den Boden. Der Abtrünnige blieb einen Augenblick stehen und sah zurück. Die Fähre war eine schillernde Blase aus purem Licht inmitten des Farbenkonglomerats des Tulpenwaldes. Der Mahr knurrte leise. Er war inzwischen wieder zu einem Humanoiden geworden und folgte dem Pfad, den der Abtrünnige mit seiner Mentalflamme inmitten der Undurchdringlichkeit des Waldes schuf.

„Ja", sagte der Abtrünnige leise. „Zumindest *war* er hier. Die Schattenspur verdichtet sich, mein Helfer. Ich spüre es ebenso wie du. Komm weiter."

Glutfunken lösten sich von den Fingerspitzen der schwarzen Gestalt und zitterten Elmsfeuern gleich über die Kelche der Hochtulpen. Fasern verbrannten binnen eines Sekundenbruchteils und lösten sich dann einfach auf. Silberraupen glitten eilig davon, wenn sie die sich nähernde Gefahr mit ihren Außensensoren wahrnahmen. Hoch am Himmel glühte das Trigestirn.

Schließlich lichtete sich der Tulpenwald, und der Abtrünnige ließ die Hände sinken. Voraus wurde das Terrain hügeliger. Der Mahr knurrte erneut und hechelte dann. Das leere Gesicht wandte sich hierhin und dorthin. Witterungssinne horchten konzentriert. Der Abtrünnige lauschte kurz dem Wahrnehmungsempfinden des Mahr, und er sah Annym DryMarden daraufhin als einen sich rasch bewegenden, konturlosen Schatten dicht voraus.

„Zweimal haben wir ihn fast gestellt. Und zweimal ist er wieder entkommen. Beim drittenmal werden wir mehr Erfolg haben."

Es klang kühl und beinah teilnahmslos. Doch die Frustrationsschwelle des abtrünnigen Khyj war bereits gesunken. Zu lange beschäftigte er sich schon mit dieser Aufgabe. Es wurde Zeit, einen Erfolg zu vermelden.

Statuen reckten ihre gemeißelten Finger dem wolkenlosen Himmel entgegen. Langsam traten der Abtrünnige und sein Mahr näher an die stummen Monumente vergangenen Glanzes heran. Die Flüsterstimme des Windes zischte nun in den winzigen Ritzen und Spalten der Relikte. Der Abtrünnige empfand eine eigenartige Melancholie beim Anblick dieser Hinterlassenschaften, die einer Ewigkeit getrotzt hatten.

„Es ist also soweit", stellte der Abtrünnige ruhig fest. „Annym weiß um seine Verbindung zu den *Ersten*. Und er ist auf Ehrdh mit dem Katalysator zusammengetroffen. Eine Mischung von Ereignissen und Tatsachen, die sich als außerordentlich gefährlich erweisen kann."

Der Mahr brummte zustimmend und schnüffelte umher.

Der Abtrünnige trat näher an eine der Statuen heran. Der Eindruck von Perfektion haftete dem Relikt an. Behutsam legte er seine Hände auf das der Erosion trotzende Material, und er spürte irgendwo tief in seinem Innern eine seltsame Vibration.

„Nein", sagte er leise. „Er kann noch nicht *alles* wissen. Aber wenig ist schon zuviel. Wir müssen ihn stoppen, Mahr. Unbedingt. Und bisher haben wir noch nie versagt."

Ein antwortender Symbolstrom.

„Ja, ich weiß. Es wird nun immer schwieriger. Und auch gefährlicher für uns. Das Zusammentreffen mit dem Katalysator hätte eigentlich verhindert werden müssen. Aber die Raum-Zeit-Koordinaten des Katalysators waren mir leider nicht bekannt. Annym verfügt über einen geringen Zeitvorteil."

Er legte den Kopf in den Nacken und streckte seine Mentalarme aus. Hinaus, weit hinaus, die Schwerkraft Mirmas hinter sich lassend. Hinein in die kalte Leere des Kosmos, zu den Planeten des Sonnensystems, zu den Städten, diesen verfaulenden und sich zersetzenden Organismen, zu den Parasiten, den Stadtbewohnern, die wie gefährliche Bakterien in diesen Körpern aus Mauern und Dreck und Beton waren. Und darüber hinaus.

Nichts.

Kein mentales Echo.

„Ob er gefunden hat, was er sucht? Es wäre fatal . . .“

Seine Suchgedanken lösten sich wieder von den Städten und krochen weiter, schneller als das Licht und die Gravitation, bis an die Grenzen des Sonnensystems. Dort registrierten sie das Eintauchecho eines Dimensionsschwimmers: einen schwachen Schatten vor dem gleißenden Hintergrund der Sterne. Der Abtrünnige wandte sich um.

„Wir sind wieder zu spät gekommen“, sagte er ruhig. „Wie ich schon befürchtete. Aber wir haben aufgeholt. Sein Vorsprung ist nicht mehr ganz so groß. Komm, kehren wir zur Fähre zurück.“

Durch die Gasse, die die mentalen Glutfunken in den Tulpenwald gebrannt hatten. Die Fähre ragte auf wie ein massiver Berg aus Licht. Der Abtrünnige hob die Hände und murmelte ein Khyj-Wort. Die Gleißbarriere fiel in sich zusammen. Sie betraten das Schiff und bereiteten den Start vor.

Sensoren blinkten.

„Eine Nachricht für uns, Mahr“, stellte der Abtrünnige fest. „Folgen wir ihrem Ruf.“

Und während der Mahr in seine Ruhenische glitt und die Festkörperkonsistenz löste, suchte der Abtrünnige einen anderen Raum an Bord seiner Fähre auf: versteckt in einer Falte zwischen den Dimensionen, unzugänglich und unsichtbar für jeden, der nichts von seiner Existenz wußte. Er murmelte eine bestimmte Wortkombination und setzte zudem einen Teil seines Mentalenergiereservoirs ein. Dicht vor ihm begann die Luft zu flimmern. Er trat einen Schritt vor – und befand sich in einer anderen, nur wenigen zugänglichen Welt.

Ein Khandia blickte ihm entgegen, der in Wirklichkeit kein Khandia war. Deshdriag. Ein *Ahrjaii*.

„Ich habe lange gewartet.“

„Ich habe eine Spur verfolgt.“

„Erfolgreich?“

„Nein. Aber ein zeitlicher Vorsprung ist verringert worden. Ich komme ihm näher. Ich werde die Aufgabe erfüllen. Ich werde erfolgreich sein. Ich werde die Gefahr beseitigen."

„Ja, das wirst du. Aber eine Veränderung ist eingetreten. Und wir müssen uns ihr anpassen."

„Welche Veränderung?"

„Du kennst sie."

Der Abtrünnige analysierte den Zusammenhang der Ereignisse und Tatsachen.

„Ja, ich kenne sie."

„Gut. Dann sind dir sicher auch die Konsequenzen klar, Abtrünniger."

Unter der Transparenthaut des Khandia pulsierte Blut. Der Blick aus den purpurnen Großaugen war streng und durchdringend. Macht lag in ihm und großer Einfluß. Aber die Macht der *Ahrjaii* war nicht groß genug. Deshalb brauchten sie ihn noch. Vielleicht noch Jahrtausende, vielleicht länger. Aber nicht für immer.

Zeit genug, dachte der Abtrünnige. Auf jeden Fall genug.

„Nein", antwortete er. „Die Konsequenzen sind mir nicht klar. Eine Modifizierung meiner Aufgabe?"

„So ist es, Abtrünniger." Der Nullzeitkontakt war umfassend. Beide Kommunikationspartner gehörten einer anderen Welt mit anderen Gesetzen an. „Annym DryMarden hat den Katalysator gefunden. Er hat ebenfalls den Schlüssel an sich genommen, auch wenn er noch nichts von seiner Funktion weiß. Aber vielleicht hat sich selbst das auch schon geändert. Möglicherweise ist er darüber informiert worden, welche Funktion der Schlüssel ausübt."

Kurzes Zögern. Tiefe Besorgnis, die in diesen Worten zum Ausdruck kam. Der Abtrünnige lauschte gespannt.

„Inzwischen ist Annym DryMarden auf der Suche nach der letzten Information – den Koordinaten Khakiskans. Ich habe keinen Zweifel daran, daß er sie erhalten wird. Und vielleicht bist du nicht schnell genug, Abtrünniger. Vielleicht bringt er sich in Besitz der Koordinaten, bevor du ihn stellen kannst."

„Es ist möglich", gab der Abtrünnige zu.

„Ja. Annym wird sich daraufhin sofort auf den Weg zu seinem Ziel machen." Der Tonfall der Stimme änderte sich. „Ob er will oder nicht. Er kann nicht anders. Die *Ersten* haben alles einkalkuliert. Er ist ein Werkzeug, das in jahrmillionenlanger Arbeit geschaffen worden ist. Du bist über den Sachverhalt unterrichtet,

Abtrünniger. Wir haben die Situation grundlegend analysiert. Und wir sind zu dem Schluß gekommen, daß ein Zusammentreffen von dir und Annym selbst für dich, einen ehemaligen Khyj, nicht ganz ohne Gefahren ist. Besonders jetzt. Annym lernt rasch, mit seinem Potential umzugehen. Und es ist höher als selbst das deine. Denke daran, Abtrünniger, wenn du dein weiteres Vorgehen planst."

„Was soll ich tun?"

„Dich der veränderten Sachlage anpassen. Es ist die einzige Möglichkeit. Und je mehr du dich anpaßt, desto höher ist die Wahrscheinlichkeit, daß du Erfolg hast. Du mußt erfolgreich sein."

„Ich werde erfolgreich sein."

„Wir wissen es. Wir verlassen uns auf dich. Annym DryMarden ist ein Werkzeug der *Ersten*. Vielleicht aber läßt er sich auch als Werkzeug für uns *Ahrjaii* einsetzen. Es besteht die Möglichkeit, den Langen Konflikt zu einem raschen Ende zu bringen. Prüfe diese Chance."

„Das werde ich tun."

Er trat einen Schritt zurück und löste sich damit aus der Falte zwischen den Welten. Um ihn herum war wieder das leise Summen der Fähre. Der Mahr wartete in seiner Nährnische und knurrte leise. Der Abtrünnige trat an die Kontrollen, nachdenklich, schweigend, ruhig.

Kurz darauf warf sich das Schiff dem Himmel Mirmas entgegen. Der Abtrünnige wußte, was zu tun war. Eine Anpassung an veränderte Umstände.

„Verdammt, ist das kalt", knurrte Jarmardh und zog die Kapuze des Mantels aus Wühlerpelz tiefer ins Gesicht. Sein Atem kondensierte sofort und war eine weißgraue Fahne dicht vor seinem Gesicht.

Annym DryMarden drehte sich um und warf einen Blick zurück. Die Feuchtstädte Nirgendwos lagen bereits weit hinter ihnen: Labyrinthe aus Fels, gehärtetem Lehm und Knochengerüsten. Städte, die sich an die Hänge der Vulkane schmiegten und die Wärme der unter dem Boden verborgenen Magmakerne in sich aufsaugten. Häuser, von immerwährendem Nebel und Dunst eingehüllt, wie von einer Decke aus Myriaden von glitzernden Feuchtigkeitsperlen. Die Vulkane von Nirgendwo waren die einzigen Orte, an denen außerplanetares Leben Fuß fassen konnte. Auf Dauer.

„Es ist ein langer Weg", sagte Aleta leise. Sie hatte sich auf dem Sitz des Schlittens zusammengekauert. Die Kälte aber war allgegenwärtig. Dreißig oder vierzig Normgrade unter Null. Die beiden Laufschnecken, die den Eisschlitten über die weißen Ebenen Nirgendwos zogen, husteten zischend. Ihre Ringbeine hinterließen wellenförmige Spuren im harten Schnee.

„Ja", sagte Annym, mehr zu sich selbst. „Ein langer Weg. Und noch kein Ziel in Sicht." Ein zweites Mal blickte er sich um. Von dem gewaltigen metallenen Leib des Dimensionsschwimmers, der sie nach Nirgendwo gebracht hatte, waren nurmehr die oberen Wölbungen zu sehen, teilweise umhüllt von weißgrauen Kaltwolken, in denen neuer Schnee und neues Eis lagerten. Einige hundert Meter über ihnen schwebten erste *Informer*-Ballungen.

„Bist du sicher, daß sie dir helfen können?" fragte Aleta neben ihm. Sie lehnte sich an ihn. Vielleicht nur, um Wärme zu finden. Vielleicht auch aus Zärtlichkeit.

„Ich habe viel von den Orakeln von Nirgendwo gehört. Ja, ich hoffe, sie können mir helfen."

Sei gewiß, sagte die Stimme in ihm. *Du bist der letzten Information nahe. Die Orakel helfen dir.*

Aleta zuckte unwillkürlich zusammen, als sie die Stimme vernahm. Annym runzelte die Stirn.

Traumstimme?

Nein, lautete die Antwort. *Nicht mehr. Nenne mich Symbopartner. Es ist exakter.*

„Annym", begann Aleta. „Ich . . ."

Annym schüttelte nur den Kopf. Die Kommunikation zwischen ihnen beiden bestand noch immer: ein permanenter, niemals abbrechender Strom von unverständlichen Symbolen. Von Zeichen, die für Annym wie auch Aleta keine Bedeutung hatten.

„Du hörst sie auch, ich weiß." *Du bist mein* Anderes Ich, *nicht wahr*?

„Wir sollten irgendwann anhalten und ein Feuer anzünden", schlug Jarmardh aus dem Innern des Schlittens vor. Die metallenen Kufen fraßen sich knirschend in den kalten, weißen Gischt eines erstarrten, frostigen Ozeans. „Liszenta ist schon ganz blau angelaufen. Sie wird sich eine Lungenentzündung holen, wenn wir nicht für ein bißchen Wärme sorgen."

Ja, das bin ich, entgegnete der Symbopartner. *Ich habe lange gewartet.*

Worauf?

Darauf, stark genug zu sein. Der Katalysator ist bei dir. Ebenso der Schlüssel. Nur die letzte Information fehlt noch.

Welcher Schlüssel?

Belustigung. *Das, was Aleta* Zeitlose Träne *nennt. Und der Ring, den du von deiner Mutter erhalten hast.*

Annym blickte unwillkürlich auf seine Hand. Der Ring war verschwunden, ebenso wie die *Träne*. Beide Juwele hatten sich aufgelöst.

„He!" rief Jarmardh. „Seid ihr eingeschlafen?" Er rumorte im Innern des Schlittens.

Schlüssel wozu? setzte Annym nach.

Erneut schlug ihm Belustigung entgegen. *Das wirst du erfahren, sobald es an der Zeit ist. Zuvor fehlt noch eine Information.*

Die Koordinaten Khakiskans, vermutete Annym DryMarden. Er spürte, wie sich die Stimme wieder zurückzog, hinter die Barriere, die nach wie vor in seinem Geist existierte. *Halt, warte. Antworte mir. Ich kenne das Ziel. Aber meine Aufgabe ist mir nach wie vor unbekannt.*

Die Laufschnecken husteten zischend. Von einem Augenblick zum anderen verschwand das Licht des Tages, und Dunkelheit hüllte sie ein. Aus dem Innern des Schlittens drang das leise Wimmern Liszentas. Jarmardh schob die Pelzplanen beiseite und streckte seinen Kopf hinaus.

„Sprecht ihr nicht mehr mit mir?"

„Entschuldige", sagte Annym. „Die Stimme in mir hat sich gemeldet. Das erstemal, während ich wach bin. Sie ist stark geworden." Die Kufen rumpelten über ein Hindernis hinweg, das in einer Schneewehe verborgen war. Irgendwo grollte etwas. Jarmardh hob die Augenbrauen.

„Die Feuchtstädter haben uns gewarnt, um diese Jahreszeit ins Eisland hinauszufahren."

„Ich weiß, ich weiß."

„Sie sagen, im Viertelwinter gäbe es die meisten Dunkelzonen."

„Und in den Dunkelzonen lauern die Frostteufel", fügte Aleta besorgt hinzu. Sie schloß für einen Augenblick die Augen, um ihre Umgebung nach fremden Gedankenstimmen abzutasten. „Ich kann nichts wahrnehmen."

„Die Frostteufel sind gedankenstumm." Annym hatte die Augen weit geöffnet. Die Finsternis war fast vollkommen. Die Feuchtstädter behaupteten, die von den Frostteufeln auf rätselhafte Weise geschaffenen Dunkelzonen hätten jeweils nur einen

Durchmesser von wenigen Metern, aber diese wenigen Meter mochten schon zuviel sein. Die Laufschnecken husteten. Sie fühlten sich alles andere als wohl.

Nach rechts, sagte der Symbopartner.

Annym reagierte ganz automatisch und zog die Zügel an. Die beiden Laufschnecken quiekten und wandten sich in die angegebene Richtung. Ein oder zwei Sekunden später wurde es übergangslos wieder hell. Hinter ihnen – die Dunkelzone war von außen nicht als solche zu erkennen – grollte eine kehlige Stimme. Aleta schüttelte sich. Jarmardh warf einen Blick auf den Entfernungsmesser und verglich dann die Zeit.

„Wir liegen richtig", sagte er.

„Ja." Annym nickte. „Ich hoffe nur, es kommt zu keinem Wetterumschwung. Die Feuchtstädter sagten, die Orakel von Nirgendwo existierten nur an einem Tag im Langjahr. Und an diesem Tag nur für wenige Stunden. Viel hängt davon ab, ob wir zum richtigen Zeitpunkt am richtigen Ort sind."

„Warum bist du so sicher?"

Der Symbopartner lachte, sprach aber nicht.

„Ich hatte einen Traum", entgegnete Annym. „Ich habe sonst nichts, dem ich vertrauen kann. Wir brauchen die Koordinaten. Die Datenspeicher, die wir in den letzten Wochen und Monaten untersucht haben, konnten uns keinen Hinweis geben."

„Und warum ausgerechnet die *Informer*-Ballungen?" Jarmardh machte aus seinem Zweifel keinen Hehl.

„Warten wir ab."

Weiße Einöde zog an ihnen vorbei. Die Kälte schien noch weiter zuzunehmen. Liszenta wimmerte noch immer. Sie hörten die gedämpfte Stimme Jarmardhs, der leise und sanft auf Annyms Tochter einsprach. Aleta deutete nach oben. Eine kleine *Informer*-Ballung schwebte direkt über ihnen, von den kalten Armen des Windes umfaßt und vorwärts getrieben. Annym lauschte für einen Augenblick ihrer Stimme. Er spürte die ihr innewohnende Kraft. Aleta blickte ihn an und lächelte zaghaft. Auch sie spürte es.

Für einen Augenblick verwischten sich die Konturen der Umgebung. Annym sah die *andere* Welt, nach deren Koordinaten er suchte. Und er sah sich selbst und Aleta inmitten einer seltsamen, düsteren, unheimlichen Umgebung. Er sah noch etwas anderes: Schmerz und Pein und Qual. Er sah, wie Jarmardh . . .

„Nein!" rief er, und sofort löste sich das schreckliche Bild auf. Aleta wandte sich ab und atmete schwer. Annym blickte erneut empor und wehrte diesmal den Einfluß der *Informer*-Ballung ab. Hunderttausende von winzigen Einzellern, zusammengefaßt zu einem Übergebilde. Eine Potenzierung des Lebens selbst. Die Feuchtstädter verehrten diese Ballungen. Einigen von ihnen verliehen sie die Gabe des Hellsehens und der Prophezeiung. Annym DryMarden erwartete mehr, viel mehr. Aber gleichzeitig fürchtete er sich auch. Und mit der Furcht kam sofort das Feuer in ihm. In den letzten Wochen war es wieder stärker geworden, obwohl er ständig unterwegs war. Es schien, als verlöre sein Anderes Ich allmählich die Geduld. Oder als sei das Ziel nahe. Der Ferndrang schmerzte. Und es gab kein Mittel, diese Qual zu lindern. Er war ihr ausgeliefert.

Am Abend, als sich der matte Ball der Sonne dem Horizont entgegenneigte und sie ihr Tagesziel erreicht hatten, schlugen sie ihr Lager auf: ein Zelt aus dicken Wühlerpelzen, die die beißende Kälte der Nacht fernhalten sollten; eine Pyramide aus blauen Brennsteinen, die Frost verdrängten und Wärme schufen. Die beiden Laufschnecken gruben sich in den Schnee ein, um den kalten Böen des Nachtwindes zu entgehen, und sangen sich mit zischenden Stimmen in den Schlaf.

Die Zeltplanen bewegten sich zu diesen Böen – leise knisternd, mal krachend, dann wieder wie das Flüstern eines Lebewesens. Aleta drängte sich an Annym. Ihre Lippen berührten seine Wangen, während er in die Dunkelheit hinaufstarrte und nach Ruhe suchte. Manchmal starrten ihn aus der Finsternis die Augen Senaides an: tief und dunkel, unergründlich, voller glänzender Trauer.

Aletas Hände glitten unter der dicken Decke an seinem Körper entlang. Er reagierte mit heißen Lenden, und er reagierte doch nicht *wirklich*. Zwischen Aleta und ihm herrschte Übereinstimmung. Die ehemalige Xanthippen-Soldatin hatte sich damit abgefunden, für immer von ihrer Heimat getrennt zu sein. Sie empfand nicht den Schmerz, der zur Ferne drängte, aber die vielen Träume hatten ihr ihr Schicksal dennoch deutlich gemacht: an der Seite eines Mannes zu weilen, der nicht Herr über seinen Weg war. Was kommen mochte, wußte sie nicht. Aber sie hatte gelernt, zu akzeptieren. Ebenso wie Annym sich damit abgefunden hatte. Aber die Übereinstimmung, die daraus resultierte, war eine völlig andere als die zwischen der Traumgängerin und ihm . . .

Sie liebten sich in dieser Nacht, während draußen der Kaltwind toste: zwei Körper, die miteinander verschmolzen. Jarmardh hinter der Zeltunterteilung schlief fest. Und wenn er nicht schlief, so zeigte er es nicht.

Schließlich, irgendwann, löste sich Annym aus der Umarmung Aletas und drehte sich auf die Seite. Die Leere war noch immer in ihm. Viele Monate hatte er nach etwas gesucht, mit dem er sie ausfüllen konnte. Vergeblich.

„Annym?“

„Ja?“

„Das Schicksal hat uns zusammengefügt“, sagte Aleta leise. Ihre Stimme verwob sich mit dem Zischen und Heulen und Knistern des Windes. „Irgendwer – oder irgend etwas – hat uns füreinander bestimmt. Und dennoch . . . deine Gedanken sind woanders. Wir lieben uns, aber ich habe nur einen Teil von dir. Wo ist der andere?“

Auf Yloisis, dachte Annym. In den Dichtwäldern im Hohen Norden. Bei einer Traumgängerin namens Senaide KurKarim. Er antwortete nicht, aber Aleta verstand.

„Du bist noch immer bei ihr, nicht wahr?“ Leise. Sanft. „Ich verstehe. Es ist schade, daß ich sie nie kennengelernt habe. Du mußt sie sehr geliebt haben.“

Ja, dachte Annym. Und doch habe ich nur dich gesehen, deine grünen Augen, dein rotes Haar. Etwas Kaltes umklammerte sein Herz. Er drehte sich um und hauchte Aleta einen letzten Kuß auf die Lippen. Als er in ihre Augen sah, blickte ihm Senaide entgegen, und er wandte sich rasch ab.

Verloren, dachte er. Für immer.

Irgendwann schlief er ein.

Das Wetter schlug nicht um. Der Wind blies beständig, und die Temperatur blieb weitgehend konstant. Die Wolken, die rasch und hastig über den Himmel zogen, waren weit über ihnen und trugen nur wenig Schnee in ihren filigranen Armen. Gegen Mittag des dritten Tages schließlich erreichten sie das Kaltblumenland. Die beiden Laufschnecken zischten nervös, denn ihre rudimentären Hirne empfingen die sich verstärkenden Ausstrahlungen der *Informer*-Ballungen. Annym sprang vom Schlitten und löste die Zuggeschirre. Die Laufschnecken krochen daraufhin davon und gruben sich nicht weit entfernt in den eisigen Boden, wo sie der Kältestarre anheimfielen.

„Der Zeitpunkt ist richtig“, sagte Jarmardh und deutete auf die unzähligen *Informer*-Ballungen, die aus allen Richtungen kommend einem Luftstrudel über der Ebene entgegenstrebten. Es war ein erregendes Schauspiel: große, wolkenartige Gebilde aus Myriaden von Einzellern, die sich, im Luftstrudel gefangen, zu einer Hyperwolke vereinigten. Nur für wenige Stunden, wie die Feuchtstädter behaupteten. Und während dieser Zeit bildeten sie die Orakel von Nirgendwo. Nur selten nahmen Städter die Mühen der langen Reise hierher auf sich. Zumal sich die Orakel nur im Viertelwinter bildeten. Und in dieser Zeit waren auch die Frostteufel in ihren Dunkelzonen verstärkt präsent. Eine Reise zum Kaltblumenland war gefährlich – aber die Orakel von Nirgendwo vermochten Fragen zu beantworten, denen gegenüber selbst Transmenschen stumm bleiben mußten.

Sie verankerten den Schlitten, dann brachen sie auf. Die Kaltblumen neigen sich im frostigen Wind. Glockenhelle Töne drangen an ihre Ohren. Melodien, wie sie nur ein besonders begabter Künstler hervorbringen konnte. Oder der Zufall. Als Annym eine der Blumen berührte, verfärbte sich die betreffende Stelle, und ein Diskant mischte sich in die perfekte Weise. Fortan vermied er jeden Kontakt zu den kristallähnlichen Gebilden. Er spürte die wachsende Kraft der *Informer*-Ballungen, aber noch schirmte er sich vor ihr ab. Erst dann, wenn der Höhepunkt der Vereinigung erreicht war, durfte er sich ihr aussetzen und das Orakel befragen. Der richtige Zeitpunkt war von großer Bedeutung, wie es in den Feuchtstädten Nirgendwos hieß.

Sie marschierten durch einen Wald aus mannshohen Eisblumen. Der Schlitten blieb hinter ihnen zurück, verborgen hinter einem Schleier aus diffusem Weiß, einer Decke aus Kälte und feinem Schnee.

Im Zentrum des Kaltblumenlandes stießen sie auf ein Relikt der *Ersten*.

Es glich einem gewaltigen, deplacierten Korallenstock, und es war – beeindruckend.

„Welchem Zweck es einst gedient haben mag?“ fragte sich Jarmardh und trat zur Seite. Tausend mal tausend Korallenarme wuchsen dem Himmel entgegen, die meisten karmesinrot, andere grün und blau und wieder andere wüstengelb.

„Zweck?“ gab Annym zurück. „Gar keinem. Es ist materialisierte Ästhetik. Es ist Kunst in der Vollendung. Und es ist zeitlos.“ Er trat näher an das Relikt heran. In den Korallenarmen waren Symbole erkennbar, ähnlich denen, die einst in die Grenzstatuen des Rotlandes der *Kii'hm* hineingemeißelt worden waren. Annym spürte Verstehen, doch bevor sich das Begreifen verdichten konnte, zog es sich wieder zurück in die Tiefen seines Bewußtseins.

Symbopartner?

Ja?

Es war das erstemal, daß seine Traumstimme auf eine Bewußtfrage antwortete.

Was ist es?

Du weißt es nicht? Überraschung. *Nun, du wirst es bald erfahren...*

Sag es mir!

Gedankenschweigen. Annym seufzte und blickte empor. Hier war der Wind nicht so heftig, was die Kälte erträglicher machte. Dennoch spürte er, wie ihre frostigen Finger in seinen Beinen emporzukriechen begannen. Sie durften sich nicht allzu lange hier aufhalten.

Der Luftstrudel, der die *Informer*-Ballungen wie magisch anzog, befand sich exakt über dem geometrischen Zentrum des *Ersten*-Kunstwerks. Ein Zufall? Oder mehr? Die Zellkonglomerate wirbelten umher wie in einem Derwischtanz. Sie vereinigten sich, wuchsen zusammen und bildeten einen Hyper-*Informer* – die Orakel von Nirgendwo.

„Es ist soweit", sagte Annym leise und schloß die Augen.

Ja, sagte der Symbopartner. *Es ist soweit. Tritt vor und berühre das* eschmajian.

Annyms Beine setzten sich ganz von selbst in Bewegung. Als seine in dicke Handschuhe gehüllten Hände das unbekannte Material des Relikts berührten, spürte er wieder die feine Vibration tief in seinem Innern. Aus einem Reflex heraus versuchte er, sich dagegen zur Wehr zu setzen, doch seine Mentalkraft schob seine Gegenwehr sanft, aber nachdrücklich zur Seite. Einmal mehr machte es deutlich, daß Annym nur so lange Herr seines Ichs und Körpers war, wie es in die Pläne des *Anderen Ichs* paßte.

Die Vibration intensivierte sich. Etwas zerrte an seinem Verstand, und er gab dem Drängen nach, widerwillig zunächst, dann neugierig. Er vernahm den Ätherischen Gesang der *Zeitlosen Träne*. Das Juwel hatte sich aufgelöst, ebenso wie der Ring seiner Mutter. Dennoch war ihre Präsenz *hier*. Und überall, wo er sich befand. Das Wispern von Myriaden Stimmen hüllte ihn ein: Die kräftigste Stimme gehörte dem Korallenstock, zwei andere der *Zeitlosen Träne* und dem Ring. Annym begriff, daß die Juwele einst ebenfalls von den *Ersten* geschaffen worden waren – für ihn.

Unmöglich! Woher sollten die Ersten *zum Anbeginn der Zeit von meiner zukünftigen Existenz gewußt haben?*

Die Ersten *wußten alles. Oder fast alles.* Wieder strahlte der Symbopartner Belustigung aus. *Nein, sie wußten nichts von* dir. *Aber sie wußten von jemandem* wie *dir.*

Und wieder Schweigen.

Und tausend andere Stimmen. Sie gehörten den Einzellern der *Informer*-Ballungen, die sich nun immer mehr verdichteten und millionenfache Querverbindungen untereinander schufen. Eine gewaltige, kolossale Denkkapazität bildete sich heraus.

... geboren, um zu sterben ...

Ein Gedanke Aletas. So schwach und kraftlos im Vergleich zu dem mächtigen Raunen der Zellenkomplexe.

Stelle deine Frage, riet der Symbopartner. *Und verliere dabei nicht den Kontakt zum Relikt. Es ist wichtig.*

Eine Kommunikation zu den Orakeln von Nirgendwo war nicht möglich. Zumindest keine Kommunikation, wie Annym oder ein anderes individualintelligentes Lebewesen sie kannte. Mitteilung war ... allumfassende Präsenz, zugleich hier und dort. Das Prikkeln und Vibrieren in Annym verstärkte sich nun und erfaßte jede einzelne Zelle seines Körpers. Er spürte Weisheit und Wissen. Und er stellte seine Frage: ein bildhaftes Verlangen nach wichtiger Information.

Sein Geist zersplitterte und trieb davon.

Durch die Kalte Nacht des Universums, die schon Jahrmilliarden andauerte. Zwischen den kosmischen Leuchtfeuern lodernder Sonnen, über erkaltete Planeten hinweg und durch mächtige Wolken aus Meteoriten und Staub.

Khakiskan.

Letzter Hort und langsam sterbende Hoffnung.

Erfüllung und Bestimmung gleichermaßen. Aber auch ... Gefahr, tödliche Bedrohung, möglicherweise Ende allen Seins. Annym schmeckte die Gefahr mit seiner Zunge, lauschte der tödlichen Melodie der Bedrohung, ertastete mit seinen Fingern das Ende selbst. Das Ende der Zeit und das Ende des Raumes. Ein unsichtbares Netz, daß alle Körper im Kosmos miteinander verband, war an einer bestimmten Stelle gekrümmt. Annym schwebte näher an diesen Punkt heran, getragen von lenkenden Kräften, die er nicht verstand, denen er aber vertraute. Sein zersplitterter Geist begriff in einem Augenblick allumfassender Genialität die Wechselbeziehungen zwischen den Grundbausteinen der Materie.

Nichts war kompliziert, alles einfach und leicht zu verstehen. Alles stand miteinander in Verbindung, Orte verloren ihre Bedeutung. Er verglich Koordinaten, und erst in dieser Sekunde begriff er wirklich, was das Relikt war, mit dem er nun in mentaler Verbindung stand: ein Speicher, ein Reservoir an Wissen, eingehüllt in einen Kokon aus atemberaubender, unvergleichlicher Ästhetik.

„Annym?“ Eine breite Hand legte sich auf seine Schulter. Kälte durchflutete ihn einer Woge gleich. Er fröstelte. Die Sonne war längst untergegangen. Die Nacht kam, und mit ihr kamen die Frostwinde. Die Kaltblumen wiegten sich, und ihre glockenhellen Melodien wehten davon.

„Ja?“

„Wir sollten gehen. Es wird Zeit. Aleta ist bereits zum Schlitten zurückgekehrt und wärmt sich im Innern. Und ich habe auch langsam das Gefühl, mich in einen Eiszapfen zu verwandeln.“

Annym nickte müde. Seine Handschuhe waren an einem der vielen Korallenarme des Relikts festgefroren. Vorsichtig löste er sie ab. Es knirschte.

„Hast du erfahren, was du wissen wolltest?“ fragte Jarmardh interessiert.

„Ja. Und noch viel mehr. Ich habe *alles* begriffen, Jarmardh. Du kannst dir nicht vorstellen, was das bedeutet. Der völlige Überblick. Aber nun ... jetzt ist alles wieder vorbei. Ich bin kein Gott mehr, sondern nur noch ein Hybride, der nicht weiß, was das Schicksal für ihn vorgesehen hat.“

Sie setzten sich in Bewegung und marschierten zum Schlitten zurück, begleitet vom melodischen Gesang der Kaltblumen. Fünfzig Normgrade unter Null. Die Kälte kroch durch die Pelze und ließ das Blut zäh durch die Adern rinnen. Es wurde höchste Zeit, Schutz im warmen Innern des Schlittens zu suchen. Der Glutschein der Brennsteine, die Aleta angezündet hatte, leitete sie durch die Dunkelheit.

„Du hast die Koordinaten Khakiskans?“ vergewisserte sich Jarmardh.

„Ich habe sie.“ Eine Weile schwieg Annym und hing seinen Gedanken nach. „Und ich weiß jetzt genau, daß es die Welt ist, die ich immer gesucht habe. Eine Aufgabe erwartet mich dort. Doch was für eine ... das weiß ich immer noch nicht.“

„Du wirst es erfahren.“

„Ja. Das bestimmt.“ Er blieb stehen und umfaßte Jarmardhs Arm.

„Ich habe viele Bilder gesehen“, sagte er langsam. „Große Gefahr erwartet mich. Ich kann nichts Konkretes sagen, aber die Bedrohung ist da. Es ist *mein* Schicksal, Jarmardh, nicht das deine. Wenn du mit mir gehst, wird auch dir Gefahr drohen. Nein, unterbrich mich bitte nicht. Es wäre Unsinn, wenn du mich weiterhin begleitest, vielleicht sogar Selbstmord.“

„Ich stehe noch immer in deiner Schuld, *horan*“, gab Jarmardh zurück. „Du hast mir mehrmals das Leben gerettet und mich geheilt. Ich verlasse dich nicht.“

„Du stehst noch in meiner Schuld, Jarmardh, aber ich gebe dich frei. Ich tilge hiermit alle deine Verpflichtungen, die sich aus deinem *horan*-Status mir gegenüber ergeben. Von nun an sollst du ein wirklich freier *Streiter* sein.“

„Und das hier?“ Jarmardh klopfte sich auf die Brust, dorthin, wo sich seine *Di*-Male befanden. „Aber was ist Freiheit überhaupt?“

Annym mußte unwillkürlich lächeln. Ein philosophierender *Streiter* war, gelinde gesagt, etwas sehr Ungewöhnliches. Die Böen wurden nun heftiger und zerrten mit frostigen Armen an ihren Körpern.

„Nein, ich werde dich nicht verlassen, *horan*. Nicht hier und nicht jetzt. Vielleicht später einmal. Ich bin sicher, du wirst meine Hilfe noch brauchen können.“

Schweigend setzten sie sich wieder in Bewegung. In der Nähe des Schlittens husteten die Laufschnecken: zwei formlose Konturen nahe dem dunklen Schatten des Schlittens. Die Brennsteine glühten nur noch matt.

Bevor Jarmardh die Zeltplane beiseite schieben konnte, blieb Annym noch einmal stehen und drehte sich zu ihm um.

„Deine Entscheidung ist falsch, Jarmardh“, sagte er. „Aber ich kann nicht sagen, daß sie mich nicht freut.“ Sie umfaßten gegenseitig ihre Unterarme. Wortlos. Schweigend. Dann krochen sie in die Wärme des Zeltes.

„Morgen“, sagte Annym, als er den fragenden Augen Aletas begegnete, „kehren wir zurück zu den Feuchtstädten. Und zum Hrhan-Schiff. Wir verlassen Nirgendwo und fliegen nach Khakiskan.“

23

Ich bin ein großzügiger Makler. Ich belohne die, die mir treu sind und die sich als verläßlich erweisen. Ich bin auch ein gerechter Mann. Hart strafe ich die, die mir untreu werden oder mich hintergehen.

Roghan der Makler

Wir hassen Nestbeschmutzer. Wir beachten sie nicht, und wenn doch, dann nur, um sie zu töten.

Tranq-Sure

Annym DryMarden murmelte die Magischen Worte der Tarnung, als sie in die große und weitläufige Aussichts- und Projektionskuppel des Dimensionsschwimmers traten. Dieses Hrhan-Schiff war mit Abstand das größte, das er jemals gesehen und betreten hatte. Man konnte es jahrelang durchstreifen, ohne dabei mehr als einen Bruchteil der Räumlichkeiten zu Gesicht zu bekommen. Es war eine Metropole, die zwischen den Sternen schwamm, mit einer Geschwindigkeit, die die des Lichtes bei weitem übertraf. Es war eine einzige, gewaltige Megalopolis – mit allem, was dazu gehörte: Schmutz, Dreck, Abschaum, Pöbel, Verlierer, Gefahren. Vielleicht war es sogar eine Sonderkonstruktion, dafür vorgesehen, den Passagieren ein Höchstmaß an Platz und Bequemlichkeit zu bieten auf der langen Reise in den Außenbereichen der Galaxis. Annym wußte von den Mentalautodidaktischen Unterweisungen durch die *Sternreisenden*, daß Nirgendwo ein Einsamer Wanderer war – ein Außenseiterplanet, der zusammen mit seiner Sonne der Ewigen Nacht zwischen den Sterneninseln entgegenstrebte und sich schon vor Jahrmillionen aus dem unmittelbaren Gravitationsbereich der Milchstraße gelöst hatte. Andere bewohnte Welten waren Lichtjahrhunderte, wenn nicht gar Lichtjahrtausende von Nirgendwo entfernt. Hier dauerte eine Reise mit einem Dimensionsschwimmer nicht wenige Wochen, sondern Monate oder Jahre. Vielleicht, überlegte Annym, erklärt das die kolossale Größe dieses Sternenriesen.

In der Aussichtskuppel herrschte Halbdunkel und die dazu

passende Stille. Aleta hakte sich bei Annym ein, und gemeinsam schritten sie näher an die verschiedenen Projektionsfelder und energetischen Linsen heran, die andere Welten zeigten. In einer Halteschlaufe aus Batik an der rechten Hüfte Annyms schlief Liszenta. Jarmardh warf den hier wenigen Passanten immer wieder mißtrauische Blicke zu.

„Wir hätten in unseren Kabinen bleiben sollen“, brummte er skeptisch. „Das Risiko, entdeckt und entlarvt zu werden, ist einfach zu groß.“

„Wir können nicht die ganze Reise in den Kabinen verbringen“, sagte Annym. „Und außerdem gibt es hier an Bord nur eine kleine und unbedeutende *Di*-Abteilung. Ihre Leiter werden uns nicht kennen. Und meine Magischen Worte verhindern zudem, daß wir als das erkannt werden, was wir sind.“

Jarmardh knurrte etwas Unverständliches.

„Es ist phantastisch“, murmelte Aleta und deutete auf die plastische Darstellung der Milchstraße, die im Zentrum der Halle schwebte, nur von energetischen Ankern an Ort und Stelle gehalten: ein Feuerrad aus Licht inmitten einer tiefschwarzen Nacht. Annym trat an ein Pult heran und berührte mehrere Sensoren. Die Luft vor ihnen begann zu flimmern, als sich eine ErgLinse stabilisierte und einen bestimmten Ausschnitt des dreidimensionalen Modells vergrößerte. Ein Sonnensystem schwebte vor ihnen im Nichts. Zwei Sonnen schienen an ihnen vorbeizurasen, dann Asteroiden und die inneren Planeten: glutheiße Öfen mit Bleiseen und kochenden Atmosphären, lebensfeindlich, öde. Dann eine andere Welt. Annyms Augen glänzten.

„Yloisis“, sagte er nur, und Aleta nickte langsam. Für eine Sekunde umfaßte sie den Arm Annyms etwas stärker. Eine andere Anforderungseingabe ins Darstellungsterminal. Zwei Sensoren glühten mattrot.

„Unbekannt“, murmelte Annym. „Khakiskan ist unbekannt. Ich habe es mir fast gedacht.“ Und doch war es ihm, als müßte zwischen den Hrhan, die Sternenschiff wie Darstellung geschaffen hatten, und den *Ersten*, die ihn nach Khakiskan riefen, eine Verbindung existieren. Bereits mehrmals hatte er diesen Eindruck gehabt, aber noch fehlten einige wichtige Informationsglieder, um ihn *alles* verstehen zu lassen. Er legte den Kopf in den Nacken. Jenseits der Transparentpanzerung über ihnen zogen Schlieren aus farbigem Licht vorbei: optische Täuschungen, hervorgerufen durch die hohe Geschwindigkeit des Hrhan-Schiffes – millionenfach, vielleicht milliardenfach schneller als das Licht. Dumpf summten tief im Leib des Schwimmers die gewaltigen Maschinen, die den Sternenriesen dazu befähigten. Tranq hatten sie zu verstehen versucht, ebenso Amash und Thryh und *Sternenreisende* und andere. Hrhan und Khyj hatten sie nicht an diesen Versuchen gehindert. Verstanden aber hatten sie nichts. Das Geheimnis des überlichtschnellen Fluges war bis heute ein Geheimnis. Und außer den Hrhan hatten ihn nur die *Ersten* beherrscht, an die heute nur noch Relikte erinnerten.

Pärchen schlenderten an ihnen vorbei: Halbamash und Ganzmenschen, eng umschlungen, die seltsame Atmosphäre hier in der Aussichtskuppel genießend. Ganzzen und Halbmenschen, die sich in Nischen liebkosten und Zärtlichkeiten zuflüsterten. Jarmardh beobachtete sie unauffällig. Bereits einmal hatten sie sich wegen einer Zufälligkeit aus dem Staube machen müssen, damals, auf Marzz. Es durfte sich nicht wiederholen.

„Laßt uns gehen", sagte Annym plötzlich. „Es gefällt mir nicht mehr."

Es erinnerte ihn zu sehr an die Zeit, die er mit Senaide verbracht hatte, an die Gemeinsamen Träume mit ihr, die voller Sinnlichkeit gewesen waren. Es erinnerte ihn an eine bessere Zeit, an die Freude, die er gekostet und verspielt hatte. Nein, verbesserte er sich, während sie auf eine breite Passage zuschritten, aus der helles Licht in die Halle sickerte, nicht ich. Mein *Anderes Ich*. Der Fluch in mir.

Ganz automatisch murmelte er erneut die Magischen Worte der Tarnung. Er spürte die gewaltige Kraft an sich, an der er nur kratzte. Er kontrollierte sie nun. Er konnte sie formen und nach Belieben einsetzen. Aber er fürchtete sich auch vor dem ganzen Ausmaß des in ihm schlummernden Mentalpotentials. Sein *Anderes Ich* kannte diese Bedenken nicht. Wenn er in einer Notsituation nicht bereit war, die Kraft einzusetzen, dann würde das *Andere Ich* reagieren – brachial, unter Einsatz aller Mittel.

Als sie durch die Passage schritten und dann in die erste von vielen Geländehallen traten, empfing sie wieder die gewohnte Atmosphäre von Planetenstädten: Lärm und Schmutz und Gestank. Dies hier waren keine Wandelbaren Ökozonen. Es waren Nachbildungen planetarer Städte. Es mangelte ihnen an architektonischer Harmonie, es mangelte ihnen an Planung. Vielleicht war es nur Materialillusion, hervorgerufen durch das Einwirken von Metamechanikern oder Hrhan-Wandlern.

Hitze schlug ihnen entgegen. Dunst verbarg in der Ferne den Stadtrand vor ihren Blicken. In den breiten, gepflasterten Straßen hatten Händler ihre Stände aufgebaut und priesen lautstark ihre Waren an. Schwebplatten glitten vorbei, besetzt mit hochmütig dreinblickenden Tranq oder Isyhr oder Ganzmenschen. Sie gehörten nicht zu den Verlierern. Sie hatten Glück gehabt. Oder dem Glück nachgeholfen.

„Hier gefällt es mir nicht", sagte Aleta leise. Sie hatte in den vergangenen Wochen eine Menge gelernt unter den Unterweisungsmaschinen der Hrhan. „Es ist so . . . anders."

Und auch das erinnerte Annym an Senaide. Die Umwelt, in der Aleta aufgewachsen war, war alles andere als harmonisch gewesen. Aber sie hatte ihre kleine Welt überblicken können, ebenso wie Senaide das Leben in den Wolkenstädten von Yloisis. Dies hier . . . es war *wirklich* anders. Es war Schmutz und Schlamm. Es war Niedergang. Es war Hoffnungslosigkeit und Trauer. Und auf jemanden, der es nicht kannte, mußte es weitaus düsterer wirken, als auf jemanden, der darin großgeworden war oder sich einen großen Teil seines Lebens darin aufgehalten hatte.

Aus einer Seitenstraße drang ein melodischer Gesang. Sie blieben stehen und sahen sich neugierig um. Die Händler hoben daraufhin ihre Stimmen und priesen ihre Waren noch lautstärker an. Einige benutzten Stimmverstärker, andere verfluchten Kunden, mit denen sie nicht handelseinig geworden waren.

Eine Gruppe von in lange, weiße Gewänder gekleideter Ganzmenschfrauen schritt aus der Seitengasse. Sie glichen sich wie ein Ei dem anderen. Passanten wichen aus.

„Lharn", stellte Jarmardh fest. Aleta sah ihn fragend an.

„Eine Sekte", erklärte Annym anstelle des *Streiters*. „Ihre Mitglieder sind nur Ganzmenschfrauen. Sie pflanzen sich ausschließlich durch Doppelcloning fort, darum die Ähnlichkeit. Von Zeit zu Zeit allerdings brauchen sie neue Gene, und dann unternehmen sie Rekrutierungsgänge. Kommt. Es ist besser, wir verschwinden hier. Es könnte Ärger geben."

Manche der Passanten, die sich hatten abwenden wollen, blieben plötzlich wie angewurzelt stehen und drehten sich langsam zu den Lharn um. Annym murmelte andere Magische Worte, um die Bannwirkung der gelben Lharnaugen abzuwehren. Sie vermochten hypnotische Fesseln um einen unvorsichtigen Verstand zu legen, und bis heute wußte niemand, was aus einem Lharnrekruten wurde.

Bald blieb der Gesang hinter ihnen zurück. Sie schritten tiefer in die Stadt hinein und kamen hier an einer Vielzahl von Andachtskuppeln, Gebetshäusern, öffentlichen Bädern und Vergnügungsetablissements vorbei. Redner standen an Straßenecken und versuchten, die Passanten von ihren Ansichten und Zielen zu überzeugen. Kaum jemand hörte zu. Zwei Blocks weiter fand eine *Di*-Versteigerung in kleinem Maße statt. Sie machten einen großen Bogen um das Versteigerungspodium, zumal, als sie einige Zen entdeckten, deren Mentalstimmen Annym schon von weitem vernommen hatte. Sie wechselten in eine Seitenstraße, die dann in eine Allee mündete, die wiederum ins Zweitzentrum der Stadt führte. Auf einem Platz stand eine junge Frau auf einem selbsterrichteten Podium, ein Halbmensch mit undeutlichen Amash-Genmalen. Sie war kaum zwanzig Normjahre alt und von hagerer, zierlicher Statur. Ihr Gesicht war leer, nur die Augen glitzerten. Sie hatte sich die Hände selbst gefesselt, mit einem Hautsauger. Und wenn Passanten an ihrem Podium vorbei kamen, rief sie:

„Oh, so hört mich an! Ich bin eine junge starke Frau. Ich bin erfahren, trotz meines geringen Alters. Ich kann viele Freuden schenken, denn ich erhielt eine Erotikausbildung. Ich kann arbeiten. Kauft mich. Nehmt mich als *Di*."

Aleta blieb unwillkürlich stehen. Sie war über den Status Annyms und Jarmardhs längst unterrichtet.

„Sie will sich *selbst* verkaufen?" kam es ungläubig über ihre Lippen. Annym kniff die Augen zusammen. Drei Tranq waren stehengeblieben und riefen dem Mädchen Schmähungen zu. Sie lachten.

„Sie wird Schulden haben", sagte er langsam. „Und sie sieht keinen anderen Ausweg, sie zu bezahlen. Sie muß sich selbst verkaufen."

Er wandte sich ab. „Laßt uns zu unseren Kabinen zurückkehren. Ich habe genug gesehen."

„Das erste vernünftige Wort von dir heute", stimmte Jarmardh sofort zu. „Ich fühle mich hier alles andere als wohl. Ich weiß nicht, ob die Kraft deiner Magischen Worte allmächtig ist. Ein einziger Fehler, und wir sind für die nächsten Monate Gejagte in diesem Schiff. Und ich glaube, dann ist es nicht mehr groß *genug*."

Liszenta wachte auf und wimmerte leise. Annym berührte sie an der Stirn und ließ Zuneigung durch seine Fingerkuppen in das noch rudimentäre Denken seiner Tochter fließen. Sie beruhigte sich sofort und sah ihn aus ihren großen, dunklen Augen an. Verstehen schien sich darin zu spiegeln, und Annym dachte: Was mag aus dir werden, meine Liebste? Das Kind einer Traumgängerin und eines Halbmenschen, der seinerseits Kind zweier Multimental ist . . . Ein psionischer Riese? Ein mentales Monstrum? Vielleicht ein Orakel? Du sollst eine Heimat erhalten, Liszenta, einen Ort der Geborgenheit, den ich nie besessen habe. Ich werde für dich das Versprechen einlösen, das ich Senaide gab. Ich werde dich nach Yloisis bringen. Du sollst das frühere Leben deiner Mutter schmecken und die Aromen der Dichtwälder kosten.

„Vorsicht", murmelte Jarmardh Annym zu.

Die Straßen waren schmaler geworden. Sie glänzten feucht, und die Schatten der niedrigen Häuser waren wie die Konturen von Raubtieren, bereit zum Sprung. Voraus saß ein Halbamash auf dem Boden, mit dem Rücken an die Wand gelehnt. Sein Körper war deformiert und entstellt, vielleicht ein Geburtsfehler, vielleicht das Zeichen einstigen Versagens. Auf jeden Fall schien der Halbamash niemals genug Geld gehabt zu haben, um seine Entstellungen chirurgisch beheben zu lassen.

Ich könnte ihn heilen, dachte Annym, blieb aber – wie Aleta und Jarmardh – unwillkürlich stehen. Der Halbamash vor ihnen summte leise und war damit beschäftigt, eine Hyperskulptur zu schaffen.

„Ein Idik", murmelte Jarmardh. „Ein interdisziplinärer Künstler."

Annym betrachtete die Skulptur. Er sah durcheinanderwogende Farben. Er sah ausgewogene Formen, Mosaike von intensiver Eindringlichkeit. Er sah Trauer und Hoffnungslosigkeit. Und er sah zwei Schatten, die sich über das Kunstwerk legten.

Aleta neben ihm atmete schwer.

Es waren zwei Khyj, zwei hochgewachsene Gestalten in bodenlangen, finsteren Umhängen. Hinter den schwarzen Gesichtsmasken zischte leiser Atem. Der verkrüppelte Halbamash sah nicht auf. Er arbeitete weiter an der Hyperskulptur, langsam, mit sicheren Händen.

„Erhebe dich, Frevler", sagte einer der Khyj.

„Ihr habt mich also gefunden", flüsterte der Halbamash. „Nach all der Zeit."

„Du hast Schuld auf dich geladen, Frevler. Wir sind gekommen, um Strafe zu bringen."

„Ich weiß." Der Halbamash sah noch immer nicht auf. Es war, als beträfe ihn das alles nicht. Unwillkürlich besann sich Annym auf die Magischen Worte, und seine Lippen bewegten sich. Der zweite Khyj drehte sich wie in Zeitlupe zu ihm um. „Misch dich nicht ein, Halbmensch. Du hast hiermit nichts zu tun. Lade nicht ebenfalls Schuld auf dich . . .“ Der Hrhan-Assassine hob die Hand – und die Kraft der Magischen Worte wurde in Annyms Verstand zurückgeschleudert. Er stöhnte auf und wich einige Schritte zurück. Jarmardh umfaßte hart seine Schulter.

„Laß es sein“, flüsterte er. „Wir haben Schwierigkeiten genug. Das hier geht uns nichts an.“

Und während der Halbamash weiter an seinem Kunstwerk arbeitete – unbeteiligt und unbeeindruckt –, hob der andere Khyj den Arm und deutete mit den Fingerspitzen auf ihn. Glutfunken lösten sich und hüllten den Verkrüppelten für einen Sekundenbruchteil ein. Leises Stöhnen, dann war von dem Idik nur noch graue Asche übrig.

Aleta stöhnte.

Die Khyj wandten sich um und marschierten an ihnen vorbei. Ihr Auftrag war erledigt. Aber für einen Augenblick hatte Annym DryMarden den Eindruck, als sondierten die beiden Assassinnen seine Gedanken, als seien ihre Mentalstimmen – sie waren leise und undeutlich – von hohem Respekt ihm gegenüber erfüllt. Der sonderbare Eindruck war so schnell verschwunden, wie er entstanden war.

Sie marschierten weiter, an der verwehenden Asche vorbei, schweigsam, nachdenklich. Zwei Straßen weiter stießen sie auf die Leiche eines Halbmenschen im Rinnstein. Im Rücken klafften zwei große Wunden, wahrscheinlich von einem *Brenner* hervorgerufen. Ein Thryh stand über ihm und trat dem Toten mit seinen Laufzehen in die Seite. Sie schritten weiter. Es wurde dunkler.

„Sind wir hier richtig?“ fragte Aleta unsicher und deutete dabei mit einem Kopfnicken auf die sich vor ihnen ausbreitende Dämmerung. Sie war blaß.

Jarmardh nickte. „Es ist eine Abkürzung.“ Sein Gesicht verfinsterte sich. „Was ist Freiheit, wenn man nichts damit anfangen kann?“

Niemand antwortete. Sie marschierten an stummen Mauern vorbei. Dunstwolken wehten ihnen entgegen. Weit über ihnen am Himmel klebte eine blasse Sonne. Hier mochte man in wenigen Stunden vergessen, sich tief im Leib eines riesigen Sternenschiffes zu befinden. Die Illusion war perfekt.

„Eine Münze“, bettelte eine klagende Stimme. „Nur eine einzige Münze, ihr Herren. Habt Mitleid.“

Sie schritten an den Bettlern vorbei. An den gescheiterten Existenzen einer Welt, die nur für wenige etwas zu bieten hatte.
„Ist es noch weit?“ stöhnte Aleta.
„Nein.“ Jarmardh deutete auf das helle Rechteck einer Passage. „Dort.“
Hier waren nur wenige Passanten unterwegs. Einige von ihnen lachten, als sie die klagenden Stimmen der Verlierer vernahmen. Andere warfen Knöpfe oder andere nicht wertvolle Dinge in die ihnen entgegengestreckten Blechnäpfe. Flüche folgten ihnen, finstere Blicke voller Wut. Jarmardh blickte sich immer wieder um. Manchmal gehörten die Bettler und klagenden Entstellten einer Bande an. Und wenn die Provokation zu intensiv war, dann mochten aus den Verlierern plötzlich erbitterte Soldaten werden.
Als sie die Passage fast erreicht hatten, kam ihnen eine Gruppe von Jugendlichen entgegen: Amash, junge Thryh, einige Isyhr und Halbmenschen. Sie traten nach den Bettlern, trieben andere Scherze und wandten sich schließlich einem an einer Hauswand kauerndem Tranq zu. Dessen Panzerfacetten hatten ihren Glanz verloren. Das Gewand war fleckig und an einigen Stellen zerrissen, und auf der Brustwölbung waren zwei sich überkreuzende Sicheln in den Panzer gebrannt worden: das Zeichen eines *Di-Parias*, ausgestoßen von seinem Herrn. Jedem war es bei Strafe verboten, einem *Di-Paria* irgendwie zu helfen. Selbst eine einzige Münze, die in einem Anflug von Barmherzigkeit in seinen Bettelnapf wanderte, mochte dem mitleidigen Geber den Tod bringen. Es kam ganz darauf an, welchen Einfluß der ehemalige *Di*-Herr des Tranq hatte. War er mächtig, dann reichten seine Arme weit. War er nicht so mächtig, dann war das Risiko, einem *Di-Paria* zu helfen, nicht sonderlich groß. Aber wer ging schon ein solches Risiko ein?
Die Jugendlichen riefen dem Paria Schmähungen und Beleidigungen zu. Der Tranq reagierte darauf, indem er seinen Napf unter dem zerrissenen Mantel versteckte und den Kopf senkte. Annym, Aleta und Jarmardh traten näher an ihn heran. Und als hätte der Paria ihre Anwesenheit gespürt, hob er wieder den Kopf.
Jarmardh blieb wie angewurzelt stehen.
„Hotrax!“ zischte er.

„Nestbeschmutzer!“ rief einer der jugendlichen Isyhr dem *Di-Paria* zu. „Sei froh, daß keine Tranq hier sind. Dann könntest du dich nicht mehr lange deines Lebens erfreuen!“
Jarmardh stand noch immer wie erstarrt. Annym murmelte

rasch ein Magisches Wort und legte damit einen mentalen Mantel aus Tarnung um sich, Aleta und den überraschten *Streiter*. Hotrax – oder das, was aus Hotrax geworden war – blickte in ihre Richtung. Erkennen spiegelte sich nicht in seinen Augen, nur Leid und Pein. Er ignorierte die Worte des Isyhr. Daraufhin trat einer der Halbmenschen an ihn heran und versetzte ihm einen Tritt an seine Zweithüfte. Hotrax gab ein schmerzerfülltes Knurren von sich und zischte dann ein Wort in der Tranqsprache. Die Jugendlichen lachten. Eine Tür in dem Gebäude öffnete sich. Ein uralter Zen trat heraus. Der runzlige Schädel wirkte wie der einer Mumie; die silbernen Augen mit den kleinen schwarzen Punkten waren trüb und halbblind; die Wangenknochen schimmerten gelbweiß unter der dünnen Haut.

Annym sah sich rasch um. Die anderen Bettler hatten sich nun erhoben und krochen näher. Eine düstere Bedrohung ging von ihnen aus. Rasch murmelte er ein anderes Magisches Wort. Auch Liszenta schien etwas zu spüren. Sie öffnete die Augen, gab aber keinen Ton von sich.

„Hotrax!" zischte Jarmardh erneut und ballte die Hände. Annym warf seinem *horan* einen warnenden Blick zu. Hotrax blickte in ihre Richtung.

„Kennst du mich, Herr?"

Der *Streiter* preßte die Lippen aufeinander.

Der uralte Zen trug die Farben eines Einsamen – er hatte demzufolge vor langer Zeit seine Familie verloren und damit den Schutzanspruch anderer Sippen. Er war auf sich allein gestellt, kein Ausgestoßener, aber allein in einer schmutzigen Welt. Vielleicht war das noch schlimmer. Denn er gehörte weder zur einen noch zur anderen Seite. Er stand im Niemandsland. Hotrax schob sich langsam an der Wand empor, während der Einsame die Jugendlichen betrachtete. Annym spürte ein schmerzhaftes Ziehen irgendwo in seinem Hinterkopf. Der Zen war mentalstark. Einer der stärksten Psioniker, denen Annym jemals begegnet war.

„Weg hier", raunte er Jarmardh zu. „Der Zen, er . . ."

Die Jugendlichen wichen zurück. Verwirrung zeichnete sich in ihren Zügen ab, dann Angst und Furcht. Sie wandten sich um und rannten davon. Andere Passanten blieben stehen und sahen ihnen kopfschüttelnd nach. Die Bettler krochen noch immer näher. Hotrax zischte ein weiteres Wort. Annym begann zu begreifen.

„Roghan hat ihn für den Verrat bestraft", flüsterte er. Es war ihm unmöglich, ein Bein vor das andere zu setzen. Der Einfluß des

Zen, der noch immer anhielt, war beinahe übermächtig. „Er hat ihn ausgestoßen. Aber Hotrax ist nicht dumm. Er hatte Zeit genug, seine eigene Bettlerbande zu gründen. Ein *Di-Paria* als Herr über eine Handvoll Verlorener!"

„Und der Zen?"

„Steht wahrscheinlich ebenfalls in seinen Diensten." Die Bedrohung war fast körperlich spürbar. Während Annym sprach, formulierte eine andere Stimme in ihm pausenlos die Worte der Tarnung. „Er ist ein Einsamer. Er braucht eine Gemeinschaft. Und sei es die von Bettlern."

Wie in Zeitlupe drehte er sich um. Er wagte es nicht, stärkere Magische Worte anzuwenden. Das mochte den Zen auf sie aufmerksam machen, und was dann geschehen konnte, wagte er sich nicht vorzustellen. Nur weg von hier, und das möglichst schnell!

„Kennst du mich, Herr?" fragte Hotrax erneut. Seine Neugier war geweckt. Und vielleicht ahnte der Tranq sogar etwas. Die anderen Bettler waren jetzt sehr nahe. Unter ihren zerrissenen Mänteln mochten sich Waffen verbergen. Liszenta begann leise zu weinen.

„Nein", sagte Jarmardh. Aus den Augenwinkeln sah Annym, daß sich der Einsame zu ihnen umdrehte. Der Blick aus den trüben Augen reichte ... tief. Vorsichtig besann sich Annym auf ein stärkeres Magisches Wort. Der Zen runzelte die faltige Stirn. Er mußte Annyms Kraft als einen nahen mentalen Hauch spüren. „Ich muß mich geirrt haben", fügte Jarmardh hinzu. Annym wußte, wie schwer ihm diese Worte fielen. „Es tut mir leid."

Die Bettler bildeten inzwischen einen Kreis aus Neugierigen um sie herum. Einige Passanten blieben ebenfalls stehen und beobachteten das seltsame Schauspiel.

„Irgendwie habe ich das Gefühl ...", begann Hotrax. Er hatte sich verändert. Aber er war immer noch gefährlich. Jetzt vielleicht sogar noch gefährlicher als zuvor. Der Zen setzte sich in Bewegung und kam näher.

„Große Macht ...", murmelte der Einsame undeutlich. „Eine starke Aura ... seltsam ... Schutz ... Geheimnis ... Verborgenheit ..."

„Sag mir deinen Namen, Herr", bat Hotrax.

Annym spürte, wie die Kraft der Magischen Worte zurückflutete und seine Gedanken zu ersticken drohte. Seine schlimmsten Befürchtungen wurden noch übertroffen: Der Einsame war einer der seltenen Reflektoren, die Mentalenergie zu ihrem Ausgangspunkt zurückzulenken vermochten. Ob er wollte oder nicht, er mußte die Magische Kraft eindämmen. Der Tarnmantel wurde brüchig. Wenige Sekunden noch, dann ...

Es gab keinen anderen Ausweg.

„Jarmardh, schnell!"

In dem Augenblick, als sich der *Streiter* in Bewegung setzte, riß Hotrax die Augen auf.

„Du!" Knurrend. Überrascht. Und er wich zur Seite aus. Was immer der Tranq auch in den vergangenen Monaten durchgemacht hatte, er hatte seine guten Reflexe behalten. Sie waren besser als die der Kriegertranq, die er ausgebildet hatte. Und sie waren denen eines *Streiters* ebenbürtig. Jarmardh prallte gegen die Hauswand, rutschte zu Boden und kam wieder auf die Beine. Hotrax holte mit einer fließenden Bewegung ein Vibrationsmesser unter seinem fleckigen Mantel hervor und schleuderte es in Jarmardhs Richtung. Die glänzende Klinge schabte über Jarmardhs dicke Hornschicht und hinterließ eine dünne Blutspur.

Annym trat einen Schritt vor und schleuderte einen Schattenspeer aus verdichteter Mentalenergie in Richtung des Tranq. Eine Sekunde später ging er mit einem schmerzerfüllten Keuchen in die Knie, als die geballte Kraft in ihn zurückflutete und sein Innerstes zu versengen drohte. Die Tragschlaufe löste sich von seiner rechten Hüfte. Liszenta weinte. Eine Zeitlang sah Annym nur Nebel und feurige Farben, während seine Hände suchend umhertasteten, Liszenta aber nicht finden konnten.

Als sich der Nebel verflüchtigte, sah er dicht über sich das faltige und runzlige Gesicht des Zen. Die trüben Augen schienen seine Gedanken aufzusaugen, der Mund seine Kraft zu trinken. Er konzentrierte sich auf sein Potential und setzte es diesmal behutsamer ein. Für einen Augenblick entfernte sich das Gesicht, dann, unmittelbar darauf, sickerte die Energie in Annym zurück, destruktiv diesmal, auflösend und zersetzend. Er stöhnte. Er war stark, stärker als der Zen. Aber gegen einen Reflektor nützte ihm sein mächtiges Potential überhaupt nichts.

Als sich die Farbschlieren das zweite Mal verzogen hatten, sah er Jarmardh. Er kämpfte gegen Hotrax, aber er kämpfte gleichzeitig auch gegen den Zen und die anderen Bettler. Er mußte geschleuderten Wurfmessern ausweichen, und er war durch eine psionisch induzierte Zeitverzögerung behindert. Der Zen konnte ihm nicht seine ganze Aufmerksamkeit widmen; er mußte Annym abschirmen.

Und Annym spürte, wie sich sein *Anderes Ich* meldete, wie es begann, seinen Verstand beiseite zu drängen.

Nicht, Symbopartner! rief er in sich hinein. *Diesmal kann es mein Tod sein. Nicht*!

Aleta lag neben ihm auf dem Boden, mit schmerzverzerrtem Gesicht. Die Rückkopplung der Mentalenergie war offenbar nicht spurlos an ihr vorübergegangen. Liszenta weinte noch immer.

„Es sind entflohene *Di*!“ rief Hotrax. „Sie sind vogelfrei!“ Er wich einem Schlag des *Streiters* aus. „Roghan der Makler hat eine hohe Belohnung für ihr Ergreifen ausgesetzt!“

Er packte ein Messer, das am Boden lag, wartete einen günstigen Zeitpunkt ab und rammte es dann Jarmardh in die Hüfte. Der *Streiter* schrie auf, und seine Rechte traf den Tranq dicht oberhalb der Zweithüfte. Panzerfacetten splitterten; Blut sickerte aus einer tödlichen Wunde. Hotrax stürzte zu Boden. Seine Arme zuckten hierhin und dorthin, und die Klauen rissen Furchen in das Pflaster der Straße. Liszenta weinte nicht mehr. Die anderen Bettler kamen näher. Annym konnte sich nicht rühren. Der Reflektor fesselte ihn an den Boden. Aleta war bewußtlos. Und Jarmardh verletzt und daher ebenfalls nicht voll einsatzbereit.

Ein entstelltes Gesicht tauchte irgendwo über Annym DryMarden auf: Narben, Geschwüre, Eiter, verkrustete Wunden. Und ein Messer, dessen Stahl im trüben Licht häßlich funkelte. Die Klinge senkte sich ihm entgegen.

Zischen ertönte, und ein blasser Funke fegte das Messer samt Hand von ihm fort. Noch einmal. Und noch einmal. Schmerzerfüllte Schreie – und endlich ließ der ihn fesselnde mentale Einfluß nach. Annym kam langsam wieder auf die Beine.

Zwei *Sternreisende* eilten ihnen mit langen Schritten entgegen, in ihren Grazilhänden das Metall von Schmerzern. Aleta stöhnte und erhob sich ebenfalls. Jarmardh schwankte unsicher. Die Wunde war tief, aber bedrohte nicht unmittelbar sein Leben, wenn sie rasch behandelt wurde. Sie raubte ihm nur seine Kraft.

Annym drehte sich um.

Hotrax hatte ein häßliches Ende gefunden. Aber noch im Todeskampf, während er wild um sich geschlagen und mit seinen Klauen des Pflaster aufgerissen hatte, hatte er sich gerächt. Ein Schlag hatte die Kehle Liszentas zerfetzt. Annyms Tochter war an ihrem eigenen Blut erstickt.

Annym kniete sich neben dem zerfetzten Leichnam Liszentas nieder. Der Blick aus ihren großen, dunklen Augen, die wie die Senaides gewesen waren, war gebrochen. Etwas schnürte ihm die Kehle zu. Etwas zerquetschte seine Gedanken. Etwas löste einen mentalen Frost in ihm aus.

„Komm“, knurrte Jarmardh an seiner Seite. „Wir müssen hier weg. Die anderen Passagiere. Sie wissen nun, daß wir . . .“

Annym wandte langsam den Kopf. Der *Streiter* verstummte, als Annyms Blick ihn berührte: Er war so kalt wie das Vakuum zwischen den Sternen. Einer der *Sternreisenden* kümmerte sich um Aleta, während der andere ebenfalls an Annym herantrat.

„Wir sind gerade noch rechtzeitig gekommen“, sagte er mit seiner zischelnden Stimme. Das Grün des Blattsymbionten raschelte, als er sich niederkniete. Die Grazilhände wanderten über den Leichnam von Annyms Tochter, über die klaffende Wunde im kleinen Hals. Das Blut war bereits geronnen. In den dunkelvioletten Augenpunkten, die den ganzen Schädel des *Sternreisenden* bedeckten, schimmerte Mitleid.

„Leider nicht rechtzeitig genug,, Schulungsbruder“, fügte er nachdenklich hinzu.

„Es war seine Tochter“, erklärte Jarmardh leise, und der Grüne vollführte eine zustimmende Geste. Jarmardh stöhnte. Seine rechte Hand lag auf seiner Wunde. Aleta kam mit Hilfe des anderen *Sternreisenden* schwankend auf die Beine. Sie wurde blaß, als sie sah, was geschehen war.

Der Reflektor-Zen war ebenfalls tot. Der Impuls aus dem Schmerzer hatte ihn offenbar genau in dem Augenblick getroffen, als er seine Mentalsinne geöffnet hatte. Die Peinwelle hatte sich in seine Gedanken ergossen und das empfindliche Gleichgewicht zwischen Mentalenergie und bewußtem Verstand gestört. Hirnschlag. Die anderen Bettler waren zurückgewichen und zischten und raunten und murmelten sich unverständliche Worte zu. Von den Jugendlichen war weit und breit nichts mehr zu erkennen. Andere Passanten aber warteten in gehöriger Entfernung ab, was weiter geschah. Es waren weniger, als noch vor Sekunden. Einige hatten es offenbar vorgezogen, aus diesem Bereich der Stadt zu verschwinden. Oder aber . . .

Annym erhob sich wieder. Er konnte es immer noch nicht fassen. Aber das schreckliche Bild vor seinen Augen blieb. Es war real.

„Wie . . .“

„Zufall“, entgegnete der *Sternreisende* an seiner Seite sofort. „Wir waren zufällig in der Nähe und nahmen die Ausstrahlung des Mikropunktes auf. Wir waren neugierig. Wir kamen her. Und wir sahen, daß ein Schulungsbruder in Gefahr war.“

Annym nickte langsam. Sein Blick klebte nach wie vor an Liszenta. Oder dem, was einmal Liszenta gewesen war. „Ich verstehe.“ Das Mikroimplantat in seinem rechten Ohrläppchen. Jeder Schüler der Mentalautodidaktischen Unterweisungen durch die *Sternreisenden* erhielt einen solchen Mikropunkt. Seine Strahlung reichte nicht weit, diesmal aber weit genug. Es war das Zeichen eines Schülers, der überall, wo er auf *Sternreisende* traf, Anspruch auf Hilfe geltend machen konnte.

Kälte, die in den Eingeweiden stach. Nebel, der die Gedanken nur träge dahinrinnen ließ. Annym war müde, unsagbar müde. Er wollte ausruhen, die Augen schließen. Vielleicht für immer.

Nein, sagte der Symbopartner entschieden. *Nicht, bevor du deine Aufgabe erfüllt hast. Sie ist wichtiger als alles andere.*

Was ist wichtiger als das Leben selbst? fragte Annym in einem Anflug von Sarkasmus. *Was bedeutender als der Tod?*

Schweigen. Aber Wärme, die die Kälte in seinem Innern zu verdrängen begann.

Jarmardh ging langsam in die Knie. Schwäche zeichnete sich in seinen Zügen ab. Annym drehte sich um, näherte sich ihm und legte seine Hände auf die tiefe Wunde im Leib des *Streiters*. Er schloß die Augen und konzentrierte sich auf den Strom der Kraft in ihm – das trübe Wasser, das kein Blick durchdringen konnte, der Grund, der weit darunter verborgen war. Sanfte Wellen umschmeichelten sein Ich. Er saugte die Gezeitenenergie in sich hinein, formte und knetete sie und richtete sie aus. Er spürte, wie sie sickernd aus seinem Verstand heraustropfte, durch seine Adern und Nerven glitt und dann eine Vibration in seinen Fingerkuppen hervorrief.

Als er wieder die Augen öffnete, war die Wunde Jarmardhs geheilt. Rosafarbene Haut war neu gewachsen; geronnenes Blut hatte sich aufgelöst.

„Die Gefahr ist nicht vorüber“, sagte einer der *Sternreisenden* zischend. Das Metall des Schmerzers lag einsatzbereit in seiner Grazilhand. „Wir sollten verschwinden, Schulungsbruder. Die Worte des Bettlers sind verstanden worden. Und ob sie der Wahrheit entsprechen oder nicht – sie haben Hoffnung auf ein besseres Leben geweckt.“

Annym registrierte die finsteren Blicke der Passanten und der anderen Bettler, die nun wieder näher rückten. Ja, es wurde Zeit. Ihre *Di*-Male waren nicht zu erkennen. Aber die Hoffnung, das bloße Wort eines Bettlers, reichte aus. *Eine hohe Belohnung für die entflohenen* Di. *Ob tot oder lebendig.*

„Wohin?"

Harmonie wehte ihm entgegen. Und Verständnis. Und das Gefühl, nicht allein zu sein. Einen Augenblick lang horchte er dem Strom der Empfindungen. Die beiden *Sternreisenden* besaßen Gefühlsschatten ähnlich dem Senaides und der anderen Traumgänger von Yloisis. Es war selten, aber Annym wußte von den Mentalautodidaktischen Unterweisungen, daß Mentalphänomene auch bei den *Sternreisenden* existierten.

Eine Grazilhand berührte ihn. „Hab Vertrauen, Schulungsbruder. Komm mit uns. Rasch. Wir haben ein Schiff im Außenhangar. Es ist das beste, den Dimensionsschwimmer so schnell wie möglich zu verlassen."

Sie setzten sich in Bewegung, auf das helle Rechteck der Passage zu. Passanten wichen zur Seite, als sich die Mündungen der Schmerzer drohend auf sie richteten. Annym hatte Mühe zu begreifen. Seine Gedanken waren noch immer wie geknebelt.

Als sie die Passage beinah erreicht hatten, verstärkte sich das Raunen und Murmeln hinter ihnen. Dann ertönte ein kehliger Ruf.

„Laßt sie nicht entkommen! Ihr habt es gehört, es sind *Di*. Entflohene *Di*. Und eine hohe Belohnung ist auf ihre Rückführung ausgesetzt. Wollen wir uns die entgehen lassen?"

„Nein!"

Füße scharrten über abgeschliffene Pflastersteine. Schmerzer summten zornig. Schreie ertönten. Annym wandte sich um, und in seinen Vollpupillen entstand ein seltsamer Glanz.

Was ist Rache? fragte der Symbopartner. *Die Befriedigung niederer Gelüste.*

Aber der Teil Annyms, der nun aktiv wurde, achtete nicht auf die mahnenden Worte. Er zapfte das Reservoir der ihm innewohnenden Kraft an und schleuderte wütend Schattenspeere in die ihnen folgende Menge. Habgierige Gedanken verbrannten, Bewußtseine lösten sich auf, Tote blieben zurück. Annyms Gesicht war eine zornige Grimasse. Bis Aleta seinen Arm umklammerte und immer wieder schrie: „Nicht, Annym, nicht!"

Er wandte sich wortlos um und folgte den *Sternreisenden*. Durch

Gänge und Korridore. Durch weite Hallen und Erholungskuben. An lachenden und weinenden Halb- und Ganzmenschen, an Isyhr und Amash vorbei. Blicke folgten ihnen: neugierig, nachdenklich. Einmal empfing Annym eine seltsame Ausstrahlung aus unmittelbarer Nähe, den Hauch einer sich verdichtenden Gefahr. Als er sich darauf zu konzentrieren versuchte, verhallte das Mentalecho irgendwo im Nichts. Er murmelte die Magischen Worte der Tarnung, und er sah den zerfetzten Hals seiner Tochter. Es war ein Alpdruck, den er nicht abzustreifen vermochte. Er verwob sich mit einem anderen Bild, das nach wie vor in seinem Gedächtnis haftete: Senaide – ein sich zersetzender, auflösender Körper. Die häßlichen Male der *Trockenen Fäule.*

Du hast sie sterben lassen! schrie er.

Aber der Symbopartner antwortete nicht.

Irgendwann traten sie in eine gewaltige Halle an der Peripherie des Dimensionsschwimmers. Eine Blase aus Licht hockte auf dem metallenen Boden – das Lichtschiff der *Sternreisenden*. Hinter ihnen waren sich nähernde Stimmen, laut und düster.

Der farbige Schein, der das Raumschiff einhüllte, veränderte sich, als die *Sternreisenden* herantraten. Eine Lücke entstand, eine Spalte, die ihnen den Weg freigab. Ein Schott öffnete sich.

Sie traten ins Innere. Die Stimmen blieben hinter ihnen zurück. Wenige Sekunden später schwebte die Lichtblase empor, und automatisch bildete sich in der Außenhülle des Dimensionsschwimmers ein energetischer Riß im Molekulargefüge.

Etwas schleuderte das Lichtschiff hinaus in die Kälte. Hinter ihnen schrumpfte der Dimensionsschwimmer zusammen und wurde zu einem Lichtpunkt unter vielen, der bald darauf verblaßte.

24

Sternreisende *sind unstete Wanderer. Der Kosmos ist ihre wahre Heimat, der Ewige Frost zwischen den Sternen, die Strahlenstürme, die Weite. Auf Planeten halten sie sich nur zeitweise auf. Es sind Nomaden, die ihre Lichtschiffe nur dann verlassen, wenn es absolut notwendig ist. Es sind Boten des Friedens, denn niemals würde ein* Sternreisender *eine Waffe zur Hand nehmen. Es sind Wissensbringer, die ihre Weisheit und die vieler anderer Völker vermitteln.*

Mentalautodidaktische Unterweisungen

Der lockende Ruf der Sterne ist intensiver als die Gravitation der Planeten. Bereits vor Jahrhunderttausenden erlagen unsere Vorfahren dieser Verlockung, und sie zogen hinaus in die Weite und die Kälte. Sie nutzten die Krümmung des Raumes und damit der Zeit, um die Abgründe zwischen den Sonnen zu überqueren. Die Strahlungen veränderten ihre Gene und schenkten ihnen fortan ein langes Leben. Sie sahen und verstanden viel. Doch eins entdeckten sie nie: Das Geheimnis des überlichtschnellen Raumfluges. Sie blieben gefangen in der Raum-Zeit-Krümmung. Und wir sind es noch heute.

Trauerwort der *Sternreisenden*

„Irgend etwas stimmt mit den beiden nicht", sagte Annym DryMarden leise, erhob sich und schritt unruhig auf und ab. Aus der Ferne drang das Summen der Schiffsaggregate: monoton und gleichförmig, so daß man es schon nach kurzer Zeit nicht mehr bewußt wahrnahm.

„Mit den beiden *Sternreisenden*?" fragte Jarmardh zurück. „Warum nicht? Sie haben uns aus der Patsche geholfen."

„Ja, das haben sie."

Annym DryMarden blieb nachdenklich stehen. Die Kabine war groß, etwa sechzig Quadratmeter. Mit Schiebewänden konnte sie unterteilt werden. Aleta lag auf einer Ruheliege an der gegenüberliegenden Wand und schlief. Noch immer.

„Wir haben fast vier Tage und Nächte durchgeschlafen, nachdem wir an Bord gegangen sind", sagte Annym. Es klang wie eine Anklage.

„Wir waren erschöpft."

„Ja. Aber vielleicht ist das nicht der wirkliche Grund." Annym legte beide Hände an die Schläfen und verzog das Gesicht. Sein Tönungsreflex reagierte und verwandelte seine Haut in ein stumpfes, kränkliches Grau. „Ich bin *sicher*, daß irgend etwas nicht in Ordnung ist. Aber ich weiß noch nicht, was."

Jarmardh erhob sich ebenfalls. Sie sprachen leise, um Aleta nicht zu wecken. „Du hast einen Schock erlitten, *horan*. Du bist mißtrauisch. Kein Wunder."

„Nein, das ist es nicht." Seine Züge glätteten sich wieder. „Kommst du mit?"

„Wohin?"

„Raus hier. Ich muß mich . . . bewegen."

„In Ordnung."

Leise öffnete und schloß sich die Tür. Das Summen wurde um eine Nuance lauter. Eine Weile schritten sie wortlos den Korridor entlang, tiefer ins Lichtschiff hinein. Dann sagte Annym:

„Ich habe eine Schule der *Sternreisenden* besucht, wie du weißt. Ich habe viel gelernt dort. Unter anderem, daß ein wirklicher *Sternreisender* niemals eine Waffe in die Hand nehmen würde. Es gibt noch andere Punkte. Sie verlassen nur selten ihre Lichtschiffe. Nur dann, wenn es dringend erforderlich ist. Aber bestimmt nicht, um sich das Innere eines Dimensionsschwimmers anzusehen. Enge bedrückt sie, und für sie ist selbst das größte Hrhan-Schiff *eng*." Ein Schott öffnete sich vor ihnen. Sie traten in einen großen Raum, in dem Kontrollapparaturen installiert waren. „Außerdem habe ich noch nie von *Sternreisenden* gehört, die mitsamt ihrem Lichtschiff an Bord eines Dimensionsschwimmers gehen."

„Die Lichtschiffe sind nur unterlichtschnell", erinnerte Jarmardh. „Vielleicht wollten sie eine große Entfernung binnen kurzer Zeit zurücklegen."

„Vielleicht. Aber ihre Lichtschiffe erfüllen auch diesen Zweck. *Sternreisende* sind extrem langlebig. Und es geht ihnen auch nicht in erster Linie darum, eine bestimmte Entfernung in möglichst kurzer Zeit zurückzulegen. Es geht ihnen darum, unterwegs zu sein. Das ist alles."

„Warum bist du so mißtrauisch, Annym? Sie haben uns das Leben gerettet."

„Ja, das haben sie." Schweigen, während sie den Kontrollraum wieder verließen. Annym zögerte kurz, dann blieb er stehen und wandte sich Jarmardh zu. „Vor ein paar Stunden, als du geschlafen hast, bin ich hier ebenfalls unterwegs gewesen. Dabei habe ich zwei seltsame Dinge entdeckt."

„Ja?"

„Komm."

Er führte den *Streiter* durch einige Korridore, deren Wände aus polarisiertem Licht zu bestehen schienen, an sonderbaren Maschinen und Aggregaten vorbei, dann schließlich in einen kleinen Raum.

Zwei nackte Metallblöcke waren fest mit dem Boden verankert. Jarmardh schritt einmal um sie herum, zuckte dann mit den Achseln und sah Annym fragend an.

„Und?"

„Hast du sie dir genau angesehen?"

„Ja. Zwei Metallquader. Nichts Besonderes. Ich weiß nicht,

welchem Zweck sie dienen, gut. Aber ich sehe deshalb keinen Grund, mißtrauisch zu werden."

Annym nickte langsam, ging dann in die Knie und deutete auf eine bestimmte Stelle nahe den Verankerungspunkten der Blöcke.

„Siehst du das hier?"

Jarmardh kniff die Augen zusammen. „Sieht aus wie..."

„Es sind Schriftzeichen. Undeutlich zwar, aber noch erkennbar."

„Vielleicht eine Produktionskennziffer." Der *Streiter* zuckte erneut mit den Achseln. „Das ist noch immer kein Grund, um..."

„Warte, Sieh sie dir einmal genauer an."

Jarmardh betrachtete die Zeichen eine Weile, schüttelte dann den Kopf. „Ich kenne sie nicht. Sie kommen mir irgendwie bekannt vor, aber ich kann beim besten Willen nicht sagen, wo..."

„Aber ich." Annyms Gesicht war ausdruckslos. „Erinnere dich an Gharn und das Rotland der *Kii'hm.* An die Statue, in deren Nähe wir rasteten. Es sind keine Schriftzeichen der *Sternreisenden.* Es sind Kommunikationssymbole der *Ersten.*"

Jarmardh kam langsam wieder in die Höhe. Nachdenklich. Um sie herum war gleichmäßiges Summen.

„Aber wie..."

„Eben das frage ich mich auch: Was haben Schriftzeichen von *Ersten* an Bord eines Lichtschiffes der *Sternreisenden* zu suchen?"

„Vielleicht haben sie diese Quader auf irgendeinem Planeten entdeckt und mit an Bord genommen."

„Möglich", stimmte Annym zu. „Aber da ist noch etwas anderes. Komm mit."

Sie verließen den Raum wieder und näherten sich nun dem Zentrum des Lichtschiffes. Ganz in der Nähe war der zentrale Kontrollraum, in dem sich die *Sternreisenden* fast ständig aufhielten. Unmittelbar vor dem breiten Eingang mit dem roten Tränensymbol führte Annym Jarmardh in einen kleineren Nebengang, der schließlich vor einem Schott endete. Annym berührte einen Sensorenpunkt, und das Metall glitt zur Seite. Bis auf einige Sessel und ein Bedienungsterminal war der Raum, in den sie nun traten, leer. Nackte Wände, unverkleidetes Metall. Annym ließ sich in einem der Sessel nieder und zog das Terminal zu sich heran.

„Paß auf."

Er betätigte eine Taste, und leises Knistern wie von statischer Elektrizität ertönte irgendwo in ihrer Nähe. Eine der Metallwände begann sich zu verändern. Weißgraue Schlieren huschten wie

Nebelschwaden darüber hinweg, lösten sich kurz darauf wieder auf.

„Es ist eine energetische Projektionslinse", erklärte Annym ruhig. „Ähnlich denen in der Aussichtskuppel an Bord des Hrhan-Schiffes. Erinnerst du dich?"

Jarmardh nickte und beobachtete, wie die Metallwand allmählich transparent wurde. Farbschlieren wurden sichtbar, rote, grüne, blaue und gelbe Linien, die ein Muster zu bilden schienen, das sich ihrem Verständnis entzog.

„Erkennst du das?"

Jarmardh zögerte. „Es sieht fast so aus, als . . ." Er brach ab. Es war unmöglich.

„Ich bin sicher, daß es nicht nur so aussieht. Es gibt keine andere Erklärung. Dies hier", er deutete auf die Transparentwand, „sind die optischen Erscheinungen eines Überlichtfluges. Die Lichtschiffe der *Sternreisenden* aber sind nur unterlichtschnell. Sie haben nie das Geheimnis des Multidimensionsfluges enträtselt, Jarmardh. Schlußfolgerung: Dies ist kein Lichtschiff. Schlußfolgerung: Die beiden angeblichen *Sternreisenden* sind keine *Sternreisenden*."

Stille schloß sich an seine Worte an, nur unterbrochen von dem allgegenwärtigen Summen. Schließlich sagte Jarmardh:

„Aber wer sind sie dann, wenn es keine *Sternreisenden* sind?"

Annym zuckte mit den Achseln. „Das möchte ich auch gerne wissen."

Jarmardh kniff die Augen zusammen. „Es gibt nur eine Möglichkeit, diese Frage zu beantworten."

„Und die wäre?"

„Wir fragen die beiden angeblichen *Sternreisenden*. Wenn sie nicht das sind, was sie vorgegeben haben, dann müssen sie dennoch einen guten Grund gehabt haben, uns zu retten. Oder nicht?"

„Du hast recht."

Sie verließen den Aussichtsraum und kehrten zurück zu ihrer Unterkunft. Annym weckte Aleta und unterrichtete sie. Sie erschrak.

„Ich weiß nicht, ob uns Gefahr droht", sagte Annym ehrlich. „Aber es ist besser, du kommst mit uns. Vielleicht ist dein Mentalpotential hilfreich. Immerhin bist auch du ein Kind zweier Multimental. Und wir sollten jetzt kein Risiko mehr eingehen."

Gemeinsam kehrten sie den Weg zurück, den Annym und Jarmardh vor wenigen Minuten beschritten hatten. Ein Sensor glühte auf, und das breite Schott, das in den zentralen Kontrollraum hineinführte, zischte beiseite. Die beiden *Sternreisenden* wandten sich zu ihnen um. Ihre Augenpunkte glänzten.

„Wir haben euch bereits erwartet."

Jenseits der weiten Transparentflächen innerhalb des zentralen Kontrollraums zogen Farbschlieren vorbei: Leuchtspuren von Sonnen, deren Licht infolge der rasenden Geschwindigkeit des Schiffes verzerrt wurde. Fernes Knistern und Wispern war zu vernehmen – die Stimmen der vielfältigen Strahlenstürme. Annym, Jarmardh und Aleta traten näher. Die Einrichtung des zentralen Kontrollraums war überraschend spartanisch – nur wenige Kontrollinstrumente, nur wenige Sensorpunkte, die flackernd leuchteten. Die Chlorophyllpartner der angeblichen *Sternreisenden* raschelten leise, wenn Arme und Beine bewegt wurden. Es war ein sonderbares Schauspiel. *Sternreisende* waren zwar dazu in der Lage, stoffliche Nahrung zu sich zu nehmen, aber in der Hauptsache ernährten sie sich über den Blattsymbionten: von Licht.

„Ihr habt herausgefunden, was offensichtlich war. Und wir ... wir haben lange gesucht und endlich das Ziel erreicht."

„Ihr seid keine *Sternreisenden.*" Annyms Tonfall schloß jeden Zweifel aus.

Eine der beiden Gestalten erhob sich. Für einen Augenblick verschwammen die Körperkonturen, und als Annym blinzelte, sah er vor sich einen Isyhr: roter Körperflaum, feingliedrige Hände, Flexibelknochen. Dann – ein Tranq. Und in rascher Folge hinterher: ein Amash, ein Ganzmensch, ein Khandia, ein Thryh.

„Nein", sagte die andere Gestalt, die sitzen geblieben war, „wir sind keine *Sternenreisenden.*"

Jarmardh atmete einmal tief durch, als der beständige Verwandlungsfluß ein Ende fand.

„Was sind schon Körper? Nichts als fleischliche Hüllen für einen Verstand, austauschbar."

„Wer seid ihr wirklich?" fragte Annym kühl. „Und warum habt ihr im Dimensionsschwimmer eingegriffen?"

„Ahnst du es noch nicht, Halbmensch?" Amüsiertes Lachen. Annym horchte in sich hinein. *Symbopartner? Geht Gefahr von ihnen aus*? Die Gefühlsschatten der beiden Wesen waren deutlich erkennbar: zwei Auren aus Mentalenergie, freundlich, harmonisch, ihnen wohlgesinnt. Er wartete auf die Antwort seines *Anderen Ichs*. Sie kam, zögernd, ein wenig unsicher. *Ich glaube nicht ...*

Bist du nicht sicher?

Schweigen.

„Du kannst uns vertrauen, Annym DryMarden“, sagte eine der beiden Gestalten. „Es ist nicht nötig, den anderen Teil deines Ichs um Rat zu fragen.“

Überrascht hob Annym die Augenbrauen. „Ihr wißt . . .?“

„Ja. Wir waren lange auf der Suche, aber wir haben dich endlich gefunden.“

Aleta und Jarmardh blickten Annym fragend an. Und Annym trat ein paar Schritte näher an die beiden scheinbaren *Sternreisenden* heran. Eine Vermutung entstand in ihm. Sie war phantastisch, erschien ihm zu weit hergeholt, als daß sie mehr als oberflächliche Beachtung verdiente. Doch je mehr er darüber nachdachte, je mehr er die Fakten berücksichtigte, um so mehr verdichtete sich dieser Eindruck. Er brach schließlich das Schweigen, indem er fragte:

„Dieses Schiff fliegt überlichtschnell.“ Er deutete auf die Leuchtspuren. „Wir kennen nur zwei Völker, deren Technologie einen so hohen Stand entwickelt hat: die *Ersten* und die Hrhan. Ihr seid keine Hrhan, dessen bin ich mir sicher. Und an Bord dieses Schiffes bin ich auf Symbole aus der Sprache der *Ersten* gestoßen. Schlußfolgerung . . .“ Er schüttelte den Kopf. Es erschien ihm noch immer viel zu phantastisch.

Zustimmung im Mentalbereich. „Ja, wir gehören zu den *Ersten*. Deine Vermutung trifft zu. Und doch hast du nicht völlig recht. Wir sind zwei Entkommene, zwei Inkarnationen einer lange zurückliegenden Zeit. Wir sind zwei kosmische Flüchtlinge auf der Suche nach Hilfe. Wir haben sie gefunden.“

Aleta, Jarmardh und Annym ließen sich ebenfalls in Sessel sinken. Annyms Herzschlag beschleunigte sich.

„Wenn es stimmt, was ihr sagt . . . dann müßt ihr von meiner Aufgabe wissen. Von der Bestimmung, die mir mein *Anderes Ich* noch nicht offenbart hat.“

Erneute Zustimmung. Sanft diesmal, fast zärtlich, weich.

„Jahrmillionen hat es gedauert, um ein Geschöpf wie dich zu schaffen, Annym DryMarden. Du bist Ausdruck unserer Hoffnung.“

„Ich bin ein Halbmensch mit eigenartigen Genmalen. Ich bin nicht Herr meiner selbst. Wie kann ich euch helfen?“

„Warte“, sagte eines der beiden Geschöpfe. „Warte und unterbrich uns nicht. Deine Fragen sollen beantwortet werden.“

Ich weiß nicht, ob das richtig ist... wandte der Symbopartner unruhig ein. Annym beachtete ihn nicht.

„Wir sind uns nicht sicher, ob du alles verstehen kannst. Aber wir werden versuchen, deinen Durst nach Erkenntnis zu stillen. Nun, einst, vor langer Zeit, als sich viele der Sonnen erst zu bilden begannen, begannen wir mit der Suche nach der Vollkommenheit. Unsere Künste waren hoch entwickelt. Wir versuchten, die innere Essenz des Kosmos selbst einzufangen und bildhaft darzustellen. Du kennst die Relikte, die unsere begabtesten Künstler schufen. Sie überdauerten eine halbe Ewigkeit."

„Sie sind vollkommen", sagte Aleta leise. „Sie sind... herrlich. Ich habe nie etwas Schöneres und Beeindruckenderes gesehen."

„Du magst in einigen Punkten recht haben", gab einer der *Ersten* zu, „aber in einem ganz gewiß nicht: Unsere Kunst war *nicht* perfekt. Sie war unvollkommen." Bedauern klang in seiner Stimme. „Nun, wir wandten uns daraufhin einem anderen Bereich zu: Das Vollkommene Biologische Modell – ein Geschöpf, das allen ästhetischen Ansprüchen genügt und gleichzeitig ein umfassendes Bildnis des Universums ist. Atome für Sonnen, Moleküle für Planetensysteme, Blut für das Netzwerk aus Strahlen, Enzyme für das Nichts zwischen den Galaxien, Lymphsysteme für die gewaltigen Schwarzen Löcher in den Zentren der Sterneninseln. Und ein Gehirn, das Zusammenhänge zu begreifen in der Lage war. Myriadenfache Nervenverbindungen als Symbole für die Wechselbeziehungen aller Grundbausteine der Materie." Wieder kehrte das Bedauern in die Stimme zurück. „Wir versagten. Unsere Geschöpfe, unsere Kunst, waren fehlerhaft. Wir schufen neu und verwarfen. Wir suchten nach der Erfüllung unseres eigenen Seins – wir fanden sie nicht. Wir machten weitere Fehler. Unsere Geschöpfe – die fehlerhaften Bildnisse des Kosmos – wandten sich gegen uns. Sie waren stark. Sie versuchten, uns auszulöschen. Und mit uns die Sucht nach der Vollkommenheit. Sie verwüsteten und zerstörten, was ästhetisch und wertvoll war. Sie waren eine Gefahr. Es gelang uns schließlich, sie in die Unterwelt unseres Planeten zu verbannen. Dort sollten sie das Leben leben können, dem sie sich verschrieben hatten. Wir wollten daraufhin unsere Heimatwelt verlassen und uns an einen entlegenen Ort zurückziehen, um von vorn zu beginnen und diesmal mehr Vorsicht walten zu lassen."

Die Inkarnation eines *Ersten* zögerte kurz. Stille. Dann:

„Es kam anders. Die *Ahrjaii* – so nannten wir sie, die *Fehlerhafte*

Vollkommenheit – hatten eine Bannschwelle errichtet, die uns am Verlassen unserer Welt hinderte. Wir waren Gefangene von Gefangenen. Und die *Ahrjaii* selbst wurden bald aktiv in ihrer Welt unter der Welt. Sie begannen, die Schwellen, die unsere Heimat von der ihren trennte, niederzureißen. Die Schwellentore wurden brüchig; wir konnten es nicht verhindern. Und wir wußten, daß wir nicht ein zweitesmal ihrem Ansturm standhalten konnten. Wir mußten die Bannschwelle um unsere Heimatwelt irgendwie überwinden. Wir schickten Sporenschwärme aus, mikroskopisch kleine Partikel ohne bewußtes Eigenleben. Sie vermochten die *Ahrjaii*-Bannschwelle zu durchdringen, und sie glitten hinaus in die Ewige Nacht. In ihrem genetischen Code wohnte ein bestimmtes Programm, auf das wir unsere ganzen Hoffnungen konzentrierten. Aus diesen Sporen gingen schließlich die Hrhan hervor."

Annym atmete tief durch. Darum hieß es in einer Legende, die Hrhan seien einst die Diener der *Ersten* gewesen. Er begann allmählich zu begreifen.

„Die Hrhan wiederum entwickelten ihre gewaltigen Dimensionsschwimmer und die Khyj. Die Khyj üben Schutzfunktion für die sensiblen Hrhan aus. Niemand und nichts durfte unsere Hoffnungen zunichte machen. Die Dimensionsschwimmer stellten Verbindungen zwischen den Sternen her. Sie waren die Fähren, die alles Leben verändern sollten. Und die einzige Aufgabe war: Es mußten möglichst viele Fremdintelligenzen zusammengeführt werden. Liebe und Sexualität sind unteilbar. Die Mehrlebensoasen entstanden. Gene wurden verschmolzen. Es ist alles eine Frage der Wahrscheinlichkeit: Irgendwann – so spekulierten unsere Vorfahren – mußte aus der beständigen Genverschmelzung eine Kombination hervorgehen, die zu einem Geschöpf führte, das in der Lage ist, die von den *Ahrjaii* errichtete Bannschwelle zu durchdringen und mit Hilfe eines Magischen Schlüssels aufzuheben. Unterstützt und beschleunigt wurde dieser Vorgang von Überbleibseln der ausgeschickten Sporenschwärme. Dein *Anderes Ich*, Annym DryMarden, ist nichts anderes als das mentale Reservoir einer solchen genetisch-codierten Spore. Und aus anderen Sporen, die ihr genetisches Programm unzählige Male in Millionen von Hybriden zu entfalten versuchten, wurden schließlich wir: zwei Inkarnationen von *Ersten*. Wir erinnerten uns. Wir begannen die Suche. Und wir fanden dich endlich. Wir bieten dir Schutz. Denn wir wissen auch, daß es einigen *Ahrjaii* gelang, die Unterwelt zu verlassen, die Bannschwelle zu durchdringen und in den Kosmos vorzustoßen. Sie wissen von dir, und sie setzen alles daran, dich noch rechtzeitig genug zu eliminieren."

„Ich weiß", sagte Annym leise, und er dachte an den Khyj, dessen Mentalstimme um so vieles mächtiger als die eines normalen Khyj gewesen war. Kein Khyj – ein *Ahrjaii*. Und seine Traumstimme hatte ihn bereits mehrmals vor den *Ahrjaii* gewarnt.

„Kaum zu fassen", murmelte Jarmardh. „Die Welt wie sie heute existiert – nur geboren aus der Hoffnung der *Ersten*." Aleta sagte kein Wort. Sie starrte auf einen Punkt dicht vor ihren Füßen. Sie hatte offenbar Schwierigkeiten, mit dem fertig zu werden, was sie gerade gehört hatte.

„Ich hätte eure Hilfe eher brauchen können", fügte Annym leise hinzu. Er dachte an Senaide. Er dachte an seine Eltern, die für ihn gestorben waren. Ebenso wie die Aletas. Er dachte an all das, was er durchgemacht hatte.

„Wir wissen", entgegneten die beiden Inkarnationen. Ihre Gefühlsschatten drückten ehrliches Bedauern aus.

„Der Magische Schlüssel", erinnerte sich Annym. „Nur mit seiner Hilfe kann ich die Bannschwelle durchdringen und aufheben?"

„Dein geistiges Potential ist groß. Aber nicht groß genug. Du brauchst den Schlüssel, ja."

„Aber ich habe ihn nicht. Wo muß ich ihn suchen?"

„Du hast ihn bereits, Annym." Direkt vor seinen Augen begann die Luft zu flimmern. Zwei Juwele materialisierten, beide aus *Finstergold* und Violettopalen: die *Zeitlose Träne*, und der Ring, den er von seiner Mutter erhalten hatte.

„Es sind Mentalverstärker. Sie werden die Lücken deines Geistes auffüllen."

Die Fragen sind beantwortet, dachte Annym. Auch er hatte Mühe, die neue Erkenntnis zu verdauen. Das Gefühl, eine Marionette zu sein, die von der Zeit geschaffen worden war, nagte an seinen Gedanken.

„Werde ich frei sein, wenn ich meine Aufgabe erfüllt habe?"

„Ja. Dann wird es dich nicht mehr in die Ferne treiben. Dann wird das Feuer in dir erloschen sein."

„Gut." Nicken. „Ich kenne das Ziel. Die Koordinaten . . ."

„Wir wissen: Khakiskan. Unsere Heimatwelt. Wir sind bereits unterwegs."

25

Wir sind Barrierenwanderer. Wir lassen uns treiben und werden vom Strom der energetischen Gezeiten davongetragen. Wir warten darauf, eine neue Aufgabe erfüllen zu können. Wir warten immer. Und manchmal werden wir dafür belohnt.

Finstermann-Wort

Fehlschläge sind dazu da, durch Erfolge ausgemerzt zu werden.

Der Abtrünnige

Die Korridore waren wie Tunnel, hineingemeißelt in den metallenen Organismus eines Lebewesens, wie Adern und Kapillargefäße im Leib eines monströsen Geschöpfes. Annym wanderte dahin, wandte sich einmal nach rechts, dann wieder nach links. An den Grenzen seines Wahrnehmungsvermögens spürte er die Präsenz der beiden *Ersten*-Inkarnationen im zentralen Kontrollraum. Sie kommunizierten, und Annym vermochte nur einen Bruchteil des Symbolstroms aufzufangen. Er wußte nicht, was ihn aus der gemeinsamen Unterkunft getrieben hatte. Es war ein Drang, dem er hatte folgen müssen, das Bedürfnis, sich zu bewegen.

Ich weiß nicht, ob es richtig ist, überlegte der Symbopartner unsicher.

Ob was *richtig ist?*

Alles. Zögerndes Schweigen. Dann: *Irgend etwas ist nicht in Ordnung. Ich spüre es ganz deutlich.*

Du bist mißtrauisch.

Ja.

Warum? Wir haben Hilfe erhalten. Und wir nähern uns dem Ziel. Was willst du mehr, mein Anderes Ich? *Reicht es nicht aus?*

Irgend etwas stimmt nicht... beharrte der Symbopartner.

Mit den beiden Ersten-*Inkarnationen*?

Wieder das Zögern. *Du haßt mich, nicht wahr*?

Annym verzog das Gesicht, während er weitermarschierte, durch die Eingeweide eines Metallfisches, der das Nichts zwischen den Sternen durchschwamm. *Habe ich nicht allen Grund dazu? Du hast mir alles genommen, was mir lieb war. Du machst mich zu einem Werkzeug. Zu einer Marionette, die deinem Willen gehorcht.*

Es ist notwendig. Ein Symbolstrom, der jeden Zweifel ausschloß.

Was ist schon notwendig? Nichts. Was gehen mich die Ersten *an? Noch weniger. Ich will mein eigenes Leben leben.*

Von den Ahrjaii *geht eine große Gefahr aus. Wenn es ihnen gelingt, Khakiskan zu verlassen, dann werden andere Welten von ihnen bedroht. Sie sind . . . böse.*

Nichts ist böse an sich.

Glaubst du? Dann bilden die Ahrjaii *die Ausnahme, die die Regel bestätigt. Es ist von kosmischer Bedeutung, diese Gefahr zu beseitigen, Annym. Dazu ist jedes Mittel recht.*

Für einen Augenblick verstärkte sich der Ätherische Gesang der *Zeitlosen Träne,* den Annym noch immer wahrnahm, als beständiges Flüstern in seiner Hirnschale. Der Symbopartner kommunizierte mit dem Magischen Schlüssel. Dann:

Das Mißtrauen verdichtet sich. Ich nehme eine Aura der Gefahr wahr. Zögern. *Ja, betrete den Raum, in dem du die Schriftzeichen der* Ersten *entdeckt hast.*

Warum? Annym blieb unwillkürlich stehen.

Frage nicht. Vertraue mir.

Dir vertrauen, dachte Annym sarkastisch. *Wie kann ich das?* Aber er erhielt keine Antwort auf seinen mentalen Vorwurf. Er wartete eine Weile, dann setzte er sich wieder in Bewegung, wechselte in einen anderen Korridor und näherte sich schließlich der Kammer mit den Metallquadern.

Die Tür existierte nicht mehr.

Perplex blieb Annym erneut stehen, suchte nach Fugen, nach irgendeinem Anzeichen dafür, daß sich hier einmal ein Raum befunden hatte. Er fand nichts. Nicht den kleinsten Hinweis. Es war, als hätte die Kammer nie existiert, höchstens in seiner Einbildung.

Unmöglich.

Und doch ist es der Fall, gab der Symbopartner nachdenklich zurück. *Gibt es dir nicht auch zu denken?*

Ich verstehe es nicht. Der Raum gab mir den ersten Hinweis darauf, daß wir es nicht mit zwei Sternreisenden *zu tun haben.*

Vielleicht ist das der Grund . . .

Die Präsenz am Rande seines Wahrnehmungsvermögens verstärkte sich.

Annym?

Er zuckte unwillkürlich zusammen. Ja? fragte er zurück.

Es ist soweit. Wir erreichen Khakiskan in wenigen Minuten. Wir brauchen dich jetzt. Du mußt eine Lücke in der Bannschwelle schaffen.

Ich komme.

Er drehte sich um und kehrte den Weg zurück, den er gekommen war. Aleta und Jarmardh warteten im zentralen Kontrollraum bereits auf ihn. Aleta versah ihn mit einem sonderbaren Blick. Seit sie mit ihm zusammen war, hatte sie die Stimme in ihren Träumen nicht mehr vernommen. Vielleicht wohnte auch in ihr eine genetische Spore der *Ersten,* aber wenn es so war, dann war sie nun passiv. Die Fremdkommunikation dauerte jedoch an. Vielleicht hatte Aleta etwas von dem Mißtrauen empfangen, von dem der Symbopartner Annym unterrichtet hatte. Er überlegte, ob er auch Jarmardh informieren sollte.

Nein! rief der Symbopartner. *Die beiden Inkarnationen könnten die Symbole auffangen. Jedes Risiko muß ausgeschaltet werden. Und vielleicht ist der Verdacht auch unbegründet.*

Ach, auf einmal?

Gedankenschweigen.

Das Abbild jenseits der Transparentflächen hatte sich verändert. Nicht mehr die verzerrten Leuchtstreifen vorbeidriftender Sonnen waren zu erkennen, sondern der schwarze Samt des Alls. Leise summten die Systeme. Annym trat näher an die beiden Inkarnationen heran, die nun wieder die Gestalt von *Sternreisenden* angenommen hatten, und blickte hinaus.

„Ich kann nichts erkennen", sagte er nach einer Weile. Enttäuscht und überrascht. „Wo ist Khakiskan?"

„Deine Augen können unsere Heimatwelt nicht sehen", sagte eine der Inkarnationen mit der Zischelstimme eines *Sternreisenden*. „Aber vielleicht dein Verstand. Setze deine Kraft ein."

Aleta und Jarmardh blickten ihn an und sahen dann wieder hinaus. Die Kälte des freien Alls schien nur wenige Zentimeter von ihnen entfernt zu lauern.

Annym schloß die Augen und konzentrierte sich. Seine Mentalarme tasteten hinaus ins Nichts, suchten, schwebten umher. Und stießen schließlich auf verborgene Materie. Das Echo prallte zu ihm zurück, ließ sein Bewußtsein erzittern und die feine Vibration in ihm entstehen, die ein mentales Äquivalent von Neugier und gleichzeitig Furcht war. Die *Präsenz* war gewaltig.

„Ja", kam es langsam von seinen Lippen. „Ich spüre etwas." Er murmelte Zahlen- und Buchstabenkombinationen, und er registrierte nur am Rande, daß sich das Summen ein wenig veränderte, als das Schiff wieder Fahrt aufnahm und sich dem angegebenen Koordinatenpunkt näherte.

Mehr! rief eine Stimme von außerhalb. *Sonst wird uns die Schwelle verbrennen.*

Der Symbopartner schmeckte einen Hauch von Gefahr.

Annym formte sein Mentalpotential, tauchte tief hinab in den Ozean seines Geistes, knetete, ballte zusammen, fokussierte, strahlte ab. Das Schiff erzitterte. Kurzer Schmerz, als etwas Fremdes seinen Geist streifte.

Jarmardh gab ein langgezogenes „Oh!“ von sich. Annym öffnete die Augen.

Vor ihnen schwebte die gewaltige Kugel eines kolossalen Planeten im Nichts: ein marmorierter Ball mit Flecken aus Perlmutt.

„Das ist Khakiskan“, sagte eine Inkarnation. Ehrfurcht und Respekt. Aber auch Erwartung. Und noch etwas anderes, das Annym nicht verstand.

Sei vorsichtig, mahnte der Symbopartner. *Ich traue ihnen nicht. Sie verbergen etwas.*

„Die zweite Bannschwelle“, drang eine Zischstimme an seine Ohren. „Die wichtigste. Wir nähern uns ihr schnell. Du mußt eine Lücke schaffen, Annym. Rasch.“

Khakiskan fiel ihnen entgegen. Ein dumpfer Schmerz war irgendwo in Annyms Eingeweiden. Er schloß erneut die Augen und kratzte an der Oberfläche des stillen Ozeans, der sein Mentalpotential war. Die Kraft war gewaltig, aber er fragte sich plötzlich, ob sie gewaltig *genug* war.

Der Schmerz in ihm verstärkte sich. Das Abbild Khakiskans verschwamm vor seinem geistigen Auge. Er tauchte tiefer in sich hinein, mobilisierte andere Energiereserven. Er spürte eine starke Affinität zu der Bannschwelle, die Khakiskan vom Kosmos trennte und den Planeten zu einer Insel im Nichts machte. Er verstärkte die Beziehung zu den abgrenzenden Energien; er tastete ihre Struktur ab; er drang vorsichtig in die Schwelle ein.

Sofort wurde er zurückgeschleudert und sank mit einem schmerzerfüllten Schrei auf die Knie. Ein Schattenfinger untersuchte seine Gedanken, drang tiefer in ihn ein, kostete von seiner Mentalkraft, trank sie, absorbierte sie. Schwäche füllte ihn plötzlich aus.

Sein *Anderes Ich* drängte seinen Verstand beiseite. Annym

wollte sich wehren, doch er begriff sofort, daß es seine einzige Chance war. Er war stark, aber sein Wissen reichte nicht aus. Sein *Anderes Ich* aber, die Erinnerung an eine lange zurückliegende Zeit . . . sie verstand und begriff. Sie veränderte und manipulierte. Sie setzte seine Kraft dort ein, wo es notwendig war. Erste Risse bildeten sich in der Bannschwelle. Das Schiff erzitterte, die Außenhülle vibrierte. Das *Andere Ich* erweiterte sich. Es bemächtigte sich der Mentalpotentiale in seiner Nähe. Es sog Kraft an, vereinte sie mit der seinen und richtete sie neu aus. Die Risse erweiterten sich und wurden zu einer Lücke.

Jetzt ist der richtige Zeitpunkt gekommen! rief eine Stimme nahe seinen Gedanken. Die beiden Inkarnationen. *Du kannst es schaffen. Eine Lücke existiert bereits. Absorbiere die ganze Bannschwelle. Löse den Schutzgürtel auf.*

Wieder entstand der Schmerz in ihm. Annym stöhnte, aber er hörte seine eigene Stimme nicht.

Jetzt, Annym. Streng dich an!

Mehr Kraft aus den anderen Mentalpotentialen. Widerstand. Sein Anderes Ich zog sich einen Augenblick zurück und stürmte dann entschlossen vor, um den Widerstand zu brechen. Eine kehlige Stimme schrie.

Annym riß die Augen auf.

Die beiden *Sternreisenden* hatten sich verändert. Der Verwandlungsprozeß hatte wieder eingesetzt; die Körperkonturen verschwammen. Sein *Anderes Ich* zerrte und riß noch immer an den Mentalpotentialen der beiden Inkarnationen. Sie wehrten sich mit aller Kraft.

Irgend etwas in Annym DryMarden begann zu begreifen, während das *Andere Ich* einerseits die gewonnene Kraft ausrichtete und zur Stabilisierung der Lücke in der Bannschwelle benutzte, andererseits aber mehr Kraft ansog.

Aus den beiden angeblichen *Ersten*-Inkarnationen wurden der Khyj und der Mahr.

Ich habe es gewußt! rief der Symbopartner. *Sie wollten dich für ihre Zwecke einsetzen, zum Wohle der* Ahrjaii. *Ich habe es gewußt! Sie haben ihre Taktik geändert!*

Der Khyj, der kein Khyj war, schrie mit schriller Stimme. Die schwarze Gesichtsmaske schien von innen heraus zu glühen. Er hob die Arme. Glutfunken lösten sich von den Fingerkuppen, prallten aber dicht vor Annym an einem unsichtbaren Hindernis ab. Das *Andere Ich* zerrte noch immer mit Brachialgewalt an dem

Mentalpotential des *Ahrjaii*schergen. Der Mahr knurrte und warf sich nach vorn. Jarmardh stellte sich ihm in den Weg, packte die Malmkiefer und riß den Schädel des Witterers zurück. Es knackte und knirschte.

„Rasch!“ rief er. „Ich kann ihn nicht lange zurückhalten!“

Die schwarze Gestalt setzte sich in Bewegung. Wie in Zeitlupe setzte sie ein Bein vor das andere, als müsse sie gegen einen zähen Widerstand ankämpfen. Doch sie kam näher. Und Annym konnte nichts tun. Er war zu einem Beobachter in seinem eigenen Körper degradiert. Er konnte analysieren, aber nicht handeln.

Das Schiff trieb tiefer in die Bannschwelle hinein. Der Schmerz war rasend, aber er löste nicht auf. Die Lücke in der Schwelle war breit genug. Aleta lag auf dem Boden und wälzte sich hin und her. Schaum bedeckte ihre Lippen wie Schimmelpilze eine feuchte Felswand. Ihr Gesicht war verzerrt. Annyms *Anderes Ich* nahm keine Rücksicht.

... alle Mittel sind gerechtfertigt ...

... nur der Erfolg ist wichtig ... alles andere bedeutungslos ...

Die Worte tropften an Annyms Verstand. Er hörte sie, aber er konnte nicht antworten. Der Khyj war nur noch einen knappen Meter von ihm entfernt.

Löse die ganze Schwelle auf! ertönte seine Intensivstimme. Er mußte über ein ungeheures Potential verfügen, wenn er selbst jetzt noch genug Kraft hatte, um sich Annyms Anderem Ich gegenüber zur Wehr setzen zu können. Er streckte die Arme aus. Die Hände wuchsen vor Annyms Augen an; die Elsmfeuer an den Fingerkuppen waren wie kleine Sonnen.

Nein! rief der Symbopartner. *Laß dich nicht von den* Ahrjaii *benutzen. Eine Lücke in der Schwelle, mehr nicht.*

Als die schwarzen Hände Annyms Gesicht berührten, löschte Schmerz alle anderen Empfindungen aus. Das *Andere Ich* reagierte. Atome und Moleküle lösten sich aus einem Verband, der einen Körper stabilisiert hatte. Die Pein ließ nach. Kühle wehte heran.

Als Annym die Augen öffnete, hatte sich die Umgebung gründlich verändert. Er blickte nicht mehr auf die metallenen Wände des Raumschiffes, sondern auf eine bizarre Planetenlandschaft. Er befand sich auf der Oberfläche Khakiskans.

„Ich bin mir nicht sicher, ob es mir hier gefällt.“

Die Stimme klang gedämpft an Annyms Ohren. Schnaufen folgte den Worten, dann das Scharren von Stiefeln. Als er versuchte, wieder auf die Beine zu kommen, brannte die Sonne hinter seiner Stirn heller. Er stöhnte. Etwas berührte ihn am Arm. Als er die Augen öffnete, vermochte er das Gesicht nur undeutlich zu erkennen.

„Wie ..." Aletas Stimme stockte. Ihr Atem war eine weiße Fahne vor ihrem Gesicht. Eine andere Hand bewegte sich in Annyms Gesichtsfeld: breit, stark, zernarbt. Jarmardh. Er half Annym in die Höhe. Sand und Steine knirschten unter seinen Füßen.

„Nein", brummte der *Streiter* und vollführte eine Geste, die alles mit einbezog. „Ich bin mir sicher, es gefällt mir *nicht.*"

Nebel. Kühle. Und Leere. So weit das Auge reichte.

„Khakiskan", murmelte Annym. Er hatte Mühe, das Gleichgewicht zu wahren. Jarmardh stützte ihn noch immer. „Ich weiß nicht ... was geschehen ist ... seltsam ... mein Kopf."

Er fühlte sich schwach und ausgelaugt. Aus der Ferne drangen seltsame Geräusche an ihre Ohren: die Melodie einer Sirene, weich und betörend, aber gefährlich. Knistern. Und noch etwas anderes.

„Und der Khyj?" Aleta schwankte ebenfalls. Sie war ziemlich blaß. Und Annym hatte den Eindruck, als hätte sie an Gewicht verloren.

„Ich weiß es nicht." Wieder der Eindruck, als sei die eigene Stimme plötzlich fremd. Vielleicht gehörte sie tatsächlich einem anderen – seinem *Anderen Ich*. Er legte den Kopf in den Nacken. Überall das Grauweiß des Nebels. Ein Tuch, das den Himmel vor ihren Augen verbarg. Und das Schiff des Khyj. Jarmardh knurrte etwas Unverständliches. „Er war stark. Zu stark. Der Symbopartner hat uns transferiert. Der Khyj hätte uns getötet."

„Eine Falle also." Jarmardh schüttelte den Kopf. „Und eine fast perfekte noch dazu."

„Ja."

„Und wir sind darauf hereingefallen." Aletas Atem wehte davon und kondensierte zu Tausenden von winzigen Tropfen.

„Ja."

„Er wird nicht aufgeben."

„Ja." Was hätte Annym auch sonst sagen sollen?

„Eine Falle", wiederholte Jarmardh nachdenklich. Er bückte sich, nahm einen blauweißen Stein in die Hand und warf ihn in die weiße Wand des Nebels hinein. Das Knistern intensivierte sich daraufhin. „Er hat uns viel erzählt. Was ist wahr und was nicht?"

Ein Faktor, an den Annym bisher noch nicht gedacht hatte. Die Sirenenstimme in der Ferne, irgendwo jenseits des grauweißen Tuches aus Feuchtigkeit, begann seine Gedanken zu verwirren. Die Vibration entstand erneut in ihm.

Symbopartner?

Nichts.

„Ich weiß es nicht. Wir sind auf Khakiskan." Annym deutete in die Runde. „Dies ist der richtige Ort. Ich spüre es ganz deutlich." Aleta lehnte sich an ihn, und für einen Augenblick empfand Annym wieder die Präsenz des Symbolstroms der beiden Traumstimmen. Eine Kommunikation, die sie ausschloß. Ein Austausch von Informationen vielleicht, die vor Äonen in zwei Genetiksporen eingepflanzt worden waren. Und die Erwartung der Erfüllung einer Aufgabe. Er horchte in sich hinein, berührte die Oberfläche des mentalen Ozeans, dessen unauslotbare Tiefe ihn erneut erschreckte. Nichts. Nur der langsam stärker werdende Drang, sich zu bewegen. Und der Eindruck einer nahen . . . Gefahr? Annym vermochte es nicht genau zu spezifizieren.

„Wir sind auf Khakiskan, ja." Jarmardhs Stimme war nun ganz ruhig. Er war ein *Streiter*, und als ein solcher Hybride war er es gewohnt, neue Fakten einfach zu akzeptieren. „Aber wo sind die, die dich dein ganzes Leben benutzt haben? Wo sind die *Ersten*?"

„Ich weiß es nicht." Wieder lauschte Annym dem Flüstern in seinem Innern. Und wieder verstand er nicht genug.

„Etwas fehlt noch", kam es langsam von seinen Lippen. Der Drang intensivierte sich weiter. Er bewegte sich. Muskeln kontrahierten, Nerven leiteten Befehlsimpulse weiter. Die Nebelschwaden schlossen sich um seine Gestalt, wie der Magen eines gigantischen Lebewesens, wie eine zweite Haut aus Kühle und Nässe. Aleta und Jarmardh folgten ihm. Stille. Bis auf die Sirenenstimme in der Ferne, die nun ihre Melodie veränderte. Die Weisen klangen jetzt fordernder und drängender. Unwillkürlich beschleunigte Annym seinen Schritt.

Symbopartner.

Warte! tönte es zurück. *Es ist noch zu früh.*

Was ist zu früh?

Aleta warf ihm einen fragenden Blick zu. Er reagierte nicht darauf und schritt weiter in das Grauweiß hinein. Jarmardh knurrte nur. Diese Situation behagte ihm ganz und gar nicht. Er war eine offene Auseinandersetzung gewohnt. Nicht zu wissen, was ihnen bevorstand, machte ihn unsicher.

Vor ihnen ragte etwas Dunkles aus den milchigen Schwaden. Die Konturen begannen sich mit jedem Schritt weiter zu verfestigen. Niemand sagte ein Wort, als sie an das *Ding* herantraten. Annym trat nach kurzem Zögern vor und berührte es mit der Hand. Nichts. Hart wie Granit und kalt wie Eis. Kein Mentalecho, nur eine schwache Vibration, die seine Gedanken streichelte.

„Was ist das?“

„Keine Statue.“ Jarmardh umrundete das Gebilde einmal. Es war von entfernt humanoider Form. „Nein, kein Relikt der *Ersten*.“

„Es sieht fast so aus . . . wie ein Aymya.“ Aleta schürzte die Lippen.

Und die Sirenenstimme forderte und drängte. *Kommt näher!* rief sie mit wechselnden Weisen. *Zögert nicht. Habt keine Angst. Kommt näher . . .*

Von der Statue, die keine Statue war, ging eine seltsame Aura aus. Ein Schatten, nicht sichtbar für die Augen, aber spürbar für den Geist. Etwas . . . Unangenehmes.

„Es ist unheimlich hier“, flüsterte Aleta. Sie sah sich immer wieder um. Hinter ihnen schienen die Nebelschwaden dann und wann menschliche Formen anzunehmen: Gestalten mit überlangen Armen und klauenartigen Händen, die sich nach ihnen ausstreckten und sie mit Kälte berührten.

Dämonenland, meldete sich der Symbopartner mit schmerzhafter Intensität. *Seid vorsichtig. Es ist noch zu früh.*

Aleta duckte sich unwillkürlich.

Jarmardh trat einen Schritt zur Seite – und war verschwunden, verschluckt vom Nichts, als hätte er nie existiert.

„Jarmardh!“ Annyms Ruf hallte dumpf wider, verzerrt von den Nebelgestalten, bedeckt mit Feuchtigkeit. Er schob Aleta von sich und trat ein paar Schritte vor und . . .

Alles veränderte sich. Seine Lungen dehnten sich aus und saugten Gas an. Feuer explodierte in Annym. Er sank auf die Knie, hustete, keuchte, schnappte nach Luft.

Ammoniak, meldete sich sein Anderes Ich. *Vielleicht auch Methan. Rasch, steh auf. Dies ist ein Wandelnder Ökobereich. Ein Schritt zurück genügt.*

Die Kälte stach mit tausend Nadeln in seine Augäpfel und bedeckte sie mit einer eisigen Schicht aus Rauhreif. Nur undeutlich erkannte Annym die schattige Gestalt Jarmardhs: weiß, von Kopf bis Fuß bedeckt mit Kohlendioxidschnee.

Blitze zuckten gleißenden Fingern gleich über einen blaugrauen Himmel. Sturmböen heulten ihr wimmerndes Lied. Annym stemmte sich ihnen entgegen und konzentrierte sich. Er murmelte ein Magisches Wort, aber die Kraft genügte nicht. Er konzentrierte sich, formulierte einen anderen Spruch und dachte dabei an seine *Kii'hm*-Lehrer auf Gharn.

Du mußt ruhig sein. Bekämpfe die Verzweiflung, denn sie ist wie ein schweres Gewicht, das dein inneres Gleichgewicht zerstört. Das wichtigste aber ist: Du mußt an die Wirkung der Bannworte glauben. Hast du Zweifel, dann werden sie dir nicht helfen können.

Symbopartner! rief Annym. Die Kälte ließ seine Haut gefrieren; das Ammoniak verbrannte seine Lungen, und der Sturm machte jede Bewegung zu einer Qual. *Ich brauche deine Hilfe. Meine Kraft reicht nicht aus . . .*

Seine Finger ertasteten einen Körper, zerrten, zogen, wollten bewegen. Sein Geist ertastete nur noch einen Schatten von Leben. Es war bereits fast zu spät. Und aus der Ferne, aus einer anderen Welt . . . ein Schrei. Aleta. Eine Sturmbö packte ihn und warf ihn zur Seite. Er wurde davongeweht, und während er von mächtigen Armen über eine eisige Landschaft geschleudert wurde, murmelte er andere Bannworte: Die Böen lösten sich auf, die Kälte wurde verdrängt. Ammoniak wurde zu Sauerstoff, Methan zu Stickstoff. Er kroch zurück, packte die Beine Jarmardhs und zerrte den *Streiter* mit sich.

Wo?

Nicht mehr weit. Endlich antwortete sein *Anderes Ich. Ein paar Meter noch, ja, dorthin, nein, keine Angst . . .*

Übergangslos löste sich der Kohlendioxidschnee auf, und der Nebel kehrte mit seinen milchigen Fingern zurück. Funkenfeuer löste sich von Annyms Fingerspitzen und verbrannte das Eis in Jarmardhs Körper. Annym ignorierte die Schwäche in seinen Gedanken und tauchte tiefer in den Ozean seiner Mentalkraft, schöpfte, formte, lenkte. Das Leben kehrte in Jarmardh zurück, eine Flamme, klein noch, aber langsam heißer züngelnd. Annym sprang auf die Beine und wandte sich um.

Aleta war erstarrt. Zwei Nebelgestalten hatten ihre Klauenfinger um ihre Glieder geschlossen. Das Gesicht der Xanthippen-Bändigerin war eine gemeißelte Grimasse. Annym vernahm ihre mentale Pein.

Dämonenland! rief der Symbopartner. *Ihr müßt so schnell wie möglich aus dieser Region Khakiskans verschwinden. Ihr befindet euch noch immer im Bereich der zweiten Bannschwelle... schnell... schnell...*

Annym berührte die erste Klauenhand aus Kälte und Feuchtigkeit. Schmerz pochte durch seine Glieder. Unwillkürlich wich er zurück. Hinter ihm kam Jarmardh wieder in die Höhe.

„Was..."

Die Nebelschwaden verdichteten sich weiter. Andere Dunstdämonen erwachten zu gespenstischem Leben. Annym murmelte Bannworte, und wenn er seine Magische Stimme auf eines der Schattengeschöpfe konzentrierte, dann zerfaserten die Nebelschlieren wieder. Er schöpfte seine Kraft, aber je mehr er sie benutzte, um so größer wurde der Widerstand, der sich ihm dabei entgegenstellte.

Hilf mir, Symbopartner.

Verlaßt das Dämonenland, antwortete sein *Anderes Ich* statt dessen. *Du hast dein Ziel erreicht. Denke jetzt nur an deine Aufgabe.*

Du hast bereits Senaide und Liszenta umgebracht! schrie Annym in sich hinein. *Es ist genug. Laß mich helfen, wo Hilfe notwendig ist.*

Nein! Definitiv. Keinen Widerspruch zulassend. *Du wirst deine Kraft noch brauchen.*

Ich brauche sie jetzt...!

Annym fegte den Widerstand des Symbopartners beiseite. Er gab sich dem Ätherischen Gesang der *Zeitlosen Träne* hin, und er war dankbar, daß er seit dem Aufenthalt auf Ehrdh seine Kraft auch bewußt einsetzen konnte. Mentalspeere schleuderten Nebelkörper davon und zerfetzten die Feuchtigkeitseinheit. In Aletas erstarrtes Gesicht kam wieder Bewegung. Annym packte ihre Hand, gab Jarmardh ein Zeichen und lief los. Aleta stolperte, aber Annym gab ihr keine Zeit. Weiter. Immer weiter. Durch die wallenden Nebel hindurch. Überall begannen sich nun Körper zu bilden: dichte Schlieren, mit Klauenhänden, die nach ihnen tasteten. Jarmardh hieb dann und wann zur Seite. Erfolglos.

Schneller! rief der Symbopartner. *Vorsicht. Jetzt nach links. Ein anderer Wandelnder Ökobereich. Ihr dürft nicht hineingeraten.*

„Nach links!" rief Annym dem *Streiter* zu. Jarmardh gab einen knurrenden Laut von sich.

Von einer Sekunde zur anderen lösten sich die Nebelschwaden auf. Unwillkürlich verlangsamte Annym DryMarden sein Tempo. Aleta an seiner Seite keuchte und ließ sich zu Boden sinken. Rote Flecken bedeckten ihre Wangen. Annym drehte sich um. Die

Nebel waren verschwunden und mit ihnen die Dunstdämonen. Er spürte die Erleichterung des Symbopartners. Vor ihnen erstreckte sich eine weite Ebene, nur bedeckt von Staub, Geröll, Steinblökken und ...

Es ist das Erwartungsland, meldete sich sein *Anderes Ich* erneut. *Der richtige Ort. Verliere keine Zeit, Annym.* Der Sirenengesang war nun nahe, auch wenn niemand von ihnen zu sagen vermochte, aus welcher Richtung die Weisen an ihre Ohren klangen. Es waren melodische Stimmen, hier und dort, überall.

Zwischen den Steinblöcken der Ebene ragten Kunstwerke der *Ersten* empor: Pyramiden in Absurdgeometrie, ähnlich der Architektur in den Verbotenen Bereichen der Hrhan-Schiffe; skurrile Gebilde, die wie die Produkte von Psychopathen wirkten; andere Dinge, für die keine beschreibenden Worte existierten. Sie setzten sich wieder in Bewegung und schritten den Hang hinunter, auf dessen Kuppe sie standen. Hinter ihnen war ... nichts. Das Land endete in einer undeutlichen Linie, und dahinter war alles weiß. Die Wolken hingen tief: purpurrot und gewaltig; mal ballten sie sich zu gewaltigen Türmen zusammen, die bis an die Grenzen der Atmosphäre selbst reichen mußten. Dann wieder wirkten sie wie zerfaserte Schleier. Es war warm, und die höhere Temperatur verdrängte langsam die Kälte aus ihren Gliedern.

Die erste Skulptur war ein asymmetrisches Etwas und über und über mit den Schriftzeichen der *Ersten* bedeckt. Sie bestand aus *Finstergold*, und die Hieroglyphen waren aus Violettopalen zusammengesetzt.

„Das kann kaum ein Zufall sein", brummte Jarmardh. „Wie die *Zeitlose Träne* und dein Ring."

Annym nickte langsam und schritt um das Kunstwerk herum. Dann hielt er inne und legte beide Hände auf das Material. Für einen Augenblick flackerte das Elmsfeuer auf, und er spürte einen mentalen Nachhall in seinem Innern.

Nein, sagte sein *Anderes Ich. Nicht richtig. Weiter.*

Jarmardh drehte sich einmal um seine eigene Achse. „Hier ist alles leer. Wo sind die *Ersten*?"

„Vielleicht", murmelte Aleta, „ist zuviel Zeit verstrichen. Vielleicht sind die *Ersten* längst tot. Vielleicht war unsere Aufgabe einmal von Bedeutung, Annym, aber heute nicht mehr."

Annym lauschte einen Augenblick lang der Sirenenstimme. Nein, Khakiskan war nicht leer. Er spürte eine Präsenz, fern und nah zugleich. Und er fühlte noch etwas anderes. Er legte den Kopf in den Nacken. Dort, wo die purpurrote Wolkendecke zerfasert war, dort, wo sie nur einen dünnen Schleier bildete, erkannte er einen dünnen Lichtstreif, der über den Himmel kroch. Er murmelte ein Magisches Wort, achtete darauf, daß seine Egoabschirmung stabil war, und tastete dann mit seinen Mentalarmen empor. Der Kontakt kam schlagartig und überraschend. Rasch zog Annym sich wieder zurück und lenkte die nachfolgenden Suchimpulse vorsichtig beiseite.

„Er ist es", sagte er und hob den Arm. „Der Khyj. Und sein Begleiter, der Mahr. Sie sind nicht umgekommen. Die Bresche, die ich in der Bannschwelle schuf, war breit genug für sie und das Schiff. Sie verfolgen uns noch immer. Wir müssen uns beeilen."

„Womit?" Jarmardh blickte empor, mit ausdruckslosem Gesicht, dann wieder auf die Skulptur vor ihnen.

Annym zuckte mit den Achseln, während er weiterhin die Suchgedanken des falschen Khyj ablenkte. Hoffentlich hatte ihr Verfolger nicht ihren gegenwärtigen Aufenthaltsort anmessen können. Der Lichtstreif kroch weiter und knickte nicht ab. Annym atmete einmal tief durch.

„Ich weiß es nicht, mein *horan*", antwortete er. „Noch nicht. Aber was immer ich auch tun muß, es kann nicht mehr lange dauern..."

„Du sprichst wie ein Orakel."

Sie schritten weiter. Ab und zu blickten sie empor, doch die Wolken verdeckten nun den Lichtstreifen, den das Schiff ihrer Verfolger in den obersten Atmosphäreschichten erzeugte. Der Khyj suchte. Noch immer.

„Dies ist keine Skulptur", sagte Aleta nach einer Weile und deutete auf eine Statue. Annym trat heran und suchte nach den Schriftzeichen der *Ersten*. Nichts. Nicht eine einzige Hieroglyphe.

„Nein", sagte er nachdenklich. „Du hast recht."

„Wie bei dem ersten Gebilde, auf das wir gestoßen sind", brummte Jarmardh undeutlich. „Es sieht fast aus wie..."

„Wie ein Halbtranq mit unbekannten Geneinflüssen." Aleta nickte. „Ja, ich habe den gleichen Eindruck." Ihr feuerrotes Haar warf einen zitternden Schatten auf die Statue. „Ist es vielleicht möglich, daß..." Sie sprach nicht weiter.

Annym wandte sich nachdenklich von der Statue ab. Sie passierten einige Steinblöcke. Der Fels war hart, aber spröde. Karmesinrote Adern zogen sich durch den Stein, verästelten sich und bildeten so ein filigranes Netzwerk. Annym blieb einen Augenblick stehen, um das Farbgitter im Gestein zu betrachten. Es schien vor seinen Augen anzuwachsen und füllte kurz darauf sein gesamtes Blickfeld aus.

Nicht! warnte der Symbopartner. *Betrachte es nicht zu lange. Die hypnotische Kraft der Granitparasiten ist groß. Selbst du könntest ihr erliegen, wenn du nicht aufpaßt.*

Und mit diesen Worten drängte der Symbopartner einen Teil seines Verstandes beiseite. Die Suggestivkraft versickerte irgendwo in den Tiefen seines Verstandes. Er schüttelte einmal den Kopf, spürte die Schwäche in seinen Knien und marschierte weiter. Jarmardh knurrte nur. Aleta hatte die Lippen aufeinandergepreßt und schwieg. Annym nahm die Stimme der Resignation wahr, die in ihr flüsterte.

Er wollte ihr Trost zusprechen, ließ es dann aber doch. Es hätte ihre Situation nicht geändert: kein Schiff, um Khakiskan wieder zu verlassen; eine Aufgabe, die sie jetzt zwar in groben Zügen kannten, dennoch aber immer noch mysteriös war. Und Gefahren, deren Ausmaß sie nicht abzuschätzen vermochten. Eine Situation also, die wenig Anlaß zu Optimismus bot.

Weiter. Du hast es bald geschafft.

Das Feuer brannte wieder in Annym, als er zwischen zwei mannshohen Felsblöcken stehenblieb. Der Ferndrang, der ihn ein Leben lang gequält hatte. Wenn die Aufgabe erfüllt war, wenn die Bannschwelle, die die *Ersten* am Verlassen dieses Planeten hinderte, niedergerissen war, dann war er frei. Jedenfalls hatte das sein *Anderes Ich* behauptet. Warum aber, überlegte Annym, während er weiter mechanisch ein Bein vor das andere setzte und die Statuen und Skulpturen der *Ersten* dabei betrachtete, hat mich der falsche Khyj dazu veranlassen wollen, die Bannschwelle aufzuheben, noch im Anflug auf Khakiskan? Und warum hat mich mein *Anderes Ich* daran gehindert? Fragen, auf die er bisher noch keine Antwort hatte.

Die Stimme der Sirene schwoll an, betörend, fast erotisch, durchtränkt von einer sonderbaren Anziehungskraft.

„Es macht mich noch verrückt“, knurrte Jarmardh und preßte beide Hände an den Schädel. „Annym, mein *horan*, lange halte ich das nicht mehr aus . . .“

„Hier!“ rief Aleta. „Seht einmal.“

Sie hatte sich einige Dutzend Meter von ihnen entfernt und deutete auf eine Statue, die nicht zu den anderen Skulpturen der *Ersten* paßte.

„Einwandfrei ein Thryh“, stellte der *Streiter* fest. „Ein Augenring, jetzt grau, aber vorher bestimmt blau. Ein Rundschädel, Hartleib, Scharfklauen, Zangenhände.“ Er hob beide Arme. „Ein Thryh, einwandfrei. Auch wenn er ein bißchen klein geraten ist.“

Annym nickte nur, trat an die Statue heran und berührte sie mit beiden Händen. Diesmal spürte er etwas, einen fernen Hauch von Wärme, eine präsente Existenz, am Rande seines Wahrnehmungsbereiches.

„Er lebt.“

„Unmöglich.“

Nachdrückliches Nicken. „Wenn ich es euch sage. Er lebt. Ich bin mir sicher.“

„Aber ...“ Aleta suchte nach einem passenden Wort. Der Wind frischte etwas auf und trieb die purpurnen Wolkenberge schneller über den Himmel. Das Licht warf düstere Schatten. Die Luft schmeckte ein wenig nach Ozon.

„Und dort ...“ Annym deutete auf eine zweite Statue ganz in der Nähe, „... sieht aus wie ein Amash. Ja, eine gewiße Ähnlichkeit ist vorhanden.“

„Erinnerst du dich an Gharn?“ fragte Jarmardh leise. „An die Grenze des Rotlandes der *Kii'hm?* An meine ... Versteinerung?“

Annym schritt einmal um die Statue herum. Sogar die Narben einstiger Verletzungen waren zu erkennen. „Du hast recht.“ Ebenso leise. „Dies ist keine Statue. Ebensowenig wie die anderen. Es sind Versteinerte. Einige sind vielleicht tot. Dieser hier aber lebt noch. Auch wenn das Leben in ihm kaum mehr als ein Hauch ist.“

Je tiefer sie in die Ebene vordrangen, je mehr Versteinerte fanden sie vor: Thryh, Tranq, Isyhr, Menschen, Amash, Aymya, Khandia, Zen, *Sternreisende*. Und viele andere, deren Statur und Erscheinungsbild ihnen unbekannt waren. In einigen war der Lebensfunke noch hell und warm, in anderen war er längst erloschen.

„Jahrtausende“, sagte Annym. „Jahrmillionen vielleicht.“ Er nickte sich langsam zu, während Jarmardh ihn mit einem seltsamen Blick versah.

Aleta nickte nun ebenfalls. Sie hatte bereits verstanden. Die Genetikspore der *Ersten* in ihr verband sie mit Annyms Symbopartner.

Keine Zeit verlieren! rief sein *Anderes Ich. Beeile dich. Der Verfolger ist dir auf den Fersen. Und die Ahrjaii selbst werden ebenfalls nicht untätig bleiben. Gefährde nicht die Erfüllung der Aufgabe.*

„Ich bin nicht der einzige", sagte Annym matt. Es war eine sonderbare Erkenntis, nur ein Werkzeug unter vielen zu sein. Ein Werkzeug unter vielen, die *versagt* hatten. „Es hat andere vor mir gegeben." Er deutete auf die Versteinerten. „Andere, die dem Ruf der *Ersten* folgen mußten, ob sie wollten oder nicht. Und alle haben versagt. Keinem ist es gelungen, die Bannschwelle niederzureißen und die *Ersten* aus ihrem Bannkerker zu befreien."

Schweigen schloß sich an seine Worte an. Viele vor ihm waren gestorben, sinnlos, vergebens, einsam, gequält.

Annym hatte plötzlich Angst.

Furcht ist eine unnötige Empfindung, behauptete sein Anderes Ich. Aleta blickte ihn aus ihren großen, grünen Augen an. *Nur die Erfüllung der Aufgabe ist von Bedeutung.*

Du benutzt mich, gab Annym verbittert zurück. Die Leere in ihm breitete sich aus. *So wie viele andere vor mir benutzt worden sind. Sinnlos.*

Sie waren nicht stark genug. Du aber bist es.

Senaide. Liszenta. Alles umsonst. Der Symbopartner begann seinen Verstand beiseite zu drängen.

Nicht! rief Annym. *Ich gehorche.*

Der Einfluß zog sich wieder zurück, zufrieden, beruhigt, aber immer bereit, die Kontrolle über den Körper zu übernehmen, das Werkzeug zu benutzen, wann es ihm beliebte.

Annym spürte plötzlich am Arm eine zarte Berührung und öffnete wieder die Augen.

„Bald ist es vorbei", flüsterte Aleta. Sie hauchte ihm einen Kuß auf die Lippen. In ihren Augen schimmerte es feucht. Er blickte sie an, und aus ihren Zügen blickte ihm Senaide KurKarim entgegen. Er wandte sich ab, leer, hohl, schwach.

Jarmardh stöhnte, als die Sirenenstimme eine andere Melodie anstimmte: voller Wehmut, erfüllt von unsagbarer Trauer und einem intensiven Verlangen.

„Ich halte . . . das . . . nicht mehr . . . aus . . ."

Annym murmelte ein Magisches Wort. Die Sirenenstimme blieb. Zweifel nagten in Annym, aber Zweifel zerstörten den Glauben und nahmen seiner Magischen Stimme die Kraft.

„Weiter", sagte er schließlich. „Beeilen wir uns. Sie wird nicht eher Ruhe geben, bis wir erfüllt haben, was von mir verlangt wird."

Sie schritten an weiteren Versteinerten vorbei, durch einen

Wald aus Monumenten und Skulpturen und Verlorenen. Der Wind heulte zwischen den steinernen Bäumen, wie eine Stimme, die rief: *Halt, nicht weiter, Gefahr!* Azurblauer Sand knirschte unter ihren Stiefeln. Und voraus . . .

Voraus wuchs ein gewaltiger Quader aus *Finstergold* in die Höhe. Skulpturen hüllten ihn wie mit einer Schale ein, sieben mal sieben an der Zahl. Der Gesang der Sirenen erreichte jetzt eine Intensität, die selbst Annyms Mentalabschirmung zu beeinträchtigen begann. Jarmardhs Gesicht war eine verzerrte Grimasse. Der *Streiter* hatte Schwierigkeiten, ein Bein vor das andere zu setzen. Aleta klammerte sich an Annym. Schweiß bedeckte ihre blasse Stirn, und ihre Augen waren weit geöffnet. Irrlichter schienen in ihren Pupillen zu flackern, wenn die Wolkendecke über ihnen für einen Augenblick aufriß. Annym schritt weiter, auf den Ring aus neunundvierzig Skulpturen zu. Eine seltsame Weisheit strahlte von ihnen aus, großes Wissen, Einblick in Geheimnisse, die sich Annyms Kenntnis entzogen.

„Phantastisch", murmelte Aleta, und sie vergaß eine Sekunde lang den rasenden Kopfschmerz, den der Sirenengesang hinter ihrer Stirn hervorrief. „Sie haben die Vollkommenheit gesucht. Und mir scheint es, als hätten sie sie nur knapp verfehlt."

„Was ist Vollkommenheit?" fragte Annym leise. Er hatte den Eindruck, durch zähen Schlamm waten zu müssen. „Wenn Vollkommenheit Berücksichtigung aller Aspekte bedeutet, dann haben die *Ersten* sie vielleicht wirklich gefunden. Vollkommene Kunst . . . sie macht die Kunst selbst überflüssig."

Der Schmerz begann nun auch sein Sehvermögen zu beeinflussen. Er durchquerte den Ring aus Skulpturen. Vor ihm ragte der Berg aus *Finstergold* auf. Die Violettopale bildeten ein Muster, das sich seinem Verständnis entzog. Es war so komplex wie das Universum. Es war mehr, als ein Verstand zu verkraften vermochte. Rasch wandte er den Blick ab. Jarmardh sank langsam auf die Knie.

„Was immer du auch . . . tun mußt . . .", brachte er mühsam hervor, „. . . erledige es . . . jetzt . . . sonst . . ." Er brach ab. Blut rann an seinen Mundwinkeln herab. Annym wollte an seine Seite eilen und seine heilende Kraft durch seine Fingerkuppen in den Körper des *Streiters* fließen lassen, aber seine Beine bewegten sich in eine andere Richtung. Vor ihm begann die Luft zu flimmern, und nach ein paar Sekunden wurden die Konturen der *Zeitlosen Träne* und die des Rings deutlich.

„Sieh nur!" sagte Aleta an seiner Seite. Aus dem massiven Material des *Finstergold*quaders lösten sich Schattengestalten mit entfernt humanoiden Umrissen.

Die Finstermänner, erklärte der Symbopartner. *Eine letzte Sicherung der* Ahrjaii. *Sie sind gefährlich. Aber für dich nicht gefährlich genug. Hab keine Angst. Tu, was du tun mußt.*

Die Finstermänner kamen näher: Schatten, gebadet im purpurnen Licht des Khakiskantages. Zischelnde Stimmen ertönten. Annym murmelte Magische Worte und setzte gleichzeitig seine Kraft ein. Der Ätherische Gesang der *Zeitlosen Träne* begann die Sirenenstimme zu übertönen. Aleta an seiner Seite atmete schwer.

„Sie können nicht näher heran." Annyms eigene Stimme kam wie aus weiter Ferne. „Wir sind noch . . . geschützt. Aber . . . nicht mehr . . . lange . . ."

Er legte seine Hände auf das kühle *Finstergold* des Quaders. Einige Violettopale begannen zu erstrahlen. Ihr Licht verwob sich mit dem düsteren Glanz der purpurnen Wolken. Langsam schritt Annym an dem Block entlang. Das violette Leuchten folgte ihm. Ebenso die Finstermänner. Andere Schatten lösten sich aus dem Quader und gesellten sich den ersten hinzu. Die mentallähmende Kraft der Finstermänner potenzierte sich. Annym spürte die Aufregung und den Ruf nach Verstärkung.

Hier! rief der Symbopartner. *Hier ist es richtig!*

Wo?

Ein Spalt im Quader, eine Aussparung, gerade groß genug, um den Magischen Schlüssel samt Ring aufnehmen zu können. Annym streckte seine Hände aus, umfaßte *Träne* und Ring und schob beides in die Aussparung hinein.

Eine violette Flamme wuchs aus dem Quader, leckte durch die Finstermänner hindurch und hüllte Annym, Aleta und den am Boden liegenden Jarmardh ein. Für einen Augenblick waren alle Empfindungen Annyms ausgelöscht, dann änderte sich alles. Der purpurne Himmel verschwand, ebenso die Ebene mit den Skulpturen und Versteinerten. Eine andere Welt, ein anderer Kosmos.

Richtig, meldete sich der Symbopartner. *Jetzt ist die Zeit gekommen. Wir sind in der Bannenklave der* Ersten.

26

Wir sehen die Welt nicht so, wie sie ist. Wir sehen sie so, wie wir sie sehen wollen. Alles ist anders, als es den Anschein hat.

Zen-Philosophie

Ein ruhiger und ausgeglichener Geist ist zu Höchstleitungen fähig. Unruhe ist ein Feind der Mentalen Energie, die den Kosmos mit einem unsichtbaren Gitterwerk durchzieht. Unruhe führt zu Verwirrung, Verwirrung zu Fehleinschätzung, Fehleinschätzung zur Niederlage.

Kii'hm-Wort

Die Vollkommenheit ist ein Faktor, der die Welt erschaffen hat. Ihn zu finden und zu analysieren bedeutet die Erfüllung des Seins.

Suchgedanken der *Ersten*

Nichts schien sich zu ändern; alles war statisch.

Seit Tagen schon stiegen sie die Treppe aus Dunkelmarmor empor. Die Schicht der Tiefenwolken lag bereits weit unter ihnen: eine Decke aus weißer Watte, mit Türmen aus Seide und filigranen Gespinsten, geschaffen von den geschickten Händen eines Riesen. Mal war Bewegung in diesem gewaltigen, eingefrorenen Gischt. Dann konnten sie die Stimme des Windes unter ihnen vernehmen: ein leiser Gesang, flüsternd, wispernd. Manchmal hielten sie auch für Stunden inne, um sich auf einer der unzähligen Plattformen auszuruhen, die wie Kletten an dem Turm klebten, der sich bis in die Unendlichkeit selbst zu erstrecken schien. Es war ein seltsamer Anblick, dieser Hauch von Ferne und gleichzeitig Vertrautheit, diese Stille, die auch die Gedanken berührte und Leere mit Ruhe ausfüllte.

Manchmal wuchsen seltsame Gebilde aus den stummen Wänden des Turmes: Kristallblumen, die knisterten, berührte man sie; Knospen aus Dunkelmarmor, empfindlich, formbar; andere Dinge, die das Auge zwar betrachten, der Verstand aber nicht begreifen konnte. Manchmal auch entdeckten sie Schriftzeichen der *Ersten*, aber so sehr sich Annym DryMarden auch bemühte, er vermochte ihren Sinngehalt nicht zu verstehen. Aber es bedeutete, daß sie auf dem richtigen Weg waren, hinauf, der Banndomäne der *Ersten* entgegen.

Mechanisch setzten sie ein Bein vor das andere, in Gedanken versunken meistens, der Ruhe lauschend, die sie hier einhüllte und den Eindruck von Sicherheit vermittelte. Fünfzehn Minuten die Stufen hinauf, fünfzehn Minuten Ruhe, dann wieder hinauf. Die Treppe verlor sich über ihnen im Dunst, ebenso wie die Spitze des Turmes. Figurinen säumten ihren Weg. Manche vermittelten einen eher melancholischen Eindruck, andere drückten Freude am Sein selbst aus. Ab und zu blieb Annym stehen, um eine dieser kleinen Statuen zu berühren. Dann vernahm er die Vibration in seinem Innern, den Ruf, der ihn weiterdrängte, höher hinauf.

„Wie hoch mögen wir sein?" fragte Aleta einmal. Vielleicht war es die zweite Woche ihres Aufstiegs, vielleicht auch erst der dritte oder vierte Tag. Hier oben hatte die Zeit ihre Bedeutung verloren. In regelmäßigen Abständen stießen sie auf kleine Nahrungsmitteldepots. Niemand von ihnen vermochte zu sagen, wer sie angelegt hatte und wer dafür sorgte, daß verdorbene Lebensmittel gegen frische ausgetauscht wurden. Sie nahmen es als selbstverständlich hin.

„Einige tausend Meter bestimmt", entgegnete Jarmardh und deutete hinab auf die weiße Decke. Über ihnen, jetzt nicht mehr weit entfernt, lag die Schicht der Mittelwolken: silberfarben, phosphoreszierend, wie eine gewaltige Wolke aus Glimmkristallen, eingehüllt in die Farblohe des blaugrünen Zwillingsgestirns. „Vielleicht auch noch höher." Er runzelte die narbige Stirn. „Der Architekt, der dieses Gebäude entworfen und konstruiert hat, muß ein Genie gewesen sein. Wenn ich nur an die Probleme der Statik denke . . ."

Weiter hinauf. Am Ende dieses Tages, als sich Dunkelheit über die Tiefenwolken senkte und nur noch die Mittelwolken glühten, gelangten sie in einen duftenden Blütengarten. Er war inmitten einer Kathedrale angelegt, die in den Turm hineingemeißelt war, beleuchtet von verzierten Glühpilzen an Decke und Wänden. Einige der Blüten schlossen sich, als sie durch die Anlagen schritten, andere neigten sich in ihre Richtung und raschelten mit den vielfarbigen Blättern. Es war wie eine Begrüßung.

„Ein seltsames Gefängnis", wunderte sich Jarmardh. „Gefangen auf dieser Welt, seit Anbeginn der Zeit."

„Zeit genug, um sich das Leben im Kerker angenehm zu

gestalten", gab Aleta zurück. An den Blumengarten schlossen sich wieder die Stufen an, endlos, gleichmäßig, unveränderlich.

„Ein instabiler Kerker." Annym blieb stehen und deutete in die Runde. Die Dunkelheit kam nun schnell. Und mit der herankriechenden Finsternis glühten Leuchtpunkte im Dunkelmarmor des Turmes auf: glimmende Muster aus fluoreszierendem Licht, Wegweiser durch die Nacht Khakiskans. „Die *Ahrjaii* lösen seit Jahrmillionen die Bannschwellen auf, die sie am Betreten der Oberwelt hindern." Er schüttelte den Kopf. Alles war klar; er *begriff* endlich. Auch wenn er nicht zu sagen vermochte, woher die plötzliche Erkenntnis gekommen war. „Sie sind gefährlich. Sie sind eine Bedrohung für alles Leben. Die *Ersten* aber ..."

„Wir haben ihnen viel zu verdanken." Aletas Blick ging in die Ferne. „Die Hrhan haben uns und vielen anderen Völkern den Weg zu den Sternen eröffnet."

„Ja." Jarmardh nickte, während er Ausschau nach einem geeigneten Platz für ein Nachtlager hielt. „Aber ..."

„Aber?"

Der *Streiter* schüttelte den Kopf. Ein wenig verwirrt. „Nichts. Schon gut. Ich hatte für einen Augenblick den Eindruck von ... Schmutz und Elend und ... Resignation. Ich ... es ist nicht wichtig."

Hm, machte eine Stimme nahe Annyms Gedanken.

Symbopartner?

Keine Antwort. Er zuckte mit den Achseln und baute dann das Zelt auf, das sie am Fuße des Turms gefunden hatten. Die Nische in der Wand des Turms war gerade groß genug. Und im Innern war es angenehm warm.

Mit der Nacht kamen die Finsterstimmen. Es waren Laute, die wie zähe Flüssigkeit aus den Mittelwolken zu ihnen herabsickerten, einem Schlaflied gleich, das die Lider schwer und die Gedanken träge machte. Aleta berührte Annym, und ihre Hände wanderten an seinem Körper entlang. Seine Lenden wurden heiß.

„Annym?" flüsterte sie. Ihre Lippen waren heiß. Er küßte sie.

„Ich weiß. Du brauchst nichts zu sagen."

Sie öffnete sich für ihn. Er bewegte sich in ihr. Langsam erst, dann drängender und fordernder. Sie stöhnte leise, und ihr Seufzen verwob sich mit der Meditationsstimme des *Streiters* neben ihnen. Annym teilte seinen Geist, so wie er es auf Yloisis gelernt hatte. Ein Teilego berührte den Verstand Aletas und verwob sich mit ihm. Die Ekstase verdoppelte sich. Sein Tönungsreflex reagierte. Seine Haut war nun einmal flammendrot, dann blau, dann schwarz und braun und grau und grün. Er spürte die Freude Aletas, als sei es seine eigene, und er antwortete darauf mit eigenem Vergnügen, das durch mentale Rückkoppelung auch durch die Gedanken Aletas glitt. Der Höhepunkt war Hitze und Entspannung. Und ein Diskant, der die mentale Melodie der Einheit teilte. Irgendwo war ein ... störender Einfluß.

Er rollte sich auf die Seite und betrachtete Aletas Profil, die großen Augen, die dichten Wimpern, die vollen Lippen, das lange Haar, das wie ein Schleier aus Feuer auf ihre Schultern fiel. Die Konturen schien zu verschwimmen. Annym zwinkerte. Die Klarheit des Profils kehrte zurück, doch nur, um kurz darauf erneut einer undeutlichen Verzerrung Platz zu machen. Ein anderes Gesicht blickte ihm entgegen, andere Augen, andere Gedanken. Es war vertraut, aber Annym konnte sich nicht erinnern. Schwarzes Haar wie Seide, porenlose Haut, große, dunkle Augen. Der Name ... er zwinkerte erneut mit den Augen, und neben ihm lag wieder Aleta, die Xanthippen-Bändigerin.

Irgendwann schlief er ein.

Das Geschöpf ähnelte entfernt einem Landbarrakuda, auf die man in den Granitlabyrinthen von Tulunga stoßen konnte. Er bewegte sich auf Knorpelflossen vorwärts. Sie verursachten kratzende Geräusche auf dem festen Dunkelmarmor.

„Ihr werdet bereits erwartet“, sagte der Landbarrakuda in fehlerfreiem Standard. „Die äußerste zeitliche Toleranzgrenze ist nahezu erreicht.“

„Aha“, machte Jarmardh ironisch.

„Wer erwatet uns?“ Neugierig betrachtete Annym das bizarre Geschöpf.

„Die, die dich gerufen haben.“

„Die *Ersten?*“

Der Barrakuda antwortete nicht auf diese Frage, wandte sich einfach um und glitt flink die Treppe empor, die sich wie eine endlose Schlange um den Turm schraubte. Annym und Aleta packten rasch das Zelt zusammen und folgten Jarmardh, der sich bemühte, den Barrakuda nicht aus den Augen zu verlieren. Eine halbe Stunde später waren sie alle außer Atem, hatten ihr Ziel aber offensichtlich erreicht.

Der Landbarrakuda hielt vor einem breiten Portal inne, das in den Turm selbst hineinführte. Funkenfeuer glitt an den Verzierungen entlang und knisterte verhalten über Knospen aus Dunkelmarmor.

„Geht hinein“, forderte der Barrakuda sie auf. „Ihr werdet erwartet.“

Die Worte waren kaum verhallt, als das Geschöpf in den Boden zu sinken begann und sich im massiven Material des Turms einfach auflöste. Annym zuckte mit den Achseln und trat durch das Portal hindurch.

Im Innern des Turms war es angenehm warm. Halbdunkel empfing sie, an das sich die Augen aber schnell gewöhnten. Die vor ihnen liegende Halle war kolossal. Wie der Turm selbst schien sie sich bis in die Endlosigkeit zu erstrecken, eine absurde Vorstellung, wenn man sich die Breite des Turms in Erinnerung rief. Länge und Breite der Halle waren einfach unmöglich. Der optische Eindruck kollidierte mit der rationalen Stimme des Verstandes. Die Tragsäulen der Halle waren verziert mit Hieroglyphen der *Ersten*, Mosaiken aus Violettopalen, Mustern aus Marmorknospen und anderen Materialien, die sie nicht kannten.

Zögernd schritten sie tiefer in die Halle hinein. Ihre Schritte hallten dumpf von den fernen Wänden wider.

Annym blieb abrupt stehen. Jarmardh sah ihn fragend an.

„Eine Präsenz“, sagte Annym langsam. Er drehte sich wie in Zeitlupe um seine eigene Achse. „Eine ... Anwesenheit ... gewaltig ... mächtig ... so kolossal wie die Halle selbst ... ein Ich, das doch mehr ist als ein Ich ...“

Aleta nickte. Rote Flecken zeigten sich auf ihren Wangen. „Ja, ich spüre es auch. Ganz in der Nähe. Bedrohlich?“

„Nein“, ertönte eine dunkle Stimme. „Nicht bedrohlich. Jemand, der Hilfe benötigt.“

Eine Wolke aus Glimmoskitos summte ihnen entgegen und teilte sich vor ihnen in zwei Arme, die sie umschlossen. Etwas in Annym regte sich.

Symbopartner?

Wieder keine Antwort. Nur der Hauch von Unsicherheit.

Ich brauche deine Hilfe, Anderes Ich. *Jetzt.*

Nur Gedankenschweigen. Annym berührte kurz die Wellen des Mentalozeans in ihm. Er spürte die gewaltige Kraft, die in dem schwarzen Wasser wohnte. Und er wußte, daß er sie jederzeit einsetzen konnte.

„Du brauchst keine Angst zu haben.“ Die Stimme war jetzt näher. „Komm, Annym DryMarden. Dies ist der Ort, den du dein

Leben lang gesucht hast. Deine Bestimmung ... jetzt. Danach bist du frei."

Annyms Beine begannen zu zittern und setzten sich dann in Bewegung. Ein Schritt, noch einer, und noch einer. Die Wolke aus Glimmoskitos folgte ihm, ein Schleier aus pulsierendem, summendem Licht.

Von einer der Tragstatuen voraus löste sich eine Gestalt. Aleta an Annyms Seite hielt unwillkürlich den Atem an, als das Licht der Glimmoskitos auf sie fiel. Jarmardh blieb stehen und gab einen überraschten Laut von sich.

Annym wußte im gleichen Augenblick, daß er einem *Ersten* gegenüberstand.

„Ästhetische Perfektion", ertönte die Stimme. „Das haben wir erreicht. Aber es war und ist nicht genug. Wir haben uns selbst in die Suche nach der Vollkommenheit einbezogen. Wir haben viele Fehler gemacht. Darum bist du hier."

Die Stimme hatte sich verändert. Sie klang nun nicht mehr dunkel, sondern melodisch und weich und zart. Es war die Stimme einer Mutter, nach der sich Annym immer gesehnt hatte. Es war der Ausdruck von Geborgenheit und Sicherheit, die er in den Dichtwäldern von Yloisis gefunden hatte. Es war der Traum einer Weisen Dame. Es waren die behutsamen Hände einer Erotiklehrerin, die in der Kunst der Liebe unterwies. Es war Erfüllung.

Annym betrachtete das Geschöpf. Die Haut bestand aus silbernen und goldenen und purpurnen Punkten. Sie bildeten ein Muster, wie die Mosaike der Violettopale auf den Tragsäulen der Halle. Ein Muster, das in sich vollkommen war. Die Komplexität verwirrte Annym zunächst, doch als er sich darauf konzentrierte, eröffnete sich ihm eine andere Welt, ein Kosmos aus Harmonie und Einklang, ein Universum, das nur aus Zärtlichkeit und Liebe bestand. Dieses Geschöpf war die Antwort auf eine Vielzahl von Fragen. Arme und Beine waren nicht nur Extremitäten, sondern bildeten in sich eine Ästhetik, deren Betrachtung Vergnügen schuf.

Aleta und Jarmardh waren wie erstarrt, Säulen unter Säulen.

Der *Erste* setzte sich wieder in Bewegung, trat an Annym heran, hob die Hände und berührte seine Wangen. Annym hatte den Eindruck, die Kühle des Kosmos atme ihm ins Gesicht. Er schmeckte Meteoritenstaub, blickte in den feurigen Schweif eines Kometen, horchte dem atomarem Brodeln im Zentrum einer Sonne. Er war am Ziel. Endlich.

„Lange Zeit haben wir gewartet. Viele Versuche sind unternommen worden. Alle sind gescheitert. Bis heute."

Eine undeutliche Erinnerung, die eine Vibration durch die Harmonie schickte, die Annym ausfüllte: Steinerne Säulen, keine Kunstwerke, langsam verhallendes Leben. Andere *Werkzeuge*, benutzt – und zur Seite gelegt, als sich herausgestellt hatte, daß sie nicht funktionierten.

„Du scheiterst nicht. Du bist der, den wir hatten schaffen wollen. Die Hrhan haben ihre Aufgabe erfüllt. Nun bist du an der Reihe."

„Jetzt?" Annym blickte in Augen, die Milliarden Lichtjahre tief zu sein schienen. In ihnen schimmerte eine Erkenntnis, die zu komplex war, als daß er sie verstehen konnte.

„Jetzt. Verlieren wir keine Zeit mehr."

„Bist du allein?"

Milde Belustigung. „Nein, ich bin nicht allein. Viele sind bei dem Versuch zugrunde gegangen, die Bannschwelle zu durchdringen und Khakiskan zu verlassen. Es gibt nicht mehr viele von uns, aber unsere Zahl reicht aus, um die Suche nach der Vollkommenheit fortzusetzen, wenn wir diese Welt erst verlassen haben."

„Was geschieht dann mit den *Ahrjaii*?" Annym wußte selbst nicht, warum er diese Frage stellte.

„Diese Welt wird für immer versiegelt. Die wenigen *Ahrjaii*-Inkarnationen, die hinausgelangen konnten in deine Welt, stellen keine wirkliche Gefahr dar. Und nun . . . konzentriere dich, Annym DryMarden. Du besitzt die Kraft. Du bist das Produkt einer zufallsgesteuerten evolutionären Entwicklung über Jahrmillionen: ein Kind zweier Transmenschen, versehen mit einem mentalen Potential, das mehr ist als die Potenz zweier Faktoren. Konzentriere dich. Ertaste die Bannschwelle, die die *Ahrjaii* errichtet haben und die uns hier gefangenhält. Reiße sie nieder. Ich lenke und steuere. *Konzentriere dich.*"

Die letzten beiden Worte waren von so eindringlicher Wirkung, daß Annym automatisch die Augen schloß und seine bewußten Gedanken in die Tiefen des mentalen Ozeans in ihm tauchte. Kraft umgab ihn. Und der Wille zu helfen, füllte ihn vollkommen aus.

Ja, richtig. Un nun . . . hinaus.

Er verließ eine Welt und berührte eine andere: eine karge Oberfläche, scheinbar leer, und doch erfüllt von gespenstischem Leben. Höher hinauf. Ödes Land versank weit unter ihm, Nebel driftete davon, Dunstdämonen stimmten ein Klagelied an. Und noch höher.

Ja, richtig. Dies ist die Bannschwelle, errichtet vor Äonen, aber immer noch wirksam. Sie wird erst dann durchlässig, wenn die letzten von uns gestorben sind. Ohne Erfüllung gefunden zu haben.

Bedauern.

Tiefe Trauer.

Annyms Augen wurden feucht. Er fühlte das Verlangen, das die *Ersten* einst von Welt zu Welt getrieben hatte, immer auf der Suche nach Erkenntnis und Vollkommenheit.

Er spürte ihren Drang, Kunst zu verwirklichen und damit zu sich selbst zu finden. Er spürte die Enttäuschung nach Beendigung einer Skulptur oder eines Monuments. Die tiefe Verzweiflung, das Ziel wieder nur knapp verfehlt zu haben, die permanente Frustration, die drängte und pochte und schmerzte und die *Ersten* nie hatte zur Ruhe kommen lassen. Es war eine Trauer, die alles ausfüllte.

Strudel entstanden in seinem mentalen Ozean, wirbelten Kraft und Mentalenergie empor. Das *Andere Ich* reagierte, erweiterte sich und bemächtigte sich eines anderen mentalen Potentials ganz in seiner Nähe – Aleta. Der Ätherische Gesang der *Zeitlosen Träne*, die gleichzeitig Magischer Schlüssel war . . . eine kräftige Stimme, eine Flutwelle, die gegen die Kerkerwand eines planetaren Gefängnisses brandete, zurückwogte, sich erneut auftürmte und einen zweiten Vorstoß unternahm.

Zweifel.

Irgendwo war ein störender Faktor.

Achte nicht auf ihn, Annym DryMarden! rief die Ästhetikstimme des *Ersten*. *Es ist unwichtig. Nur deine Aufgabe ist von Bedeutung. Versage jetzt nicht, so wie viele vor dir versagt haben. Es ist zu wichtig.*

Die Zweifel blieben und begannen die Konzentration zu beeinträchtigen. Die aufgewühlte Oberfläche seines mentalen Ozeans begann sich wieder zu glätten.

Reiße die Bannschwelle nieder, Annym DryMarden. Jetzt. Zögere nicht. Du kannst es schaffen.

Die Gedankenstimme des *Ersten* lenkte seine Kraft, formte sie zu einem Speer, den sie dann tief in die Schwelle hineinschleuderte. Der Speer zerbrach, die Kraft flutete in Annyms Inneres zurück.

Noch einmal. Es war noch nicht genug. Ein Spalt ist bereits entstanden. Aber noch ist er nicht breit genug.

Die ästhetische Qualität der Stimme des *Ersten* ließ nach. Dieser

Umstand befremdete Annym, und er lenkte einen Teil seiner Aufmerksamkeit auf das *Ich* in seiner Nähe.

Nicht! rief der Symbopartner schrill. *Nicht! Falsch!*

Eliminiere den störenden Faktor! Befehlend. Fordernd. Keinen Widerspruch duldend.

Nicht! Es ist ein Fehler ... eine Täuschung ...!

Höre nicht auf diese Stimme! rief der *Erste. Sie führt dich in die Irre. Sie zerstört deine Konzentration. Höre auf mich, nur auf mich, auf nichts anderes ...!*

Annym schwankte. Die beiden Stimmen gellten im Innern seines Schädels, hallten als verzerrtes Echo wider, brannten hinter seinen Augen. Der Kontakt mit der Bannschwelle schmerzte. Es war kaltes Feuer in seinen Adern. Es war Auflösung an der Peripherie seines Denkens. Es war wie ein langsamer Tod.

Er öffnete die Augen.

Der Körper des *Ersten* hatte sich verändert.

Die Muster aus silbernen und goldenen Punkten waren nun nicht mehr ganz so perfekt. Sie bildeten eine milde, kaum wahrnehmbare Disharmonie. Die Hände kamen in die Höhe und berührten Annyms Schläfen. Das Feuer in seinen Gedanken brannte heißer und versengender.

Nicht! rief der Symbopartner erneut. *Wehre dich!*

Wie?

Keine Antwort.

Ein Sog zerrte an seinen Gedanken, riß das schwarze Mentalwasser empor und aus ihm heraus und schleuderte es gegen die Bannschwelle. Schmerz flammte auf. Seine Augen kochten.

Wehre dich jetzt! Warte nicht länger! Sonst ist es zu spät ...

Hilf mir.

Ich ... kann ... nicht ...

Die Ästhetikqualität löste sich nun vollkommen auf. Schwäche verzehrte Kraft. Annym taumelte. Er konnte seinen Körper kaum noch kontrollieren.

Eine Falle ...

Er begriff plötzlich. Es war kein *Erster*. Es war eine Illusion, geschaffen, um ihn irrezuführen. Der Traum, die Halle, der Dunkelmarmor ... alles gar nicht existent, nur in seinen Gedanken.

Wehre dich!

W-i-e ...?

Er formulierte Magische Worte, aber ihre Wirkung glitt an dem

Ahrjaii ab. Er war stark, stärker noch als der vermeintliche Khyj.

Wehre dich!

Annym sank langsam auf den Boden. Seine Hände ertasteten Kühle: Sand, grobkörnig, kein Dunkelmarmor; spitze Steine mit scharfen Kanten. Wind, der Eiskristalle in seinen ausgebreiteten Armen mit sich trug. Er atmete Kälte, und seine Lungen protestierten.

Wehre dich!

Die Schwäche weitete sich aus. Sein Puls raste; sein Herz schlug unregelmäßig. Die Kälte fraß an seinen Gedanken und zerbröckelte die Mauer aus Widerstand, die er irgendwo hinter seiner Stirn errichtet hatte.

Sein *Anderes Ich* weitete sich aus. Wärme durchflutete einen Körper, dessen Haut bereits angefroren war. Der Pulsschlag beruhigte sich wieder, und die tausend Nadeln, die in der Brust stachen, lösten sich auf. Die Mauer wuchs wieder in die Höhe, verfestigte sich und wurde stabiler als zuvor. Der Sog, der von dem *Ahrjaii* ausging, prallte daran ab.

Annym beobachtete, wie sich sein Körper aufrichtete und dem Eiswind trotzte. Zwei weitere Körper lagen ganz in der Nähe, vertraut und bekannt, von Schneewehen bedeckt, beinah erfroren. Eine Erinnerung regte sich in ihm: eine weite Ebene mit Säulen und Statuen von Versteinerten, Zeugnisse einstigen Versagens.

Nein, nicht wahr! rief eine schrille Stimme. *Du sollst von deinem* Anderen Ich *in die Irre geführt werden. Vertraue nur mir.* VERTRAUE NUR MIR!

Annym setzte sich in Bewegung. Zurück blieben die vereisenden Körper Aletas und Jarmardhs.

Nicht! rief er seinem *Anderen Ich* zu. *Sie werden sterben, wenn ich ihnen nicht helfe. Die Kälte . . .*

Aber sein *Anderes Ich* reagierte nicht. Es gehorchte eigenen Gesetzen. Weiter. Durch Schneewehen hindurch, dem blassen Ball der Sonne entgegen, die hinter dem Horizont zu versinken begann. Noch immer zerrte der Ruf des *Ahrjaii* an einem Verstand, der nun eingekapselt war. Die Stimme war jetzt verzweifelt, schrill, disharmonisch, alles andere als vollkommen. Nein, begriff Annym, kein *Erster.* Wirklich ein *Ahrjaii.* Letzte Zweifel lösten sich auf.

Endlich, meldete sich sein Symbopartner.

Und im gleichen Augenblick veränderte sich die Welt erneut. Die Kälte machte Gefühllosigkeit Platz. Schnee verwandelte sich in der Zeit trotzende Monumente. Eiszapfen wurden zu Versteinerungsstatuen. Die Illusion hatte endlich ihre Wirkung verloren. Direkt vor Annym ragte der Quader aus *Finstergold* auf, der mit Violettopalen besetzt war. Seine Hände berührten noch immer die *Zeitlose Träne* und den Ring, den er von seiner Mutter erhalten hatte. Funken glitten an seinen Händen entlang, verbreiterten sich zu einem Gitterwerk, das mit seinen Verästelungsarmen den ganzen Quader umfaßte.

Erleichterung machte sich in ihm breit.

Aus den Augenwinkeln nahm er eine Bewegung wahr: Schattengeschöpfe, die wie in Zeitlupe auf ihn zukrochen. Die Finstermänner, Wächter über die Tore, die in die Bannenklave der wirklichen *Ersten* hineinführten. Er sah zur Seite. Aleta und Jarmardh standen direkt neben ihm, schweigend, stumm, ohne sich zu rühren. Die Finstermänner kamen indessen immer näher. Annym wollte ausweichen – und konnte seine Beine nicht einen einzigen Zentimeter bewegen. Er blickte hinunter.

Seine Beine waren grau und kalt. Erst jetzt bemerkte er, daß er sie überhaupt nicht spüren konnte.

Erschrecken zeichnete sich in seinen Zügen ab, als er zu verstehen begann.

Seine Beine waren versteinert. Und er konnte spüren, wie die Erstarrungszone sich langsam in ihm ausbreitete.

Purpurne Wolkentürme rasten über den Himmel, umfaßt von den kräftigen Händen eines heulenden Windes, dahingeschleudert über die Ebene, deren Skulpturen die Ewigkeit gekostet hatten. Annym DryMarden konnnte die wimmernde Stimme des Purpursturmes vernehmen: mal heller und wilder, dann so sanft wie das Schnurren einer Schneekatze. Die Sirenenstimme ertönte jetzt auch wieder: lockend und verführend, betörend und einschläfernd. Er gab sich der Melodie hin. Sie schuf Ruhe und Entspannung und tilgte Angst und Furcht. Sie war wie die Erfüllung eines lange gehegten Wunsches. Sie war wie Rückkehr zu sich selbst.

Die Kälte in ihm breitete sich aus. Sie erreichte die Oberschenkel und tastete sich mit eisigen Fingern weiter. Sie ließ Blut erstarren und betäubte Nerven.

Langsam wandte Annym den Kopf. Ein zäher Widerstand stemmte sich dieser Bewegung entgegen. Aletas rotes Haar wehte wie ein Banner über einem erstarrten Körper. Ihre Augen funkelten, und ihre Lippen bewegten sich wie in Zeitlupe.

„H-i-l-f-e...“ Dumpf, wie das Brodeln eines Magmakerns auf Nirgendwo; brummend und undeutlich wie die Stimme eines Wachskristalls.

Die Finstermänner kamen näher. Weitere Schattengeschöpfe drifteten aus dem massiven Material des Quaders aus *Finstergold*. Der Sturm konnte ihnen nichts anhaben, die Kälte ihre Körper nicht gefrieren. Sie waren Geschöpfe einer anderen Welt, Kunstobjekte von Kunstobjekten.

„Jar... mardh...“ Die eigene Stimme war wieder fremd und kam aus weiter Ferne, gedämpft von einem Nebel aus Erstarrung, die Silben eingefroren im heranwehenden Eis. Das Gesicht des *Streiters* war gerötet. Der Kopf bewegte sich. Langsam, mühevoll. Die Augen waren weit geöffnet. Die Stimme ertönte, aber Annym konnte die Worte nicht verstehen. Er begriff. Der Versteinerungsprozeß war bei Aleta und Jarmardh bereits viel weiter fortgeschritten.

Symbopartner? Ich brauche deine Hilfe. Jetzt. Melde dich!

Sein Anderes Ich wurde zu einer heißen Flamme in seinem Innern. Der erste der Finstermänner war nun nahe genug heran. Er streckte seine Schattenarme aus und umfaßte Annyms Schultern.

Die Welt verdunkelte sich. Der Erstarrungsprozeß beschleunigte sich. Er erreichte nun seine Hüften und tauschte Gefühl mit Empfindungslosigkeit aus. Und weiter. Dem Herzen entgegen.

Ich muß mich wehren! dachte Annym intensiv. Er konzentrierte sich auf sich selbst, schuf um sein Ego herum einen eigenen Kosmos, an dessen Realität er zu glauben versuchte. Die Oberfläche des schwarzen Ozeans in seinem Innern begann zu schäumen und zu kochen. Mehr Kraft. Noch mehr. *Das, was ich denke, ist wahr. Alles andere nur Illusion.*

Ein Diskant mischte sich in die zarte Melodie der Sirenenstimme. Einige der Finstermänner verharrten unsicher, setzten sich dann aber wieder in Bewegung und streckten die Schattenarme in ihre Richtung. Annym bewegte die Lippen. Sie waren wie zwei dicke Geschwülste, halb empfindungslos, von einer dünnen Schicht aus Eis überzogen. Der Kehlkopf: ein Fremdkörper in seinem Hals, ein Störfaktor, der das Atmen behinderte.

Nein, diese Welt ist nicht wirklich. Ich kann sie ändern, wenn ich will. Wenn ich WILL. *Nur das ist von Bedeutung.*

Transfer! rief der Symbopartner. *Du mußt den Transfer in die Bannenklave der* Ersten *einleiten. Du bist stark genug.*

Annym tauchte hinein in den Ozean seines Ichs, schöpfte die Kraft aus den wirbelnden Strudeln seiner Mentalenergie, formte sie, knetete sie mit seinen immateriellen Händen und schuf daraus einen Kokon. Er verstärkte die äußersten Schichten, und der Erstarrungsprozeß verlangsamte sich endlich. Die Kälte zog sich aus der Nähe seines Herzens zurück.

Er erhob seine Stimme.

Er murmelte die Magischen Worte der *Kii'hm*. Er beschwor die universale Kraft, die das gesamte Universum durchzog. Er aktivierte sein eigenes Potential, und die Macht erschreckte ihn. Das Kind zweier Transmenschen, die Potenz einer Potenz. Das Produkt einer evolutionären Entwicklung über Jahrmillionen. Das Produkt eines Vorhabens, eines Hilferufes durch die Zeit.

Die Stimme des Eissturms schwoll an. Sie wurde zu einem brodelnden Tosen. Die Böen fegten über die Ebene, zerrissen die purpurnen Wolken, ließen Statuen erzittern. So viele hatten versagt; er durfte nicht ebenfalls ein Opfer der Finstermänner werden.

Blitze zuckten auf und warfen ihr grelles Licht auf die Schattengeschöpfe. Finsterarme zerfaserten und lösten sich schließlich auf. Annym erhob seine Stimme, schrie die Worte in das Tosen des Sturms hinein. Strudel aus Orkanböen entstanden und zerrten an den dunklen Geschöpfen. Einige wurden in die Höhe gezerrt und vereinten sich weit oben mit den purpurnen Wolken. Andere verschwanden im *Finstergold*quader. Das Gefühl kehrte in Annyms Beine zurück. Jarmardh brüllte vor Schmerz. Aleta sank auf die Knie.

Annym ließ nicht nach. Die in ihm wohnende Kraft war nahezu unerschöpflich. Er tauchte tiefer hinab, breitete seine Hände aus und schöpfte und schöpfte und schöpfte . . . Dunkelheit senkte sich über die Ebene, und am Firmament breitete sich ein gleißendes Gitterwerk aus unablässig niederzuckenden Blitzen aus. Dort aber, wo Annym, Aleta und Jarmardh standen, existierte eine Zone der Ruhe und Helligkeit. Der Sturm heulte an ihnen vorbei, packte die restlichen Finstermänner und wirbelte sie davon. Sie stemmten sich den Böen entgegen, aber ihre Kraft reichte nicht aus, denn es war kein normaler Sturm. Es war die Entfesselung elementarer Gewalten.

Der Transfer . . .

Annym spürte die nahe Präsenz der Finstermänner. Sie hatten sich zurückgezogen, aber sie hatten noch nicht aufgegeben. Es waren anatürliche Geschöpfe, geschaffen von Wesen, die selbst nicht aus einer natürlichen Evolution hervorgegangen waren. Es waren Werkzeuge der *Ahrjaii*, nur geschaffen zu einem einzigen Zweck: zu verhindern, daß ein Bannschwellenbrecher in die Enklave der *Ersten* vordringen konnte. Annym berührte Mosaike der Information. Nein, nicht die *Ahrjaii* waren in die Unterwelt verbannt worden, wie der falsche Khyj behauptet hatte, sondern die *Ersten*. Und die *Ersten* hatten Khakiskan daraufhin in eine Bannschwelle gehüllt, die bisher verhindert hatte, daß die *Ahrjaii* diese Welt verlassen konnten. Die *Ersten*... sie waren bei der Auseinandersetzung mit ihren eigenen Geschöpfen unterlegen. Sie hatten Vollkommenheit schaffen wollen... und entstanden war ein Gegner, der ihnen überlegen war.

Die Unterwelt...

Warum hast du mir nicht geholfen?

Ich bin selbst getäuscht worden. Ich war nicht in der Lage, Wahrheit von Lüge zu unterscheiden. Die Ahrjaii *sind verschlagen. Sie wissen jetzt, daß sie dich nicht benutzen können. Sie wissen jetzt, daß du zu stark dazu bist. Sie werden die Konsequenzen daraus ziehen.* Für einen Augenblick lag in der mentalen Stimme des Symbopartners ein Hauch von Furcht. *Sie werden alles daransetzen, dich zu töten. Sei vorsichtig.*

Tod, dachte Annym, ist Ende allen Seins. Aber auch das Ende von Qual und Pein.

Nur einen Sekundenbruchteil später meldete sich sein *Anderes Ich* und begann an seinem Verstand zu nagen und ihn beiseite zu drängen.

Nein, ich gehorche!

Und danach wirst du frei sein...

Frei von Qual, dachte Annym, aber auch frei von Geborgenheit. Allein. Einsam. Ein Verlorener unter vielen.

„Annym?“

Aleta klammerte sich an ihn. Furcht zeichnete sich in ihrem Gesicht ab. Er blickte sie an, und sie wich unwillkürlich zurück. Seine Vollpupillen erstrahlten in einem kalten Feuer, das heller war als das Licht des Khakiskantages.

„Annym, nicht... du verzehrst dich selbst... du mußt...“

Die Präsenz der Finstermänner verstärkte sich nun wieder. Andere Schattengeschöpfe aus anderen Regionen Khakiskans eilten herbei, nur von dem Wunsch beseelt, ihre Aufgabe zu erfüllen. Annym konzentrierte sich auf den Ätherischen Gesang der *Zeitlosen Träne*. Er verstand die Melodien endlich. Er begriff die Funktion des Magischen Schlüssels.

Er trat einen Schritt vor und paßte ihn ganz in die Aussparung im *Finstergold*quader hinein. Eine blauweiße Flamme leckte aus dem massiven Material, suchte einen Augenblick lang umher und umfaßte ihn dann mit ihren feurigen Armen. Die Wirkung seiner Magischen Stimme fand ein abruptes Ende, und sofort lösten sich wieder die Finstermänner aus dem Quader und schwebten ihnen entgegen. Aleta stöhnte. Jarmardh wich unwillkürlich einen Schritt zurück. Er hatte keine Waffe, die er gegen die Schattengeschöpfe hätte einsetzen können.

Annym warf den Kopf in den Nacken und rief Worte in der Sprache der *Ersten*.

Die Umgebung veränderte sich ein weiteres Mal. Der purpurne Himmel löste sich einfach auf; die Versteinerten und die Skulpturen versanken im Boden. Absolute Finsternis hüllte sie eine bestimmte Zeitspanne lang ein. Ruhe. Stille. Und Schmerz, als sich die Präsenz der Finstermänner verstärkte. Etwas störte den Wirklichen Transfer in die Bannenklave der *Ersten*. Etwas modifizierte und lenkte ab.

Das Nichts löste sich auf und machte einer anderen Realität Platz. Annym fiel einige Meter und prallte dann auf harten Boden. Er schlief an Ort und Stelle ein.

Etwas störte den Schlaf. Etwas löste die wirren Träume auf, die Annym DryMarden quälten. Er kam ruckartig in die Höhe.

Blätter raschelten über ihm; Früchte schabten aneinander, dick, feigenartig. Seine Hände strichen über weiches Moos, das mit einer dünnen Schicht aus Feuchtigkeit benetzt war. Er erhob sich und trat an einen der Bäume heran. Die Rinde war fast so hart wie Stein und glatt wie der Dunkelmarmor des illusionären Turmes. Weit über ihm, einige Dutzend Meter, verzweigte sich der Stamm zu einer Vielzahl von Ästen und Zweigen.

Annym lauschte.

Da war es wieder, das seltsame Geräusch. Der einzige Laut in der Stille dieses Waldes, sah man von dem Knistern und Rascheln der Blätter und Zweige und Früchte ab. Eine knurrende Stimme. Nicht weit entfernt. Er drehte sich um. Aleta und Jarmardh waren ebenfalls erwacht und blickten sich neugierig um.

„Was ist das?“ Der *Streiter* legte den Kopf auf die Seite. „Mir reichen die unliebsamen Überraschungen langsam . . .“ Er blickte sich um, bückte sich und ergriff einen dicken Ast. „Nicht viel, aber wenigstens etwas . . .“

„Gegen die *Ahrjaii* wirst du damit nicht viel ausrichten können.“ Aletas Stimme klang ruhig. Sie wandte sich an Annym, berührte ihn behutsam am Arm. Annyms Blick ging in die Ferne.

„Sind wir hier richtig? Ist dies endlich das Ziel?“

„Ich weiß es nicht. Etwas hat den Transfer gestört.“ Er horchte in sich hinein. Der Ätherische Gesang der *Zeitlosen Träne* war nicht mehr zu vernehmen.

Sind wir hier richtig? fragte er. Doch der Symbopartner meldete sich nicht. Annym preßte die Lippen aufeinander. Allein.

Die knarrende Stimme ertönte erneut.

Annym winkte. „Kommt.“ Er setzte sich in Bewegung. Aleta und Jarmardh folgten ihm. Vorsichtig, immer wieder zur Seite blickend, aufmerksam, auf alles gefaßt. Der Wald machte einen eigenartig homogenen Eindruck. Er wirkte eher wie ein Park. Und die Stimme kam näher. In der Ferne waren andere Geräusche. Wenn der Wind etwas stärker blies, waren sie deutlicher. Jarmardh legte erneut den Kopf auf die Seite und zuckte dann mit den Achseln. Er konnte nichts damit anfangen.

An einem der Bäume nicht weit voraus hockte eine gedrungene Gestalt. Sie war von entfernt humanoidem Äußeren; die Haut bestand aus einer Vielzahl von vielfarbigen Facetten; der Kopf saß übergangslos auf dem Torso und war nach vorn geneigt. Sie blieben stehen, eingehüllt vom Schatten des Blätterdachs über ihnen, und betrachteten den Fremden eine Weile. Er war unablässig damit beschäftigt, einen handtellergroßen Stein aufzuheben, von allen Seiten anzusehen und dann fallen zu lassen. Während sie schweigend beobachteten, wiederholte sich das Schauspiel mehrere Male. Und jedesmal, wenn der Fremde den Stein fallen ließ, ertönten die eigenartigen, knurrenden Laute. Annym zögerte eine Weile, dann trat er aus dem Schatten heraus und näherte sich dem am Boden Hockenden. Der Fremde kümmerte sich überhaupt nicht um ihn. Seine Aufmerksamkeit richtete sich nur auf den Stein.

Annym ging ebenfalls in die Hocke. Noch immer nahm der Fremde keine Notiz von ihm.

„Er scheint uns nicht wahrzunehmen“, sagte Jarmardh leise.

Annym erhob sich und schritt um den Fremden herum. Er nickte langsam und deutete dann auf den Rücken, der an dem Baumstamm lehnte.

„Festgewachsen." Aleta runzelte die Stirn. „Aber wie . . ."

„Warte." Annym schloß die Augen und tastete mit einem mentalen Finger nach der Gedankenstimme des Fremden. Als er das fremde Ego kontaktierte, wich er unwillkürlich zurück. Aleta atmete schwer und grub ihre Finger in Annyms Arm. Jarmardh blickte sie beide an.

„Vielleicht verratet ihr mir mal, was . . ."

„Es ist ein *Ahrjaii*", sagte Annym leise. Seine Stimme klang teilnahmslos. Jarmardh hob sofort den Ast. „Nein, nein, von diesem haben wir nichts zu befürchten. Seine Gedankenpräsenz ähnelt der eines *Ahrjaii*. Aber sie ist in Auflösung begriffen. Vielleicht kann er uns deshalb auch nicht wahrnehmen."

„In Auflösung?" Jarmardh betrachtete die Gestalt mit deutlichem Mißtrauen.

„Ja. Ein anderer Faktor zehrt an seiner Kraft."

„Es ist viel Zeit verstrichen. Jahrmillionen." Aleta warf ihr feuerrotes Haar zurück. „Die *Ersten* haben diese Zeit nicht unbeschadet überstanden. Die *Ahrjaii* sicher auch nicht."

„Erinnert ihr euch an die Illusion des Turms aus Dunkelmarmor?" Annym brummte zufrieden, als Aleta und Jarmardh nickten. „Wir hatten es nur mit einem einzigen *Ahrjaii* zu tun. Und dennoch hätte er uns fast erledigt. Wenn sich zwei von diesen Geschöpfen auf mich konzentriert hätten . . ." Er seufzte. „Offenbar gibt es nur noch sehr wenige *Ahrjaii*, die die lange Zeitspanne unbeschadet überstanden haben."

„Gut." Jarmardh nickte und ließ den Stock langsam wieder sinken. „In Ordnung. Aber wo sind wir hier, bitte schön? Ist dies die Bannenklave der *Ersten?*"

Annym schüttelte den Kopf. „Nein. Die Kraft der Finstermänner hat unseren Transfer abgelenkt. Dies ist nicht die Bannenklave. Aber es ist auch nicht die Welt der *Ahrjaii*. Zumindest nicht die der *Wirklichen Ahrjaii*." Er winkte. „Kommt weiter."

Stundenlang schritten sie durch den Wald. Wenn sie Lichtungen passierten, konnten sie erkennen, woher das Licht stammte, das durch das Blätterdach sickerte. Weit über ihnen schwebten leuchtende Wolken vor einem dunklen Himmel, bizarre Gebilde aus purem Glanz, die Helligkeit und Wärme schufen. Jenseits der Glanzwolken aber war alles finster.

„Keine Sonne", sagte Jarmardh. Er wirkte unsicher. „Ich möchte wirklich wissen, wo wir sind . . ."

„Ich auch . . .", stimmte Aleta zu. Annym schwieg. Er blickte einmal empor, dann wieder in den Wald hinein. In der Ferne waren noch immer die seltsamen Geräusche, die sie nicht zu definieren vermochten. Annym rief mehrere Male mit seiner Mentalstimme nach den *Ersten* und der Präsenz seines Symbopartners. Einmal hatte er den Eindruck, eine Antwort auf seine Rufe zu erhalten, doch die Symbole waren zu diffus und undeutlich, als daß er sie hätte verstehen können. Sie kosteten von den Früchten, die von den Ästen und Zweigen weit über ihnen herabgefallen waren. Sie hatten einen süßlichen Geschmack und stillten Hunger und Durst gleichermaßen. Schädliche Nebenwirkungen stellten sich nicht ein. Nur Jarmardh klagte einmal über ein unangenehmes Schwindelgefühl, das aber sofort nachließ, als Annym seine Heilkraft einsetzte. Irgendwann schließlich lichtete sich der Wald und ging dann in eine savannenähnliche Landschaft über, die bis an den Fuß des Gebirges reichte, das am Horizont aufragte: eine Wand aus blauen und grauen Felsen, die bis über die Leuchtwolken hinausreichte. Die undefinierbaren Geräusche waren nun näher. Jarmardh deutete hinauf.

„Es werden weniger", sagte er. „Vielleicht bedeutet das den Anbruch der hiesigen Nacht."

Sie schritten die Hänge von Hügeln hinauf und wieder hinunter. Und sahen schließlich, was die Geräusche verursachte.

Dort, wo die Savanne in die ersten Ausläufer des Gebirges überging, duckte sich eine aus dunklen Steinen bestehende Burg an die granitenen Wände. Blutrote Banner wehten über den Zinnen, und Fanfarenklänge hallten weit über das Land. Die Savanne zu Füßen dieser Burg aber war bedeckt mit Tausenden von Leichen. Hier hatte keine Schlacht stattgefunden, sondern ein Massaker. Und die letzten Überlebenden dieses Massakers bekriegten sich noch immer. Sie hockten auf riesigen, spinnenartigen Geschöpfen, die sich auf Dutzenden von mehrgelenkigen Beinen vorwärts bewegten und ihre langen Beißkiefer in die Körper und Extremitäten anderer Kampftaranteln bohrten. Zischende Laute ertönten, und die Reiter auf den Rücken der Spinnen schwangen metallene Waffen. Beißkiefer zerfetzten die Körper von Reitern. Blut tränkte das Land. Ein süßlicher, ekelhafter Geruch wehte ihnen entgegen. Aleta wandte sich ab und übergab sich.

27

Wir sind einsam. Aber wir lieben die Einsamkeit, denn sie beinhaltet die Essenz allen Seins. Sie bedeutet Ruhe des Geistes. Sie bedeutet Rückkehr zu sich selbst. Sie bedeutet die Besinnung auf das, was einzig wichtig ist: das Sein selbst. Wir bedauern den Zustand der Welt im Draußen. Sie scheint uns nicht wirklich. Sie scheint uns nur ein Schatten einer anderen, wirklich realen Welt zu sein . . .

Kalypsen von Narijot

Es war einmal ein Hybride, der behauptete, die Welt seines Verstandes sei eine andere als die, die ihm seine Sinne vorgaukelten. Er suchte einen Psychomechaniker auf. Zum Schluß der Meditationssitzungen glaubte der Mechaniker an die Welt des Hybriden, und der Hybride an die des Mechanikers. Wer aber will sagen, wer von beiden recht hat?

Zen-Philosophie

Die Dunkelheit kroch nun schnell heran. Sie war wie eine gewaltige, finstere Meduse, die mit ihren filigranen Nesselarmen den Himmel ohne Sonne zu verfinstern begann. Die Leuchtwolken trieben dahin, von einem Wind erfaßt, dessen Stimme unten in der Ebene nicht wehte. Sie lösten sich auf, und ihr Glanz verflüchtigte sich. Wie kristallene Splitter glitten Bruchteile davon hinab, flackernd, glimmend, dann . . . nichts mehr, nur noch halbdunkle Dämmerung.

Annym nahm Aleta in den Arm. Sie würgte noch immer, und ihr Gesicht reflektierte den blassen Schein der Fackeln, die auf den Zinnen der granitenen Burg an den Hängen des Gebirges brannten. Die Dunkelheit gab den Überbleibseln des Massakers etwas Dämonisches. Ab und zu vernahmen sie noch einen gequälten Schrei, manchmal das Brechen von Knochen, dann das Röcheln einer zerfetzten Kehle.

„Kommt", sagte Annym und setzte sich wieder in Bewegung. Jarmardh hielt ihn am Arm fest.

„Du willst weiter? In dieses Schlachtfeld hinein?"

„Ja."

„Aber *warum*? Mir reicht der Anblick von hier oben. Ich habe nicht das Bedürfnis, noch mehr zu sehen."

Annym antwortete nicht, streifte die breite Hand Jarmardhs von seinem Arm ab und schritt den Hang des Hügels hinunter. Windarme trugen ihnen den widerwärtigen Gestank von Blut und zermalmtem Fleisch entgegen. Berge ragten rechts und links von ihnen auf: Kampftaranteln mit tiefen, klaffenden Wunden und geborstenen Körperpanzern. Aleta stöhnte. Annym legte einen Arm um sie und zog sie weiter. Die Augen hatten sich inzwischen an die Finsternis der sternenlosen Nacht gewöhnt und verwandelten sie in diffuse Dämmerung, die Farben verblassen und Konturen verschwimmen ließ.

„Warum ..." Aletas Stimme war schwach und nur wie ein flüsternder Hauch.

„Ich weiß es nicht." Jarmardh knurrte und stieg über die Leiche eines Spinnenreiters hinweg. Blanke, blutbefleckte Knochen umklammerten den metallenen Griff eines Schwertes. „Es ist verrückt. Sie haben so lange gekämpft, bis alle tot waren. Es ergibt keinen Sinn ..."

„Das meine ich nicht." Aleta blieb stehen. Irgendwo in ihrer Nähe bewegte sich das gebrochene Sprungbein einer Tarantel. Es war eine schattenhafte Bewegung, die den *Streiter* unwillkürlich zusammenzucken ließ. Metall klirrte auf Metall. Ein weit über die Ebene hallender Schmerzensschrei. Danach wieder Stille, die alles noch unheimlicher machte. „Wohin gehst du, Annym?"

Annym legte den Kopf in den Nacken. Die Leere war in ihn zurückgekehrt. Und das Gefühl der alles umfassenden Sinnlosigkeit. Er lauschte der Stimme seines *Anderen Ichs,* die immer in ihm war: mal lauter, dann wieder so leise, daß er schon glaubte, sie verstummte für immer. Aber sie verstummte nie. Sie hatte ihn sein Leben lang begleitet: als Feuer, das seine Gedanken verbrannte, wenn er sich zu lange an einem Ort aufhielt, der nicht der richtige Ort war; als mentale Fessel, die seinen Verstand einkerkerte, wenn er sich weigerte, Dinge zu tun, die das *Andere* in ihm als notwendig erachtete. Er konnte dieser Stimme nicht entkommen.

Ja, dort war er, der Symbolstrom, die Kommunikation, an der er nicht teilhaben konnte: beständig, gleichmäßig, ununterbrochen. Ein Teil von Aleta war ebenfalls Bestandteil dieses Netzes aus ausgetauschten Informationen. Und noch etwas anderes.

„Die *Ersten* ...", flüsterte Annym. „Sie rufen mich. Ich muß ... gehorchen ..."

Und er setzte weiter ein Bein vor das andere, marschierte zwischen dunklen Gebirgen aus Spinnenleichen, blickte in die deformierten Gesichter von Kriegern.

„Annym?"

Sie umgingen die Kadaver von zwei ineinander verkeilten Kampftaranteln. „Ja?"

Aleta legte für einen Augenblick ihren Kopf an seine Schulter. Die Berührung vermittelte ihm für einen Sekundenbruchteil Wärme. Doch die Wärme war ein Störfaktor. Das Andere in ihm zog die Kälte vor, und er trat einen Schritt zur Seite. Aleta löste sich zögernd von ihm. „Bleiben wir zusammen, wenn alles vorbei ist?"

„Sicher", gab Annym zurück. „Natürlich."

Wenn alles vorbei ist . . .

Die Kälte intensivierte sich nun. Und sie verstärkte auch die ekelhafte Qualität des Gestankes.

„Beeilen wir uns", sagte Jarmardh und wich der Knochenhand eines Toten aus. Es waren monströse Geschöpfe, Reiter wie Reittiere. Sie waren nicht homogen; ihre Körper schienen der Phantasie eines Wahnsinnigen entsprungen zu sein. „Ich habe kein gutes Gefühl. Etwas braut sich zusammen . . ."

Annym nickte und lauschte. Das Flüstern in ihm war mal lauter, dann wieder leiser. Es kam aus einer bestimmten Richtung. Ein Schrei ertönte, dann noch einer.

„Es gibt Überlebende." Jarmardh sah sich nervös um, bückte sich dann und packte ein Schwert. Mit ausdrucksloser Miene wischte er farbloses Blut ab. „Es könnte gefährlich werden."

„Ich habe Angst, Annym", hauchte Aleta. Er schwieg, stieg über einen weiteren Toten hinweg und änderte dann erneut die Richtung.

Ein Schattenberg in ihrer Nähe bewegte sich.

Zwei gewaltige Kiefer kamen in die Höhe, holten zuckend aus und schlugen dann zu. Aleta schrie gellend auf. Annym sprang zur Seite.

Jarmardh war nicht schnell genug.

Er hob das Schwert, und das scharfe Metall durchtrennte den Hartknochen eines Kiefers, als bestünde er nur aus Butter. Seine Reflexe waren trainiert, aber dennoch war er zu langsam. Er schlug ein weiteres Mal zu, blickte eine Sekunde lang in finstere Augenpunkte und sprang dann zur Seite, um dem anderen Kiefer auszuweichen.

Er sprang nicht weit genug.

Der Kiefer knickte an einer Stelle ein und folgte seiner Ausweichbewegung. Scharfkanten drangen in die Hornschicht von Jarmardhs Haut ein. Blut quoll aus tiefen Wunden. Der Hieb mit dem Schwert verfehlte das Ziel. Der *Streiter* gab einen dumpfen Laut von sich und stürzte zu Boden. Der Kiefer, der noch immer in seinem Körper steckte, folgte auch dieser Bewegung, schnitt, durchtrennte, zerfetzte. Aleta sprang herbei, packte das Schwert und schleuderte es blitzartig in den schattigen Leib der verendenden Kampftarantel.

Stille.

Jarmardh bewegte sich nicht mehr.

Aleta zögerte einen Augenblick, dann kniete sie sich nieder. Ein paar Sekunden später erhob sie sich wieder und wandte sich zu Annym um.

„Rasch, du mußt ihm helfen. Er ist sehr, sehr schwer verletzt. Aber deine Heilkraft . . . vielleicht . . ."

Annym trat heran. Sein Gesicht war unbewegt, und seine Augen schienen die Umgebung gar nicht wahrzunehmen.

„Verstehst du nicht?" Aleta ergriff seine Arme. „Du mußt ihm helfen. Sonst stirbt er."

Annym ging in die Knie und legte seine Hände auf die Wunden des *Streiters*. Seine Mentalfinger suchten nach dem schwarzen Wasser des Energieozeans in seinem Innern. Der schäumende Gischt aber entzog sich seinem Zugriff, brodelte und kochte. Nicht ein Funke aus heilender Kraft löste sich von seinen Fingerkuppen.

„Rasch, Annym. Rasch. Er stirbt. Oh, so hilf ihm doch endlich."

„Ich . . . kann nicht." Dumpf. Monoton. Beinah gleichgültig.

Andere Dinge begannen sich nun zu bewegen. Etwas Helles glitt über den Himmel, wie der Kondensstreifen eines Stratosphärengleiters. Annym erhob sich wieder und legte den Kopf in den Nacken.

„Es ist der falsche Khyj", stellte er fest. „Er sucht uns noch immer."

Er murmelte ein Magisches Wort, und die diffusen Tastgedanken des Verfolgers glitten an ihm vorbei ins Nichts. Der helle Streifen wanderte dahin und strebte dem Horizont entgegen.

Das Knistern und Knacken in ihrer Umgebung nahm zu. Aleta klammerte sich an Annym, sah sich rasch und nervös um, blickte dann wieder zu Jarmardh hinab. Die Augenlider des *Streiters* zitterten. Seine Lippen bewegten sich, brachten aber keinen Laut hervor.

Jarmardh starb einen einsamen und sinnlosen Tod. Aleta wandte sich ab. Tränen rannen aus ihren Augenwinkeln.

„Wir müssen diesen Ort rasch verlassen“, sagte Annym monoton. „Jetzt sofort. Eine Präsenz . . . verstärkt sich . . .“

Er umfaßte Aletas Schultern und zerrte sie mit sich fort. Der Lichtstreifen am dunklen Himmel hatte inzwischen den Horizont erreicht. Ein fernes, kaum wahrnehmbares Brummen flüsterte an ihre Ohren. Die Triebwerke eines interstellaren Raumschiffes. Ein Hauch von Vertrautheit in einer Welt der Verwirrung. Aber auch der Schatten einer zusätzlichen Gefahr.

Annym und Aleta eilten durch Täler inmitten einer Landschaft der Zerstörung und des Todes.

„Etwas geschieht . . .“, murmelte Annym undeutlich. Aletas Atem war ein zischendes Keuchen dicht an seinen Trommelfellen. „Aber ich weiß nicht, was. Eine Präsenz verstärkt sich . . .“

Die Talwände bewegten sich. Erst hielten sie es für eine Täuschung, hervorgerufen von überreizten Sinnen. Dann aber stellten sie fest, daß die Bewegung wirklich und real war.

„Die Toten . . .“ Aleta riß die Augen auf. „Sie regen sich wieder. Sie erwachen zu neuem Leben.“

Dicht vor ihnen lag die zerfetzte Leiche eines Reiters am blutgetränkten Boden. Eine zerschmetterte Hand umklammerte noch immer den Griff einer Metallschneide. Die Form des Körpers war undefinierbar. Der Beißkiefer einer Tarantel hatte ihn mehrmals zerteilt und eine Greifhand vom Arm getrennt.

Die Hand bewegte sich.

Knochen wuchsen wieder zusammen, Wunden schlossen sich, Blut pulsierte. Finger krümmten sich und schoben die Hand dem Arm entgegen. Kaum berührten sie sich, da wuchsen sie zusammen. Der Körper regenerierte sich. Anschließend tastete der wiederhergestellte Arm erneut zum Schwert, hob die Waffe, holte aus . . .

Annym riß Aleta zur Seite. Sie schrie auf. Überall begannen sich nun die Opfer des Massakers zu regenerieren. Es war wie ein Erdbeben, das Berge erzittern ließ. Es war etwas Gewaltiges und Elementares. Annym und Aleta stürzten davon, wandten sich nach rechts, um so schnell wie möglich das Schlachtfeld zu verlassen. Spinnen rieben ihre haarigen Beine aneinander; Reiter stiegen erneut auf die Rücken ihrer Kampftaranteln. In der Burg an den Hängen des Gebirges erschollen Fanfaren. Die Taranteln antworteten darauf mit zirpenden Rufen und setzten sich springend und hüpfend und laufend in Bewegung. Keiner der Reiter kümmerte sich um den anderen; Feindseligkeiten schienen vergessen.

Annym und Aleta aber liefen um ihr Leben.

Die Krieger und ihre Reittiere kümmerten sich nicht um ihresgleichen ... dafür aber um so mehr um die beiden Fremden, die sich in ihrer Mitte aufhielten.

Nach einer Ewigkeit schließlich hatten sie den Rand des Schlachtfeldes erreicht. Sie liefen weiter und hielten nicht inne. Sie gönnten sich keine Pause. Der Trieb, das eigene Leben zu schützen, war stärker als alle Verzweiflung.

Irgendwann knickten die Beine ein, und sie sanken zu Boden. Fanfarenklänge und Zirprufe waren weit hinter ihnen. Annym drehte sich um.

Die Ebene war leer.

Nichts deutete mehr daraufhin, daß hier ein gnadenloser Kampf stattgefunden hatte.

„Warum hast du ihm nicht geholfen?" Aletas Stimme war schrill. „Du hättest sein Leben retten können. Aber du hast ihn sterben lassen. Du hast es nicht einmal versucht ..." Sie trommelte mit beiden Fäusten gegen seine Brust. Er hielt sie fest. Er suchte nach Worten. Er konnte nicht antworten. Aletas grüne Augen blitzten.

„Sein Tod berührt dich nicht einmal, nicht wahr? Er war dein Freund, der einzige, den du hattest."

„Ich weiß. Ich ..."

Sein Kopf sank nach vorn, seine Schultern begannen zu zittern. Tränen flossen aus seinen Augen. Er murmelte die Worte des Kummers, aber die Trauer in ihm war fern und nicht wichtig. Aleta hatte recht. Jarmardhs Tod berührte ihn nicht. Und das erschreckte ihn zutiefst. Er stimmte den Kummergesang an, doch die Leere in ihm blieb. Es gab nichts, das sie hätte ausfüllen können. Er weinte, aber die Tränen waren nur Wasser und konnten seine Teilnahmslosigkeit nicht aus ihm herauswaschen.

Du bist es! schrie er mit seiner Mentalstimme in sich hinein. *Du bist schuld. Du hast mich zu dem gemacht, was ich jetzt bin. Du hast mich zerstört.*

Nur die Aufgabe ist wichtig.

Aleta rückte näher und umfaßte sein Gesicht mit beiden Händen. „Es tut mir leid, Annym. Ich habe es nicht so gemeint. Entschuldige bitte. Ich weiß, was in dir vorgeht. Ich ... verstehe dich ..."

„Nein." Er schüttelte den Kopf und erhob sich wieder. „Du kannst mich nicht verstehen. Auch wenn du mit einem Teil meines Ichs verbunden bist. Es sind zwei verschiedene Dinge, den Egoschatten von außen zu betrachten oder in sich zu spüren. Zwei völlig verschiedene Dinge. Es ist ..."

Etwas Fremdes berührte seinen Geist. Sofort errichtete er die Abschirmung. Es war ein Reflex, gesteuert von seinem *Anderen Ich*. Der falsche Khyj.

„Komm. Wir müssen weiter. Vielleicht hat der Khyj meine Gedanken aufgefangen. Vielleicht weiß er jetzt, wo wir sind. Wir haben das Ziel noch nicht erreicht."

Ein Felswald schloß sich an die Ebene an, in der am Tag die Schlacht stattgefunden hatte. Noch immer bedeckte die Düsterbank den Himmel: ein gewaltiges, dunkles Etwas, das die Leuchtwolken auflöste, kaum waren sie entstanden. Sie schritten durch das Halbdunkel, schweigend, still, nachdenklich. Manchmal säumten Glimmgranate ihren Weg. Sie waren wie Leuchtmarken auf ihrem Weg, und sie wechselten die Farbe, wenn Annym und Aleta in ihre Nähe traten. Sie verspürten Hunger und Durst. Gleichzeitig aber waren diese Bedürfnisse nicht von Bedeutung. Auch Aleta konnte jetzt das ferne, lockende Flüstern vernehmen, und auch sie spürte, daß es der richtige Ruf war, die Stimme der *Ersten*, die aus der Bannenklave zu ihnen herandriftete.

Sie waren etwa eine Stunde marschiert, als ein dünnes Wimmern die Stille der Nacht teilte. Annym blieb stehen und horchte. Irgend etwas in ihm begann zu erzittern. Aleta drängte sich an ihn.

„Achte nicht darauf", bat sie. „Laß uns weitergehen. Viele Gefahren mögen uns hier erwarten."

Annym antwortete nicht und setzte sich statt dessen wieder in Bewegung. Ab und zu blieb er stehen, um dem Wimmern zu lauschen und sich zu orientieren. Er spürte die Angst Aletas, aber sie kümmerte ihn nicht.

Sie ließen zwei weitere Leuchtgranate hinter sich. Ein dunkler Schatten ragte vor ihnen auf und bewegte sich unruhig, als sie sich ihm näherten. Es war eins der spinnenartigen Geschöpfe, aber nicht ganz so groß wie die Kampftaranteln, die den Kriegern in der Ebene als Reittiere gedient hatten. Aleta wich unwillkürlich zurück.

„Nicht, Annym. Denk an Jarmardh. Er war unvorsichtig. Es hat sein Leben gekostet."

Aber Annym trat dennoch näher. Das Wimmern war jetzt direkt

vor ihm. Er hatte Angst vor dem schwarzen Schatten der Spinne, aber er konnte nicht zurück. Etwas zog ihn an, etwas, dem er sich nicht widersetzen konnte.

Ein zweiter Schatten, wesentlich kleiner als der der Tarantel. Er lag am Boden. Milchiggelbe Augen blickten ihm aus einem kubischen Kopf entgegen. Annym ließ sich auf die Knie nieder.

„Nicht, Annym!“

Er kümmerte sich nicht um Aleta. Er betrachtete die Gestalt, die vom Rücken der Tarantel geschleudert und gegen einen Felsen geprallt war. Wer immer dieser Fremde auch war, er besaß ganz offensichtlich nicht die Fähigkeit, sich zu regenerieren. Knochen waren gebrochen, Haut aufgeplatzt. Er hatte viel Blut verloren, und noch immer sickerte ein dünner Strom aus mehreren tiefen Wunden. Die nahe Tarantel bewegte sich unruhig und grub ihre vielen Beine in den sandigen Boden. Ihre Kiefer schabten.

„Komm, Annym.“ Aleta war einige Schritte zurückgeblieben. „Laß uns weitergehen. Dies ist kein guter Ort.“ Annym vernahm ihre Stimme, nicht aber den Sinngehalt ihrer Worte. Er streckte seine Arme aus und legte die Hände auf die Wunden des Fremden. Das Wimmern verstärkte sich. Der Verletzte hatte Angst. Annym streichelte das geschwächte Ich mit seinen Mentalarmen, und die Angst zog sich zurück. Der Fremde beruhigte sich.

„Seine Ausstrahlung ist merkwürdig. Nein, kein *Ahrjaii,* ich bin ganz sicher. Auch kein Quasi*ahrjaii,* kein Schatten eines Schattens. Er ist . . . anders.“

„Ich habe Angst, Annym. Komm. Komm weiter.“

„Seltsam. Diese Welt . . . dieser Bereich . . . und diese Präsenz . . .“

Hilf ihm! verlangte der Symbopartner ultimativ.

Annym erschauerte. Feuer rann für einen Augenblick durch seine Adern.

Ja, ja, ich helfe ihm.

Kälte kroch erneut in ihn hinein. Sie war angenehm. Seine Hände glühten auf. Die Kraft des Mentalozeans manifestierte sich in glühenden und glimmenden Funken. Wunden schlossen sich, neues Fleisch wuchs, Blut bildete sich und füllte Adern. Das dunkle Wasser floß aus ihm heraus und ergoß sich über den Fremden. Milchiggelbe Augen blickten ihn an, nun nicht mehr furchtsam, sondern neugierig, dankbar.

Aber Annyms Kraft heilte nicht nur.

Sie bereitete vor. Sie tilgte und schuf Platz. Der Glanz in den milchigen Augen des Fremden veränderte sich. Für einen Augenblick zeichnete sich erneut Furcht in ihnen ab, dann verblaßten sie ganz, nur um kurz darauf wieder zu erglühen. Eine heiße Flamme loderte in Annym. Er stöhnte auf, wankte, hatte Mühe, das Gleichgewicht zu wahren. Aleta trat vorsichtig an ihn heran und legte ihm die Hand auf die Schulter. Ein heißer Funke rann ihren Arm hinauf und schleuderte sie zurück. Annym schrie. Eine flammende Aureole hüllte nun seinen ganzen Körper ein und warf grelles Licht auf die Tarantel und die Felsen, die sie wie steinerne Wächter umringten.

Dann ...

Die Flamme erlosch.

Und mit ihr noch etwas anderes. Annym brauchte eine Weile, bis er begriff, was geschehen war. Er hatte etwas verloren, was sein Leben lang nahe seinen Gedanken gewohnt hatte. Etwas war von ihm gewichen, das ihn viele Jahre lang gequält hatte.

Sein *Anderes Ich* oder Symbopartner oder Traumstimme ... sein Ferndrang ... fort ... verschwunden ... nicht mehr präsent ... nicht mehr in ihm ...

Er erhob sich. Langsam und unsicher. Und kaum stand er auf den Beinen, da bewegte sich auch der Fremde. Annym nahm Kraft wahr. Und den Hauch von etwas Vertrautem.

„Du hast recht“, sagte der Fremde mit sonorer Stimme. „Ich bin es. Dein *Anderes Ich*.“

Das Feuer züngelte knisternd. Die Brennsteine ähnelten denen auf Nirgendwo und schufen angenehme Wärme. Die Tarantel hatte sich auf den Boden gehockt. Manchmal schabten ihre Kiefer aufeinander, und dann blickte sich Aleta unsicher um. Annym saß dem Fremden gegenüber. Zwischen ihnen waren die Flammen der Brennsteine. Sie warfen zitternde Schatten. Annym war müde, und je länger er über die Flammen hinweg in das Gesicht des Fremden blickte, um so tiefer wurde die Erschöpfung. Es war ein formloses Gesicht, das nur aus silbernem Glanz bestand. Die milchiggelben Augen waren verschwunden. Silberne Haut spiegelte die Flammen wider. Ein sonderbarer Anblick.

„Du hast das Ich des Fremden getötet.“

„Ja“, antwortete der Symbopartner. „Es war notwendig. Der glückliche Zufall durfte nicht ungenutzt gelassen werden.“

„Welcher glückliche Zufall?“

Ruhe war in Annym. Eine Ruhe, die er lange nicht mehr gespürt hatte. Jetzt war er wirklich Herr über sich selbst. Jetzt oblag nur ihm allein die Kontrolle über seinen Körper.

„Der Zufall, auf einen Quasi*ersten* gestoßen zu sein."

Annym begann zu begreifen.

„Diese Welt ist nicht die Bannenklave der *Ersten,* Annym DryMarden. Es ist eine . . . Zwischenwelt, die Ebene des Ewigen Kampfes. Es ist eine Region der permanenten Auflösung. Es ist die Stätte, wo sich die Splitter umgekommener *Ahrjaii* und *Ersten* bekriegen. Hier wird der Kampf fortgesetzt, der vor Jahrmillionen bereits ein Ende gefunden hat, indem die *Ersten* von den *Ahrjaii* in den Bann gelegt und in der Unterwelt eingekerkert wurden. Wir haben wirklich Glück gehabt, daß dieser Krieger . . .", eine silberne Hand schlug auf eine silberne Brust, „. . . nicht in der Ebene verletzt wurde. Dort hätte er sich regeneriert wie all die anderen und morgen, mit Heraufziehen der Leuchtwolken, den Kampf fortgesetzt. So aber . . ."

„Du hast ihn getötet."

„Ja und nein. Ich benutze sein Potential."

„Was geschieht, wenn du seinen Körper verläßt?"

„Dann stirbt er. Aber es ist nicht von Bedeutung. Er ist – oder war – ohnehin semitot. Wie alles Leben hier. Alles hier ist nur der Schatten einer längst vergangenen Zeit."

Annym hatte Mühe, die Worte zu verstehen. Seine Augenlider waren schwer wie Blei. Aleta berührte ihn am Arm. Er streifte ihre Hand ab.

„Mit diesem Potential ist alles nicht ganz so schwer", fuhr der Symbopartner im silbernen Körper des Fremden fort. „Wir können es schaffen, die *Ersten* aus ihrem Kerker zu befreien."

„Jetzt brauchst du mich nicht mehr."

Der Silberne lachte. Es klang überraschend menschlich. „Oh doch, Annym."

„Jetzt kannst du mich nicht mehr zwingen. Du hast mich verlassen. Der Fluch ist endlich von mir gegangen."

„Bist du dir da wirklich so sicher, Annym?"

Die Worte waren kaum verhallt, als Annym das Fremde in sich erneut spürte, als die Flamme wieder zu brennen begann, als sein Körper sich von ihm zu entfernen schien.

„Nein!" schrie er. Aleta nahm ihn in die Arme.

„Siehst du. Ich brauche dein Potential. Und das Aletas. Bald bist du frei. Ich verspreche es."

Annym fiel hintenüber und schlief auf der Stelle ein.

Die Brennsteine glühten nur noch, als Annym wieder erwachte. Noch immer klebte die Dunkelbank am Himmel und verhinderte die Neubildung von Leuchtwolken, die einen neuen Tag in der Zwischenwelt Khakiskans hätten einleiten können.

Annym richtete sich halb auf.

Aleta lag neben ihm. Ihr Atem ging gleichmäßig und ruhig. Die Tarantel rührte sich ebenfalls nicht. Vielleicht schlief das Spinnengeschöpf. Vielleicht befand es sich auch nur in Kältestarre, denn die Wärme der Brennsteine reichte nicht weit. Der Silberne hatte sich ebenfalls niedergelegt.

Es war eine Chance, die Annym wahrnehmen mußte.

Er murmelte ein Magisches Wort, das Geräusche tilgte, und erhob sich vorsichtig. Seine Stiefel schabten über Sand und Steine, aber es blieb alles still.

Ein anderes Magisches Wort . . . und Ruhe legte sich wie eine dicke, warme Decke über Annyms Gedanken. Das *Andere Ich* hatte ihn verlassen, die Kraft aber war ihm geblieben. Gut.

Langsam schritt er um die glimmenden Brennsteine herum und kam so dem Silbernen näher. Er rührte sich nicht. Annym flüsterte weitere Magische Worte und erinnerte sich dabei ständig an die Unterweisungen seines *Kii'hm*-Lehrers. Für einen Augenblick nagten Zweifel an der Kraft der Magischen Stimme, gepaart mit Angst, ausgerechnet in diesem Augenblick könnte sie versagen. Er vertiefte die Konzentration und tilgte die Skepsis aus seinem Innern.

Schließlich stand er direkt über dem Fremden. Der Silberne bewegte sich nicht. Er zeigte durch nichts an, daß Leben in ihm war. Annym wagte es nicht, einen Mentalarm auszustrecken und die Gedanken seines *Anderen Ichs* abzutasten. Es mochte ihn verraten und die Chance auslöschen.

Langsam bückte er sich und ergriff einen mehrere Pfund schweren Stein. Er wurde so leicht wie eine Feder, als er die Magische Stimme auf den Granitbrocken fokussierte. Und er wurde so schwer wie ein Planet, als er ausholte und ihn auf den Kopf des Silbernen schleuderte.

Einige Zentimeter vor dem formlosen Gesicht löste er sich in feinen Staub auf.

„Du kannst es nicht schaffen", sagte die Stimme seines *Anderen Ichs*. „Gib es auf, Annym. Akzeptiere endlich deine Aufgabe."

Annym konzentrierte seine ganze Kraft auf den Körper des Fremden. Er erhob seine Magische Stimme und schöpfte aus dem

Ozean nahe seinem Herzen. Er warf alles dem Silbernen entgegen. Er schrie, und Sturmböen erhoben ebenfalls ihre heulenden Stimmen. Blitze flammten auf und zerteilten die Düsterbank am Himmel.

Aleta erwachte und suchte mit kalten Händen nach Halt an den Felsbrocken. Die Böen zerrten an ihrem flammendroten Haarschopf, wehten Sand heran. Annym hielt nicht inne. Er gönnte sich nicht einen Sekundenbruchteil Ruhe. Seine Magische Stimme war wie ein brodelnder Vulkan, der Hunderttausende Tonnen Magma in den Himmel schleuderte. Er formte die Böen des Sturms und lenkte sie gegen den Symbopartner im Körper des Fremden. Er schuf die Kälte des Vakuums, dann die Hitze im Innern einer Sonne.

Der Silberne lachte und erhob sich. Er trat näher, unbeeindruckt von den entfesselten Winden, unbeeindruckt von der ihm entgegenschleuderten, magischen Kraft. Er berührte Annyms Wangen, und im gleichen Augenblick war das *Andere Ich* wieder hinter seiner Stirn. Aus der Magischen Stimme wurde ein tonloses Krächzen. Der Vulkan erlosch. Die Stimme des Windes verklang. Die Blitze verblaßten.

„Gib es auf. Akzeptiere. Füge dich."

„Annym. Annym!"

Er drehte sich um. Aleta deutete zum Himmel hinauf. Ein langer Lichtstreif kroch durch die Finsternis. „Er ist wieder da. Der falsche Khyj."

„Laßt uns aufbrechen", sagte der Silberne. „Wir sollten keine Zeit mehr vergeuden."

„Es gibt nur noch wenige Wirkliche *Ahrjaii*", sagte der Silberne, als sie die Region der Granitanemonen erreichten. „Aber diese wenigen sind dafür um so gefährlicher." Silberne Arme deuteten auf das vor ihnen liegende Land. „Wir müssen hier besonders vorsichtig sein. Es ist nicht mehr weit bis zum Weltentrichter. Und die *Ahrjaii* werden spüren, daß wir unser Ziel beinah erreicht haben. Sie werden zu verhindern versuchen, daß wir durch den Trichter hinabsteigen in die Unterwelt und die Bannenklave der *Ersten.*"

„Dann hatte ich also recht mit meiner Vermutung . . ."

Amüsiertes Lachen.

„Ja und nein. Du hattest insofern recht, als daß die *Ahrjaii* in der Zwischenwelt tatsächlich nur Schatten einstiger mächtiger Wesen sind. Sie lösen sich auf. Sie sind irrational. Der Prozeß wird noch Äonen andauern. Die wenigen Wirklichen *Ahrjaii* nähren sich von der Kraft ihrer einstigen Artgenossen. Wären sie dazu nicht in der Lage, dann gäbe es sie längst nicht mehr."

Annym nickte. „Und die *Ersten?* Wie konnten sie die lange Zeit überdauern?"

Das *Andere Ich* in Gestalt des fremden Geschöpfes zögerte einen Augenblick. „Ich weiß nicht, wie sie überdauert haben. Auch ich bin eigentlich nur eine Erinnerung. Aber ich spüre jetzt, *daß* sie überdauert haben. Du hast ihren Ruf ja selbst vernommen."

„Wie weit ist es noch?" fragte Aleta unsicher. Ihre Blicke suchten immer wieder den Himmel ab, vor dem jetzt wieder die Leuchtwolken entlangglitten. Dahinter war nach wie vor alles dunkel. Ein Tag, der eigentlich kein Tag war. Tagnacht war vielleicht eine angemessene Bezeichnung.

„Nicht mehr weit", gab der Silberne unbestimmt zurück. „Beeilen wir uns. Und sehen wir uns vor."

Ins Land der Granitanemonen hinein. Mißtrauisch betrachtete Annym die Felsblöcke, vor denen sie der Silberne bereits vor zwei Tagen gewarnt hatte. Skeptisch musterte er die Schleifspuren im Sand. Die Granitanemonen bewegten sich – aber so langsam, daß das unbewaffnete Auge diese Bewegung nicht wahrzunehmen in der Lage war. Er sah die roten und grünen und blauen Mineralienadern im Felsmaterial. Einmal kamen sie einer der Granitanemonen fast zu nahe. Hauchdünne Steinfäden wuchsen aus den Blöcken und tasteten blitzartig in ihre Richtung. Ein betäubender Duft ging von ihnen aus. Er benebelte die Sinne und ließ Muskeln und Nerven erzittern.

Kilometerweit erstreckte sich das Land der Wanderfelsen. Die Leuchtwolken am Himmel wiesen ihnen den Weg. Sie schritten gleichmäßig aus und legten so Meter um Meter und Kilometer um Kilometer zurück.

„Es ist schade, daß die Tanzspinne eingegangen ist", sagte der Silberne mit einem Seitenblick auf Annym DryMarden. „Sie hat den von dir entfesselten Kältesturm nicht überstanden. Sie hätte uns zum Weltentrichter tragen können. Es wäre schnell und bequem gewesen."

Aleta schüttelte sich.

Annym preßte die Lippen aufeinander. Dort marschierte es, direkt an seiner Seite: sein *Anderes Ich,* endlich stofflich geworden und somit verletzlich. Aber es war zu stark für ihn. Annym war nicht in der Lage, es zu töten und sich somit endgültig von seinem Fluch zu befreien. Er mußte sich fügen. Noch immer. Aber sein Geist zumindest war jetzt etwas klarer.

Nach Stunden kletterte die Düsterbank erneut am Himmel empor und brachte Dunkelheit. Sie errichteten ein Nachtlager inmitten der sie umgebenden Granitanemonen. Auf Anordnung des Silbernen hin benutzte Annym seine Magische Stimme dazu, eine Magische Schwelle um dieses Lager zu errichten, eine Barriere, die die Anemonen daran hinderte, ihre steinernen Nesselarme während der Zwischenweltnacht um sie zu legen und sie damit zu betäuben. Annym versuchte, diese Barriere an einer Stelle – dort, wo sein *Anderes Ich* lagerte – durchlässig zu gestalten, aber der Silberne war aufmerksam und antwortete mit einer strafenden Schmerzwelle. Von diesem Zeitpunkt an gab Annym jeden Versuch auf, sich des fremden Begleiters zu entledigen. Es hatte keinen Sinn. Er war noch immer ein Gefangener.

Eine Stunde nachdem sie sich niedergelegt hatten, kroch Aleta an Annyms Seite. Ihre Hände strichen vorsichtig über seinen Körper und erkundeten seine Bereitschaft. Er wehrte sich nicht. Er gab sich ihren Zärtlichkeiten ganz hin. Er brauchte Trost. Er brauchte Entspannung, um seine Gedanken zu ordnen. Er genoß die Wärme, die Aleta mit geschickten Fingern in seinen Lenden schuf. Und er genoß die Wärme, die zwischen ihren Schenkeln war.

„Es tut mir leid, Annym", sagte sie später.

„Was tut dir leid?"

„Das, was ich zu dir gesagt habe, nachdem Jarmardh . . ." Sie verschluckte den Rest. Annym spürte noch immer keine Trauer. Nur ein Bedauern darüber, einen wertvollen Helfer verloren zu haben. Es ekelte ihn selbst an.

„Es ist nicht wichtig."

Schweigen. Dann:

„Annym?"

„Ja?"

„Wir haben es bald geschafft, Annym. Danach wird alles besser werden."

Danach, dachte Annym, wird nichts mehr so sein, wie es war: du, ich, die ganze Welt, alles. Er sprach die Worte nicht aus, aber Aleta war das Kind zweier Transmenschen, wie er. Und sie verfügte über ein ähnliches, wenn auch spezifischeres Potential.

„Nein, das ist nicht wahr, Annym. Wir werden zusammenbleiben. Nicht wahr?“

„Ja, wir werden zusammenbleiben. Schließlich bist du das einzige, was mir noch geblieben ist.“

Er drehte sich auf die Seite, strich ihr über den Kopf, streichelte ihr rotes Haar. Senaide, dachte er. Arme kleine Senaide. Genauso sinnlos gestorben wie Jarmardh. Und Liszenta, unsere Tochter.

Etwas krampfte sich in ihm zusammen.

„Denk nicht mehr an sie“, flüsterte Aleta und vergrub seinen Kopf zwischen ihren Händen. „Sie ist tot, und nichts kann sie wieder lebendig machen. Wahre die Erinnerung an sie. Aber trauere ihr nicht nach.“

„Du hast recht.“ Aber er *konnte* es nicht. Er sah Aleta an – und er sah Senaide, ihre dunklen Augen. Wenn er Aleta küßte, schmeckte er die anderen Lippen. Wenn er sich zwischen ihren Schenkeln entlud, dann meinte er, den harmonischen Geschmack eines Gemeinsamen Traumes zu kosten. Alles vorbei. Alles aus. Für immer. Eine Vorstellung, ein Gedanke, der mehr schmerzte als die Furcht vor dem eigenen Ende. Es war seltsam.

Aleta wandte sich von ihm ab. Annym konnte sie diese Nacht weinen hören. Er war nicht in der Lage, ihr Trost zuzusprechen.

Am nächsten Tag, als die Dunkelbank hinter dem Horizont versunken war und die Leuchtwolken nicht mehr auflöste, bildeten die Granitanemonen einen dichten Ring um die Magische Schwelle, die Annym um ihr Lager errichtet hatte. Nachdem alles zum Aufbruch bereit war, erhob er seine Magische Stimme erneut und schuf so eine Bresche in dem Belagerungskessel. Rasch eilten sie hindurch. Annym glaubte, den betäubenden Duft der steinernen Nesselfäden auch noch zu riechen, als das Land der Granitanemonen längst hinter ihnen lag.

Die Felswände des Stummen Tals ragten rechts und links von ihnen auf: gewaltige, schweigende Monolithe. Kein Laut ertönte hier. Manchmal verdunkelten Schatten für einige Sekunden das Licht der Leuchtwolken. Es waren Schwebmedusen, die in einem weit entfernten Land hinaufschwebten und dann – infolge ihrer Wasserstoffporen leichter als Luft – durch die Hohen Winde Khakiskans wehten.

Bald lag auch das Stumme Tal hinter ihnen, und vor ihnen erstreckte sich Hügelland, an das sich eine weite Ebene anschloß. Hier stießen sie wieder auf Skulpturen der *Ersten*. Ab und zu bildeten sie Wälder als melancholische Kunst. Der Silberne drängte sie immer wieder zur Eile. Er ließ es nicht zu, daß sie stehenblieben, um einige der Statuen näher zu betrachten.

„Hier ist alles Quasi*ahrjaii*", sagte er einmal. „Die Luft, die Steine, der Sand, der Staub, alles. Wenn wir uns zu lange an einem Ort aufhalten, kann es gefährlich für uns werden. Wir müssen den Weltentrichter so schnell wie möglich erreichen und dann hinabsteigen in die Bannenklave der *Ersten*. Dort läßt die Macht der *Ahrjaii* nach."

Ein Pfad aus Kieseln und Sand, der zum Horizont führte. Einmal blieb der Silberne stehen und betrachtete einen der Steine am Wegesrand. Er war von grünem Rankenkraut überwuchert, und die Hieroglyphen der *Ersten* waren verwittert. Aus welchem Material auch immer er bestand, er besaß nicht die Widerstandsfähigkeit wie ihre Skulpturen. Der Silberne bückte sich, strich Pflanzenstränge beiseite und murmelte Laute, die Annym nicht verstand. Dann erhob er sich wieder.

„Es ist nicht mehr weit. Wir haben die Zone der Landmarken bereits erreicht." Er legte den gesichtslosen Kopf auf die Seite. „Hört ihr das?"

„Was?" Aleta runzelte die Stirn.

In der Ferne war dumpfes Heulen. Ein deutliches Rumoren, wie von einem sich nähernden Gewitter.

„Das ist der Weltentrichter. Es ist die Stimme der Unterwelt. Wir haben das Ziel nahezu erreicht. Kommt."

Annym reagierte nicht sofort. Sein Blick klebte an einem Absurdmosaik der *Ersten*. Sein Inneres kostete den Geschmack längst vergangener Zeiten, den Hauch von Perfektion und gleichzeitig die Frustration, eine Absicht nicht verwirklicht zu haben.

„Kommt."

Schmerz entstand hinter seiner Stirn, als er erneut zögerte. Schmerz, der seine Hände zittern und seine Knie weich werden ließ. Es drängte ihn von der Statue zurück.

„Kommt."

Aleta drängte sich an ihn, und Annym preßte die Lippen aufeinander. „Gehorche ihm", flüsterte sie. „Du hast keine andere Wahl." Er nickte nur und setzte sich wieder in Bewegung. Der Silberne vor ihnen war ein Schatten aus Glanz und Helligkeit. Er schritt weit aus, und Annym und Aleta hatten Mühe, mit ihm Schritt zu halten. Der Boden zu ihren Füßen war warm, manchmal so heiß, daß sie rasch zur Seite treten mußten. Den Silbernen kümmerte das alles nicht.

„Magmaströme“, sagte er einmal. „Es beginnt. Die Quasi*ahrjaii* werden aufmerksam. Vielleicht werden sie auch von den Wirklichen *Ahrjaii* gelenkt. Wir müssen mit allem rechnen.“

„Die *Ahrjaii* sind stark.“ Annym wischte sich den Schweiß von der Stirn und setzte ab und zu seine Magische Stimme ein, um ein bißchen Kühle zu schaffen. „Warum greifen sie uns nicht direkt an?“

Sein Anderes Ich lachte humorlos. „Weil die Zwischenwelt gefährlich für sie ist. Sie verlieren einen wichtigen Stabilitätsfaktor, sollten sie sich hierher transferieren. Sie könnten nicht mehr von der Kraft der Quasi*ahrjaii* zehren, die seit Äonen ihre Existenz absichert.“

Die Luft brannte in den Lungen und versengte Eingeweide. Es war ein Gemisch aus Sauerstoff und Stickstoff und anderen Gasen, aber im Körperinnern verwandelte es sich und wurde zu beißendem Giftdunst. Annym formulierte Magische Worte und machte die Gasmetamorphose rückgängig.

„Schneller!“ rief der Silberne. „Alles beginnt aktiv zu werden. Zum Trichter. Zum Trichter.“

Er lief jetzt. Aleta keuchte. Annym konzentrierte die Magische Stimme auf sie, und daraufhin ging es ihr etwas besser. Die Landmarken folgten jetzt in kürzeren Abständen. Vielleicht bedeutete es, daß sie sich dem Weltentrichter weiter näherten.

Am westlichen Horizont verdüsterte sich der Himmel. Annym blieb einen Augenblick stehen, um wieder zu Atem zu kommen und das Phänomen zu beobachten. Es war nicht die Düsterbank, die die Nacht über diesen Teil Khakiskans brachte. Die Leuchtwolken lösten sich nicht auf, aber ihr Licht verblaßte. Schatten krochen über das Land. Das dumpfe Brausen in der Ferne war etwas lauter geworden.

Wanderalraunen krochen über das steinige Land. Sie sahen wie Krüppelbäume ohne Blätterwerk aus, und ihre verdorrten Äste bewegten sich. Es wurden immer mehr. Der Silberne warf die Arme empor und rief ein Wort in der Sprache der *Ersten*. Die Alraunen hielten daraufhin inne und zogen sich dann zurück.

Eine Steinwüste, so weit das Auge reichte. Der Pfad, den sie beschritten, war kaum noch zu erkennen. Nur die Landmarken kennzeichneten einen Weg, der aus der Zwischenwelt heraus und in die Unterwelt führte. Der Tag verdunkelte sich.

„Ich . . . ich habe ein seltsames Gefühl, Annym“, sagte Aleta unsicher.

Wieder entstand für einen Augenblick Schmerz hinter Annyms Stirn. Sein *Anderes Ich* wurde nun immer nervöser. Er lief. Gleichmäßig. Monoton. Und wenn er nicht schnell genug lief, dann zwang ihn der Silberne, das Tempo zu erhöhen.

Er sah sich rasch um. Nirgendwo war der verräterische Lichtstreif zu erkennen, der auf das Schiff des falschen Khyj hinwies. Vielleicht hatte er ihre Spur verloren. Er hoffte es.

„Eine Tagesfinsternis!" rief der Silberne. Er war ihnen inzwischen einige Dutzend Meter voraus. „Schnell, schnell! Wir befinden uns im Land der Springsteine. Wir müssen diese Region verlassen, bevor der Tagesregen einsetzt." Mit diesen Worten wandte er sich um und hetzte weiter. Ganz automatisch entstand wieder Schmerz nahe Annyms Gedanken. Diesmal jedoch war er darauf vorbereitet und murmelte genau im richtigen Augenblick das Magische Wort, das die Pein wie ein Schwamm aufsaugte und von ihm fernhielt. Sein Körper war in Schweiß gebadet. Dies war vielleicht die letzte Chance, die er hatte. Alles drängte ihn, sofort seine Kraft einzusetzen, und es kostete ihn viel Selbstdisziplin, sich zurückzuhalten. Er nahm Aleta in den Arm und gab ihr Zeichen. Sie runzelte die Stirn. Sie verstand nicht. Und als sie eine Frage zu formulieren begann, murmelte er ein Magisches Wort, das ihre Laute tilgte.

Langsam und vorsichtig ließ er es zu, daß sich die Entfernung zum Silbernen vergrößerte. Sie eilten an spitz aufragenden Steinen vorbei, während sich im Westen die Verfinsterung verdichtete und das Licht weiterer Leuchtwolken verblassen ließ. Bald trennten sie nicht einige Dutzend Meter von seinem *Anderen Ich,* sondern mehr als hundert. Dann zweihundert. Der Schmerz blieb aus. Die Egoabschirmung Annyms blieb stabil. Gleichzeitig aber mußte er dafür sorgen, daß ihnen die zunehmenden Aktivitäten der Quasi*ahrjaü* nicht schaden konnten. Er ließ mit seiner Magischen Stimme Steinbrücken über plötzlich vor ihnen entstehenden tiefen Abgründen wachsen. Er ließ Magma erstarren.

Die Entfernung zum Silbernen wuchs weiter. Aleta begriff endlich und unterstützte seine Bemühungen mit ihrer eigenen Kraft. Die Minuten verstrichen, ohne daß der Silberne bemerkte, wie sich die Entfernung weiter vergrößerte. Schließlich, als das *Andere Ich* nur noch ein silberner Schatten nahe dem Horizont war, hielten Annym und Aleta inne und lehnten sich an einen der aufragenden, nachtschwarzen Felsen, die wie skurrile Bäume aus der Ebene wuchsen.

Sie lehnte sich an ihn und heilte gleichzeitig aus einem Reflex heraus die winzigen Wunden, die libellenähnliche Geschöpfe mit ihren langen Stacheln hervorriefen. Sie konnten nicht auf alles achten.

„Ich glaube", sagte Annym langsam, „wir haben es tatsächlich geschafft."

Er verstärkte die Abschirmung um seinen Geist, machte sie zu einem undurchdringlichen Wall. Und gleichzeitig schuf er mit seiner Magischen Stimme eine Zone der Ruhe, in deren Zentrum sich Aleta und er selbst befanden. Das Düstere am Himmel kroch weiter und verfinsterte das Licht des Zwischenwelttages.

„Er wird uns suchen." Aleta warf ihr langes Haar zurück. Sie machte einen erschöpften Eindruck.

„Er wird uns nicht finden." Annym stieß sich von dem Felsen ab. Er wagte nicht, seine Mentalarme auszustrecken und den Gedankeninhalt des Silbernen damit zu berühren. Er wollte kein Risiko eingehen. Jetzt nicht mehr.

Aleta umfaßte seine Hand. Geduckt schlichen sie den Weg zurück, den sie zusammen mit dem Silbernen entlanggeeilt waren. Im Osten zog ein Schwarm Bodenmoskitos dahin. Die Abschirmung Annyms verhinderte, daß sie von ihnen wahrgenommen wurden.

Ein fremder Hauch kratzte für einen Sekundenbruchteil an Annyms Gedanken. Es alarmierte ihn, und er konzentrierte alle Kraft auf die Abschirmung seines Ichs. Die Erde begann zu beben, aber er hatte nicht genug mentale Reserven, um auch die Aktivitäten der Quasi*ahrjaii* zu unterbinden. Die Stöße schleuderten sie von den Beinen. Der Boden hob und senkte sich in raschen Intervallen. Irgendwo war ein Schrei.

Nicht nachlassen, dachte Annym. Nicht jetzt.

Er schöpfte aus dem Ozean und stopfte die Lücken in der psychischen Mauer, die seinen Verstand umgab.

Der Schrei wiederholte sich. Er klang jetzt noch schriller.

Er öffnete die Augen.

Aleta lag einige Meter entfernt am Boden. Ein amorphes Geschöpf hockte in ihrer Nähe und hatte ihre Schultern mit einigen dünnen Körperfortsätzen berührt. Ihre Haut hatte sich an diesen Stellen gerötet. Sie schrie erneut. Annym sprang auf.

Im gleichen Augenblick wußte er, daß sie es nicht mit einem Quasi*ahrjaii* zu tun hatten. Es war der Mahr, der Witterungsverfolger. Er war mit einer dünnen mentalen Brücke mit seinem Herrn, dem falschen Khyj, verbunden. Die Kraft reichte aus, um die Wirkung der Magischen Worte an ihm abprallen zu lassen. Aleta schrie. Sie konnte sich nicht mehr bewegen. Ihr Körper begann sich aufzulösen. Annym sah ihre Lebenskraft als hauchzarten, farbigen Schleier, der aus ihren Poren heraustropfte und die Kraft des Mahr verstärkte.

Der Khyj. Wo war der Khyj?

Annym bückte sich, packte einen Stein und schleuderte ihn auf den breiten Schädel des Mahr. Der knurrte nur und sandte einige Fangarme in seine Richtung aus. Annym sprang zur Seite und ergriff einen zweiten Stein. Ein anderes Magisches Wort, und aus dem Stein wurde eine metallene Lanze aus Feststahl. Er holte aus, und die blitzende Spitze drang tief in den Körper des Mahr ein.

In der Ferne war ein Lichtstreif am Himmel.

Eine glimmende Spur in der Tagesfinsternis. Ein Feuerkopf, der in seine Richtung schaute, die Richtung änderte und sich rasch näherte. Der Mahr löste seine Dünnarme vom Körper Aletas und wandte sich Annym zu. Aleta stöhnte. Ihr Körper verfestigte sich wieder, als sie ihre eigene Kraft einsetzte. Sie kroch zur Seite.

„Hilf mir!“ rief Annym. Er wich immer wieder den umherwirbelnden Körperfortsätzen des Mahr aus. „Ich schaffe es nicht allein. Er hält uns zu lange auf. Gleich wird der Khyj hier sein.“

Breite Spalten bildeten sich im Boden. Magma kroch daraus hervor, glühend, kochend, versengend. Magische Worte verschlossen die Spalten wieder und ließen glutflüssiges Gestein erstarren. Die dunklen Wolkenbänke am Himmel glitten weiter. Ein Blitz zuckte auf. Das Gitterwerk aus entfesselter Elektrizität wirkte wie ein gewaltiger Baum aus flackerndem Licht. Es grollte. Erste Tropfen fielen. Warme Feuchtigkeit, die den Boden benetzte und sofort verdunstete. Nebelschleier wanderten zwischen den schwarzen Steinen umher.

Der Mahr teilte sich. Aus einem amorphen Geschöpf wurden mehrere Springkäfer.

„Aleta, du mußt mir helfen ...“

„Ich ... kann nicht ...“, tönte es leise an seine Ohren.

Die schwarzen Steine bewegten sich. Aus vereinzelten Tropfen wurde nun eine Flut, ein Vorhang aus warmem Wasser, der sich über den Wald aus schwarzen Steinen ergoß.

Die Steine wuchsen. Sie saugten die Feuchtigkeit in sich hinein; sie absorbierten den Regen und schufen daraus neues Felsmaterial.

Der Boden zu Annyms Füßen knisterte und rumorte. Diesmal war es kein Erdbeben. Es war die Geburt neuer Schwarzsteine. Eine Säule in seiner Nähe neigte sich unter ihrem eigenen Gewicht zur Seite und stürzte zu Boden. Helle Laute ertönten, als Felsen zerbarsten. Bruchstücke und Splitter rasten wie Geschosse umher. Etwas traf Annym auf der Brust und bohrte sich heiß und brennend in ihn hinein. Er verlor das Gleichgewicht und prallte auf eine Zacke, die aus dem Boden wuchs. Ganz automatisch setzte er seine Heilkraft ein und lenkte sie auf seine Wunden. Neues Fleisch bildete sich, Schmerz zog sich zurück. Ein anderes Brummen mischte sich in die Laute der Tagesfinsternis: das Tosen von Triebwerken, das Brausen schwerer, energieerzeugender Aggregate. Der Khyj.

Er sprang erneut auf die Beine. Regen tropfte in seine Augen und nahm ihm die Sicht. Weitere Schwarzsäulen kippten und zerbarsten in Tausende und aber Tausende von Bruchstücken. Aus jedem einzelnen Splitter wurde eine neue, wachsende Zacke. Für einen Augenblick konnte Annym Aleta erkennen. Sie hatte sich zusammengerollt und die Arme schützend um den Kopf gelegt, um den umhersausenden Steinsplittern zu entgehen. Nicht weit entfernt senkte sich eine gleißende Lichtblase dem Boden entgegen: das Schiff des Khyj.

Eine silberne Hand riß ihn herum.

„Ohne mich kannst du hier nicht überleben", sagte sein *Anderes Ich.* Die Stimme war ruhig und klang gelassen. Die Schwarzsteine in ihrer unmittelbaren Nähe wuchsen nicht mehr. Alles wirkte plötzlich wie eingefroren. „Denke immer daran. Ich habe dich gewähren lassen, damit du endlich begreifst, daß du ohne mich hier auf Khakiskan nichts bist. Du brauchst meine Hilfe und ich die deine."

Die Hand schloß sich um seinen Arm und zerrte ihn mit sich. Der Silberne zögerte nur, um Aleta auf die Beine zu helfen, dann eilte er weiter. Hinter ihnen setzten die Schwarzsteine ihr Wachstum fort: brausend, knisternd, neue granitene Kinder gebärend. Der Mahr brüllte enttäuscht. Und der niederstürzende Regen verbarg die Lichtfähre des falschen Khyj hinter einer Wand aus Nässe.

Irgendwann ließen sie die Zone der Springsteine hinter sich. Irgendwann ließ der Regen nach. Und irgendwann zog sich die dunkle Wolkenbank vom Himmel zurück. Helligkeit sickerte über das Land, und ruhig trieben die Leuchtwolken über ein Firmament, das sonst nur aus Schwärze bestand.

Am Ende dieses Tages, als die Düsterbank bereits begann, die Leuchtwolken aufzulösen und ihren Glanz zu verschlucken, erreichten sie endlich den Weltentrichter.

Er war wie ein gewaltiges Loch im Planeten selbst, wie ein Schlund, ein hungriges Maul, unersättlich in seinem Verlangen. Dumpfes Heulen wehte aus seinen Tiefen zu ihnen heran. Annym schätzte die Breite des Trichters hier oben an der Oberfläche auf mindestens sieben oder acht Normkilometer. Wie weit er in den Planeten hineinführte, vermochte er nicht zu sagen. Umhertreibende Wolkenschlieren verbargen den Grund des Weltentrichters vor ihren Blicken.

Der Silberne deutete hinab. Eine in die Felswände des Trichters gemeißelte Treppe wand sich in endlosen Schleifen in die Tiefe.

„Das ist es", sagte das *Andere Ich*. „Der Eingang zur Bannenklave der *Ersten*. Der Eingang zur Unterwelt. Jetzt sind wir nahezu am Ziel."

Schweigend begannen sie den Abstieg in den Bauch Khakiskans.

28

Wir müssen die Welt wieder zu dem zurückführen, was sie einst war: ein Ort der klaren Trennung zwischen den Rassen und Begabungen und Fähigkeiten. Denn erst dann wird die Bedeutung unserer Vereinigung klar. Die Universale Kirche ist der Wegweiser in eine bessere Zukunft.

Apokryphen der Universalen Kirche

Auf fast allen uns bekannten Welten existieren Relikte und Hinterlassenschaften eines Volkes, das wir in Ermangelung einer besseren Bezeichnung Erste *nennen. Wir stufen die überwiegende Zahl dieser Relikte als Kunstobjekte von sonderbarer Anziehungskraft und Eindringlichkeit ein. Einige wenige Hinterlassenschaften aber dienen offenbar einem anderen Zweck. In ihrem Innern befindet sich verarbeitetes Metall, und manchmal, in unregelmäßigen Abständen, kann man eine schwache Energieemission anmessen. Versuche, diese Relikte zu öffnen und zu analysieren, sind gescheitert. Die betreffenden Forscher haben ihre Neugier mit dem Leben bezahlt.*

Mentalautodidaktische Unterweisungen

Am Grund des Weltentrichters sang eine Zischstimme ihr eigentümliches Lied. Nebelschwaden wallten ihnen entgegen, hervorgerufen von dem Aufeinanderprallen kalter und warmer Luftmassen. Manchmal ging für wenige Minuten Nieselregen nieder: Der Trichter hatte sein eigenes Klima. Endlos wanden sich die steinernen Stufen in die Tiefe. Mal waren sie mit Hieroglyphen versehen, dann wieder nackt und häßlich und von einem Feuchtigkeitsfilm benetzt. Sie mußten achtgeben, nicht auszurutschen. Aleta hielt sich ständig dicht an der Wand. Die grundlose Tiefe erschreckte sie. Annym überlegte einmal die Möglichkeit, den Silbernen anzustoßen und dadurch der Tiefe zu übergeben, doch der Gedanke war kaum in ihm entstanden, als sein *Anderes Ich* lachte und ohne zu zögern von der Treppe in den Trichter hineinsprang: Er schwebte gewichtslos zwischen den Nebeln. Nein, so war ihm auch nicht beizukommen.

„Wann wirst du es endlich akzeptieren?"

Nie, dachte Annym.

Stufe um Stufe hinab. Die Helligkeit verblaßte allmählich, als sie tiefer in die Zone der Nebel und der Feuchtigkeit eindrangen. Die weißen Schlieren verbargen den Trichterzugang vor ihren Blicken. Manchmal war er nur als heller Fleck weit über ihnen zu ahnen.

Einmal segelte ein kleiner Schwarm undefinierbarer Gebilde an ihnen vorbei der Zwischenwelt Khakiskans entgegen. Der Silberne hielt kurz inne.

„Sporen", sagte er nachdenklich. Fast zärtlich. „Sie alle werden an der Bannschwelle zugrunde gehen, die Khakiskan einhüllt. Aber die Wachstumskammern funktionieren noch immer. Sie schicken weitere *Veränderer* in die Welt jenseits der Welt. Seit Jahrmillionen."

Aleta und Annym sahen sich einen Augenblick an.

„Sporen?"

„Ja, so wie ich eine Spore bin, der Gedächtnisinhalt eines *Ersten,* programmiert mit der Aufgabe, Hilfe zu holen."

Annym begriff.

Der Silberne wandte sich von der Wolke ab, die nun im weißen Feuchtigkeitstuch verschwand.

Tiefer hinab. Breite Spalten klafften ab und zu im Fels der Trichterwand: Eingänge in Höhlensysteme, aus denen ihnen Kühle entgegenatmete. Weiter unten war es wärmer, und die höhere Temperatur löste die Nebelschwaden nach und nach auf. Hier herrschte Dämmerung. Und wären nicht die unzähligen Lumineszenzbakterien gewesen, die an den Felswänden klebten und manchmal auch im Weltentrichter selbst schwebten, dann hätte hier nachtschwarze Finsternis geherrscht. Weit über ihnen ertönte am dritten Tag ihres Abstiegs eine krächzende Stimme. Annym hielt unwillkürlich inne und lehnte sich, nach sicherem Halt suchend, an die Felswand, an der die Stufen der Treppe wie Fremdkörper klebten.

„Der Mahr", sagte er ruhig. „Die Lanze hat ihn nicht töten können. Die Einzelteile seines Körpers sind wieder zusammengewachsen."

„Ein Mahr", sagte sein *Anderes Ich,* „ist durch nichts zu töten. Wenn er stirbt, wird er wiedergeboren. Wie die Krieger in der Ebene, dort, wo Jarmardh den Tod gefunden hat."

„Der falsche Khyj hat also immer noch nicht aufgegeben", sagte Aleta leise. Sie hauchte Annym einen Kuß auf die Wange.

„Er wird niemals aufgeben." Der Silberne überlegte einen Augenblick. Annym nahm mit seinen Mentalsinnen wahr, wie sein *Anderes Ich* einen dünnen psychischen Arm hinaufstreckte – und rasch wieder zurückzog, als er die Präsenz einer mächtigen Aura ertastete. „Er ist ein Abtrünniger, ein Ausgestoßener, ein Assassinenparia. Wenn *er* stirbt, so gibt es für ihn keine Hoffnung auf Wiedergeburt wie bei anderen Khyj. Sein Tod ist ein endgültiger." Annym lauschte der Stimme seines *Anderen Ichs*, einer Stimme, die nun fast traurig und melancholisch klang. In diesem Augenblick, in diesem einen Sekundenbruchteil, empfand er beinah so etwas wie Sympathie für den Silbernen. Aber der Eindruck verblaßte bald und machte wieder der Hoffnungslosigkeit und Wut Platz. „Dafür aber ist seine Macht größer als die der Hrhan-Assassinen. Er ist Diener der *Ahrjaii* . . . und seine Kraft ist fast ebenso groß. Kein normaler Khyj hätte Aussicht, ihn im Kampf zu besiegen."

„Und wie steht es mit dir?" fragte Annym.

Der Silberne setzte sich wieder in Bewegung. „Mit mir? Ich weiß es nicht . . ." Die letzten Worte waren so leise, daß Annym sie kaum verstehen konnte. Es bereitete ihm innere Freude zu erfahren, daß sein *Anderes Ich* nicht unverletzlich, nicht ehern war. Aber es machte ihm gleichzeitig auch Angst. Denn der falsche Khyj hatte es auf ihn abgesehen. Seine Absichten waren eindeutig.

„Wie weit ist er noch entfernt?"

„Noch weit genug." Der Silberne blieb erneut stehen. Für ein paar Sekunden herrschte Stille, durch die nur die Zischstimme des

Trichtergrundes sickerte. „Aber er kommt näher. Verlieren wir keine Zeit."

Die endlose Treppe hinab. Oberschenkel und Waden schmerzten, und Annym setzte jetzt immer häufiger seine Magische Stimme dazu ein, Muskelkrämpfe zu lindern und Schwächeanfälle zu absorbieren.

Ab und zu legten sie eine Rast ein und verwandelten granitenes Felsmaterial in Nahrungsmittel und Wasser. Manchmal schliefen sie auch einige Stunden. Doch kaum hatten Aleta und Annym Ruhe gefunden, als sie der Silberne mit einer Schmerzwelle antrieb und sie wieder der Tiefe entgegendrängte. Es gab keinen Ausweg. Bald war selbst der Trichtereingang nicht mehr zu sehen, vielleicht noch als milchiggrauer Fleck weit über ihnen zu ahnen. Sie wichen tonnenschweren Gesteinsbrocken aus, die sich plötzlich von der Trichterwand lösten und ihnen entgegenstürzten. Sie überwanden Spalten in den breiten Stufen. Sie marschierten an Giftgasporen vorbei, aus denen Methan und Ammoniak herausdrifteten.

Am fünften Tag versperrte ein Schuttberg ihren Weg. Er ragte bis weit hinauf und deckte die Stufen der endlosen Treppe zu. Annym und Aleta blieben ratlos stehen. Der Silberne horchte.

„Der Abtrünnige ist näher gekommen", stellte er fest. Und wieder glaubte Annym, eine Spur Unsicherheit in der Stimme seines *Anderen Ichs* vernommen zu haben. „Zwei Tage trennen uns noch von ihm. Wir dürfen uns nicht aufhalten lassen. Schrumpft die Distanz weiter, müssen wir bald mit einem Mentalüberfall rechnen."

„Wie kommen wir weiter?" Aleta strich eine Strähne ihres Haares aus der Stirn. „Das sind Hunderte von Tonnen. Es dauerte zu lange, das alles zu metamorphieren."

„Und es kostet zuviel Mentalenergie, die wir vielleicht noch dringend benötigen werden." Die Nervosität des *Anderen Ichs* war nun deutlich zu vernehmen. Schadenfreude entstand in Annym, die aber gleich darauf eigener Unsicherheit wich. Zweimal war es ihm gelungen, einem Mentalangriff des Abtrünnigen zu entgehen: einmal mit Hilfe seiner Mutter, ein zweites Mal mit Hilfe seiner Traumstimme. Ob er bei einer dritten Konfrontation ebensoviel Glück hatte, war fraglich.

Der Silberne deutete auf einen Spalt in der Felswand des Trichters.

„Wir versuchen, das Hindernis zu umgehen." Ohne ein weiteres Wort zu verlieren, glitt er in den Spalt hinein. Als Annym und

Aleta zu lange zögerten, pochte Schmerz durch ihre Gedanken, und ihre Beine folgten dem Ruf des Silbernen. Haut schabte über rauhen Fels, Dunkelheit umfing sie mit ihrem kalten Atem. Sie schoben sich weiter. Und kurz darauf erweiterte sich der Spalt zu einer finsteren Kaverne. Bald hatten sich die Augen an die veränderten Lichtverhältnisse gewöhnt. An den Wänden der Höhle klebten ebenfalls einige Kolonien Lumineszenzbakterien. Ohne sie wäre es hier stockdunkel gewesen.

Aleta und Annym verloren bald jede Orientierung in der Vielzahl von Kavernen, Höhlenfortsätzen, Gängen aus marmoriertem Fels und Dunkelkorridoren. Der Silberne aber schien mit traumwandlerischer Sicherheit zu wissen, wann er eine Abzweigung beschreiten mußte und wann sie eine Felswand aufzulösen hatten, die den Weg in eine andere Höhle versperrte.

„Es gefällt mir nicht", sagte das *Andere Ich* einmal und blieb vor einem Kaskadenvorhang stehen. Winzige Wassertropfen benetzten seine Haut und verliehen ihr einen zusätzlichen Glanz.

„Mir auch nicht", murmelte Annym.

„Etwas ist nicht in Ordnung." Der Silberne wandte sich um und trat in einen Nebengang, in dem es fast vollständig finster war. Hier existierten nur wenige Leuchtbakterien, und ihr Schein war ein schwacher, bläulicher Schimmer. Über ihnen rumorte es im kalten Fels. Automatisch lenkte Annym DryMarden seine Magische Stimme empor und verfestigte sich auflösende Strukturen. Das Schwache Knistern verklang. Der Silberne achtete gar nicht darauf.

„Ich kann den Abtrünnigen nicht mehr wahrnehmen."

„Was ist daran nicht in Ordnung?" Aleta ließ sich für einen Augenblick auf einem tropfsteinähnlichen Gebilde nieder. Kaum saß sie, als sich der Stein in ein hungriges Maul verwandelte, das mit messerscharfen Zähnen nach ihr schnappte. Annym destabilisierte den Quasi*ahrjaii* rasch. Aleta klammerte sich mit blassem Gesicht an ihn.

„Es ist unmöglich." Der Silberne nahm von dem erneuten Zwischenfall gar keine Notiz. Felszacken lösten sich von der Granitdecke über ihm. Sie lösten sich in feinen, weißen Staub auf, als sie ihn berührten. Er schien unverletzlich. „Es gibt nur eine Erklärung: Etwas schirmt ihn vor uns ab. Aber warum?"

„Wenn wir ihn nicht wahrnehmen können, dann er uns vielleicht auch nicht. Möglicherweise verliert der Mahr dadurch die Witterungsspur."

Das *Andere Ich* lachte sein humorloses Lachen. „Das ist völlig ausgeschlossen. Ein Mahr ist ein Spezialhybride, nur für einen einzigen Zweck geschaffen: eine Spur zu verfolgen, einer Witterung nachzugehen, die er einmal aufgenommen hat. Und hat er sie einmal aufgenommen, dann verliert er sie nie wieder."

Stille. Irgendwo tropfte Wasser.

„Weiter."

„Können wir nicht ... einen Augenblick ausruhen?" Aleta war am Ende ihrer Kräfte. Der Silberne antwortete nicht. Pein ergoß sich durch ihre Adern. Sie mußten gehorchen. Während sie dem *Anderen Ich* folgten, konzentrierte Annym seine Heilkraft auf Aleta. Er drängte die Schwäche in ihr zurück, nahm einen Felsbrocken auf und verwandelte ihn in ein Energiekonzentrat. Aleta kostete davon.

Bald ging es ihr wieder besser, aber die neue Kraft in ihr war nur eine Leihgabe. Irgendwann mußte es zum Zusammenbruch kommen. Annym wußte dies alles, aber es betraf ihn nicht. Er blieb kühl und leer. Es war wie beim Tod Jarmardhs. Er hatte einen guten Freund verloren – den besten, den er je gehabt hatte –, und es hatte ihn nicht einmal traurig gestimmt. Sein Vorrat an Emotionen war längst verbraucht, verausgabt mit dem Tod Senaide KurKarims. Wie lange war das bereits her? Eine Ewigkeit. Oder vielleicht noch länger.

Stundenlang marschierten sie durch düstere Gänge und Kavernen und Höhlen. Ihre Schritte hallten dumpf von den Felswänden wider. Es waren die einzigen Geräusche, die sie auf ihrem Weg begleiteten. Es war eine Melodie der Eintönigkeit. Schließlich – sie hatten inzwischen einen ganzen Tag in diesem kalten Labyrinth zugebracht – war voraus ein schwacher Lichtschimmer. Der Silberne beschleunigte seinen Schritt und zwängte sich alsbald durch einen Felsspalt hindurch.

Sie waren wieder draußen, auf den Stufen, die hinauf- und hinabführten, in endlosen Schleifen, Kilometer um Kilometer. Aber vor ihnen verdeckte ein weiterer Berg aus herabgestürztem Felsmaterial den Weg in die Tiefe.

Annym kniff die Augen zusammen.

„Das ist doch unmöglich. Es ist ..."

„Wir sind wieder dort angekommen, wo wir begonnen haben", stellte der Silberne fest. Arme und Beine vollführten unruhige Bewegungen. Die Nervosität des *Anderen Ichs* verstärkte sich drastisch. Ein schwacher Schmerzhauch war nun ständiger Begleiter ihrer Gedanken. „Es war eine Falle, ein Labyrinth aus Illusionen. Quasi*ahrjaii.*“

„Wir haben Zeit verloren.“

„Einen Tag“, stöhnte der Silberne. „Zuviel. Viel zuviel.“

Er berührte Annym an der Schulter, und die Kraft des schwarzen Ozeans floß aus ihm heraus und ergoß sich über den Schuttberg. Staubschlieren wehten träge davon, als sich die Dutzende von Tonnen, die ihnen den Weg versperrten, aufzulösen begannen. Ein Tunnel entstand, gerade groß genug, um sie alle aufzunehmen. Sie traten hinein, und die Zone der Gesteinsauflösung schob sich ebenfalls weiter.

„Schneller!“ rief der Silberne. Annym horchte. Die Präsenz des Abtrünnigen war nun bedrohlich nahe. Rasch schirmte er sich ab.

„Schneller!“

Der gesamte Schuttberg löste sich auf und war einen Sekundenbruchteil später verschwunden. „Illusion“, keuchte der Silberne. „Nur Illusion. Und ich habe es nicht einmal bemerkt . . .!“

Stufe um Stufe eilten sie nun wieder in die grundlose Tiefe hinab. Die Zischstimme des Trichtergrundes war nahe: ein dumpfes Rumoren manchmal, dann wieder eine harmonische Melodie, ehern, fast unveränderlich. Eine eigenartige Vibration war nahe Annyms Herz, und so etwas wie neugierige Erwartung entstand in ihm. Das Ziel war nahe, so nahe. Er löste diese Empfindung mit einem Magischen Wort auf und war fast dankbar, als daraufhin die Leere in ihn zurückkehrte. Er war ein Werkzeug. Und er wollte sich dessen immer bewußt sein. Erkenntnis war besser als falsche Euphorie.

„Oh, er kommt näher. Er ist schneller als wir.“ Wie um die Worte des Silbernen zu unterstreichen, ertönte wieder die krächzende Stimme über ihnen. Der Mahr. Ein kalter Schauer rann Annyms Rücken hinab. Die Unsicherheit des Silbernen machte ihm Angst. Allein war er dem Abtrünnigen nicht annähernd gewachsen.

Vor ihnen löste sich die Treppe einfach auf.

Die Stufen wurden von einem trüben Grau verschluckt. Es war das Nichts selbst.

Der Silberne blieb stehen und prüfte mit seinen Mentalsinnen.

„Eine weitere Illusion, die uns aufhalten soll. Die Wirklichen *Ahrjaii* lenken ihre destabilen Brüder. Sie legen uns Hindernisse in den Weg. Sie hoffen auf den Abtrünnigen. Weiter.“

„Und wenn es keine Illusion ist?“ wandte Annym ein. Er

sondierte selbst, und er vermochte nicht zu sagen, ob der Silberne mit seiner Vermutung recht hatte. „Dann stürzen wir in die Tiefe."

„Kein Zweifel!" warnte sein *Anderes Ich*. Es trat vor – und schwebte im Nichts. „Es ist Illusion, wie du siehst. Aber du mußt *glauben,* es sei eine Illusion. Wenn du auch nur den geringsten Zweifel verspürst, wird die Illusion zur Wirklichkeit, und du stürzt hinab. Kommt nun endlich!"

Annym trat auf die letzte sichtbare Stufe, tilgte Zweifel und Unsicherheit und schritt dann in das trübe Grau hinein. Er war *sicher,* die nicht sichtbaren Stufen unter seinen Füßen zu spüren, und daraufhin waren sie tatsächlich vorhanden. Er nahm Aleta bei der Hand. Eilig folgten sie dem Silbernen in die Tiefe. Manchmal verbargen graue Schlieren ihn vor ihren Augen, aber sein Mentalschatten war ständig bei ihnen, eine allgegenwärtige Schmerzdrohung, der sie sich nicht zu entziehen vermochten.

Allmählich gewann Annym seine Sicherheit zurück. Auch die Gedanken Aletas beruhigten sich. Nur der Glaube war wichtig. Er verfestigte graue Schlieren zu granitenen Stufen. Er schuf Halt dort, wo die Augen nur schemenhaftes Nichts erkennen konnten.

Der Mentalüberfall des Khyj wischte Annyms Abschirmung in einem einzigen Sekundenbruchteil fort. Er kam so überraschend, daß ihm keine Zeit blieb, Gegenmaßnahmen zu ergreifen. Er war wie eine Flutwelle, die alle Widerstände sofort ertränkte und Hindernisse, die sich ihr in den Weg stellten, fortspülte. Sein *Anderes Ich* schrie. Annym krümmte sich zusammen. Dunkelheit war vor seinen Augen.

„Es ist der Abtrünnige!" rief der Silberne. „Wehre dich, Annym. Du kannst es schaffen."

Er verlor den Boden unter den Füßen. Plötzlich erschien es ihm wahnwitzig, annehmen zu können, das graue Nichts sei massiv und könne sein Gewicht tragen. Der Zweifel verdichtete sich weiter, bis er zur Gewißheit wurde. Nur einen Sekundenbruchteil darauf verlor er den Halt und begann in die Tiefe zu stürzen. Die Finsternis vor seinen Augen verschwand. Der Arm des Silbernen huschte an ihm vorbei; die zugreifende Hand verfehlte ihr Ziel.

Angst.

Der Sturz wurde schneller. Der Tiefe des Weltentrichters entgegen. Die Mentalenergie seines *Anderen Ichs* prallte an der Mauer ab, die der Abtrünnige um ihn errichtet hatte. Irgendwo war amüsiertes Lachen: fern, nur ein Hauch, der von oben zu ihm herab drang.

Er konzentrierte sich auf die Magischen Worte. Er murmelte die Beschwörungen der *Kii'hm*, aber kaum hatten die Silben seine Lippen verlassen, als ein anderer Einfluß ihre Kraft und Wirkung reduzierte und erneut Zweifel in ihm säte.

Er bemühte sich, die Skepsis zu ignorieren. Es war ungeheuer schwer, aber Zweifel hätten ihm jetzt den sicheren Tod gebracht, und der Trieb, das eigene Leben um jeden Preis zu schützen, war stärker als die Angst. Weitere Magische Worte . . . und der rasende Sturz begann sich allmählich zu verlangsamen.

Die Nebel unter ihm begannen sich zu teilen. Der Grund des Weltentrichters war nahe. Annym konnte Felsblöcke erkennen, Monumente der *Ersten*, die ihre starren Marmorfinger der fernen Zwischenwelt entgegenstreckten. Er fiel ihnen entgegen, und wenn es ihm nicht gelang, seinen Sturz weiter abzubremsen, dann mußte er an ihnen zerschellen.

Der Einfluß des Abtrünnigen ließ langsam nach, als die Entfernung zu ihm wieder zunahm. Annym nahm alle Kraft zusammen und errichtete direkt unter sich ein Bremskissen aus gemurmelten Beschwörungen. Das Zischen verdrängter Luftmassen ließ nach.

Er prallte auf den Boden.

Seine Geschwindigkeit war noch immer hoch, aber nicht hoch genug, um ihn zu töten. Knochen knackten und zerbrachen, wuchsen gleich darauf aber wieder zusammen, als sich einige Heilbeschwörungen nach innen richteten. Er versuchte, sich zu erheben. Schwäche kroch durch Adern und Nerven und lähmte seine Gedanken.

Er schlief ein. Es war ein tiefer Schlaf, einer Ohnmacht ähnlich.

Hunger und Durst quälten Annym DryMarden, als er erwachte. Während er geschlafen hatte, hatten sich seine Verletzungen selbst geheilt. Sein Unterbewußtsein hatte sich der Magischen Worte erinnert und ihre heilende Kraft freigesetzt.

Die Zischstimme war ganz in seiner Nähe. Sonst war alles still. Vorsichtig öffnete er seine Mentalsinne. Kein Echo.

Es war eine neue, seltsame Erfahrung.

Er erhob sich. Er war nicht in der Lage, den Khyj mit seinen Suchgedanken wahrzunehmen. Und er war ebensowenig in der Lage, die Präsenzen Aletas und seines *Anderen Ichs* zu lokalisieren.

„Allein", sagte er, und seine Stimme klang von den Felswänden des Trichtergrundes wider. „Und dem Ziel nahe."

Dunst beschränkte die Sichtweite auf wenige Meter. Annym hielt sich dicht an den Wänden, um nicht die Orientierung zu verlieren. Der Boden war mit einem Pilzgewächs bedeckt. Leises Klingeln ertönte, wenn seine Stiefel über dunkle Blüten schabten. Er kam der Zischstimme näher. Die Vibration in seinem Innern verstärkte sich.

Hunger. Und Durst.

Annym blieb stehen, legte beide Hände auf den kühlen Fels und erhob seine Magische Stimme. Er murmelte einige Beschwörungen und richtete die ihnen innewohnende Kraft auf den Granit.

Nichts.

Keine Reaktion.

Verwundert runzelte Annym die Stirn. Er hatte keine Zweifel. Er war von der Wirkung seiner Beschwörungen überzeugt. Skepsis war fern. Und dennoch stellte sich nicht die Wirkung ein, die er sich erhofft hatte. Er versuchte es ein weiteres Mal, und auch diesmal ohne Erfolg. Der Fels veränderte sich nicht. Er blieb Fels. Eine Metamorphose setzte nicht ein.

Angst begann sich irgendwo in Annym zu regen. Und Hunger und Durst nahmen schier unerträgliche Ausmaße an. Der Aufprall auf den Trichtergrund hatte ihn schwer verletzt. Und die Heilung seiner Verletzungen durch die Magische Stimme hatte viel Kraft erfordert. Er mußte essen; er mußte trinken. Aber er konnte nicht mehr metamorphieren. Er versuchte es ein drittes Mal, und diesmal spürte er den fremden Einfluß, der die Energie der Magischen Stimme fraß, sobald sie freigesetzt wurde.

Er setzte sich wieder in Bewegung und taumelte an den Felswänden entlang. Die Dunstschlieren verdichteten sich. Er vermochte nicht zu sagen, wie groß der Grund des Weltentrichters war. Vielleicht waren es nur einige Dutzend Meter, vielleicht auch viele Kilometer.

„Aleta!“ Seine Stimme wehte hinauf, in das trübe Grau hinein, das über ihm war. Sie verhallte irgendwo. Kein Echo ertönte. Und keine Antwort. Nur das Zischen war bei ihm.

Er bemerkte den Erdspalt gerade noch im letzten Augenblick. Wärme wehte ihm entgegen. Seine Knie knickten ein, und seine Hände suchten rasch nach Halt, bevor ihn das steinerne Maul im Trichtergrund verschlingen konnte. Vorsichtig schob er sich an den Rand der Spalte heran. Der Schacht schien bis zum Kern des Planeten zu reichen. Annym glaubte, das glutheiße Magma Dutzende von Kilometern unter sich zu schmecken, seinen kochenden

Odem auf seiner Haut zu spüren. Daher kam das Zischen. Wasser rann an den Wänden des Schachtes entlang und wurde weiter unten von der Felshitze verdampft.

Durst.

Er formte mit beiden Händen einen Trichter und wartete ungeduldig, bis sich genügend Wasser angesammelt hatte. Es schmeckte schal und abgestanden, aber es stillte den Durst. Er blieb einige Minuten liegen, dann erhob er sich und marschierte weiter. Der Hunger war zu ertragen, der Durst jetzt gelöscht. Vorsichtshalber murmelte er ein Magisches Wort, dessen präventive Heilkraft er nach innen richtete. Der fremde Absorptionseinfluß vermochte die Kraft nicht aufzulösen, solange sie in ihm selbst verblieb. Gut.

Stufen schälten sich aus dem Feuchtigkeitsdunst. Breit, ehern, manchmal verziert, manchmal nackt. Sie führten hinauf und verloren sich über ihm in der grauen Dämmerung.

„Die Treppe", murmelte er. „Das ist ihr Ende. Oder der Anfang. Je nachdem, wie man die Sache betrachtet."

Er schritt an den Stufen vorbei. Der Weg nach oben führte buchstäblich ins Nichts. Irgendwo dort oben mochte ihn sein *Anderes Ich* erwarten. Und der Khyj. Dieser Weg war ihm versperrt. Blieb nur . . .

Zwei Konturen schälten sich aus den Dunstschlieren vor ihm. Annym blieb stehen, als sich die Schatten zu massiven Gebilden verdichtet hatten. Die Skulpturen ähnelten entfernt Zentauren aus einer alten Sage. Gleichzeitig aber waren sie auch Nachbildungen von Thryh und Isyhr und Tranq und anderen Geschöpfen, die Annym noch nie gesehen hatte. Dutzende von Armen reckten sich empor und vereinigten sich einige Meter über dem Boden. Die beiden Statuen bildeten so einen Torbogen.

Eine Verlockung.

Ein leises Flüstern.

Annym schritt hindurch. Er war *nahe*. Und er gelangte schließlich an eine Wand aus massivem *Finstergold*.

„Das ist es also", murmelte er, und die Leere in ihm wich Nervosität. Dies war die Erfüllung seines Lebens.

„Nein", verbesserte er sich nachdenklich. „Nicht die Erfüllung *meines* Lebens, sondern die meines *Anderen Ichs*. Ich habe damit nichts zu tun."

Die Bannschwelle. Die Barriere, die die *Ersten* in der Unterwelt einkerkerte. Das letzte Hindernis. Annym streckte seine Arme aus und strich mit beiden Händen über das Metall. Die Vibration in seinem Innern verstärkte sich. Er öffnete seine Mentalsinne, horchte erst hinauf und erhielt erneut keine Antwort. Er wußte nicht, ob er diesen Umstand begrüßen oder bedauern sollte. Er war allein. Aber er war immer allein gewesen.

„Öffne dich für mich“, murmelte er und wiederholte den Wunsch mit Beschwörungsformeln. Und wieder wurde die Kraft abgesaugt. Wieder verpuffte die Kraft der Magischen Worte. Wieder fraß etwas anderes ihre Wirkung.

In der *Finstergold*wand vor ihm war eine schattenhafte Bewegung. Annym trat unwillkürlich zurück. Die Energie seines schwarzen Ozeans hatte das Metall nicht einmal berührt, dessen war er sich sicher. Diese Reaktion . . .

Eine Gestalt trat auf ihn zu, aus der massiven Wand heraus, als sei sie nur eine Illusion.

„Du hast lange auf mich gewartet, nicht wahr?“ ertönte die verlockende Stimme. „Du hast mich lange entbehrt. Nun bin ich wieder da.“

Annym blickte auf langes, schwarzes Haar, das wie feine Seide war. Er blickte in dunkle Augen und auf porenlose, glatte Haut. Er sah in ein feines, zerbrechlich wirkendes Gesicht.

„Senaide . . .“

Sie blieb einige Meter vor ihm stehen, und in ihren Pupillen spiegelten sich seine Sehnsüchte. Annyms Augen wurden feucht. Glitzernde Tränen lösten sich von ihnen und rannen seine Wangen hinab.

„Senaide, ich . . .“

„Ich bin es.“ Ihre Stimme war wie ein Magnet, der sein Ich fesselte. Sie war die Inkarnation all seiner Wünsche und Hoffnungen. Eine Flamme in seinem Innern begann zu brennen, aber ihr Feuer war nicht unangenehm. Es verdrängte die Kälte in seinem Herzen. Es schuf Wärme dort, wo lange Zeit nur Frost gewesen war.

„Aber wie . . . ist das möglich?“ Er schluckte. „Ich . . . habe dich sterben sehen. Ich war . . .“

„Ich weiß.“ Ihre Stimme wehte davon. Er schlang die Silben in sich hinein. „Es war Tod, und es war doch kein Tod. Es gibt mehr, als du ahnst, Annym DryMarden. Ich habe hier auf dich gewartet. Ich wußte, du würdest eines Tages kommen. Ich habe diesen Augenblick herbeigesehnt, Annym.“

„Unsere Tochter . . .“ Er schluckte erneut. Er schüttelte den

Kopf. Er wischte sich mit einer Hand über die Augen, um die Sicht zu klären, die von den Tränen verzerrt wurde.

„Sie ist tot." Senaide nickte langsam. Ihr Haar war ein wellenförmiger Schleier. „Ich weiß, Annym. Ich bin traurig. Wir werden ein anderes Kind haben."

Sie trat ihm entgegen.

Er nahm sie in die Arme. In diesen Sekunden fühlte er sich glücklich. In diesen Sekunden waren die Qualen der letzten Tage, Wochen und Monate vergessen. In diesen Sekunden war er Annym DryMarden, der Traumgänger. Er öffnete seine Mentalsinne und tastete nach dem Ich Senaides.

Kein Echo.

Es verwirrte ihn. Er rief sich die Kostbarkeit der Gemeinsamen Träume ins Gedächtnis, den Geschmack von Senaides Zweiich. Diesmal aber . . . nichts, nur Leere und der Schatten einer Gefahr.

Widerwillig löste er sich aus der Umarmung Senaide KurKarims. Und als er ihr ins Gesicht blickte . . .

Es war nicht das Antlitz der Traumgängerin von Yloisis. Es war etwas anderes. Etwas, das er schon einmal gesehen hatte, in einer fremdgelenkten Illusion. Er erinnerte sich an den Aufstieg, an den gewaltigen Turm, an das herrliche Geschöpf, das sich als *Erster* ausgegeben hatte.

Ein Wirklicher *Ahrjaii* . . .

Annym stürzte zurück und schloß alle Zugänge zu seinem Ich. Er schirmte sich ab und versuchte, Schutz in den Dunstschlieren zu finden, die über den Grund des Weltentrichters wallten.

Er konnte sich nicht bewegen.

Er vermochte nicht einmal mehr einen Finger zu rühren. Es war zu spät. Ein Teil des Wirklichen *Ahrjaii* wohnte bereits tief in ihm. Er hatte der Traumgängerin Zutritt zu seinem Ego gewährt. Und es war der *Ahrjaii* gewesen, der sich in ihn hineingetastet hatte.

Annym schrie. Die Felswände warfen das Echo seiner Stimme zurück. Niemand antwortete. Er war allein.

„Es ist zwecklos", sagte der *Ahrjaii* ruhig. Es war eine herrliche Gestalt, ein Geschöpf voller Grazie. Aber die Schönheit war falsch und gefährlich. „Die Abschirmung des Trichtergrundes ist perfekt und absolut undurchdringlich. Du kannst auf keine Hilfe hoffen, Annym DryMarden."

Er schrie. Und schrie. Und schrie.

Keine Antwort.

„Und jetzt . . ." Der *Ahrjaii* kam näher, streckte seine Arme aus und berührte Annyms Schultern. Es war wie ein elektrischer Schlag. Annym sah in ein Gesicht, das aus einer Vielzahl von silbernen und goldenen Punkten zusammengesetzt war. Es war wie während der Illusion im Turm, der über die Wolken hinausgereicht hatte. Die Punkte bildeten ein Mosaik, und das Mosaik wiederum war die Inkarnation großen Wissens. Doch es war nicht annähernd so perfekt, wie es Annym in Erinnerung hatte. Etwas fehlte. Etwas war nicht dort, wo es hätte sein sollen.

„Senaide . . .!“

„Sie ist tot. Und nichts kann sie wieder lebendig werden lassen. Du bist leichtgläubig, Halbmensch.“ Finger tasteten in ihn hinein und tauchten in die Tiefen seines Mentalozeans.

„Was . . . hast du . . . vor . . .?“

„Ich werde Khakiskan befreien. Ich werde die Bannschwelle auflösen, die diesen Planeten einhüllt. Mit deiner Hilfe.“

Wissen tropfte in Annyms Verstand. Er sah eine Möglichkeit . . . Wenn die Bannschwelle aufgelöst wurde, die Khakiskan einhüllte, dann waren die *Ahrjaii* frei. Teilfaktoren wuchsen dann wieder zusammen, denn die Bannschwelle war gleichzeitig ein Auflösungsfaktor, der über Äonen wirkte. Die *Quasiahrjaii* würden wieder zu dem werden, was sie einst gewesen waren. Die *Ersten* aber . . . sie waren weiter gefangen.

„N-e-i-n!“

„Wehre dich nicht, Annym DryMarden. Es ist sinnlos.“

Die Energie des schwarzen Wassers tropfte aus ihm heraus. Er versuchte, das Fließen aufzuhalten, den Strom zu blockieren oder umzulenken. Sonnenfeuer rann durch seine Adern.

Etwas wischte sein Denken einfach beiseite. Etwas drängte sein Ich in einen entfernten Winkel seines Verstandes. Etwas machte ihn zu einem Beobachter, der nicht mehr an der Kontrolle seines Körpers und Geistes teilhaben konnte.

Sein *Anderes Ich* . . .

Annym fragte sich nicht, wie es möglich war. Er war dankbar in diesen Augenblicken. Er unterstützte die Bemühungen des Symbopartners. Er warf die ihm verbliebene Kraft ebenfalls dem *Ahrjaii* entgegen.

Schritte eilten die Treppen hinab. Eine Stimme ertönte.

„Annym!“

Aleta eilte ihm entgegen und warf sich in seine Arme. Einen Atemzug später verwob sich ihr Mentalpotential mit dem seinen. Das *Andere Ich* setzte die Kraft rücksichtslos ein. Es schleuderte den *Ahrjaii* in die *Finstergold*barriere zurück. Der Kontakt mit der Bannschwelle verbrannte ihn.

Stille.

Der Mentalkerker, in dem Annym gefangen war, löste sich allmählich wieder auf. Vorsichtig bewegte er Arme und Beine. Erneut ertönten Schritte. Und diesmal war es der Silberne, der die Stufen herabkam. Er verlor nicht ein Wort über den Zwischenfall. Er deutete auf die Wand aus *Finstergold*.

„Das ist es. Das letzte Hindernis. Dahinter liegt die Unterwelt. Die Domäne der *Ersten*."

„Ich habe versucht, sie zu durchdringen", sagte Annym. „Es ist mir nicht gelungen."

Der Silberne lachte sein monotones Lachen.

„Das kann ich mir denken. Du kennst den Schlüssel nicht. Du hast alle Möglichkeiten, aber du bist über das Wie nicht informiert."

Ein glockenheller Laut erklang. Und vor Annym verdichtete sich der Schatten der *Zeitlosen Träne*. Der Magische Schlüssel . . .

Der Silberne streckte die Hände aus, umfaßte die *Träne* vorsichtig und schritt mit ihr der Wand aus *Finstergold* entgegen. Annym und Aleta folgten ihm.

Die Wand war nicht mehr massiv. Der Silberne schritt in sie hinein, als bestünde sie nur aus Luft. Und einige Sekunden später folgten Annym und Aleta.

29

Zen weisen eine besonders starke Affinität zu den Hinterlassenschaften der Ersten *auf. Offenbar ist einigen dieser Relikte eine semipsionische Ausstrahlung zu eigen. Vielleicht kann nur ein Mentalgigant das ganze Ausmaß der* Ersten-*Kunst begreifen. Und vielleicht dienen die Kunstwerke selbst noch einem anderen Zweck, von dem wir nichts ahnen.*

Mentalautodidaktische Unterweisungen

Ein Geschöpf ohne Heimat ist wie ein Stein in einer Wüste aus Wasser: Es wird untergehen und niemals wieder das Licht der Sonne erblicken. Es wird ertrinken in einer Welt, die ihm fremd ist.

Weltanschauungsterminus der Khandia

Zuerst führte der Transfer durch die Bannschwelle in eine Welt zwischen der Welt, in einen Kosmos miniaturisierter Welten. Vielleicht schwebten sie nun zwischen den Atomen des *Finstergoldes,* vielleicht zwischen den weiten Zwischenräumen von Molekülketten. Hier herrschte Ewige Ruhe. Annym genoß den Augenblick – oder waren es vielleicht Monate oder gar Jahre in diesem Mikrokosmos? –; er genoß die Ruhe und die Stille und das Schweigen. Dann, als er sich entspannt und neue Kraft aus der Lautlosigkeit geschöpft hatte, ließ er sich weiter treiben. Er gelangte in eine Zone aus Feuer und umherwirbelnden Energien. Sie konnten ihm nichts anhaben. Es verbrannte nicht, und es löste auch nicht auf. Er streckte seine immateriellen Arme aus, und er begriff, daß er die Glut nach seinem Willen formen konnte. In dieser Welt war er ein Gott. Er war fähig zu kreativem Schöpfen. Hier konnte er sich sein eigenes Universum erschaffen.

Er hielt inne, und als er zu lange zögerte, zerrte eine nervöse Stimme an seinem Nichtkörper und trieb ihn an. Sein *Anderes Ich.* Der Fluch hatte ihn auch in diese Welt begleitet. Er war ein Schatten, dem man nicht entfliehen konnte.

Er driftete weiter, und jetzt spürte er die süße Nähe Aletas.

Annym?

Ja?

Begreifst du?

Was?

Die Funktion dieser Bannschwelle. Oh, wie wenig haben wir doch von den Ersten *gewußt . . .*

Annym schwebte zwischen den Lichtern gerade geborener Sonnen umher, die sein Unterbewußtsein erschaffen hatte. Er tastete sich an den unsichtbaren Energiekanälen in der Leere entlang. Und er sah das, was Aleta längst entdeckt hatte. Dies war nicht nur eine Bannschwelle. Es war gleichzeitig ein Transfertunnel, der zu anderen Welten führte. Jetzt, da er begriffen hatte, war es leicht, aus dem dichten Netz energetischer Feldlinien jene herauszufiltern, die zu einer bestimmten Welt führte: Narijot etwa oder auch Gharn und Ehrdh und Nirgendwo und Mor und . . . Yloisis.

Annym zögerte nicht.

Kaum hatte er diesen Tunnel entdeckt, da leitete er auch schon den Transfer ein. Er konzentrierte sich auf die Energiebrücke, und sein Körper wurde zu einer energetischen Impulserinnerung, die an der Feldlinie entlangzurasen begann.

Sein *Anderes Ich* ließ die Brücke für einen Augenblick instabil werden. Annym stürzte ins Nichts zwischen den Welten und fand nur langsam wieder zurück.

Später, übermittelte ihm der Symbopartner. *Wenn du deine Aufgabe erfüllt hast.*

Drei Körper drifteten aus der Bannschwelle heraus. Auf der anderen Seite. In der Bannenklave der *Ersten.*

Der Hauch des Todes wehte ihnen entgegen. Annym schmeckte Zerfall und Auflösung, das Ende des Seins selbst. Sie lösten sich von der Wand aus *Finstergold* hinter ihnen und schritten in die Bannenklave der *Ersten* hinein.

Es war dunkel. Nur wenige Leuchtwolken klebten am finsteren Himmel, und ihr Licht reichte gerade aus, um aus massiven Körpern undeutliche Konturen zu machen. Skulpturen und Monumente der *Ersten* säumten ihren Weg. Das Material, aus dem sie bestanden, war verwittert, die eingemeißelten Hieroglyphen waren kaum noch lesbar.

„Wir sind zu spät gekommen", gab der Silberne von sich. Die Worte klangen traurig, beinah verzweifelt. „Es war umsonst."

Annym und Aleta antworteten nicht. Sie folgten dem Silbernen über den steinernen Pfad, der sich durch den Wald aus Statuen schlängelte.

Das *Andere Ich* schritt immer hastiger aus, als wollte es vergangene Jahrmillionen nun wieder einholen. Vor einer Statue, die sich von allen anderen unterschied, blieb der Silberne wie andächtig stehen. Er verbeugte sich, und seine Hände strichen behutsam über das Material.

„Sieh mal", sagte Aleta. „Die Skulptur verändert sich langsam . . ."

Annym kniff die Augen zusammen. Die Statue war die Nachbildung einer entfernt humanoiden Gestalt. Aber jetzt, da er seine Aufmerksamkeit auf sie konzentrierte, sah er, wie sich die Körperkonturen langsam veränderten, wie aus zwei Armen die Scharfklauen eines Thryh wurden, aus einem Bauch die Zweithüfte eines Tranq. Die Veränderungen waren wie Überblendungen in einem Sensifilm. Er betrachtete andere Körperumrisse. Er erblickte Informationen und Wissen, das zu komplex für ihn war und ihm Kopfschmerzen verursachte. Er nahm eine Harmonie wahr, die seinem Wesen widersprach.

„Zu spät!" rief der Silberne klagend und warf beide Arme

empor. Eine Sturmbö atmete ihren heftigen Hauch in Annyms Gesicht. „Zu spät. Sie sterben den Langsamen Tod!"

„Wer stirbt?" fragte Aleta.

Annym begriff. Er deutete auf die vermeintliche Statue. „Er ist ein *Erster.*"

„Die Metakörper verändern sich nur noch langsam", keuchte das *Andere Ich.* Es wirbelte mehrmals um seine eigene Achse. „Die Perfektion ihres Seins ist dahin. Sie vergehen. Und mit ihnen die Kunstwerke ihrer Bannenklave. Sterben die *Ersten,* stirbt auch ihre Kunst. Dann ist alles aus."

Aleta schmiegte sich an Annym. Er verspürte ihre tiefe Trauer, ihre Melancholie. Und auch er konnte nur mühsam die Tränen zurückhalten. Es waren die Empfindungen seines *Anderen Ichs.* Er kämpfte dagegen an. Dies war nicht seine Welt; er gehörte nicht hierher.

Der Silberne sprang in die Höhe. Eine Sturmbö packte ihn und wirbelte ihn davon. Induzierter Schmerz zwang Annym und Aleta, dem *Anderen Ich* sofort zu folgen. Aleta schrie auf und preßte die Handflächen an ihre Schläfen. Die Farbe wich aus ihrem Gesicht. Es waren Höllenqualen.

„Weiter. Kommt. Beeilt euch! Schneller!"

Tiefer in die Bannenklave der *Ersten* hinein. Leuchtwolken wirbelten über den Himmel. Mal war ihr Glanz heller, dann wieder reichte er kaum dazu aus, daß sie ihre Umgebung erkennen konnten. Statuen und Skulpturen waren verwittert, einige zerbrochen, viele unkenntlich. Jahrmillionen hatten an ihnen genagt.

„Wenn sie endgültig sterben, und wenn dann die Bannschwelle Khakiskans zusammenbricht . . ."

„. . . dann werden alle Kunstwerke der *Ersten*, alle ihre Hinterlassenschaften aufhören zu existieren. Sie werden verschwinden, als hätten sie nie existiert, und zurück bleibt nur Erinnerung."

Erneut erfaßte ihn die tiefe Trauer, die diese Gedanken mit sich brachten, und wieder versuchte er mit Hilfe seiner Magischen Stimme, diese falschen Empfindungen aus seinem Innersten zu tilgen. Sie gehörten nicht ihm; sie gingen ihn nichts an. Er war ein Werkzeug; er mußte hassen, nicht trauern.

Der Langsame Tod . . . das langsame Heraustropfen der Lebenskraft aus Metakörpern . . . das Ende . . .

Manchmal waren die Bewegungen der in der Zeit Eingefrorenen deutlich, dann wieder so langsam, daß sie kaum wahrnehmbar waren. Mit klagender Stimme wandelte der Silberne zwischen den

Sterbenden umher, berührte hier einen Doppelarm, strich dort über ein wie gemeißelt wirkendes Gesicht. Die Skulpturen beachtete er nicht.

„Zu spät!“ erklang sein Ruf. Immer wieder. „Zu spät.“

Dann plötzlich blieb er vor einem der *Ersten* stehen. Der Metakörper verwandelte sich in raschen Intervallen, so rasch sogar, daß das Auge dieser Bewegung kaum folgen konnte.

„Die Verbindung besteht noch!“ jubelte das *Andere Ich.*

Annyms Beine bewegten sich ganz von selbst. Sie trugen ihn an die Seite des Silbernen.

„Welche Verbindung?“

„Eine dünne Mentalbrücke zur Zwischenwelt. Dieser *Erste* kann in beschränktem Maße noch über die Kraft seiner Semibrüder in der anderen Welt verfügen. Auch er stirbt, aber sein Langsamer Tod ist noch nicht im fortgeschrittenen Stadium. Vielleicht ist es doch noch nicht zu spät. Vielleicht haben wir doch noch eine Chance ...“

Mit brutaler Gewalt verdrängte er Annyms Ich und übernahm die Kontrolle über seinen Körper. Es gab keine Gegenwehr gegen diesen Sturm aus purer Kraft. Es gab nur Rückzug. Aleta trat neben ihn. In ihren Augen schimmerte etwas Fremdes. Sein *Anderes Ich* kontrollierte nun auch ihren Körper und Geist – und damit ihr großes Mentalpotential.

„Es ist soweit! Es ist soweit!“ Der Silberne warf ein weiteres Mal die Arme empor. Elmsfeuer löste sich von seinen Fingerspitzen und umhüllte den Metakörper des *Ersten* mit einem Mantel aus Glanz. Die Strukturveränderungen des Körpers beschleunigten sich daraufhin.

Was muß ich tun? fragte Annyms Restich.

Gar nichts! Kraftvoll. Mächtig. Überwältigend. *Deine Kraft allein genügt.*

In den Worten war noch eine andere Bedeutung verborgen, die Annym beunruhigte.

Ich soll die Bannschwelle auflösen, nicht wahr? Unsicher. Sorgenvoll. Beunruhigt.

Keine Antwort.

Die Kraft tropfte aus ihm heraus. Er sank auf den Boden, aber er spürte seine Glieder nicht und damit keinen Schmerz und keine Kälte. Der Gischt des schwarzen Ozeans in ihm schäumte auf. Gewaltige Strudel bildeten sich und ergossen sich durch seine Poren in einen anderen Körper.

Die Strukturwandlungen des Metakörpers beschleunigten sich. Der Langsame Tod wich aus seinem Wesen und machte neuer Lebenskraft Platz.

Und die Bannschwelle?

Wieder keine Antwort. Nur eine wilde Entschlossenheit, die Aufgabe zu Ende zu führen.

Annym?

Ein mentaler Ruf aus weiter Ferne. Symbole, die kaum verständlich waren. Aber der unmißverständliche Ausdruck einer Warnung.

Etwas schläferte seine Aufmerksamkeit ein. Er kämpfte dagegen an. Sein Mißtrauen wuchs und verlieh ihm neue Energie.

Ich bin... hier...

Annym... du sollst die Bannschwelle nicht auflösen... du sollst...

Eine mentale Sturmbö seines *Anderen Ichs* wischte die restlichen Worte einfach fort.

Der *Erste* bewegte sich. Und sein Metakörper veränderte sich inzwischen so rasch, daß die verschiedenen Konturen ineinander verflossen. Er nährte sich von einer Kraft, die...

Annym begriff endlich.

Es war nie seine Bestimmung gewesen, die Bannschwelle aufzulösen, die die *Ersten* einkerkerte. Diese Barriere wirkte nur in zweiter Hinsicht als Kerker. In erster Linie war sie wie ein Messer, das sich langsam in einen Körper senkte, einem lebenswichtigen Organ entgegen. Es tötete. Seine Kraft aber war wie ein Gegengewicht, das das Messer wieder aus der Wunde herausziehen konnte. Er sollte nicht den Kerker auflösen, er sollte neues Leben schaffen.

Und sein eigenes dafür geben.

Sein Mentalpotential – und das Aletas – war wie ein Lebenselixier für die langsam sterbenden *Ersten.* Zwei Kinder von Transmenschen, zwei Hybriden mit einem unüberschaubar großen Reservoir an psychischer Energie...

Nein!

Annym stürmte gegen die Wände seines mentalen Gefängnisses an. Sie waren hart und massiv. Sie schleuderten ihn zurück. Sie gaben nicht nach.

Annym...

Ich weiß...

Ein zweiter Versuch, kraftvoller als der erste. Eine winzige Lücke entstand. Das *Andere Ich* streckte einen mentalen Finger hindurch und schleuderte das Restego Annyms in eine finstere Ecke zurück. Seine Gedanken begannen sich aufzulösen.

Ich . . . sterbe . . .

Er konnte Aleta nicht sehen. Alles war dunkel. Aber ihre Qual war die seine und seine Pein die ihre. Sie waren miteinander verschweißt, und nur das *Andere Ich* verhinderte eine umfassende Kommunikation.

Annyms Restich trieb auseinander und begann sich zu verflüchtigen.

Ein Erinnerungsbild erhellte die mentale Finsternis. Ein Feuer, durch dessen Flammen die Züge seines *Kii'hm*-Lehrers zu erkennen waren: ein wenig verzerrt, fast dämonisch. Er vernahm seine Worte. *Benutze es nur dann, wenn du keinen anderen Ausweg mehr siehst. Haben die Silben deine Lippen verlassen, kannst du sie nicht wieder zurückholen.* Sein Lehrer hatte ein Wort in den Sand geschrieben, eine Magische Beschwörung von starker Kraft. Niemals hatte Annym dieses Wort ausgesprochen.

Benutze es nur dann, wenn du keinen anderen Ausweg mehr siehst.

Das Bild verschwamm. Die Erinnerung ließ nach. Annym konzentrierte sich, und die Silben sprangen ihm entgegen. Er sah nur noch dieses eine Wort; alles andere wurde zur Nebensache. Er murmelte es, und die Wände seines Mentalgefängnisses wurden hinfortgefegt. Er murmelte es erneut, und der Schmerz, den der Silberne induzierte, war verschwunden. Er murmelte es, und er konnte wieder mit seinen eigenen Augen sehen. Der Silberne eilte ihm entgegen und streckte die Arme in seine Richtung aus. Annym sah die rote Glut an den Fingerspitzen.

Er schrie die Silben, und der Silberne platzte auseinander. Er verwandelte sich in Hunderttausende von winzigen Bruchstücken. Annym schrie die Beschwörung noch einmal, und transferierte Kraft kehrte in seinen Körper zurück. Er sprang auf die Beine, packte die Arme Aletas und zerrte sie mit sich davon. Zwischen auseinanderbrechenden Statuen hindurch, an Säulen entlang, deren Hieroglyphen nur noch Schatten waren. Die Metakörper von anderen *Ersten* begannen sich schneller zu verwandeln.

„Der Kräfteaustausch war wie ein Katalysator", keuchte Annym. Er zerrte Aleta hinter sich her. Jetzt war keine Zeit für Rücksichtnahme. Die Beschwörungen hatten ihn viel Energie gekostet, und der zurückliegende Transfer ebenfalls. Er war nahezu am Ende seiner Kräfte. Ebenso wie Aleta. Und er war sich sicher, daß er einem Mentalzwang wiedererwachter *Erster* nicht widerstehen konnte. Sie mußten aus der Bannenklave heraus. So schnell sie konnten. „Sie erwachen jetzt wieder."

Alles war falsch gewesen. Von Anfang an. Die *Ahrjaii* waren gefährlich. Die *Ersten* hatten ihnen die Fähigkeit zur Erkenntnis verliehen, und diese Erkenntnis hatte sie ihre eigene Unvollkommenheit begreifen lassen – in vollem Umfang. Es hatte sie wahnsinnig werden lassen. Die *Ersten* aber waren ebenfalls gefährlich... ihre ewige Suche nach Vollkommenheit war eine andere Form von Wahnsinn. Sie nahmen keine Rücksicht.

Weiter.

Den Pfad entlang.

Vor ihnen war die Wand aus *Finstergold.* Und hinter ihnen...

„Sie kommen." Aletas Augen waren weit geöffnet. „Annym, ich..."

Annym rief die Silben ein letztes Mal, und die Zerrarme ihrer Verfolger lösten sich auf. Seine Knie wurden weich. Er mobilisierte letzte Reserven.

In die Bannschwelle hinein.

Ruhe empfing sie. Stille. Mentales Schweigen. Sie schwebten an den Feldlinien entlang. Annym suchte nach den Transfertunneln. Er hatte Schwierigkeiten, sie zu finden. Er war einfach zu müde, zu erschöpft. Und außerdem begann sich ihm ein zäher Widerstand entgegenzustemmen.

Annym?

Ja?

Werden wir glücklich sein auf Yloisis?

Er übermittelte ihr ein Bild von den Dichtwäldern im Hohen Norden von Yloisis, Bilder der Wolkenstädte, der Kjer-Schwärme, der Ruhe und der Harmonie. Es war die einzige Heimat, die er jemals gehabt hatte.

Ja, wir werden glücklich sein, Aleta. Mein Anderes Ich *existiert nicht mehr. Es ist verschwunden. Für immer. Jetzt kann ich ich selbst sein.*

Zögern.

Wer bist du, Annym DryMarden?

Ich weiß es nicht. Hilf mir, es herauszufinden.

Der Widerstand nahm zu. Er ließ Tunnel zwischen den Welten zerbrechen. Er unterbrach Feldlinien. Er brachte das energetische Gleichgewicht durcheinander.

Was ist das, Annym? Besorgt und voller Furcht.

Ich weiß es nicht. Es . . . Eine helle Sonne, die auf sie zuraste und ihnen ihre feurige Glut entgegenschleuderte. Er *ist es. Der Abtrünnige. Er hat noch immer nicht aufgegeben. Und er hatte genügend Zeit, die Bannschwelle zu erreichen.* Angst, doch noch zu unterliegen.

Annym, der Transfer, rasch.

Ja. Er suchte nach dem Transfertunnel, der nach Yloisis führte. Und er fand ihn schließlich als kaum noch wahrnehmbare Leuchtspur, die durch Tausende von blinkenden Lichtern hindurchführte. Er fädelte sich auf der richtigen Frequenz ein. Er gab sich ganz dem energetischen Sog hin, der ihn fortriß und einem fernen Ziel entgegenschleuderte. Beißender Atem wehte ihm nach und hüllte ihn ein. Der Schmerz aber währte nur einen winzigen Augenblick. Danach war nur noch Ruhe und Stille und Schweigen.

Aleta?

Nichts. Keine Antwort. Gedankenschweigen.

Annym begriff, daß der Abtrünnige teilweise Erfolg gehabt hatte. Aleta war nicht mehr bei ihm. Er hatte auch sie verloren.

30

Träumt, meine Kinder, denn in den Träumen liegen Weisheit und Wissen. Träumt, meine Kinder, denn im Traum werdet ihr Erfüllung finden. Träumt, meine Kinder, und werdet eins in euren Gedanken. Die Einheit ist wichtig, denn nur in ihr findet ihr Erfüllung und Geborgenheit. Träumt, meine Kinder, und nehmt den Atem eurer Heimat wahr. Ihr seid hier geboren, ihr lebt hier, und ihr werdet hier sterben. Träumt, meine Kinder, und eliminiert alle Faktoren, die eure Träume stören. Ein harmonischer Traum ist wie ein erfülltes Leben, ein Störfaktor wie eine Wunde.

Traumweisheit

Seth und Loth warfen ihr weiches Licht durch das Blätterdach der Wolkenstadt. Leise wehte der Wind, und in seinen Armen trug er bereits den Duft des Kjer-Schwarms, der am Horizont als dünne, rote Linie zu erkennen war. Annym saugte diesen Anblick in sich hinein. Hinter ihm schritten Sammler und Ernter den Unteren Ebenen entgegen. Sie warfen ihm undefinierbare Blicke zu. Jemand trat an ihn heran und legte ihm vorsichtig die Hand auf die Schulter. Es war Ulina DryDarah. Aus der Stammutter war in den vergangenen Jahren eine Weise Dame geworden. Sie hatte es verdient. Sie hatte vielen Kindern das Leben geschenkt. Sogar mehreren Mädchen.

Annym wandte den Kopf zur Seite. Das Gesicht Ulinas war schmal wie einst das Antlitz Senaides. Er blickte auf volle Lippen, große, dunkle Augen, auf graue Haare, die einst so schwarz wie die Senaides gewesen waren.

„Es ist Zeit“, sagte die Weise Dame langsam.

Annym nickte. „Ich weiß, Ulina.“

„Es tut mir leid, Annym.“ Sie ließ ihre Hände an seinem Körper entlanggleiten. Die Berührung schuf nicht die Wärme, die Annym in Erinnerung hatte. Auch nicht die Freude, die er hier vor Jahren so oft gekostet hatte. Alles war anders. Alles war fremd.

„Du spürst es ebenfalls, nicht wahr?“

„Ihr macht es mir deutlich genug.“ Gleich darauf tat ihm die barsche Antwort leid. Aber er machte keine Anstalten, den harten Worten ihre Wirkung zu nehmen. Die Weise Dame nickte langsam.

„Dies ist nicht mehr deine Heimat, Annym.“

„Sie war es nie.“

„Du urteilst zu hart, Annym. Sie war es. Aber das ist lange her. Du hast eine zukünftige Stammutter mit dir genommen. Es war eine Kostbarkeit, das größte Geschenk, das wir dir machen konnten. Du bist allein zurückgekehrt und hast uns die Kunde von ihrem Tod gebracht.“

„Es war nicht meine Schuld.“ Sein Blick klebte am Horizont. Ein neuer Kjer-Zyklus. Eine Zeit des Überflusses für die Gemeinschaft der Wolkenstadt. Eine Zeit der Feste und der Gemeinsamen Träume. Aber ohne ihn.

„Nein, es ist nicht deine Schuld. Es war Senaides freier Wille, mit dir zu kommen.“ Jetzt klangen ihre Worte hart. Es verletzte Annym. Es verletzte den Rest von Gefühl, der noch in ihm verblieben war. Es intensivierte die Kälte in seinem Inneren. „Aber es war vorauszusehen. Du hast sie geliebt, das weiß ich. Du hast auch die andere Frau geliebt, Aleta. Annym DryMarden. Du bist nicht mehr der, der uns vor Jahren verließ. Du bist ein anderer. Und es hat sich erwiesen, daß du unsere Gemeinsamen Träume störst. Du mußt gehen.“

„Ich weiß.“

Wieder strichen ihre Hände an seinem Körper entlang. Er drängte die Weise Dame zurück.

„Ich bin ausgezogen, um zu mir selbst zu finden“, sagte er. „Ich habe mich verloren. Wer bin ich?“

„Finde es heraus.“

„Ich bin ein *Di.* Ich werde vogelfrei sein dort draußen.“

„Appellierst du an mein Mitleid, Annym?“ Sie schüttelte den Kopf. „Nein, ich kann kein Mitleid mit dir haben. Du trägst den Namen eines Traumgängers, den wir einst alle kannten und schätzten. Wir haben in dich hineingeblickt, um festzustellen, wer du bist. Du bist Kälte. Du bist Empfindungslosigkeit. Du bist all das, was wir nicht sind. Du bist das, was wir überwunden haben. Kein Mitleid, Annym – Abscheu. Du bist auf dich selbst konzentriert.“

„Ihr jagt mich davon!“ Ein kühler Vorwurf.

„Nein. Wir schützen uns selbst. Trauerst du um Senaide, unsere Tochter? Trauerst du um Jarmardh, den *Streiter?* Trauerst du um Aleta, die Xanthippen-Bändigerin?“

„Ich . . .“

„Du kannst es nicht. Du trauerst nur um dich selbst.“

Er wollte etwas erwidern, er wollte sich ihrer Anklage erwehren, aber er fand nicht die richtigen Worte.

„Es ist Zeit, Annym.“

„Ja.“

Er nahm sein Gepäck auf und blickte ein letztes Mal auf die Wolkenstädte. Etwas krampfte sich in seinem Innern zusammen.

„Geh jetzt. Zögere nicht länger.“

Er begann den Abstieg. Stille senkte sich über die Stadt der Traumgänger hoch in den Wolken von Yloisis. Kein Abschiedsgesang ertönte für ihn. Nur Schweigen.

Annym erreichte eine halbe Stunde später die Unteren Ebenen und schritt dann dem Rand des Dichtwaldes entgegen. Er hatte kein Ziel und keine Heimat. Er hatte alles verloren.

Er zog ins Karge Land hinein, um zu sterben.

Nachwort

Andreas Brandhorst wurde 1956 im Kreis Minden-Lübbecke geboren und wohnt heute in Melle in der Nähe von Osnabrück. Er besuchte die Höhere Handelsschule und brachte, da er sich in Hinsicht auf seine Berufswahl völlig im unklaren war, zunächst einmal eine zweijährige Lehre als Industriekaufmann hinter sich. Nach Abschluß dieser Lehre war er arbeitslos und arbeitete dann im elterlichen Jeans-Geschäft.

Schon in jungen Jahren wurde er auf die „bunten Hefte“ an den Kiosken aufmerksam, und die Beschäftigung mit Science Fiction nahm im Laufe der Zeit dann solche Ausmaße an, daß er sie zu seinem Beruf machte.

Zunächst schrieb er jene faszinierenden „bunten Hefte“ selbst: Seit 1978 veröffentlicht er eigene Texte, und zwar zunächst im Zauberkreis Verlag. Er bediente sich dabei des Pseudonyms Thomas Lockwood (Erstling: *Die Unterirdischen),* und dieses Pseudonym sollte beileibe nicht das einzige bleiben. So schrieb er unter „Andreas Weiler“ Hefte und Taschenbücher der SF-Serie *Die Terranauten* (wo er im übrigen auch als Exposéautor tätig war) im Bastei-Lübbe Verlag, unter „Andreas Werning“ Hefte für *Terra Astra* sowie einen Roman für die *Terra Taschenbücher* im Arthur Moewig Verlag und einen weiteren Roman für Zauberkreis, dieses Mal unter dem Namen „Horst Brand“. Er verfaßte ein Jugendbuch für den Franz Schneider Verlag, und er war und ist als Übersetzer tätig. So übertrug er – auch und vor allem für die Moewig-SF-Reihe – Romane von James P. Hogan, M. A. Foster, Robert Silverberg, Gordon R. Dickson, M. John Harrison und Marta Randall in die deutsche Sprache.

Man sieht schon: Trotz seiner jungen Jahre schaut er auf eine beachtliche Anzahl von Werken zurück, und seine Karriere gleicht der vieler anderer, die versuchten, im Umfeld der Science Fiction ihren Broterwerb zu finden. Aber Andreas Brandhorst ist auch ehrgeizig. Was er schrieb, befriedigte ihn häufig nur zum Teil. Er wollte unter Beweis stellen dürfen, daß er mehr konnte. Aber die Verhältnisse, sie waren (zunächst) nicht so, wie er sie sich wünschte. Als allerdings in den Verlagen, die in der Bundesrepublik Science Fiction veröffentlichen, immer wieder gefragt wurde, wo sich denn eigentlich die deutsche Science Fiction versteckt hielt, und zunächst in Kurzgeschichtenbänden versucht wurde, neuen Talenten auf die Sprünge zu helfen, war auch Andreas Brandhorst dabei. Seine farbigen, exotisch anmutenden Stories präsentierten einen anderen Brandhorst, als man ihn bisher gekannt hatte. Die Folge war, daß ich in meiner Eigenschaft als Lektor dieser Reihe ihn einlud, einen Roman zu schreiben, in dem er diese exotischen Qualitäten einmal voll ausleben konnte. Das Ergebnis ist *Schatten des Ichs,* ein Roman, der sich hinter angloamerikanischen Vorbildern wie Marion Zimmer Bradley, Philip José Farmer, Alan Dean Foster u. a. wohl nicht zu verstecken braucht.

Vom abgelieferten Manuskript bis zum fertigen Buch ist der Weg oft nicht so kurz, wie der Autor es gerne hätte. Kein Wunder also, daß der Fleiß und der Ideenreichtum eines Andreas Brandhorst inzwischen zu einem Frontalangriff auf die SF-Verlage führte. Andreas Brandhorst hat mittlerweile die Romane *Der Netzparasit* an den neuen deutschen Hardcoververlag Corian Verlag, *Mondsturmzeit* an den Goldmann Verlag, *Planet der wandernden Berge* an den Bastei-Lübbe Verlag und *In den Städten, in den Tempeln* (eine Gemeinschaftsarbeit mit Horst Pukallus) an den Ullstein Verlag verkauft. Der Name Brandhorst wird also in der deutschen SF-Szene der Jahre 1983/84 erhebliches Gewicht haben.

Andreas Brandhorst bevorzugt bei seiner schriftstellerischen Tätigkeit in erster Linie farbige Abenteuerstoffe. Eine Art roter Faden wird dabei in vielen seiner Werke deutlich: Die Protagonisten sind keine hehren Helden, keine Macher, die Einfluß auf ihre Umwelt nehmen, um sie ihren Wünschen gemäß zu gestalten. Vielmehr reagieren sie auf die eine oder andere Art auf diese Umwelt. Sie sind gefangen in einem Situationsmosaik, das ihnen bestimmte Verhaltensmuster aufzwingt. Hier fließen Erfahrungen ein, die der Autor außerhalb der Science Fiction im Berufsleben, aber auch in seiner persönlichen Entwicklung (eine gescheiterte Ehe) erfahren hat. In seinen eigenen Worten: „Menschen in der komplexen Wirtschaft, wie sie sich uns heute darstellt, werden zu Funktionseinheiten degradiert, zu Handlungsträgern, deren Aktivposten von außen bestimmt werden, die unfrei sind bis zur Robotisierung. Und das spiegelt sich wieder in meinen Protagonisten: Es sind in gewisser Weise Gescheiterte, Menschen, die sich gegen etwas zu stellen versuchten, gegen das sie eigentlich keine Chance haben."

Der meistens exotisch-bizarre Hintergrund beschreibt Welten, die einerseits zerstört sind, was menschliche Werte betrifft, andererseits aber auch, als Kontrapunkt, nichttechnische Kulturen präsentieren, in denen das Leben selbst auf seine wesentlichen und bedeutenden Inhalte reduziert wird und somit eine neue Qualität gewinnt.

Hans Joachim Alpers